# PLACERES MORTALES

BELÉN MARTÍNEZ

# PLACERES MORTALES

*Una historia
de deseo y venganza*

## ☾ UMBRIEL

Argentina – Chile – Colombia – España
Estados Unidos – México – Perú – Uruguay

*Para nosotras.*
*Porque nadie nos puede prohibir gritar.*

# DRAMATIS PERSONAE

- **FAMILIA YEHONALA**

  **AMO YEHONALA:** Gobernador de la Región de Anyul, territorio norte del Imperio Jing.

  **AMA YEHONALA:** Esposa del amo Yehonala.

  **LILAN YEHONALA:** Única heredera de la familia.

  **CIXI:** Criada personal de Lilan.

  **SEÑORA LEI:** Cabeza de la servidumbre de los Yehonala.

  **SAN:** Otra criada.

- **FAMILIA IMPERIAL**

  **EMPERADOR DAOGUANG:** Padre de Xianfeng. Señor del Palacio del Sol Eterno. Fallecido.

  **EMPERADOR XIANFENG:** Emperador actual. Señor del Palacio del Sol Eterno.

  **GRAN MADRE:** Madre adoptiva de Xianfeng. Señora del Palacio de la Sabiduría.

  **EMPERATRIZ CIAN:** Esposa de Xianfeng. Señora del Palacio de la Luna.

- **HARÉN**

  **GRAN DAMA LILING:** Una de las favoritas del Emperador.

  **DAMA RONG:** Antigua amiga de Lilan.

  **ASISTENTE MEI:** Cercana a la Gran Dama Liling.

**DAMA BAILU:** Concubina.

**ASISTENTE YING:** Concubina.

**ASISTENTE ZIYI:** Concubina.

**ASISTENTE RU:** Concubina.

## • PERSONAL DEL PALACIO ROJO

**SUSHUN:** Consejero principal del Emperador Xianfeng.

**KANA:** Criada en el Palacio de la Luna.

**LIN:** Criada en el Palacio de la Luna.

**AYA:** Criada en el Palacio de la Luna.

**JEFE WONG:** Eunuco encargado de todos los eunucos del Palacio Rojo. Eunuco personal del Emperador Xianfeng.

**EUNUCO IMPERIAL ZHAO:** Eunuco muy cercano al Emperador Xianfeng.

**LIENYING:** Eunuco del Palacio de las Flores.

**LIMO:** Eunuco al servicio de la Asistente Mei en el Palacio de la Larga Primavera.

**FANG:** Criada y dama de compañía de la Asistente Mei.

**NUO:** Criada en el Departamento Doméstico.

**ENCARGADA TRAM:** Trabaja en el Departamento Doméstico.

**SHUI:** Criada en el Departamento Doméstico.

**ENCARGADA LIM:** Trabaja en el Departamento de Trabajo Duro.

**TIAN:** Criada en el Departamento de Trabajo Duro. Anteriormente, criada en el Palacio del Sol Eterno.

**SEÑOR LONG:** Guarda algo muy especial.

## • INVITADOS DEL PALACIO ROJO

**REY KUNG:** Soberano del Reino Ainu.

**PRÍNCIPE HAORAN:** Hermano pequeño del Rey Kung. Está muy unido a él.

# LOCALIZACIONES

## • IMPERIO JING

**ALDEA KONG:** Lugar de residencia de la familia Yehonala, situada en Anyul, una de las regiones al norte. Fronteriza con el Reino Ainu.

**CAPITAL DEL IMPERIO JING:** Hunan.

**PALACIO ROJO:** También llamado «la ciudad dentro de la ciudad». Residencia del Emperador y de la Corte Interior y la Corte Exterior.

## • PALACIO ROJO

**PUERTA DEL MUNDO FLOTANTE:** División de la Corte Exterior y la Corte Interior.

**DEPARTAMENTO DE COSTURA**

**DEPARTAMENTO DOMÉSTICO**

**DEPARTAMENTO CULINARIO**

**DEPARTAMENTO DE TRABAJO DURO**

**DEPARTAMENTO DE CASTIGO**

**DEPARTAMENTO DE ENFERMEDAD**

**DEPARTAMENTO DE LA MUERTE**

**PALACIO DEL SOL ETERNO:** Residencia del Emperador.

**PALACIO DE LAS FLORES:** Antigua residencia de Lilan.

**PALACIO DE LA LUNA:** Residencia de la Emperatriz.

**PALACIO DE LA SABIDURÍA:** Residencia de la Gran Madre.

**PALACIO DE LA LARGA PRIMAVERA:** Residencia de la Asistente Mei.

**SUBSUELO:** Hogar del Gran Dragón.

# ADVERTENCIA

Si bien el mundo que se presenta a continuación está inspirado en varias culturas, no está basado en ninguna real. La religión, las costumbres, los rituales, hasta las propias vestimentas, beben de distintas tradiciones.

Aunque Cixi y otros de los personajes que aquí se nombran existieron, sus palabras y acciones no son una representación fiel de lo que fueron en sus vidas.

Además, esta historia contiene violencia gráfica, tortura y muerte. Puede ser un contenido no adecuado para personas sensibles o menores de cierta edad. No obstante, la inclusión de estas escenas tiene un propósito narrativo específico.

Si aun así deseas adentrarte en los confines del Imperio Jing... te doy la bienvenida.

*El caos no nace del cielo*
*sino de las mujeres.*

Fragmento de un poema del Shijing.


*En este mundo flotante*
*donde todo cambia,*
*el amor cambia*
*cuando promete que nunca lo hará.*

Canción popular japonesa.

# PRIMERA PARTE

# VIDA Y MUERTE

## Últimos días de la Era Daoguang –Primeros años de la Era Xianfeng

*La guerra es un elemento de importancia vital para el Estado; es el dominio de la vida o de la muerte, la senda de la supervivencia o de la pérdida del Imperio.*

*El arte de la guerra,* de Sun Tzu.

Lilan siempre creyó que me había salvado de ahogarme, pero lo cierto es que, cuando me encontró en la ribera del río, debía haber muerto unas dos o tres veces.

Ella tenía tres años y yo apenas unos pocos meses de vida. Alguien me había depositado en el interior de una cesta de mimbre y había dejado que la corriente del agua decidiera mi destino. Lilan siempre había sido muy obediente, pero, cuando vio la canasta junto a la orilla, echó a correr hacia ella e ignoró los gritos alarmados de la señora Lei, una de las criadas de su familia. Cuando la pobre mujer la alcanzó, Lilan ya me tenía entre sus brazos.

La señora Lei trató de que me soltara de inmediato. Imaginaba que se había dado cuenta de que lo que su pequeña ama llevaba entre las manos era el cadáver de un bebé. Pero Lilan se resistió y, tras un forcejeo, yo empecé a llorar.

Habían pasado diecisiete años desde ese momento, pero la señora Lei todavía lo recordaba de vez en cuando.

Lilan se reía y me abrazaba, a pesar de que yo no era más que una criada a su servicio.

—Era el destino, Cixi —solía decir—: La Diosa Luna quería que estuviéramos juntas.

Yo no creía en los dioses. Tampoco en el destino. Pero era cierto que, desde aquella mañana, apenas nos separamos. Aun con nuestras claras diferencias de clase, nos criamos prácticamente juntas en la mansión de la familia Yehonala. Ella, adornada ricamente con peinetas plateadas y *hanyus* bordados; yo, con las túnicas grises de la servidumbre.

Sus padres me aceptaron cuando su hija mayor apareció con un bebé que no dejaba de llorar entre los brazos y encomendaron mi crianza a la señora

Lei, que con el tiempo llegó a convertirse en la cabeza de toda la servidumbre. No obstante, en el momento en que empecé a caminar, no tardé en aprender cómo escabullirme de su vigilancia para espiar a Lilan tras los biombos durante sus interminables clases de bordado, música, pintura o caligrafía.

Se suponía que los criados no teníamos derecho a la educación, pero Lilan me enseñó a leer y a escribir lo suficiente como para desenvolverme con soltura.

Fue ella la que eligió mi nombre: Cixi. Significaba «orquídea». No era muy original. La mayoría de las hijas del Imperio Jing tenían nombres de flores. Su propio nombre significaba «flor de loto». Pero la orquídea era su flor favorita, así que pensó que sería como un regalo para mí.

Los Yehonala eran una familia importante. Tenían residencias repartidas por varios territorios. Al norte, en las regiones más escarpadas y agrestes, cerca del famoso Templo de la Bruma; otra, más pequeña, en la misma capital, y, por último, la más amplia donde vivíamos la mayor parte del año, una mansión en la Aldea Kong, en la región de Anyul, situada al este, rodeada de montañas y bosques húmedos.

El amo Yehonala era el gobernador de esas tierras. No era un territorio muy extenso ni tampoco contenía grandes ciudades, pero había sido un lugar muy estratégico en el pasado, cuando los ancestros de la familia contuvieron la invasión del Reino Ainu. Al amo le encantaba sentarse por las noches a relatar las largas batallas que había ganado su abuelo mientras disfrutaba del tabaco en su pipa. Lilan lo escuchaba embelesada, con la cara aferrada entre sus pequeñas manos blancas, mientras yo luchaba por no quedarme dormida.

No es que no me interesaran la sangre y las armas, pero no entendía por qué el amo relataba aquellas proezas como si fueran suyas. A él nunca lo había visto sostener una espada.

Cuando cumplí los siete años, comprendí que el amo Yehonala no era más que un viejo hipócrita al que se le daba bien el arte de la exageración.

No resultaba un mal gobernador, o al menos, eso era lo que escuchaba de los aldeanos cuando acompañaba a la señora Lei al mercado. Mantenía contento al Emperador y, a la vez, al Reino Ainu de la frontera, que no habían tratado de invadirnos desde hacía setenta años. Así aseguraba el bienestar a toda su familia.

Los años de nuestra vida transcurrieron apaciblemente como el curso del río en el que me habían abandonado.

Era feliz.

Hasta que una noticia azotó todo el Imperio.

Había muerto.

El hijo del Dios Sol, el Rey del Cielo y de la Tierra, el Padre de Todos, Aquel que Venció al Gran Dragón, Su Majestad.

El Emperador Daoguang.

El amo Yehonala tenía que trasladarse con urgencia a Hunan, la capital del Imperio, para estar presente durante el funeral de Estado.

Él se adelantaría, pero Lilan, su esposa y parte de la servidumbre lo acompañaríamos, aunque partiríamos días más tarde. El camino hasta la capital era largo, farragoso, y el amo quería que permaneciéramos un tiempo allí. Al menos, hasta la coronación del nuevo Emperador, cuyo nombre todavía no se había hecho público.

—Enviaré modistas en cuanto lleguéis a la capital —había dicho el amo Yehonala, antes de subir al carruaje. Hubiese sido más rápido que marchara a caballo, pero él prefería la comodidad. Por supuesto—. Tengo entendido que ocuparemos un puesto de honor entre los invitados, así que los ojos del nuevo Emperador y la Gran Madre estarán sobre nosotros.

Lilan y su madre estaban entusiasmadas. Se despidieron entre reverencias, hasta que el carruaje de madera, cubierto con unas cortinillas blancas, desapareció tras los imponentes muros de la mansión. Yo observaba tras un sauce llorón del jardín. Sobre mis rodillas, un tablero de Wu, con una partida a medio empezar, mantenía un precario equilibrio.

Cuando el traqueteo y los cascos de los caballos se perdieron a lo lejos, las dos se incorporaron y se miraron entre sí con los ojos brillantes.

—¡Señora Lei! —exclamó el ama Yehonala, mientras pasaba a mi lado sin verme siquiera.

Yo cerré los ojos, consciente de lo que estaba a punto de ocurrir, y me apoyé en el rugoso tronco con un largo bufido. El sonido de unos pasos llegó hasta mí, pero esta vez no siguieron de largo.

—No pareces muy feliz, Cixi.

Abrí los ojos y contemplé el suave rostro de Lilan a apenas un palmo de distancia. Había una expresión juguetona en sus grandes ojos oscuros. Su cabello, peinado con aceite de jazmín, desprendía un olor dulce que se mezclaba con el del resto de flores fragantes que decoraban el jardín exterior.

—Odio la capital —masculló.

Una criada no debía hablar así. Tenía que ser excepcionalmente educada, bajar la cabeza en su presencia y referirse a ella como «joven ama», pero la relación entre Lilan y yo siempre había sido especial.

Éramos más amigas que criada y señora.

Ella se limitó a menear la cabeza ante mi comentario y a sentarse frente a mí, al otro lado del tablero de Wu. No le importó mancharse de verdín la bonita falta de su *hanyu*.

—Tú odias todos los lugares, menos Kong.

Me encogí de hombros y miré en derredor. Sí, este era mi hogar. Me encantaba la aldea, sus casas de madera con sus curvados techos de paja a dos aguas. Los farolillos de papel que iluminaban las calles, dorados cuando los encendían. El pequeño templo dedicado a la Diosa Luna, al que Lilan le encantaba ir a rezar. También el bosque brumoso que la cercaba por la cara sur; tan denso, que la luz apenas llegaba a rozar un suelo repleto de musgo, que la niebla se quedaba atascada entre los troncos. En la zona norte, más allá de donde se encontraba la mansión Yehonala, la cima de un monte cercana a la frontera entre el Imperio Jing y el Reino Ainu. Cuando tenía el día libre, me gustaba llegar hasta allí y observar todo lo que se hallaba bajo mis ojos. Me hacía sentir libre.

Si paz era lo que respiraba la Aldea Kong...

El caos era lo que vomitaba Hunan, la capital.

Solo había tenido que ir una vez, tres años atrás, cuando hubo una celebración especial en honor a los cincuenta Día de la Edad del Emperador Daoguang. Aunque era el amo Yehonala el que entraba y salía del Palacio Rojo, la residencia imperial, Lilan y su madre insistieron en visitar todos los rincones de la gran ciudad, que albergaba a más de seis millones de almas.

De aquellos días, solo recordaba un dolor de pies terrible por unos zapatos nuevos que me habían obligado a usar, la cabeza embotada por la mezcla de incienso, comida y suciedad, el parloteo perenne del pueblo, y el polvo que cubría las calles. Apenas había árboles, solo encontraba matorrales arrinconados en las entradas de los templos más importantes.

Además, había algo que me inquietaba. Algo que nada tenía que ver con el polvo y el caos.

—Tu secreto estará a salvo —me susurró Lilan; se inclinó y sujetó mis manos ásperas entre las suyas, seda convertida en piel—. Nadie se enterará.

Yo me aparté con cierta brusquedad y clavé la mirada en el ama Yehonala, que daba instrucciones rápidas a la señora Lei, mientras San, otra criada, oteaba el horizonte.

Sus ojos, pequeños e inteligentes, se cruzaron con los míos.

—No estoy preocupada por mí —susurré, antes de volver a mirarla.

Ella dejó escapar un largo suspiro y movió distraídamente una de las piezas del tablero de Wu. Giró el dragón, y sus pequeñas fauces de nácar me encararon.

—No llamaré la atención, Cixi —me aseguró.

Mis labios se doblaron en una mueca. Eso era una estupidez. Todos miraban a Lilan, era imposible no hacerlo. Si no era su rostro y su mirada lo que te dejaba obnubilado, eran sus palabras y sus sonrisas. Por supuesto que llamaría la atención. Era imposible que no lo hiciera.

—Cixi, ¿has vuelto a cortarte? —Su voz dulce me hizo regresar.

Había inclinado la cabeza hacia mis manos, con el ceño fruncido. En la base del índice, había un corte todavía fresco que me había hecho aquella mañana.

—Estaba medio dormida cuando picaba las verduras para el desayuno —mentí.

Lo cierto era que me había cortado porque San me había empujado a propósito. Se había disculpado al ver la sangre, pero yo ni siquiera me había molestado en contestar. La conocía lo suficiente como para saber que al día siguiente se volvería a *tropezar*.

—Déjame ayudarte —murmuró, mientras cubría con la yema de su dedo el corte.

—No deberías hacerlo —repuse.

—Quédate quieta, Cixi. Es una orden de tu joven ama.

Puse los ojos en blanco y no me moví cuando sentí ese calor familiar nacer en la muñeca y ascender hasta el borde de mis uñas. Cuando Lilan se separó, el corte había desaparecido.

Lilan era una Virtud. Una bendecida del Cielo.

Lo que acababa de hacer estaba prohibido. Una joven no podía hacer uso de su Virtud para su propio beneficio o para el de los demás. Solo para el Emperador. Solo para la futura descendencia.

Era la ley.

Yo, por supuesto, había ignorado ese decreto varias veces desde mi propio nacimiento. Aunque, en mi caso, era algo que no dependía de mí.

Si la Virtud de Lilan era la vida, mi Virtud era la muerte.

Lilan volvió a bajar la mirada al tablero de Wu y, con un solo movimiento, tumbó con su garza mi ave fénix.

—Solo será una temporada corta. Para el otoño, habremos regresado —continuó diciendo. Apreté los labios y asentí de mala gana—. Aunque quizá no permanezcamos demasiado en Kong después de nuestra llegada.

Alcé los ojos. Había algo más escondido tras su sonrisa traviesa.

—¿Por qué? ¿Tu madre quiere ir a rezar al Templo de la Bruma?

Lilan enarcó una ceja y observó en silencio mi siguiente movimiento. Empujé un tigre en dirección a su dragón, pero yo sabía que, hiciera lo que hiciese, había perdido la partida. Ella siempre me vencía.

—Puede que me traslade a la Aldea Gansu... indefinidamente.

—¿Qué? —pestañeé, confundida.

La Aldea Gansu se encontraba muy cerca de Kong, en el mismo valle. A caballo se podía ir y volver en la misma mañana.

—El Jefe de la Aldea tiene un hijo... de mi edad. —Hizo avanzar su propio dragón y, de un golpecito, tumbó al mío.

Había perdido la partida.

Un rayo de comprensión me atravesó. Me eché hacia atrás, como si una fuerte corriente de viento me arrastrara y quisiera alejarme de ella.

—Ni siquiera sabes cómo se llama —repliqué.

—Zhang —contestó de inmediato ella. Apartó todas las figuras del tablero de Wu y comenzó a ordenarlas de nuevo. Como siempre, a mí me dejó las rojas; ella eligió las blancas. Pero yo no deseaba continuar jugando—. Y sí, lo he visto un par de veces. Es una lástima que tú no. Es muy... *atractivo*. Sus mejillas se pusieron rojas cuando me vio por primera vez.

Puse los ojos en blanco y meneé la cabeza, mientras ella hacía avanzar su rata de marfil.

—¿Y eso es un motivo suficiente para que te cases con él? —resoplé. Yo no hice ningún movimiento.

—Todavía no es oficial. Al regreso del viaje, nuestros padres sentarán las bases —contestó Lilan—. Cixi, sabías que este momento llegaría tarde o temprano. Tengo veinte años. ¿No te hace feliz? Yo sí lo soy. De verdad.

Suspiré y la observé de soslayo. Era verdad, parecía realmente ilusionada. Hasta se le habían coloreado las mejillas del mismo color que el mar de flores que se encontraba a su espalda.

—Además, tú vendrás conmigo. Y estarás lo suficientemente cerca de Kong para visitarla cuando te apetezca —se apresuró a añadir, aferrando mi brazo escuálido entre sus pequeñas manos—. Es lo mejor que podría recibir, Cixi.

Apreté los labios y aparté la vista para clavarla en el tablero. Parecía que su rata blanca encaraba sola a un ejército sangriento compuesto de un dragón, un ave fénix, tigres, garzas, gatos y ratas.

Por mucho que me doliera admitirlo, tenía toda la maldita razón.

Las mujeres en el Imperio Jing no tenían finales felices. Era algo que sabíamos desde el mismo nacimiento, cuando nos envolvían de brazos y piernas, con fuerza, y así permanecíamos hasta que aprendíamos a darnos la vuelta por nosotras mismas. Así asimilábamos lo que sería la sumisión desde el instante en que abríamos los ojos.

No era una tradición que se aplicase a los varones.

Lilan Yehonala era una joven hermosa y noble que podía terminar casada con un vejestorio adinerado de la capital, o con un consejero cruel del Emperador. Pactar un matrimonio con un joven de edad similar, en un lugar cercano al suyo propio... era un regalo de la Diosa Luna. Lo máximo a lo que cualquier mujer podría aspirar.

—Lo sé —susurré.

Lilan me sacudió el brazo y se puso de pie. Su sonrisa era deslumbrante, aunque yo apenas era capaz de estirar un poco los labios.

—Vayamos a prepararlo todo. Nos espera un viaje largo.

Se dio la vuelta y echó a andar con ligereza. No le hizo falta mirar atrás para comprobar si la seguía.

Yo siempre lo hacía.

**2**

Alcanzamos las murallas de Hunan al caer la noche. Sudorosas, con el cabello aplastado, grasiento. El rostro del ama Yehonala era un tapiz ajado. Había insistido en maquillarse cada inicio de jornada, pero, al no poder lavarse el rostro, las capas y capas de pintura que coloreaban su piel convertían su cara en un muro derruido por los años, con la pintura desconchada.

Un viaje que podría haber durado tres días se convirtió en uno de casi quince. La caravana que arrastrábamos era interminable. El ama se había empeñado en llevar consigo sus objetos más preciados, lo que se reducía a todo lo que contenía la mansión.

Lilan estaba agotada, pero sus labios se curvaron cuando apartó la cortinilla del carruaje y el aire infecto de la capital se filtró en el interior del vehículo: una mezcla de comida frita, especias, incienso y estiércol.

Los puestos de comida callejera, los prostíbulos, las posadas, las casas de té, las chabolas y las grandes mansiones pasaron frente a nuestros ojos como borrones rojos y dorados, que contrastaban con la oscuridad de la noche. Las voces se confundían con gritos y carcajadas. Las chispas de alguna fogata calentaban el ambiente, ya de por sí cálido. El sonido de una triste canción de amor se escuchaba a lo lejos, y rápidamente se perdía con el traqueteo de las ruedas.

—La ciudad que nunca duerme —susurró Lilan, con los ojos llenos de las luces del exterior.

Resguardada por las sombras del carruaje, la miré de reojo, y un ligero estremecimiento me sacudió. De pronto, tuve la certeza de que nunca volvería a atravesar aquellos muros altos que sitiaban Hunan.

Llegamos a la mansión pasada la medianoche. El amo Yehonala no se encontraba allí, pero sí una larga hilera de criados que ayudaron a bajar al ama y a Lilan. Al instante, recibieron la orden de preparar baños y algo para comer.

Yo no tendría tiempo para asearme hasta el día siguiente. Para dormir, incluso. Antes tendría que ayudar a desempacar todo lo que habíamos traído.

Me quedé durante un instante quieta en mitad del patio delantero, observando cómo los criados iban y venían, cargados de fardos y baúles. Había un pequeño estanque, pero ni una sola brizna de hierba. Todo el suelo estaba recubierto de pequeñas piedrecitas blancas.

Alcé la mirada y apreté los labios al mirar al cielo. No había ni una sola estrella cosida en la noche. No porque no las hubiera, sino porque las luces de Hunan las ocultaban todas.

Apenas pude descansar. Aunque apagaron las velas que iluminaban el ala familiar, el resto de la vivienda estuvo con las luces encendidas hasta bien entrada la madrugada, cuando la mayor parte de los muebles estuvieron colocados, la ropa doblada y las joyas bajo llave.

Estaba amaneciendo cuando me dejé caer en un rincón de la habitación que habían preparado provisionalmente para las criadas, después de asearme con algo de agua fría que había sacado del pozo del jardín.

Caí en un sueño tan profundo, que tuve la sensación de que solo habían transcurrido segundos antes de que me despertaran.

—¡Cixi! ¡Cixi! Malditos Dioses, Cixi —exclamó la señora Lei, sacudiendo mis brazos con energía.

Parpadeé y la miré; estaba inclinada sobre mí con el ceño fruncido. Ni siquiera tuve tiempo de preguntar qué ocurría.

—¿Qué haces todavía aquí? Deberías estar con San, en el salón, sirviendo el desayuno.

Giré la cabeza hacia el camastro que tenía al lado. Estaba vacío.

Maldije por lo bajo y me levanté de un salto. Escupiendo quejas, la señora Lei me ayudó a ponerme una túnica limpia de servidumbre y a recogerme el cabello en un moño prieto, a la altura de la nuca, mientras yo me calzaba a toda prisa.

—Vamos, ve —me instó, empujándome en dirección al pasillo.

Corrí por el largo corredor, esquivando a los criados que estaban terminando de colocar los últimos detalles para que la estancia de los Yehonala en la capital fuera lo más apacible posible.

Hacía tres años que no pisaba la mansión, pero no tardé en dar con el salón donde desayunaba la familia.

Era una estancia opulenta, más pequeña que la que teníamos en Kong, repleta de biombos, celosías, jarrones de porcelana y tapices que mostraban la esbelta figura de la Diosa Luna. Flores frescas infestaban el aire con una fragancia demasiado dulce. En el centro de la estancia, en torno a una mesa redonda, se encontraba la familia. La mitad de los platos estaban ya vacíos.

San permanecía con las manos unidas en uno de los rincones de la sala, cerca de una mesa auxiliar en la que reposaba otra tetera humeante llena de té de jazmín. Ni siquiera me dirigió una mirada cuando mis pasos se detuvieron de golpe.

El amo Yehonala, al que hacía días que no veía, ni siquiera levantó la vista del arroz. Su esposa, sin embargo, dejó a un lado los palillos y me lanzó una mirada ceñuda.

—Llegas tarde.

Me arrodillé en el suelo y tuve cuidado de clavar bien la barbilla al pecho. Hundí los ojos en mis manos juntas.

—Perdonadme, ama —mascullé, con la voz ronca todavía del sueño.

Los Yehonala no eran crueles. A veces castigaban a sus sirvientes obligándolos a permanecer arrodillados durante horas o a no comer durante todo el día, pero nunca los había visto levantarles la mano. Cuando iba al mercado, escuchaba a otras criadas cuchicheando sobre lo que hacían sus amos cuando no cumplían las tareas domésticas como ellos indicaban. Más de una vez había oído cómo jóvenes de apenas trece años eran azotados por no cocer bien el arroz o dejar el agua del baño demasiado fría.

—Hoy no desayunarás —zanjó el ama Yehonala, antes de llevarse los palillos de madera pálida a los labios.

Asentí y me puse en pie, tratando de ignorar a Lilan, que me buscaba con la mirada. Con las manos todavía unidas y la cabeza gacha, ocupé mi lugar junto a San.

De soslayo, vi cómo sus labios se curvaban todavía más.

—¿No te agota pensar a cada momento cómo hacerme daño? —le susurré.

—Cixi, ¿cómo piensas eso de mí? —me contestó. Sus ojos afilados pestañearon demasiado cuando se hundieron en los míos—. Parecías tan agotada... que pensé que sería mejor que siguieras durmiendo. ¿Debería haberte despertado?

Ni siquiera me molesté en discutir. San me odiaba. Unos años atrás, cuando ella había sido admitida como criada en la mansión, nos llevábamos bien. Podría decirse incluso que existía una especie de... *amistad*. Pero poco a poco comenzó a darse cuenta de cómo Lilan me favorecía, de los regalos que me entregaba a escondidas, de por qué era yo siempre la elegida para acompañarla a lugares que ella se moría por conocer.

Eso la enfureció. Y, aunque nunca me había confrontado directamente ni había alzado la voz en mi presencia, se ocupó de que mi vida como criada de los Yehonala fuera más complicada.

Suponía que lo de aquella mañana era su venganza personal por haber sido yo la elegida para acompañar a Lilan en el carruaje principal hasta la ciudad. Por lo que había escuchado de los otros criados, habían estado apelmazados en uno de los vehículos más antiguos, sin apenas lugar donde apoyarse. El camino hasta la capital había sido una tortura.

—El funeral del Emperador será mañana —dijo de pronto el amo Yehonala, separando por fin su vista de la comida—. Espero que todo esté preparado.

Su mujer le dedicó una sonrisa complaciente.

—He ordenado que laven las túnicas mortuorias.

—No debéis llevar ninguna joya. Ni siquiera una simple horquilla —advirtió el amo, mirando de soslayo a Lilan, cuyo cabello parecía un florecido campo de primavera—. Debemos mostrar pesar y humildad ante los ojos de la familia imperial.

Su hija asintió, obediente como siempre.

—Quince días después, se celebrará la coronación del nuevo Emperador. Para ese momento sí que necesitaré que vistáis vuestras mejores galas. —Lilan se volvió hacia su madre e intercambiaron una mirada repleta de ilusión—. Será un día largo. Se realizarán ofrendas al Dios Sol, habrá banquetes y espectáculos. Y el Emperador estará acompañado por la Gran Madre y por quien será la futura Emperatriz.

Hice una mueca, mientras San se inclinaba para escuchar mejor.

—Nos permitirán llevar un par de criadas. También deberán estar presentables.

San se sobresaltó y abrió los ojos de par en par. Yo me mantuve inmóvil, con la vista al frente, tratando de ignorar los ojos de Lilan, que me buscaban.

—Por supuesto, querido. —El ama Yehonala parecía extasiada. Echó un vistazo a su alrededor y se reclinó hacia su marido, bajando la voz, pero no lo suficiente como para que yo no pudiera oírla—: ¿Se conoce ya el nombre del futuro Emperador?

El amo inclinó la cabeza, con el ceño fruncido, aunque sus labios estaban doblados en una sonrisa ufana.

—La noticia no debería hacerse pública hasta el funeral, pero... debido al cargo que ostento, he accedido a cierta información privilegiada. —*Ah*, suspiré, con los ojos en blanco. Cómo le gustaba esa maldita palabra y cómo le encantaba unirla a él—. Al parecer, el elegido ha sido su tercer hijo, Xianfeng. Ha logrado vencer al Gran Dragón.

—Maravilloso —suspiró el ama, como si hubiese oído hablar alguna vez de él.

Yo me estremecí mientras ese nombre hacía eco en mi cabeza. Cuando un Emperador moría, su heredero debía bajar al subsuelo del Palacio Rojo y enfrentarse con su Virtud al dragón que moraba en la oscuridad. Ningún futuro Emperador había muerto al enfrentarse a él, aunque eran los únicos. Nadie por cuyas venas no corriera sangre imperial, había sobrevivido a la contienda.

Las viejas leyendas contaban que alimentaban al monstruo con los cadáveres de los condenados a muerte. Que, incluso, arrojaban a culpables a morir allí, entre sus fauces y sus llamaradas.

Una parte de mí no pudo evitar preguntarse qué Virtud poseería ese futuro Emperador para haber podido derrotar a un monstruo como aquel.

La voz del amo Yehonala regresó a mí, no obstante, sonó mucho más lejana.

—Es un joven que derrocha... *poder*. He podido hablar con él un par de veces. —Puse los ojos en blanco. Conociéndolo, con suerte no habría intercambiado más que un par de saludos—. Será un buen Emperador.

Resoplé, de pronto aburrida, y me recosté sobre la celosía de madera que se encontraba a mi espalda. El olor de los restos del desayuno de la familia Yehonala hizo que mi estómago rugiera de anhelo.

—Van a ser unos días extraordinarios, pero debemos estar a la altura —continuó el amo, con voz grave—. El joven Emperador estará atento a los que lo rodean, buscará nuevas mentes para nutrir su Consejo y conversadores elocuentes con los que discutir sus inquietudes.

Alcé la mirada al techo y supliqué por que ese tal Xianfeng fuese lo suficientemente inteligente como para percatarse de que el amo Yehonala no tenía una mente nutritiva ni una lengua elocuente. Esperaba de verdad que le provocara el hartazgo suficiente como para devolverlo lo antes posible a Kong, donde pudiera estar lejos de este lugar lleno de polvo y ruido.

Junto a la señora Lei, yo fui la criada elegida para acompañar a los Yehonala el día de la coronación. No me sorprendió, sabía que Lilan insistiría hasta que su madre cediese.

Cuando el ama nos lo comunicó, pude sentir cómo San se envaraba a mi izquierda y sus ojos, brillantes de rabia, se clavaban en mí como agujas de bordar. Ahora no me quedaría más remedio que vigilar la comida que me sirvieran.

—Deberías haberla elegido a ella —comenté más tarde, cuando me encontraba junto a Lilan, en su dormitorio.

Por el suelo había extendido decenas de *hanyus* de todo tipo de tonalidades. La seda y la gasa susurraban cada vez que ella pasaba los dedos por la tela. Las flores bordadas parecían tan reales como las que se guardaban en los jarrones de la mansión.

—San disfruta de esos espectáculos tanto como tú —añadí mientras Lilan parecía decantarse finalmente por uno.

Se inclinó y tiró de las mangas para alzarlo. La luz del atardecer se reflejó en la falda verde menta, decorada con decenas de flores de almendro doradas. Lo reconocí, era el *hanyu* que se había puesto en su último Día de la Edad. Asintió para sí misma, satisfecha con su elección, y lo depositó con cuidado en la cama. Después, se volvió hacia el tocador que estaba junto a la ventana, para buscar adornos a juego.

—Sé que estoy siendo una egoísta al arrastrarte conmigo, Cixi —dijo de pronto. Sus largos dedos recorrieron una peineta de nácar—. Pero será un día importante. Y hasta a mí me resultará tedioso. Habrá también hijas de otras familias importantes del Imperio que no dejarán de cuchichear. No soportaré sus miradas pendencieras ni sus dobles sentidos si no estás conmigo.

Me eché a reír, mientras ella escogía un par de horquillas doradas y las depositaba sobre el *hanyu*. Después, se acuclilló junto a un baúl para buscar un cinturón.

—Eres lo suficientemente inteligente como para defenderte tú sola, pero tienes un corazón demasiado grande como para afligir siquiera a un insecto —repliqué. Lilan se limitó a encogerse de hombros—. Un día, este mundo de víboras te devorará.

—No, no lo hará. Porque tú siempre estarás a mi lado —contestó de inmediato. Se incorporó con un cinturón de gasa blanca entre las manos. Lo depositó con suavidad junto a la ropa y retrocedió un par de pasos para situarse junto a mí y contemplar satisfecha su obra—. ¿Te gusta?

Mis pupilas se perdieron entre el verde menta y el blanco perlado. La tela era suave y esponjosa. Si el día era claro, los colores brillarían y atraerían todas las miradas. Las horquillas doradas parecerían fragmentos de sol y estrellas escondidos en el terciopelo oscuro de su largo pelo negro.

—Estarás preciosa —dije. Sentía deseos de acariciar la falda, pero temía que pudiese mancharla. Mis manos todavía olían a la cebolla que habían cortado aquella mañana—. Hasta el nuevo Emperador se dará cuenta de su error al haber elegido ya a su Emperatriz.

Lilan se echó a reír.

—Cixi, esto será lo que lleves puesto tú.

Me volví en redondo hacia ella, con los labios abiertos en una palabra que no me dio tiempo a pronunciar.

—Mi madre insistió en que debíamos hacernos unos *hanyus* nuevos, al estilo de Hunan. Por eso llevamos tantas mañanas fuera. Supliqué para que también os hicieran unos para la señora Lei y para ti, pero supongo que no fui lo suficientemente persuasiva —añadió, con una sonrisa de disculpa.

Parpadeé. Me costaba hacer que mi lengua obedeciese.

—Yo no debería llevar algo así —balbuceé—. Es... demasiado.

Lilan sacudió la cabeza y me tomó de las manos. Con un suave tirón, me apretó contra su pecho. El olor de su perfume a orquídeas me envolvió como un cálido manto. No estaba en Kong, pero entre sus brazos me sentía como en casa.

—Ojalá pudiera darte más, mucho más. Así que ni se te ocurra no aceptarlo. —Soltó una risita juguetona; yo apenas fui capaz de sonreír. El brillo de la tela todavía me cegaba—. Además, debemos dejar en buen lugar a la familia Yehonala, no lo olvides.

No recordé asentir. Mis manos reptaron por la tela hasta aferrarse a una de las horquillas doradas y alzarlas. Decenas de florecillas de metal repicaron cuando las agité; simulaban delicadas campanillas. Cada una de ellas tenía incluso el cáliz y los estambres. Era una obra maestra de la joyería. Sin embargo, por alguna razón que no comprendí, mis ojos no pudieron separarse de su parte final, donde la horquilla debía unirse al cabello.

El extremo era tan dorado como afilado.

Nunca me había parado a pensar que con una joya podría matar a alguien.

3

El día de la coronación del nuevo Emperador comenzó muy temprano, cuando el cielo todavía estaba teñido del azul tenebroso de una noche agonizante.

Por primera vez, en vez de peinar el largo pelo de Lilan, yo ocupé una silla. Una de las criadas más antiguas fue la que recogió mi cabello. Nada ostentoso, por supuesto, pero sí mucho más elaborado que el moño bajo que me hacía todas las mañanas.

Las criadas no se maquillaban, pero Lilan se las apañó para darme unos toquecitos con su polvo de rosas cuando nadie miraba.

Tanto ella como su madre tardaron cinco largas horas en arreglarse. El *hanyu* que habían confeccionado para ellas tenía innumerables capas. Todas de colores brillantes. El del ama Yehonala era de un azul marino elegante, pero el de Lilan poseía un matiz rosa intenso, que casi parecía rojo, el color de las novias. Esperaba en secreto que la elección de aquella tela no tuviera segundas intenciones.

En el elaborado peinado que llevaba Lilan, cuyos cabellos formaban algo parecido a una flor abierta, colgaban decenas de peinecillos y abalorios de cuentas. Apenas quedaba una brizna de cabello negro entre tanto rosa y dorado. De los lóbulos de las orejas colgaban también largos pendientes que debían ser pesados. Casi llegaban a rozarles los hombros de su *hanyu*.

El amo Yehonala había optado por un uniforme de corte militar, a pesar de que él nunca había participado en una maldita batalla. Parecía un Señor de la Guerra que regresaba victorioso tras un importante enfrentamiento.

Y su mujer y su hija eran sus brillantes botines.

A pesar de habernos preparado con tanta antelación, el tiempo se nos echó encima. El amo Yehonala empezó a gritar y su mujer se angustió tanto que lloró y las lágrimas le corrieron parte del maquillaje. Así que todo se retrasó aún más.

Lilan me llevó aparte, frente a uno de los inmensos espejos, y me hizo enfrentarme a mi reflejo. Yo, que había ido de aquí para allá, perdida entre tantos preparativos, ni siquiera había tenido tiempo de echarme un vistazo. Hasta ese momento.

La joven que me observaba con las pupilas dilatadas tenía que ser alguien más. Mi largo cabello negro nunca había estado tan limpio y perfumado, tan brillante como un espejo pulido. Aunque no llevaba maquillaje, mis ojos rasgados parecían de alguna forma más grandes, más profundos. Mi boca, más pequeña y jugosa. Parecía una pequeña manzana roja que deseaba ser devorada. Las perlas que colgaban de mis orejas iluminaban mis mejillas sonrosadas por los polvos que Lilan me había puesto a escondidas.

El *hanyu* parecía hecho a medida para mí. Las mangas vaporosas llegaban hasta el suelo, y el cinturón blanco constituía la unión perfecta entre la falda y la blusa cruzada.

—Esa no soy yo —mascullé.

Lilan me apretó el brazo con ternura.

—Claro que lo eres. Pero esta es la primera vez que te detienes a mirarte. *De verdad.* —Su reflejo me guiñó un ojo—. Si fueras hija de otra familia, serías mi rival.

—Yo nunca podría competir contigo —me oí decir, pero mi voz quedó ahogada con los gritos del amo Yehonala, que instaba a su mujer a darse prisa.

Cuando por fin subimos al carruaje que nos estaba esperando, pasaba el mediodía.

Sin mucha elegancia, entramos unos tras otros en el cubículo y el conductor azuzó a los caballos para que emprendieran un trote ligero cuanto antes.

Los amos Yehonala resoplaban y parecían malhumorados, mientras que la señora Lei, elegante con flores en la cabeza, y Lilan espiaban tras las cortinas rosadas que adornaban el vehículo.

Habían despejado las avenidas principales y muchos se habían apelmazado a ambos lados de la calzada, para observar. Muchos jaleaban y sacudían el emblema del Imperio Jing, un sol poniente tras un monte elevado. Otros, sin embargo, observaban la larga hilera de vehículos que se dirigían a la residencia imperial con el ceño fruncido, con los dientes hundidos en los labios.

Con las dos horquillas que llevaba en la cabeza se podría comprar arroz para los que estaban allí reunidos, observando la cabalgata.

El hogar del Emperador era conocido como el Palacio Rojo, aunque en realidad, su tamaño era similar al de una ciudad. Estaba en el mismo centro de Hunan y se lo conocía también como «la ciudad dentro de la ciudad».

Nadie veía qué sucedía en su interior. Sus imponentes y altas murallas separaban aquel mundo de oro y nácar de ese otro hecho a base de adobe y paja.

—¡Mira, Cixi! —exclamó Lilan, sacando el brazo por la ventana—. ¡Ya puedo ver los muros!

Incliné un poco la cabeza para seguir su mirada. Al final de la inmensa avenida, delante de la caravana de carruajes, llegué a divisar la enorme muralla.

—Dicen que las paredes son tan rojas, porque las pintan con sangre de los enemigos caídos —dijo el amo Yehonala, con su voz profunda de contar historias.

Apreté los labios y me pareció sentir un sabor metálico en la base de la lengua.

Los carruajes fueron conducidos por una puerta lateral, cercana a la principal. Nadie salvo el Emperador podía atravesar el Gran Portón de Oriente. Aun así, las puertas de madera que se abrieron a nuestro paso eran igualmente enormes, coronadas por un par de garzas doradas, con las alas extendidas sobre nosotros, como si quisieran cubrir con ellas a los visitantes.

El Palacio Rojo era inmenso, pero el carruaje apenas avanzó unos pocos metros hasta que se detuvo. Un hombre vestido de uniforme abrió la puerta y nos indicó que saliéramos.

No era un soldado. Lo cubría una túnica de aspecto ceremonial de color negro, con motivos dorados. Su cabello oscuro lo llevaba bien ajustado en un pequeño moño, en la coronilla.

—Será un placer para mí indicarles su lugar en la ceremonia —dijo, con una voz inusualmente aguda, tras realizar una profunda reverencia.

Los amos Yehonala fueron los primeros en salir, seguidos de Lilan y la señora Lei. Yo fui la última. Fue extraño cuando el hombre sujetó mi mano para ayudarme a descender.

—Gracias —masculló, porque no estaba acostumbrada a llevar *hanyus*, y la falda se me enredaba en las piernas.

Él arqueó durante un instante las cejas y levantó su cabeza inclinada en mi dirección. Debía tener unos diecisiete años, como yo, pero ni un asomo de barba oscurecía su barbilla. Su piel era suave y sus rasgos estaban poco marcados. Algo parecido a una sonrisa burlona tironeó de sus labios antes de bajar de nuevo la mirada.

—Es un eunuco —me susurró la señora Lei, cuando se alejó de mí—. Hacía muchos años que no veía uno.

Parpadeé, asombrada, y miré a mi alrededor. Había decenas de jóvenes como aquel que nos había ayudado a descender del carruaje. Todos iban vestidos de igual manera. Caminaban ligeramente inclinados, en una reverencia eterna.

No había eunucos en Kong. Ni tampoco en otras regiones del Imperio, creía. Pero había oído que se encontraban por cientos, incluso por miles, en el interior del Palacio Rojo, así como en el seno de algunas de las familias más ricas e importantes de la capital.

La primera vez que escuché hablar de ellos era solo una niña, con una edad similar a la que tenían ellos cuando se sometían, o, mejor dicho, *los sometían* a la castración. Estuve tres noches sin dormir.

Ahora, mis ojos eran incapaces de separarse de sus cuerpos, a pesar de todo el esplendor que me rodeaba.

Había creído que el ama Yehonala y Lilan se habían arreglado demasiado, pero había jóvenes y mujeres de otras familias que parecían contener verdaderos jardines en su cabeza. Algunas jóvenes cargaban con tanta joyería en su cabello que eran incapaces de mantener la cabeza erguida.

Todavía era temprano, pero el sol abrasador del estío nos golpeaba sin piedad.

Por suerte, no tuvimos que caminar demasiado. El eunuco nos condujo a través de un ancho pasillo al aire libre, rodeado por esos muros de color sangre, hasta llegar a una enorme explanada, en la que, a lo lejos, pudimos ver un palacio de muros verdes y techos a dos aguas, cubiertos por tejas anaranjadas. Unas escaleras lo elevaban por encima del terreno.

Bajo un porche sustentado por columnas que representaban a dragones enroscados, había un trono de color dorado, resguardado del inclemente calor. Una larga fila de guardias imperiales vestidos de azul creaba un muro entre ese asiento y el patio.

Repartidos por todo el espacio, habían colocado cientos de sillones labrados en madera y tapizados de dorado. Ni un solo parasol protegía esos flecos amarillos, que parecían cabos de velas a punto de encenderse.

El eunuco nos condujo hasta uno de ellos. Se encontraba tan alejado del palacio, que tenía que arrugar los ojos para ver con claridad el trono dorado.

—Desde aquí disfrutarán la ceremonia, señor —dijo, antes de inclinarse de nuevo.

—Debe tratarse de un error —contestó de inmediato el amo Yehonala, con el ceño fruncido. Echó un vistazo a las otras familias que los diversos eunucos acomodaban a nuestro alrededor—. *Este* no puede ser nuestro lugar.

La sonrisa del eunuco no se inmutó.

—Es un lugar privilegiado, señor —dijo—. Están junto al pasillo central. El Emperador pasará por su lado.

—Aun así… —insistió el amo.

Debía callarse. Algunas de las familias cercanas nos observaban de reojo. Sus ojos se fijaban durante mucho tiempo en Lilan, y veía cómo en sus pupilas destellaban la envidia y la admiración, pero después, estas se ensombrecían cuando se hundían en el ridículo uniforme del amo.

Con un sobresalto, descubrí que aquel había sido un error.

Aunque iba vestido como un militar ilustre, no plantó mucha batalla al eunuco, y terminó por refunfuñar algunas palabras y ocupar su lugar en el único asiento que tenía nuestro espacio. Por supuesto, no había sillas para las mujeres. Y el sol cada vez ascendía más, y con él, el calor que irradiaba.

Se estimaba que la ceremonia empezaría pronto, pero se atrasó. Y hasta que el astro no llegó a su punto álgido, hasta que no estuvimos embebidos en sudor y en el hedor que escapaba bajo tantas y tantas capas de ropa, los tambores no anunciaron la llegada del Emperador.

Moverme después de permanecer tanto tiempo de pie resultó un alivio, aunque solo fuera para arrodillarme.

El amo Yehonala flexionó la cintura y bajó la cabeza, mientras su mujer y su hija apoyaban sus dos rodillas en el suelo y dejaban caer la mirada. Para los sirvientes como la señora Lei y yo, una reverencia así no era suficiente, así que tuvimos que postrarnos casi por completo, con las rodillas tocando el pecho y los brazos extendidos por encima de nuestras cabezas. Las puntas de mis dedos casi rozaron el camino principal que recorrería el Emperador en su trayecto hasta el trono.

Los tambores se acercaban, retumbando como pasos de monstruos, demonios y bestias salvajes en el interior de mi cabeza. El suelo se estremecía bajo mi bonito calzado, y unos rugidos lejanos, se mezclaban con los golpes de tambor. Quizá fuera el Gran Dragón que habitaba el subsuelo del Palacio Rojo, que aullaba en honor al nuevo monarca, o que lloraba de pura rabia.

Estaba prohibido mirar a nadie que perteneciese a la familia imperial a los ojos, pero la curiosidad pudo conmigo. Al fin y al cabo, nunca volvería a estar tan cerca del Emperador.

Giré un poco la cabeza, solo lo suficiente como para ver cómo un calzado de color dorado, cuajado de piedras preciosas, se acercaba a mí. Sobre él, ondulaba con elegancia el borde de una túnica del mismo color, aunque repleta de dibujos hilados que representaban dragones, garzas en pleno vuelo y orquídeas.

Alcé un poco más la vista y alcancé a ver el rostro del hombre que estaba a punto de convertirse en un dios viviente.

Era algo mayor que Lilan. Y era atractivo, debía reconocerlo. No solo por su cuerpo esbelto, por su imponente altura. Había seguridad en sus labios suaves y una fiereza atrayente en sus ojos grandes y brillantes. Te hacían desear ser devorada por ellos.

La Virtud del Emperador no era pública. Pero tuve la certeza de que, fuera cual fuese, sería terriblemente poderosa.

Al pasar por mi lado, noté cómo se detenía de pronto y me apresuré a volver a clavar las pupilas en el suelo pedregoso. El corazón me latió en la garganta.

Retuve el aliento y volví a observar de soslayo. El Emperador no había reparado en mí. Sus ojos se habían quedado inmóviles en el rostro inclinado de Lilan, en su sonrisa tierna, en la forma delicada de sus manos, creadas solo para sanar y abrazar.

Un escalofrío me recorrió. Aunque esa mirada solo duró un momento, para mí transcurrió una eternidad.

El Emperador siguió caminando y, tras él, lo siguieron los pasos de dos mujeres. Esta vez, no me atreví a levantar la mirada, aunque a juzgar por los bordes ornamentados de sus *hanyus*, debía tratarse de la Gran Madre y de la que sería la Emperatriz, la esposa del Emperador.

Tras ellas, siguiendo la procesión, había unos diez hombres ataviados con túnicas de ceremonia. No supe bien de quiénes se trataba. ¿Señores de la

Guerra? ¿Consejeros? De sus cuellos y su ropa colgaban gemas que parecían hechas de fuego bajo la luz del sol.

La procesión era interminable. Y, cuando los calzados más elaborados sustituyeron a otros más sencillos, levanté un poco la cabeza, aunque debía permanecer en mi posición hasta que se nos ordenase incorporarnos.

Fue un error.

Junto a mí se encontraba un eunuco. Supe que lo era porque vestía de forma idéntica al otro joven que nos había abierto la puerta del carruaje.

Apenas pude atisbar su rostro antes de clavar la frente en el suelo de nuevo.

Una cara ovalada, de rasgos tan afilados como su mirada. Aunque la gran mayoría de los hijos del Imperio Jing teníamos los ojos oscuros, sus ojos me parecieron pura oscuridad. Dos fragmentos de hierro candentes.

Algo me sacudió por dentro y, cuando pasó de largo, lo observé entre la sombra de mis dedos. Una figura esbelta, que caminaba con cierta incomodidad entre tanta gente.

Tras él, hubo decenas, cientos, tantos que perdí la cuenta.

El sol comenzó a quemar la piel expuesta de mi cuello, y solo cuando tuve la certeza de que se me había enrojecido, recibimos la orden de levantarnos.

La ceremonia fue larga y soporífera. Desde nuestra posición, no logramos oír ni una sola palabra.

Había una clara diferencia entre *ellos* y *nosotros*, a pesar de que la familia Yehonala, como tantas otras que habían asistido, pertenecían a los estratos más elevados del Imperio. Sin embargo, el Emperador y su familia eran seres del cielo. Nosotros solo nos encontrábamos de puntillas sobre la tierra.

Cuando la ceremonia de coronación terminó por fin, era bien entrada la tarde y yo solo deseaba regresar a la mansión. Por desgracia, después hubo un banquete oficial en el que la señora Lei y yo tuvimos que servir a Lilan y a sus padres, por lo que apenas pudimos tomar bocado. Más tarde, cuando este terminó, hubo danzas y música, pero yo me sentía tan agotada y hastiada que no fui capaz de admirar la estancia en la que me hallaba, los bellos rostros que me rodeaban.

Todo se había convertido en un borrón violento de oro, seda y joyas.

Cuando por fin subimos en el carruaje para regresar, era cerca de la medianoche. En cuanto los amos y la señora Lei apoyaron el trasero en los asientos de madera, cayeron en un sueño repentino. Yo deseaba acompañarlos, pero Lilan estaba demasiado emocionada y no dejaba de parlotear.

—¿Has podido observar el rostro de la Gran Madre? Parece tan joven... He oído que fue una de las últimas concubinas en incorporarse al Harén del fallecido Emperador Daoguang.

Yo asentía, aunque apenas la escuchaba. Lilan se inclinó para cerciorarse de que sus padres siguieran dormidos a pesar del traqueteo del vehículo.

—Me miró, Cixi —susurró de pronto.

Hubo algo en su voz que me espabiló.

—Mucha gente te ha mirado, Lilan —repliqué, aunque una parte dentro de mí sabía a quién se refería.

—Tuviste que darte cuenta, eres más observadora que yo. —Me amonestó con un ligero empujón—. Se detuvo para contemplarme. *El Emperador* —añadió en un susurro extasiado.

Apreté los labios y no contesté. Apoyó la mejilla en su mano abierta y miró a través de las cortinillas del carruaje, dejando que el aire fresco de la noche le acariciase el rostro. Su propia imaginación le estaba regalando todas las respuestas posibles.

Más tarde, cuando por fin me dejé caer en mi camastro, San se incorporó sobre su codo y me miró. Por mucho que me envidiara, por mucho que me odiara, no había podido dormir.

—¿Qué has sentido al estar allí dentro? —preguntó.

Yo lancé un gruñido y le di la espalda, aovillándome como un gato huraño.

—Nada. Solo espero no volver a pisar ese maldito palacio por el resto de mi vida.

# 4

**N**uestra estancia en la capital se alargó como las eternas jornadas de trabajo durante el estío.

Al principio, por puro placer de los amos. Con la coronación de un nuevo Emperador, otorgaban una suma considerable a cada familia que formara parte del gobierno de la nación. Y, aunque el amo Yehonala comentó que le resultaba extrañamente *escasa*, dieron buena cuenta de ella comprando ropa nueva, joyas y muebles que más adelante serían un incordio para trasladar a Kong.

Pero, cuando tras dos semanas, nadie dio orden de empezar a recoger la mansión, empecé a preocuparme. Apenas unos días más tarde, fui consciente de que el amo Yehonala salía cada vez más temprano en dirección al Palacio Rojo y llegaba mucho después de que se ocultara el sol. Al principio, su estado de ánimo era similar al de siempre: risueño, hablador, petulante. Sin embargo, con el paso de las jornadas, fue apagándose. Se volvió más retraído, dejó de comer y comenzó a dormir mal. Largas ojeras se extendieron bajo sus ojos como las fumarolas de los muertos cuando los incineraban.

Entonces, una noche, durante una cena a la que sí había acudido a tiempo, explotó.

Una de las criadas que habían contratado con la llegada a Hunan se distrajo y vertió un poco de té en su mano. Ni siquiera estaba caliente, no humeaba, pero el amo Yehonala se revolvió como si le hubiese hincado los colmillos una serpiente y la abofeteó con tal fuerza, que la arrojó al suelo del golpe.

Los anillos que llevaba en los dedos dejaron la mejilla de la criada convertida en un jirón de carne y sangre.

Yo abrí los ojos de par en par, mientras San, a mi lado, dejaba escapar una exclamación ahogada. Lilan se levantó tan rápido de su asiento, que el taburete cayó al suelo. El ama Yehonala fue la única que permaneció en su lugar, pero se volvió hacia su marido con la expresión desencajada.

—Querido... —susurró.

Mientras yo ayudaba a levantarse a la pobre criada, que había empezado a sollozar, vi de reojo que el hombre parecía a punto de disculparse. Pero era el amo, tenía su estatus, así que permaneció en un silencio adusto, con la barbilla muy erguida.

El ama Yehonala llamó a la señora Lei, que no pronunció ni una sola palabra al ver el estado en que había quedado la cara de la criada, y se la llevó consigo murmurando palabras de consuelo. San la siguió.

Yo estuve a punto de hacer lo mismo, pero los ojos de Lilan atraparon los míos. En silencio, atravesé la estancia y me situé junto a ella. Sus manos buscaron mi brazo como si fuera el tronco de un árbol donde sostenerse.

Ninguno de los amos me dijo que me marchara. Al fin y al cabo, yo no era nadie.

—Padre —dijo Lilan, en voz baja, con la misma cautela con la que se dirigiría a un animal salvaje—. ¿Qué ocurre?

El amo Yehonala cerró la mano en un puño y golpeó con tal fuerza la mesa redonda, que todos los platos repiquetearon. Uno de los cuencos de té se volcó, pero nadie hizo amago de limpiarlo.

Carraspeó con fuerza, pero pasó demasiado tiempo hasta que logró articular la primera palabra.

—El Emperador... no está contento conmigo —masculló.

Su mujer parpadeó, confundida, y se inclinó hacia él.

—¿Qué quieres decir?

El nuevo Emperador apenas llevaba dos semanas en el trono. ¿Cómo era posible que el amo lo hubiera disgustado con tanta celeridad?

—No... no es que haya errores en mi gobierno sobre Anyul. Pero... es joven y es ambicioso.

Tragó saliva. Pronunciar esas palabras era peligroso. Nadie osaba jamás cuestionar el juicio del Emperador, tuviera noventa años o tres, fuese sabio o no. Hacerlo suponía un castigo que nadie deseaba imaginar.

—Ha eliminado a muchos de los antiguos consejeros de su padre, y ahora, los nuevos... ¡son como serpientes sibilinas! ¡No hacen más que murmurar en su oído! —gritó de pronto, sobresaltando a su mujer y a su hija, que se echaron hacia atrás con brusquedad—. Sobre todo... ese... ese maldito Sushun. —Pronunció ese último nombre como si estuviera masticando estiércol.

Yo no tenía ni idea de quién podía tratarse, pero vi una devastadora sombra de preocupación abatirse sobre el rostro ya pálido del ama Yehonala.

—¿Qué has hecho para despertar su ira? —masculló.

—Nada —replicó de inmediato—. Absolutamente nada. Pero era algo que debía esperarme. Cuando un nuevo Emperador sube al trono, todos se convierten en cuervos a su alrededor. Hacen lo que sea para picotear todo el poder que puedan y asegurarse una buena posición en la que lograr ascender.

Soltó el aire de golpe y se obligó a levantar la cabeza, aunque esta parecía pesarle tanto como las de las jóvenes enjoyadas que había visto en la coronación.

—Estamos inmersos en una época difícil, de cambios... pero lo arreglaré. —Sus labios se torcieron en una sonrisa que me produjo escalofríos—. Confiad en mí.

Aquella noche, Lilan me pidió que durmiera en su cama. Tenía miedo, y yo sería estúpida si no estuviera asustada. Hasta el último mendigo del Imperio sabía que no contar con el favor del Emperador era terrible. Y, a pesar de que Lilan adoraba a su padre, reconocía sus deficiencias.

Los días siguientes no fueron mejores que los anteriores. El amo continuó saliendo al alba y regresando tarde. Cada vez más cansado, cada vez más preocupado. Cinco días después de que golpeara a la criada, nos informó que habían reducido su sueldo a la mitad, por lo que el ama Yehonala no tuvo más remedio que despedir a parte del servicio.

Cometió el error de dejar marchar a la muchacha a la que su marido había golpeado, así que apenas unos días después, se empezó a correr el rumor por la zona de que el amo Yehonala maltrataba a los criados.

No es que fuera una práctica poco habitual, pero si había algo que alimentaba las bocas más que el propio arroz, eran los cuchicheos y los dramas de los demás.

Eso no hizo más que acrecentar la tensión que comenzaba a asfixiar a la familia.

Las visitas comenzaron a escasear. Las excursiones a las tiendas de telas y joyas desaparecieron. Llegaron multas que nunca antes habían sido recibidas. Más criados fueron despedidos y, al final, solo quedamos los que habíamos acompañado a los Yehonala desde Kong.

Presencié, incrédula, la facilidad con la que una familia importante podía caer en desgracia. Como, en cuestión de unas pocas semanas, los Yehonala habían pasado de la euforia a la desesperación.

Sus pérdidas no los llevaron a reducir sus raciones de comida, pero el estatus en Hunan lo era todo. Si lo perdían, perdían todo.

Yo no sentía lástima por los amos. Si hubiera sido por ellos, ninguno habría dedicado más de un vistazo a una cesta que flota en la ribera de un río. Pero sí sufría por Lilan.

Si sus padres caían en desgracia, ella lo haría también... con terribles consecuencias. Una joven preciosa de una familia desesperada era un botín deseado por los más feroces.

Aunque nunca me habló de él, Lilan debió pensar en su futuro, en lo que podría ocurrir con ella si los acontecimientos seguían el camino decadente de las últimas semanas. Por eso, en mitad de una cena ligera con sus padres, dejó los palillos a un lado y se aclaró la garganta:

—Voy a formar parte del Harén del Emperador.

Fue como si una brisa violenta me envolviera de golpe, a pesar de que el aire nocturno de los últimos días del estío permanecía tras las ventanas del comedor.

No fui la única que la miró con la expresión desencajada. Su madre la agarró de las manos y la sacudió.

—¿De qué estás hablando, Lilan?

—Tengo veinte años, una buena edad para entrar. Soy una Virtud y procedo de una buena familia. —Suavizó su voz con una sonrisa que nadie fue capaz de devolverle.

El amo Yehonala dejó escapar un largo suspiro, pero no replicó.

Y eso me provocó un estremecimiento.

—No puedes hablar en serio —masculló desde mi lugar, en un rincón de la estancia, aunque nadie me había dado permiso para hablar.

—¿Por qué no iba a hacerlo? —contestó Lilan, frunciendo de pronto el ceño.

—Querida hija, sé que tus intenciones son nobles... —El ama Yehonala tragó saliva—. Pero no sabemos cuándo aceptarán nuevas concubinas.

—Dentro de tres días —repuso Lilan. Jamás había sonado tan firme y segura de sí misma—. Le pedí a la señora Lei que me inscribiera. Lo siento, madre —se apresuró a añadir, al ver cómo la mujer abría la boca de par en par.

—Hay pruebas —intervine, porque algo había oído—. Son pocas las Virtudes que logran superarlas. Las que no, son obligadas a tomar el Té del Olvido. Si no entras, te considerarán una mujer rechazada y no será fácil encontrar marido después.

Lilan clavó en mí una mirada tan afilada y fría como el hielo.

—No me rechazarán.

Me mordí la lengua con rabia, porque sabía que tenía razón. No sabía de qué trataban esas pruebas, pero estaba segura de que Lilan las superaría. Era la hija perfecta, sería la esposa perfecta.

Con un movimiento sereno, se puso en pie y se colocó frente a su padre antes de postrarse por completo ante él, de la misma forma en que yo lo había hecho frente al Emperador.

No me gustó la expresión del amo Yehonala.

—Padre, sé que no estoy teniendo un comportamiento adecuado, sé que os he desafiado, pero si consigo el favor del Emperador, estoy segura de que esos malentendidos que habéis tenido se solucionarán y todo volverá a ser como antes.

*Tonta*, pensó una parte furiosa de mí. *Si te vas, nada volverá a ser como antes.*

El amo se quedó un instante inmóvil, pensativo. En sus ojos se reflejaron mil pensamientos como nubes de tormenta. Si él no daba su aprobación, habría un rayo de esperanza. Tal vez Lilan entraría en razón.

Pero entonces, muy lentamente, asintió.

—Es un paso arriesgado, hija mía —dijo, con ese tono ceremonial que usaba para relatar las grandes batallas—. Pero si resultas elegida, no solo será un gran honor para ti, sino para todos nosotros.

Aunque permanecí quieta, sentí cómo me derrumbaba por dentro.

Ya no había vuelta atrás.

El ama Yehonala esbozó una sonrisa contrita y tomó de la mano a Lilan para obligarla a erguirse.

—Eres nuestro mayor tesoro —susurró, antes de abrazarla.

No pude soportarlo más. En silencio, con la barbilla baja, me retiré de la estancia. Si mi Virtud estuviese relacionada con el fuego y no con la muerte, habría prendido en llamas toda la mansión.

Ser concubina era un destino más para una mujer en el Imperio Jing. Casi todas las familias importantes tenían dos o tres concubinas. Algunas hasta cuatro. Era importante que los vástagos fuesen lo más numerosos que fuera posible para extender bien el apellido.

El amo Yehonala había tenido dos concubinas, pero las dos habían fallecido por complicaciones durante el embarazo. Después no había elegido más. Y, aunque el ama parecía feliz de que su hija pudiese formar parte del Harén del Emperador, había visto una sombra en su mirada cuando su marido no se había negado a ello.

Ella no había sido cruel, pero yo había sido testigo de cómo en muchas ocasiones había hecho la vida más difícil a las concubinas del amo cuando todavía vivían.

Quizá había atisbado durante un instante lo que podría llegar a ocurrirle a su tierna hija.

Recorrí toda la mansión a paso rápido y no me detuve hasta que alcancé el dormitorio de Lilan. Allí la esperé, caminando de un lado a otro, con las uñas clavadas en las palmas de mis manos.

Cuando llegó, ya era noche cerrada y yo había tenido que encender todas las velas de la habitación.

Me dedicó una sonrisa deslumbrante que no correspondí.

—Sabía que estarías aquí —dijo mientras se dejaba caer sobre la cama. Palmeó el lecho, pero yo permanecí de pie, en uno de los rincones de la estancia donde la luz de las velas y la luna no pudieran alcanzarme—. Siento no habértelo contado, Cixi. Nunca ha habido secretos entre nosotras.

—No puedes entrar allí —contesté desde las sombras. Mi voz brotó estrangulada—. Quienes pisan el Palacio Rojo nunca vuelven a salir.

Lilan sacudió la cabeza y alzó los ojos al techo.

—No seas exagerada, Cixi. No conoces las normas de la corte como para hablar con tanta seguridad. Hay muchos que atraviesan esos muros día y noche. Las criadas tienen la opción de abandonar su puesto cuando cumplen los veinticinco, para poder casarse.

—Pero no las *concubinas* —repliqué yo.

Lilan apretó sus gruesos labios durante un instante.

—Conozco casos en los que el Emperador Daoguang dejaba a sus favoritas que viajasen a sus hogares de origen, e incluso permitía que algunos familiares las visitasen.

—Sus *favoritas* —repetí—. ¿Cuántas concubinas hay? ¿Decenas? ¿Cientos?

—El actual Emperador no es como su padre. Todavía no posee un harén amplio. En cualquier caso… es un riesgo que estoy dispuesta a asumir. Quiero ayudar a mi familia. Mis padres solo me tienen a mí —añadió en voz baja—. Si fuera un hombre, podría ascender por méritos militares o presentarme a los exámenes imperiales para convertirme en consejero. Pero no lo soy. Y esto es lo único a lo que puedo aspirar.

Había una nota de amargura en su voz.

—¿Y qué ocurrirá con Zhang? —pregunté, dando un paso en su dirección.

—El destino no quería que estuviéramos juntos. Estoy segura de que encontrará una buena esposa pronto —murmuró.

Me acerqué a ella y me arrodillé a su lado. Mis manos buscaron las suyas y las aferraron con demasiada fuerza, aunque ella no se apartó ni se quejó. Mi piel áspera, caliente por la rabia, como una zarza encendida, resbaló sobre la suya, suave y fresca, blanca y delicada. Pétalos de una flor de loto.

—No puedes rendirte, Lilan —susurré, con vehemencia.

Me acerqué tanto a ella, que mi voz agitó los cabellos que habían escapado de su recogido. Ella podía leer mi alma con solo mirar mis pupilas. Pero esta vez no lo hizo... o no quiso hacerlo.

—No me estoy rindiendo, Cixi. Estoy luchando.

—No de la forma adecuada —contesté, antes de separarme con brusquedad.

Quería que Lilan me gritara. Que se enfadara conmigo al menos. Pero en vez de eso, solo me dedicó una sonrisa triste que avivó todavía más las brasas que ardían en mi interior.

—Aunque he querido que te sintieras parte de esta familia, creo que no ves lo importante que es para los Yehonala este paso que estoy dando. El estatus para nosotros lo es todo. Perderlo no es una opción. —Hice amago de replicar, pero ella continuó hablando—. Si soy seleccionada para formar parte del Harén, mis padres estarán relacionados de forma directa con la familia imperial. Puede... puede que incluso dé a luz al futuro Emperador.

Comencé a negar con la cabeza, una y otra vez; era como si una tormenta se hubiera desatado en mis oídos.

—Estás soñando, Lilan. Esto no será como una de esas historias que cuenta tu padre.

Ella no pestañeó cuando me devolvió la mirada. A pesar del ambiente cálido que reinaba en el dormitorio, con la luz de las velas y la brisa cálida que penetraba por la ventana abierta, sentí como si un huracán helado creciera poco a poco entre las dos.

—Esta decisión no te concierne. No vas a participar en ella. —Sus palabras fueron piedras que cayeron una a una hasta crear un muro demasiado alto que escalar—. *Jamás* podrás comprender la importancia de lo que pretendo conseguir porque solo eres una... *criada*.

Ella siempre había sido como una flor. De tallo flexible, de pétalos abiertos. Pero, ahora, era un roble centenario al que nunca podría doblegar a no ser que lo derribara a hachazos.

Rabiosa, me subí la túnica gris de servidumbre y me arrodillé frente a Lilan como nunca lo hacía. Bajé la cabeza todo lo que pude y pronuncié con frialdad:

—Entonces, vuestra leal criada os desea buenas noches, joven ama.

Ella no respondió.

Desde aquel día, dejé de llamarla «Lilan».

**5**

Un poder que provenía del Cielo solo podía pertenecer al hijo del Dios Sol. Solo podía recibirlo su descendencia.

Por eso, toda aspirante a convertirse en concubina del Emperador debía acudir el día de la selección con hojas del Té del Olvido en un pequeño saquito de tela que debía llevar atado en su muñeca, bien visible. Si la joven superaba las pruebas, el saquito sería devuelto a la familia. Si no, ella misma debía preparar el té frente a quienes la habían considerado indigna y beber hasta la última gota. Así, perdería su Virtud.

Si se negaba, la ejecutarían.

Aquella mañana, cuando Lilan se marchó subida en el carruaje de su familia en dirección al Palacio Rojo, vi la pequeña bolsa asomando por la manga izquierda de su *hanyu*. Se la había entregado aquella mañana un sanador imperial que había acudido personalmente a la mansión.

Sabía que regresaría sin que su garganta hubiese ingerido ni una sola gota.

Las Virtudes nacían ligadas a algunas mujeres y a algunos hombres bendecidos por el Cielo, aunque a estos últimos, en el momento en que la manifestaban, se los obligaba a tomar el Té del Olvido. A veces, eran solo bebés que ni siquiera habían aprendido a andar. Pero que un aldeano sin educación, sin riquezas, ostentara un poder que pudiera desafiar el orden establecido, que pudiera desafiar a la propia dinastía, era peligroso.

A las mujeres se les permitía poseer su Virtud durante algún tiempo más. Eran más sumisas, más obedientes, y eran las únicas que podían transmitirlas. El poder que albergaban debía ser entregado al Emperador. Y solo él era libre de usarlo a favor de la nación. O de sus propios caprichos.

Un decreto exigía que toda joven que poseyera una Virtud y no tuviese las condiciones mínimas de ser seleccionada para entrar en el Harén, debía beber el Té del Olvido antes de cumplir los quince. De no hacerlo, sería sentenciada a muerte.

Yo tenía diecisiete años. Así que hacía dos que debería estar muerta. Lástima que mi Virtud me lo impidiera.

El decreto no habría sido tan duro con Lilan si no se hubiese presentado como aspirante a concubina. Si se hubiese casado con Zhang, ese joven de la Aldea Gansu, habría tomado el té durante la ceremonia de unión. Y si, por alguna remota casualidad, se hubiese quedado soltera, lo habría ingerido cuando cumpliera los veinticinco.

Pero Lilan fue elegida, por supuesto. La humildad era un valor importante en el Imperio Jing, pero nadie esperaba un destino diferente. Ni la servidumbre ni los amos. Así que cuando el carruaje trajo a Lilan de vuelta, vestida con el mejor de sus *hanyus* y las joyas más ostentosas, con los ojos brillantes de lágrimas y el saquito lleno de té entre sus manos, no hubo duda.

Tendría una luna para prepararse antes de entrar para siempre en la residencia de Su Majestad.

Al parecer, había causado gran impresión no solo al Emperador Xianfeng, sino también a la Gran Madre. De los siete rangos entre los que se dividía a las principales concubinas en el Harén, ella había adquirido el quinto.

—Es un gran honor que te hayan otorgado un grado tan elevado desde el inicio —oí decir al ama Yehonala, durante al almuerzo de ese día—. He oído que hay concubinas que comienzan sin tener siquiera un rango oficial y mueren sin haber progresado.

—Sé que te esforzarás para escalar posiciones, hija mía —añadió su padre.

Lilan asintió, entusiasmada. Ni siquiera se detenía a pensar lo que contenían aquellas palabras. Estaba embriagada de felicidad. De la aventura que estaba a punto de comenzar.

Yo sabía que se sentía como uno de esos héroes legendarios de las grandes epopeyas, a punto de iniciar su propia historia. Pero no se daba cuenta de la verdad. Ella no sería ninguna heroína. Solo una mujer que se arrodillaría entre unas piernas y separaría las suyas para convertirse en un mero recipiente que embestir y llenar.

Al fin y al cabo, las concubinas tenían una única misión.

Cada vez que lo imaginaba, la rabia me hacía temblar. A pesar de que el hombre que estuviera sobre ella fuese ese dios viviente que había visto en el Palacio Rojo.

Tuvimos poco tiempo para compartir, pero yo hice todo lo posible para permanecer lejos de ella. No tenía más remedio que trabajar como una criada más, pero no deseaba colaborar con aquella locura, así que dejé que San se mantuviera cerca de Lilan y comenzase a llevar a cabo todas las tareas que antes habían sido mías, mientras yo permanecía en la cocina o ayudando a la señora Lei.

Una semana antes de su partida, Lilan me acorraló en un pasillo. Iba demasiado arreglada para estar en casa y llevaba puesto el calzado especial que usaban las concubinas del Harén. Unas zapatillas rígidas, lacadas y decoradas con finos detalles, suspendidas sobre una plataforma estrecha que las obligaba a dar pasos pequeños y contenidos.

—Te has convertido en una anguila que no hace más que huir de mis manos —comentó, con una media sonrisa dibujada en su rostro.

Le hice una reverencia e intenté sortearla.

—Debo llevar el té a su padre, joven ama. Me está esperando.

Lilan no se movió y me arrebató la pequeña bandeja de las manos.

—Que espere. Yo me encargaré. —Y añadió, con un guiño—: Así practicaré cuando sirva té al Emperador.

Aquella broma fue un azote helado. Permanecí quieta en mitad de la galería, con los brazos todavía extendidos.

—Sé que estás enfadada conmigo, Cixi... —comenzó Lilan. Su sonrisa vaciló un poco.

—Jamás osaría sentir algo semejante por la joven ama —repliqué de inmediato, bajando la mirada hasta las puntas de mis pies.

—No me llames así, por favor... —Lilan suspiró cuando yo permanecí muda, con los ojos inclinados—. Necesitaba hablar contigo. No solo porque no hemos podido estar solas desde hace semanas, sino porque tengo que decirte algo importante. —Ella esperó que levantase la vista, que la mirase como siempre hacía, con curiosidad o expectación, pero permanecí tan quieta como una estatua de la Diosa Luna. Su suspiro sonó como un rugido en mitad del corredor vacío—. El Emperador permite que una de mis criadas personales me acompañe al Palacio Rojo.

Un estremecimiento me sacudió. Tuve que hacer uso de toda mi fuerza de voluntad para no alzar la cabeza y observarla con los ojos desencajados.

—Una parte de mí quiere que vengas conmigo. Aunque me siento muy feliz de haber sido elegida, sé que tendré momentos... difíciles. Contigo allí, todo sería mucho más fácil. Pero... —Vaciló, y esta vez sí levanté un poco la barbilla—. Sé que estaría siendo egoísta. Amas demasiado la libertad como para que yo te pida que te encierres junto a mí entre los muros de la Corte Interior. Si me acompañases, deberías estar a mi lado al menos hasta los veinticinco años, cuando tendrías la opción de salir. Eso son... ocho años, Cixi. Es mucho tiempo. Por eso he elegido a San como criada personal. Una vez que lleguemos allí, se convertirá en mi dama de compañía.

Alcé la mirada de golpe. Lo que acababa de oír no era verdad. No *podía* ser verdad.

—¿Qué? —masculé.

Ahora entendía la amplia sonrisa que me había dedicado San esa misma mañana. Cómo me había pasado ella misma el cuenco de arroz.

El ceño de Lilan tembló un poco ante mi expresión.

—¿Cixi? —Se acercó un paso a mí, alarmada.

Yo retrocedí la misma distancia que ella acababa de acortar.

—Si deseáis servir el té a vuestro padre, será mejor que os deis prisa, joven ama —dije, con voz átona; los ojos hundidos de nuevo en el suelo—. Se está enfriando.

Le dediqué una rápida reverencia e hice amago de apartarme, pero ella se las apañó para sostener la bandeja con una mano y agarrarme de la túnica con la otra.

—Puedo decirle a San que he cambiado de opinión —dijo, en voz baja, buscándome con unos ojos que no lograban encontrarme.

—Jamás se me ocurriría pediros algo así —repuse. Su mano no se apartó de mi manga.

—¿Por qué estás tan enfadada conmigo? —susurró—. Por mucho que lo intento, no logro comprenderlo.

Me dejó ir por fin y yo pude retroceder para abarcarla por entero con mi mirada.

—¿De veras quieres que sea sincera? —le pregunté, hablándole con una cercanía que no había usado en semanas. Ella no dudó al asentir—. Creo que has cometido un gran error. Tu vida vale mucho como para que la desperdicies encerrada entre los muros de un palacio, sirviendo a unos y a otros, siendo un mero... objeto precioso al que observar.

*Y tocar,* susurró una voz en mi mente.

Una pequeña sonrisa compasiva adornó los labios de Lilan.

—Cixi, me parece que no sabes muy bien cuál es el papel de una concubina dentro de la corte.

—¿Y tú sí? —pregunté, con una burla que le aguijoneó por fin el orgullo.

—Tengo mucho que aprender, por supuesto, pero sé que una concubina es algo más que un objeto al que contemplar —contestó, airada.

Yo apreté los labios y negué varias veces; sus ojos no se separaron de mi cuerpo en tensión.

—Hiciera lo que hiciera, nunca te parecería bien —soltó. Levanté la mirada hacia ella—. Cuando mi padre estuvo a punto de prometerme con Zhang, tampoco te alegraste por mí.

—¡Porque creo que puedes hacer algo más que *amar* a alguien! —espeté, exasperada, y golpeé el aire con los brazos.

Veía el enfado tallado en sus pupilas, pero, por encima de él, atisbé otro sentimiento.

Lástima.

Sentía lástima por mí.

—Cixi, eso es a lo máximo que puedo aspirar —susurró.

Se me escapó un jadeo. Retrocedí y volví a negar con la cabeza. Sentía la garganta en llamas por todo lo que quería decir. Sin embargo, sabía que sería inútil. Lilan no vería lo que yo deseaba mostrarle, *no quería* verlo. No comprendía que una mujer como ella, inteligente, abnegada, culta, con una Virtud tan valiosa, podía luchar por hacer algo más que servir a los pies de una cama.

Pero, para eso, debía desear hacerlo. Y Lilan no estaba dispuesta a combatir por ello. Y en vez de luchar por sí misma, iba a luchar por una familia que no la merecía. Por una madre que no la había criado y a la que solo le importaban los *hanyus*, las joyas y los malditos jarrones de porcelana; por un padre hipócrita que estaba demasiado cómodo en su posición como para intentar mejorarla siquiera, que había caído en desgracia por su propio peso.

En ese instante, sentía como si todo el Imperio nos separase.

No había nada más que pudiéramos hablar. Le dediqué una acusada reverencia y me marché a toda prisa, dejándola sola en mitad del corredor, subida sobre esos incómodos zapatos y con el té de su padre ya frío sobre la bandeja.

El día que Lilan se marchó fue como un sueño. O como una pesadilla.

Iba vestida con un ornamentado *hanyu* rojo sangre, el color que debía llevar toda joven que iba a contraer matrimonio. Al fin y al cabo, todas las concubinas eran esposas para el Emperador.

Cubriendo su bello rostro llevaba un tupido velo encarnado, engarzado en los peinecillos y adornos que decoraban su cabello negro, recogido en un intrincado y abultado moño.

Toda la servidumbre nos colocamos en hilera y nos reclinamos a su paso.

A pesar de que no era el protocolo, se detuvo un instante cuando pasó por mi lado. Yo no levanté la mirada del suelo polvoriento.

—Te escribiré siempre que pueda, Cixi —susurró, antes de seguir su camino.

Yo no le contesté. Ni siquiera me moví. Tampoco me molesté en responder a la mirada artera que me dedicó San cuando pasó frente a mí, vestida con una túnica de color celeste, demasiado lujosa como para pertenecer a una simple criada. También llevaba el cabello peinado con elegancia y decorado con varias perlas y flores. Casi parecía la hija de una familia adinerada.

Lilan subió al carruaje que el Palacio Rojo había enviado a recogerla, respaldado por una decena de guardias imperiales. El amo Yehonala lucía una sonrisa de orgullo y su mujer lloraba ruidosamente. Las lágrimas le dejaban surcos en el rostro maquillado.

Yo noté cómo los ojos me ardían, pero me obligué a permanecer serena mientras las ruedas de madera del vehículo empezaban a girar. No lloré, ni siquiera cuando el traqueteo del carruaje se convirtió en un rumor lejano que se confundía con los otros sonidos que venían de la calle.

Los amos Yehonala fueron los primeros en desaparecer en el interior de la mansión y luego, poco a poco, lo hizo el servicio.

Yo fui la única que permanecí allí más tiempo, con la cabeza agachada y las manos convertidas en dos puños convulsos. No me moví hasta que las manos callosas de la señora Lei se apoyaron en mis hombros con suavidad.

Al levantar la mirada hacia ella, sentí el cuello rígido. Me había transformado en la estatua de algún templo olvidado que, con el tiempo, se había cubierto de musgo y humedad.

—Las primeras despedidas son las más difíciles —murmuró, con una pequeña sonrisa—. Pero, con el tiempo, te acostumbrarás.

No contesté, aunque no estaba de acuerdo. Había personas de las que nunca terminabas de despedirte.

Sin San cerca, fue fácil dejarse llevar por el trabajo del día a día. No tenía a nadie que quisiera sabotearme la colada o en la limpieza, así que podía concentrarme por completo en mis tareas. La señora Lei, en su afán de ayudarme, quiso instruirme para mi futuro. «Para ser una buena esposa», añadió ella, con una sonrisa que me provocó escalofríos. Tenía diecisiete años, muchas jóvenes se casaban con mi edad, pero yo al matrimonio no solo lo veía como algo lejano.

Lo veía como algo imposible.

Durante las dos primeras semanas, no recibimos noticia alguna del Palacio Rojo. Pero después comenzaron a llegar cartas de Lilan. Siempre llegaban en pares: una para sus padres y otra para mí.

Los amos Yehonala tenían la costumbre de leerla en voz alta, así que me enteraba de cómo transcurría su jornada entre esos muros pintados con sangre. Parecía feliz, aunque envuelta en una aburrida monotonía. Acudir cada mañana al palacio de la Emperatriz, cuidar su jardín, comer dulces, pasear por los gigantescos pabellones... no nombraba al Emperador ni a las otras concubinas.

Yo no abría las cartas. Seguía enfadada por la decisión que había tomado, por haberme dejado atrás. Las guardaba bajo la almohada, envueltas en uno de los primeros pañuelos con los que había practicado mi bordado.

El trato hacia el amo Yehonala no mejoró. Siguió regresando a la mansión cada jornada con el rostro fruncido por la preocupación. Su mujer comenzó a sopesar la idea de regresar a Kong, aunque eso significase estar lejos de su única hija.

Sin embargo, dos meses después de la entrada de Lilan en el Palacio Rojo, algo cambió.

Durante el almuerzo, aparecieron un par de eunucos que dejaron varias pinturas de paisajes montañosos extendidas sobre las mesas, para que el ama pudiera contemplarlas.

—Es un regalo del Emperador a su hija —explicó uno de los eunucos, ante los ojos desorbitados de la mujer—. Para que no eche de menos su hogar.

Eran un total de cinco cuadros, pero la Dama Lilan desea que su familia comparta el obsequio.

Los eunucos se marcharon con rapidez, antes siquiera de que el ama Yehonala pudiera articular alguna palabra.

Aquel fue solo el principio de una lista interminable de regalos.

Cada pocos días nuevos eunucos aparecían en la puerta: collares, horquillas y pulseras, telas para *hanyus*, jarrones, juegos de té, más pinturas.

Pronto, el sueldo del amo Yehonala no solo fue repuesto, también incrementado. Retiraron su puesto como gobernador de Anyul, pero lo ascendieron a consejero del Emperador.

Al parecer, Lilan estaba cumpliendo su palabra. Yo no sabía qué era exactamente lo que estaba haciendo entre los muros del palacio, me negaba a abrir sus cartas que seguían llegando regularmente a pesar de que no recibían respuesta, pero había logrado su cometido.

Su familia prosperaba gracias a ella.

Los amos compraron una preciosa mansión en mitad de la ladera de un monte cercano, a las afueras de Hunan. Aunque no estaba rodeada de la misma naturaleza salvaje que en Kong, aquí los árboles crecían altos y fuertes, y de vez en cuando, la niebla invadía los jardines. Pero, por mucho que lo intenté, no me sentí como en Kong. Desde todas las ventanas de la mansión, al estar en alto, podía ver los muros del Palacio Rojo y algunos de los tejados de sus edificios.

Un recordatorio constante de que todo había cambiado.

Las lunas transcurrieron con lentitud. Y, cuando los cerezos y melocotoneros empezaron a florecer, llenando el jardín de flores blancas y rosadas, casi un año después de que pisáramos la capital, llegó un eunuco de palacio con dos noticias:

La primera, que Lilan había sido ascendida como concubina, y ahora recibía el título de Gran Dama Lilan.

Y la segunda, estaba embarazada del Emperador.

**6**

Llegaron tantos regalos que hubo que guardar muchos en altillos y enviarlos lejos, a las otras propiedades de la familia Yehonala.

En apenas unas lunas, el rango de Lilan volvió a elevarse y recibió el título de Consorte. Solo un grado la separaba de la propia Emperatriz.

Al final de su embarazo, el Emperador permitió que su madre acudiera al Palacio Rojo a visitarla. Podía ir acompañada por una criada y ella, por supuesto, eligió a la señora Lei.

—Puedo decirle que te lleve en mi lugar —me dijo ella la noche antes—. Sé que Lilan se alegraría mucho de verte.

Me moría de deseos de verla, de abrazarla, de compartir un tiempo con ella. Pero sabía que, cuando llegase el momento de marcharme, no podría soportarlo. No quería verla solo durante unos instantes, para después tardar tantas lunas en volver a verla.

Una parte de mí, que cada vez se hacía más débil y quebradiza, seguía enfadada con ella por no haberse elegido a sí misma, por haberme dejado atrás.

—El ama quiere que seas tú —repuse.

La señora Lei no insistió, aunque apretó los labios con decepción.

Al día siguiente, muy temprano, la vi partir junto al ama Yehonala. Aquella mañana apenas fui capaz de concentrarme en lo que hacía; las horas transcurrieron tan lentas como días.

Regresaron después del almuerzo. El ama Yehonala no dejaba de parlotear, encantada con la residencia donde vivía Lilan, con sus vestidos y toda la servidumbre que la rodeaba. Se había encontrado incluso con el Emperador, al que describió como «apuesto» y «encantador». No me sorprendió. Con la posición que ostentaba, siendo el Hijo del Dios Sol, hasta un monstruo le habría parecido «maravilloso».

La señora Lei, sin embargo, pareció más comedida.

—Lilan... ¿está bien? —le pregunté aquella misma tarde, sin poder contener más mi preocupación.

Ella me sonrió, pero sus ojos no.

—Sí, creo que sí.

—¿Qué quieres decir? —La sujeté de la muñeca, cuando ella hizo amago de retirarse.

—Al contrario de lo que muchos creen, los últimos días de embarazo son complicados. Quién sabe qué miedos cruzan su mente.

Ella suspiró y negó con la cabeza, mientras yo fruncía el ceño y sentía mi corazón redoblar el ritmo de los latidos.

—Será atendida por las mejores comadronas del Imperio —susurré, casi para mí misma.

—Por supuesto. El Emperador se encargará de que así sea. Él... —Esta vez, una sonrisa verdadera sí tiró de sus labios—. La adora. He sido testigo de cómo la observa, y hay sentimientos que no pueden ocultarse, aunque seas un dios viviente.

Asentí, perdida en sus palabras. De pronto, me sentía miserable. Quizá me había equivocado. Quizá me había comportado como una estúpida tozuda que no quería ver más allá del sendero, como los caballos a los que les cubrían los ojos.

La señora Lei pareció dudar antes de hurgar en su túnica y sacar una carta para mí.

Era de Lilan. Reconocí mi nombre escrito con su elegante caligrafía.

—¿Por qué no me la has dado antes? —pregunté—. Llevas aquí horas.

—La joven ama me dijo que te la entregara solo si preguntabas por ella —contestó la señora Lei. Me miró en silencio mientras la saliva se volvía amarga en mi boca—. Deberías responderle alguna carta, Cixi. Te echa muchísimo de menos.

Las manos me temblaron y arrugaron un poco el pergamino que sostenían.

—Yo también a ella.

Decidí que esta vez la leería, que no engrosaría el fajo que escondía bajo la almohada.

Sin embargo, aquella tarde los amos estuvieron especialmente quisquillosos, y no dejaron de enviarme a un lado y a otro de la mansión, con recados que, según ellos, no podían esperar. Hasta que no se retiraron a cenar, no pude escabullirme hasta el dormitorio que compartía con las otras criadas jóvenes.

A la luz de una vela, y con el viento dulce de la primavera entrando por la ventana abierta, abrí la última carta de Lilan.

*Querida Cixi:*

*Ya he perdido la esperanza de que me respondas. Pero sigo escribiéndote. Para mí se ha convertido en algo imprescindible. Cuando me dirijo a ti, siento como si pudiera respirar de nuevo.*

*Han pasado muchas lunas desde que me marché. Ya habrás cumplido dieciocho años, y estoy segura de que la señora Lei, aunque lo haga a escondidas, está buscándote un buen marido. Le mando mucho ánimo, sé que será una tarea complicada.*

*Me hubiese gustado poder visitar el nuevo hogar de mis padres y verte en persona. ¿Has cambiado? ¿Te ha crecido mucho el cabello? Me ha dicho la señora Lei que te ha enseñado a bordar. Me gustaría ver alguna de tus creaciones. Siento no estar allí para curar tus dedos cada vez que te pinches.*

*Ojalá pudieras verme. Todos me dicen que estoy más hermosa que nunca, pero mi cara se ha vuelto redonda como la luna y apenas puedo dar dos pasos sin agotarme. Muchos dicen que tendré un hijo, un Príncipe, porque en el caso de ser una niña, esta me habría robado toda la belleza.*

*Sí, puedo imaginarme lo que estás pensando. Casi puedo ver cómo sacudes la cabeza con incredulidad mientras murmuras «qué estupidez».*

*Me gustaría decirte que estoy bien. Pero no sería sincera. Y, desde aquella vez que te mentí, me prometí a mí misma que ya no habría secretos entre nosotras. Solo la verdad.*

*Estoy asustada, muy asustada.*

*Sé que debería sentirme feliz ahora que mi embarazo está llegando a su etapa final, porque en días conoceré a esta criatura que no para de moverse dentro de mí. Pero... su vida no puede hacerme olvidar todo lo que he pasado en este horrible palacio. Todo lo que he sufrido. Todo lo que he fingido. Todo lo que he hecho para sobrevivir.*

*Creía que tener el amor del Emperador me haría feliz, pero solo me ha traído desdicha. Ahora lo veo con claridad.*

*Me gustaría ser una Virtud diferente, tener la capacidad de hacer retroceder el tiempo para regresar al día que decidí inscribirme en el Palacio Rojo como aspirante a concubina de Su Majestad.*

*Tenías razón, Cixi. No debí haber cruzado nunca estos muros rojos que cada vez me aprietan más y más. Tanto que siento que me asfixian.*

*Un día, dejaré de respirar.*

*No solo temo por mí. Temo también por la criatura que llevo en mi interior. Todos desean que sea un niño, pero ahora que conozco la Corte Interior, sé lo peligroso que sería para él crecer en un lugar así. Ser el Heredero, en el caso de que el Emperador lo quisiera, no lo protegería. No lo suficiente. Y si fuese una niña... la condenaría a una vida como la mía. De servidumbre, de escasas elecciones.*

*Siento escalofríos, Cixi. Dos corazones laten en mi cuerpo, pero siento la muerte muy cerca.*

*Si algo ocurriera, si algo pasara conmigo o con mi criatura, me gustaría que te marcharas de Hunan y regresases a Kong. Que fueras feliz allí, entre bosques, riachuelos y montañas.*

*Estos muros rojos lo envenenan todo.*

*No quiero que te envenenen a ti también.*

La carta terminaba así, de golpe. Ni una corta despedida. Solo un espacio en blanco.

Vacío.

Aquella noche, durante la cena de los amos Yehonala, apenas fui capaz de escuchar nada. Las palabras que intercambiaban, felices, sobre su futuro y el de su hija se mezclaban en mi cabeza como un eco disonante que no me abandonó ni siquiera cuando llegó la hora de acostarse.

Esa noche apenas pude dormir. Estrujé y manoseé la carta de Lilan hasta que la tinta empezó a emborronarse. No podía dejar de pensar en ella, en el terrible error que había cometido al no haberla acompañado.

Pero tenía solución. Hablaría con la señora Lei, con los amos, con el mismo Emperador si hacía falta. Me reuniría de nuevo con Lilan. Como fuera.

Me dormí tan tarde que cuando volví a abrir los ojos, el sol ya se había levantado hacía tiempo tras la ventana. Sin embargo, no fueron sus rayos los que me despertaron.

Estuve tumbada, confundida y adormilada durante unos momentos, antes de volver a escucharlo.

Gritos. Habían sido gritos lo que me había despertado.

Salté de la cama y corrí hacia el origen de esos aullidos tan infernales, todavía con la ropa de dormir y descalza. Pero, cuando llegué a la entrada de la mansión, a nadie pareció importarle. Nadie me dedicó ni un solo vistazo.

Había un eunuco frente a las puertas abiertas, con un pergamino extendido entre sus manos. Lo franqueaban dos guardias.

Sin embargo, no iba vestido de la misma manera que los otros eunucos que nos habían visitado desde que Lilan se había convertido en concubina del Emperador. La túnica que llevaba estaba decorada con hilos dorados y era de color verde, distinto al azul que había visto hasta entonces. Los pantalones eran de una tela más cara, más brillante.

Su expresión era seca, adusta, y sus rasgos marcados me resultaron extrañamente familiares, como si ya lo hubiese visto antes.

Sus ojos se detuvieron en mí un instante antes de apartarlos con brusquedad.

El ama Yehonala se encontraba arrodillada en el suelo, frente a él, gimiendo y llorando, mientras la señora Lei la abrazaba y murmuraba algo a su oído que yo no lograba descifrar. El amo estaba de pie, pero tan pálido que parecía que iba a perder la conciencia de un momento a otro.

—¿Qué ha ocurrido? —pregunté, a pesar de que nadie me había dado permiso para hablar.

La señora Lei me dedicó por encima del hombro una mirada espeluznante, pero no contestó. Nadie lo hizo. Así que, sin dudar, me acerqué al eunuco con un par de pasos y le arrebaté el pergamino.

En el momento en que mis dedos tocaron el papel, los guardias se llevaron las manos a la empuñadura de las espadas que portaban en el cinto.

El eunuco ni siquiera parpadeó.

—Quietos —siseó.

Una voz seca, descarnada, fría.

Les di la espalda y mis pupilas recorrieron a toda prisa los caracteres que Lilan me había enseñado a interpretar años atrás.

Las rodillas me fallaron de pronto.

La vista se me cubrió con una niebla helada.

Y entonces, derramé todas las lágrimas que no había dejado escapar el día que mi joven ama, mi mejor amiga, mi hermana, se había marchado.

Lilan había muerto al dar a luz aquella madrugada.

Y con ella, su criatura.

Había sido una niña y le había puesto el nombre de Cixi.

# 7

Se decía que cuando una mujer estaba embarazada, se debía preparar una cuna y un ataúd.

Los partos eran siempre peligrosos, incluso para jóvenes sanas como Lilan. Sin embargo, jamás, ni en mis peores pesadillas, me habría podido imaginar que un acontecimiento así la arrastraría al mundo de los muertos.

Ella, que era una Virtud relacionada con la vida, cuyo poder podía curar cualquier herida, no había podido sanarse a sí misma. Y había muerto derramando una sangre que no permitía que escapara de los demás.

Era tan injusto como ridículo.

El eunuco aguardó a que los amos se vistieran de blanco y acudieran junto a él al Palacio Rojo. Yo, con los ojos enrojecidos e inflamados los busqué con la mirada, suplicante, pero nadie me permitió ir.

Era una criada más, al fin y al cabo.

Los amos abandonaron la mansión junto al eunuco y los guardias imperiales. Y no quedó más que el silencio roto por mis sollozos.

Lilan había muerto, pero el sol seguía moviéndose por el cielo. Hacía un día espléndido, cálido y brillante. Las flores se balanceaban con vagancia por la suave brisa de primavera. El burbujeo del agua de las fuentes que decoraban el jardín producía un rumor delicado que tropezaba contra el ambiente opresivo que había surgido de pronto en el interior de la mansión.

Lilan había muerto, pero los deberes domésticos debían realizarse. Recoger el desayuno. Empezar a preparar el almuerzo. Elaborar los tónicos que tomaría el ama Yehonala por la tarde. Limpiar los dormitorios. Podar los arbustos. Recortar las malas hierbas.

No obstante, la señora Lei no me mandó ni una sola tarea y ordenó al resto del personal que me dejaran en paz. Muchos me observaron con envidia, pero yo no tenía fuerzas ni de devolverles la mirada.

Como los amos no estaban, me escabullí hasta el dormitorio de Lilan y me tumbé en su cama. Cerré los ojos, mientras las lágrimas seguían corriendo por mis mejillas, y me abracé imaginando que eran sus brazos los que me envolvían. Pero no lo conseguí. Las sábanas y la colcha olían a limpio, pero no a ella.

Apenas quedaban recuerdos de Lilan en la estancia; hacía casi dos años desde que la había abandonado.

«Perdóname —gemí, contra la almohada—. Perdóname, perdóname, perdóname», repetí una y otra vez, una y otra vez, una y otra vez, una y otra vez, hasta que las lágrimas se me terminaron y la voz se me quebró.

Para entonces, el sol había alcanzado su cénit en el cielo.

Los amos todavía no habían regresado y el resto del servicio estaba ocupado con los quehaceres diarios. Yo, como un fantasma encadenado a este mundo, me arrastré por los corredores de la casa hasta llegar al dormitorio que compartía con las otras criadas.

Me arrodillé junto a mi cama y levanté el delgado jergón. Bajo él, encontré el grueso fajo de cartas que me había enviado Lilan. Me había negado a abrirlas. Hasta ese momento.

Con brusquedad, rompí el sello de la primera de todas, cuyo pergamino ya había empezado a amarillear. La leí completa, y después pasé a otra, y más tarde, a otra, hasta dejar sobre el colchón un desastre de pergaminos arrugados.

La Lilan de las primeras cartas era una joven feliz. Emocionada por su nueva vida, por su nuevo hogar, por su nueva *familia*.

Me hablaba sobre los largos caminos que conectaban los distintos palacios del Palacio Rojo, siempre cercados por altos muros de color bermellón. Los patios inmensos, tan cuidados que ni una sola brizna de hierba crecía en el lugar indebido. Los estanques, repletos de nenúfares y carpas. Los pabellones enormes, por los que le encantaba perderse. También me habló del hogar del Emperador, de su residencia, a la que comenzó a visitar con asiduidad después de la primera vez que él la invitara a su recámara a pasar la noche.

Pero Lilan no hablaba solo en sus cartas de los colosales encantos de «la ciudad dentro de la ciudad». Hubo nombres que comenzaron a repetirse y se hundieron en mi cabeza. El primero, sin duda, el del Emperador. Xianfeng. Lo idolatraba. Estaba verdaderamente enamorada de él. Casi podía escucharla suspirar cada vez que escribía su nombre, aunque estuviera prohibido. También nombraba mucho a la Emperatriz Cian, a la que describía como una joven elegante y bondadosa; parecía considerarla una amiga. Respetaba mucho a la Gran Madre, aunque pocas veces la veía. De vez en cuando, hablaba de un tal Jefe Wong y de otro eunuco llamado Zhao.

Después, comenzó a nombrar a varias concubinas. Sobre todo, a las que ocupaban grados elevados en la escala del Harén. Dama Rong. Asistente Mei. Gran Dama Liling. Esta última, de todas, era la que más se repetía. Y, aunque al principio no había más que palabras de admiración sobre su belleza e inteligencia, poco a poco estas empezaron a transformarse en otras más cautelosas, más confusas.

Cuando Lilan se quedó embarazada, las palabras que comenzó a utilizar para referirse a la Gran Dama Liling rezumaban miedo.

Estaba asustada. Se sentía amenazada. Apenas salía de su palacio para no cruzarse con ella. Solo comía lo indispensable, porque tenía miedo de que la envenenaran.

Ni siquiera se fiaba del servicio que tenía a su disposición. Solo confiaba en San.

En algunas cartas comenzó a contarme extraños accidentes, enfermedades o problemas que habían sufrido concubinas que, como ella, habían escalado con demasiada rapidez en los grados del Harén. No solo durante los escasos años de reinado del Emperador Xianfeng, sino historias que había escuchado durante gobiernos anteriores, cuando quien reinaba era el padre o el abuelo del actual Emperador.

Errores extraños e imperdonables que habían convertido a las concubinas en parias perdidas en el inmenso Palacio Rojo; enfermedades súbitas que se habían llevado sus vidas, raros accidentes o desapariciones para los que nunca había habido explicación.

Lilan temía convertirse en una de ellas.

Cuando terminé de leer la última carta, las manos me temblaban.

Me había imaginado a Lilan caminando por jardines fastuosos con preciosos *hanyus*, dulce pero aburrida, con su vida convertida en un mero objeto valioso, como un precioso jarrón de porcelana, como una obra de arte, como una horquilla dorada.

Pero no había podido estar más equivocada.

Un gruñido bajo, animal, escapó de pronto de mis labios apretados.

Debería haberla acompañado, debería haber estado junto a ella en esa ciudad repleta de joyas, jardines y monstruos. Quizá, a su lado, podría haberla hecho sentir a salvo.

Tal vez, si nunca la hubiera abandonado, Lilan seguiría viva.

Busqué la última carta que me había escrito y la alcé frente a mis ojos. Una frase me golpeó.

*Si algo ocurriera, si algo pasara conmigo o con mi criatura, me gustaría que te marcharas de Hunan y regresases a Kong. Que fueras feliz allí, entre bosques, riachuelos y montañas.*

Siempre había seguido sus indicaciones, pero esta vez me era imposible aceptar su orden.

Esta vez, esta criada desobedecería a su joven ama.

Porque si algo me había quedado claro de todas las palabras que había leído, era que Lilan temía por su vida, aunque no se lo había contado a nadie, ni siquiera a sus padres. Solo a mí. Confiando, quizás, en que le diera una solución.

Pero solo había recibido mi frío silencio.

El corazón me rugía en los oídos. Clavé los dedos en los papeles arrugados que me rodeaban.

No podía salvarla. Ya era demasiado tarde.

Pero sí podía vengar su muerte. Porque Lilan y su hija no habían muerto por complicaciones en el parto. Después de todo lo que había leído, estaba segura de que alguien había acabado con sus vidas.

Fuera como fuese.

Costara lo que costase.

Entraría en el Palacio Rojo, en la «ciudad dentro de la ciudad», encontraría a su asesino y acabaría con su vida de la forma más cruel e inhumana que pudiera acometer.

Cuando bajé la mirada, no fue tinta lo que vi llenando los pergaminos. Solo sangre.

El funeral de Lilan se llevó a cabo en el Palacio Rojo al cabo de tres días.

Los amos fueron invitados, pero no los criados, así que permanecí junto a la puerta, vestida de blanco por el luto que debíamos guardar, mientras observaba cómo el carruaje se alejaba de la mansión por los senderos de tierra.

Cuando las nubes de polvo se asentaron de nuevo, escapé.

Bajé la colina y llegué hasta el mercado de Hunan, cerca de los muros sangrientos del Palacio Rojo. Allí, encontré el pequeño edificio de madera, con el techo a dos aguas, con el que me había topado más de una vez cuando había bajado a la ciudad.

Dos administrativos estaban en su interior. Ninguno de los dos me devolvió la reverencia. Ni siquiera me echaron un vistazo.

Pero no me importó.

Me aclaré la garganta y dije, sin vacilar:

—Deseo formar parte de la servidumbre del Palacio Rojo.

Uno de ellos dejó escapar un largo suspiro, aunque sus ojos permanecieron clavados en el pergamino que sujetaban sus manos.

—Hasta dentro de una luna no se requerirán más criadas para palacio —informó con sequedad.

—Esperaré —contesté, antes de que él volviera a sus pergaminos.

—Las pruebas de selección son duras. Suelen presentarse unas mil por ronda, y no son seleccionadas más de veinte.

—Yo seré una de esas veinte.

El hombre torció los labios en una mueca mientras su compañero, por fin, clavaba su mirada en mí.

—Bien, muchacha. Si quieres que esos muros destrocen tu cuerpecillo esmirriado, allá tú. —Mojó la pluma en el tintero y apoyó la punta sobre un pergamino en blanco—. ¿Cómo te llamas?

# 8

Los días transcurrieron con una laxitud insoportable. El calor del verano incipiente y los atardeceres, cada vez más largos, los hacían interminables.

Yo no volví a derramar ni una sola lágrima por Lilan. Cada vez que me acordaba de ella y la tristeza me apuñalaba, convertía esas lágrimas en veneno. En vez de dejarlas escapar, me las tragaba, las volvía verdes y ponzoñosas: correrían libres cuando llegase el momento.

Dejaron un período de luto a los Yehonala durante tres días, pero después, el amo tuvo que reincorporarse a sus deberes en el Palacio Rojo. Pero, sin la ayuda de su hija, sin su presencia, las preocupaciones volvieron a nublar su mirada.

Tras dos semanas desde la muerte de Lilan, volví a vivir todo aquello que ya había presenciado hacía dos años. El amo no parecía estar a la altura de lo que le exigía el Emperador.

La noche antes de que se produjera la selección de criadas del Palacio Rojo, llegó el rumor de que el amo Yehonala había sido relegado a un puesto inferior. Durante la cena, él apenas podía contener las lágrimas.

Yo no me permití sentir lástima. Así que, cuando él prácticamente huyó a sus dependencias, me acerqué al ama Yehonala y me postré frente a ella.

El rostro de la mujer, cubierto por finas arrugas que se habían profundizado tras la muerte de su hija, se oscureció cuando me observó flexionada de aquella forma frente a ella.

—¿Qué es lo que quieres? —preguntó, tras soltar un suspiro de desagrado.

—Me preguntaba si podríais darme vuestra bendición —dije, con la voz más suave que pude adoptar—. Mañana me presentaré a la selección de futuras criadas para entrar en el Palacio Rojo.

Su ceja se enarcó y se convirtió en la unión de dos espadas afiladas.

—¿Qué? —siseó.

Me mantuve en silencio, con la cabeza gacha, porque sabía que me había entendido bien. Un silencio denso, pegajoso como el calor que reinaba esa noche, nos envolvió.

Yo no era la primera criada que se marchaba desde la muerte de su hija, y estaba segura de que tampoco sería la última. Desde que los rumores de la baja popularidad del amo Yehonala habían vuelto a infestar la mansión, varias criadas se habían ido. En muchas ocasiones sin avisar. Para no ser despedidas o arrastradas en la desgracia.

El ama Yehonala me miraba como si yo fuera una de ellas.

—Así que tú también nos abandonas. Después de salvarte la vida, alimentarte, vestirte, ¿es así como nos lo pagas?

Había sido Lilan la que me había sacado de la ribera del río. Había sido ella la que se había ocupado de que mi vida fuera feliz. Habían sido ella y la señora Lei las que me habían cuidado cuando yo había caído enferma.

Pero Lilan ya no estaba, y la señora Lei no podía ayudarme a lograr mi objetivo.

Apreté los dientes y, de nuevo, guardé silencio.

—Si realmente no quieres estar aquí, márchate entonces, pequeña desagradecida. Pero márchate ya. —Pasó por mi lado y tuve que apartar la mano de golpe para que no me la pisara con sus zapatos lacados—. Si me entero de que te has atrevido a pasar la noche bajo el resguardo de mi hogar, me encargaré de que te ejecuten.

Me dejó allí, todavía postrada sobre el suelo, y no miró atrás ni una sola vez. Cuando sus pasos se perdieron en el corredor, me incorporé.

No me esperaba aquella reacción, aunque tampoco me sentía dolida. Sabía que para ella no era nada, ni tampoco para el amo Yehonala. Pero había esperado poder pasar una última noche bajo techo. Así podría ir decente a la selección del día siguiente. Por lo menos, tenía mi escaso equipaje preparado desde la tarde.

Me dirigí directamente al dormitorio que compartía con mis compañeras. Algunas descansaban sobre sus camastros, pero apenas me echaron un vistazo antes de cerrar de nuevo los ojos.

La señora Lei, que entró justo después de mí, frunció el ceño al verme sacar de debajo de la cama un pequeño hatillo.

—¿Qué estás haciendo?

—Me marcho —contesté. Y añadí, antes de que me preguntara—: Al Palacio Rojo.

Palideció y se acercó a mí con pasos rápidos. Sus manos buscaron las mías y las apretó con cariño.

—Cixi, ¿qué estás diciendo? ¿Por qué querrías...? —Su voz se fue extinguiendo a medida que sus pupilas se hundían en las mías—. Oh, no. No cometas ninguna locura.

—No voy a cometer ninguna locura —repliqué, antes de que ella tirara de mi brazo y me arrastrara hacia el estrecho pasillo del servicio.

—Claro que sí. Eres una Virtud, Cixi.

Una cascada fría me empapó de pronto. No sabía que la señora Lei conocía mi naturaleza. Pensaba que era un secreto que solo compartíamos Lilan y yo. Siempre habíamos sido discretas sobre ello, apenas hablábamos al respecto. Hacíamos como si no existiera, como si no fuera real.

—Entrar en «la ciudad dentro de la ciudad» es peor que tratar de abrir las fauces de un dragón —susurró la señora Lei.

—Sé cuidar de mí misma —murmuré.

Ella sacudió la cabeza con exasperación.

—Lo sé. Pero allí dentro tendrás que hacer algo más que sobrevivir. —Miró a un lado y a otro, y se acercó más a mí. Su voz se convirtió en un hilo vibrante—. Recuerda lo que le ha ocurrido a la joven ama.

Un relámpago me sacudió. Me aparté de ella con brusquedad y fruncí el ceño con ferocidad.

—No lo pienso olvidar, descuida.

Ella apretó los labios y me miró de arriba abajo, descorazonada.

—Quédate esta noche al menos. Mañana podrás marcharte si es lo que deseas.

—No puedo —repliqué, mientras aseguraba el hatillo sobre mis hombros—. El ama Yehonala me ha expulsado de la mansión cuando le he manifestado mi deseo de abandonar su servicio. Bajo pena de muerte —añadí, con una mueca que mostraba todos mis dientes.

La señora Lei negó varias veces. En el exterior ya había oscurecido, y la mansión que regentaban los Yehonala se alzaba sobre la loma de una colina, muy a las afueras de Hunan. Los caminos eran peligrosos por la noche. Sobre todo para una joven solitaria. Aunque fuera una Virtud, esta no podría ayudarme a defenderme si era asaltada por los caminos.

—Está bien —dijo, casi para sí misma—. Acompáñame.

No esperó a que yo respondiera. Se dio la vuelta y se dirigió con prisa a la parte trasera de la mansión. Una vez allí, salió y atravesó uno de los jardines que rodeaban el enorme edificio de madera. Caminó hasta la muralla que separaba la naturaleza controlada de matorrales y flores de la más salvaje, y continuó caminando junto a ella.

La seguí en silencio durante varios minutos. Por suerte, la luna estaba prácticamente llena aquella noche y mostraba con su luz pálida lo suficiente para que no tropezara. Cuando estaba a punto de preguntar a dónde íbamos, ella se detuvo junto a un pequeño edificio, construido a base de adobe y de paja, prácticamente pegado a la esquina de la muralla.

—Es el puesto del jardinero, pero hasta mañana no vendrá —dijo—. El ama Yehonala no sabrá que estás aquí, pero deberás abandonarlo al amanecer.

Solo tuve que empujar la enmohecida puerta de madera para que esta se abriera con un crujido. Tras ella, vi un cuartucho en el que se acumulaban varios útiles de jardinería, y nada más. No había ni siquiera un jergón sobre el que pudiera descansar, pero esto era mucho mejor que pasar la noche a la intemperie, en los senderos de la colina o en las calles de Hunan.

—Muchas gracias —murmuré.

Ella me sonrió. Con cierta brusquedad, como si no estuviera acostumbrada a ello, me aferró de los brazos y me atrajo contra su pecho. Me abrazó con fuerza. Su ropa olía a guisos cocinados a fuego lento, a hierbas medicinales y a jabón.

Yo no había tenido madre, pero si mi vida hubiese sido otra, estaba segura de que ella olería como la señora Lei.

—Ten cuidado allí adentro, Cixi —susurró contra mi oído—. Sé que eres fuerte. Como un lobo, como un tigre. Pero en el Palacio Rojo hay bestias mucho peores.

Se separó de mí como una exhalación y abandonó el cuarto del jardinero con la rapidez propia de los criados.

Yo me quedé sola, allí, en mitad de la oscuridad. El sonido de los grillos era lo único que me acompañaba.

En mis manos había dejado una pequeña bolsita de tela. El olor dulzón de las hierbas que contenía me reveló lo que era con solo una inspiración. Té del Olvido. No era algo fácil de conseguir, así que supuse que era el mismo té que Lilan había llevado atado a su muñeca el día que se presentó como aspirante.

No me había dicho nada sobre él, pero entendía por qué lo había puesto en mis manos. Me estaba dando a elegir.

Me senté en el suelo y del hatillo que llevaba conmigo saqué todas las cartas que Lilan me había enviado. Las coloqué sobre el suelo polvoriento, unas sobre otras, creando una alta torre tambaleante.

Volví a observar la pequeña bolsita. Lo más inteligente sería preparar el té y bebérmelo antes de atravesar esos muros bermellones. Si me descubrían, estaba muerta. Pero mi Virtud no era fácil de localizar, ni siquiera era algo que pudiera controlar en realidad. Simplemente estaba ahí, latiendo en mi interior, esperando a que la necesitara.

Con decisión, abrí la bolsa de tela y vertí las hierbas sobre los pergaminos manoseados.

Algo en mi interior me susurró que necesitaría hacer uso de ella.

Extraje un par de fósforos que había robado de la cocina. Froté uno contra la suela dura de mi zapato y, al instante, una llama iluminó la oscuridad del lugar.

Bajé la mirada hacia las últimas palabras de Lilan.

Me hubiese gustado que me acompañaran siempre, esconderlas bajo mi almohada para así no sentirme sola durante mis noches en el Palacio Rojo. Pero no podía llevar conmigo ninguna muestra del verdadero motivo por el cual había decidido adentrarme en «la ciudad dentro de la ciudad».

Aunque no fuera más que una simple criada, no quería que el posible asesino de Lilan descubriera la razón por la que yo estaba allí.

Dejé caer el fósforo y, al instante, las llamas devoraron los pergaminos. Las hierbas del Té del Olvido hicieron que el fuego oliera a flores.

Las letras se doblaron y desaparecieron tras los bordes negros del papel quemado. Y lo poco que quedaba de mi querida Lilan desapareció.

Cuando no hubo más que cenizas a mis pies, cerré los ojos y respiré hondo.

La señora Lei había dicho que en el Palacio Rojo se escondían muchos monstruos.

Bien, que así fuera.

Yo pensaba convertirme en el peor de todos ellos.

# SEGUNDA PARTE

# LA CRIADA

## ESTÍO. TERCER AÑO DE LA ERA XIANFENG

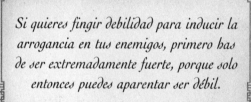

*Si quieres fingir debilidad para inducir la arrogancia en tus enemigos, primero has de ser extremadamente fuerte, porque solo entonces puedes aparentar ser débil.*

*El arte de la guerra,* de Sun Tzu.

# 9

Llegué junto al lugar que me habían indicado los administrativos, antes de la hora acordada. Sin embargo, allí ya se congregaban muchas jóvenes de edades similares a la mía.

Unas pocas me dedicaron una mirada rápida, pero no tardaron en ignorarme. Las que habían venido juntas se apresuraron a reanudar conversaciones y las que estaban solas, volvieron a sus nerviosos pensamientos. La mayoría usaban túnicas de servidumbre parecidas a las mías y alguna que otra se había colocado adornos en el cabello.

Yo no había contado con ningún espejo, y el camino desde la mansión de los Yehonala hasta el Palacio Rojo había sido largo. Por suerte, el calor todavía no azotaba y el bajo de la túnica solo estaba manchado de una ligera capa de polvo.

Miré más allá de las jóvenes allí reunidas. A apenas unos metros de distancia se encontraba la Puerta del Sol Poniente, con una enorme placa dorada a su lado que indicaba su nombre. Era tan gigantesca, que por ella podrían pasar dos carruajes a la vez. Rodeando el marco, había dibujos de tigres blancos, con las zarpas desplegadas y las fauces abiertas, como si estuvieran a punto de devorar a los que osaban pasar bajo ellos.

De pronto, fruncí el ceño.

Era una entrada majestuosa. No tanto como la que había atravesado hacía dos años, pero sí lo suficientemente imponente como para que nuestras ropas sencillas destacaran sobre ellas.

Nosotras formábamos parte del servicio. Éramos criadas. Y las criadas nunca usaban las puertas principales de su hogar para entrar en él.

Giré la cabeza y, en una de las esquinas de la inmensa muralla, vi otra puerta. No tenía placa identificativa, era un poco más grande que una puerta normal. No había ornamentos sobre ella. Y, a su alrededor, también se arremolinaban jóvenes con ropas sencillas.

Dudé durante un momento, pero finalmente me dirigí hacia esa pequeña puerta con pasos ligeros. Ya casi era la hora.

Cuando alcancé la pequeña entrada y me uní al grupo menor de sirvientas que había allí, escuché un crujido profundo, seguido de un potente retumbar que me hizo girarme por completo.

Estaban abriendo la Puerta del Sol Poniente. El corazón se me subió a la garganta. Malditos Dioses, me había equivocado.

Me pregunté si llegaría a tiempo si echaba a correr.

Pero entonces varios soldados imperiales brotaron de las dos inmensas hojas de madera. Los reconocí por los bordados en las túnicas, por las espadas que portaban en su cinto. No las sacaron, pero sí arremetieron contra las jóvenes desconcertadas que esperaban para entrar.

—A algunas les indicaron la puerta equivocada —oí decir a una de las criadas que también observaba la escena. Era más alta que yo y vestía con ropas más sencillas que las mías, aunque en sus ojos había una mirada de halcón.

Me envaré. Al parecer, la selección había empezado en el mismo momento de la inscripción y yo no había superado la censora mirada de los administrativos.

Apreté los dientes y las manos, mientras otra joven contestaba:

—He oído decir que solo tienes una oportunidad para entrar en el Palacio Rojo. —Su voz era meliflua, aguda, casi molesta. Llevaba un par de flores en la cabeza, demasiado ostentosas para una criada—. Si eres rechazada, no podrás postularte para la siguiente selección.

—Lo siento mucho por ellas —suspiró la primera que había hablado, aunque no parecía sentirlo en absoluto.

Sintió mi mirada sobre ella, así que sus ojos afilados se giraron y se hundieron en los míos. Sus labios me sonrieron, pero su mirada no. Hizo una pequeña reverencia.

—Me llamo Nuo —se presentó, al ver que yo no separaba los labios.

Su nombre significaba «amabilidad», aunque no veía nada de ella en sus rasgos puntiagudos. Yo también me incliné frente a ella y contesté, con otra sonrisa que no llegaba a los ojos:

—Yo soy Cixi.

—*Orquídea* —comentó ella; su expresión artera se agudizó—. Qué original.

No pude contestarle, porque en ese momento la pequeña puerta de madera se abrió. Tras ella apareció una mujer madura, de cabello oscuro salpicado por unas pocas canas. Lo llevaba recogido con una cinta azul, colocado en la parte media de su cabeza. Un par de flores frescas, de color blanco, decoraban el tocado.

Su expresión era áspera, huraña. Ni siquiera echó un vistazo hacia las jóvenes que a lo lejos gritaban, confusas, mientras los guardias imperiales trataban de alejarlas de la Puerta del Sol Poniente.

—Soy la Encargada Tram. Así debéis llamarme cada vez que os dirijáis a mí —anunció, con una voz helada—. Esta es vuestra primera lección: aunque os encontréis en el Palacio Rojo, debéis recordar vuestro lugar. Sois siervas de siervas.

Muchas miramos hacia atrás, a las jóvenes a las que alejaban del palacio con golpes y gritos.

La Encargada Tram se hizo a un lado y nos pidió que entrásemos en fila de uno.

La obedecimos con premura. Y, antes de que pudiera mirar una última vez al mundo que existía fuera del palacio, atravesé ese muro rojo pintado con sangre de enemigos. Cuando quise girar de nuevo la cabeza, había demasiadas cabezas, moños y tocados que me impedían ver el exterior.

Nos colocamos en varias hileras en un gran patio, parecido al que tenía la primera mansión en la que habían residido los Yehonala antes de que Lilan entrara a formar parte del Harén del Emperador. No había nada destacable en él. El suelo era gris, salpicado de vez en cuando por el musgo, y comunicaba con un edificio sencillo, de tejas rojas curvadas y mástiles de madera gruesos carcomidos por la humedad.

Bajo el suelo del Palacio Rojo, vivía el Gran Dragón al que se enfrentaba el heredero al trono generación tras generación, pero, por mucho que traté de sentir algo bajo las suelas de mis zapatos, no noté más que las piedrecillas que se acumulaban entre las baldosas.

El administrativo me había dicho que solían presentarse unas mil jóvenes, pero aquí no había más de doscientas.

La Encargada Tram empezó a pasear por las filas que habíamos creado. Se detenía frente a cada una y la observaba de arriba abajo. Tocaba las manos, las giraba para observar la largura de las uñas, la suciedad que se escondía en las líneas de la piel. Tiraba de las barbillas hacia atrás, abría las bocas con brusquedad y se asomaba a su interior. Las yemas de sus dedos tiraban de los mechones de nuestros cabellos para buscar piojos ocultos entre ellos. Cuando terminaba la inspección visual, callaba y pasaba a la siguiente. Aunque a veces negaba y decía, con voz hosca:

—No eres apta. Debes marcharte.

Cuando se encontró frente a mí, tuve que hacer esfuerzos para no devolverle la mirada. Permanecí con la cabeza gacha, mientras me manoseaba sin cuidado alguno. Finalmente, cuando terminó, dejando mi cabello revuelto y mi ropa mal puesta, pasó simplemente a la siguiente.

Y yo respiré hondo.

Fueron rechazadas unas treinta. Después, a las que quedábamos, nos hizo pasar de dos en dos al interior del edificio que se encontraba a nuestra derecha. No dijo qué tendríamos que hacer allí. Pero las primeras que entraron salieron al cabo de unos minutos con los ojos llorosos.

No miraron a nadie y se apresuraron a abandonar el Palacio Rojo, encogidas sobre sí mismas.

—Nos examinan para saber si somos vírgenes —me susurró Nuo, que había terminado a mi lado.

—¿Qué importancia tiene eso para servir el té o limpiar las letrinas?

—Supongo que nuestras manos deben ser puras cuando toquen la porcelana en la que apoyen sus traseros.

Al cabo de un largo rato, cuando mi piel empezaba a escupir sudor por culpa del sol, que iba ganando terreno en el cielo despejado, nos tocó entrar en el edificio del que todas salían sollozando o con la cara ardiendo.

Agradecí el aire fresco que me golpeó cuando pisé el interior, aunque las sombras que invadían la estancia hacían que los rostros de las viejas sirvientas que allí esperaban fueran aún más penumbrosos. Iban vestidas con el mismo color que la Encargada Tram, así que supuse que pertenecían al mismo rango.

—Desnudaos —ladró una de ellas.

Nuo y yo obedecimos sin emitir palabra, con rapidez. Ninguna de las dos nos mostramos avergonzadas cuando la última capa de ropa cayó al suelo, sobre nuestros pies desnudos. Observé de reojo las costillas que asomaban bajo su pecho, los ángulos afilados de sus codos. Procediera de dónde procediese, había pasado más hambre que yo.

Después, nos indicaron de malas formas que nos tumbáramos sobre un par de mesas de madera y que abriéramos las piernas.

Fui rápida en acatar la orden, pero esta vez sí me estremecí, incómoda, cuando las ancianas se inclinaron y me toquetearon sin cuidado ninguno.

Sus uñas fueron agujas arañando mi piel. Por suerte, apenas fueron unos segundos, antes de que las mujeres se irguieran y hablaran entre sí.

—Estáis intactas. Vestíos y esperad en el patio. ¡Rápido!

Tan rápido como pude, me puse la ropa interior y la túnica de servidumbre. Cuando volvimos al exterior, ocupamos nuestro antiguo lugar y contemplamos cómo otras dos jóvenes se adentraban en el edificio.

El tiempo transcurrió con lentitud. El calor empezaba a ser insoportable. No había árbol bajo el que resguardarse o un taburete donde poder sentarse y descansar las rodillas.

Después de que todas las jóvenes fueran examinadas, una fila de eunucos entró por un pequeño arco que se elevaba en un extremo del patio y nos entregaron a cada una un pañuelo blanco para bordar.

Una gota de sudor resbaló por mi mejilla como si fuera una lágrima.

Sabía que ahora comenzarían las verdaderas pruebas.

Mis piernas acalambradas, empapadas de sudor, temblaban mientras yo replicaba con hilo la imagen que nos había presentado la Encargada Tram. Toda la piel expuesta bajo el sol inclemente del estío, quemaba.

Aquellas aspirantes que mancharon el delicado pañuelo con sangre y sudor, fueron descalificadas.

Aquellas que no reprodujeron el bordado a la perfección, fueron expulsadas. A una que se negó, se la llevaron a rastras un par de eunucos.

Después, nos entregaron una escupidera tan sucia, que ni con un cincel creía que sería capaz de limpiar toda la mugre y el hedor que se acumulaba. Nos proporcionaron útiles de limpieza.

Las últimas que entregaron el recipiente limpio fueron descalificadas y tuvieron que abandonar el Palacio Rojo. También aquellas que no lo limpiaron correctamente. Una joven vomitó y, cuando la Encargada Tram le indicó que debía marcharse, pataleó y lloró, suplicando a gritos piedad. Necesitaba el trabajo desesperadamente. Era eso, o formar parte del Distrito del Placer, explicó entre sollozos. Como de los brazos no pudieron sujetarla, porque no dejaba de debatirse, la arrastraron por el cabello. Un par de mechones largos y negros quedaron tirados en el patio.

Después de aquello, elegimos diferentes hierbas para hacer el té.

Tras esto, lo servimos.

Mis manos temblaban, mis rodillas flaqueaban después de tantas horas de pie. Era difícil que las gotas de sudor no cayeran sobre la bandeja o el fino vaso de porcelana.

Después, tuvimos que cocer arroz y servirlo. Preparar una mesa para una cena.

Todo sin movernos de ese maldito patio.

Una tormenta de verano se desató sobre nuestras cabezas cuando la Encargada Tram nos pidió que nos postráramos ante ella, una y otra vez, practicando por si alguna vez servíamos al Emperador o nos encontrábamos frente a él. No nos dejó resguardarnos.

Nos levantábamos y nos prostrábamos sin cesar, pegábamos la frente al suelo, mientras repetíamos: «Larga vida a Su Majestad». La lluvia empapaba nuestra ropa y se mezclaba con el sudor; el cielo rugía con la misma fuerza que nuestros estómagos, después de tantas horas sin comer.

Perdí la noción del tiempo. Algunas jóvenes se quedaron arrodilladas y decidieron no levantarse más. Yo continué, dejándome llevar por los movimientos, mientras el cansancio me susurraba al oído, lisonjero, lo placentero que sería detenerme solo un segundo a tomar aliento.

Pero no lo escuché. En mi cabeza, repetía sin parar algunas de las palabras que Lilan había escrito en sus cartas. Me daban fuerzas cuando a mi cuerpo no le quedaban.

—¡Ni siquiera sabéis realizar una reverencia correctamente! —exclamaba la Encargada Tram, desde el refugio del edificio donde nos habían examinado a todas—. Deberíais rendiros y marcharos a casa. Así os libraréis de morir azotadas cuando no sepáis presentar vuestros respetos a nuestro amado Emperador.

Algunas se miraron entre sí y detuvieron sus movimientos. Y eso fue suficiente para que fueran expulsadas de la selección.

El resto seguimos. Las rodillas me crujían, las muñecas me ardían, sentía la frente en llamas de tanto rasparla contra ese suelo polvoriento; una y otra, y otra vez. Todavía no habíamos bebido agua, ni comido un solo grano de arroz, ni siquiera habíamos podido acudir a las letrinas. A las que no habían aguantado y se habían orinado encima, también las habían expulsado.

Me pareció sentir una vez el suelo temblar bajo mis pies y escuchar rugidos a lo lejos. Quizás era el Gran Dragón que vivía en el subsuelo, que disfrutaba de nuestro dolor, de nuestro sacrificio.

Por encima de nuestras cabezas empezó a anochecer. La lluvia cesó por fin. Aunque yo no era capaz de ver el color anaranjado que volvió dorado el cielo; mis ojos se habían parcheado por luces blancas de mareo.

A mi lado, Nuo parecía a punto de derrumbarse de un momento a otro. De pronto, la Encargada Tram caminó hasta el centro del patio y dijo:

—Suficiente.

Como si fueran hilos los que nos sostuvieran y estos hubieran sido cortados de pronto, todas las que allí nos congregábamos caímos al suelo, resollando, empapadas en sudor, agotadas.

Nuestros jadeos hicieron eco hasta en el mismo cielo.

—A partir de hoy, sois criadas imperiales, al servicio del hijo del Dios Sol, el Rey del Cielo y de la Tierra, el Padre de Todos, Aquel que Venció al Gran Dragón, Su Majestad, el Emperador Xianfeng.

10

Cuando nos obligaron a despertar, sentí como si acabase de cerrar los ojos.

Parpadeé, con el sueño pesando sobre mí como una roca, y me incorporé en el jergón a trompicones. A mi alrededor, repartidas por toda la estancia a la que habíamos sido conducidas ayer, después de una cena ligera y un baño que habíamos compartido en tinas de piedra gigantescas, mis compañeras me imitaron.

No había ventanas que comunicaran con el exterior, pero tuve la sensación de que, tras las paredes, aún reinaba la noche.

La Encargada Tram se encontraba junto a la puerta del dormitorio, con las manos cruzadas frente a su estómago. Ya nos observaba decepcionada, como si incluso durmiendo hubiésemos hecho algo mal.

—Vuestra hora de despertar a partir de hoy será antes el alba —anunció—. Desayunad y vestíos con premura. Vendré a supervisaros cuando el sol comience a asomar tras los muros del palacio.

La mujer desapareció por la puerta y, al momento, todas nos dejamos caer sobre los delgados colchones de paja. Yo todavía sentía las piernas doloridas y los brazos acalambrados. La noche anterior, cuando me había bañado y me había peinado frente a uno de los pocos espejos con los que contaba el dormitorio, me descubrí una herida redondeada en la frente, de haber rozado tanto la piel contra el suelo.

Todas las nuevas criadas imperiales tenían una.

Una marca de iniciación.

A los pies del camastro habían dejado nuestra ropa, así que me apresuré a vestirme a toda prisa. No estaba segura de cuánto tiempo nos proporcionaría realmente la Encargada Tram.

La túnica de servidumbre que debía utilizar era diferente a las que había llevado mientras trabajaba en la mansión de la familia Yehonala.

Tenía una tonalidad rosada, del color de los salmones y las carpas que nadaban en los estanques, y en los bordes se enroscaban arabescos azules, creando formas caprichosas, como las hiedras que trepaban por los muros abandonados. La parte final de la túnica nos cubría hasta las rodillas, aunque tenía dos largas aberturas que llegaban hasta la cintura. Bajo ella, usábamos pantalones anchos, suaves, cuyo bajo descansaba sobre unas zapatillas de color azul oscuro, sencillas pero resistentes.

El cabello debíamos llevarlo trenzado, recogido a ambos lados de la cabeza y anudado con cintas azules.

Tardé tanto en terminar el peinado, que apenas me dio tiempo de engullir el arroz en el comedor que compartíamos con el resto de las criadas del Palacio Rojo: una estancia enorme, repleta de mesas de madera, sin adornos, en la que todas parecíamos copias, vestidas y peinadas igual.

Cuando estaba terminando la sopa aguada de tofu y hongos, la Encargada Tram entró como una tromba en el comedor. Todas las que habíamos sido aceptadas el día anterior dejamos los cuencos sobre la mesa y nos apresuramos a ponernos en pie.

Ella volvió a dedicarnos otra de sus miradas evaluadoras.

—Ahora sois criadas imperiales. No trabajáis para cualquier familia —dijo, con voz férrea, mientras comenzaba a pasearse frente a nosotras—. Y es vuestra obligación honrar con vuestro trabajo a toda la familia imperial. Es imprescindible que vuestro aspecto sea intachable.

Sus ojos se hundieron como puñales en la joven que estaba a mi derecha. Con las prisas por terminar, había derramado algunas gotas de la sopa sobre la pechera de su túnica, y ahora estas resaltaban como salpicaduras de sangre. La joven enrojeció con violencia y se encogió un poco. La Encargada Tram se acercó a ella y la abofeteó con fuerza antes de seguir su camino.

Yo me estremecí ante ese golpe que sonó como un trueno.

—Me da igual a qué hora terminéis vuestras tareas —continuó—. Debéis bañaros y peinaros todos los días. Vuestro uniforme permanecerá limpio hasta el final de la jornada, sin arrugas. Si se rompe, deberéis acudir al Departamento de Costura a pedir que os lo remienden y, en el peor de los casos, solicitar uno nuevo. Cada vez que esto ocurra, se retirará de vuestra asignación al final de cada luna.

Todas asentimos, en silencio.

—Antes de que os reparta según las tareas que debáis realizar, tenéis que aprender cómo saludar a los distintos cargos con los que os encontraréis en el palacio. —La Encargada Tram abandonó su paseo y se colocó frente a nosotras—. A quienes más veréis serán a criadas como vosotras, a los guardias imperiales y a los eunucos. Cuando os crucéis con ellos, solo será necesaria una ligera inclinación de cabeza. Puede también que os encontréis con el capitán de la guardia, las criadas que sirven a las concubinas del Emperador, o con aquellas que están al servicio de la Emperatriz o de la Gran Madre. En ese caso, debéis hacer una reverencia completa y decir: «Esta humilde sirvienta os saluda».

La Encargada Tram esperó que lo repitiéramos un par de veces antes de continuar hablando.

—Lo mismo debéis hacer si os cruzáis con el Jefe Wong o el Eunuco Imperial Zhao. Ambos son los eunucos al servicio del Emperador. Los reconoceréis porque su vestimenta es distinta a la del resto. —La mujer vaciló antes de añadir—: Si trabajáis en la Corte Interior, podréis tropezar en sus calles con alguna de sus concubinas. A pesar de que existen diferentes grados entre ellas, debéis ejecutar siempre el mismo saludo: «Esta humilde sirvienta saluda a la concubina del Emperador». Si tenéis que referiros a ellas directamente, y no recordáis su título, podéis decir: «Alteza».

Los labios de la Encargada Tram se torcieron en una mueca extraña antes de continuar.

—A veces, las concubinas que sirven a Su Majestad tienen caracteres... complicados. Puede que consideren que vuestro saludo es insuficiente, pero no os dejéis engañar. No podéis mostrar más respeto hacia ellas que hacia la propia Emperatriz o la Gran Madre.

La Encargada Tram hizo una reverencia profunda, con las rodillas apoyadas en el suelo, así como las palmas de las manos. Era un saludo similar al que habíamos practicado durante horas el día anterior.

—Está será la postura que debáis realizar cuando os encontréis frente a ellas. Si no os dan permiso para levantaros, no podréis hacerlo, ¿de acuerdo? —No continuó hasta que todas asentimos—. No podréis dirigirles la palabra a menos que ellas os den permiso, y siempre deberéis referiros a ellas como «Emperatriz», «Gran Madre». También sería correcto referiros a ellas como «Alteza Imperial».

Comenzaba a dolerme la cabeza. Eran tantos los títulos, las diferentes reverencias, que no estaba segura de si podría ejecutarlas todas a la perfección.

—Por último, podréis encontraros con el Emperador. En ese remoto caso, debéis de postraros de la misma forma en que lo hicisteis ayer. No podréis levantar la cabeza hasta que él se marche u os dé permiso de incorporaros. Jamás lo miréis a los ojos. *Jamás* —recalcó, acerando el timbre de su voz, ya de por sí grave—. Lo saludaréis con: «Larga vida a Su Majestad».

Todas asentimos, mientras la Encargada Tram tragaba saliva después de la larga diatriba. Debía tener la garganta en llamas.

Fruncí el ceño, de pronto, y me adelanté un paso para hablar. Todas mis compañeras clavaron la mirada en mí. Los ojos de la Encargada Tram fueron como agujas hundidas entre las uñas y la piel.

—¿Sí? —Había un acento peligroso en su voz.

—Si el Emperador nos insta a hablar, ¿cómo deberíamos dirigirnos a él? —pregunté. Mi voz no tembló, aunque mantuve las pupilas bajas.

La Encargada Tram soltó una carcajada seca, desagradable. Casi cruel.

—Niña estúpida, el Emperador Xianfeng jamás se dirigirá a ti. A ninguna de vosotras —añadió, echando un vistazo por encima de mi cabeza—. Ni tú, ni yo, ni nadie que duerma bajo este techo es nadie para él. Somos invisibles.

El trabajo se bebía los días.

Creía que podría investigar, que podría moverme libremente por el Palacio Rojo, pero cada mañana, fuera cual fuese la tarea que nos encomendaba la Encargada Tram, siempre implicaba estar cerca del Departamento Doméstico, un conjunto de edificios sencillos, construidos de madera y cuyos tejados estaban cubiertos por tejas oscuras, repletas de verdín. Entre esos muros nos alimentábamos, nos vestíamos, nos bañábamos, recibíamos nuestras órdenes.

Había pasado una semana desde que había sido aceptada como criada imperial, pero no había hecho más que arrancar las malas hierbas que crecían cerca de las murallas, limpiar los patios del propio departamento, lavar y tender la ropa de mis compañeras.

Las tareas siempre las realizábamos en grupo y, si no era la Encargada Tram la que caminaba a nuestro alrededor, era otra. Aparte de ella y mis compañeras, solo me había cruzado con algún guardia imperial y algún eunuco. Pero nada más.

Las noches siempre resultaban demasiado cortas. Caía tan agotada, que a veces Nuo me tenía que arrojar agua en la cara para espabilarme. Solo una vez me desperté a medianoche, con el corazón acelerado y respirando jadeante. Oía un terrible aullido en mis oídos. Me pareció que las sábanas de la cama se mecían, como si el suelo hubiera temblado.

Creí que había despertado por culpa de una pesadilla, pero cuando vi a la mayoría de mis compañeras incorporadas, como yo, supe que no se trataba de eso.

Una criada mayor que nosotras también se había despertado. Bostezó ruidosamente y paseó su mirada por nuestras expresiones aterrorizadas.

—Es el Gran Dragón —aclaró, aunque a nadie le brotó la voz para preguntar—. De vez en cuando aúlla y el suelo del Palacio Rojo tiembla. Os acostumbraréis —añadió, mientras volvía a tumbarse—. Todas lo hacemos.

Aquella mañana, la Encargada Tram nos había congregado en el mismo patio donde la semana anterior habíamos sido seleccionadas. De la herida de mi frente ya apenas quedaba una ligera costra, rodeada por un halo amarillento.

De rodillas, varias compañeras y yo frotábamos el suelo con un cepillo de cerdas gruesas para retirar la sangre de varias sirvientas a las que habían azotado a primera hora de la mañana. Habían sido seis jóvenes que habían tratado de escapar del Palacio Rojo sin cumplir la edad reglamentaria para ello.

Una vez que penetrabas los muros de «la ciudad dentro de la ciudad», no podías abandonarla definitivamente hasta los veinticinco, lo que significaba que a mí me quedaban todavía siete.

El castigo por huir eran treinta latigazos.

Nos habían obligado a todas a presenciar la escena. Por cada criada, un eunuco la sujetaba y otro la golpeaba con un látigo, una y otra vez, una y otra vez. Ni una fue capaz de mantener la conciencia.

Mientras limpiaba la sangre incrustada en la piedra, en mi cabeza resonaban todavía sus gritos.

De pronto, por una de las puertas traseras del patio entró una mujer adulta, vestida con una túnica de servidumbre de color azul marino. No sabía cómo se llamaba, pero sabía que era una Supervisora, un puesto superior al de la Encargada Tram.

Ella, en cuanto la vio, hizo una reverencia rápida.

Por el rabillo del ojo, vi cómo intercambiaban unas palabras. El ceño de la Encargada Tram se frunció y su voz llegó hasta mí.

—Esa es misión del Departamento de Trabajo Duro.

La Supervisora negó con la cabeza y añadió algo más que no pude escuchar. La Encargada Tram asintió y, tras dudar durante un instante, levantó la mirada de golpe y sus pupilas encontraron las mías.

Aparté de inmediato la mirada y me encogí como si me hubiera visto holgazaneando. Ella siguió con sus ojos posados sobre mi espalda doblada cuando exclamó:

—Acércate, Cixi.

La obedecí de inmediato, mientras mis compañeras levantaban la vista. Nuo meneó la cabeza cuando pasé por su lado.

Me quedé frente a la Encargada Tram y la Supervisora, con los ojos clavados en las puntas de mis zapatos. Esperaba que el instinto no me fallara.

—Observo que hoy no estás muy aplicada en la tarea que os hemos asignado —comentó, con falsa amabilidad—. Por ello, te voy a encomendar otra que...

—Oh, no, por favor —me lamenté a propósito, con gesto inocente—. Solo estaba un poco distraída.

—¡Silencio! ¿Cómo te atreves a interrumpirme? —exclamó la Encargada Tram—. Irás al Departamento de Trabajo Duro y dirás que te he enviado yo. Ellos te explicarán lo que tienes que hacer. —Guardó silencio durante un instante y su expresión se recompuso—: Elige a una compañera para que vaya contigo.

La Encargada Tram no trataba de ser amable. De hecho, intentaba castigarme. Sabía que la tarea que me iba a encomendar no sería agradable, pero me traía sin cuidado si eso significaba alejarme por fin del Departamento Doméstico. Obligándome a elegir a una compañera para llevar a cabo una tarea así, podría conseguir que me ganara una enemiga.

Yo sonreí como respuesta y eché un vistazo a mi espalda; todas parecían inmersas en su tarea.

—Sería un placer que me pudiera acompañar Shui.

La comisura izquierda de la Encargada Tram tembló, pero logró que su expresión se mantuviera intacta.

Shui había sido una de las jóvenes que había entrado junto a mí la semana anterior, la que llevaba el cabello demasiado decorado. Por lo que había oído, su madre mantenía una amistad con la Encargada Tram; por eso, desde que había llegado al palacio, había recibido un trato mejor al de las demás. Siempre obtenía la mayor ración de comida y se negaba a compartirla con las demás; prefería arrojar los restos a la basura que darnos las pocas migajas.

Si la Supervisora no hubiera estado a su lado, la Encargada Tram habría desechado su nombre. Pero en esta ocasión no podía hacerlo sin quedar en evidencia.

—Shui —la llamó. Ella dejó el cepillo a un lado y se acercó a nosotras, con los labios apretados y sus ojos clavados como cuchillos en mi espalda—. Acompañarás a Cixi al Departamento de Trabajo Duro. Espero que le agradezcas el detalle de haberte tenido en consideración.

Shui sonrió y se volvió hacia mí para dedicarme una reverencia tan exagerada como falsa.

—Seguidme —fue lo único que dijo la Supervisora, antes de darnos la espalda y echar a andar.

La sonrisa de Shui desapareció, pero yo ni siquiera le dediqué un vistazo. Seguí la espalda ancha de la Supervisora, alejándome por fin de los dominios del Departamento Doméstico.

**11**

Recibimos instrucciones de cómo llegar al Departamento de Trabajo Duro. Aunque mi cabeza trató de recordarlo, el camino era demasiado enrevesado. Sobre todo para nosotras, que jamás nos habíamos alejado demasiado.

—Es uno de los departamentos que se encuentran cerca de la Corte Interior —había dicho la Supervisora, en tono de advertencia—. Eso significa que quizás os encontréis con algún consejero o alguna concubina. Incluso con la Emperatriz o la Gran Madre. Si es así, saludadlas correctamente si no queréis ser azotadas.

Shui temblaba cuando la mujer se alejó de nosotras de regreso al Departamento Doméstico.

—Malditos Dioses, ¿por qué me has elegido a mí? —bufó, cuando la túnica verde desapareció tras una esquina.

—Yo no quería compañía, así que agradéceselo a la Encargada Tram —repliqué, antes de empezar a andar—. Así, quizá, la próxima vez ella piense antes de escupir hacia arriba.

El Departamento Doméstico estaba en la zona más cercana a las murallas de la Corte Exterior, la zona del Palacio Rojo donde se hallaba la mayoría de los departamentos. En su límite con la Corte Interior, se erigía el Palacio del Sol Eterno, la residencia del Emperador Xianfeng.

La Corte Exterior era cien veces mayor que la Aldea Kong. Puede que incluso más. Conectando los distintos edificios, había cientos, miles de calles resguardadas por muros rojos, pintados de sangre antigua. De las paredes colgaban faroles dorados que se encendían al atardecer y se apagaban cuando el sol despuntaba por el horizonte. Pero la Corte Exterior no solo contaba con edificios administrativos y parte de la residencia imperial.

También había jardines, pabellones, incluso templos, de los que había oído hablar, pero que todavía no había podido ver.

Una parte de mí quería desviarse del camino y perderse entre aquellos muros rojos. No obstante, las indicaciones solo nos hicieron pasar junto a otros departamentos bullentes de actividad. No sabía si Shui sabía leer, pero mis ojos recorrieron las placas de madera que enmarcaban las entradas de los diferentes edificios.

El sol estaba tan alto que los muros no podían proporcionar sombra alguna, así que Shui y yo avanzábamos cabizbajas, para que los rayos ardientes no nos azotaran la cara.

Me crucé con más personas que los siete días atrás. No nos habían dado indicaciones para saludar a todos los diferentes cargos que vivían y trabajaban en el Palacio Rojo, así que dudaba a veces cuando inclinaba la cabeza hacia algunas de las personas, en su mayoría hombres, que nos cruzábamos en el camino. Bien o mal, dio lo mismo. Todos parecían demasiado atareados como para reparar en dos insignificantes criadas del Departamento Doméstico.

Cuando el sudor ya empapaba mi cuerpo, llegamos por fin al Departamento de Trabajo Duro.

Era un edificio distinto al resto. Si al Palacio Rojo se lo conocía como «la ciudad dentro de la ciudad», este lugar debía ser «el edificio dentro del edificio». Había muros altos cercando sus límites, aunque estos, por primera vez, no eran rojos, sino de madera. Coronándolos, había púas de metal retorcidas y oxidadas por el paso del tiempo. Cualquiera que tratara de saltar por encima podría resbalar y quedar empalado.

No podíamos atisbar el interior, más allá de lo que dejaba ver sus grandes puertas, que estaban entreabiertas. Ocultando parte del resquicio con su cuerpo, había una criada. Una mujer de mediana edad, que vestía una túnica diferente a la nuestra. Mucho más sobria, de color negro. Unos hilos rojos adoptaban unas formas que no llegué a reconocer, porque, en cuanto nos vio, la mujer agitó los brazos y nos instó a acercarnos.

Su cabello estaba recogido de forma distinta al nuestro, en una larga trenza que le llegaba hasta la cintura, sin ningún adorno.

Cuando Shui y yo llegamos hasta ella, nos apresuramos a inclinarnos, pero la mujer ya se había dado la vuelta y rebuscaba algo tras la puerta. Con evidente esfuerzo, tiró de un cubo de madera repleto de algo blanco, y lo colocó de forma pesada frente a nosotras.

Fruncí el ceño al ver lo que era. Arroz cocido y frío.

—Llevadlo al Palacio Gris —dijo, antes de retroceder varios pasos y situarse tras las dos hojas de la gran puerta—. Y daos prisa. Estarán hambrientas.

Cerró la puerta antes de que pudiéramos preguntar nada más. Shui, de pronto, pareció despertar de un sueño y se abalanzó sobre las hojas de madera, golpeándolas con los puños.

—No te va a abrir —comenté, mientras observaba el cubo repleto de arroz.

Ella se giró hacia mí, exasperada.

—¿Sabes para quién es este arroz? —Su voz sonaba a amenaza.

—¿Para los cerdos? —me aventuré a decir.

Ella alzó las manos y los ojos al cielo.

—Malditos Dioses, no sabes qué es el Palacio Gris, ¿verdad? Es el lugar donde encierran a las concubinas degradadas o castigadas. Dicen que está lleno de ratas y que quien cruza sus muros pierde la cabeza.

—Si fuera concubina, me preocuparía.

Sacudí la cabeza y, con una de las manos, tiré de una parte del asa del cubo. Shui soltó un resoplido, pero se inclinó para ayudarme a alzarlo. Era pesado, pero no tanto si lo sosteníamos entre las dos.

—¿Sabes dónde está? —le pregunté.

—En algún lugar de la Corte Interior —contestó.

Shui miró más allá de las murallas del Departamento de Trabajo Duro. Parecía que habíamos llegado al final del Palacio Rojo, pero no. Tras los feos muros grises, más descuidados que todos los que lo rodeaban, había una inmensa puerta.

Como todo en el palacio, era del color de la sangre, pero de alguna manera el matiz que empapaba esos pilares cuadrados parecía más vivo, más fresco. Se unían con un arco transversal, curvado, lacado en el mismo color. En él, una placa dorada exhibía su nombre:

PUERTA DEL MUNDO FLOTANTE

Fruncí el ceño y agucé la mirada. Sobre la inmensa puerta había algo que flotaba. Algo que se movía y contrastaba con el color del cielo.

—Son peces —comentó Shui, al ver mi expresión—. Encastrada entre los travesaños de madera, hay una pecera inmensa.

Parpadeé cuando me di cuenta de que tenía razón. Infinidad de pececillos rojos, dorados, blancos y negros nadaban de un lado a otro entre esas paredes transparentes, a decenas de metros del suelo.

Shui dejó escapar un suspiro embelesado.

—Es precioso.

Yo torcí los labios. Por un motivo que no acertaba a comprender, a mí no me lo parecía.

Avanzamos hacia la inmensa puerta. A ambos lados de ella, franqueándola, había dos guardias imperiales. Shui se enderezó todo lo que pudo, a pesar de que el peso del cubo la obligaba a andar medio inclinada, y forzó una sonrisa ante la que los soldados ni siquiera parpadearon.

Estuve a punto de explicar quiénes éramos y a dónde nos dirigíamos, pero los hombres apenas nos dedicaron una ojeada antes de volver la mirada al frente. Aun así, me detuve frente a uno de ellos.

—Nos han enviado al Palacio Gris, ¿podríais indicarnos dónde se encuentra?

El joven, que debía ser unos años mayor que yo, arqueó un poco las cejas antes de separar los labios y hablar. Las calles que conectaban los distintos puntos de interés del Palacio Rojo eran rectas, conformaban una cuadrícula casi perfecta. Y, aunque era difícil orientarse en su interior, porque todas parecían idénticas, no parecía difícil alcanzar el Palacio Gris.

—Solo tenéis que seguir recto por la calle del oeste. Reconoceréis el lugar cuando lleguéis. —Una sonrisa burlona curvó sus labios—. Por el olor. Y los gritos.

A Shui la sacudió un escalofrío, pero yo me limité a fruncir el ceño.

Seguimos las indicaciones y atravesamos la puerta que separaba la Corte Interior de la Corte Exterior.

Lilan me había hablado en sus cartas sobre ella. Sobre todo, en las primeras. Describía todo con gran lujo de detalles. Los preciosos palacios, desde los más inmensos, como el que pertenecía a la Emperatriz, al más pequeño. Los jardines de ensueño que se ocultaban tras los muros. Un mundo repleto de flores y joyas que solo unos pocos podían contemplar, donde las propias mujeres parecían obras de arte en movimiento.

El paso a la Corte Interior estaba prohibido para la mayoría de los hombres. Solo podían pisarla aquellos guardias imperiales que se encontrasen en su turno, pero nada más. Sus calles solo eran recorridas por la Gran Madre, la Emperatriz, el Emperador y su Harén, y eso incluía a las sirvientas y a los eunucos.

Sin embargo, aunque Lilan me había descrito la Corte Interior como un lugar repleto de bullicio, el ambiente estaba inusualmente tranquilo.

Quizá todas las concubinas estuvieran escondidas bajo los frescos techos de sus palacios, junto a bloques de hielo que enfriasen el ambiente, mientras a sus criadas les dolían los brazos de abanicarlas.

—Me voy a desmayar como no lleguemos de una vez —rezongó Shui.

El calor era insoportable. Los suelos enlosados ardían bajo las suelas de mis zapatos. El asa del cubo se resbalaba de mis dedos por culpa del sudor.

De pronto, un rugido brutal, antinatural, que parecía surgir de todas partes y de ninguna, destrozó nuestros oídos y nos obligó a detenernos de golpe. El cubo de arroz estuvo a punto de volcarse cuando lo dejamos caer en el suelo.

El terreno, bajo nuestros zapatos, tembló ligeramente. Algunas hojas de los árboles que asomaban tras los muros que nos rodeaban se desprendieron de las ramas y cayeron.

Y entonces, con la misma brusquedad que había aparecido, aquel terrible aullido calló.

Shui me miró, pálida y temblorosa.

—El Gran Dragón —susurré.

No era la primera vez que lo escuchaba. De vez en cuando, rugía, pero siempre lo había oído como un rumor remoto, lejos del Departamento Doméstico. Era la primera vez que lo sentía tan cerca.

No pude evitar que mis ojos miraran hacia abajo y me imaginé a ese inmenso monstruo con la cabeza alzada en mi dirección, mirándome.

—Es un mal augurio —refunfuñó Shui, todavía blanca. Volvió a acercarse al inmenso cubo de arroz y lo alzó con trabajo—. Vamos. Quiero alejarme de aquí.

Enfilamos una calle, algo más ancha que la que acabábamos de abandonar, y nos detuvimos frente a una enorme puerta de madera cerrada a tomar un poco de aire.

—¿Cuánto faltará? —volvió a hablar Shui, pero yo no respondí.

Mis ojos se habían clavado en la esquina más cercana, por la que acababan de doblar un par de eunucos.

No, no se trataba solo de un par de eunucos. Eran cuatro en total y, tras ellos, podía ver una figura vestida con telas brillantes que caminaba con una lentitud exquisita. A su lado, un eunuco sostenía una sombrilla para que el sol no la tocara. Tras ella, la seguía una hilera de criadas, todas vestidas con túnicas de servidumbre ricamente bordadas y peinados mucho más elaborados que los nuestros.

—Una concubina —farfulló Shui.

Dejamos el cubo de arroz a un lado y nos arrodillamos, con la cabeza inclinada y las manos apoyadas en el suelo.

Los pasos se acercaron. Y, cuando vi un retazo de tela brillante pasar a poca distancia de mis manos ásperas, dijimos, con voz suave:

—Esta humilde sirvienta saluda a la concubina del Emperador.

Por supuesto, la mujer no respondió y continuó su laxo paseo. Me pareció, sin embargo, que volvía durante un instante la vista en nuestra dirección.

Cuando se alejó lo suficiente, levanté la barbilla y observé su figura de espaldas.

El *hanyu* que llevaba era de una belleza exquisita. Jamás había visto una tela tan brillante, unos dibujos tan reales. Los pétalos de las flores de cerezo que decoraban su traje parecían tan vívidos, que daban la impresión de moverse con un viento invisible. Su cabello era un conjunto intrincado de nudos, y estaba decorado de perlas, peinetas de jade y piedras preciosas.

Caminaba con lentitud por culpa de las inmensas plataformas de sus zapatos lacados. No entendía cómo sus piernas soportaban el equilibrio.

Los *hanyus* de las concubinas eran ligeramente diferentes a los que podría usar cualquier joven de una buena familia. En primer lugar, estaba el cuello de la prenda. Su zona posterior era más rígida y dejaba gran parte del cuello al aire, exponiendo la nuca y la blancura de la piel. El grueso cinturón, en vez de estar anudado por detrás, se cerraba con una elaborada lazada justo debajo del pecho. De esa forma, el *hanyu* resultaba más espectacular y más... *práctico*. Más fácil de anudar y desanudar.

Nunca había sido una gran admiradora de la moda, tampoco de las joyas, pero un suspiro estuvo a punto de escapar de mis labios.

Mis ojos pasaron de la preciosa figura de la concubina a las sirvientas que la seguían. La vista se me quedó hundida en una de las más jóvenes.

Me incliné hacia delante en un gesto involuntario, y los labios se me separaron al reconocer ese rostro pequeño y afilado. Ahora, más maquillado de lo que nunca había visto.

—San —murmuré.

¿Me habría visto? ¿Me habría reconocido?

Me puse en pie, pero la mano de Shui se enroscó en mi manga y tiró de mí hacia abajo.

—¿Qué estás haciendo? ¿Quieres que nos maten? —siseó—. No podemos incorporarnos hasta que la concubina no se marche.

Vacilé, pero volví a mi posición anterior. No quería perder la oportunidad de hablar con San. Ella había tenido que estar junto a Lilan hasta sus últimos momentos. Quizá, después de su fallecimiento, la habían reubicado con otra concubina. Pero no podía acercarme así como así a ella. Tendría que buscar el momento propicio.

Mis pupilas regresaron a la espalda de la concubina y se calentaron. ¿Cuál sería su nombre? Lilan me había hablado de muchas. Desde aquellas que habían sido amables, hasta otras cuyo encuentro había temido.

No aparté la vista hasta que la pequeña procesión desapareció por una esquina cercana.

Shui, a mi lado, se levantó y se secó el sudor de la frente con el borde de la túnica.

—Vamos. Tengo la sensación de que no llegaremos jamás.

Asentí, pero entonces, al incorporarme, mis ojos tropezaron con la placa dorada que decoraba la puerta cerrada que se hallaba a nuestra izquierda.

## Palacio de las Flores

A pesar del sol que me acuchillaba sin clemencia, un escalofrío helado me atravesó. Leí los símbolos una y otra vez, para cerciorarme de que mi vista no me hubiera jugado una mala pasada.

Aquel era el palacio de Lilan. El que había ocupado cuando el Emperador la había nombrado Dama Lilan. El mismo lugar donde había vivido desde que había pisado el Palacio Rojo, y el lugar donde había muerto.

Ignorando las quejas de Shui, subí los tres peldaños que separaban el umbral de la calle, y acaricié con los dedos la madera rugosa, sucia de polvo. No podía ver el edificio que se encontraba tras ella, los muros sanguinolentos lo ocultaban de miradas indiscretas.

Un par de malas hierbas asomaban en sus esquinas. Parecía que hacía tiempo que nadie cuidaba de los alrededores de ese lugar.

Pensaba que la concubina nos había mirado a nosotras, pero quizás había estado equivocada. Quizás había echado un vistazo a las puertas cerradas del palacio.

—Malditos Dioses, Cixi —suspiró Shui—. ¿Qué haces?

—Voy a entrar —me oí decir.

Ella meneó la cabeza, como si me hubiera escuchado mal. Sin embargo, soltó una exclamación ahogada cuando me vio empujar la enorme puerta con todas mis fuerzas.

—¡Tenemos que llevar el arroz al Palacio Gris! Ya estamos tardando demasiado —dijo, mientras se acercaba a mí con pasos apresurados—. Si te ven, nos castigarán.

—Será solo un momento —repuse, antes de abalanzarme con todas mis fuerzas contra la madera crujiente.

Las puertas no se abrieron, pero sí noté cómo las bisagras cedían un poco.

—Voy a marcharme sin ti. —Shui volvió a la calle. Su voz sonó amenazadora, pero ni siquiera giré la cabeza en su dirección—. Te denunciaré ante la Encargada Tram.

Pero yo no podía perder esta oportunidad. No sabía cuánto tardarían en enviarme de nuevo lejos del Departamento Doméstico. Y estaba aquí, frente al hogar que Lilan había ocupado en sus últimos dos años de vida.

Tomé impulso y volví a empujar las puertas. Estas cedieron y se creó un resquicio entre las dos hojas. No era muy grande, pero sí lo suficiente como para que pudiera entrar a través de él.

Shui volvió a llamarme, pero yo ya no era capaz de escucharla.

Como si aquel lugar entonara una canción seductora de la que no podía escapar, atravesé la puerta y me adentré en el Palacio de las Flores.

**12**

E ra fácil de adivinar por qué se llamaba así.

Nada más pisar el suelo de baldosas rojizas, me encontré rodeada de la naturaleza más salvaje. Había parterres y enormes macetas por todos lados, pero donde antes debía haber ramilletes de flores cuidadas y arbustos recortados, ahora solo había malas hierbas, flores secas y quebradizas, y un patio invadido por el descuido.

Más adelante, un estanque ocupaba toda la zona anterior del patio. Sus aguas eran de un verde tan oscuro, que no se veía el fondo. Quizás en el pasado habían flotado flores de loto y nenúfares sobre él, pero ahora solo quedaban algas de un verde intenso, que acariciaban la superficie con sus hojas musgosas; parecían los brazos de un ahogado que no había llegado a alcanzar la superficie. Peces que en el pasado eran blancos y naranjas ahora flotaban de lado, medio descompuestos.

El hedor me irritaba la nariz. No sabía cómo no lo había olido desde el exterior.

Para llegar a la entrada del palacio había que atravesar un puente curvo, al que le hacía falta una capa de pintura. No obstante, era robusto, y las telarañas que se habían formado bajo él brillaban como hilos de plata debajo del sol.

Tragué saliva para refrescar mi garganta en llamas, pero lo que sentí fueron piedras afiladas arañarme por dentro.

Di una vuelta en redondo y me imaginé a Lilan en alguno de esos rincones. Siempre le habían gustado las flores, así que estaba segura de que las habría cuidado ella misma. Quizás, en el atrio del palacio, bajo el tejado labrado de madera verde, se había sentado y había metido los pies en el agua para que los pececillos le hicieran cosquillas. O habría jugado al Wu, mientras su oponente se desesperaba por vencerla. Conociéndola, habría perdido a propósito.

La vista se me emborronó de pronto.

«No», susurré.

Me llevé las manos a los ojos y apreté los dedos contra los párpados, con fuerza. No quería derramar ni una lágrima más. No tenía tiempo. Si podía llorar, podía averiguar qué le había ocurrido. Qué o quién había estado involucrado en su muerte.

Con la mirada aún inflamada, respiré hondo y empecé a atravesar el puente curvo de madera.

Caminé con lentitud, mientras mis pupilas recorrían el atrio delantero y las puertas cerradas que se alzaban en él. Un travesaño que debía pesar casi tanto como yo las franqueaba. Todas las ventanas estaban tapiadas.

Pero no importaba. Quitaría los clavos con mis propias uñas si era necesario.

—¿Qué haces aquí?

Una voz áspera, masculina, detuvo mi pie en el aire.

Estaba a punto de cruzar el puente, pero me giré por completo. En el otro extremo había un eunuco. Vestía con el uniforme raso de estos: una túnica de servidumbre corta, sin adornos, a nivel de las caderas, y unos pantalones anchos a juego de color gris. Su cabello, negro azabache, había sido anudado sin mucha gracia en la parte alta de su coronilla. Debía ser algo mayor que yo, aunque con los eunucos nunca se sabía. Sus rostros desprovistos de vello, sus voces suaves, a veces confundían.

Pero este era más alto que todos los que me había cruzado y, aunque esbelto, había algo en su postura que lo hacía parecer más corpulento. Su rostro era anguloso, de pómulos marcados y barbilla afilada. Los labios los mantenía apretados en una línea tensa, blanquecina. Sus ojos no eran grandes, pero sí profundos.

Había algo en su expresión hosca, en la forma en la que me miraba, que me resultó tremendamente familiar.

Dio un paso más al frente, sin apartar su mirada de la mía.

—Este palacio está clausurado hasta nueva orden del Emperador —dijo. Su voz se volvió aún más rasposa. Si fuera un fragmento de tela, sería un trozo de arpillera—. Está prohibido entrar aquí.

Pensé rápido. Él quizá no era más que un eunuco cualquiera, pero podía hablar con algún superior. A pesar del poco tiempo que llevaba aquí, conocía bien los castigos que impartían a la servidumbre desobediente.

—Me pareció escuchar a alguien en el interior —dije, con voz segura. Si vacilaba, estaría perdida—. Alguien que pedía ayuda.

El eunuco ladeó el rostro y avanzó otro paso.

—Este lugar lleva cerrado desde hace casi dos lunas —replicó—. Es imposible que hayas escuchado a nadie.

Yo no aparté la mirada de sus ojos punzantes.

—Tal vez se trataba de un alma en pena que gritaba pidiendo justicia —siseé.

Su expresión desagradable se acalambró durante un instante. Un escalofrío me recorrió. Sabía quién había habitado este palacio y lo que le había ocurrido. Busqué en su rostro afilado algo parecido a la culpabilidad, pero solo hallé primero sorpresa, y después desconfianza.

—Los fantasmas no existen —escupió.

Los labios se me doblaron en una sonrisa burlona.

Él no me la devolvió.

—¿Cómo te llamas?

No tenía por qué decírselo, podría utilizarlo para denunciarme ante su superior. Pero no le tenía miedo. Y no me importaba demostrárselo.

—Cixi.

Yo no le pregunté el suyo. Obligué a mi sonrisa socarrona que no se separara de mis labios.

—Por tu uniforme adivino que perteneces al Departamento Doméstico. No sé qué tarea te habrán asignado, pero sé que ahora mismo no la estás cumpliendo.

Torcí la cabeza y di un paso al frente.

—¿La tuya es encontrar y amonestar a criadas descarriadas?

Una nube negra oscureció aún más su expresión.

—Quién sabe.

Dio dos pasos atrás y abandonó el puente. Con un gesto hosco, me indicó que me acercara.

Traté de que la rabia y la decepción no se adueñaran de mi expresión, y atravesé de nuevo el puente a paso rápido.

El Palacio de las Flores deseaba que lo mirara otra vez. Ansiaba que abriese sus puertas y descubriese sus secretos. Lo sentía; dedos invisibles que se anclaban en mi barbilla y en mis mejillas y tiraban de mi piel, la pellizcaban para que girara la cabeza y mirase atrás.

Pero no lo hice. Y seguí al eunuco hasta la calle donde había abandonado a Shui y el inmenso cubo de arroz.

Una calle, por cierto, que ahora estaba completamente desierta.

—Mi compañera ha cumplido su amenaza —suspiré, en voz alta, mientras el eunuco se encargaba de cerrar las puertas que yo había abierto a la fuerza—. Supongo que ya no hay tarea que cumplir.

Él se volvió hacia mí, con el hartazgo resbalando de su rostro como gotas de sudor.

—Entonces regresa por donde has venido.

La sonrisa se me transformó por fin en una mueca ladeada y le dediqué una reverencia tan exagerada como mal ejecutada. Bajé los tres escalones que me separaban de la calzada y giré a la derecha.

Apenas llegué a dar un par de pasos antes de que su voz brusca arañara mis oídos.

—En esa dirección no llegarás al Departamento Doméstico.

Me detuve de golpe y cambié el rumbo, aunque me quedé durante un instante quieta, observando los distintos caminos que surgían al final de la calle.

El bufido del eunuco sonó como un tifón a punto de engullirme.

—¿Sabes acaso cómo volver?

—Soy capaz de encontrar el camino —rechisté, antes de dirigirle una mirada por encima del hombro.

Comencé a andar con presteza. Mis ojos querían deslizarse hacia un lado y observar los muros del Palacio de las Flores, pero yo sabía que ese molesto eunuco seguía observándome, así que me obligué a mantener la mirada al frente.

Al llegar al final de la calle, giré sin dudar a la derecha. Pero entonces, unos dedos largos y ásperos tiraron del cuello de mi túnica y me empujaron sin cuidado hacia la izquierda.

Cuando recuperé el equilibrio, fulminé con la mirada al maldito eunuco. Había sido silencioso y muy rápido; no lo había visto llegar.

—Te acompañaré —dijo, con un tono que no daba pie a réplicas.

Yo le dediqué otra sonrisa tan amplia como falsa.

—Haz lo que desees.

No volvimos a intercambiar palabra en un buen rato. Él caminaba a buen paso y me sacaba casi una cabeza, así que tenía que correr para estar a su altura.

No pude evitar mirarlo de soslayo. Había algo en su porte, en la velocidad y en sus movimientos cortantes, que me recordaban más a un soldado que a un simple sirviente. Si notó mi escrutinio, no lo mostró, porque sus ojos no se separaron en ningún momento del camino.

No hubo retrasos en nuestra marcha, no nos encontramos con ninguna concubina frente a la que tuviéramos que postrarnos. De hecho, no hallamos un alma hasta que llegamos a la Puerta del Mundo Flotante, la que separaba la Corte Interior de la Corte Exterior.

Los dos guardias que la vigilaban se cuadraron cuando nos vieron llegar y se inclinaron profundamente, dejándome confundida. Sus pupilas no se hundieron en mí, sino en el eunuco al que yo seguía.

La reverencia era respetuosa, pero sus miradas no lo eran.

Fruncí el ceño y hundí los ojos en la nuca del eunuco que caminaba delante de mí. Quizá sí debería haberle preguntado su nombre cuando había tenido ocasión.

—¿Llevas mucho en palacio? —dije, cuando las prisas y el caos de la Corte Exterior nos rodearon.

—Algo más que tú —fue la única respuesta que recibí.

No volvimos a intercambiar palabra durante el resto del camino. Él andaba tan rápido, que cuando alcanzamos por fin los terrenos del Departamento Doméstico notaba la túnica pegada a mi piel por culpa del sudor.

Llegamos al patio donde se encontraba la Encargada Tram. Aunque estaba resguardada bajo la sombra de un porche, se abanicaba mientras algunas de mis compañeras seguían todavía limpiando la sangre incrustada en el suelo. Todas ellas tenían el cuello y las manos quemadas.

Me adelanté cuando no vi a Shui por ningún lado. A lo mejor yo había sido más rápida y podría evitar el castigo.

Pensé en una excusa en el instante en que la mujer giró la cabeza y me vio. Pero, cuando sus ojos se cruzaron con los míos, supe que me había equivocado. Yo había sido la que había llegado tarde.

—Maldita niña desobediente —gruñó, con los dientes apretados. Cerró el abanico con brusquedad y echó a andar en mi dirección—. ¿Cómo te atreves...?

Su voz se extinguió en algún lugar de su garganta cuando el eunuco apareció tras de mí. El rostro sofocado de la Encargada Tram se volvió de un blanco ceroso mientras se apresuraba a clavar una rodilla en el suelo.

Me lanzó una mirada furiosa y yo la imité de inmediato, confusa.

—Esta humilde sirvienta saluda al Eunuco Imperial Zhao —susurró la Encargada Tram.

Repetí sus palabras y su postura, pero los ojos me desobedecieron y los alcé para observar de nuevo al eunuco. Estaba a mi lado, pero toda su hosca atención estaba dedicada a la Encargada.

De pronto, recordé. Sí, sus rasgos me eran familiares porque no era la primera vez que lo veía. Y tampoco la segunda.

La primera había sido hacía ya más de dos años, durante la coronación del Emperador. Era uno de los eunucos que caminaba tras la Emperatriz y la Gran Madre; el mismo que me había descubierto observando a escondidas a pesar de estar terminantemente prohibido.

La segunda había sido hacía dos lunas, cuando habían acudido a la mansión de los Yehonala para comunicarnos la muerte de Lilan. Él había sido quien había sostenido el pergamino.

Su nombre también lo había leído alguna que otra vez en las cartas de Lilan. No había mencionado mucho sobre él, solo que era uno de los eunucos con más poder en el palacio.

—He necesitado de la ayuda de esta criada, Encargada. La he acompañado en el regreso, porque no conocía el camino. —El Eunuco Imperial Zhao ni siquiera me miraba—. Os aconsejo que, a partir de ahora, pongáis cuidado en enseñarles el Palacio Rojo para que no hagan perder el tiempo a los demás.

La Encargada Tram esbozó una sonrisa dulce que no había visto jamás y levantó un poco la mirada.

—Una de sus compañeras me ha confesado que la dejó abandonada en mitad de la tarea que le había sido asignada. —Cerré los ojos durante un instante y maldije a Shui—. Por favor, solicito un poco de vuestra sabiduría para imponer un castigo oportuno a esta criada desobediente.

Él parecía a punto de marcharse, pero se volvió de nuevo hacia ella con brusquedad.

—Quizá no me he explicado bien, Encargada. Ha sido mi orden lo que la ha apartado de su tarea. —Ella vaciló e hizo amago de separar los labios. Los ojos del eunuco se entornaron—. No sé qué os habrá dicho vuestra otra criada, pero espero que *no* dotéis de más peso a sus palabras... que a las mías.

La Encargada Tram se apresuró a negar con la cabeza y se inclinó todavía más.

—Jamás se me ocurriría.

Él no añadió nada más ni esperó a que ella lo hiciera. Tampoco me dedicó ni un solo vistazo. Se dio la vuelta y desapareció del patio a zancadas veloces. Después, solo quedó el silencio roto por los cepillos de las jóvenes que seguían raspando la sangre del suelo.

Entonces, la Encargada Tram levantó la cabeza y escupió.

—*Medio hombre* —siseó, antes de clavar una mirada viperina en mí.

Por supuesto, me castigó. No me azotó, pero sí me obligó a permanecer de rodillas, con los brazos extendidos, en el comedor del Departamento Doméstico hasta la medianoche, sin comer ni beber nada.

Shui tuvo cuidado de pasearse delante de mí lo suficientemente cerca para que pudiera oler el arroz y el pescado guisado. Me fijé en que le temblaban un poco los brazos después de haber tenido que acarrear ella sola el cubo de arroz, pero no me despertó ninguna lástima.

Cuando una Encargada de la noche acudió para decirme que el castigo había terminado, caí rendida al suelo. El estómago me rugía, sentía la boca en carne viva por culpa de la sed, y los brazos y las piernas apenas me respondían. Ella no me ofreció más que una mirada desagradable, así que tuve que arrastrarme hasta el dormitorio.

Cuando llegué, todas mis compañeras dormían, excepto Nuo. Estaba sentada a los pies de mi camastro, luchando contra los párpados de sus ojos.

—Ten —dijo, mientras extraía un trozo de pescado grasiento envuelto en un pañuelo del interior de su túnica. De la nada, también alzó un cuenco lleno de agua.

Me abalancé sobre ella y me bebí el agua de un trago.

—¿Eres alguna clase de Virtud oculta? —pregunté, con burla, mientras engullía el pescado de un solo mordisco.

Ella meneó la cabeza y se levantó para dirigirse a su propio jergón.

—Si lo fuera, te aseguro que este sería el último lugar que pisaría. No me apetecería morir desmembrada o torturada —dijo.

Estaba de espaldas a mí, así que no vio el estremecimiento que me recorrió. Sus últimas palabras sonaron como un presagio.

—No vuelvas a ser tan estúpida. La próxima vez no tendrás tanta suerte.

**13**

El encuentro con el extraño Eunuco Imperial Zhao sirvió para que la Encargada Tram nos entregase un mapa del Palacio Rojo a cada una de las criadas. Y, aunque no volví a cruzar la Puerta del Mundo Flotante, sí empecé a recibir, junto a otras compañeras, tareas que me alejaban de vez en cuando del Departamento Doméstico.

Unos días después de encontrar el antiguo palacio de Lilan, la Encargada Tram nos encomendó a Nuo y a mí llevar varios uniformes al Departamento de Costura para que los remendaran. Aunque estábamos en pleno estío, todavía era temprano, así que el sol que nos acariciaba era suave aún.

Cuando llegamos al enorme edificio de madera, ligeramente más ornamentado que el nuestro, nos cruzamos con dos criadas que portaban flores en el pelo y cuyas túnicas de servidumbre estaban bordadas y tenían colores brillantes.

Sin duda, eran las criadas de alguna concubina.

Nuo y yo intercambiamos una mirada rápida antes de hacer una profunda reverencia.

—Esta humilde sirvienta os saluda —dijimos al unísono.

Ellas nos dedicaron una inclinación distraída, antes de recoger varios *hanyus* envueltos en papel de seda. Por el rabillo del ojo, atisbé a ver el bordado de un ave fénix a punto de remontar el vuelo.

Se marcharon con calma, conversando entre ellas, sin mirar atrás ni una sola vez. Yo, sin embargo, no pude apartar los ojos de sus figuras hasta que no desaparecieron tras el umbral de entrada.

Nuo me dio un brusco empellón.

—Un día vas a conseguir que te arranquen los ojos —murmuró.

Yo me encogí de hombros y volví una vez más la cabeza hacia el lugar donde habían desaparecido.

—Cuando nos encargaron a Shui y a mí ir al Palacio Gris, nos encontramos a una de las concubinas del Emperador —musité—. ¿Cómo podría averiguar su nombre?

Nuo alzó los ojos hacia el techo atravesado por vigas y sacudió la cabeza.

—Todo lo que guarda la Corte Interior no tiene nada que ver con nosotras —dijo, en voz baja, para que las otras sirvientas que trabajaban tras el mostrador no la escucharan—. Sea lo que fuere lo que tengas en la cabeza, olvídalo.

—Era una simple pregunta —repliqué, molesta—. En el séquito que la acompañaba vi... a una conocida. Solo quiero volver a verla. Saludarla, nada más.

—Si la Diosa Luna lo desea, os volveréis a encontrar, pero si no es así, ve al templo para rezar y darle las gracias. Cuanto más lejos estés de esas malditas concubinas, mejor.

Separé los labios por la sorpresa. Sin embargo, no dije nada hasta que no entregamos todas las prendas al departamento y lo abandonamos. Aunque debíamos regresar con rapidez, caminé a propósito con lentitud.

—Hablas de las concubinas como si las conocieras —comenté, sin mirarla.

Nuo me miró de soslayo, pero yo no le devolví la mirada. La escuché tomar aire y soltarlo de golpe.

—Son un nido de víboras —susurró—. Aunque no seas más que un ratón, si caes entre ellas, te devorarán. Es lo que siempre hacen.

Esta vez sí giré la cabeza y ella me devolvió la mirada. Su expresión se había afilado. Había acero brillando en sus pupilas. No tuve que mover los labios para formularle una pregunta, ella lo leyó en mis ojos.

—Una de mis hermanas mayores sirvió a una de las últimas concubinas que entró a formar parte del Harén del Emperador Daoguang. Sufrió... sufrió mucho. Y murió un año antes de que lo hiciera el Emperador —añadió, con un murmullo roto. Apreté los labios, incómoda, pero no dije nada. Lilan sabía consolar a los demás, cómo hacer para que se sintieran mejor. Pero no yo—. No. No murió. La *asesinaron* —se corrigió. Todo su cuerpo se tensó mientras pronunciaba esa última palabra.

Yo me detuve de golpe, con la boca de pronto seca.

—¿Por eso estás aquí? —farfullé—. ¿Estás buscando venganza?

Nuo había seguido caminando, pero también dejó de andar al escucharme. Se volvió en mi dirección y recortó la distancia que nos separaba con los ojos a punto de saltar de sus órbitas. Sus manos se anclaron en mis hombros y me sacudió.

—Estoy aquí porque mis padres no podían mantener a una boca más dentro de casa después de que su botica ardiera, y yo era por entonces la mayor que seguía viviendo junto a ellos. O servía para alguna familia que me aceptase, o entraba a formar parte del Distrito del Placer. Y no era algo que quisiera, algunas de mis hermanas mayores ya habían acabado en él. —Sus ojos se entrecerraron—. ¿Venganza? La venganza no es para nosotras, Cixi. Nosotras somos siervas. Nuestra misión en este mundo es sobrevivir. Entré en el Palacio Rojo porque fue el único lugar que me aceptó, así que aquí seguiré hasta el fin de mis días. Sirviendo. Tratando de hacer las cosas bien y alejada de todo lo que me ocasione problemas.

Sus pupilas se hundieron un instante más en las mías y pareció a punto de echar a andar, pero se detuvo entonces, con una vacilación.

—Creo que podríamos ser buenas amigas —dijo, en voz baja—. Pero preferiría que, a partir de hoy, te mantuvieras lejos de mí.

Apreté los dientes. No le pregunté por qué, ya sabía la respuesta. Me limité a asentir secamente y ella me dedicó una media sonrisa que no respondí. Después, echó a andar y yo la seguí al cabo de un par de segundos.

Recorrimos el camino de vuelta hasta el Departamento Doméstico separadas.

Nuo quería mantenerse alejada de los problemas, pero Shui era lo suficientemente estúpida como para caer de cabeza sobre ellos.

Aquella misma tarde enjuagaba varios uniformes de guardias imperiales en una enorme cubeta de madera. El agua estaba muy caliente para borrar los restos de sangre de ella, y me notaba la piel tan ardiendo, que casi había perdido la sensibilidad. Cada vez que hundía las manos en el agua, se volvían más rojas e inflamadas. A mi lado, Shui recogía la ropa ya limpia y la colgaba de varios cordeles que atravesaban el patio interior, para que se secara al aire.

Yo suspiraba de vez en cuando. Cada vez, de forma más profunda y lastimosa, con cuidado de ser perfectamente audible. Tras un rato, fue Shui la que suspiró y se volvió hacia mí, con el entrecejo arrugado.

—Malditos Dioses, Cixi. Voy a volverme loca si continúas respirando de esa manera.

Yo le contesté con un suspiro más dramático que el anterior y murmuré:

—Estaba pensando en la concubina que nos cruzamos el otro día. En su ropa, en las joyas que llevaba sobre la cabeza. Me pregunto... cuál será su Virtud.

Shui parpadeó, sorprendida, y se acercó a mí de la misma forma en la que una presa se aproxima a su depredador.

—¿No sabes quién es? —preguntó.

—Yo no tengo tu capacidad de escucha, querida Shui —repliqué, ladeando el rostro.

Ella torció los labios en una mueca, sin saber si tomarse mis palabras como un halago o un insulto.

—Era sencillo reconocerla. Siempre la sigue un séquito, vaya a donde vaya. La acompañan más criadas y eunucos que a la propia Emperatriz. Conocen su nombre incluso fuera de los muros del Palacio Rojo. Su familia es importante, aquí, en Hunan —añadió.

Asentí, con el aliento atrapado en la garganta. Recordé las cartas de Lilan. Los nombres de todas las concubinas que nombraba.

—Era la Gran Dama Liling. Ostenta el cuarto grado dentro del Harén, pero he oído rumores de que el Emperador piensa ascenderla a Consorte. —Sus labios se doblaron en una sonrisilla traviesa mientras ese nombre se hundía muy dentro de mí—. Al parecer, se encuentra muy satisfecho con sus... *servicios*.

Dejó escapar una risita que sonó disonante en mis oídos. *Gran Dama Liling*. Ese nombre había aparecido muchas veces en las misivas de Lilan. Al principio, un aura de admiración rodeaba su título, pero, con el tiempo, esa admiración desapareció, se fue diluyendo hasta convertirse en desconfianza, y más tarde, en temor. Sobre todo tras quedarse embarazada.

Shui se inclinó para ver de cerca mi rostro pensativo.

—Quizá no hayas oído hablar de ella, pero sí de su padre: Sushun. Fue tutor del Emperador y hoy en día es uno de sus consejeros principales.

Me envaré. Recordaba ese nombre. Si el amo Yehonala no había mentido, había sido ese consejero quien había precipitado su caída en desgracia desde que la familia había pisado la capital.

—Es muy hermosa, pero no tiene buena fama entre sus sirvientes —continuó diciendo Shui—. Al parecer, cambia de criadas constantemente.

—¿Por qué? —pregunté, ceñuda—. ¿Las despide?

—Las castiga tanto que no pueden realizar sus tareas. Algunas... simplemente, desaparecen.

—¿Y el Emperador lo permite? —susurré.

—Es su favorita —contestó Shui, encogiéndose de hombros.

Levanté la cabeza, sorprendida, y eso le dio alas para que continuara hablando.

—Cuando nos cruzamos con ella el otro día, debía acudir a presentar sus respetos a la Emperatriz. Todas, absolutamente todas las concubinas deben acudir a primera hora, después del desayuno, a saludarla. La Gran Dama Liling siempre se retrasa. A la hora que la vimos, ya debería haber estado en el Palacio de la Luna.

Asentí, pensativa, mientras Shui continuaba hablando. Sin embargo, yo ya no fui capaz de escucharla.

A la mañana siguiente, antes de que repartieran las tareas, me hice con varios uniformes que estaban secos y los apreté contra mi pecho. Por suerte, no me encontré con la Encargada Tram, sino con otra de sus compañeras. Le informé que había notado varios descosidos y rotos en las túnicas de mis compañeras.

Ella suspiró y me ordenó que los entregara cuanto antes al Departamento de Costura. Se alejó a pasos rápidos de mí mientras yo le dedicaba una reverencia que no era correspondida.

La Encargada no vio la pequeña sonrisa que se formó en mis labios.

Usando el mapa que me había obligado a memorizar días atrás, después de que la Encargada Tram nos lo entregase, pasé junto a los distintos departamentos que ya bullían de trabajo a primera hora de la mañana.

Pasé junto al de Costura sin mirar atrás.

Tardaría en regresar, pero, con suerte, podría mentir sin que nadie lo averiguara. El Departamento de Costura siempre era uno de los más ajetreados y amplios. Y, al pertenecer a uno de los rangos más bajos de la servidumbre, solo por encima de quienes se desempeñaban en el Departamento de Trabajo Duro, éramos siempre las últimas en ser atendidas. Eso me brindaría la excusa perfecta cuando me retrasase.

Llegué a la Puerta del Mundo Flotante con el corazón martilleando en mi pecho. Junto a ella, como la otra vez, había dos guardias, aunque estos eran diferentes a los que había visto hacía días.

Les dirigí una inclinación rápida, como si tuviera mucha prisa, pero no llegué a pisar el suelo embaldosado de la Corte Interior. Uno de ellos extendió la lanza que portaba y detuvo mi camino.

—¿A dónde vas? —me preguntó, sin más preámbulos.

—Debo llevar estas túnicas a la Gran Dama Liling —contesté, con el ceño fruncido, como si me molestara la interrupción.

El guardia hizo una mueca y, sin mucho cuidado, pasó la mano sobre las túnicas de servidumbre. Ni siquiera estaban estiradas, y decenas de arrugas llenaban las amplias mangas.

—¿Para qué necesita una concubina túnicas de servidumbre? —preguntó el otro guardia. Había desconfianza en su voz.

Yo ni siquiera parpadeé cuando lo encaré.

—Esa respuesta solo podría proporcionártela la Gran Dama Liling. —Di un paso hacia delante y mi pecho quedó a centímetros del metal de la lanza—. Tengo prisa, pero si así lo deseas, puedes acompañarme y preguntárselo. Así podré presentarle al guardia que está retrasando su pedido.

Quizás habían llegado a sus oídos los rumores de lo que hacía la concubina con sus sirvientes, porque miró a su compañero y le hizo un gesto para que apartara el arma de mí.

Yo ni siquiera les dediqué una mirada más. Eché a andar de nuevo con rapidez y dejé atrás a aquellos inmensos travesaños de madera rojos, que guardaban en su cima a cientos de pececillos naranjas y dorados, cuyas escamas resaltaban bajo el sol de la mañana.

Aunque en el mapa que nos había proporcionado la Encargada Tram estaban los nombres de muchos de los palacios de la Corte Interior, no sabía cuál de ellos ocupaba la Gran Dama Liling. Lo único que se me ocurrió fue ir de nuevo al Palacio de las Flores y esperar a que, con suerte, ella pasara por allí en su camino al saludo matinal de la Emperatriz.

Alcancé las grandes puertas clausuradas que había atravesado varios días antes. Le habían añadido un enorme travesaño de madera, demasiado pesado para que yo pudiera quitarlo sola.

Se me escapó un suspiro cuando las yemas de mis dedos rozaron la puerta.

El olor de los pescados muertos y podridos llegó hasta mí.

Esperé junto a la puerta con impaciencia. Tenía miedo de que algún soldado o eunuco, como el huraño Eunuco Imperial Zhao, pasara por allí y me llamase la atención, pero, aunque escuchaba de vez en cuando voces, estas siempre pasaban de largo.

Parecía un lugar al que evitar.

Los rayos del sol hicieron arder el suelo y yo lo empecé a sentir a través de las suelas de mi calzado. Hacía mucho calor.

Comencé a ponerme nerviosa. ¿Y si la Gran Dama Liling había decidido ser puntual en su visita a la Emperatriz esa mañana? ¿Y si había elegido otro camino? ¿Y si San ni siquiera seguía con ella?

Siempre había sido obediente con los Yehonala, pero quizás había cometido un error y la concubina se había deshecho de ella.

Pero entonces, cuando estaba a punto de abandonar aquel lugar, escuché el sonido de unos pasos.

De muchos pasos.

Giré la cabeza en el momento en que el primer eunuco doblaba la esquina oeste. Sí. Sin duda, era ella. Por delante de una figura ataviada por un lustroso y voluminoso *hanyu*, caminaban por lo menos seis eunucos, además del que andaba a su lado. Tras ella, otro portaba un enorme parasol que debía ser muy pesado, ya que lo sostenía con ambas manos y lo mantenía pegado a su cintura.

Apenas le dediqué un vistazo antes de arrodillarme sobre el suelo. Capté unos ojos grandes y maquillados de colores oscuros, y una boca pequeña, de labios gruesos, en forma de corazón. Me habría parecido preciosa de no haber estado doblada en una mueca de hastío.

Tras ella, caminaban cuatro sirvientas. Todas con túnicas de colores pálidos, diferentes entre sí. Una ola de alivio me sepultó cuando descubrí que uno de esos cuatro rostros pertenecía a San.

Tomé aire y esperé pacientemente. A diferencia de la otra mañana, la concubina sí posó sus ojos sobre mí. Pude sentirlos.

—¡Esta humilde sirvienta saluda a la Concubina del Emperador!

Mis palabras escaparon como un grito y sobresaltaron al cortejo. La Gran Dama Liling frunció el ceño y me dedicó una mirada que destilaba veneno. Se inclinó para susurrarle algo al eunuco que caminaba delante de ella.

Este asintió con un gesto breve y se dirigió hacia mí.

—¡Apártate, alimaña! ¿Es que ni siquiera te han enseñado a saludar?

Me arreó una patada en el brazo y me empujó sin consideración, a pesar de que yo estaba prácticamente pegada al muro del Palacio de las Flores. El dolor me dejó sin respiración, y las túnicas que llevaba entre mis brazos estuvieron a punto de caer al suelo polvoriento.

Sin embargo, conseguí lo que quería.

Las cuatro criadas que seguían a la Gran Dama Liling levantaron la vista hacia mí. Y San me vio. *Me reconoció.*

Lo supe porque sus pupilas se dilataron y los labios pronunciaron con sorpresa mi nombre.

A pesar de que tenía a ese maldito eunuco a mi lado, reprendiéndome sin cesar mientras el cortejo seguía pasando frente a mí, no separé los ojos de mi antigua compañera.

San, entonces, dobló los labios en una pequeña sonrisa y asintió.

# 14

Aquella misma tarde, cuando acababa de salir de nuestro baño diario, Nuo me dijo que había un eunuco buscándome en el patio sur. Si a ella le pareció extraño, no me preguntó nada.

Yo acudí a trompicones, con el cabello todavía húmedo y sin desenredar. Me encontré a un niño más que un joven. Debía estar recién llegado al palacio. Aunque teníamos el mismo rango, hizo una prolongada reverencia y murmuró a tanta velocidad, que me costó discernir sus palabras:

—La esperará en las escaleras del Departamento de Costura. A medianoche.

Me dio la espalda y se marchó antes de que yo pudiera preguntarle nada.

De todas formas, no hacía falta. Sabía quién me había enviado el mensaje.

En el Palacio Rojo ningún departamento dormía del todo; pero las luces del Departamento de Costura siempre estaban encendidas.

Había tantas almas que debían ser vestidas en «la ciudad dentro de la ciudad», que las costureras que allí servían trabajaban mañana y noche. Si no estaban remendando los uniformes de guardias, criadas, eunucos o damas de compañía, confeccionaban nuevos *hanyus* para las concubinas, la Emperatriz y la Gran Madre, o nuevas vestimentas para el Emperador.

Llegué un poco antes de lo acordado. Me había conseguido escabullir del dormitorio sin que nadie me detuviera, aunque no estaba segura de si alguna de mis compañeras me habría escuchado salir. En cualquier caso, de lo que sí estaba segura era de que ninguna diría nada. No era la primera criada que se marchaba cuando apagaban las luces. Muchas lo hacían para encontrarse con guardias en la oscuridad, a pesar de que estaba prohibido. Así que a nadie le interesaba que la Encargada Tram nos vigilase también mientras debíamos dormir.

Me mantuve alejada de la escasa luz que creaban los farolillos dorados y avisté por fin la escalera donde debía estar San.

Sin embargo, no vi a nadie en ella.

Una duda me estremeció. ¿Y si era una maldita trampa? Desde que San había entrado a formar parte del servicio de los Yehonala, desde que había presenciado la amistad que me unía a Lilan, había intentado hacer mi vida más difícil. Siempre de soslayo, nunca de frente. Pero me conocía de sobras los empujones, tropezones y avisos que nunca llegaban.

Quizás había sido un error buscarla.

Quizás había sido un error esperar algo de ella.

De pronto, alguien se aferró a mi muñeca y tiró de ella. Estuve a punto de soltar un grito, pero una mano helada se apoyó en mis labios con delicadeza.

—Si te encuentran, te azotarán. Y si ven que he salido de la Corte Interior sin motivo, me expulsarán para que trabaje en el Departamento de Trabajo Duro.

Asentí cuando los ojos de San se clavaron en los míos. Ella dejó caer los brazos y me hizo una seña para que la siguiese a un pequeño patio cercano, donde había varias cubas de madera.

Allí, la oscuridad era más intensa, y la luz dorada de los farolillos apenas llegaba a iluminar su rostro.

Me quedé quieta, titubeando, sin saber muy bien qué hacer. Ella reaccionó antes que yo. Y de pronto, sentí sus brazos rodeándome con fuerza, mientras un sollozo estrangulado estallaba en mi oído izquierdo.

—Cixi, Cixi... Eres tú, ¿verdad? No me lo puedo creer. Gracias a los Dioses —masculló, antes de separarse de mí y mirarme de arriba abajo—. No has cambiado nada.

Ella sí lo había hecho.

Mucho.

Llevaba el rostro ligeramente maquillado y horquillas de jade y nácar adornaban su cabello negro, recogido de forma elaborada en lo alto de su coronilla. Aunque la forma de su túnica de servidumbre era similar a la mía, los colores eran vivos, a pesar de la oscuridad que nos envolvía. En la pechera llevaba flores de loto bordadas.

Parecía mayor. Más madura.

—¿Qué estás haciendo aquí? —susurró.

Vacilé solo durante un instante antes de contestar.

—Cuando Lilan murió, la familia Yehonala volvió a caer en desgracia. No quería que me arrastraran con ellos. —Traté de que mi voz sonase serena, fría, como siempre había sido—. Oí que necesitaban nuevas criadas en el Palacio Rojo y me presenté a la selección.

San arqueó una de sus finas cejas.

—Creía que odiabas la capital, todo... *esto.* —Abrió los brazos, como si con ellos pudiera abarcar todo lo que nos rodeaba—. Pensaba que regresarías a Kong.

—No podía hacerlo. —La voz se me enronqueció y la honestidad y el dolor se colaron entre las grietas—. Sin Lilan...

San asintió y sus manos, todavía posadas en mis hombros, los apretaron con suavidad. Las miré de soslayo. Llevaba las uñas más largas de lo que se le recomendaría a una criada y estaban pintadas de una tonalidad suave que no lograba vislumbrar.

—Pensé en ti cuando la joven ama falleció —admitió, en voz baja—. Sabía que sufrirías más que nadie por su pérdida.

Tragué saliva y dudé un instante antes de apoyar mis manos sobre las suyas.

—¿Estabas a su lado cuando ocurrió?

San apretó los labios y negó con la cabeza. Un espasmo de dolor pareció sacudirla. Se apartó de mí con lentitud y alzó los ojos para observar el cielo, con apenas estrellas en él. Las nubes cubrían a la mayoría.

—Yo estaba desesperada buscando ayuda. Así que no, era la Dama Rong la que se encontraba junto a ella. —Se mordió los labios, sin mirarme—. Sostenía sus manos cuando ella abandonó este mundo y la Diosa Luna la recibió en su regazo.

Fruncí el ceño. La Dama Rong. Sí, su nombre se había mencionado alguna vez en las cartas que me había enviado Lilan. Sin embargo, un pensamiento sepultó aquel nombre.

—¿Por qué buscabas ayuda? ¿Y el Emperador? ¿Dónde estaba?

—De camino. No... no llegó a tiempo. Fue un parto muy rápido y la Emperatriz había caído enferma. —San negó cuando me vio apretar los dientes con rabia—. Él la amaba profundamente... pero era el protocolo. Debía visitar primero a su esposa, antes que a su concubina.

—Ojalá hubiese estado allí —musité, incapaz de contenerme.

San volvió a acercarse a mí y me dio un empujón cariñoso, que nada tenía que ver con todos lo que me había obsequiado cuando todavía trabajábamos juntas para los Yehonala.

—No habrías podido hacer nada. Nadie pudo. Más tarde, uno de los sanadores imperiales dijo que los primeros partos, cuando son tan rápidos, resultan tan peligrosos como los que se retrasan demasiado. —Suspiró y se echó hacia atrás para apoyarse en uno de los muros del patio—. La joven ama era una Virtud, pero ni siquiera eso pudo salvarla.

Notaba los ojos ardiendo. Si los cerraba, los recuerdos de Lilan me sepultarían. Así que pronuncié lo primero que se me vino a la mente:

—He oído decir que la concubina a la que sirves es cruel.

San abrió los ojos de par en par y me apoyó con rudeza su mano en la boca. Negó varias veces antes de mascullar, a toda prisa:

—No vuelvas a decir algo así. *Nunca.* —No se apartó hasta que yo asentí—. Estos muros tienen ojos y oídos. Y memoria —añadió, con un susurro escalofriante—. Creía... creía que la Emperatriz me acogería. Es una mujer compasiva. Pero la Gran Dama Liling siempre necesita nuevas criadas y terminé bajo su mando. No es tan terrible —comentó, para mi sorpresa—. Siempre que haga lo que ella requiera.

Mis ojos recorrieron la piel que tenía a la vista, pero no vi ningún arañazo, la sombra de algún golpe. San parecía sana y estaba bien alimentada.

—¿Has pensado en tu futuro? —me preguntó de pronto.

—¿Futuro? —repetí.

—No puedes quedarte en el Departamento Doméstico. Solo hay un lugar peor que él, y es el Departamento de Trabajo Duro. He oído que apenas tenéis tiempo para comer y dormir. —Arrugó los labios en una mueca, pensativa, y de pronto sonrió—. Sé que la Asistente Mei necesita una criada nueva. Su antigua dama de compañía se ha casado y ha abandonado el palacio. Le hablaré de ti.

Me alejé y mi ceño se frunció todavía más.

—¿Por qué?

Su sonrisa se resquebrajó un poco y me pareció percibir un sentimiento extraño. Algo que no había visto nunca en ella: arrepentimiento.

—Sé... sé que no fui justa contigo cuando vivimos juntas en la mansión de los Yehonala. Cixi, nací en una familia muy pobre. Y... y quizá siempre he aspirado a conseguir más de lo que estoy destinada a tener, pero... quería llegar aquí. Alcanzar la mejor posición que pudiera. —Sus dedos se posaron en la tela de su túnica, en los bordados de flores que resbalaban por toda ella—. Siendo la dama de compañía de la concubina de mayor rango de todo el Harén, tendré la oportunidad de conseguir un buen matrimonio. Un guardia imperial, con suerte un rico comerciante que visite el palacio o un soldado.

—Y ahora que has alcanzado tu objetivo deseas redimirte —dije con frialdad.

San retrocedió como si la hubiese abofeteado. A pesar de la negrura reinante, era consciente del rubor violento de sus mejillas, del brillo furioso de sus pupilas.

—Te he tendido mi mano. Puedes aceptarla o rechazarla, pero no me conviertas en tu enemiga. —Me dio la espalda, tan digna y orgullosa como la concubina a la que servía—. Si quieres sobrevivir en «la ciudad dentro de la ciudad», necesitarás aliados. Necesitarás confiar en alguien.

Me lanzó una última mirada altiva por encima de su hombro y abandonó el patio con sigilo y rapidez.

A pesar de que era tarde, me quedé allí un tiempo más, envuelta en el silencio y las luces escasas que proyectaban estrellas del cielo y los farolillos de la tierra. Tan sola que ni siquiera la brisa nocturna acudió a hacerme compañía.

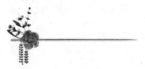

Dos días después, mientras desayunaba mi cuenco de arroz acompañado de sopa de tofu y hongos, un eunuco grueso, vestido de gris oscuro, irrumpió en el comedor y solicitó ver a la Encargada Tram.

Esta, sentada junto a las otras Encargadas en una de las mesas, se puso en pie de inmediato. Antes de que terminase de realizar la reverencia de rigor, el eunuco empezó a hablar, impaciente:

—Estoy buscando a una criada. Su nombre es Cixi.

Una ola de murmullos llenó el lugar. La Encargada Tram hundió la mirada en mí mientras me ponía en pie con lentitud. Nuo me propinó un ligero puntapié bajo la mesa, pero la ignoré.

Aún junto al largo banco que había ocupado, bajé la cabeza y murmuré mi saludo. El eunuco me observó con ojo crítico.

—La Asistente Mei solicita tu presencia. —Asentí, mientras los murmullos crecían—. Lleva tus pertenencias contigo. Quizá no regreses.

La sorpresa salpicó el rostro de todas mis compañeras y de la Encargada Tram.

—No tengo nada que llevar —dije.

—Entonces, ven conmigo —replicó el eunuco.

Abandonó el comedor sin añadir nada más. Yo lo seguí y, como él, no miré ni una sola vez atrás.

Hacía calor fuera, pero yo sentía un ligero sudor frío empaparme la nuca. El eunuco no me dirigió ninguna palabra reconfortante durante todo el camino. Conocía bien el Palacio Rojo, porque atajó por pabellones y atravesó departamentos que yo no había pisado.

No nos detuvieron ni nos preguntaron a dónde nos dirigíamos cuando atravesamos la Puerta del Mundo Flotante.

Había un aire de frenesí llenando las calles de la Corte Interior. De soslayo, mientras caminaba a toda velocidad, vi los destellos de algún *hanyu* brillante, peinetas de nácar, largas cabalgatas de sirvientes.

—Llegamos tarde —refunfuñó el eunuco.

Alcanzamos una calle algo más estrecha que las demás, con pequeños palacios a un lado y a otro. Todas las puertas estaban abiertas de par en par, al contrario que las del Palacio de las Flores, y se escuchaba el bullicio explotando tras ellas.

—Las Asistentes y aquellas otras concubinas que ni siquiera poseen rango suelen compartir palacios o presidir uno de menor tamaño —explicó escuetamente el eunuco, al ver que mis ojos se perdían entre los exquisitos edificios de madera y tejas rojo sangre—. Este es el de la Asistente Mei.

Giró de pronto y atravesó unas puertas de madera. Yo apenas me detuve junto a la entrada para leer la placa dorada que coronaba los muros:

PALACIO DE LA LARGA PRIMAVERA

Nada más pisar el interior del recinto, me di cuenta de la enorme diferencia que existía entre este lugar y el Palacio de las Flores. Este último puede que llevara abandonado varias lunas, pero los detalles que había llegado a apreciar engullían de un solo mordisco este lugar.

Sí, las columnas del Palacio de la Larga Primavera estaban talladas con forma de animales salvajes, la madera relucía bajo el sol de estío, los altos tejados tenían una curvatura elegante, pero de alguna forma me recordó a la primera mansión que tuvieron los Yehonala en Hunan: elegancia y polvo.

En el atrio ornamentado, a punto de bajar las escaleras que conducían al jardín delantero, había una concubina. Tenía un rostro pequeño y redondo, delicado, aunque sus ojos estaban fruncidos por algo que parecía irritación.

Se cubrió los labios con una mano cuando dejó escapar un largo bostezo.

El eunuco al que seguía se colocó frente a ella y realizó la reverencia de rigor.

Yo me ubiqué un par de pasos por detrás y hundí las rodillas en el duro suelo.

—Esta humilde sirvienta saluda a la concubina del Emperador —saludé, en voz baja.

No levanté la vista de mis manos unidas, pero sentí las pupilas de la joven hundirse en mí... y luego pasar de largo.

—Una de las criadas de la Gran Dama Liling pronunció tu nombre cuando comenté que necesitaba una nueva sirvienta, aunque no veo nada especial en ti. —Su voz era aguda, superficial. No contesté, sabía que nunca habría una respuesta correcta para sus palabras. Lanzó un largo suspiro ante mi silencio y apartó la vista—. Supongo que ya estás aquí, ¿verdad? Sería un fastidio que Limo tuviera que llevarte de vuelta. Además, llego tarde al encuentro con la Emperatriz. —El aludido asintió con una sonrisa tan luminosa como falsa y se colocó a su lado. La Asistente Mei ahogó otro bostezo—. Marchémonos.

Tuve que apartarme de su camino para que su calzado alto no me pisoteara.

**15**

Si el Palacio Rojo era conocido como «la ciudad dentro de la ciudad», la Corte Interior era «el palacio dentro del palacio».

Entendía por qué a la puerta de entrada la habían llamado «Puerta del Mundo Flotante». Era como caminar en el cielo de los Dioses, rodeada solo de maravillas y elegancia. Entre tanto esplendor, parecía imposible que un dragón viviese bajo nuestros pies.

Los palacios, incluso lo más pequeños y sencillos que compartían las concubinas sin rango, nada tenían que ver con los edificios administrativos que había dejado atrás, en la Corte Exterior. No había una esquina sin decorar. Los tejados parecían más curvos. Las columnas que soportaban su peso estaban labradas y en estas se enzarzaban en una lucha eterna dragones, garzas, tigres y aves fénix, con alas que parecían en llamas.

Había pabellones entre los palacios, repletos de caminos entre sauces llorones y merenderos, pasarelas sobre estanques llenos de nenúfares y carpas, e invernaderos y parques repletos de flores, que resistían bajo el fuerte sol del estío.

El olor a incienso que salía despedido de las puertas abiertas de los palacios se mezclaba con el de los pétalos.

No era Kong, con sus bosques y sus montañas, pero allí sentí que respiraba un poco mejor. Al final de la Corte Interior, tras sus últimos palacios, se extendía un amplio bosque, conocido como el Bosque de la Calma. Deseaba visitarlo y perderme en él, pero no podía perder el tiempo.

Gracias a la ayuda de San, de la que todavía no estaba muy segura, había logrado adentrarme en el mundo de la Corte Interior. Eso significaba que estaba algo más cerca de averiguar qué le había ocurrido a Lilan. Y, sobre todo, *quién* había sido el culpable.

Cada vez que pisaba alguna de las calles, me preguntaba si Lilan habría tomado aquel mismo camino. Si se habría detenido a observar la rama de ese almendro que asomaba por encima de los muros. Si habría acariciado a alguno de los gatos que caminaban de vez en cuando por allí, mimados por los eunucos y las criadas. Si se habría estremecido cada vez que el Gran Dragón rugía bajo nuestros pies.

El nombre de la Asistente Mei no había sido muy mencionado en las cartas que me había enviado, pero había atisbado lo suficiente en los dos días que llevaba junto a ella como para saber que era una aliada clara de la Gran Dama Liling.

No sabía si era admiración, miedo, o una forma de escalar posiciones en el Harén.

Al día siguiente de mi llegada, la Gran Dama Liling visitó el Palacio de la Larga Primavera. Estuvieron tomando té hasta bien entrada la tarde, pero yo apenas me pude acercar a ellas. Limo, el encargado eunuco de la Asistente Mei, no dejaba de encomendarme tareas que me hicieron ir de un lado a otro durante todo el día. Aun así, pude almorzar con una calma que no tenía en el Departamento Doméstico y la comida era mucho mejor y más abundante que la que me ofrecían allí. Como cada palacio tenía su propia cocinera, se preparaba tanta comida que siempre sobraba.

La vida de las concubinas era monótona.

Se despertaban pronto y, tras desayunar, eran peinadas, maquilladas y enjoyadas por sus criadas más cercanas. Era un proceso largo, que me recordaba a aquella mañana de hacía un par de años, el día de la coronación del Emperador Xianfeng. Después, acudían a presentar sus respetos a la Emperatriz y, tras esto, debían pasar la jornada hasta el almuerzo *cultivando sus artes:* bordado, pintura, canto, baile y lectura. Aunque la Asistente Mei se dedicaba a vaguear por los pabellones o los jardines.

No se hacía mención alguna de sus Virtudes. Ni siquiera era algo de dominio público. Y, cuando me atreví a preguntar a Limo qué Virtud poseía la Asistente Mei, me amenazó con enviarme al Departamento de Castigo si repetía semejante atrevimiento. En un principio creía que las practicaban, pero estaba equivocada. Tanto para ellas como para el resto de las mujeres estaba prohibido usarlas. Estas solo servían para ser entregadas a los posibles herederos que engendraran con el Emperador.

Era tan absurdo como ridículo.

Tras el almuerzo, las concubinas disponían de tiempo libre y, las que eran elegidas para pasar la noche con el Emperador debían bañarse en aguas perfumadas y arreglarse para él.

La Asistente Mei solía recostarse en la cama y dormitar, aburrida, pero aquella tarde se marchó pronto a pesar del calor. Al parecer, la Gran Dama Liling la había invitado a dar un paseo.

Eso significaba que tendría tiempo libre al menos hasta la hora de la cena, cuando se requeriría mi presencia. Ahora que era la criada de una concubina, podría moverme libremente por la Corte Interior sin levantar sospechas.

Estaba a punto de atravesar el umbral del edificio, cuando de pronto, un gemido llegó hasta mí. A regañadientes, me di la vuelta para observar cómo una de las criadas acudía al recibidor, con un delicado pañuelo colgando de las puntas de sus dedos. Otras jóvenes que también estaban al servicio de la Asistente Mei se acercaron al escucharla.

—¿Qué ocurre? —preguntó una de ellas.

—Fang se ha llevado el equivocado. Cuando la Asistente Mei se percate de ello, ¡montará en cólera!

Apreté los labios con hastío. Las concubinas, ahora en verano, solían llevar entre las manos delicados pañuelos de seda bordados con los que se enjugaban el sudor, mientras sus criadas las refrescaban con abanicos redondos de bambú.

—He visto el pañuelo que sostenía entre sus manos, y es prácticamente igual a ese. Nadie se dará cuenta —dije.

—La Asistente Mei, sí. Es muy cuidadosa con su aspecto. Se percatará de que el bordado no es el mismo que el de su *hanyu*. —Una de las criadas suspiró y clavó la mirada en mí—. Deberás llevárselo de inmediato. Por lo que sé, debería estar en el Pabellón de las Peonías.

No pude evitar resoplar, aunque sabía que no tenía escapatoria. Era la incorporación más reciente al servicio de la concubina. La última en la lista de sirvientes.

Ceñuda, guardé el pañuelo en uno de los bolsillos de mi túnica y abandoné el Palacio de la Larga Primavera a paso rápido. Cuanto antes terminase mi tarea, antes podría moverme libremente por la Corte Interior. Quizás, incluso, podría tratar de averiguar cómo entrar en el Palacio de las Flores.

Tenía una vaga idea de dónde se encontraba el Pabellón de las Peonías. No estaba muy alejado de donde residía la Asistente Mei, así que no tardaría mucho.

Apenas me crucé con nadie, los pocos sirvientes que vi caminaban con la cabeza gacha, huyendo desesperados del calor de la tarde, que había llegado a su punto álgido.

Atravesé la puerta roja que separaba la calle del Pabellón de las Peonías y un súbito aire fresco me rodeó. Algunas acacias de grandes copas y sauces salpicaban aquí y allá, y ensombrecían el sendero que discurría alrededor de un enorme estanque. No había puentes que lo atravesaran, solo un precioso merendero de madera roja y dorada.

El silencio lo llenaba todo. Ni siquiera una ligera brisa agitaba las hojas de los árboles.

Solté un largo bufido. El condenado pabellón era tan extenso que tendría que recorrerlo entero para encontrar a la Asistente Mei y entregarle su maldito pañuelo.

Con pasos rápidos me acerqué al merendero, junto a la orilla del estanque. Rodeándolo, había decenas de peonías rosadas, abiertas de par en par. El olor que despedían era tan dulzón que me hizo arrugar la nariz.

Estaba a punto de seguir mi camino cuando mis ojos tropezaron con un tablero de Wu.

Me quedé paralizada de pronto. A pesar del calor húmedo que me rodeaba, me estremecí. Una ola de recuerdos me sepultó, me arrojó a un océano invisible y me ahogó en sus profundidades.

Hacía más de dos años que no jugaba al Wu. Siempre había sido algo especial para mí. Un hilo rojo que me había unido a Lilan de una forma más. Cuando se había marchado, yo había guardado mi tablero en un rincón del dormitorio que compartía con las otras criadas.

Cuando los Yehonala habían cambiado de mansión, lo había abandonado allí.

Las piezas me susurraban. Los colores blanco y rojo parecían gritarme. Sabía que estaba perdiendo el tiempo, pero mis pies no pudieron hacer otra cosa que no fuera subir los dos peldaños. Me adentré en el merendero.

Había dos banquetas a ambos lados del tablero y la partida había sido iniciada. Estaba, de hecho, en un momento crucial. Ambos jugadores habían conseguido bastantes piezas de sus oponentes, pero uno de ellos, el que gobernaba el color rojo, parecía haberse quedado paralizado en mitad de su próximo movimiento y había abandonado la partida.

Fruncí el ceño y me dejé caer sobre el asiento que había ocupado el jugador de las piezas rojas. Mis ojos eran incapaces de separarse del tablero.

Traté de adivinar los movimientos anteriores que lo habían llevado hasta esa situación, hasta acabar acorralado de aquella manera por las piezas blancas. La figura de su dragón estaba desprotegida y el tigre de su oponente se hallaba demasiado cerca. Si no acertaba con su siguiente movimiento, el dragón caería, y eso le haría perder la partida.

Los labios se me curvaron en una sonrisa inconsciente. Había olvidado cuánto disfrutaba jugando al Wu, a pesar de que la gran mayoría de las veces perdía contra Lilan.

El silencio que me envolvía me subyugó todavía más. Me incliné tanto hacia el tablero que mi nariz estuvo a punto de rozar varios de los gatos de marfil blanco que el oponente había utilizado para rodear a la segunda pieza más importante del juego: el ave fénix.

Me mordí los labios y de pronto, exhalé.

Sabía cómo vencer.

Con dedos temblorosos, alcé con cuidado la figura roja del ave fénix y la acerqué a las pequeñas fauces de los felinos.

—Un mal movimiento, me temo —dijo de pronto una voz grave a mi espalda.

Me incorporé a tanta velocidad, que el taburete rodó por el suelo. Con la respiración contenida, miré por encima de mi hombro y sentí cómo el horror me partía en canal.

A mi espalda, no solo se encontraban la Asistente Mei y la Gran Dama Liling junto a San y otras criadas, observándome, tan atónitas como espeluzadas.

Junto a ellas había tres hombres. El primero se trataba de un eunuco grueso, medio calvo, que vestía con una túnica de servidumbre ostentosa. Sus ojillos se perdían entre los pliegues de grasa de sus mejillas y sus labios, demasiado gruesos, como lombrices retorcidas, se habían separado por la sorpresa. Tenía la piel húmeda por el sudor. Era la primera vez que lo veía, pero sabía de quién se trataba. Había oído muchas veces su descripción. Era el Jefe Wong, el eunuco personal del Emperador y el responsable de todos los eunucos del Palacio Rojo.

Al segundo lo conocía. Zhao. Vestía en esta ocasión una túnica de servidumbre de color verde, pero eso no lo hacía parecer más elegante. Su mirada afilada, oscura, devoraba todo lo demás. Aunque hubiese estado empapado en oro, seguiría siendo una silueta sombría.

La tercera figura la había visto una sola vez, hacía años, encabezando un largo cortejo el día de su coronación.

Era el Emperador Xianfeng.

—Larga vida a Su Majestad —me apresuré a farfullar, mientras me arrojaba al suelo con los brazos extendidos. Después, me apuré a añadir el resto de saludos reglamentarios—: Esta humilde sirvienta saluda a las concubinas del Emperador. Esta humilde sirvienta os saluda —terminé, entre dientes, antes de dedicarle una mirada fugaz al Jefe Wong y al Eunuco Imperial Zhao, que me correspondió con otra de hastío.

—¡Cómo te atreves! —exclamó la Asistente Mei. Le arrebató el abanico a una de sus criadas y me golpeó en la nuca con él—. ¡Tocar un objeto de Su Majestad sin permiso está penado con la muerte!

—No... no sabía que le pertenecía —contesté, en voz baja. Aunque quizá tendría que haberlo adivinado. ¿Quién deja algo de tanto valor en mitad de ninguna parte, con la seguridad de que no será robado?

La Asistente Mei hizo un mohín y se arrodilló a mi lado.

—Debo disculparme yo también, Majestad. Esta criada me pertenece. —Sus ojos redondos me dedicaron una expresión llena de rencor—: Permitidme ordenar yo su castigo.

Entre los dedos, oteé el rostro del Emperador.

Jamás me hubiese imaginado que estaría tan cerca. Sabía que había sirvientes que trabajaban toda su vida en el Palacio Rojo y jamás se cruzaban con él. Concubinas que nunca compartían su lecho, y morían desesperadas y vírgenes.

Como había relatado Lilan en sus cartas, era atractivo. Si Zhao era todo sombras, él parecía cubierto de luz a su lado, y no solo por su atuendo dorado. La piel de su rostro cuadrado, de mejillas marcadas y labios generosos, era ligeramente tostada. Sus ojos grandes, curiosos, inteligentes, eran terriblemente cálidos para pertenecer a un monarca.

A pesar del resplandor que emitía su atuendo, vestía de forma sencilla. Hasta podía ver parches de sudor bajo sus axilas. El Emperador era considerado un dios viviente entre nosotros. ¿Podían acaso los dioses sudar?

Un sentimiento extraño me recorrió, aunque no fui capaz de interpretarlo. Sin duda, no era lo que me había esperado encontrar.

Durante un efímero instante, nuestros ojos se cruzaron, pero yo me apresuré a apartar la mirada de golpe.

El Emperador se acercó a mí y rodeó el tablero para ocupar su lugar con las piezas blancas. Tras un titubeo, escuché cómo hacía caer una pieza.

El ave fénix roja.

—¿A qué esperas? Ahora tienes que terminar la partida —dijo de pronto, sobresaltándome—. Si vences, te perdonaré la vida. Pero si pierdes... —Dejó el final de la frase en suspenso, con un tono divertido.

Ahí estaba, la crueldad de los superiores. Los sirvientes no éramos nada. Valíamos incluso menos que una pieza de Wu.

Apreté los dientes y me incorporé con brusquedad. La Asistente Mei me lanzó una mirada de advertencia, pero yo la ignoré. Ni siquiera eché un vistazo al silencio expectante que rodeaba a la Gran Dama Liling, a San y al resto de las criadas.

No me atreví a tocar el taburete que había volcado sin querer. Simplemente, me incliné sobre el tablero y me di cuenta de que el Emperador había realizado el movimiento que yo había previsto.

—Has cometido un gran error —comentó él.

Yo no respondí y me limité a apartar la figura caída. Después, empujé la figura más pequeña de todas hacia delante. A ambos lados, piezas idénticas la rodeaban, conformando algo parecido a la punta de una flecha.

Escuché cómo el Emperador inhalaba de golpe.

No dije nada, porque la partida había terminado.

Y yo había vencido.

Sentí sobre mí los ojos abiertos de par en par del Eunuco Imperial Zhao, y yo aproveché para dedicarle una mirada burlona.

—Me temo que no entendemos qué ocurre, Majestad. —La voz suave de la Gran Dama Liling pareció venir de muy lejos.

Él dejó escapar entre los labios una mezcla de carcajada y bufido.

—Las ratas han ganado.

—¿Majestad? —La Gran Dama Liling parecía más confusa.

Apreté los labios para evitar que la risa se me escapara. Sin embargo, cuando el Emperador Xianfeng me observó de soslayo, me apresuré a bajar la cabeza y a esconder la expresión.

—Las ratas son las piezas de menos poder en el Wu. El dragón puede enfrentarse al dragón. El ave fénix contra el ave fénix. Pero las ratas... siempre son las primeras en caer. Sin embargo, si estas se encuentran en una posición estratégica, si son suficientes, pueden derrocar al dragón, la pieza más poderosa. —Los ojos del monarca eran como dos hierros candentes a centímetros de mi piel—. Una jugada inusual.

—Solo ha sido un movimiento, Majestad —me apresuré a replicar—. Las piezas ya estaban dispuestas sobre el tablero.

—Sí, quizás eso ha sido lo más interesante. —Me pareció que sonreía, pero no estaba segura.

La Asistente Mei se incorporó por fin y se acercó a mí con el ceño fruncido. Sin embargo, yo me adelanté a sus palabras. Retrocedí un paso y extraje de mi bolsillo el pañuelo de seda cuidadosamente bordado. Lo ofrecí entre mis dos manos, tocándolo solo con la punta de los dedos.

—Disculpad mi tardanza, aquí está el pañuelo que habíais solicitado.

Ella no había pedido nada, pero me arrebató el pañuelo con violencia y, en su lugar, dejó caer en mis manos extendidas el que había llevado hasta entonces, arrugado y empapado en sudor.

Había cumplido mi tarea, así que sabía que debía marcharme cuanto antes. Demasiados ojos me observaban.

Volví a realizar las reverencias y dije las palabras pertinentes. Y, cuando pude alejarme por fin, escuché de nuevo la voz del Emperador llegar hasta mí:

—Acompáñala. No quiero que arruine más partidas de Wu.

—Sí, Majestad.

Lo dijo como si estuviera conteniendo una carcajada. Yo, sin embargo, no tuve más remedio que detenerme y esperar a Zhao, que se acercó a mí en un par de zancadas. Sin esperarme, pasó por mi lado, y tuve que retomar el paso con rapidez para no quedarme atrás.

Cuando abandonamos el Pabellón de las Peonías, él habló, con esa voz que era como lija rozando la piel:

—Un día te encontraré en la Sala del Olvido. —Enarqué una ceja y lo miré, antes de que añadiera—: Es el lugar donde aguardan los cadáveres a ser cremados.

—Tenéis una obsesión enfermiza por los nombres rimbombantes —repliqué—. ¿Cómo llamáis al orinal? ¿La vasija del oro líquido?

Si él no conseguía asustarme, yo no alcanzaba a escandalizarlo. Lo único que logré fue que pusiera los ojos en blanco durante un instante.

Suspiré y ralenticé el paso a propósito. Él, sin variar su hosca expresión, adaptó su velocidad a la mía.

—No es necesario que me acompañes. Sé llegar al palacio por mí misma —dije, suavizando un poco la voz.

—Te aseguro que preferiría hacer mil cosas antes que acompañar a una criada deslenguada, pero son las órdenes del Emperador.

—Y tú eres su perro faldero.

Hablé sin pensar. Pero, cuando él giró su rostro afilado en mi dirección, no vacilé en devolverle la mirada.

—*Todos* somos sus perros falderos —siseó.

No pude replicarle nada. Me limité a torcer los labios en una mueca de fastidio y a seguir mi camino hasta que llegamos al Palacio de la Larga Primavera. En la entrada, nos topamos con Limo, que se apresuró a inclinarse ante Zhao.

Él apenas respondió con un seco asentimiento.

—Os sugiero que la vigiléis de cerca si no queréis que traiga la desgracia a este palacio y a sus residentes —dijo, antes de darnos la espalda y abandonar el lugar con sus zancadas furiosas.

Yo abrí la boca de par en par y no tuve tiempo de pensar en nada antes de que Limo se cerniera sobre mí, con la papada tan roja como los muros que nos cercaban.

—¿Qué demonios has hecho?

Ni siquiera me dejó contestar. Me envió a la cocina a ayudar con la preparación de la cena y les ordenó a las criadas que allí se encontraban que no apartaran la vista de mí. Yo maldije a Zhao entre dientes y una de las cocineras me lanzó una mirada horrorizada:

—No es buena idea enemistarse con ese eunuco.

—¿Por qué? —chisté, antes de revolver con demasiada fuerza la sopa que apenas tocaría aquella noche la Asistente Mei.

Las cocineras se miraron antes de soltar una risita.

—¿No lo sabes? Es… bueno, *era* amigo del Emperador. Cuando era solo el Príncipe Xianfeng, se criaron prácticamente juntos. Casi parecían hermanos. —Dejé de remover la sopa. Esa súbita información me había dejado paralizada—. Hoy en día, sigue siendo muy cercano al Emperador.

Fruncí el ceño, sin poder evitar que la confusión y la curiosidad me invadieran.

—¿Cómo es posible? —murmuré.

Los jóvenes no se hacían eunucos por decisión propia. Al menos, si no había una razón desesperada detrás. La mayoría eran niños de familias pobres vendidos a palacio para su castración, condenados a servir durante toda su vida. Estaba segura de que ningún príncipe se relacionaría con alguien así, por muy cálida que fuera su mirada, por mucho que se estirasen sus labios.

—Nadie habla de ello —comentó otra cocinera—. Está prohibido.

Estuve a punto de insistir, pero la mujer de más edad carraspeó y me dio un ligero empujón con su cadera, para que volviera a remover la sopa.

—Fuera lo que fuese lo que ocurrió, no nos atañe a ninguna. *Tú* —añadió, antes de dedicarme una mirada de advertencia—, limítate a hacer tu trabajo y mantente lejos de ese eunuco. ¿Podrás hacerlo?

Apreté los labios en una mueca y me incliné como respuesta.

16

Aquella noche, mientras cenaba, la Asistente Mei solicitó que me presentara frente a ella.

Entré en su dormitorio, mientras se vestía con un *hanyu* vaporoso, tan delicado como ornamentado. Caía laxo a ambos lados de sus hombros. El nudo del grueso cinturón estaba a medio hacer. Un ligero toque, y se deslizaría hasta sus pies.

Sonrió cuando me postré ante ella.

—Hoy serviré al Emperador —me informó, como si fuera algo que me importara.

No sabía si existía un protocolo para responder a aquella información, no me habían instruido sobre ello, así que dije:

—Me alegro, Alteza.

Ella siseó, como una serpiente antes de atacar, pero entonces esbozó una extraña sonrisa. Sus ojos bajaron hasta mi cabeza, inclinada hacia abajo.

—Además, me ha pedido que lo acompañe a tomar un refrigerio, durante la tarde de mañana. Y quiere que te lleve conmigo, como mi dama de compañía.

Me sobresalté ligeramente, pero me obligué a permanecer quieta bajo su mirada escrutadora. Ella continuó observándome durante un momento, antes de soltar un largo suspiro.

—Esta noche nos asistirás.

Asentí, antes de que ella hiciera un gesto desdeñoso con la barbilla y me obligase a retirarme.

Fang, la actual dama de compañía de la concubina, me llevó aparte y me indicó qué tendría qué hacer porque, desde que había entrado al servicio de la Asistente Mei, el Emperador no la había visitado por la noche. A simple vista, no parecía muy difícil.

Solo debía permanecer despierta tras la cortina roja que separaba el dormitorio de la concubina del resto de las estancias. No podía moverme hasta que el Emperador se marchara y la Asistente Mei se despertara.

Sí, parecía una tarea sencilla, pero no me gustó la mirada que me dedicó la criada antes de retirarse.

El Emperador llegó cerca de la medianoche, cuando la Asistente Mei parecía a punto de perder los nervios.

Lo observé entrar, con la frente y las rodillas pegadas al suelo. Entre mis dedos, vi cómo sonreía y le indicaba rápidamente a la Asistente Mei que se incorporara. No venía solo. A su espalda, como una sombra eterna, se encontraba Zhao.

La concubina arrastró prácticamente al Emperador hasta el dormitorio. Si él reparó en mí, nunca lo supe, porque clavé las pupilas en las vetas de madera que cubrían el suelo hasta que ellos dos se adentraron en la estancia.

Me incorporé con presteza y me apresuré a deshacer los nudos que mantenían las cortinas abiertas. Después, tiré de ellas hasta cerrarlas por completo y anudarlas de nuevo.

Me arrodillé junto al borde de la tela, que rozaba el suelo, y miré a mi alrededor. Todos los criados y eunucos, excepto el que guardaba la puerta de entrada al palacio, descansaban.

Fruncí el ceño. No, no todos.

Zhao no se había marchado. Desde donde estaba, solo tenía que inclinar un poco la cabeza para verlo de pie, con los brazos cruzados y estirado como una estaca.

Sus ojos, de pronto, se cruzaron con los míos.

—No hay preparadas toallas húmedas ni agua —siseó.

—En el dormitorio he dejado agua para que pudieran refrescarse —repliqué.

—El dormitorio está a salvo. Me refiero al resto del palacio. —Su ceño se frunció aún más. Yo mantuve su mirada, sin entender a qué se refería. Él, de pronto, esbozó una mueca extraña con los labios—. Supongo que a alguien no le gustas.

Separé los labios para responder, pero entonces el eunuco se dio la vuelta y abandonó la estancia a paso rápido.

Apreté los dientes dentro de la boca, frustrada, y me recosté un poco contra la pared ahora que no había nadie que me vigilara. Detrás de la cortina, empecé a oír susurros. Luego, telas vaporosas que caían al suelo. Y de pronto, escuché mucho más.

La voz de la Asistente Mei se volvió de cristal cuando el primer gemido rompió el silencio. Tragué saliva y me pasé las manos por el cabello, aunque ningún mechón estaba fuera de su lugar.

La cama crujió y algo cayó al suelo. Se partió en mil pedazos. Quizá la jarra de agua, o los pequeños platos con dulces, que había colocado antes de que llegara el Emperador.

Empecé a sentirme incómoda. Recordé la carta que Lilan me había enviado relatándome cómo había sido su primer encuentro con el Emperador. La dulzura con la que la había tratado, cómo la había llamado entre caricias.

Las mejillas me ardieron.

Entonces, escuché la voz del Emperador. Grave, ronca, imperiosa. Estaba al otro lado de la cortina, pero a mí me pareció escucharla junto a mi oído. La piel se me erizó. Cerré los ojos, pero fue una mala idea. Vi aquel rostro atractivo, dorado, casi celestial, cayendo sobre mi cuerpo mientras pronunciaba mi nombre.

El calor que me envolvía era insoportable. Los golpes del cabecero de la cama contra la pared del dormitorio sonaban como el repiqueteo descontrolado de mi corazón.

La voz de la Asistente Mei comenzó a elevarse, a ser más aguda. Casi la sentía chillándome al oído.

Intenté pensar en otra cosa, en lo que fuera, pero esa voz penetrante era como un cuchillo adentrándose poco a poco en mi cabeza, atravesándola de lado a lado.

Centré la mirada en una pintura que colgaba de una pared cercana. En ella, se mostraba un paisaje brumoso, de montañas grises y altos árboles verdes. Un lugar donde perderse. Frío. Donde estar resguardada del calor y el sol sofocante que azotaba Hunan y este maldito palacio.

Siempre me había sentido más atraída por las sombras que por la luz.

Pero, de pronto, un borrón negro apareció en mitad de la escena. Y, antes siquiera de que pudiera parpadear, una llama naranja, intensa, devoró parte del papel.

Mascullé una maldición, pero un gemido de la Asistente Mei lo ahogó.

Corrí hacia la pared, arranqué el pergamino pintado y lo arrojé al suelo. Lo pisoteé, desesperada, y apagué el fuego antes de que se propagara. Con el pulso golpeando mis costillas sin piedad, miré el lugar donde había estado colgado, pero no encontré ninguna vela encendida cerca.

Malditos Dioses, ¿cómo...?

Los alaridos de la Asistente Mei iban en aumento. Me giré hacia la cortina corrida, exasperada, y de pronto, el jarrón que estaba expuesto junto a ella estalló en llamas.

Jadeé. La porcelana no ardía. Las velas que había a su lado no se habían volcado, el fuego permanecía pequeño y controlado sobre sus cabos. Sin embargo, el que envolvía el jarrón comenzó a derretirlo y a extenderse por el soporte de madera que lo sostenía.

Miré a un lado y a otro, di vueltas por la habitación, tropezándome por las prisas. No tenía nada con lo que apagarlo. Si corría a sacar agua del pozo del patio, sería demasiado tarde. Ese fuego se extendía con demasiada rapidez.

Mis pupilas se clavaron tras las cortinas corridas. Debía avisar al Emperador y a la Asistente Mei. Debía sacarlos de allí antes de que se convirtieran en cenizas. Alcé la mano para deshacer el nudo, pero entonces, unos dedos se enredaron en mi muñeca y tiraron de mí hacia atrás.

Cuando me di la vuelta, me encontré a centímetros de Zhao.

—¡¿Qué haces?! —exclamé, olvidando el protocolo.

Mi voz se mezcló con los gritos de la Asistente Mei y los chasquidos del fuego devorador que había engullido prácticamente todo el soporte de madera.

Él se apartó de mí y me arrojó algo pesado y húmedo. Una toalla empapada en agua. Él llevaba otra en las manos. A su espalda, había depositado un cubo de madera lleno hasta arriba.

—La Virtud de la Asistente Mei es el fuego —dijo, antes de cubrir las llamas con la toalla.

Fue como si despertara de un sueño. Usé también la pesada toalla. Las llamas se extinguieron, pero el soporte había quedado ennegrecido y el exquisito jarrón se había echado a perder.

—Ahí tienes. —Zhao señaló el cubo de agua, lleno hasta arriba. Y, sin decir nada más, volvió a abandonar la estancia.

Yo ni siquiera tuve tiempo de responder. Los alaridos de placer volvieron a llenar la sala y uno de los taburetes salió ardiendo.

Apenas tuve tiempo de tomar aliento. Mientras los dos amantes estuvieron despiertos, fui de aquí para allá, rociando muebles, tapices, manteles, objetos que mágicamente estallaban en llamas.

No supe cuánto tiempo estuve así, pero entonces la voz de la Asistente Mei dejó de oírse, y los gemidos se convirtieron en suspiros y risas susurradas, mezclados con el crujido del colchón y la caricia de las sábanas.

Yo me quedé en mitad de la estancia, jadeando tanto como el Emperador y su concubina debían hacerlo tras las cortinas.

Miré alrededor, a la madera chamuscada, las velas derretidas, los charcos de agua, las toallas sucias de hollín, y ahogué un gemido.

*Malditos Dioses.*

Apenas unos minutos después escuché los suaves ronquidos que indicaban que, al menos, el Emperador se había quedado dormido.

Me dejé caer al suelo de rodillas y solté el aire que había estado conteniendo en mis pulmones.

El susurro de las cortinas al descorrerse me hizo abrir los ojos y encontrarme con un rostro que estaba prohibido mirar. Bajé la mirada, y mis pupilas se atascaron en la bata ligera que llevaba por encima, sin atar. Giré el rostro con tanta brusquedad, que sentí una punzada de dolor. Sin embargo, la imagen de sus clavículas marcadas, de la sombra de su pectoral, estallaron en mi cabeza y enredaron mi lengua cuando traté de hablar.

—Esta humilde sirvienta… saluda al Emperador.

No sabía en qué momento había dejado caer los párpados. Solo había sido un instante, y de pronto…

—Si le dijera a la Asistente Mei que dormías en vez de vigilar nuestro sueño, te haría castigar —comentó él, sin acritud, como si simplemente estuviera exponiendo un hecho. No mencionó nada sobre las palabras incorrectas que había usado al saludarlo—. En tiempos de mi abuelo, les arrancaban los párpados a los criados que no eran capaces de mantenerse despiertos por la noche.

Permanecí quieta, con la cabeza gacha, sin responder, hasta que él, de pronto, dejó escapar una suave carcajada.

—Suerte que no vivamos en el pasado, ¿verdad?

133

Hubo algo en su voz que me hizo erguirme un poco, solo lo suficiente como para mirarle la mandíbula. Me pareció que observaba su alrededor durante un instante.

—No eres tan hábil apagando fuegos como jugando al Wu —comentó, con un susurro.

*No,* me hubiese gustado contestar. *Se me da mejor encenderlos.*

Pero por una respuesta así podrían hacerme decapitar, así que permanecí con los ojos clavados en mis rodillas juntas y en mis labios apretados. Entonces, el Emperador carraspeó.

Maldita sea, era muy difícil adivinar su expresión si no se me permitía levantar la cabeza.

—El protocolo dicta que debes ayudarme a vestirme —dijo.

—Oh —masculló, mientras me incorporaba a toda prisa y miraba a mi alrededor.

Dudaba de que tuviera que volverle a poner la ropa que él habría descartado junto al lecho de la Asistente Mei. Se habría arrugado. Pero no veía ninguna prenda cerca. ¿Debía haberse encargado ella de antemano?

—Imagino que mi querido eunuco estará esperando junto a la entrada, con mi túnica —comentó el Emperador—. Cuanto más tardes en ir a por ella, de peor humor se pondrá. Y luego tendré yo la desgracia de soportarlo.

—Lo he oído, Majestad —se escuchó la rasposa voz de Zhao, al otro lado de las paredes de la estancia.

Asentí solo una vez antes de dirigirme a él. Me esperaba junto al umbral del palacio, del que no se había movido en toda la noche. En sus manos portaba ahora una bandeja de oro sobre la que había varias prendas pulcramente dobladas.

La alcé con cuidado e hice una pequeña reverencia que él no me devolvió.

Sentí sus ojos sobre mi espalda como las garras de un halcón.

No quería estar nerviosa, pero, aunque había ayudado a Lilan innumerables veces a vestirse con sus *hanyus* vaporosos, era la primera vez que vestía a un hombre.

*A un Emperador.*

—Puedes levantar un poco la mirada —dijo entonces él—. Si no, me temo que me pondrás la túnica al revés.

—Gracias, Majestad.

Él se quedó quieto, con los brazos ligeramente separados del cuerpo. Con el corazón latiendo en mi garganta, tiré de la ligera bata que lo cubría y la coloqué a un lado. Gracias a los Dioses, tenía puesta la ropa interior.

Estaba prohibido mirar a los ojos a un dios viviente como él. Tocarlo sin permiso, resultaba poco menos que sacrilegio, pero las puntas de mis dedos rozaron su piel cuando tuve que colocarle la larga camisa cruzada. Ardía en contraste con la mía.

Un silencio extraño nos envolvía. Ni siquiera se oían los pasos de los criados que debían haberse levantado. Tampoco el piar de alguno de los pájaros que habían anidado en el jardín.

Mi respiración era un huracán.

Después de la camisa, tuve que pasar por encima de su cabeza la túnica. Al hacerlo, él se inclinó hacia mí para ayudarme y, durante un instante, un mechón de mi cabello rozó sin querer su mejilla. Su aliento me hizo cosquillas en el oído. Mi cabeza se giró sin permiso. No pude evitarlo. Y los labios me quedaron a un efímero suspiro de esa boca que podía condenarme con solo una palabra.

Presintió mi escrutinio, porque sus pupilas descendieron hasta las mías. Nos contemplamos mutuamente durante un instante que pareció eterno, antes de que yo apartara la vista.

Cuando se irguió de nuevo, permaneció con los brazos extendidos y la barbilla levantada mientras yo le prendía uno a uno la interminable fila de botones que nacían en su cuello rígido y descendían hasta casi sus rodillas.

Cuando tuve que ajustarle el cinturón, me postré de rodillas ante él. ¿Lilan también lo habría ayudado a vestirlo?

*¿O a desvestirlo?*

No pude evitarlo. Me estremecí y las manos me temblaron, haciendo que las cuentas del cinturón tintineasen. Sin querer, el dorso de mi mano rozó su cadera, donde la tela no cubría su piel.

El Emperador bajó la mirada hacia mí y, de pronto, se apartó con cierta brusquedad.

Me quedé paralizada, ¿había hecho algo mal? ¿Es que ni siquiera se me estaba permitido temblar?

—Es suficiente —dijo, con la voz tensa—. Terminaré yo.

Hice una reverencia. Entendí que no me quería allí, junto a él. Así que retrocedí con la espalda doblada hasta que mi trasero prácticamente chocó con una de las paredes de la estancia.

Me di la vuelta en el momento en que su voz volvía a llegar hasta mí. Tan tensa como antes. Y vacilante.

—¿Cómo te llamas?

La sorpresa me hizo olvidar de nuevo el protocolo. Y lo miré directamente a los ojos antes de darme la vuelta e inclinar la cabeza.

—Cixi, Majestad —contesté.

Esperé a que dijera algo más, pero no lo hizo. Se limitó a agitar la mano para despacharme y yo lo obedecí.

Salí al pequeño patio del Palacio de la Larga Primavera con una sensación opresiva atenazándome la garganta.

# 17

Cuando Fang, la dama de compañía de la Asistente Mei, se despertó y se cruzó conmigo, solo me dedicó una mirada ceñuda. Si le sorprendieron las toallas húmedas y ennegrecidas que aparecieron en un rincón de la cocina, no dijo nada. Yo sabía que pedirle explicaciones tampoco serviría. Había omitido información importante sobre lo que tendría que hacer, para que me equivocara, para que fallara, y la Asistente Mei o el propio Emperador me castigaran.

Era su venganza por arrebatarle el puesto aquella noche.

No sabía que ser dama de compañía no lo deseaba por nada del mundo. Estar atada a la Asistente Mei día y noche era peor que trabajar en el Departamento Doméstico. No tendría tiempo para merodear e investigar.

Ahora entendía a Nuo, su deseo de vivir en paz. Aunque temía que, solo por respirar, los enemigos surgían como las malas hierbas abriéndose camino entre los adoquines de los suelos del Palacio Rojo. Dudaba que pudiera escapar de ellos y de los problemas, aunque no los buscara.

Pensé que podría huir del palacio, pero la Asistente Mei solicitó mi presencia nada más desayunar, y me ordenó que la acompañara junto a su dama de compañía al encuentro con la Emperatriz.

—Alteza —intervino Fang, con una voz dulce que nunca había utilizado para referirse a mí—: Llevar a dos criadas será visto como una señal de ostentación. Y ella nos retrasará aún más. No conoce bien el protocolo —añadió, mientras me echaba un vistazo despectivo—. Ya llegamos tarde.

—Que esperen, entonces. La Gran Dama Liling siempre se retrasa —contestó la Asistente Mei. Sus pequeños labios se doblaron en una mueca arrogante—. El Emperador me ha dejado agotada.

Yo tuve que hacer esfuerzos para no poner los ojos en blanco.

La concubina se vistió con un *hanyu* particularmente ostentoso y eligió un peinado tan alto, tan repleto de peinetas, horquillas, colgantes, que parecía que sobre la cabeza llevaba una corona imperial.

De soslayo, vi cómo el eunuco Limo y Fang intercambiaban una mirada de preocupación.

La Emperatriz Cian moraba en el Palacio de la Luna, la residencia que se ubicaba entre el Palacio del Sol Eterno, el hogar del Emperador Xianfeng, y el Palacio de la Sabiduría, que se encontraba vacío ahora que la Gran Madre se hallaba lejos de la capital.

No pude ver mucho del hogar del Emperador, solo los altos tejados curvos recubiertos de pan de oro, que parecían arder bajo el sol de la mañana. Los del palacio de la Emperatriz, en cambio, estaban cubiertos de plata, y cuando fijé los ojos en el edificio, tuve que entrecerrar un poco los ojos para que el destello no me molestara.

El Palacio de la Luna era sobrecogedor. Si bien «la ciudad dentro de la ciudad» estaba saturada de colores intensos, este lugar era inmaculado. Solo el castaño oscuro de la madera resaltaba entre los grises, los plateados y los blancos. El impresionante jardín estaba repleto de flores: orquídeas, lotos, peonías, nenúfares flotando en el estanque de aguas claras. Todos los pétalos eran blancos. Sin embargo, había algo muerto en aquella ausencia de color.

Hasta parecía un pecado pisar esos suelos de mármol, donde las imágenes de varias garzas parecían a punto de levantar el vuelo.

Me tensé cuando atravesé el umbral. No podría vivir en un lugar así. No había nada inmaculado en mí.

Aunque el palacio parecía inmenso, por suerte no tuvimos que recorrerlo de extremo a extremo. La Emperatriz Cian recibía a las concubinas en uno de los primeros salones.

Como ya había anunciado Fang, habíamos llegado tarde.

Aun con la cabeza gacha, alcé lo suficiente la mirada como para observar el inmenso salón y la decena de rostros que se giraron hacia nosotras cuando la Asistente Mei puso su zapato bordado en él.

Su asiento, una silla ricamente labrada dispuesta cerca de la puerta, era la única que se hallaba vacía. Hasta la Gran Dama Liling, que siempre llegaba tarde, se encontraba allí.

Tuve la sensación de que era una hormiga entrando en un avispero.

La sala era espléndida, pero me atraían más quienes la llenaban. Paseé la vista por todos esos rostros blancos que nos observaban, coronando *hanyus* bordados, atestados de joyas a juego. Lilan se había sentado entre ellas. Pero estaba segura de que jamás había tenido sus miradas.

—Asistente Mei. —Una voz dulce, suave, algo frágil, hizo eco en mitad de aquel silencio ensordecedor.

Levanté un poco más la cabeza. Había sido la Emperatriz la que había hablado. Ocupaba un trono plateado al final de la larga estancia, con dos criadas a ambos lados, vestidas tan ricamente como concubinas.

No era la primera vez que veía a la Emperatriz, aunque en aquella ocasión había tenido la frente pegada a un suelo ardiente y no había sido capaz de ver más allá de la larga falda de su *hanyu* el día de la coronación de su marido.

Esa mañana vestía un *hanyu* pálido, ligeramente brillante. Perlas y horquillas de nácar y jade blanco adornaban su cabello negro, recogido en lo alto de su coronilla en un complicado peinado. Hasta las puntas de sus zapatos lacadas eran blancas. Todo en ella resplandecía. Casi era imposible mirarla de frente. Parecías encontrarte frente a la propia Diosa Luna.

—Hoy te has retrasado —comentó la Emperatriz, inclinando la cabeza hacia ella. Había amabilidad en su voz, pero también una afirmación que debía ser contestada.

La Asistente Mei realizó la reverencia protocolaria, sin que la sonrisilla arrogante que se había instalado desde el amanecer en sus labios desapareciera. Fang y yo la imitamos, varios pasos por detrás.

—Que la Diosa Luna os bendiga, Alteza Imperial —dijo, antes de erguirse y ocupar su asiento. El resto de las concubinas solo habían traído una criada, así que me coloqué detrás de Fang, un poco envuelta en sombras—. Os suplico perdón por mi tardanza, pero esta mañana me encontraba extremadamente cansada al despertar. He estado a punto de llamar a un sanador. —Se llevó una delicada mano a la cabeza, como si le doliera de pronto—. Quizá se debió a que el Emperador me visitó anoche.

La expresión paciente de la Emperatriz no varió, aunque sí la de las demás concubinas. Algunos murmullos furiosos corretearon como sanguijuelas, demasiado bajos y veloces como para que pudiera captar alguna palabra.

—Sí, lo intuíamos, *hermana* —intervino de pronto la Gran Dama Liling, con una sonrisa tan amplia como falsa—. Olí la chamusquina desde mi propio palacio.

La expresión de la Asistente Mei menguó y sus manos, apoyadas sobre las rodillas, se convirtieron en puños. Parpadeé, sorprendida. Creía que eran amigas.

Desvié la vista de la expresión burlona de la Gran Dama Liling a San, que se hallaba a su lado, ligeramente encogida. Intenté buscarla con la mirada, pero ella mantuvo los ojos gachos, en algún punto perdido entre sus pies. Sus hombros estaban en tensión.

—Está bien, está bien. —La Emperatriz agitó una mano lánguida al aire—. Puedo entender el cansancio, pero es importante acudir puntualmente a nuestras reuniones. El Emperador espera que seamos un buen ejemplo para todas las hijas del Imperio.

—Sí, Alteza Imperial —murmuraron a la vez la Gran Dama Liling y la Asistente Mei.

La Emperatriz pareció dar el tema por olvidado, y comentó que, últimamente, el Emperador parecía distraído, cansado y preocupado. No dijo el motivo, dudaba que lo conociera porque a las mujeres no se les permitía tratar los asuntos del Estado, ni siquiera a la propia Emperatriz, pero sí nombró por encima al Pueblo Ainu.

Levanté la mirada de golpe.

El Reino Ainu, o el Pueblo Ainu, como lo llamaba la mayoría de forma despectiva, hacía frontera con Kong. Sus tierras comenzaban al otro lado del río donde Lilan me había encontrado. Algunas veces, aunque estaba prohibido, ella y yo lo cruzábamos en épocas de sequía y nos sentíamos emocionadas de haber abandonado el Imperio Jing, aunque fuese solo por unos metros. En ocasiones, los habitantes de las aldeas más próximas se acercaban al mercado de Kong para vender su mercancía. Nunca habíamos tenido problemas con ellos. De hecho, fue uno de esos mercaderes Ainu el que nos enseñó a Lilan y a mí a jugar al Wu. En ese reino, aquello era más que un juego. Casi era una forma de vida.

Permanecí atenta, deseando escuchar algo más, pero, por desgracia, la Emperatriz no nombró más al Reino Ainu y se volcó en la importancia del trabajo de las concubinas en animar al Emperador.

—Nos encontramos en el tercer año de la Era Xianfeng, pero aparte de alguna princesa, todavía no ha nacido ningún heredero. Debemos esforzarnos, hermanas.

Enarqué las cejas. No pude evitar preguntarme qué más podían hacer ellas, además de abrirse de piernas cuando el Emperador las eligiese. Como si tuviesen la capacidad de elegir qué crecía en su vientre.

Sin embargo, todas las concubinas murmuraron a la vez:

—Sí, Alteza Imperial.

La reunión se alargó durante un rato más, pero yo ya no presté atención a las palabras de la Emperatriz. Mis ojos se zambulleron en aquel mar de rostros finamente maquillados, coronados con flores, pasadores y horquillas, y traté de recordar todos los nombres que Lilan había citado en sus cartas.

Sin embargo, no pude unir ningún nombre a ninguna cara. La Emperatriz no se dirigió a ninguna y las concubinas se limitaron a asentir y a escuchar las palabras que brotaban de sus labios.

Cuando por fin se dio el encuentro por finalizado, las concubinas se reclinaron y abandonaron el salón poco a poco.

La Asistente Mei, que todavía estaba dolida por el comentario de la Gran Dama Liling, se apresuró a marcharse sin despedirse de nadie. Sin embargo, esta la alcanzó antes de que llegara a la salida.

—Eres como una niña pequeña, Mei, copiando lo que hace su hermana mayor. —La voz de la mujer sonó como el veneno dulce de una serpiente—. Pero debes tener cuidado, podrías despertar la indignación de las demás.

Me aparté mientras la Asistente Mei meneaba la cabeza de un lado a otro, sin ser capaz de devolver la mirada a la concubina que se erguía frente a ella.

Me acerqué disimuladamente a San, que parecía esconderse tras la sombra de la Gran Dama Liling.

—¿Te encuentras bien? —le susurré.

San esbozó una sonrisa que pareció un espejismo e hizo amago de alejarse. Sin embargo, fui más rápida y le sujeté la muñeca. No lo hice con fuerza, ni siquiera con dureza, pero San se encogió y apartó la extremidad con violencia.

Al hacerlo, la manga de la túnica de servidumbre resbaló por su antebrazo y reveló unas marcas rojizas. Heridas en carne viva.

La boca se me abrió en una mueca de horror mientras San se apresuraba a bajar la manga y a negar con la cabeza.

—No sé por qué estás molesta conmigo. —La voz de la Asistente Mei me llegó desde muy lejos—. Pensaba que éramos amigas. Aliadas.

—Y lo somos —corroboró la Gran Dama Liling.

Yo me acerqué un poco más a San y le susurré al oído:

—¿Te lo ha hecho *ella*? —Mi antigua compañera apenas asintió—. ¿Por qué?

San echó un vistazo a su señora antes de contestar, en un murmullo rápido:

—Por mi culpa el Emperador no durmió con ella anoche. Era la mitad de su ciclo lunar, el mayor momento de fertilidad.

Sentí que una llamarada de rabia me carcomía por dentro.

—¿Qué tienes que ver tú con los deseos del Emperador?

San esbozó una sonrisa triste.

—Fui yo la que propuso tu nombre a la Asistente Mei cuando dijo que necesitaba una nueva criada. Y fuiste tú la que atrajiste la atención del Emperador la otra tarde, y por extensión, ayudaste a la Asistente Mei. Nuestros errores recaen sobre las concubinas que servimos, así como nuestros aciertos. —Yo separé los labios, pero San negó con la cabeza—. Así son las reglas del juego en el Palacio Rojo. Para bien... o para mal.

No pude contestar, porque en ese momento la Gran Dama Liling hizo amago de marcharse y, con ella, San. Mis ojos se clavaron como cuchillos en su estrecha espalda cubierta de seda. San pocas veces se había portado bien conmigo, no había sido una buena compañera durante el tiempo que habíamos servido juntas en el hogar de los Yehonala, pero durante un instante deseé poseer la Virtud de la Asistente Mei y hacer estallar a la concubina en llamas.

—Sé que esta tarde verás al Emperador, así que espero que tengáis un encuentro agradable —se despidió la Gran Dama Liling.

La Asistente Mei se inclinó, con los labios apretados, y observó a la concubina irse. Fang y yo la imitamos. Ella misma pareció a punto de marcharse, pero entonces un susurro de seda llamó su atención.

Retrocedí abruptamente cuando la Emperatriz pasó a mi lado y se colocó frente a la Asistente Mei. Debía estar enfadada por la tardanza deliberada, pero no había furia ninguna en sus ojos. Solo preocupación.

—Me alegra que el Emperador se haya fijado en ti, Mei. Tu Virtud es poderosa y sería maravilloso que un hijo la heredase —dijo, pero sus ojos se clavaron en el lugar donde la Gran Dama Liling había desaparecido—. Pero a pesar de que somos hermanas, no todas piensan como yo. Así que ten cuidado y, de ahora en adelante, trata de ser más discreta.

Las mejillas de la concubina se tiñeron de vergüenza.

—Gracias, Alteza Imperial —murmuró.

La Emperatriz le dedicó una sonrisa y sus ojos, durante un instante, pasaron por Fang y por mí. Después, se dio la vuelta y se encaminó a hablar con otras concubinas que la esperaban junto al trono.

La Asistente Mei permaneció sin moverse durante mucho tiempo antes de recomponerse y acudir a sus deberes matutinos.

Durante el almuerzo, me acerqué a Fang. Sabía que no le gustaba, que lo que iba a preguntar estaba prohibido, pero la curiosidad que me devoraba por dentro era demasiado grande.

—¿Cuál es la Virtud de la Gran Dama Liling?

Fang abrió los ojos de par en par. Miró a su alrededor, cuidando de que nadie nos prestara atención, para escupir:

—*Dolor.*

18

El Emperador había citado a la Asistente Mei de nuevo en el Pabellón de las Peonías. Sin embargo, cuando llegamos, no era él quien se encontraba allí. En su lugar, había otra concubina.

Había visto su rostro aquella mañana durante la reunión con la Emperatriz, pero no me había detenido en él. No tenía nada especial; no era tan hermosa como la Gran Dama Liling, ni como la Asistente Mei. Era quizá demasiado alta, demasiado delgada, y sus ojos eran anormalmente grandes en aquel rostro alargado y anguloso. Vestía con más sencillez que mi señora. Su calzado apenas llevaba plataforma, pero su posición en el Harén debía ser superior a la de la Asistente Mei, porque esta le dedicó una profunda reverencia, mientras que la otra joven se limitó a sacudir la cabeza con cierta sequedad.

—Dama Rong —la saludó, con una sonrisa apretada—. Qué sorpresa que estés aquí, fuera de tu palacio.

*Dama Rong*, repitió la voz de Lilan en mi mente, sobresaltándome. Hundí mis pupilas en ella, pero ni la concubina ni la criada que la acompañaba me dedicaron un solo vistazo.

Lilan no había hablado demasiado de ella en las cartas, pero cuando la había nombrado, había sido desde el respeto y una admiración palpable. San dijo además, que había sido la única persona que había estado presente en los últimos momentos de Lilan.

La que la había visto morir.

La Dama Rong miró las peonías que rodeaban el merendero como si fueran cadáveres descomponiéndose.

—El Emperador me ha citado aquí —fue lo que se limitó a responder.

Se hizo a un lado y, tras ella, apareció un tablero de Wu, con las fichas en la posición inicial. No supe por qué, pero un escalofrío me recorrió.

144

No dijeron nada más.

Apenas unos minutos después, vislumbramos la túnica dorada del Emperador acercándose. Sin embargo, no iba solo, aunque no era Zhao quien lo acompañaba esta vez. Además del Jefe Wong, también lo seguía una figura envuelta en seda que era reconocible incluso a la distancia.

—Hermanas, espero que no os moleste que me una a vosotras —dijo la Gran Dama Liling, tras el saludo de rigor. San, a su lado, me dedicó una mirada rápida antes de clavar los ojos en el suelo—. Ha sido una casualidad que me haya cruzado con el Emperador esta tarde, durante mi paseo.

No eran horas de pasear porque todavía hacía calor, así que era obvio que aquel encuentro no había sido una simple coincidencia.

—Siempre es un placer que te unas a nosotros —contestó el Emperador, con franqueza.

Ni la Asistente Mei ni la Dama Rong parecían de acuerdo con sus palabras, pero asintieron, con dos sonrisas tensas.

De pronto, sus ojos cálidos, astutos, viraron y se clavaron en los míos. En mi cabeza, restalló la imagen de mis manos rozando su piel, de las cuentas de su túnica tintineando. Tardó demasiado en apartar la mirada de mí.

—Dama Rong, sé cuánto te gusta jugar al Wu, así que he pensado que este encuentro podría ser entretenido. Te he encontrado una gran adversaria.

La concubina y yo nos sobresaltamos a la vez. Y, en esta ocasión, ella sí me miró. Aunque no pareció notar nada especial en su examen.

—¿Majestad? —murmuró, confusa.

No era la única que me observaba. Podía sentir la afilada mirada de la Gran Dama Liling sobre mí, también la de San. Sin embargo, los ojos que más pesaban eran los de la Asistente Mei; era como sentir dos rocas sobre mis hombros.

No había posibilidad de negación. El Jefe Wong se acercó al taburete que se encontraba frente a las fichas blancas y lo retiró con suavidad.

—Dama Rong, por favor... —dijo, con una sonrisa.

La concubina lo obedeció, con expresión tirante. El eunuco no me retiró el banco. Se limitó a hacerme un gesto impaciente con la mano y yo ocupé mi lugar frente a las fichas de color sangre.

—Oh, pero ¿cuál es el aliciente?

La Dama Rong enarcó una ceja.

—¿La victoria no te parece suficiente, hermana? —Había algo sarcástico en su voz.

—¿Qué propones, Liling? —preguntó el Emperador, inclinando el rostro hacia ella.

—Un premio para el ganador. —La sonrisa de la Gran Dama Liling se hizo más profunda—. Pida lo que pida la vencedora, el Emperador tendrá que concedérselo.

El Jefe Wong le lanzó una mirada de advertencia a la concubina, pero esta fingió no verlo. El Emperador, sin embargo, no pareció molesto por el atrevimiento. Soltó una larga carcajada y unió las manos en una fuerte palmada.

—Está bien, está bien. ¿Qué es lo que deseas, Dama Rong? —preguntó, girándose en su dirección.

La concubina sujetó un resoplido entre sus labios. Apenas pestañeó un instante antes de decir:

—Me gustaría echarle un vistazo a un libro en concreto de la biblioteca de Su Majestad.

La Asistente Mei soltó una pequeña risita burlona, pero nadie más la acompañó. No era un mal deseo. Por lo que sabía, a pocas concubinas se les permitía la entrada en las dependencias personales del Emperador, a menos que fuera él quien las solicitara.

—Claro, por supuesto. Te lo regalaré si es lo que quieres —le dedicó una sonrisa antes de volverse hacia mí con tanta brusquedad que nuestras miradas se cruzaron antes de que yo pudiera bajar los ojos al tablero—. ¿Y tú? ¿Qué es lo que deseas... *Cixi*?

Fue como si una corriente violenta de aire, cálida, húmeda, que apestaba a tormenta, sacudiera mi alrededor. Que el Emperador recordara mi nombre y lo pronunciara en voz alta era tanto un regalo como una maldición. Había demasiadas almas en «la ciudad dentro de la ciudad», y yo solo era una criada.

Permanecí un momento en silencio, tratando de ignorar todos los ojos que me rodeaban, impregnados de confusión, sorpresa y recelo.

—Me gustaría hacerle una pregunta a la Dama Rong. Y que su Alteza me contestara con sinceridad.

La aludida frunció el ceño mientras un par de murmullos se levantaban a mi espalda. Casi podía imaginar la mirada horrorizada de San.

El Emperador podría haberme ordenado decir cuál era esa pregunta, pero, en vez de eso, esbozó una sonrisa divertida y se cruzó de brazos.

—Muy bien. Que así sea.

Elevé la mirada del tablero de Wu al rostro alargado de la Dama Rong.

Traté de no parecer asustada.

Traté de imaginarme que era Lilan la que se encontraba frente a mí.

Así que pronuncié lo mismo que todas aquellas veces:

—Vos movéis primero.

La Dama Rong no era una principiante. Lo supe tras un par de jugadas en las que devoró varias ratas y un gato de jade rojo.

Desde la última partida que había compartido con Lilan en Kong no había vuelto a jugar, a excepción de ese único movimiento con el que había ayudado inconscientemente a vencer al Emperador, así que me sentía un poco oxidada. Cometí varios errores tontos, pero, gracias a que la Dama Rong me subestimó, pude recuperar posiciones.

La Gran Dama Liling estaba tremendamente aburrida; la Asistente Mei, rabiosa. Quizá porque tenía que abanicarse ella misma. O porque el Emperador no le había dedicado ni un solo vistazo. No sabía si era consciente de ello, pero de su cuerpo emanaba un calor abrasador. Sentía que estaba al lado de una fogata en pleno invierno. Casi temía que fuera a estallar ella misma en llamas de un momento a otro.

Los ojos del Emperador, agudos, de halcón, no se separaban del tablero. El Jefe Wong, a su lado, le ofrecía cada cierto tiempo té frío, o abanicarlo, pero él lo rechazaba con un solo movimiento de los dedos.

Jamás había jugado una partida de Wu con tantos ojos sobre mí, pero nunca había deseado ganar con tantas ansias. Tenía a mi alcance una oportunidad demasiado buena como para dejarla pasar. Así que intenté olvidarme de aquellas figuras vestidas con sedas y joyas que se cernían sobre mí como barrotes de oro. Traté de no precipitarme, de pensar bien las jugadas.

«Eres demasiado agresiva», solía decirme Lilan, después de vencerme una y otra vez. «La paciencia siempre es la clave para vencer. Los impacientes ganan batallas; los que esperan, guerras».

La Dama Rong empujó el ave fénix hacia mis garzas, y no se dio cuenta de que su dragón había quedado desprotegido. Cuando se percató, era demasiado tarde. Yo tenía más piezas en mi poder que ella, así que mi dragón devoraba al suyo.

Los labios se me curvaron en una sonrisa inconsciente.

Había vencido.

—¿Y bien? —preguntó la Gran Dama Liling, aburrida.

Sentí cómo el Emperador se movía y daba un paso en mi dirección. Su túnica dorada ondeó cerca de la manga de mi túnica de servidumbre. Tal vez su Virtud fuera como la de la Asistente Mei, porque una caricia de calor llegó hasta mí.

—Me parece que la ganadora debe reclamar su premio.

Carraspeé, incómoda. Ahora que mi atención se había alejado del tablero, la presión de todos aquellos ojos era más asfixiante que nunca.

—Me gustaría hacer mi pregunta en privado —dije, en voz baja, pero segura.

No necesité mirar para saber que una expresión escandalizada recorría las caras de casi todos los presentes. Oí decir al Jefe Wong «maldita descarada», antes de acercarse a mí.

Sin embargo, el Emperador alzó el brazo, y el eunuco se detuvo al instante.

—Me parece justo. Es su victoria. —Se giró hacia las dos concubinas que se hallaban detrás de él, con el maquillaje algo corrido por el calor—. ¿Por qué no me acompañáis a dar un pequeño paseo?

Ni la Gran Dama Liling ni la Asistente Mei parecían deseosas de andar bajo ese sol que todavía calentaba demasiado, pero no tuvieron más remedio que obedecer tras inclinarse y responder al Emperador con sonrisas dulces. El Jefe Wong, la criada de la Dama Rong y San las siguieron a distancia. Esta última me lanzó una mirada de advertencia antes de desaparecer tras las peonías.

—Habla de una vez.

La voz de la Dama Rong me golpeó con la fuerza de una bofetada. No había ni un atisbo de amabilidad en sus rasgos, tampoco de curiosidad. Solo hastío.

—Quiero saber qué le ocurrió a la Gran Dama Lilan.

Jamás se hubiese esperado esas palabras. Lo supe en cuanto terminé de pronunciarlas. Estas golpearon como pedradas su expresión fría, la hicieron totalmente pedazos.

Una llama se prendió en mi interior al reconocer el sentimiento que afloró en sus ojos.

*Miedo.*

—¿Quién... quién demonios eres? —farfulló, antes de recomponerse un poco—. No, ¿quién demonios *te crees* que eres para preguntar algo así?

La llama que ardía en mi corazón se extendió por mis venas. Se convirtió en un incendio.

—El Emperador aceptó mi petición si ganaba la partida. Y he vencido —contesté, con los dientes tan apretados que no sabía cómo no los hacía pedazos—. Podría decirle que os negáis a contestar.

—Qué insolencia —siseó ella. Sus ojos se movieron a un lado y a otro, nerviosos, antes de escupir—: La Gran Dama Lilan falleció por culpa de un sangrado incontrolable durante el parto. Su hija, cuando nació, ya estaba muerta. —Bajó la cabeza durante un instante, con el ceño fieramente fruncido—. A veces ocurre.

—Pero no fue un accidente —repliqué de inmediato—. Alguien se ocupó de que ella perdiese la vida.

El terror regresó a sus pupilas inteligentes, antes de que lo sepultara la indignación. Se puso en pie con tanta violencia, que tiró al suelo el tablero de Wu. Algunas piezas se rompieron. Las rojas, parecían gruesas gotas de sangre a nuestros pies.

—¡Cómo te atreves a hablarme así! —bramó—. Deberías ponerte de rodillas y pedir clemencia.

Pero yo no pensaba hacerlo. La Dama Rong sabía lo que le había ocurrido a Lilan. Su gesto la había delatado. No había nada que me hiciera dudar de ello. Y yo estaba demasiado cerca de averiguarlo como para pensar en lo que decía.

—Sé que sabéis algo —siseé, acercándome un paso a ella—. ¿Qué fue lo que visteis? ¿Qué escuchasteis? Estabais allí en el momento en que ella murió. Os tuvo que decir algo. —Su cuerpo basculó hacia atrás, tratando de poner la mayor distancia entre su *hanyu* vaporoso y mi túnica de servidumbre—. *Contestadme.*

Ella intentó retroceder de nuevo; no podía esconder el pánico de su mirada. Sus ojos, desorbitados, estaban clavados en mí, así que no vio el taburete que tenía a su espalda. La larga falda del *hanyu* tropezó con él y ella cayó hacia atrás, con una exclamación ahogada.

No hice amago de ayudarla, aunque por su gesto, debía haberse hecho daño en la caída. Avancé hasta que las puntas de mis zapatos rozaron el borde de seda. No conocía cuál era la Virtud de la Dama Rong, pero no me importaba arriesgarme. No ahora, que estaba tan cerca de conocer la verdad.

Me incliné sobre ella, mientras su pecho subía y bajaba a toda velocidad.

—Lilan os tenía en alta estima. Os admiraba —siseé—. Era la mejor persona que he conocido jamás. Así que, si realmente sabéis algo, no se merece que guardéis silencio.

Ella frunció el ceño y me pareció que dudaba. Así que separé los labios, lista para insistir, cuando de súbito, unas voces llegaron hasta nosotras:

—¿Qué ha sucedido?

La voz del Emperador restalló a mi espalda y no sonó tan amable ni tan cálida como antaño. Había una autoridad sobrenatural en su tono. Y peligro.

No tuve más remedio que apartarme de la Dama Rong y hacerme a un lado. Él no había sido el único que se había acercado. Junto a él estaba el Jefe Wong, frotándose prácticamente las manos; y, tras ellos, las dos concubinas con las criadas en un plano resguardado. El grito de la Dama Rong debía haberlos alertado.

*Estúpida*, me lamenté. *Estúpida, estúpida, estúpida.*

—La sierva se ha excedido —dijo la Dama Rong, mientras su criada se apresuraba a ponerla en pie. Hizo una mueca de dolor cuando apoyó el pie izquierdo—. Se ha creído poseedora de una autoridad que no ostenta.

Las manos se me convirtieron en dos puños temblorosos, mientras los ojos de todos los presentes se hundían en mí como hierros candentes.

—Me he limitado a hacer mi pregunta —contesté, sin vacilar—. Pero la Dama Rong no ha sido sincera con su respuesta.

—Eso no es cierto. El Emperador me conoce desde hace años, sabe que soy una persona honesta —replicó ella. Su voz sonaba como azotes en mis oídos—. Lo que ocurre es que esta criada no ha escuchado la respuesta que deseaba. Se ha enfadado y me ha empujado, llevada por su rabia.

—¡¿Te has atrevido a tocar a una concubina?! —exclamó la Asistente Mei, con su voz aguda. Me llegó una bocanada de aire caliente, que escapó de su cuerpo.

Le di la espalda a la Dama Rong y me giré. No bajé la cabeza. Y, aunque no fui capaz de mirar a los ojos al Emperador, sí encaré al resto de rostros que me observaban, entre escandalizados e iracundos.

—No he empujado a nadie. Ella ha tropezado con el taburete sin más. Ha sido un accidente.

A cada palabra que pronunciaba, más segura estaba de que ni siquiera se molestaban en creerme. En escucharme, siquiera. Había sido una maldita imbécil. Yo solo era una criada. Mi palabra, mis razones, no tenían valor alguno.

—¡Deberías estar de rodillas suplicando clemencia, muchacha! —exclamó el Jefe Wong—. ¿Cómo te atreves a contradecir a la Dama Rong?

Su mirada escupía el mismo fuego que había estado a punto de engullir el Palacio de la Larga Primavera la noche anterior, pero yo permanecí erguida, tensa como una rama a punto de quebrarse en dos.

—De rodillas —ordenó el Emperador. Su voz sonó como una puñalada atravesándome de lado a lado.

No tuve más remedio que obedecerle y bajar la mirada hasta el suelo. Escuché el susurro de la seda, y el borde del *hanyu* de la Asistente Mei estuvo a punto de azotarme en la cara.

La Gran Dama Liling permanecía en segundo plano, inmersa en un extraño silencio.

—Permitidme a mí dictar el castigo, Majestad —dijo, con su voz aguda—. Empujar a una concubina, atacarla verbalmente... no merece otra cosa que la muerte.

Mis ojos se elevaron sin permiso, mientras un estremecimiento profundo, brutal, me hacía temblar.

El Emperador me echó un vistazo, de pronto dubitativo, antes de murmurar:

—Es un castigo justo. Es lo que dictaría la ley.

¿Justo? Quería gritar. ¿Ni siquiera me merecía un atisbo de duda? No importaba lo que dijera. Sus palabras eran la ley, y todos ellos ya habían tomado una decisión antes siquiera de llegar hasta mí.

—Piedad —dijo de pronto una voz, antes de sonar con más fuerza—. ¡Piedad!

San se escurrió entre los cuerpos de las concubinas y se postró frente al Emperador, con los brazos totalmente extendidos y la frente clavada en el suelo del merendero.

—¡San! —exclamó la Gran Dama Liling.

Mi antigua compañera me miró de soslayo y yo negué con la cabeza. Si me defendía, su señora la castigaría de nuevo. Y pese a todo lo que habíamos vivido, yo no deseaba ser el motivo.

—Cixi lleva poco tiempo en el Palacio Rojo. Solo unos días sirviendo a una concubina —dijo atropelladamente.

—Suficiente para conocer cuáles son sus deberes y limitaciones —replicó el Jefe Wong.

—Perdonad su vida, Majestad —insistió San, antes de inclinarse una y otra, y otra vez—. Os lo suplico.

Sentí cómo el Emperador Xianfeng me evaluaba, como si fuera un objeto expuesto en el mercado. Yo lo observé de soslayo y nuestras miradas se encontraron durante un instante que duró demasiado. De pronto, se enderezó, y supe que había tomado una decisión.

—Cincuenta latigazos —dijo—. Hay quienes sobreviven a ellos, hay quienes no. Dependerá de ti.

Nadie osó pronunciar palabra. No estaba permitido contravenir las sentencias del Emperador. Yo cerré los ojos y solté el aire de golpe, sintiendo cómo las fuerzas me abandonaban de pronto. La voz de la Asistente Mei me pareció que llegaba desde muy lejos.

—Si vives, no te atrevas a pisar de nuevo mi palacio, desagradecida.

San se inclinó de nuevo y le dio las gracias al Emperador; yo la miré, sin entender cómo podía agradecer algo así. Sentía mi rostro demudado de emoción, de expresión. No era capaz de borrar esas dos palabras de mi cabeza.

*Cincuenta latigazos.*

El Jefe Wong se acercó y me tiró del brazo con violencia para ponerme en pie. Mi cuerpo se balanceó hacia delante. Notaba las extremidades rígidas y quebradizas a la vez, como la de esos muñecos de paja que hacían los niños de la Aldea Kong.

A pesar de lo grueso que estaba, de que resollaba como un cerdo bajo el calor con cada paso, me arrastró con una fuerza sorprendente por el Pabellón de las Peonías.

# 19

Cuando abandonamos la hierba fresca y los frondosos árboles, la voz regresó a mí, débil:

—¿A dónde vamos?

Una sonrisa desagradable se extendió por el rostro del Jefe Wong. Pude ver el resplandor amarillento de sus muelas sucias. Esa fue toda la respuesta que recibí.

Atravesamos las calles de la Corte Interior a toda prisa, siguiendo un camino que yo no había usado jamás. A un lado, dejábamos palacios, jardines y pabellones.

—Puedo caminar sola —dije.

Pero sus dedos, gruesos y fuertes, no se apartaron de mi antebrazo. Los resuellos del Jefe Wong sonaban como mugidos junto a mi oído. Bajo la tela, mi piel debía estar amoratada. Sentía un hormigueo en los dedos.

*Disfruta con esto*, pensé, mientras lo observaba de soslayo. *Disfruta sintiendo mi miedo, mi dolor.*

Doblamos una esquina y, de pronto, me tropecé con mis propios pies al reconocer el lugar donde nos encontrábamos. Mi vista se dirigió al muro de la izquierda, cuyas puertas de entrada estaban selladas. Encima, unas letras deslucidas rezaban:

PALACIO DE LAS FLORES

El antiguo hogar de Lilan. Y, algo más adelante, había una figura. Cuando la miré, no supe adivinar si había estado allí todo el tiempo o si simplemente se había detenido en seco al observarnos.

—Wong. —El Eunuco Imperial Zhao balanceó la mirada de su compañero a mí, y después fijó las pupilas en la mano que me aferraba el antebrazo.

—Zhao —saludó el aludido, haciendo una ligera inclinación de cabeza.

Él me miró, quizás esperando a que yo realizara el saludo reglamentario, pero me limité a ladear la cabeza. Ya iba a recibir cincuenta latigazos. No creía que pudiera pasarme algo peor.

—¿Dónde se encuentra el Emperador? —preguntó Zhao—. ¿Por qué no estás con él?

—En el Pabellón de las Peonías, junto a algunas de sus concubinas. Me ha ordenado llevar a esta desgraciada al Departamento de Castigo.

Los ojos de Zhao se abrieron un poco más.

—Yo lo haré. Regresa con el Emperador. No debería estar solo.

El Jefe Wong apretó los labios en una mueca y pareció dudar durante un instante. Sin embargo, estaba cansado, hacía calor, y estaba segura de que el Pabellón de las Peonías era un lugar mucho mejor para estar que el Departamento de Castigo.

El eunuco inclinó con brusquedad la cabeza y me soltó el brazo. Yo no pude evitar frotármelo un poco, sintiendo cómo la sangre volvía a circular en mis venas con normalidad.

—¿Cuál es el castigo que deben impartirle?

—Cincuenta latigazos. Pasará la noche en una de las celdas —contestó el Jefe Wong—. La Asistente Mei no la quiere de regreso en su palacio. Aunque de todas formas... —Se le escapó una pequeña risa y sus ojillos me recorrieron de arriba abajo.

Zhao no esperó que el Jefe Wong se alejara. Se volvió hacia mí con la hosquedad que lo caracterizaba y ladró:

—Camina.

Lo obedecí, aunque mis ojos permanecieron en los tejados del Palacio de las Flores, que asomaban por encima de los muros bermellones que lo rodeaban. Cuando giramos en la siguiente calle y estos se perdieron, centré mi atención en Zhao.

—¿Por qué no debería estar el Emperador solo?

Él soltó un bufido antes de contestar.

—Vas a recibir cincuenta latigazos. Deberías estar suplicando por tu vida. —Sus ojos afilados se clavaron unos instantes en los míos—. Hay soldados mejor entrenados y alimentados que tú que no sobreviven a ellos.

Apreté los puños con fuerza. Daba igual que muriera o no, porque volvería a la vida. Esa era mi Virtud.

Ya lo había hecho varias veces. La última, hacía unos cuatro años, cuando Lilan y yo estábamos en mitad de un paseo, por los terrenos que delimitaban el Imperio Jing con el Reino Ainu. Se produjo un deslizamiento de tierra y yo me vi arrastrada por él. Lilan intentó alcanzarme, pero las piedras me golpearon y caí por el precipicio. Lo último que vi y escuché fue la sangre manando de mi cabeza abierta en dos, como una sandía en verano. El dolor fue inexplicable. Agudo. Rompedor. Agonizante.

Cuando recuperé la conciencia, Lilan estaba a mi lado. Todavía había lágrimas corriendo por sus mejillas.

—¿Y vos qué creéis? —pregunté, con cierto sarcasmo—. ¿Podré sobrevivir?

Él puso los ojos en blanco.

—Qué importa la respuesta.

Me incliné hacia él y Zhao se balanceó hacia el extremo opuesto, como si quisiera crear el mayor espacio entre su cuerpo y el mío.

—Si sobrevivo, deberéis contestar a mi pregunta.

Él me dirigió una mirada hastiada. Parecía sorprendido de que siguiera hablando.

—¿Qué pregunta, maldita sea?

—Sobre el Emperador. El motivo por el que no puede estar solo.

Zhao no asintió, pero tampoco negó con la cabeza. Se limitó a contemplarme un largo instante, antes de apretar el paso y dirigir su mirada hacia el frente.

Tras varias encrucijadas, llegamos por fin a la Puerta del Mundo Flotante y la atravesamos, dejando atrás la Corte Interior.

El Departamento de Castigo se encontraba anexado a los otros departamentos, pero, a la vez, estaba aislado de los demás. Se trataba de un edificio lúgubre, de piedra gris, diferente al resto. Las tejas curvas que componían su tejado eran negras. Visto desde el cielo, debía ser como una mancha de tinta entre tanto colorido.

En la puerta, había un par de guardias que nos observaron de reojo cuando nos vieron atravesarla. Esperaba oír gritos cuando me hallara entre aquellas paredes grises, pero nos recibió un silencio atroz cuando nos adentramos en una estancia en la que solo había un escritorio y un soldado tras él.

—Espera aquí —ordenó Zhao, antes de adelantarse.

Habló en voz baja, así que no pude escucharle. De lo que sí me percaté fue de la forma en la que el soldado lo observaba. Asentía con seriedad ante las palabras del eunuco, pero había algo en el modo en que entornaba los ojos, en la comisura de sus labios, ligeramente alzada, que gritaba desprecio.

Burla.

Si Zhao lo advirtió, no dio muestras de ello.

Con la misma brusquedad con la que se había acercado, se alejó del escritorio. Parecía a punto de pasar de largo, pero sus ojos viraron un instante hasta los míos.

—Hasta la próxima —dije.

Él soltó algo parecido a un gruñido y pasó a mi lado tan cerca, que el borde de su túnica rozó la mía. Por algún motivo, no pude separar los ojos de su espalda. De la línea de su barbilla que se insinuaba. De sus manos que se cerraron y abrieron convulsivamente de camino hacia la puerta.

Pero entonces un par de brazos cayeron sobre mí. Tan dolorosos y duros como las manos del Jefe Wong.

Me retorcí cuando el guardia que antes estaba tras el escritorio me sonrió.

—Jamás había visto a nadie tan tranquilo ante la perspectiva de su muerte —siseó—. Reza a los dioses para desmayarte pronto.

Esta vez sí me resistí cuando un ramalazo de terror me sacudió. De pronto, sentía deseos de gritar, de pedirle a Zhao que no se marchara, que me ayudara.

El hombre me empujó sin miramientos sobre una puerta cerrada, que se abrió con el golpe de mi cuerpo. Caí de rodillas en una sala pequeña y claustrofóbica, donde había otro guardia sentado en un simple taburete. Parecía limpiarse la sangre seca de los dedos.

Ahogué un gemido cuando levanté la mirada. Había una extraña repisa en mitad de la estancia. Nada más. La sangre salpicaba todas las superficies y creaba flores mustias en el suelo, del color de las sombras.

—Treinta latigazos —anunció el hombre que me había empujado—. Si sigue viva después, déjala hasta mañana en una de nuestras celdas.

*Treinta*, susurró una voz en mi mente. El Emperador había ordenado cincuenta.

Mis ojos miraron por encima del hombro, aunque no vieron a nadie.

*Zhao.*

Los dos guardias me colocaron bocabajo sobre la repisa y me ataron con varias cuerdas recias, con las hebras incrustadas por la sangre de otros castigados. Me amarraron casi con hastío, como si aquel no fuera más que un trabajo más, como lavar la ropa o arrancar malas hierbas. Como si no fuera una persona lo que tuvieran entre las manos.

Temblaba incontroladamente. Sí, no podía morir, pero eso no significaba que el sufrimiento fuera menor, que durase menos.

Nadie me avisó del primer latigazo. Cuando el restallido explotó en mis oídos, el dolor ya me había hecho gritar. Jamás había sentido una sensación tan lancinante. La piel de mi espalda ardió antes incluso de que llegara el segundo golpe. Parecía que alcanzaba hasta el hueso.

No me permitieron tomar aire. Respirar. El aliento se me atragantaba con los gritos. Con los chillidos. Con las súplicas.

Los chasquidos caían como piedras. Como uñas. Garras que se hundían en mi piel herida. Tiraban de ella. Arañaban. Arrancaban. A veces se quedaban incrustadas y el guardia tiraba con más fuerza.

El sufrimiento crecía.

La sangre salpicaba las paredes.

Mi conciencia flaqueó. Los gritos se transformaron en un lloriqueo mareado. El dolor se transformó en náuseas.

Pero los estallidos continuaron. Sin piedad. Sin descanso. Una y otra vez, una y otra vez, hasta que el látigo se convirtió en un instrumento que cantaba una melodía mortal.

Entre parpadeos. Entre luces y sombras que parchearon mi visión, vi a Lilan en un rincón, con el estómago abultado y la sangre resbalando por sus piernas.

*Te dije que regresaras a Kong,* susurró en mi cabeza.

Su figura fantasmal desapareció con el último latigazo. Fue el que más dolió. El que más me hizo gritar. Sentí cada hebra. Cada filamento.

Cuando el soldado bajó el brazo, no sentí alivio ninguno. La piel me palpitaba. La sangre resbalaba por mis costados y cubría de pétalos rojos la túnica de servidumbre.

Apenas fui consciente de que el guardia me desataba, pero solté algo parecido a un estertor cuando me sujetó sin delicadeza alguna y me obligó a incorporarme. Caí de rodillas y, como no pude andar, él se limitó a arrastrarme por ese suelo lleno de sangre seca y fresca.

Escuché cómo un cerrojo se descorría y, de un empujón, me arrojó a un suelo húmedo que apestaba a enfermedad. Escuché otra vez el cerrojo

moverse y apenas logré parpadear para observar los barrotes que me rodeaban.

Después, perdí el conocimiento.

Mi conciencia llegaba y se iba. No estaba durante mucho tiempo lúcida. Era
incapaz. No entendía el transcurrir del tiempo. No me daban agua ni comida.

Sin embargo, en un momento extraño de lucidez, me pareció escuchar
una voz conocida. Conseguí abrir los ojos y, tras la espesa niebla que cubría
mi mirada, me pareció ver el borde de una túnica dorada.

Voces que se confundían, hasta que una pregunta llegó claramente a
mis oídos:

—¿Sigue viva?

Mi visión desenfocada se centró durante un momento y mis ojos se alzaron para observar lo que me pareció el rostro del Emperador Xianfeng. Su
ceño fruncido, su expresión preocupada. Casi me reí. Estaba soñando. ¿Qué
haría el Emperador en un lugar así?

Cerré los ojos y las voces siguieron, pero yo ya no fui capaz de distin-
guir lo que decían.

La siguiente vez que fui capaz de separar los párpados, había una bandeja de comida delante de mí. Arroz, sopa y un cuenco lleno de agua. Traté
de alcanzar este último, pero cuando me llevé el borde de madera a los labios, me sobrevino una arcada y perdí la conciencia.

No supe cuánto tiempo transcurrió, pero de nuevo, fueron unos susurros los que me hicieron abrir los ojos.

Alguien había sustituido mi comida por otra, porque tenía pescado en
vez de sopa, y habían rellenado el cuenco de agua.

Logré levantar un poco la cabeza. El lugar estaba prácticamente a oscuras. Lo único que apartaba las sombras era la luz de la luna llena que se
colaba a través del pequeño ventanuco de la celda y las escasas velas repartidas por la amplia estancia en donde se encontraban los calabozos.

Además de mí, solo había otro prisionero. En la celda más alejada, una
mujer vestida con el uniforme del Departamento Culinario, que estaba inconsciente o dormía, tumbada de medio lado en el suelo. Me pregunté qué podría
haber hecho para acabar en un lugar así.

Las voces me hicieron girar la cabeza. Unos pasos se acercaron. Vi una túnica que me resultó conocida. Alcé la cabeza para ver cómo un guardia abría la celda y dejaba pasar a San.

Me pareció observar cómo el hombre escondía algo en el bolsillo interior de su uniforme.

Un collar de perlas.

—Cixi —susurró ella, antes de arrodillarse a mi lado.

Me ayudó a incorporarme un poco, aunque cada movimiento me arrancó un grito ahogado de dolor. La tela de la túnica se me había pegado a la espalda, y al desprenderse, sentí cómo las costras caían y las heridas se abrían de nuevo.

Un líquido caliente y pegajoso resbaló por mis caderas.

—Malditos Dioses, ¿por qué eres así? ¿Por qué tuviste que hacer enfadar a la Dama Rong? —se lamentó.

—Solo... —La voz se me quebró. Notaba la garganta en llamas—. Solo le... hice una pregunta.

—Cixi, aquí las palabras condenan tanto como los cuchillos —musitó.

Se inclinó hacia atrás para observar el lamentable estado en el que había quedado mi espalda y se llevó la mano al interior de su túnica para extraer un pequeño saquito de tela. Ella habló antes de que le preguntara.

—Lo he conseguido de un aprendiz sanador. Ayudará a que las heridas no se te infecten.

Abrió el saco y un polvo verdoso cayó dentro del cuenco con agua. Lo removió con el meñique, hasta conseguir que se disolviera por completo en él. Después, me lo acercó a los labios.

Yo bebí, esperando sentir amargor o acidez en la lengua. Sin embargo, el tónico que había preparado San estaba dulce, y me lo tragué hasta la última gota. Sentí la garganta más suave, mientras ella dejaba con cuidado el cuenco en el suelo.

—Después de esto, ya no podrás servir a nadie —farfulló casi para sí.

Yo no contesté, notaba la espalda en llamas y el dolor volvía a atenazar mis cuerdas vocales. Ella no pudo añadir nada más. El guardia que vigilaba las celdas se acercó e intercambió una mirada con San. Ella se apartó de mí y yo me tumbé de nuevo en el suelo, con el dolor hormigueando por toda mi piel.

Mi antigua compañera salió con rapidez cuando el hombre le abrió la puerta de metal. Sin embargo, antes de que llegara a dar más de dos pasos, murmuré:

—San... —Ella me observó por encima del hombro, sin girarse del todo en mi dirección—. Gracias.

Una sonrisa acalambrada se derramó por sus labios.

—No me las des —contestó, antes de desaparecer en la oscuridad que las velas no podían mitigar.

Cuando se fue, la escasa luz que había pareció irse también un poco con ella. A pesar del dolor perenne, que se negaba a abandonarme, conseguí sujetar el trozo de pescado y metérmelo en la boca. Estaba frío y seco, pero me obligué a masticarlo.

Sobreviviría.

Siempre lo hacía.

La comida me llenó, pero no me sentó bien.

El estómago me empezó a rugir de forma extraña y las náuseas me sacudieron un rato después.

El dolor de la espalda empeoró cuando comencé a vomitar. Me doblaba sobre mí misma, me retorcía, parecía que todo el aire de mis pulmones se escapaba de mí con cada nueva arcada. Vomité el pescado, bilis y sangre.

Un sudor frío me resbalaba por la espalda, haciendo que la sal se incrustara en las heridas y las hiciera arder.

El corazón redobló sus pulsaciones. Me dolía. Parecía que iba a estallar de un instante a otro.

Entre parpadeos, miré los restos del pescado que ahora yacían en el suelo. Ni siquiera estaban digeridos, ni siquiera los había masticado bien por la prisa de tragar y llenar el estómago.

Un estremecimiento tan poderoso como un relámpago me hizo arquearme. No fue una arcada. Fue una certeza.

El saquito de tela que había extraído San de su túnica.

Los polvos verdosos.

El collar de perlas que le había entregado al guardia.

Sus palabras.

*Después de esto, ya no podrás servir a nadie.*

Me había envenenado.

—Maldita... sea —jadeé, aunque quería gritar. De dolor, de cólera, de frustración, de impotencia.

*Así son las reglas del juego en el Palacio Rojo,* su voz volvió a hacer un eco lejano en mi cabeza, con un tinte burlón.

160

Volví a vomitar, aunque mi estómago ya no tenía nada en su interior. Y entonces, mi conciencia empezó a fallar cuando me atacó la primera convulsión.

Luego seguirían muchas más.

Pensé que antes de morir vería el rostro de Lilan, sonriéndome con dulzura. Eso me habría proporcionado cierto consuelo. Pero, en vez de ver su mirada luminosa, me encontré con unos ojos grandes y profundos, de mirada afilada, llenos de sombras.

Y unas manos que se abrían y cerraban, de camino a una puerta que no conducía a ninguna parte.

# TERCERA PARTE
# NIDO DE
# RATAS

FINALES DE ESTÍO – PRINCIPIOS DE INVIERNO
TERCER AÑO DE LA ERA XIANFENG

*Si utilizas al enemigo para derrotar
al enemigo, serás poderoso en cualquier
lugar al que vayas.*

*El arte de la guerra*, de Sun Tzu.

**20**

**N**uestras creencias rezaban que, cuando morías, te reencontrabas con tus seres más queridos. Las otras ocasiones en las que había muerto no había visto a nadie, pero había pensado que era porque realmente nadie importante para mí había fallecido.

Esperé ver a Lilan. Encontrarme con ella. Sin embargo, no vi nada más que oscuridad.

Sentí lo mismo que las veces anteriores. Un sueño denso, pegajoso, del que era difícil deshacerse. Una oscuridad impenetrable que me recordaba de alguna manera a los ojos del Eunuco Imperial Zhao, a la larga noche en la que la persona que más quería había sido asesinada.

Al despertar, siempre había sentido los dedos de Lilan entrelazados con los míos. Siempre había sido su voz la primera que había llegado hasta mis oídos.

Pero no en esa ocasión.

—¡Malditos Dioses! ¡Malditos Dioses!

—Es una criada. ¿Qué importa?

Traté de separar los párpados, de tragar saliva, de mover un solo dedo, pero me fue imposible. Hasta respirar resultaba complicado. Aunque siempre era así. Era como si mis pulmones y mi corazón tuvieran que aprender a funcionar de nuevo.

Las voces masculinas se enredaron en mis oídos.

— … ordenó que se la alimentara. Acudió para comprobar si había sobrevivido al castigo. Si al Emperador no le importara verla muerta, no se habría molestado en acudir él mismo.

Una imprecación ininteligible hizo eco en mi oscuridad, de la que me era imposible separarme.

—Fue Zhao el que la condujo hasta aquí. Tráelo. Él sabrá qué hacer con el cadáver. —Oí un cuchicheo ahogado, seguido de una exclamación—. ¡Corre!

Muy poco a poco, fui consciente de la aspereza del suelo sobre el que me encontraba. Del olor nauseabundo que me rodeaba. Me estremecí, recordando de pronto los calambres que me habían atravesado. El vómito que me había quemado la garganta. Sentía la ropa acartonada. Por la zona de la espalda, donde el sangrado de los latigazos se había coagulado. Por las piernas y la entrepierna. Me había orinado encima... y quién sabía qué más.

Parpadeé un instante, lo suficiente como para ver el vómito seco y varios trozos de pescado cerca de mi mejilla. El pelo se me había soltado del recogido y ahora caía sucio y enredado a mi alrededor, como una manta negra.

Solté un ligero quejido y me pareció que la persona que estaba tras los barrotes de mi celda daba un respingo.

*San.*

Su rostro volvió de pronto a mi memoria. La herida de sus brazos. Su falsa sonrisa. El collar de perlas. El deseo de ayudarme. Sus manos proporcionándome el veneno.

Clavé las uñas en el suelo y lo arañé.

—Voy a matarte —siseé.

Un grito elevado desolló mis oídos.

Había un guardia delante de mí, con expresión desencajada. Era el mismo que había estado el día anterior vigilando las celdas. El que había recibido el collar y le había proporcionado a San un tiempo a solas conmigo.

Sus pupilas se dilataron y se empequeñecieron cuando vieron cómo me ponía trabajosamente en pie.

Cuando por fin lo conseguí, la única puerta con la que contaba la estancia se abrió con violencia, y tras ella aparecieron otro guardia y Zhao, cuyo rostro estaba tan gris como las paredes que me rodeaban.

El primero de ellos retrocedió al verme incorporada y se unió al horror de su compañero.

Zhao, sin embargo, se paralizó. Nuestras miradas se quedaron quietas la una en la otra por un instante que duró una eternidad.

—Os... os prometo que estaba muerta —oí que decía con voz ahogada el guardia que había ido a buscarlo.

Me las arreglé para sonreír, aunque seguía mareada.

—Pues siento decir que os equivocasteis —dijo Zhao mientras caminaba hacia mí.

El otro hombre no cesaba de balbucear:

—No... no respiraba. Su piel estaba amarilla. El corazón no latía.

Debía parecer débil y a la vez, firme. Debía soportar esa mirada sombría que se acercaba más y más.

—Recojo muchos cadáveres cada mañana. Sé reconocer a uno.

Aparté la vista de esos orbes oscuros y la detuve un instante en la expresión aterrorizada del guardia que no cerraba la boca de una maldita vez. Él volvió a soltar un alarido estrangulado.

La estabilidad me falló y caí hacia delante. Mis rodillas rasparon el suelo y el vómito seco.

Zhao había llegado a la puerta de la celda.

—Abrid —ordenó—. Rápido.

Los guardias se miraron, pero se apresuraron a cumplir sus órdenes. La puerta de hierro se movió con un chirrido y Zhao se adentró en la celda. Su gesto serio, su ceño profundamente fruncido, no cambió cuando se inclinó en mi dirección y extendió la mano.

Me quedé mirándola.

Tardaría todavía unas horas en recuperarme del todo, pero podía incorporarme sola. No necesitaba su ayuda ni la de nadie.

No obstante, mi mano se movió sola y la aceptó. Cuando nuestras pieles entraron en contacto, sus dedos se cerraron en torno a mi muñeca y tiraron de mí para ponerme en pie. Me abandonaron en cuanto me estabilicé, pero de alguna forma sentí esas huellas durante un instante más, como si hubieran dejado una especie de marca.

Me pareció que Zhao sacudía un poco la extremidad, como si hubiese rozado algo en llamas.

—¿Qué... qué hacemos con ella? —preguntó uno de los guardias, a nuestra espalda.

Él pareció pensárselo durante un instante. No había apartado la mirada de mí ni un solo instante.

—Llevadla al Departamento de Trabajo Duro. Ninguna concubina la quiere bajo su mando y no puede regresar al Departamento Doméstico. —Rompió el contacto visual por fin y salió de la celda a zancadas—. Que se dé un baño y le entreguen ropa limpia.

Los guardias asintieron mientras él se alejaba en dirección a la puerta. Su mano derecha se abrió y se cerró varias veces, como el día anterior. La misma que me había tocado.

—Eunuco Imperial Zhao —lo llamé, antes de que abandonara la estancia. Él se detuvo en seco, pero no se volvió—. He sobrevivido, así que creo que me debéis una respuesta.

Giró un poco la cabeza. Solo lo suficiente para que pudiera ver una de las comisuras de su boca alzarse ligeramente. Después, echó a andar de nuevo y abandonó la estancia.

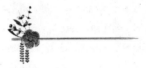

Recordaba aquella vez que había llegado a las puertas del Departamento de Trabajo Duro, cuando había acompañado a Shui, la misma mañana en que me había adentrado en la Corte Interior por primera vez y había descubierto el palacio de Lilan.

Ningún criado quería trabajar allí. Al fin y al cabo, el propio nombre te ponía sobre alerta. Sin embargo, me había percatado de algo: las criadas y los eunucos del Departamento de Trabajo Duro estaban en todos los lugares. Fuera adonde fuera, siempre veía alguna de sus túnicas negras salpicando el lugar.

Incluso en el palacio del Emperador. Al fin y al cabo, las letrinas debían limpiarse. Y hasta los emperadores tenían que vaciar sus intestinos.

—Oh, Malditos Dioses —suspiró una Encargada cuando abrió la puerta y me encontró entre los dos guardias del Departamento de Castigo.

Todavía llevaba puesta la bonita túnica que había utilizado para servir a la Asistente Mei, pero ahora estaba completamente destrozada. La espalda se había convertido en un jirón de telas y sangre seca, y la parte inferior la tenía manchada de vómito, orina y lamparones oscuros. El hedor que despedía era insoportable. Los hombres se mantenían a una distancia considerable de mí.

La mujer, que se presentó como Encargada Lim, me hizo entrar con impaciencia y despachó a los guardias que me acompañaban.

Mis ojos hicieron un barrido rápido.

El Departamento de Trabajo Duro se parecía al Departamento Doméstico, aunque las instalaciones eran más mediocres, estaban peor cuidadas y una mezcla desagradable de olores flotaba en el aire. El patio sobre el que me encontraba tenía las losas levantadas y las malas hierbas se abrían paso entre ellas. Aparte de los muros rojos, aquí todo era gris, castaño y negro.

Ni una sola conversación salpicaba el aire. A pesar de que criadas y eunucos vestidos de negro iban de aquí para allá, nadie hablaba.

Suponía que estaban demasiado cansados para ello.

De pronto, mis pupilas se quedaron clavadas en una joven que cargaba con una pila considerable de leña.

—¿Nuo? —murmuré.

Ella se detuvo al instante y, de la sorpresa, la madera estuvo a punto de caer de sus brazos. Sí, sin duda era ella. Aunque estaba más delgada y largas ojeras se extendían bajo sus ojos sagaces, que ahora solo parecían vacíos.

La Encargada Lim balanceó la mirada de una a otra.

—¿La conoces? —preguntó.

Durante un instante, Nuo pareció a punto de negarlo, pero, tras un suspiro, asintió.

—Bien. —La mujer hizo un gesto hacia mi antigua compañera—. Llévala a los baños y dale algo de ropa. Después, regresa al trabajo.

Vi cómo Nuo apretaba los dientes tras los finos labios. Pero no podía protestar, así que se limitó a bajar la cabeza y a observar por el rabillo del ojo cómo la Encargada desaparecía tras una de las esquinas.

Dejó la leña apilada sobre uno de los muros y me escupió:

—Vamos.

Yo la obedecí. No pude evitar observarla de soslayo mientras la seguía en dirección a un pequeño edificio anexo al principal, con un techo construido a base de paja y adobe.

—Nunca hubiese esperado encontrarte aquí —comenté.

Ella esbozó una media sonrisa.

—Yo sí esperaba encontrarte a ti. Imaginaba que era cuestión de tiempo. Y no me equivoqué. —Frunció el ceño cuando observó el estado lamentable de mi túnica—. Aquí nunca acuden los sanadores imperiales, pero puedo buscar alguna crema para… tu espalda.

—Gracias —musité. Me acerqué un poco más a ella. A pesar del olor que desprendía, Nuo no se alejó—: ¿Cómo acabaste aquí? Pensaba que deseabas mantenerte lejos de los problemas.

—Y así era —bufó ella, mientras atravesábamos un hueco con forma de puerta.

Nos adentramos en una estancia repleta de estanterías, donde se guardaban ordenadamente decenas de túnicas de servidumbre negras. Nuo se dirigió hacia una de ellas y empezó a tantear entre las telas recias.

—Fue Shui la que se encargó de que los problemas acudieran a mí. Era ella la que debía haber acabado aquí, no yo.

Fruncí el ceño, esperando que añadiera algo más, pero no lo hizo. Con aspecto cansado, eligió una túnica y me hizo otro gesto para que la siguiera. Atravesamos otra puerta más y acabamos en una amplia estancia, donde había varias bañeras enormes enclavadas en el suelo. Ninguna tenía el agua limpia; podía ver una capa de grasa y suciedad flotando en su superficie.

—No está tibia, por supuesto. Por lo que he oído, solo se calienta durante los meses más fríos. Pero ahora no se está mal —añadió.

Asentí mientras me acercaba a la bañera más próxima. Ella no se movió.

—Puedes dejar la túnica ahí. No tardaré mucho —le dije.

Nuo frunció el ceño.

—Necesitarás ayuda, Cixi.

—No —repliqué al instante. La voz se me tensó—. Puedo hacerlo sola.

Ella avanzó un paso en mi dirección.

—No es que sienta deseos de frotarte esas extremidades flacuchas, pero sé que te han golpeado, Cixi —dijo; en su voz se mezclaban el hastío y la preocupación—. Te debe doler.

Me volví hacia ella con los brazos cruzados.

—¿Ahora quieres comportarte como una amiga? ¿Cuando dan igual los problemas que te traiga? —Miré a mi alrededor con lentitud; los charcos de agua del suelo embarrado, las paredes desconchadas—. ¿Ahora que no puedes caer más bajo?

La mirada de Nuo se afiló. No respondió. Con rigidez, dejó caer la túnica negra al suelo y abandonó los baños a paso rápido, sin mirar ni una sola vez atrás.

Cuando sus pisadas se convirtieron en silencio, yo solté el aire de golpe y comencé a desnudarme. Dejé la túnica destrozada en un rincón y me apresuré a sumergirme hasta la barbilla en la bañera cuya agua me pareció más limpia.

Un escalofrío me estremeció, pero agradecí el frescor en aquel día cálido.

Solo había una pastilla de jabón amarillenta en el borde de la bañera, así que la agarré y empecé a frotarme con fuerza para limpiar todo rastro de suciedad. Deslicé los dedos por la piel de mi espalda, que debía estar levantada, herida, repleta de costras. Pero mis yemas no tocaron nada. Solo piel íntegra. Nada más.

Suspiré.

Cada vez que moría, las heridas que marcaban mi cuerpo, las antiguas cicatrices, las dolencias, desaparecían.

Mi cuerpo no mostraba ni un solo recuerdo de los latigazos. El dolor que había sentido solo permanecía en mi memoria, pero no en mi piel. Por eso no podía permitir que Nuo me ayudara.

Habría descubierto mi Virtud.

Me lavé con toda la prisa que pude y, cuando salí, desnuda y chorreando, apenas esperé a secarme para pasarme por encima la túnica de servidumbre negra que debía utilizar a partir de ahora.

No estaba permitido ni un solo adorno en ella. Tampoco en el cabello. Ni siquiera podía recogerlo en alto: debía llevarlo trenzado cuan largo era y anudarlo con una tira roja.

Bajé la mirada. En el borde de la túnica, había una pequeña flor bordada con un hilo escarlata. La reconocí por sus frágiles pétalos abiertos y sus estambres alzados, como brazos que suplicaban piedad. No conocía su nombre verdadero, pero todos la conocían como la flor de la muerte. Crecía cerca de templos y cementerios.

La acaricié con la punta de los dedos.

Me gustaba.

Casi parecía una imagen de mí misma.

**21**

E l Departamento de Trabajo Duro se llamaba así por una razón clara. Tras varias semanas, había perdido peso y tenía las palmas de las manos en carne viva.

Mis labores se habían centrado en dos tareas principales: la primera, limpiar los orinales que llegaban de los palacios cercanos. La segunda, teñir las telas que luego servirían para hacer túnicas de servidumbre. Los tintes eran tan corrosivos que se introducían en las líneas de las manos, las quemaban y no se despegaban de allí por mucho que luego frotase mi piel contra las piedras.

Muchas criadas y eunucos eran enviados fuera del departamento. Nuo era una de ellas. Yo todavía no había sido capaz de abandonar esos muros desconchados que me cercaban. Sin embargo, en esta ocasión me obligué a tener paciencia. A no escapar. Trabajé duro y realicé a tiempo todas las tareas que me ordenó la Encargada Lim.

Sabía que cuando me ganase su confianza, podría regresar a la Corte Interior. Y volver a investigar.

Hasta que una tarde, casi un mes después de mi llegada, llegó mi oportunidad vestida con un uniforme de guardia imperial.

Yo acababa de terminar de limpiar los orinales asignados y, desde un rincón del patio, vi cómo el soldado se acercaba a la Encargada Lim y le mascullaba un par de frases antes de retirarse. La mujer asintió y echó un vistazo en derredor. Y entonces, sus ojos se cruzaron con los míos.

Me incorporé antes de que ella me indicara con una señal que me acercase. No se dirigió solo a mí. Le hizo otro gesto a alguien que se hallaba a mi espalda.

Me volví y, de soslayo, alcancé a ver el perfil de otra joven criada un par de años mayor que yo, antes de que pasara a mi lado a toda prisa. Yo me apresuré a seguirla.

—Hay una ejecución en curso en el Patio de los Gritos y el Departamento de la Muerte no da abasto —informó, con voz átona. Me encogí un poco, mientras la otra criada se limitaba a sacudir la cabeza, con cierto aburrimiento—. Tian, enséñale lo que debe hacer.

La aludida asintió y, tras una ligera reverencia, se encaminó con paso resuelto hacia las enormes puertas de madera del recinto. Yo aceleré para no quedarme atrás.

Cuando dejamos los muros a nuestra espalda, no pude evitar respirar hondo, como si aquí el aire estuviera menos viciado, más limpio.

La ejecución tendría lugar en la Corte Exterior, pero pasamos por delante de la Puerta del Mundo Flotante. Tras ella, asomaban los tejados curvos de los palacios de las concubinas.

Cuando volví la vista al frente, vi a la criada, Tian, mirándome.

Tenía un rostro redondo y unos labios pequeños y gruesos. No era particularmente bonita, pero un brillo sagaz ardía en sus pupilas.

—¿Qué? —le espeté.

—Por mucho que quieras volver, no lo lograrás —dijo, con una media sonrisa que no llegaba hasta sus ojos entornados—. El Departamento de Trabajo Duro es un pozo en el que es muy fácil caer, pero muy difícil salir.

Fruncí el ceño y su sonrisa se alargó un poco más.

—Tú no me conoces —siseé. Apreté el paso, a pesar de que no sabía bien dónde se encontraba el Patio de los Gritos, pero la joven me alcanzó enseguida.

—Puede que no —asintió—. Pero te he estado observando y me pareces muy... ingenua.

—Yo no soy ingenua —repliqué de inmediato, aunque sentí casi al instante un regusto amargo en la lengua.

Por supuesto que era ingenua. Si no lo fuera, no habría confiado en San, habría utilizado otra estrategia para sonsacar información a la Dama Rong, no habría muerto envenenada.

Me había prometido convertirme en un monstruo si hiciera falta. Sin embargo, apenas había sido una mosca molesta a la que habían conseguido tumbar del primer manotazo.

Tian se acercó un paso más y yo me desplacé inconscientemente hacia el extremo contrario.

—Dime, ¿qué has hecho para acabar aquí?

Aparté la vista con rapidez para clavarla en el camino que se extendía frente a nosotros. En esta zona del palacio no había jardines, ni pabellones, ni siquiera árboles. Apenas había algún matorral salpicando de verde aquí y allá.

—La familia a la que servía cayó en desgracia y no quise verme arrastrada por ellos —me limité a contestar.

—Entiendo. —Tian ladeó la cabeza y siguió sonriendo, a pesar de que tenía la sensación de que quería decir mucho más.

Todavía sonreía cuando llegamos al Patio de los Gritos.

Jamás había estado allí, pero imaginaba por qué recibía ese nombre.

No era un espacio demasiado extenso. Pegadas a los muros bermellones, algunas de las flores de la muerte crecían entre las baldosas grises, como si la sangre de los condenados fuera el agua que las hiciera crecer.

En el centro del patio había un patíbulo. La madera del suelo estaba plagada de manchas negras. Una nube de moscas flotaba a su alrededor.

Sin embargo, no había nadie ni nada más. Tian dejó escapar un bufido.

—Malditos Dioses, todavía no han realizado la ejecución —farfulló.

Esperamos durante un buen rato, apoyadas en uno de los muros, apartando las moscas que se acercaban a manotazos. Cuando el sol estaba a punto de caer, aparecieron un par de guardias imperiales.

Entre ellos, vestida con una sucia túnica de servidumbre, había una criada. Tenía una edad similar a la mía, aunque no podía asegurarlo; el rostro cabizbajo estaba demasiado inflamado y amoratado por decenas de golpes. Llevaba la túnica de servidumbre de las criadas que trabajaban para el Departamento de Costura.

Apreté los dientes y me mantuve rígida, sin parpadear, sin desviar la mirada, aunque no pude evitar preguntarme qué habría hecho aquella muchacha para acabar así.

Tian y yo tuvimos que apartarnos abruptamente para que los soldados no nos avasallaran.

—En ejecuciones menores como esta ni siquiera se molestan en traer a un verdugo —comentó Tian, con la mirada quieta sobre las espadas que portaban los hombres en sus cintos—. Nuestros cuellos no merecen una mano certera y una hoja afilada.

Los soldados no fueron los únicos en entrar. Tras ellos, aparecieron tres eunucos. Dos de ellos traían una carretilla y un saco de arpillera. Sin decir palabra, se acercaron a nosotros y lo dejaron a nuestro lado antes de desaparecer. Yo fruncí el ceño.

—Para el cadáver —me susurró Tian—. Tendremos que trasladarlo hasta la entrada de la guarida del Gran Dragón.

Solté el aire de golpe. Claro. Nosotros nos haríamos cargo de él. Alguien debía ocuparse del cuerpo de los ejecutados, y esos eran los que se encontraban bajo las órdenes del Departamento de Trabajo Duro.

El tercer eunuco pasó a nuestro lado como una exhalación, sin mirarnos siquiera.

Yo, sin embargo, sí lo hice. Me sobresalté de la sorpresa.

*Zhao.*

Con gesto sombrío, se dirigió a paso rápido al patíbulo, donde los dos guardias seguían sujetando a la criada. Entre las manos, sostenía un pergamino con demasiada fuerza. La condenada ni siquiera se resistía, parecía un trapo viejo y roñoso entre las manos que la aferraban. El cabello suelto le caía en una cortina grasienta sobre la cara.

—¿Lo conoces? —me preguntó Tian, en voz baja.

—Sé que es un eunuco muy cercano al Emperador —me limité a contestar.

—Es mucho más que eso —replicó ella, con un bufido.

Arqueé un poco las cejas; no pude evitar inclinarme en su dirección.

—Vaya, parece que tú *sí* que lo conoces —musité.

Pude escuchar el crujido de sus dientes tras los labios apretados. Los nudillos se le habían puesto blancos cuando sus manos se convirtieron en puños. Sin embargo, no añadió nada más.

Zhao se colocó junto a la condenada, sin mirarla, y desplegó el pergamino. Pero, al hacerlo, alzó los ojos y se cruzó con los míos. Apenas fue un instante, pero lo sentí. La consternación, una pequeña duda antes de que comenzara a hablar:

—En la tarde del día setenta y dos del año tercero de la Era Xianfeng, se llevará a cabo la ejecución de esta criada que responde al nombre de Huiying. Su crimen: ocultar su Virtud. Utilizarla en su propio beneficio.

Tragué saliva. De pronto, la piel de mi garganta se había transformado en un desierto árido. Mis ojos buscaron los de la muchacha, pero no los encontraron.

Yo podía ser ella. Yo podía estar allí, en el patíbulo, esperando mi muerte, mientras Zhao recitaba el decreto a mi lado.

—¿Qué ocurre? —preguntó Tian en voz baja—. Pareces a punto de vomitar.

—No... no sabía que el Eunuco Imperial se encargase de las... ejecucio-nes —acerté a decir. Una verdad para ocultar una mentira.

—Es el perro faldero del Emperador —siseó Tian.

*Todos somos perros falderos*, me pareció que decía la propia voz de Zhao, en mi cabeza.

—Él podría haber supuesto un cambio. En este palacio, incluso en este Imperio. Pero eligió bajar la cabeza ante «Aquel que Venció al Gran Dra-gón» —añadió, con los ojos en blanco—. Zhao ni siquiera es su verdadero nombre.

—¿Qué? —pestañeé, sorprendida.

El Eunuco Imperial seguía recitando las palabras de la sentencia, pero yo ya no lo escuchaba. Toda mi atención estaba centrada en lo que susurraba mi compañera.

—¿No conoces su historia?

—Nadie se ha dignado a contármela —repliqué, con otro siseo.

—Su verdadero nombre es Ahn Hai. Procede de largas generaciones de Señores de la Guerra. Su padre trabajaba codo a codo con el antiguo Empe-rador Daoguang. Ahn lo acompañaba muchas veces y coincidía en muchas ocasiones con el, por entonces, Tercer Príncipe.

—El Emperador Xianfeng —murmuré.

Tian asintió antes de continuar.

—Se hicieron muy amigos. En esos momentos, y con dos hermanos mayores, nadie creía que Xianfeng fuera a ser el próximo Emperador, así que su educación fue algo más laxa de lo que se le hubiese exigido a un heredero.

Asentí, mi mirada no se despegaba de aquel eunuco sombrío, cuyas pa-labras se mezclaban y se revolvían en mi interior, creando una especie de zumbido inconexo, grave y persistente. Pero, por encima de él, la voz de Tian sonaba clara.

—Hubo una revuelta en las regiones más al sur. Nadie pagaba sus im-puestos, así que el Emperador Daoguang envió al padre de Ahn a sofocarla y a exigir el pago que se debía. —Sus palabras se afilaron todavía más—. Al parecer, el Señor de la Guerra se encontró con un panorama desolador. La sequía de los últimos años había dejado sin cultivos a sus habitantes; casi no tenían agua. Con lo poco que conseguían, apenas lograban sobrevivir; pagar nada era imposible. El padre de Ahn regresó a Hunan para explicar la situación al Emperador Daoguang, pero este no quiso escucharlo y le ordenó regresar y ejecutar a todo el que no pagara lo que debía. Este se negó y el Emperador montó en cólera. —Una sonrisa cruel se extendió por sus labios—: El padre de Ahn se percató entonces que había estado dando su vida por un tirano, y decidió tomar cartas en el asunto. Imagino que adivinas qué ocurrió después.

—Se rebeló —murmuré, con las pupilas paralizadas en el patíbulo donde se encontraba la pobre criada—. Y fracasó.

—Está prohibido limpiar la sangre de este patio, así que quién sabe, puede que el Eunuco Imperial Zhao esté de pie sobre la propia sangre derramada de su padre y de su madre, que fue arrastrada a la ejecución. —Tian resopló y hundió aún más su mirada en el aludido, que por fin había dejado de leer—. Muchos Señores de la Guerra, consejeros, gobernadores de diferentes provincias, incluso parte de la servidumbre habrían apoyado a Ahn si este hubiese decidido tomar cartas en el asunto. Si hubiese decidido vengarse. Pero... agachó la cabeza y el Emperador lo obsequió con una castración tardía. Hay quien dice que fue parcial... pero da lo mismo. Recibió lo que merecía.

No contesté. No tenía palabras para ello. Lo único que pude hacer fue observar la escena que se desarrollaba frente a mí.

Uno de los soldados obligó a que la criada se tumbara en el suelo, con las extremidades extendidas y la cabeza girada hacia un lado. Por suerte, la joven estaba tan confundida, tan agotada, que no parecía consciente de lo que iba a suceder a continuación.

Di gracias a los Dioses por ello.

El soldado más próximo a ella desenvainó su larga espada y la levantó por encima de su cabeza. Una parte de mí no quería mirar, pero otra ni siquiera pestañeaba.

A mi lado, Tian tenía los ojos muy abiertos, como si quisiera grabarse esa escena a fuego.

Antes de que pudiera prepararme, la hoja bajó. La criada emitió un aullido desgarrado. Tian soltó una imprecación entre dientes. Yo me tambaleé. Los ojos se me humedecieron, aunque el horror no logró que brotaran lágrimas.

El guardia había errado y había hundido el borde en la espalda de la mujer.

Desencajó la hoja con dificultad, arrancándole otro grito agonizante. Chascó la lengua por lo bajo y volvió a levantar la espada.

La segunda vez hundió el filo en mitad de la cabeza. El gimoteo fue más débil, sonó como un burbujeo ahogado. Una súbita arcada me dobló por la mitad.

El cuerpo de la pobre criada comenzó a sacudirse.

El soldado parecía más molesto que horrorizado. Tiró de la empuñadura del arma, pero la hoja se había incrustado lo suficiente en el cráneo como para que pudiera sacarla con facilidad.

Cuando puso un pie en la espalda de la joven temblorosa para tomar impulso, mi mano buscó el brazo de Tian. Mis uñas se clavaron en su piel como garras convulsas. Ella no se apartó.

Sin embargo, Zhao de pronto se movió. Empujó con tanta violencia al soldado, que a punto estuvo de arrojarlo del patíbulo. De un tirón limpio extrajo la espada de la nuca de la criada y con un movimiento mortífero, brutal, le cercenó el cuello de una sola estocada.

Los gritos y los estertores cesaron en el acto.

El cuerpo dejó de sacudirse.

La cabeza rodó y cayó.

La sangre nueva se mezcló con la antigua.

Y yo solté el aire de golpe.

Zhao... No, *Ahn*, dijo una voz en mi cabeza, arrojó la espada a los pies de los guardias y, sin pronunciar ni una sola palabra más, se dio la vuelta y abandonó el patio a zancadas. No me miró ni una sola vez.

Los guardias que habían llevado a la criada tuvieron la decencia de mirarse un tanto avergonzados, antes de seguirlo a toda prisa.

Solo quedamos el cadáver decapitado, Tian y yo.

Cuando me aparté de ella, me di cuenta de que había arrugado la manga de su túnica de servidumbre y de que debía haberle dejado las marcas de mis dedos en su piel, pero ella no se quejó. En vez de eso, murmuró:

—Esto debe parar. —Después, me miró—. ¿Sabes cuál era su Virtud?

Sacudí la cabeza, porque no había escuchado las palabras de Zhao.

—Podía cambiar el color de las cosas. —Tian masticó mucho esas palabras; lo necesitaba para digerirlas—. La apresaron, la torturaron y la han ejecutado porque cambió la tonalidad de unas flores del Departamento de Costura.

Mis pupilas se clavaron en la cabeza cercenada, que yacía de medio lado. El cabello que cubría su rostro no era el suficiente para tapar los ojos en blanco y la boca abierta en mitad de un grito eterno.

Cuando recogí la cabeza con manos temblorosas y la guardé en el saco de arpillera, pensé en Lilan, en su hija recién nacida muerta, y en esa espada que erraba una y otra vez.

*Sí,* susurró una voz en mi mente. Oscura, tenebrosa, grave.

*Esto debe parar.*

# 22

**M**e llevaría mucho tiempo olvidar cuánto pesaba una cabeza humana. Por alguna razón, creía que sería más liviana.

Ayudar a Tian a cargar el cadáver hasta la carreta y taparlo con la arpillera fue más sencillo. La visión de ese cuello cercenado era terrible, la esquirla blanca de la columna asomando por aquellos pétalos sangrantes e hinchados, dolía menos que recordar la expresión congelada de esa pobre joven al morir.

Cuando por fin nos pusimos en movimiento, Tian me miró por encima del hombro.

—Eres la primera a la que no veo vomitar —comentó.

—¿Y eso es bueno?

—Yo me desmayé la primera vez que vi una ejecución —contestó mientras se encogía de hombros—. Era de un eunuco más joven que yo, que había intentado huir del Palacio Rojo. No debía tener más de quince años.

Me estremecí y, durante un momento, mis fuerzas me abandonaron mientras tiraba de la carreta.

—Así que no sé si esto significa que eres muy valiente... o un monstruo.

Tian me miró. Apenas quedaba luz en el cielo, que se había cubierto de un azul aterciopelado. El cuarto menguante de luna, tan afilado como un cuchillo, que flotaba sobre nuestras cabezas, no era suficiente para iluminar su expresión.

—Supongo que el tiempo lo dirá —comentó.

En «la ciudad dentro de la ciudad» había cientos, miles de calles que recorrer. Pero había algunas que solo se destinaban a la servidumbre. Estos caminos eran más estrechos, menos cuidados, y solían dar más rodeos. Jamás pasaban al lado de un pabellón o de un palacio. Estaba prohibido que ciertas tareas se llevasen a cabo cerca de ellos. Como trasladar un cadáver desmembrado, por ejemplo. O una pila de orinales infectos. Como si la podredumbre pudiese invadir a las flores y a los estanques.

Por eso, no entendí por qué Tian enfiló hacia una de las calles principales, en dirección al Palacio del Sol Eterno, donde se encontraba la entrada de la guarida del Gran Dragón.

—Este no es el camino —siseé.

Ella tiraba de la carreta con todas sus fuerzas. El cadáver traqueteaba en su interior.

—Lo sé, pero es demasiado tarde y no quiero irme a la cama con el estómago vacío. Por aquí iremos más directas —contestó, mientras me echaba un vistazo por encima del hombro.

—¿Cómo puedes pensar en comer? —repliqué, con el asco arremolinándose en mi garganta.

—Al final siempre te terminas acostumbrando —contestó Tian.

Apreté los dientes, pero no respondí. Utilicé todo mi desagrado para impulsar la carreta. Al menos, las calles principales estaban mejor pavimentadas y las ruedas no se encasquillaban tanto. No tardaríamos demasiado en dejar el cadáver y regresar.

Pero entonces, un cascabel hizo eco en el anochecer y Tian se detuvo en seco. Yo no frené a tiempo y la esquina del carromato se le clavó en la espalda.

—¡Malditos Dioses! —masculló.

—¿Qué ocurre? —pregunté, confundida.

Ella no me contestó. Miró a un lado y a otro, inquieta. No podía ver su expresión, la noche estaba a punto de devorarnos, pero nadie se había molestado en encender los farolillos dorados de la calle principal en la que estábamos. Lo que resultaba extraño.

Fruncí el ceño cuando, de nuevo, ese suave cascabel azotó el silencio.

—¡Vamos! —exclamó de pronto Tian, empujando el carromato con energía—. Vamos, vamos, ¡vamos!

Con la mano, señaló un arco que comunicaba con uno de los innumerables jardines del Palacio Rojo. Yo, sin embargo, no me moví.

—No podemos entrar ahí con un cadáver —siseé—. Si nos ve algún guardia nocturno...

—No será nada comparado con lo que ocurrirá si interrumpimos una Desfloración.

Empecé a empujar hacia el arco, todavía dubitativa. Al final de la calle, me pareció atisbar un resplandor rojo.

—¿*Desfloración?* —repetí.

Tian no separó los labios hasta adentrarnos en el silencioso jardín. Apenas se veía nada. Al igual que en la calle, nadie se había molestado en encender las lámparas de piedra repartidas por los pabellones y jardines. La luz de la luna se reflejaba como una naranja mal cortada en la superficie de un pequeño estanque.

Tian suspiró, algo más calmada, y se alejó del carromato que había pegado al muro.

El cascabel volvió a hacer eco en la noche.

—Ven aquí —me susurró.

Me coloqué como ella, con la espalda pegada al muro y la cabeza apenas asomando por el arco, hacia la calle principal. Un resplandor rojo como la sangre alumbraba las paredes cercanas, con un matiz mágico, casi sagrado.

—No hagas ruido —murmuró Tian, en mi oído.

Yo asentí en el preciso instante en que aparecieron los primeros eunucos. El primero de ellos llevaba un largo cascabel entre las manos, que sacudía cada tiempo determinado. Tras él, caminaban otros dos. Portaban un farolillo que era rojo, en vez de dorado.

Avanzaban exasperadamente lentos.

Y, tras ellos, iba una mujer.

No. No una mujer. *Una diosa.*

Mi mente se quedó en blanco cuando mis ojos la recorrieron de arriba abajo. No sabía quién era. Pero era, sin duda, el ser humano más hermoso que había visto nunca.

Los *hanyus* de las concubinas siempre eran ostentosos, pero el que cubría a esa mujer era tan elaborado, que debía pesar tanto como ella. Capas y capas de sedas, de colores negro, rosa y dorado. Piedras preciosas decoraban los elaborados bordados de las amplias mangas y la espalda. Parecía una prenda destinada a los dioses, no a los mortales.

La mujer llevaba el cuello ligeramente inclinado hacia delante, por culpa de todas las horquillas, abalorios y flores de porcelana que sujetaban su peinado. Era alto y, junto con el cuello bajo del *hanyu*, dejaba toda su nuca y parte de la espalda al aire.

Iba exquisitamente maquillada. Sus labios los habían pintado con un carmín casi negro y, entre los ojos, sobre dos cejas finas, del color de la noche, llevaba una perla.

El cortejo avanzaba con tanta lentitud por culpa del calzado de la mujer. Era tremendamente alto y parecía muy pesado. Su mano estaba apoyada en el hombro de un eunuco. Ella ni siquiera era capaz de separar las suelas lacadas en negro del suelo. Lo arrastraba de forma tal, que su cuerpo se movía serpentinamente por el esfuerzo. Verla caminar era como observar una carpa nadar lánguidamente por un estanque: sinuosa, ondulante, hipnótica.

Tomé aire de golpe. Me había olvidado de respirar.

—¿Quién es? —me oí murmurar.

—Una de las decenas de concubinas de su ilustre Majestad —contestó Tian, con sorna—. Y que ha sido bendecida con la oportunidad de conocer por primera vez la cama imperial.

Volví de golpe la cabeza hacia ella. Acababa de comprenderlo de pronto.

—La primera vez que una concubina se entrega al Emperador engloba un ritual muy complejo. Recibe el nombre de *Desfloración*.

*Desfloración*, repitió mi mente, con una extraña sacudida. Mis pupilas se hundieron en sus hombros blancos, estrechos. Me di cuenta de pronto de que estaban estremecidos. Quizá solo fuera frío. O tal vez miedo.

—Con suerte, el Emperador disfrutará de su compañía y la volverá a llamar. Pero siendo sinceros… es complicado que ocurra. Es difícil atraer la atención de un dios viviente que lo posee todo, pero más complicado es mantenerla. —Tian meneó la cabeza. En sus pupilas se reflejaban los resplandores rubíes de los farolillos—. Y ella, además, lo tiene más complicado que las demás.

—¿Por qué? —susurré.

—Es una de esas concubinas que ni siquiera posee un rango oficial dentro del Harén. Nunca me he cruzado con ella en las reuniones que mantienen con la Emperatriz, así que ni siquiera es una Asistente. —Tian terminó con los ojos en blanco—. Si no se queda embarazada hoy del Emperador, dudo de que vuelva a llamarla. Puede que se termine suicidando. Algunas de las concubinas del Emperador Daoguang lo hicieron —añadió, cuando mi mirada espantada volvió a ella.

Yo no hablé. Mis ojos se desviaron de esa preciosa y triste obra de arte viva, para hundirlos en el saco de arpillera que cubría el cadáver de la criada a la que habían decapitado hoy.

Un suspiro tembloroso escapó de mis labios. Las uñas se me clavaron en las palmas de mis manos.

El sonido de la risa de Lilan, que comenzaba a olvidar, hizo eco en mis oídos y se mezcló con el sonido del cascabel que se alejaba de nosotros.

*¿Qué destino puede tener una mujer?*, me preguntó.

Yo no fui capaz de contestarle.

Cuando las luces rojizas se extinguieron en mitad de la noche, Tian y yo retomamos el camino. En silencio.

No volvimos a intercambiar palabra, así que solo nuestros jadeos de esfuerzo hicieron eco en la noche.

Alcanzamos los muros del Palacio del Sol Eterno empapadas en sudor. Pero, en vez de encaminarnos hacia las escaleras principales, Tian me indicó el camino hacia una de las zonas laterales, ocultas por los altos arbustos. En una de las paredes había una puerta de madera en la que estaban dibujados dos dragones entrelazados.

Tian dio dos golpes secos y esta se abrió.

Tras ella, apareció el rostro de un guardia imperial. No nos preguntó nada. Miró nuestras túnicas negras y el carromato que estaba a nuestras espaldas y, tras un bufido, pasó entre nosotras. Sacó la cabeza envuelta en el saco húmedo de sangre y lo lanzó a las sombras que contenían la puerta abierta, como si lo que hubiese tenido entre manos no fuera más que un balón de trapo. Después, con más trabajo, agarró el saco de arpillera que contenía el cuerpo y tiró de él para arrojarlo al suelo.

El golpe sordo me sacudió.

Después, lo arrastró sin cuidado ninguno hacia el interior y cerró la puerta de una patada.

Yo me sentí incapaz de moverme, incluso cuando Tian me dio un ligero empujón para que impulsara la carreta de vuelta.

—Los guardias imperiales son unos bastardos —masculló—. Pero este al menos no nos ha hecho ir hasta el maldito abismo.

—¿Abismo? —repetí, con un escalofrío.

—A veces, somos los criados del Departamento de Trabajo Duro quienes arrojamos los cadáveres a la guarida del Gran Dragón —explicó, sin poder ocultar su incomodidad—. Yo he tenido que hacerlo un par de veces. —El mismo estremecimiento que me recorría a mí la agitó a ella—. Es... un lugar espantoso, Cixi. Una sala inmensa, llena de figuras de dragones por todos lados. Sin apenas luz. Y, en su centro, un enorme agujero. Tan vasto como el patio de nuestro departamento. No se ven sus paredes, ni su fondo. Algunos criados, quizá por la impresión o por el vértigo que provoca, han caído accidentalmente por él. —Su voz se enronqueció—. No puedo imaginar una muerte más horrible.

No respondí, aunque miré hacia atrás. Los tejados dorados del Palacio del Sol Eterno brillaban cálidos bajo la luz de la luna.

Aquella noche, cuando estaba a punto de quedarme dormida en mi pequeño camastro, oí el rugido del Gran Dragón hacer eco en las paredes. El temblor agitó toda la habitación, pero las criadas que me rodeaban estaban tan agotadas, y debían estar tan acostumbradas a aquel terrible sonido, que ninguna se despertó.

Parecía que la bestia había disfrutado de su manjar.

Volví a conciliar el sueño cuando la quietud regresó. Pero no pude evitar preguntarme cómo un palacio que representaba el Cielo de los Dioses podía esconder la entrada al mismo infierno.

**23**

Durante los tres días siguientes, no pude apartar de mi cabeza la imagen de aquella espada, que caía y caía, y no daba en el blanco. Tenía pesadillas de las que me despertaba gritando. Me veía a mí misma en la posición de la joven criada, vestida con aquel impresionante *hanyu* de la concubina, y quien levantaba y bajaba la hoja no era un soldado ni un verdugo. Era el Emperador o Zhao, o Lilan. Siempre que morías en un sueño despertabas, pero yo no lo hacía. Y sentía los cortes una y otra, y otra vez.

Después de amanecer la cuarta noche entre chillidos y los bufidos de hartazgo de mis compañeras, un cuerpo se escurrió en mi jergón. Me di la vuelta, sobresaltada, y vi el ceño fruncido de Nuo a la luz de la luna.

—Esto no significa que seamos amigas, pero estoy harta de tus chillidos y el castañeteo de tus dientes —susurró antes de cerrar los ojos con firmeza.

Pestañeé, sorprendida, mientras los murmullos molestos de mis compañeras se apagaban.

—Gracias —musité por fin.

Nuo me respondió con un gruñido.

Al día siguiente, con la bandeja de mi escueto desayuno, ocupé un lugar a su lado, en una de las largas y viejas mesas del comedor. Frente a nosotras se encontraba Tian, que comía su arroz y las verduras en silencio.

Al verme, Nuo se incorporó de golpe, pero yo fui más rápida y la sujeté de la muñeca.

—Perdóname —dije, antes de que ella pudiera abrir la boca—. Por lo que te dije el día que llegué aquí. No... no lo pensaba realmente.

Ella apretó los labios y se dejó caer de nuevo en el asiento, suspirando.

186

—Claro que lo pensabas. Aunque… —Me miró de soslayo, evaluándome—. Acepto tus disculpas. Tenías algo de razón. Ya da igual que busque o no problemas. No puedo hundirme más en el fango.

—Bueno —intervino Tian, mientras se introducía un trozo de verdura en la boca—. Siempre pueden apalearte.

—O propinarte latigazos —añadí yo.

—O ejecutarte por algún motivo absurdo —sentenció ella.

Las tres nos miramos y, de pronto, nos reímos.

No entendí por qué las carcajadas empezaron a escapar de esa manera de mí. No había nada gracioso en nuestras palabras, pero no podía dejar de reír. Ni tampoco Tian o Nuo. Quienes estaban a nuestro alrededor giraron sus expresiones cansadas hacia nosotras y fruncieron el ceño, pero no paramos.

Sentí una punzada en el estómago y varias lágrimas abandonaron mis ojos. Aunque eran carcajadas lo que escapaba de mis labios, no sabía si lloraba de alegría o de desesperación.

Por primera vez desde hacía mucho tiempo, tuve la misma sensación de cuando compartía momentos con Lilan en el jardín de la antigua mansión en la Aldea Kong. Una comodidad similar. Una calidez que nada tenía que ver con aquel día de verano que amenazaba con ser infernal de nuevo.

Reímos durante mucho tiempo.

Hasta que nos retorcimos de dolor.

El tiempo transcurría de forma diferente en el Palacio Rojo. Se escurría entre los dedos. Y yo apenas podía sujetarlo.

Me había adentrado entre estas paredes bermellones para descubrir quién había estado detrás de la muerte de Lilan, pero apenas había descubierto nada. Solo había pisado durante unos instantes la entrada del que había sido su antiguo hogar, pero nada más.

No había vuelto a ver a San.

Mis ojos no se habían vuelto a cruzar con los de la Dama Rong.

El Emperador, por lo visto, se había reunido con la Gran Madre en un palacio cercano al Templo de la Bruma, en los picos más altos del Imperio, donde el frescor nunca desaparecía. La Gran Dama Liling y gran parte de su servidumbre lo había acompañado.

Tampoco volví a cruzarme con Zhao.

No sabía si era porque el calor del estío se iba apaciguando para dar paso al otoño, o porque el Emperador no se encontraba en la capital, pero un ambiente relajado, menos tenso, culebreaba por las paredes rojas de «la ciudad dentro de la ciudad».

Aun así, yo sabía que solo era un claro en mitad de la tormenta. Un segundo entre el relámpago y la llegada del trueno.

—Cixi, Nuo.

La voz de la Encargada Lim nos hizo levantar la mirada de nuestro escaso desayuno. Estaba de pie junto a la mesa que solíamos ocupar desde hacía días con Tian.

—Debéis ir al Palacio de la Luna para cambiar los orinales. Una carreta os está esperando a las puertas.

Se marchó sin añadir nada más. Nuo y yo nos bebimos de un trago el té que nos quedaba e hicimos a un lado el cuenco que aún contenía algo de sopa. Aunque no nos lo había recalcado, sabíamos que era algo que debíamos obedecer *de inmediato*. Que hubiésemos terminado de desayunar o no, era algo trivial.

—Buena suerte —dijo Tian, cuando nos pusimos en pie. Se llevó con calculada lentitud el borde del cuenco a los labios—. Por lo visto, los orinales de la Emperatriz son los más fétidos de todo el Palacio Rojo.

—Baja la voz, idiota —le siseó Nuo, con un gruñido—. Vas a hacer que te fustiguen.

Tian se encogió los hombros con exageración.

—Lo harán de cualquier manera.

Nuo y yo abandonamos el Departamento de Trabajo Duro portando la carreta con los orinales limpios de porcelana. En algunos palacios, no podíamos ir y lavarlos simplemente en algún patio secundario. Quizá la visión de sus propios desperdicios fuera demasiado para las frágiles narices de la Emperatriz y las concubinas de mayor rango.

No era la primera vez que pisaría el Palacio de la Luna, pero sí que me adentrara tanto en él. Escogimos un camino por calles más estrechas y secundarias, por las que no solían caminar las concubinas o damas de compañías frente a las que nos tendríamos que detener.

—Son los tónicos —dijo de pronto Nuo, cuando alcanzamos a ver el tejado blanco del palacio asomando por el borde rojo sangre del muro.

—¿Tónicos? —repetí, confusa.

—Todas las concubinas toman tónicos a lo largo del día. Para palidecer su piel, para borrar las huellas del paso del tiempo, para afinar su voz... pero las malas lenguas dicen que la Emperatriz es la que hace más uso de ellos. Incluso más que la Gran Madre. —Nuo torció los labios en una mueca—. No todos deben ser muy digestivos.

Se me escapó una risita en el momento en que dejamos la carreta junto a las inmensas puertas de entrada.

Como la primera vez, me sentí mareada ante la presencia de tanto blanco. Nuestras túnicas de servidumbre, negras, y la cinta roja que anudaba nuestras trenzas eran como manchas sobre aquella pureza.

Cerca de la estancia alargada donde una vez había acompañado a la Asistente Mei, nos esperaba una criada. Aunque aquella mañana los suelos y las paredes no resplandecían tanto por las nubes que cubrían el sol, tuve que fruncir un poco el ceño para contemplar su rostro. Nuo, a mi lado, se tropezó. No necesité mirarla para ver cómo su cuerpo se enervaba.

Shui nos recibió con una sonrisa burlona.

—Diría que es una sorpresa encontraros, pero nunca he sido una mentirosa. —Sus ojos arteros volaron hasta mí—. Te vi hace semanas como dama de compañía de la Asistente Mei, pero oí cómo fuiste degradada. —Puso los ojos en blanco y sacudió la cabeza—: ¿Cómo se te ocurre atacar a una concubina? Ni siquiera sé cómo sigues viva.

—¿Dónde están los orinales que debemos recoger? —pregunté, desviando la mirada con aburrimiento—. No querrás que a tu señora se le llene el palacio de moscas.

Shui apretó los labios en una fina línea pálida y se dio la vuelta con brusquedad. Nosotras la seguimos. Al contrario de lo que pensaba, no nos internamos en las blancas estancias del palacio, sino que salimos a un pequeño patio lateral donde, en un rincón, había varias escupideras rodeadas de decenas de insectos zumbones.

Malditos Dioses. Tian tenía razón. Incluso desde donde me encontraba, el hedor era devastador.

—Daos prisa —nos ordenó Shui—. La Emperatriz está a punto de regresar de su paseo.

Tomé mucho aire para respirar lo menos posible y, entre Nuo y yo, sujetamos las escupideras con nuestras manos y las llevamos a través del corredor que comunicaba con la entrada.

—Tened precaución de que no se derrame nada. —La voz de Shui era tan molesta como las moscas que intentaban posarse en mis pestañas.

En cuanto alcanzamos la carreta, arrojamos los orinales al interior y los cubrimos con una pesada tela. Durante un instante, pudimos volver a respirar, aunque sentía que el hedor no se separaría de mi piel hasta que no me frotase las manos con arpillera.

Shui desapareció dentro del palacio, sin mirar ni una sola vez atrás. Nuo, sin embargo, continuó observando la ornamentada puerta tras la que había desaparecido durante un tiempo.

—Sí, es una mentirosa —siseó, entonces—. La Encargada Tram nos ordenó recoger su ropa del Departamento de Costura. Aquel día, Shui se había puesto un par de broches a modo de adorno en su túnica, a pesar de que no estaban permitidos. No se dio cuenta, pero los broches se abrieron y los bordes afilados arañaron todos los uniformes. Cuando la Encargada Tram se dio cuenta, montó en cólera, y Shui no dudó ni un instante en culparme.

Asentí. Me imaginaba cómo continuaba la historia, pero ella siguió hablando:

—Era ridículo que yo fuera la culpable. No llevaba nada afilado conmigo, y la propia Shui tenía parte de su túnica arañada por los broches. Y, sin embargo... —Suspiró y apartó por fin la mirada de la entrada del palacio—. He aprendido que, en este lugar, si tu superior dice que nieva, aunque en el cielo brille el sol de estío, nevará.

Mi mano se movió para alcanzar su hombro, pero ella se apartó con cierto embarazo.

—Vamos, tenemos trabajo que hacer.

Yo la imité y empujamos la carreta con todas nuestras fuerzas. Nuo caminaba perdida en sus pensamientos y yo no podía apartar la expresión de Shui de mi cabeza. Empujábamos el vehículo con demasiado brío, llevadas por nuestro enfado, así que ni siquiera vimos a las figuras que habían doblado la esquina del palacio.

—¡ALTO! —bramó una voz.

Notamos un golpe, seguido de un grito más de sorpresa que de dolor. Nuo y yo soltamos la carreta y la rodeamos.

Yo sentí cómo mi alma resbalaba hasta los pies cuando vi la figura de la Emperatriz en el suelo, con su vaporoso *hanyu* celeste manchado de polvo. A su lado, el Eunuco Imperial Zhao se apresuró a ayudarla a ponerse en pie.

Nuo y yo nos arrojamos al suelo con los brazos extendidos. Ni siquiera la habíamos escuchado acercarse. Generalmente, la Emperatriz siempre iba acompañada de una larga comitiva. O en palanquín, no caminando por su propio pie.

*Malditos Dioses*, pensé, mientras Nuo y yo pronunciábamos el saludo de rigor y a continuación ella recitaba todas las disculpas posibles. *No quiero morir otra vez.*

Asomé los ojos entre mis dedos unidos, y descubrí la mirada atenta de Zhao fija en mí. La última vez que lo había visto había sido hacía semanas, durante la ejecución de la criada. La historia que Tian me había contado sobre él regresó a mis oídos como un susurro.

Por algún motivo, fui incapaz de separar mis pupilas de las suyas.

—Estoy bien —dijo de pronto la Emperatriz, con su voz pausada y suave. Su mirada se cernió sobre nosotras y yo me apresuré a hundir los ojos en el polvoriento suelo—: Aunque debéis tener cuidado.

—Sí, Alteza Imperial —contestamos Nuo y yo al unísono—. Gracias, Alteza Imperial.

Ella apretó un poco los labios y murmuró un «alzaos». Noté una nota incómoda en su voz; quizás había percibido el hedor que escapaba de la carreta y había confundido el motivo de nuestra prisa.

—Marchaos de una vez —ordenó Zhao.

Asentimos y nos apresuramos a colocar de nuevo nuestras manos en los tiradores de la carreta. Sin embargo, apenas pudimos dar unos pasos antes de que la voz de la Emperatriz volviese a elevarse.

—Esperad. —El hedor no le impidió dar un paso adelante. Ladeó la cabeza para mirarme mejor—. ¿No eres la dama de compañía de la Asistente Mei?

—Lo era —recalqué, con una sonrisa dulce que no casaba en mis labios.

—¿Por qué estás ahora en el Departamento de Trabajo Duro?

Zhao separó los labios, pero yo fui más rápida. No iba a permitir que hablara por mí.

—Dicen que ataqué a la Dama Rong.

Una sonrisa extraña se extendió por la boca de la Emperatriz. Maliciosa. No combinaba con sus rasgos dulces y serenos.

—*Dicen* —recalcó.

No me corregí y ella tampoco añadió nada. Sentí su mirada sobre mí un instante más antes de que moviera la mano con gracilidad.

—Podéis marcharos —dijo.

Ella continuó su paseo junto a Zhao, y Nuo y yo volvimos a empujar el carromato. No intercambiamos ni una sola palabra hasta varios minutos después.

—Pensé que nos mandaría desmembrar —susurró Nuo, de pronto. Todavía estaba pálida. No me había dado cuenta de que sus manos temblaban con violencia.

—Es lo que habría hecho cualquier otra —corroboré, pensativa.

—Sé que no debemos mirarla a la cara, pero... ¿te has fijado en su mirada?

Sacudí la cabeza. Había sido incapaz de apartar las pupilas de sus labios. Nuo suspiró y murmuró, como si temiera que alguien nos escuchase:

—Debería ser la mujer más afortunada del Imperio. Pero jamás había visto tanta tristeza en unos ojos.

Las manos me dolían por aquel maldito tinte negro. Después de tantas horas, el color tardaría días en desaparecer de las líneas de mis manos. De todas formas, ni siquiera podría frotarlas con nada. Las tendría tan inflamadas que apenas podría rozarlas entre sí.

Me mordía los labios de dolor cuando el Eunuco Imperial Zhao me encontró.

Sentí su presencia antes siquiera de que carraspeara. Él era una nube negra en un día demasiado despejado, una corriente de aire fría en un día espléndido de verano. Pero a mí no me importaba. Me sentía cómoda con la oscuridad.

—Creo que me debes una respuesta —le dije, sin mirarlo.

Notaba sus pupilas clavadas en la piel inflamada de mis manos. Aun así, no las escondí. El frufrú de la tela y el chapoteo del agua llenó durante un instante el silencio.

—¿De qué diablos hablas? —masculló él, con hastío.

Alcé la cabeza para observar su gesto ligeramente incómodo. Su figura me proveía un poco de sombra. Dejé que la tela que estaba tiñendo se hundiera en el agua y apoyé los dedos inflamados en los bordes del barreño.

—Los latigazos. Sobreviví a ellos. Y tú me prometiste que responderías a mi pregunta de por qué el Emperador no debía estar solo.

Zhao alzó los ojos al cielo durante un instante.

—Una pregunta te llevó a todo esto. ¿No deberías cerrar la boca de una buena vez?

Él enarcó una de sus cejas negras y yo le devolví la mirada antes de regresar a mi tarea. Volví a hundir la tela en el agua, una y otra vez. Podía sentir cómo sus ojos vacilaban ante mis manos doloridas.

—El Reino Ainu —dijo de pronto; mis manos se quedaron quietas—. Se *mueve*. Han colocado tropas demasiado cerca de la frontera, y eso supone una amenaza para el Imperio. Y un dolor de cabeza para el Emperador.

Ni siquiera asentí; era el amo Yehonala quien había sido el gobernador de las tierras limítrofes con el Reino Ainu durante los últimos años, pero desde que el Emperador lo había despejado de su cargo, desde que yo había entrado en el palacio, no sabía qué había sido de él, de su mujer, y de la región de Anyul sobre la que gobernaba.

Sonreí.

—¿Ves como no era complicado?

Zhao resopló. Esperé que se marchara, pero extrañamente permaneció a mi lado, con sus ojos de halcón sobre mi nuca sudorosa.

Lo observé de soslayo y él apartó la vista de golpe.

—Mañana te recogeré a media mañana. Intenta estar presentable.

No añadió nada más. Se dio la vuelta y se alejó de mí a paso rápido. Me puse de pie a trompicones, con las manos goteando tinta negra.

—¿Qué? ¿Por qué?

Él se detuvo para contestarme por encima del hombro.

—Eso deberás preguntárselo a la Emperatriz.

# 24

Aquella noche apenas pude dormir.

No dejaba de preguntarme qué querría la Emperatriz del Imperio Jing de mí. Esas cuestiones se entrelazaban con las palabras que había escrito Lilan en sus cartas. No leído nada negativo sobre ella. Pero de la Dama Rong solo había encontrado palabras loales sobre ella y, por su culpa, yo había muerto.

¿Quizá había averiguado que yo había sido su antigua criada?

¿Tal vez sabía algo de su muerte?

¿Había adivinado qué era lo que me había llevado a palacio?

Mientras me obligaba a tragar el arroz del cuenco, Nuo y Tian parloteaban sin parar.

—Quizá haya sido Shui la que ha proporcionado tu nombre. En ese caso, deberás tener cuidado.

—Es *ella* la que debe tener cuidado de mí —resoplé, con los ojos en blanco.

—No creo que una dama de compañía que ni siquiera lleva mucho tiempo cerca de la Emperatriz pueda tener una influencia así —atajó Tian, mientras negaba con la cabeza.

—Todo el palacio sabe que la Emperatriz no se distingue especialmente por su… carácter. Se deja influir demasiado por lo demás —replicó Nuo, con el ceño fruncido—. Si no, no permitiría los desplantes que le hacen algunas de las concubinas.

Me quedé en silencio, aunque a mi cabeza volvió el recuerdo de aquella única vez que actué como dama de compañía de la Asistente Mei. Su falta de respeto ante la Emperatriz y como esta ni siquiera parpadeó ante ella. Como si no le importara… o estuviese demasiado acostumbrada a ello.

—En cualquier caso, pronto lo averiguaremos —dijo Tian, mientras se desperezaba con exageración—. Me pasaré cerca del Patio de los Gritos, por si acaso.

No fue lo suficientemente rápida para esquivar mi puntapié.

A la hora acordada, Zhao atravesó las grandes puertas del Departamento de Trabajo Duro. Apenas intercambió un par de palabras con la Encargada Lim antes de dirigirse a mí.

Con un simple movimiento de cabeza, me indicó que lo siguiera.

Yo miré un instante hacia atrás, para ver una última vez la expresión preocupada de Nuo y la sonrisa confiada y burlona de Tian. Después, me di la vuelta y seguí la figura rígida de Zhao lejos del departamento.

Durante la primera parte del camino, no hablamos, aunque nuestras miradas se cruzaban de vez en cuando. A veces, tardábamos demasiado tiempo en apartarla. Pero, cuando atravesamos la Puerta del Mundo Flotante, su voz ronca resonó en mi oído:

—Pareces más asustada que aquella vez que te llevé al Departamento de Castigo.

—La Emperatriz desea verme y no conozco el motivo —contesté, mientras me obligaba a soltar mis brazos agarrotados—. Temo más a esas cabezas llenas de joyas que a los látigos.

Los labios de Zhao se apretaron en una línea.

—No deberías hablar así —dijo, tan seco como una rama a punto de quebrarse. Sin embargo, añadió al cabo de un instante—: Cian jamás haría daño a nadie sin un motivo de peso.

—*Cian* —repetí, arqueando las cejas—. Creo que pronunciar su nombre sin permiso supone pena de muerte, ¿verdad?

Él bufó y aceleró el paso. Un ápice de culpabilidad me aguijoneó el pecho y envolví los dedos en su muñeca. De un tirón lo obligué a volver a mi lado. Sus ojos se clavaron en mí como dos carbones al rojo vivo.

No lo solté. Ni él se apartó.

—Era una broma, Zhao. Había olvidado que no eras capaz de entenderlas.

—Dirigirte a mí con tanta familiaridad también conllevaría un duro castigo —contestó, arqueando una de sus cejas negras—. Y sí soy capaz de entender las bromas... cuando valen la pena —añadió, con un murmullo. No pude evitar que se me doblaran los labios en una media sonrisa—. No se trata de un cumplido —añadió, desviando su vista al frente.

—El día que me regales uno, yo seré Emperatriz.

Zhao soltó de pronto una carcajada seca y yo me estremecí al escucharla. Y al ver cómo su expresión se transformaba. Nunca habría podido imaginar que una simple risa pudiera albergar tanta luz.

—Si tú llegaras a ser Emperatriz, el Imperio quedaría hecho pedazos.

—Qué afortunados son sus habitantes, entonces, de que solo sea una criada en el Palacio Rojo —contesté.

—Sí —añadió Zhao, en voz baja, ronca—. Una gran fortuna.

Nos quedamos un instante quietos, mirándonos. Casi desafiándonos. Pero, entonces, él movió el brazo y yo me di cuenta de que todavía tenía envueltos los dedos en su muñeca. Me apresuré a apartarme. Un calor desconocido me aguijoneó el pecho y me obligó a retomar el paso con rapidez.

—Si no deseas que te llame por tu nombre, solo tienes que decírmelo —susurré cuando los tejados blancos del Palacio de la Luna comenzaron a avistarse.

Tuve que tragar saliva, porque esas estúpidas palabras me habían dejado de pronto la garganta en llamas. Lo miré de reojo. Zhao había vuelto el rostro en mi dirección y me miraba con aquella atención oscura que, de pronto, me parecía imposible de enfrentar.

Continuó mirándome, pero no dijo nada. Y a mí me fue difícil inspirar hondo.

Atravesamos las enormes puertas lacadas y el jardín que precedía a la entrada del palacio. En las escaleras, vi a Shui. Estaba encorvada sobre una criada de menor edad, que temblaba y contenía las lágrimas a duras penas. Podía ver sus labios moverse a toda velocidad. Otras criadas que trabajaban en el jardín observaban la escena de soslayo.

Cuando oyó nuestros pasos, levantó la vista de golpe y le dio un empellón a la joven para que desapareciera.

Su ceño se frunció un poco al balancearse del eunuco a mí. La reverencia que le dedicó fue mínima. A mí ni siquiera me concedió una inclinación de cabeza.

—¿Sí? —preguntó, malhumorada.

—La Emperatriz desea ver a esta criada —dijo Zhao.

Ella frunció el ceño y sus ojos se clavaron durante demasiado tiempo en los míos. Yo no parpadeé ni aparté la vista. Sabía que se estaba preguntando qué querría la mujer más importante del Imperio de alguien como yo.

Aún con el ceño fruncido, nos dio la espalda con hosquedad y desapareció en el frescor del blanco corredor.

Esperamos en silencio, escuchando el sonido de los pájaros cantores y las chicharras, más débil que en días anteriores. Por fin, parecía que el verano se apagaba.

El sonido de la gasa de un *hanyu* al susurrar nos advirtió de la llegada de la Emperatriz Cian. Tras ella, con las manos unidas y la barbilla baja, la seguía Shui.

Zhao y yo nos apresuramos a inclinarnos ante ella.

—Alzaos, alzaos. No necesitamos tanto protocolo —dijo de inmediato la Emperatriz. De reojo, observé cómo se acercaba al eunuco y tiraba con suavidad de su brazo. Después, se volvió hacia mí—. Me complace ver que has venido, Cixi.

Me sobresalté un poco cuando escuché mi nombre en sus labios, pero me las arreglé para contestar:

—No podía declinar la invitación de su Alteza Imperial.

Ella sonrió. Su mirada era amable, así que no estaba segura de si había captado la segunda intención que se escondía en mis palabras.

—Demos un paseo —dijo, antes de dirigirse a Zhao y a Shui, que permanecía en un segundo plano—. No será necesario que nos acompañéis.

Él asintió, le dedicó una corta reverencia y se marchó en dirección a la salida. De pronto, sin él me sentí más incómoda. Demasiado oscura entre tanta luz. Shui asintió, algo molesta, aunque ella no se movió de su lugar.

La Emperatriz comenzó a andar y se deslizó por una pequeña puerta lateral que comunicaba con un jardín inmenso; contenía un pequeño estanque sobre el que cruzaba un puente blanco. Nenúfares del color del nácar florecían bajo él.

Era todo tan hermoso, que se me cortó la respiración durante un instante.

—Te preguntarás por qué te he llamado —dijo ella de pronto. Su voz era tan suave, tan cercana, que tuve que recordarme que me encontraba junto a mi soberana, y no junto a una amiga.

—Mentiría si os dijera lo contrario, Alteza Imperial —contesté.

Ella asintió y me dedicó una ligera sonrisa por encima del hombro. Por protocolo, estaba prohibido que yo caminase a la altura de la Emperatriz, así que debía avanzar como mínimo a un metro de distancia.

La Emperatriz serpenteó por el camino de piedrecillas blancas que crecía entre matorrales y flores, hasta llegar a la orilla del pequeño estanque.

Allí, se detuvo. El agua estaba a unos centímetros del borde rosado de su *hanyu*.

Estábamos completamente solas en aquel jardín, que parecía arrebatado a la tierra de los dioses.

—¿Sabes que el Emperador y yo nos conocemos desde que éramos niños? —susurró.

Hundí la mirada en su espalda, paralizada. Tenía que haber escuchado mal.

—Nos criamos prácticamente juntos. Lo conozco casi como a mi propio cuerpo —continuó—. Supe que me casaría con él antes incluso de que dejara de jugar con muñecas. Parecía... *lo natural*. —Ella me observó con la cara arrasada por una súbita melancolía—. Siempre he sido consciente de mi fortuna. De vivir aquí, de ser la esposa de un dios viviente, de ser la mayor responsable de su felicidad.

Suspiró y se dirigió hacia el pequeño puente curvo que cruzaba el estanque. Yo la seguí, con cautela, sin poder evitar que la confusión me carcomiera cada vez más.

—Supongo que al final... muchas cosas terminan transformándose. Como dice esa vieja canción popular. El amor siempre cambia.

Asentí, porque había oído esa canción. En labios de Lilan, en los de alguna muchacha enamorada en un día de mercado en Kong. Se suponía que era una canción de amor, pero a mí siempre me había parecido devastadora.

*En este mundo flotante*
*donde todo cambia,*
*el amor cambia*
*cuando promete que nunca lo hará.*

No sabía si estaba de acuerdo con ella o no. Jamás había sentido ese amor por el que morían los poetas y que juraban los soldados antes de marchar a la guerra. Por el que sería capaz de matar.

—El Emperador lleva un tiempo decaído. Su ceño cada vez se frunce más. Pero, hace unas semanas, acudió a mí entusiasmado, de un buen humor que no le había visto desde hacía mucho mucho tiempo. —La Emperatriz me dedicó una gran sonrisa, aunque su mirada seguía estando apagada, triste—. Me habló de cómo una simple criada había tumbado con un movimiento toda una partida de Wu. De cómo había derribado la estrategia del Eunuco Imperial en apenas un pestañeo.

*Zhao*, repitió una voz, en mi mente. Nunca había preguntado contra quién había estado jugando el Emperador, pero no me había imaginado que fuera él. Jamás.

Un palpitar extraño retumbó en mi pecho.

Parpadeé de pronto. La Emperatriz se había vuelto por completo hacia mí y me observaba con fijeza. No sabía si había dicho algo más, porque mis oídos se habían bloqueado al escuchar ese nombre. No obstante, me observaba como si estuviera esperando mi respuesta.

A una pregunta que yo todavía no entendía.

—La Emperatriz desea que le enseñe a jugar al Wu —murmuré.

Ella asintió con convicción. Estaba tan aturdida, que se me olvidó la prohibición de mirarla directamente a la cara.

—Pero... vos no me necesitáis. Tenéis a vuestra disposición a todos los maestros de Wu del Imperio Jing. Estoy segura de que estarían encantados de enseñaros a jugar.

—Lo sé —asintió ella, con calma—. Podría pedírselo a la Dama Rong, a Zhao, al mejor jugador del Imperio. Pero cuando el Emperador me contó aquel suceso, entre risas, mencionó tu nombre. Y sus ojos destellaron. Y hacía mucho tiempo que no brillaban así.

No contesté. No podía. Aquello seguía sin tener sentido, pero la Emperatriz me observaba como si yo fuese el único cabo que pendiese de un abismo, el único que pudiese salvarla de la caída.

—El... el Emperador no me considera nada especial. —Pronuncié a propósito «nada», en vez de «nadie». No quería que la Emperatriz me considerara como una amenaza, ni siquiera que me considerara como una persona—. Me mandó azotar. Y después fui enviada al Departamento de Trabajo Duro.

La Emperatriz Cian apretó un poco los labios y asintió, aunque la intensidad de su expresión no disminuyó ni un ápice.

—No sé qué ocurrió exactamente con la Dama Rong, pero hay protocolos que ni el mismísimo Emperador puede dejar pasar. La ley está por encima de todo, incluso de él.

*Pues entonces alguien debería cambiarla*, siseó una voz en mi mente. *O hacerla pedazos.*

Sin embargo, lo que contesté fue muy distinto:

—Si la Emperatriz desea que le enseñe a jugar, así será.

Incliné profundamente la cabeza y, cuando la alcé, la sonrisa de la Emperatriz había llegado hasta sus ojos.

La Emperatriz me ordenó retirarme para la hora del almuerzo. Para entonces, ya le había explicado las normas básicas del Wu y la importancia de cada figura. Me había escuchado con la misma atención que un estudiante aplicado ante su profesor.

—Creo que nos veremos mucho por aquí, querida Shui —le murmuré cuando pasé por su lado—. Deberías tener cuidado. La Emperatriz parece tener tanto interés en mí que podría arrebatarte tu puesto.

Ni siquiera la dejé contestar. Me alejé de ella en dirección a las puertas abiertas del palacio. Junto a estas, se encontraba Zhao apoyado en el muro carmesí con los brazos cruzados.

—¿Haciendo amigos? —me preguntó, con una ceja arqueada.

—Aprendo del mejor —repliqué, sin detenerme a su lado.

Caminamos a la misma altura, uno junto al otro. El sol todavía estaba alto, pero el calor ya no picaba; parecía una caricia agradable sobre nuestra piel. No sabía si la Emperatriz le había ordenado que me acompañase al Departamento de Trabajo Duro, o si simplemente él había estado allí. Esperándome.

No pude evitar mirarlo de soslayo. Mis pupilas se detuvieron un poco más en sus mejillas afiladas, en su gesto atento, que destripaba todo sobre lo que se posara.

—Fue a ti a quien gané aquel día, en el Pabellón de las Peonías —dije. Me adelanté y empecé a caminar de espaldas para encararlo—. Por eso me odias. No soportas que te venciera en un solo movimiento.

Él posó su mirada en mí, y no la desvió.

—No te odio. Y no me venciste. Un solo movimiento no representa una partida entera.

Torcí los labios, pensativa, y cambié de posición para caminar de nuevo a su lado. De alguna forma, mi cuerpo se colocó algo más cerca.

—Un solo movimiento puede representar *todo*.

Su paso se enlenteció de pronto y el dorso de su mano, áspera, rozó los nudillos de la mía, enrojecida e inflamada por el trabajo de aquella mañana. Una chispa me estalló en los dedos y retiré la mano de golpe, al mismo tiempo en que Zhao daba un paso atrás.

—Puedes regresar sola —me dijo, sin mirarme.

No era una pregunta. Se dio la vuelta y se alejó de mí con pasos rígidos y rápidos. Yo me quedé inmóvil, con la vista hundida en la esquina tras la que había desaparecido. No me moví en lo que me resultó una eternidad.

Cuando llegué al Departamento de Trabajo Duro, sentía una especie de nube en el interior de mi cabeza. Era como si una bocanada de niebla me impidiera pensar con claridad.

—¿Qué quería la Emperatriz? —Di un salto cuando Tian se acercó a mí. Apestaba, así que imaginé que se había dedicado a limpiar orinales.

—Desea que le enseñe a jugar al Wu —contesté, con la voz extrañamente débil.

Ella alzó los ojos al cielo y resopló. No añadió nada más, pero las palabras estaban escritas en su rostro.

—¿Viste a Shui? —me preguntó Nuo, que también se había acercado.

Sacudí la cabeza, consiguiendo apartar a medias aquella sensación que me embotaba los sentidos.

—Sí; disfruta mucho de las ventajas de su posición. —Recordé a la pobre criada, llorando—. *Demasiado.*

—Mantente alejada de ella —me recomendó Nuo.

Estuve a punto de asentir, pero, en vez de eso, sonreí. No, por supuesto que no pensaba mantenerme alejada de ella. No me daba miedo.

Ella frunció el ceño.

—Cixi... Sea lo que fuere lo que estés pensando, olvídalo.

—No voy a hacerle daño, si eso es lo que te preocupa —repliqué; mis labios permanecieron estirados—. A menos que ella intente hacérmelo a mí.

Nuo estuvo a punto de añadir algo más, pero Tian se adelantó.

—Ser una oveja no te va a salvar de futuros problemas, Nuo. Mírate. *Míranos.* Los que estamos en el Departamento de Trabajo Duro somos los que hemos sufrido por las acciones de los demás, no porque hayamos hecho nada malo. Los que realmente se han equivocado en algo están muertos. Así que, si Cixi quiere defenderse, que lo haga. —Me dio un empellón cariñoso y me guiñó un ojo—. Si es lo que deseas, desata el caos.

**25**

—A lteza Imperial, yo no realizaría esa jugada.

La mano de la Emperatriz Cian se quedó suspendida en el aire. Las puntas de sus uñas, decoradas con perlas, se detuvieron a centímetros de la pieza del dragón.

—Muchos jugadores se centran en esa figura, porque es la más poderosa, la única que puede moverse en todas direcciones en el tablero. Pero usarla no es la única forma de ganar —expliqué, mientras una fina arruga se hendía en su frente, blanca por los polvos que se había aplicado aquella mañana—. Hasta las ratas pueden vencer al dragón si se unen.

Ella asintió. Sabía que me escuchaba, pero, aunque sus ojos recorrían el tablero una y otra vez, no alcanzaba a ver otro movimiento que no fuera desplazar su dragón hacia mi garza.

—Lleváis solo una semana practicando, no podéis vencerme siempre —comenté con amabilidad.

Desvié la mirada hacia Shui, que permanecía de pie a nuestro lado. La sombra del merendero bajo el que estábamos jugando no llegaba a cubrirla y, a pesar de que el sol había perdido su fuerza en estos últimos días de estío, tenía la frente empapada de sudor y las manos le temblaban de tanto abanicarnos.

—Siento la garganta ardiendo, ¿serías tan amable de traer más té de jazmín frío?

Mi antigua compañera del Departamento Doméstico separó los labios, pero no le dio tiempo a replicar. La mano de la Emperatriz se alzó y le indicó que se marchara de inmediato. Ella contuvo un bufido y cumplió la orden con diligencia.

La Emperatriz no me trataba como a una igual. Al fin y al cabo, no podía haber dos emperatrices en el Palacio Rojo, pero cuando estaba a su lado, no me sentía como una sirvienta. A veces... a veces incluso olvidaba el abismo que nos separaba.

Había acudido a «la ciudad dentro de la ciudad» solo por una razón, para encontrar al culpable de la muerte de Lilan. Pero, después de tanto trabajo, después de tanto dolor, me sentía bien al abandonarme un poco a la amabilidad. Recibir algo que no fueran solo órdenes, castigos y palabras frías.

Al principio, pensé que su deseo de que le enseñara a jugar al Wu no había sido más que un capricho. Pero, con el paso de los días, me di cuenta de que estaba verdaderamente desesperada por atraer la atención del Emperador. Como fuera. El hecho de que él hubiese elegido a la Gran Dama Liling para que lo acompañara durante su retiro de verano, en vez de a la Emperatriz, debía haberle dolido.

Tian muchas veces mascullaba sobre ella, sobre el Emperador, sobre cualquiera que poseyera algo de poder en aquel palacio, pero ahora que me encontraba cerca de la Emperatriz, empezaba a avistar lo difícil de su posición.

Debido al cargo que ostentaba, tenía una serie de deberes que cumplir. Tenía que ser una mujer ilustre, dominar todas las artes femeninas: bordado, canto, danza, poesía, conversación... Ser la imagen de la Diosa Luna, lo que significaba ir magníficamente vestida y arreglada en cada maldito instante del día. Sin embargo, tampoco debía ser demasiado ostentosa, eso se lo dejaba a las otras concubinas. Debía colocar a su marido por encima de *todos* y de *todo*, debía engendrar un heredero (varón, por supuesto), por lo que debía mostrarse interesante para que el Emperador acudiese a su alcoba y, a la vez, procurar que él visitase a todas las concubinas posibles para engendrar potenciales príncipes.

Debía sentirse agotada ante tantos deberes contrapuestos.

Jamás habría pensado que la mujer cuyo mundo estaba a sus pies me podría inspirar lástima.

La Emperatriz dejó escapar un gemido, frustrada, y se echó hacia atrás en un gesto de derrota.

—Mirad —dije, inclinándome hacia el tablero—. Si movéis este tigre, me rodearéis. Mueva la pieza que mueva, dará igual. Ya me habréis vencido.

Ella se quedó paralizada. Sus pupilas recorrieron enfebrecidas el tablero y de pronto se dilataron al comprender. Sin embargo, alzó la mano y movió el dragón.

—Sería injusto vencer así —comentó ella antes de que yo pudiera separar los labios—. Guardaré esta lección para la próxima partida.

Yo torcí los labios, pero no dudé cuando empujé a mi ave fénix y derroté al dragón de la Emperatriz, que ya estaba rodeado por mis garzas. Con un sonido hueco, la pieza de marfil blanco cayó de medio lado sobre el tablero.

—Al final, ganar es lo importante. Lo que realmente queda —murmuré—. Los medios no lo son tanto.

Ella me dedicó una sonrisa compasiva, pero poco más. Quizá para ella, ganar no tenía el mismo significado que para mí. Ya había vencido muchas veces.

Recogí las piezas y las coloqué ordenadas junto al tablero. De soslayo, vi cómo Shui se aproximaba con la taza de té frío.

—Lo dejaremos aquí —dijo entonces la Emperatriz—. El Emperador y la Gran Madre regresarán dentro de tres días. Tal vez nuestros horarios cambien a partir de entonces.

Me incorporé en el mismo instante en que ella lo hacía. Shui, con el ceño fruncido, depositó el recipiente con demasiada brusquedad sobre la mesa, y se inclinó a la vez que yo, mientras la mujer pasaba entre nosotras y se dirigía al interior de su palacio.

Cuando se marchó, levanté la cabeza para observar a Shui.

—Siento las molestias, pero temo que he perdido la sed —comenté, con mi mejor tono altanero.

Ella apretó los puños cuando me alejé con paso rápido, pero no se movió. Ni siquiera cuando me adentré en la frescura del corredor. Me detuve junto al dintel de la puerta y la contemplé medio escondida.

Había alzado de nuevo la taza entre sus manos y, tras lo que pareció una vacilación, arrojó el contenido a un matorral cercano. Se me escapó una media sonrisa antes de volver la cabeza.

Sin darme cuenta, mis pies tropezaron con un barreño de agua y parte de su contenido salpicó el suelo.

—¡Malditos Dioses! —exclamó una voz a mi izquierda. Giré la cabeza y observé a la joven criada a la que había visto el otro día conteniendo las lágrimas frente a Shui. Tenía un paño húmedo entre las manos—. ¡Y maldita seas tú! ¿Has visto lo que has hecho? Ni siquiera perteneces a este palacio. ¿Cómo te atreves a...?

—Solo es un poco de agua —repuse, cortando su acalorada perorata en un suspiro. Me puse de rodillas, le quité el paño de las manos y froté el pequeño charco que había causado por mi tropezón. La joven me observó, tensa—. Es fácil tropezarse cuando hay un barreño junto a una puerta. —Elevé la mirada hacia ella, que giró la cabeza, incómoda—. No tienes por qué tratarme con desprecio por ser una criada del Departamento de Trabajo Duro. Al menos... si no es lo que deseas.

Sus mejillas se tiñeron del mismo color que tenían las flores de la muerte que decoraban mi túnica de servidumbre. Escurrí el paño en el barreño y se lo ofrecí. Ella lo aceptó, dubitativa, antes de añadir una ligera disculpa.

—Si quieres conseguir que Shui deje de tratarte así, debes alcanzar su misma posición —comenté de pronto, consiguiendo que sus ojos se abrieran de par en par. Después, apretó los labios con un mohín.

—No es sencillo —replicó.

—Lo sé. Pero podrías esforzarte para que la Emperatriz fuese consciente de tu presencia.

—Los criados debemos ser invisibles.

—Sí... y no —contesté, antes de encogerme de hombros—. He oído que la Emperatriz consume muchos tónicos. Podrías tratar de conseguir alguno nuevo; habla con el boticario, incluso con el Departamento de Cocina. Así, ayudarás a uno de sus trabajadores, obtendrás un aliado, y tu posición estará reforzada. —Miré a mi alrededor, y añadí—: La Emperatriz quiere aprender a jugar al Wu, pero el tablero siempre permanece abandonado en el merendero del jardín. Podrías colocarlo en alguna de las estancias que más ocupa ella, llegar a ofrecérselo, incluso.

Ella parpadeó, pero no dijo nada. Suspiré, le dediqué una pequeña reverencia y le di la espalda. Sin embargo, cuando apenas llevaba un par de pasos, su voz llegó de nuevo hasta mí y me detuvo:

—¿Por qué me ayudas? Tu posición es peor que la mía —dijo. Una nota de desconfianza flotaba entre nosotras—. Y está claro que le agradas a la Emperatriz. Podrías salir pronto del Departamento de Trabajo Duro.

La observé por encima del hombro.

—Si no nos ayudamos, no podremos sobrevivir. —Entorné la mirada—. Yo quiero sobrevivir, ¿y tú?

Seguí caminando y, cuando estuve a punto de alcanzar el final del corredor, su voz llegó de nuevo hasta mí.

—Me llamo Kana.

Me giré una vez más hacia ella. Me sonreía, de verdad.

—Yo soy Cixi —contesté.

Abandoné el Palacio de la Luna sintiéndome extrañamente satisfecha; me detuve junto a las peonías y orquídeas que decoraban el jardín delantero y me perdí entre la fragancia de los pétalos antes de atravesar los muros de color bermellón.

Ni siquiera vi a la figura que estaba apostada contra una de las murallas.

—No sé si sentir escalofríos ante esa sonrisa. Nunca augura nada bueno.

Me giré y descubrí a Zhao, con el rostro inclinado y los brazos cruzados sobre su pecho.

—La gente sonríe de vez en cuando, Eunuco Imperial —contesté, sin dejar de caminar, aunque enlentecí el paso.

Me pareció que sus propios labios se doblaban un poco hacia arriba antes de colocarse a mi altura.

—¿No tienes nada mejor que hacer que incordiar a una pobre criada? —le pregunté, todavía sin mirarlo.

—No —contestó él—. Como Xian... *el Emperador* —se corrigió rápidamente, mientras se pasaba la lengua por los labios— no ha regresado todavía, el palacio permanece en calma.

—La calma que precede a la tempestad —aventuré, con una sonrisilla.

—Siempre hay tempestades sobrevolando los tejados de este palacio —atajó él, con su voz áspera. Lo miré de soslayo, pero aparté la mirada cuando vi cómo giraba su rostro en mi dirección—. ¿Estás disfrutando con los encuentros con la Emperatriz?

—¿No debería hacerlo?

Él pareció dudar antes de clavar de nuevo la vista al frente. El sol ardía en el cénit y nuestras sombras, pequeñas, se unían como si fueran una sola en el suelo.

—Podría hablar con ella... —dijo entonces. La tirantez de su voz me hizo mirarlo. Sus manos, oscilando cerca de las mías, se habían convertido en puños—. La conozco bien y sé que le... *gustas*. Quizá podría pedir que te trasladaran a su palacio.

Fruncí el ceño. Sabía que lo que me ofrecía era tentador. El Departamento de Trabajo Duro no era un lugar agradable en donde pasar tus días, pero, curiosamente, entre esas paredes tenía más libertad para moverme por el Palacio Rojo que si volvía a convertirme en la dama de compañía de alguna concubina o de la propia Emperatriz. Tendría que vivir por y para ellas. No tendría tiempo para investigar. Desde que había comenzado las lecciones de Wu, no había tenido un solo instante libre.

Prefería seguir siendo una rata que una garza, si así poseía más libertad.

—Estoy segura de que trabajar para la Emperatriz sería un gran honor, pero… cuando estuve junto a la Asistente Mei me sentí encerrada en una cárcel de oro. Y no quiero sentirme de nuevo así.

Zhao resopló.

—¿Prefieres seguir limpiando orinales y que la piel de tus manos se descame hasta que queden solo huesos?

—Si es el precio de poseer un poco de libertad… sí.

Su ceño se frunció todavía más y yo no pude evitar inclinarme hacia él. No estaba molesto solo porque rechazara su ayuda. Había algo más. Una sombra detrás de su propia oscuridad.

Me vi reflejada en esos orbes hipnóticos que tenía por ojos. Rodeada por una oscuridad que me invitaba a perderme. Pero, de pronto, él pestañeó y sus labios se movieron.

—Sé quién eres.

Se me escapó sin querer una carcajada débil y me acerqué un poco más. El borde de mi túnica de servidumbre acarició la suya.

—Ah, ¿sí? —aventuré. El corazón comenzó a martillear contra mis costillas.

—Eras la antigua criada de la Gran Dama Lilan —susurró. Sus pasos se enlentecieron, mientras aquellas palabras me golpeaban como pedradas—. Te vi aquella mañana en la coronación, fuiste la única alma que se atrevió a separar la mirada del suelo para observar al Emperador. La única que fue lo suficientemente valiente o lo suficientemente estúpida. —El tono de su voz cambió, y sonó estrangulado, dolorido—. Cuando fui a la mansión de los Yehonala, fuiste tú la que más sintió su muerte. Y, al encontrarte en el interior del Palacio de las Flores, supe que no se trataba de ninguna casualidad.

Un escalofrío me erizó la piel, a pesar de la temperatura tibia. Me detuve y él me imitó, quedando frente a mí. Un silencio denso nos envolvió. No se escuchaban voces a la distancia, ni pasos, ni siquiera el cantar de las chicharras. Solo hacían eco mi respiración, que sonaba como un huracán, y mi corazón, que se estaba abriendo como la tierra en mitad de un terremoto.

—Fuiste tú quien ordenó sellar la entrada del palacio —mascullé.

—No podía permitir que entraras de nuevo —contestó. Sus ojos no se separaban de los míos.

Se mantuvo en silencio unos segundos, quizás, esperando a que yo dijera algo. Pero yo era incapaz de separar los labios; parecía que a mi corazón le hubiesen brotado tentáculos y estos se hubiesen enroscado en torno a las cuerdas vocales.

—Averiguar quién lo hizo no te traerá paz.

Mis pies retrocedieron. Mi tronco basculó. Sus palabras sonaron como una bofetada, pero dolieron tanto como un latigazo.

—Entonces, es cierto: la asesinaron. A ella y a su hija.

Él respiró hondo.

—Cixi...

—No vas a detenerme. Ni siquiera el mismísimo Emperador podría —siseé. Zhao dio un paso en mi dirección, pero yo retrocedí todo lo que me permitió la anchura de la calle. Mi espalda se clavó en uno de los muros rojos—. ¿Sabes quién fue? —Mi voz no llegó a sonar como una pregunta—. ¿Fuiste... fuiste *tú*?

Él me miró durante un instante con una expresión que no fui capaz de interpretar, antes de negar con la cabeza.

—Jamás he levantado una mano contra nadie. Y no, si lo hubiera sabido lo habría denunciado frente al Emperador y el culpable habría recibido su castigo.

Sacudí los brazos; la ira que galopaba desesperada por mis venas casi me impedía articular las palabras.

—¿Y este es el fin? —exclamé—. ¿Sabes que han asesinado a una mujer inocente... y no haces *nada*? ¿Ese es el trato que merece una concubina? ¿Una mujer?

—No es tan sencillo —repuso él, y yo sentí como si mi cuerpo estallase en llamas.

Entendía a Tian, malditos Dioses, cuánto la entendía. Comprendía su rabia. Su odio por todo el que estuviese por encima de ella. Por todos aquellos que podían cambiar algo y, sin embargo, no lo hacían.

El odio.

La rabia.

Me ahogaba.

Me impedía hablar, respirar, ver.

—Llevo casi toda mi vida aquí, en el Palacio Rojo. Mi familia siempre ha servido al Emperador —continuó Zhao, con su voz ronca, pero yo apenas podía escucharlo—. El caso de Lilan es uno más entre cientos, entre miles, incluso. Ascendió demasiado rápido en el Harén. El Emperador se encaprichó con ella. —*Se encaprichó, no se enamoró*, siseó una voz sibilina en

208

mi cabeza—. Yo se lo advertí. Atraer tanta atención nunca es bueno. Jamás. Sobre todo cuando eres una concubina, cuando puedes tener el poder de albergar un heredero.

—Ella lo *amaba* —repliqué, con tanta fiereza, que mi voz brotó partida en dos.

—Todas lo hacen —susurró él.

Tragué saliva porque sentía la garganta carcomida por el fuego. Si abría la boca, una llamarada brotaría de ella y lo calcinaría.

—Ni siquiera tú te crees esa estupidez —siseé.

Esta vez, él no respondió. Permaneció quieto, frente a mí, tan cerca que solo tendría que levantar una mano para acariciar su afilada mejilla. O para abofetearla. O clavarle las uñas.

O para besarlo.

—El mundo al que perteneció Lilan era así. Si una concubina asciende, otra cae. Y nadie desea caer. Por eso se aferran al precipicio con uñas y dientes. Por eso hacen todo lo posible por sujetarse. —Su mano se movió, trémula, como si también deseara alzarse hacia mí. Sin embargo, al final se convirtió en un puño convulso—. Y, por mucho que lo intentes, jamás podrás cambiarlo.

—Eres cruel —jadeé. No me había dado cuenta, pero tenía en mis ojos esas lágrimas que me había negado a derramar.

—Solo digo la verdad —repuso.

Negué con la cabeza y retrocedí un paso, lejos del alcance de sus manos. Por encima de nosotros, el sol del mediodía se había cubierto por unas nubes que apestaban a tormenta.

El veneno hacía que me palpitara la cabeza.

—Yo también sé quién eres, *Ahn*.

Esperé que se sorprendiera, que palideciera tanto como un muerto, que sus labios se separasen o que la ira lo azotara como había hecho conmigo. Sin embargo, aunque se tambaleó, como si una súbita corriente de aire lo hubiera azotado, solo un ramalazo de angustia devoró su mirada. Fue apenas un instante, pero resultó tan profundo y devastador, que me sentí culpable.

—Entonces ya sabes de lo que soy capaz —murmuró.

Mis labios se doblaron en una media sonrisa y mis pies se movieron solos. Recorté la distancia que nos separaba y me alcé sobre las puntas de mis pies para colocarme cara a cara. Su aliento acarició mis mejillas. Sus pestañas estuvieron a un suspiro de las mías. Podría haber acariciado sus labios con la punta de mi lengua.

—Pero tú no eres consciente de lo que soy capaz de hacer *yo* —susurré—. Así que mantente al margen, *Ahn*.

Me volví con brusquedad y eché a andar con rapidez.

—No puedo —oí que me decía él.

No añadió el porqué. Y yo tuve la sensación de que, por mucho que huyera, jamás sería capaz de alejarme del todo de esas palabras.

# 26

L a llegada del Emperador y de la Gran Madre supuso el fin del estío. Un viento huracanado acunó sus carruajes cuando se adentraron en la Ciudad Roja. Convocaron a muchos de los criados y nos mantuvimos postrados y con las cabezas bajas a ambos lados del camino, mientras los guijarros empujados por el viento nos arañaban la cara. El cielo, gris oscuro, amenazaba con soltar su carga de un instante a otro.

Los consejeros imperiales que también se encontraban allí luchaban por sonreír, aunque aquella mañana no parecía un buen augurio.

El Emperador también parecía saberlo; su rostro estaba tenso y su ceño, fruncido, cuando descendió del carruaje y ayudó después a su madre a hacerlo, a pesar de que el Jefe Wong esperaba junto a la puerta.

Era la primera vez que veía el rostro de la Gran Madre, y no pude evitar que mis labios se separasen debido a la sorpresa. Esa mujer ataviada de negro y dorado, con labios rojos como la sangre y piel de porcelana, no podía ser su madre. No podía haberlo parido. Era demasiado joven, ni siquiera debía alcanzar los treinta años. Y el Emperador ya tenía veinticinco.

A pesar de que la Gran Madre asintió hacia todos nosotros y nos dedicó una sonrisa magnánima, su gesto se ensombreció en cuanto se volvió para darnos la espalda. Ella también estaba preocupada.

Desde mi lugar, vi cómo el Emperador Xianfeng apenas reparaba en la Emperatriz Cian, que se había puesto sus mejores galas para recibirlo. Su mano sostenía la de la Gran Dama Liling, cuyos rostro y ropas permanecían impolutos a pesar del viaje.

Busqué entre la masa de criados que empezaron a salir del resto de carruajes, pero no hallé a San. Eran demasiadas túnicas de servidumbre entre las que buscar.

—No parecen muy contentos —me murmuró Tian.

Lo observé de soslayo. Nuo no nos acompañaba, no la habían selecciona-do para dar la bienvenida al Emperador y había tenido que permanecer en el departamento.

—Y tú, sin embargo, sí lo estás —contesté. Arqueé una ceja.

—¿Sabes por qué terminé en el Departamento de Trabajo Duro, después de ser apaleada? —Sus ojos se entornaron y su rostro me recordó de pronto al de una serpiente—. Era una de las criadas que trabajaba en el Palacio del Sol Eterno, a cargo del Jefe Wong. Tenía cierta estabilidad. Mejor cama, me-jor comida. Creo que hasta él me tenía cierto cariño... si es que una rata fétida puede albergar alguna clase de sentimiento.

Escupió al suelo y sus ojos se empequeñecieron aún más cuando regre-saron a la figura rechoncha del eunuco principal del Emperador. En ese mo-mento, una sonrisa bobalicona inflaba sus labios gruesos como gusanos.

—Una noche no podía dormir y salí a dar un paseo, para despejarme. —Todo su cuerpo entró en tensión—. Lo vi a él y... a una joven criada. A juzgar por su edad, debía estar recién llegada al palacio. La vi arrodillada entre sus piernas. Ella no deseaba estar allí, y Wong, por otro lado... sí que disfrutaba. *Mucho.* —Un escalofrío erizó los vellos de mi cuerpo cuando hundí los ojos en el aludido—. Supongo que no hace falta que añada mucho más.

—No —contesté de inmediato.

—A la noche siguiente la escena se repitió. Esta vez, con un eunuco tam-bién recién llegado... ni siquiera se había recuperado por completo de la cas-tración. —Un tinte amarillento se extendió por su piel. Parecía a punto de vomitar—. Así, una y otra vez. Traté de hablar con una de las Encargadas, pero...

—Lo sabía. —Mis labios se movieron antes que mi cabeza.

—*Todos* lo sabían. Y lo *permitían.* —Los dientes de Tian asomaron bajo sus labios gruesos—. Yo... no pude guardar ese secreto. Y, durante un paseo del Emperador y la Emperatriz, me postré ante ellos y hablé. Se lo confesé todo a ambos.

Me mordí los labios al imaginar la escena y lo que había pasado tras ella.

—Fuiste muy valiente —murmuré.

—Fui muy estúpida —replicó Tian.

—No te creyeron.

—Lo... lo cierto es que no lo sé —contestó, sacudiendo la cabeza con perplejidad—. Y eso es lo peor. Que tal vez sí contemplaron la posibilidad y...

—El Jefe Wong servía al Emperador Daoguang.

—Sí, y también al Emperador Jiaqing, el abuelo del actual. Es... una institución. La representación perfecta del poder imperial.

Yo asentí, mientras a mi memoria regresaba el recuerdo en el que el eunuco me arrastraba por las calles, con los dedos clavados en mi piel y una sonrisa cruel en los labios.

—No podías haberlo definido mejor —susurré.

La familia imperial desapareció tras el umbral del Palacio del Sol Eterno, el cielo empezó a llorar y los sirvientes reunidos comenzaron a moverse. Tian, sin embargo, se mantuvo todavía arrodillada. Su mano se enredó en mi brazo.

—Nunca te fíes de ellos, Cixi. —Su voz suave se encrudeció—. Conozco tus reuniones con la Emperatriz. Sé que puede parecer... *benévola, dulce*, pero... es una de ellos. No te dejes engañar.

Posé mi mano sobre la suya y se la apreté con fuerza.

—No lo haré —le prometí.

—Habéis mejorado mucho —comenté, sorprendida, antes de elevar la mirada hacia la Emperatriz Cian. Cuando sus ojos se posaron sobre los míos, añadí—: Alteza Imperial.

—Está bien, Cixi —dijo ella, con su sonrisa contenida, que parecía luchar contra sus labios para extenderse por completo—. Supongo que no soy una mala alumna, después de todo. Aprovecho bien mi tiempo libre.

Su expresión se entibió. Una sombra de tristeza había empañado sus dulces ojos almendrados.

Me había dicho que, con el regreso del Emperador, quizá nuestros horarios cambiarían, pero no había sido así. Aquellos últimos días, incluso, había solicitado mi presencia mañana y tarde.

Al parecer, el viaje junto al Emperador había hecho más popular a la Gran Dama Liling. Y, si los rumores eran ciertos, pronto elevaría su rango a Consorte. Si eso ocurría, solo habría uno que la separara del poder de la

Emperatriz. Había oído también que esta última había invitado varias noches a cenar al Emperador, pero que él siempre había presentado excusas.

La tristeza resbalaba por su piel como la seda que la vestía.

—Eso significa que vuestras criadas se ocupan de que no os aburráis. Habla bien de ellas, Alteza Imperial —dije, recordando el rostro lloroso de Kana.

—Sí. —La expresión de la Emperatriz se centró un poco—. Supongo que sí.

Dejé de mirar el tablero de Wu y mis ojos se deslizaron por el jardín que nos rodeaba, tratando de decir algo que la animara, algo que la sacara de su estado melancólico. Pero, de pronto, mi vista se quedó atascada en un hueco que existía entre los matorrales llenos de flores, en un pequeño tronco de madera, seco y podado al ras casi de la tierra. Un agujero en mitad de ese océano verde y multicolor.

—Tuve que pedir que lo arrancaran —dijo de pronto la Emperatriz, que había seguido mi mirada—. No soporto ver las flores enfermas. Y este matorral se volvió gris y quebradizo de un día para otro.

Asentí, todavía perdida en mis pensamientos, hasta que de pronto, unos pasos apresurados me hicieron levantar la cabeza.

Por el camino de piedrecillas blancas, se acercaba Shui, seguida del Jefe Wong. No pude evitar que mi ceño se frunciera con desagrado cuando posé mi mirada sobre él.

Sin embargo, si el eunuco me reconoció, no dio muestras de ello. Ni siquiera se molestó en mirarme cuando se plantó frente a la Emperatriz y le dedicó una pomposa reverencia.

—Este humilde servidor está aquí para anunciarle una bendición del Cielo, Majestad.

Shui dejó escapar una pequeña exclamación y la Emperatriz Cian palideció un poco antes de esbozar una sonrisa. Tuvo que carraspear levemente para que la voz brotara de sus labios.

—Supongo que la Gran Dama Liling ha sido la afortunada...

Yo miré a uno y a otros, confundida.

—Me temo que no, Alteza Imperial. La Diosa Luna ha bendecido a la Asistente Mei.

—Oh. —La Emperatriz pestañeó, sorprendida, y de pronto comprendí a qué se referían.

La Asistente Mei estaba embarazada del Emperador.

—Está encinta de casi cuatro meses —añadió el Jefe Wong, con una amplia sonrisa.

—Eso es maravilloso —coincidió la Emperatriz, y su voz sonó honesta—. Imagino que el Emperador estará enterado y que habrá dado órdenes, pero enviadme a sus criadas para que pueda otorgarle los regalos apropiados. —El Jefe Wong asintió e hizo amago de retirarse, pero ella añadió—: Quiero que se redoble su personal y dos guardias imperiales vigilen las puertas de su palacio día y noche. Nadie debe entrar ni salir de la residencia sin que ellos lo sepan. Debemos proteger ese embarazo —murmuró, casi para sí misma—. Los Dioses saben que necesitamos pronto un heredero varón para que podamos respirar en paz.

El Jefe Wong hizo otra reverencia y se retiró. La Emperatriz Cian no se movió hasta que el eunuco no desapareció en el interior del palacio.

—¿Teméis por la vida de la Asistente Mei? —me atreví a preguntar.

La Emperatriz clavó en mí una mirada alarmada y observó a su alrededor antes de inclinarse en mi dirección. Shui se había marchado junto al Jefe Wong, así que solo estábamos ella y yo.

—Ten cuidado a quién haces esas preguntas —dijo, con voz suave, antes de suspirar—. Un embarazo para una concubina es tanto una bendición como una maldición. Y, en el caso de la Asistente Mei, con su Virtud... —Su voz murió y otro suspiro escapó de su garganta—: Además ahora, con la llegada de la delegación Ainu tan cerca...

Me erguí al escuchar esas palabras. Recordé de golpe la expresión ceñuda del Emperador al regresar de su retiro estival.

—He oído que ha habido extraños movimientos dentro del Reino Ainu... movimientos que los han acercado demasiado a nuestras fronteras —aventuré.

La Emperatriz me observó, sorprendida.

—¿Dónde has oído eso?

—Sé escuchar —me limité a contestar.

Ella pareció a punto de amonestarme, pero entonces meneó la cabeza y su expresión cambió. Me observó de una forma muy parecida a la que me había dedicado Lilan cuando todavía estaba viva.

—Me parece que eres tan peligrosa como las piezas de las ratas del Wu —observó, con una risita.

—Las ratas tienen que ser listas para sobrevivir —repuse, mientras me encogía de hombros.

—Tú no eres ninguna rata —repuso la Emperatriz.

*Sí que lo soy,* pensé, *y vos lo sabéis.* Pero en vez de eso, agaché la cabeza y murmuré:

—Gracias, Alteza Imperial.

Ella asintió, complacida. Pero de pronto, su ceño se frunció, como si se hubiese percatado de algo.

—Eres la primera persona a la que oigo referirse al Pueblo Ainu como reino.

—Son... un reino, Majestad —contesté, con cautela—. Sé que el Imperio Jing no lo reconoce así, pero no se trata de ninguna comunidad nómada. Su territorio está definido y es más extenso que cualquiera de los otros reinos con los que hemos conformado alianzas en el pasado. Poseen una dinastía antigua y unas leyes claras. No les gusta ser tratados como un mero «pueblo».

Sabía que estaba adentrándome en aguas pantanosas. Incluso con la Emperatriz. Ella ladeó la cabeza y se inclinó en mi dirección; el interés y una súbita desconfianza tiraban de sus rasgos.

—¿Tus padres pertenecían a ese territorio? —preguntó.

—No —contesté. Aunque no tenía padres, era una Virtud, y las Virtudes no nacían fuera de los territorios del Imperio Jing. Estaba prohibido que ninguna mujer del Imperio se casara con un extranjero. Bajo pena de muerte. De esa forma, se controlaba bien a las mujeres y a las Virtudes—. No —dije de nuevo, mientras sacudía la cabeza para centrarme—. Pero sí he tratado con algunos de ellos. Vivía en una aldea muy cercana a la frontera y, durante los días de mercado, muchos habitantes del Reino Ainu se acercaban para comerciar. Llevo tratando con ellos desde que era una niña.

—Ya veo.

La Emperatriz se echó hacia atrás y se pasó los dedos por el negro cabello, perfectamente recogido en un elaborado moño que creaba ondas en su nuca. Las guirnaldas que caían de él repicaron entre sí.

—¿Te gustaría acompañarme durante la recepción? —preguntó de pronto—. Como mi dama de compañía.

Parpadeé, sorprendida. Y mi corazón renqueó contra mis costillas.

—Alteza Imperial, sería un gran honor, pero no sé si a vuestra dama de compañía actual...

Ella arqueó una ceja.

—¿Vas a pedirle a una Emperatriz que suplique?

Salté de mi asiento de inmediato para arrodillarme en el suelo.

—No me atrevería nunca.

Ella sonrió, satisfecha, e hizo un gesto para que me incorporara.

Era la señal para que me marchase. Sabía que ahora se bañaría, se perfumaría, se llenaría de joyas a la espera de un hombre que no acudiría a su dormitorio.

Aun así, todavía en el suelo, hice otra reverencia y me despedí de ella. Después, me dirigí hacia el interior del Palacio de la Luna.

Sin embargo, cuando estaba a punto de abandonar el patio, me detuve y miré hacia atrás. Mis ojos buscaron el matorral de flores que la Emperatriz había ordenado arrancar porque había caído enfermo.

Y de pronto recordé a Shui, vertiendo la copa de té frío sobre él, días atrás.

Un escalofrío debía haberme recorrido.

Y, sin embargo, se me escapó una pequeña carcajada.

# 27

El olor de la orina y las heces se había impregnado en mi piel, en mi ropa, a pesar de que Nuo y yo frotábamos los orinales con los cepillos al aire libre.

No obstante, las paredes de aquel patio trasero del palacio de la ahora Consorte Liling parecían demasiado altas para que el hedor escapara.

—Esos malditos tés y tónicos que beben... —masculló Nuo, con la voz tomada por las náuseas—. Nos matarán a nosotras.

Yo me limité a asentir. Si separaba los labios, vomitaría.

—Tantos brebajes, a la larga, la terminarán matando... y absolutamente para nada —añadió, en un susurro más bajo.

Fruncí el ceño y dejé de frotar el orinal que sostenía entre mis manos.

—¿Nada? —repetí.

Nuo miró a nuestro alrededor, pero no había nadie en aquel patio además de ella, yo y los orinales de porcelana. Aun así, su voz disminuyó tanto, que tuve que acercarme para poder escucharla con claridad.

—La Consorte Liling siempre rociaba sus ropas con un aceite esencial que le regala personalmente el Emperador. Ella cree que es un gran honor, un trato preferente hacia ella, pero no sabe que ese aceite contiene hierba doncella y ortiga. —Ladeé la cabeza, sin comprender, y ella susurró—: Son sustancias abortivas.

Me quedé durante un momento con la mente en blanco, incapaz incluso de parpadear.

—Pero... todos desean un heredero varón —acerté a susurrar—. No... no tiene sentido.

—Aunque se le perdone todo lo que hace a la Consorte Liling, el Emperador sabe lo que supondría si esa mujer engendrara a un posible heredero.

Y lo que les podría hacer a las demás concubinas que se quedaran embarazadas. Hasta la propia Emperatriz estaría en peligro.

—¿Y por qué no la expulsan del Palacio Rojo? ¿Por qué no la destierran al Palacio Gris en vez de ascenderla en el Harén?

—Su familia es la más importante de la capital. Algunos de sus miembros están enlazados, incluso, con la familia imperial. Jóvenes casados con princesas. Príncipes con herederas. Su padre fue tutor del Emperador y hoy día es su principal consejero. Dañar directamente a la Consorte traería terribles consecuencias para el Imperio... y eso es algo que no pueden permitirse.

—Creía que era la favorita del Emperador —murmuré.

—Oh, y lo es. —Nuo se encogió de hombros y pasó a frotar el siguiente orinal.

Negué con la cabeza. No lograba comprender nada. De reojo, observé a mi amiga.

—¿Cómo has averiguado qué lleva ese aceite esencial?

—Por el olor —contestó de inmediato—. Podría reconocer el hedor y el sabor de cualquier sustancia abortiva. —Me volví hacia ella sin poder ocultar mi sorpresa. Las mejillas de Nuo enrojecieron—. Antes de que ardiera, he vivido toda mi vida en la botica que regentaban mis padres. A veces ofrecían servicios un tanto... *especiales*. Prácticamente me crie en ella, así que conozco todas las hierbas que crecen en el Imperio, y lo que pueden y no pueden hacer. Cuando supe que tenía que abandonar a mis padres, me planteé presentarme al examen de aprendiz de sanadores, pero... no tengo ni el dinero, ni el estatus, ni los genitales adecuados.

Nuo soltó un suspiro y regresó a la limpieza, mientras yo sacudía la cabeza, pensativa. No intercambiamos ni una palabra más mientras terminábamos de limpiar los recipientes de porcelana.

La semilla de una idea se había plantado en mi mente y había comenzado a echar raíces con demasiada celeridad. Ya incluso amenazaba con florecer. ¿Y si la muerte de Lilan no había sido culpa de ninguna concubina? ¿Y si había sido el propio Emperador el que había estado detrás de ello? Quizá le parecía peligroso que la familia Yehonala pudiera formar parte de la familia imperial de una forma tan estrecha. Por todos era sabido que detestaba al padre de Lilan.

Ella había creído que el Emperador la amaba. El ama Yehonala había susurrado lo enamorado que él parecía de ella. Zhao había afirmado que había estado «encaprichado». Pero si realmente Nuo tenía razón, ese mismo hombre que adulaba a la Consorte Liling, que la hacía escalar rangos en el Harén, le pedía que lo acompañara a viajes y visitaba su dormitorio muchas noches, la estaba condenando a su vez, prohibiéndole la mayor aspiración a la que, por desgracia, podía anhelar una concubina.

Terminé de limpiar los orinales sin aliento. No porque me dolieran los brazos y el hedor me hubiera provocado dolor de cabeza, sino porque me sentía completamente perdida ante el hecho de que el hombre más poderoso del Imperio pudiese ser el asesino de la persona que más había querido en el mundo.

¿Qué podía hacer yo contra él?

Yo era una rata.

Y él era el dragón.

Pero el Palacio Rojo no era un tablero de Wu.

Terminamos de limpiar los orinales en silencio. Las manos me ardían de tanto frotar. Dejamos los recipientes de porcelana al débil sol del otoño y abandonamos el patio à paso rápido.

Si el palacio de la Emperatriz era demasiado puro, demasiado inmaculado para alguien como yo, el de la Consorte Liling resultaba demasiado recargado. El rojo y el dorado saturaban todo, las borlas y los jarrones se contaban por doquier y había un incensario en cada estancia, por lo que el aire resultaba tan dulce como irrespirable.

Cuando estábamos a punto de cruzar el corredor principal y salir por la zona trasera, destinada a los criados externos, el susurro de un pesado *hanyu* nos hizo detenernos.

La Consorte Liling se acercaba acompañada de su séquito. Seguramente, regresaba de la reunión matutina con la Emperatriz. Ahora que el tiempo había refrescado, las telas que usaba eran más pesadas, más ornamentadas y oscuras. A pesar de su expresión altiva, de la forma en la que sus pupilas siempre observaban desde arriba, verla era como contemplar una obra de arte viva, en movimiento.

Nos pegamos a la pared y nos inclinamos, mientras nuestras bocas murmuraban al unísono:

—Esta humilde sirvienta saluda a la concubina del Emperador.

La Consorte Liling me conocía, pero ni siquiera me dedicó un vistazo. La que sí lo hizo, sin embargo, fue San.

Caminaba muy cerca de ella, como su dama de compañía oficial. Vestía una bonita túnica de servidumbre y llevaba flores de loto rosadas sobre su recogido. Significaban pureza.

Era la primera vez que nos encontrábamos cara a cara después de que hubiese intentado asesinarme.

*No.*

Después de que *me asesinara.*

Su mirada la traicionó a pesar de que sus labios trataron de esbozar una sonrisa. Quizá, ni siquiera se había molestado en investigar si yo había sobrevivido a su veneno. Lo había dado por hecho, de eso no cabía duda.

Las manos me ardieron, pero no por tanto frotar. Mis dedos desearon convertirse en lianas y enroscarse a su cuello para tirar y tirar, hasta romper su piel, sus músculos, su columna. Hasta separarla de su cuerpo y después pisotearla.

Por si acaso, apreté las palmas contra el suelo y me obligué a sonreír, como si encontrarnos de nuevo no hubiese sido más que una bonita casualidad.

No supe si mis ojos me traicionaron. Ella se limitó a asentir y a girar la cabeza para no verme más.

—¿Quién es? —susurró Nuo, cuando la Consorte Liling y sus acompañantes desaparecieron en dirección al interior del palacio.

—Una simple conocida —contesté, mientras me incorporaba. Ella arqueó una ceja antes de echar a andar hacia la salida trasera—. ¿Qué ocurre?

—Tu sonrisa —dijo Nuo—. A veces, cuando sonríes... das miedo. Es... como si vieras algo que los demás no somos capaces de ver. Como si observaras un futuro y te gustara lo que ves en él.

Los días pasaron a toda velocidad. Y el otoño se asentó en la capital con sus vientos desapacibles y amenazas de tormenta.

Los árboles que llenaban los pabellones y los patios se colmaron de oro y las hojas doradas cubrieron los senderos. Las criadas y los eunucos del Departamento de Trabajo Duro pasábamos las jornadas de rodillas, recogiendo de todo el Palacio Rojo las hojas que sepultaban los caminos como alfombras espesas.

El sol se escondió entre las nubes plateadas y se negó a salir.

Los sacerdotes y las sacerdotisas de los Templos del Sol y de la Luna, respectivamente, hacían ofrendas y rezaban. Creían que este mal tiempo y la próxima recepción con el Rey Ainu y su séquito constituían un mal augurio.

Muchos comenzaron a murmurar, a pesar de que aquel clima era normal en el centro del Imperio. Desde que había llegado a Hunan, varios años atrás, todos los otoños habían sido desagradables. No lográbamos ver el sol de nuevo hasta la primavera.

A pesar de todo, el Palacio Rojo comenzó a prepararse para la llegada de la comitiva de Ainu.

Se cubrió todo de adornos rojos y dorados, relacionados con la prosperidad y la paz, llenaron los estanques de nenúfares y colgaron tantos farolillos a lo largo de las calles principales que las noches terminaron siendo tan claras como el día. Colmaron con gasa dorada los pilares y se nos hizo frotar hasta la extenuación cualquier objeto de metal que existiera entre los muros bermellones. Plantaron flores rojas, y tapizaron de hiedra los merenderos.

El Palacio Rojo se convirtió en la tierra de los dioses, aunque a muchos aquella visita les apestara a sangre y a guerra.

En el día de la llegada del Rey Ainu y su séquito, la Encargada Lim se acercó a mí durante el desayuno. Nuo y Tian, sentadas a mi lado, también dejaron de comer.

—Te esperan fuera, Cixi —dijo, antes de añadir con el ceño fruncido—: No sé si felicitarte o desearte buena suerte.

Yo asentí por toda respuesta y me puse de inmediato en pie. Aunque había comido lo mismo que todos los días, sentí una náusea treparme por la garganta.

Apreté las manos contra mis costados. Malditos Dioses, estaba nerviosa.

—Disfruta de ese nido de víboras —comentó Tian, alzando su vaso de té en mi dirección.

Nuo le dio un codazo nada disimulado y negó con la cabeza.

—No le hagas caso. Aunque sí te recomendaría que abrieras bien los ojos... y me trajeras uno de esos pastelillos de jazmín que me muero por probar —añadió, con una sonrisilla traviesa.

—Eso será imposible. Me los comeré todos yo —contesté, escapando a tiempo de sus manos, que me buscaron para propinarme un empujón.

Salí al patio principal del Departamento de Trabajo Duro. El cielo estaba nublado, tapizado de un gris plata cegador. Y, bajo él, vestido con una túnica ceremonial de color azul oscuro con tigres dorados de fauces abiertas, se encontraba Zhao.

Una aguja dorada recogía su pelo negro en su coronilla.

Y, de la cintura, colgaba un cinto en el que guardaba una espada enfundada. Era la segunda vez que lo veía con una. La primera, había sido durante la ejecución de aquella pobre criada, a la que había decapitado de una sola estocada.

No supe por qué, pero la náusea ascendió un poco más y me atenazó la garganta, como si dos manos invisibles me asfixiaran. Apreté aún más mis manos contra mis piernas rígidas. El temblor creció.

Hacía días que no me había cruzado con él.

Una parte recóndita de mí pensaba que habían sido demasiados.

Maldita sea. Odiaba con todo mi corazón a quien hubiese ordenado que él me condujera al Palacio de la Luna. Conocía bien el camino, no necesitaba a un maldito acompañante.

No lo necesitaba a *él*.

—Imagino que el Eunuco Imperial tiene tareas más relevantes que acompañar a una humilde criada —siseé, cuando nuestros ojos se encontraron.

—Imaginas bien —contestó con una calma fría—. Pero el Emperador me ha ordenado que esté a disposición y bajo las órdenes de la Emperatriz Cian durante toda la estancia del Rey Ainu. Y ella ha sido quien me ha enviado aquí.

—¿Hay prevista alguna ejecución hoy? —pregunté, con las pupilas clavadas en su cinto.

Su cuerpo se envaró.

—Es únicamente por precaución. Y solo durante este día.

Apreté los labios y pasé a su lado sin detenerme. Zhao se colocó a mi altura y me observó de soslayo mientras caminábamos entre esos muros pintados con la sangre de los enemigos del Imperio.

Anduvimos en silencio. Nos envolvía una extraña calma en mitad de la vorágine que comenzaba a invadir el Palacio Rojo. Sirvientes de todas clases corrían de aquí para allá, ataviados con túnicas de servidumbre nuevas. Aquella mañana se había suspendido el saludo de las concubinas a la Emperatriz, así que ninguna comitiva atravesaba las calles principales. Todas debían estar arreglándose para la recepción que se llevaría a cabo a lo largo de la jornada. Quizás, hasta bien entrada la madrugada.

Alcanzamos el Palacio de la Luna sin intercambiar ni una palabra más. En la entrada, por suerte, estaba Kana. Su rostro se iluminó cuando nuestras miradas se cruzaron.

Iba vestida con una túnica de servidumbre bordada, de un rosado intenso que hacía juego con sus mejillas sonrojadas. Una corona de flores adornaba su cabello castaño oscuro.

Yo ni siquiera me despedí de Zhao cuando llegué al pie de las escaleras que comunicaban con la entrada principal. Un río de criadas y eunucos no dejaba de entrar y salir.

—Te ayudaré a vestirte —me dijo Kana, cuando llegué hasta ella—. El tiempo corre.

Me dejé llevar por su entusiasmo por los pasillos del palacio hasta una estancia pequeña, donde nos esperaba un largo espejo y un sencillo, pero precioso, *hanyu* de color melocotón, con bordados rojizos y dorados de hojas en los bordes de la prenda. Con él, sería como un sauce vestido de otoño. Varios peinecillos dorados aguardaban a ser insertados en mi cabello.

La visión de aquella prenda me recordó a otro instante, años atrás, cuando Lilan me mostró el *hanyu* que me pondría en la coronación del Emperador.

Una ola de debilidad me recorrió y me apoyé sobre un aparador de madera. Sin querer, tiré un pequeño plato de porcelana que contenía unos pasteles blancos y rosados.

—Lo siento —me apresuré a decir, mientras los recogía. Me detuve un momento cuando los devolví a su lugar—. Pastelillos de jazmín —observé, sorprendida.

Había esperado encontrarlos en la fiesta, no en la habitación donde una criada se vestiría.

—Es un detalle hermoso, ¿verdad? Los criados sufrimos tanto, que solo necesitamos una muestra de bondad para entregar nuestras vidas sin pensar —contestó ella alegremente—. Traeré otros.

—No. —La sujeté a tiempo y sacudí la cabeza—. Tengo el estómago demasiado cerrado. Quizá más tarde.

Pero no hubo un «después». Cuando Kana terminó de colocarme el último peinecillo sobre mi elaborado recogido, era hora de salir. Una criada nos indicó que la Emperatriz, en sus aposentos, estaba casi lista.

Kana me llevó con ella. El dormitorio era una estancia deslumbrante, tan blanca y reluciente como el resto del palacio. Las gasas que colgaban de los mástiles de la cama, las sábanas y la colcha, todo era blanco y plateado. Era una suerte que, en el exterior, el cielo estuviera nublado. Si el sol hubiese brillado, me habría resultado imposible mantener los ojos abiertos allá adentro.

La Emperatriz Cian, en el centro de la habitación, era la única mota de color. Su *hanyu* era más pesado y ornamentado que el mío, de un color dorado intenso, tonalidad reservada únicamente a la familia imperial. En las mangas colgantes y en los bordes de la falda, con colores brillantes, estaba bordado el ave fénix, la figura que representaba su cargo.

Shui estaba terminando de anudarle el cinturón. Ella, a diferencia del resto de las concubinas, lo llevaba atado en la espalda, no en la cintura. De esa forma, el conjunto quedaba menos atrevido, pero sí más elegante.

—Estáis deslumbrante —susurré.

La Emperatriz Cian inclinó la cabeza con una sonrisa y decenas de adornos plateados que pendían de su cabello recogido tintinearon con suavidad.

Shui, vestida con su túnica de servidumbre, se separó de ella cuando terminó de asegurar el cinturón. Mientras la Emperatriz observaba con ojo crítico el suave rosado de sus labios en el espejo, Shui me miró de soslayo y masculló:

—Por lo menos deberías haberte limpiado las manos.

Bajé los ojos y me apresuré a sacudir el polvo rosado que los pastelillos de jazmín me habían dejado entre los dedos. No tuve tiempo de decirle nada, porque la Emperatriz me hizo un gesto para que me acercara.

—Estarás junto a mí durante toda la recepción. A no ser que te lo indique, no debes dirigirte a nadie a menos que te hablen directamente.

Asentí mientras una criada entraba en la estancia e informaba que el Eunuco Imperial Zhao nos esperaba fuera.

—Puedes pasar —dijo la Emperatriz, alzando la voz.

Él se adentró en el dormitorio con la mirada baja, pero, cuando la elevó, se tropezó con la mía y, durante un instante, se quedó paralizado.

Apenas un segundo. Un suspiro. Un resuello.

Pero para mí, sentir sus pupilas sobre las mías, fue casi eterno.

—Debemos marcharnos, Alteza Imperial —dijo, con la voz extrañamente ronca. Su posición tirante, su mandíbula cincelada en piedra, gritaba por él.

La Emperatriz asintió y él abandonó la estancia con paso rápido. Ella lo siguió de inmediato, caminando con pesadez debido a la altura de su calzado y al peso de sus ropas. Yo, sin embargo, me quedé un instante inmóvil, incapaz de borrar esa mirada de mi mente.

Había visto fascinación en ella. Sí, y también atracción. Deseo. Un deseo que me había sobrecogido. Pero lo que más había sentido en ella había sido dolor. Un dolor inmortal. Como si estuviera poniendo a su alcance algo que jamás en su vida se podría permitir.

# 28

Decían que el propio Dios Sol había diseñado el Palacio del Sol Eterno.

Jamás había pisado su interior, el hogar del Emperador Xianfeng. Era tan monstruoso como extraordinario. Vasto en tamaño y en riquezas. Pinturas por doquier mostraban las imágenes más dulces y celestiales, pero también cruentas batallas y sangre, muchísima sangre. El edificio en sí mismo parecía un templo en honor al poder, al Imperio Jing. Había retratos de los anteriores emperadores por todas partes, de forma que siempre había ojos negros vigilándote, de forma severa y cruel. Solo unos pocos poseían una mirada amable: los que habían muerto jóvenes.

No nos adentramos mucho. La muchedumbre se apostó en el enorme patio donde la familia Yehonala y yo habíamos desfallecido durante la coronación del Emperador Xianfeng. Los guardias imperiales se situaron con sus lanzas en alto a lo largo de la ancha y larga escalera que comunicaba la explanada con la entrada del palacio.

Como acompañaba a la Emperatriz, me situé tras ella en el inmenso atrio, soportado por columnas rojas y doradas, en las que cientos de animales reales e imaginarios estaban tallados y recubiertos con pan de oro y gemas. Con solo uno de los zafiros que servían como ojos de algunas bestias, se podría haber pagado el arroz para una familia durante un año.

Parecía imposible que, no muy alejada de allí, se erigiera la puerta escondida en la que Tian y yo habíamos entregado el cadáver decapitado, antes de nutrir con él al Gran Dragón.

El Harén al completo, todas las concubinas y damas de compañías de estas, también se encontraban aquí. Casi medio centenar de mujeres. La mitad de ellas para servir en la cama a un solo hombre.

Mis ojos se cruzaron fugazmente con la Asistente Mei, que hacía todo lo posible por hacer que se notara un vientre que todavía no había crecido lo suficiente, y con San, que acompañaba a una Consorte Liling que tuvo la osadía de colocarse a la misma altura que la Emperatriz.

A la Dama Rong no la vi, debía estar perdida entre todas las cabezas adornadas con joyas y flores que me rodeaban. No sabía qué ocurriría cuando me cruzase de nuevo con ella.

También había Señores de la Guerra y hombres que debían ser los consejeros del Emperador, así como otros altos cargos. Uno de ellos, robusto, de ojos pequeños y mandíbula dura, cabello grisáceo y largo bigote, permanecía algo más adelantado, separado de los demás. Hasta la tela que lo cubría parecía más resplandeciente.

Éramos tantos que, aunque el atrio era inmenso, casi no cabíamos en él.

—¡El Emperador Xianfeng! ¡La Gran Madre! —exclamó de pronto la voz aguda del Jefe Wong.

Todos retrocedimos al instante y realizamos la reverencia de rigor, mientras el paso seguro del Emperador se alzaba por encima del súbito silencio que embargó a la muchedumbre.

Era un dios viviente, vestido del mismo dorado que empapaba a la Emperatriz. Sonreía con seguridad y tras sus labios, los dientes blancos, perlados, se mostraban sin pudor. Parecía la sonrisa de un depredador. Un depredador que te convencería para convertirse en su presa con una sola mirada. Con un solo gesto.

Tras él, con un paso más sosegado, lo seguía la Gran Madre con su dama de compañía.

Un extraño estremecimiento me recorrió al verla tan de cerca. A pesar del maquillaje, de sus párpados dorados y sus labios rojos como la sangre, de esas mejillas tan perfiladas para hacerlas de acero, de su magnífico porte, su edad no podía esconderse. No debían separarnos más de diez años.

Quizás hubiera notado el peso de mis ojos, porque giró la cabeza con brusquedad y su vista se hundió en la mía durante un instante antes de que yo bajara la cabeza y profundizara más mi reverencia.

—Estás deslumbrante —la voz del Emperador sonó muy cerca de mí, aunque estaba dirigida a su mujer, que enrojeció al instante y se limitó a asentir.

Estaba a punto de darse la vuelta y enfrentar a la inmensa multitud que se agolpaba bajo sus pies, pero entonces su mirada tropezó con la mía y, durante un momento, pareció quedarse en blanco. La última vez que nos habíamos visto, él había ordenado que me castigasen con cincuenta latigazos. O no, quizás había sido en las propias celdas del Departamento de Castigo. ¿No había acudido a medianoche para comprobar si seguía viva? ¿Para ordenar que me alimentaran y me dieran algo de beber? No lo recordaba bien. El dolor que había sufrido nublaba mis recuerdos.

Le devolví la mirada sin pestañear.

Y el aire vibró entre nosotros.

—Hijo mío. —La voz de la Gran Madre logró hacerlo reaccionar. Tenía un tono firme, seductor, ligeramente grave—. Parece que la comitiva está a punto de llegar.

Levanté un poco la barbilla para observar el horizonte.

Desde nuestra altura, podía verse por encima de los muros del Palacio Rojo. La calle principal que desembocaba en una de las entradas estaba llena de espectadores y vigilada por una inmensa fila de guardias. Por ella, discurría una larga hilera de carruajes. El primero de ellos, más ornamentado, más grande, custodiado por cuatro jinetes a caballo.

El rostro del Emperador Xianfeng se endureció.

—¿Eso es lo mejor que tienen? —preguntó con una risita la Consorte Liling, poco impresionada.

Nadie respondió.

Cuando llegaron a los muros bermellones del palacio, la comitiva se dividió. Solo el carruaje custodiado atravesó una de las puertas principales mientras los otros, seguramente cargados de sirvientes, obsequios y soldados, se desviaban para penetrar por otra entrada más secundaria.

—Es el momento, Majestad —susurró el consejero de cabello gris, el que se encontraba más adelantado que el resto y se había situado estratégicamente a su derecha.

—Lo sé, Sushun.

*Sushun.* No pude evitar que mis ojos rodaran hacia aquel hombre, de sonrisa segura y mirada de águila. Había escuchado aquel nombre en dos ocasiones. La primera, en los labios del amo Yehonala; la segunda, varias semanas atrás. Sushun era el consejero más cercano al Emperador, su antiguo tutor, y el padre de la Consorte Liling.

En el instante en que las altas ruedas de madera pisaron las losas grisáceas del patio, el Emperador Xianfeng comenzó a bajar las escaleras. El consejero, la Emperatriz, la Gran Madre y su dama de compañía, junto a mí, lo seguimos como si fuéramos una extremidad más.

El carruaje se detuvo a los pies de la ancha escalinata. Los soldados que lo custodiaban no llevaban uniforme de gala, sino algo que se parecía más a una armadura ligera. Al contrario que los hombres del Imperio Jing, que iban vestidos de azul, estos iban cubiertos de violeta.

Uno de ellos abrió la portezuela y, al instante, una mano se apoyó en el borde de la puerta para tomar impulso.

Las madres del Imperio asustan a sus hijos con historias sobre el Reino Ainu. No les hacen temer a los terribles soldados que acuden a las tierras de los campesinos a recabar impuestos, o a los ladrones que plagan algunos caminos, o a la pobreza o al hambre. No. Los niños y las niñas del Imperio crecen pensando que quienes pueblan esas tierras son monstruos semihumanos. Guerreros feroces, de cabello largo y suelto, que aman la guerra y los conflictos.

Yo sabía que no era así. Todos aquellos que habían cruzado la frontera y acudían al mercado de la Aldea Kong, donde yo había vivido con los Yehonala la mayor parte de mi vida, eran tan parecidos a nosotros que, si no fuera por el estilo de sus ropas, de sus peinados, serían iguales. Hasta su idioma era prácticamente igual al nuestro, solo su acento resultaba más melodioso.

El hombre que surgió del carruaje era joven, de edad similar a la del Emperador Xianfeng. Y, al contrario de lo que les hacían creer con sus estúpidos cuentos a los niños, tenía el cabello corto. Muy corto, en realidad; apenas le rozaba los bordes de las orejas. No era tan alto como el Emperador, pero a pesar de sus ropas anchas, celestes y doradas, se adivinaba un cuerpo fornido bajo ellas.

En sus ojos pardos brillaba una mirada inteligente, pero honesta.

Tras él, lo siguió otro hombre. Debía tener una edad similar, aunque tenía menor estatura y era más delgado. Vestía de un gris apagado. Sus rasgos similares a los del monarca me hicieron reconocerlo.

Sabía quién era. Sabía cómo se llamaban los dos.

El Rey Kung y el Príncipe Haoran, su hermano menor.

En el instante en que los dos pisaron el suelo, el Emperador Xianfeng se inclinó. Fue una reverencia simple, carente del respeto que merecían dos monarcas de un reino cercano. El consejero que estaba a su derecha apenas movió la cabeza. En sus ojos había una mirada retadora. Zhao se inclinó más, pero sus dedos estaban completamente cerrados en torno a la empuñadura de su espada.

La Emperatriz y la Gran Madre, sin embargo, sí realizaron un saludo adecuado. Yo miré de soslayo a la dama de compañía que tenía a mi lado y la imité lo mejor que pude.

El Rey Kung y el Príncipe Haoran también ejecutaron una reverencia. Algo más acentuada que la del Emperador, pero no tan profunda como la que habíamos efectuado las mujeres.

El silencio sepulcral vibraba en el aire como el zumbido mortal de un avispero.

—Me complace daros la bienvenida al Imperio Jing, Rey Kung —dijo entonces el Emperador Xianfeng. Su voz sonó contenida, lejos de la afable seguridad que solía tener.

—Me siento muy agradecido por haber sido invitado al Palacio Rojo —contestó el aludido, con una pequeña sonrisa—. Hacía mucho tiempo que nadie de mi familia acudía al Imperio Jing en una visita oficial.

—Así es —contestó el consejero que se encontraba a la derecha del Emperador—. Desde antes de la guerra.

De la misma guerra que había ganado el Imperio.

Un relámpago cruzó la expresión del Príncipe Haoran, pero su hermano fue rápido y pronunció su sonrisa.

—Es una lástima que el tiempo no nos acompañe. —Miró hacia arriba en el preciso instante en que las primeras gotas comenzaron a caer.

—Será mejor que entremos —intervino la Gran Madre, con su voz grave y suave.

Las mujeres dimos un paso atrás para que los hombres avanzaran a nuestro lado y ascendieran en dirección a la entrada principal, donde se agolpaban el Harén y el resto de consejeros. El único que permaneció a nuestro lado fue Zhao.

Mientras ascendía por los peldaños de mármol, sentí cómo mi corazón redoblaba el ritmo de mis latidos. Aquella recepción sería similar a una fiesta. No se hablaría de asuntos de Estado ya que había mujeres presentes, pero tenía la sensación de que me encaminaba hacia un juicio en el que todos eran magistrados y yo, la única posible culpable.

En la lejanía me pareció escuchar los rugidos del Gran Dragón, que aullaba bajo el suelo de la Corte Interior. No supe si aquello se trataba de un buen o de un mal augurio.

La comida llegaba sin cesar: sopa de verduras, flores y arroz. Carne de cerdo en salsa espesa. Estómago de cordero desmenuzado. Carne de pollo con nido de pájaro y piñones. Bollos calientes rellenos de carne y hierbas. El banquete no tenía fin. Los vasos de porcelana eran rellenados una y otra vez con té o vino de arroz. Y yo observaba todo desde mi lugar, detrás de las robustas sillas de madera, entre las espaldas del Emperador y la Emperatriz.

Demasiado cerca de Zhao y del Jefe Wong. Hambrienta y sedienta.

Entre las manos, llevaba una jarra de porcelana llena de té tibio que, de vez en cuando, las criadas del Departamento Doméstico cambiaban por otra cuando la bebida se enfriaba.

No entendía cómo Shui o San disfrutaban de estar en lugares así, cuando no eran más que unas simples espectadoras.

Las damas de compañía que se encontraban tras las concubinas, listas para llenar sus vasos, parecían fascinadas por todo lo que las rodeaba. Sin embargo, no podía decir lo mismo de sus amas. Por primera vez, era la Emperatriz la que atraía más miradas. Era la que podía moverse con más libertad e interactuar, mientras las demás debían limitarse a observar. La Consorte Liling tenía el ceño firmemente fruncido y la Dama Rong parecía extraordinariamente aburrida. Ignoraba por completo el parloteo incesante de la Asistente Mei. Aunque me había cruzado con ellas, ninguna me había dedicado ni un solo vistazo.

Las conversaciones, que al principio del almuerzo habían sido tensas y entrecortadas, se habían transformado en carcajadas y voces distendidas. Parecía que el alcohol había relajado las cuerdas vocales. Algunos gritaban tanto, que ocultaban bajo sus voces recias la melodía que un cuarteto de músicos ejecutaba en un rincón. De vez en cuando, me llegaba la elegante melodía del *koto*, la flauta y el *ehru*, pero enseguida desaparecía tras las carcajadas.

Muchos ni siquiera observaban a las bailarinas que, envueltas en *hanyus* vaporosos y velos, ejecutaban danzas en el centro de la estancia, entre todas las mesas que las rodeaban como un abrazo eterno.

En el exterior se había terminado por desatar una tormenta. El cielo estaba tan oscuro que parecía de noche, a pesar de que la tarde apenas había comenzado. Habían tenido que encender todos los candelabros, velas y lámparas de aceite.

El inmenso comedor del Palacio del Sol Eterno parecía un sueño maldito. Todo estaba revestido de oro, gemas y telas caras. Hasta el suelo que pisaba valía mil veces más que yo.

Tian habría chirriado los dientes al ver la cantidad de comida que había sobrado.

Cuando llegaron los pastelillos de jazmín y otros manjares más ligeros y dulces, acompañados de vinos almibarados, las bailarinas se retiraron y algunos consejeros y concubinas comenzaron a incorporarse y a pasearse entre los asientos.

Uno de los primeros en moverse fue el Rey Kung. Se disculpó y, por el rabillo del ojo, vi cómo se desplazaba por la estancia hasta llegar a uno de los enormes ventanales que comunicaban con el gran jardín que rodeaba prácticamente todo el Palacio del Sol Eterno. Apoyó las manos en el borde de la ventana, a pesar de que la madera estaba mojada por la lluvia. Tenía las mejillas enrojecidas y parecía un tanto acalorado.

La Emperatriz le hizo un gesto al Emperador Xianfeng, que también estaba ligeramente ruborizado, y después señaló con un solo movimiento de pupilas al otro monarca. Hubo algo en aquella mueca, apenas perceptible, que me hizo comprender la inmensa conexión que los unía.

El Emperador se inclinó hasta Sushun, el consejero que siempre había permanecido a su lado, y le susurró algo al oído. Después, se incorporó a la vez que la Emperatriz. El Príncipe Haoran se dio cuenta de lo que pretendían e hizo amago de incorporarse también, pero el consejero se levantó a su vez y le cortó el paso. Comenzó a hablar con él, y el príncipe no tuvo más remedio que contestar.

Yo miré de soslayo a Zhao, y lo seguí cuando él se colocó tras el Emperador y la Emperatriz.

—¿Os encontráis mal? —preguntó el Emperador, con cierta suavidad, cuando el matrimonio alcanzó la figura inclinada del Rey Kung.

—No negaré que vuestro alcohol es más fuerte que el nuestro —contestó, con una media sonrisa perezosa—. Casi podría creer que deseáis asesinarme destrozándome el hígado.

Sentí cómo Zhao se tensaba a mi lado, pero el Emperador se echó súbitamente a reír. Su cuerpo basculó de forma extraña.

—Entiendo bien lo que queréis decir. En recepciones así, acabaría como vos si Cian no estuviera golpeándome bajo la mesa con la puntera de esos bonitos zapatos que siempre lleva.

La Emperatriz se volvió hacia él y pareció tentada de darle un puntapié de verdad. Pero en vez de eso, se echó a reír. Ella no había bebido ni una gota de alcohol, pero tenía los ojos brillantes, casi húmedos.

Dioses. Estaba realmente enamorada de él.

—Quizá deberíais buscar una mujer que os recordase cuándo parar —comentó ella.

El Rey Kung abrió los ojos de par en par y se separó abruptamente de la ventana para observarla.

—Oh, no. Vos, no —dijo, con una carcajada consternada—. Creía que aquí estaría a salvo. Mi madre y mis hermanas no dejan de repetir el tema. Todos parecen olvidar que todavía soy joven para morir, que mi reino es pacífico y que tengo un hermano pequeño que podría sucederme.

El Emperador esbozó una sonrisa cómplice y comentó:

—Tal vez tengan razón.

—Vuestra opinión no cuenta, Xianfeng. Vos contáis con un Harén. Eso, en mi reino, es inimaginable. —Me sobresalté cuando escuché el nombre de pila del Emperador, pero la expresión de este no se inmutó—. No estoy preparado todavía para convertirme en un marido responsable. Disfruto mucho de mi soledad. De las tareas de gobierno, de alguna que otra recepción similar a esta, de la lectura y de las partidas de Wu hasta la madrugada.

—¿Wu? —La voz de la Emperatriz Cian se elevó, sorprendida.

—Sí, sé que en el Imperio Jing también se juega. —El Rey Kung asintió, girándose hacia ella—. Pero temo deciros que en el Reino Ainu es más que una afición. Hay un tablero en cada hogar. Somos grandes jugadores.

La Emperatriz me dedicó un vistazo tan fugaz, que casi pensé que se trataba de un espejismo.

—Eso es fácil de afirmar —comentó ella, con un deje burlón.

El Rey Kung parpadeó, sorprendido, y el Emperador se volvió hacia su mujer, con las cejas arqueadas.

—¿Cian?

Volví a recibir esa mirada fugaz. Pero en esta ocasión, el Rey Kung fue consciente de ella. Sus pupilas se clavaron durante un instante en mí.

—La Emperatriz es una gran jugadora —intervine.

Los tres se volvieron hacia donde me encontraba. La Emperatriz con un aire satisfecho, pero la expresión de su marido resultó casi incómoda. Su ceño se cernió sobre sus ojos afables. Por si acaso, yo agaché más de lo necesario la cabeza.

Un silencio denso se instaló sobre nosotros. Las conversaciones de la muchedumbre que nos rodeaba se volvieron más molestas que nunca hasta que, de pronto, el Rey Kung se echó a reír.

—¿De veras? —Sus ojos volaron de mí a la Emperatriz—. A muchos de los que aquí se congregan les encantaría vernos librar una batalla. Quizás alguno de estos días podamos ofrecerle una.

Ella dio un paso al frente. Su expresión mostraba una seguridad que no había contemplado nunca.

—¿Por qué no ahora? —susurró.

El Rey Kung solo parpadeó antes de cabecear con una sonrisa traviesa.

—Por supuesto, por qué no.

El Emperador Xianfeng separó los labios, pero no dijo nada. Yo la observé, alarmada, pero ella me ignoró. No había mentido durante nuestras sesiones, la Emperatriz no era una mala jugadora, mejoraba a grandes pasos, pero todavía no había podido vencerme ni una sola vez. ¿Cómo se atrevía a retar a un oponente experto, aunque estuviera borracho?

—Cian... —comenzó el Emperador.

Su mujer no le permitió decir nada más. Agitó una mano en el aire y el Jefe Wong se acercó, con una sonrisa pegajosa.

—Jefe Wong, necesito que traigáis un tablero de Wu. —Cuando sonrió, mostró todos sus dientes blancos—. De inmediato.

El eunuco pestañeó, confuso, pero se apresuró a realizar la reverencia de rigor y a desaparecer en busca de lo solicitado.

El Emperador observaba a la Emperatriz, incrédulo.

Aquello era una idea pésima.

Todos sabíamos que no se trataría de una simple partida.

*Respira, Cixi.*

La voz de la Emperatriz me llenó de pronto la cabeza, como si fuera mi propia voz. Me sobresalté tanto, que estuve a punto de tirar un jarrón de porcelana al suelo. Varias miradas se clavaron en mí, pero traté de respirar hondo, de calmarme.

Ella seguía dándome la espalda.

*Soy yo. Cian. Esta es mi Virtud.* Tuve que hacer esfuerzos para no jadear. Era extraño sentir su timbre aterciopelado en el interior de mi cráneo. *Puedo introducirme en tu mente. Puedo hablarte, sin que nadie más me escuche. Y puedo mostrarte cosas que solo tú podrás ver.*

Era una sensación ambivalente. Aunque trataba de calmarme, yo solo sentía cómo la inquietud crecía más y más. Me sentía invadida.

*No sé si es una buena idea, Alteza Imperial,* pensé, sin saber si me escucharía.

Me escuchó.

*Sé que no soy una oponente digna para el Rey Kung, pero yo no voy a ser su rival.*

Mi mente se quedó tan en blanco de pronto, que pensé que la voz de la Emperatriz se había retirado.

*Eres tú la que se enfrentará a él.*

# 29

Se había formado un inmenso revuelo en el salón.

Habían dispuesto el tablero de Wu en una pequeña mesa en el centro de la estancia, y dos taburetes. El tablero blanco y rubí destacaba entre tanto rojo y dorado, entre tantos flecos y borlas. Las fauces abiertas de los dragones y las garras de los tigres parecían más letales que nunca.

Jamás había temblado tanto. Ni siquiera antes de que me azotaran en el Departamento de Castigo.

El Rey Kung esperaba ya sentado, con los dedos tamborileando sobre el borde de la mesa. Comentó algo sobre el realismo de las piezas, alabándolas, pero yo ni siquiera lo escuché.

El maremoto de susurros que me rodeaba llenaba mi cabeza. Apenas era capaz de seguir a la Emperatriz sin tropezar, que se dirigía con paso lento, pero seguro, al lugar que le estaba reservado.

Sushun, el consejero del Emperador, caminaba inclinado a la par de la mujer, y no dejaba de murmurar a toda prisa en su oído:

—Recapacitad, Alteza Imperial. Esto no es solo un simple juego, lo sabéis muy bien. Vuestra victoria o vuestra derrota será conocida hasta por el último mendigo del Imperio y del Pueblo Ainu.

Ella no se detuvo. Esbozó una sonrisa perfecta y observó al hombre de soslayo.

—Qué poca confianza depositáis en vuestra Emperatriz —comentó.

El consejero palideció y no osó insistir. Sin embargo, el Emperador carraspeó y sus dedos se enredaron un instante en el brazo de su mujer.

—Cian... —comenzó.

—¿Tú tampoco confías en mí?

Él bajó la voz, pero yo estaba tan cerca de ellos que pude escucharle responder:

—Te conozco desde que éramos niños. Sabes que te entregaría mi vida. Pero esto... puede llegar a ser un asunto de Estado.

—Es solo una partida de Wu, Xianfeng. Si no deseas que sea un asunto de Estado, no lo será. —La Emperatriz se detuvo a unos pasos del asiento que la esperaba—. Solo quiero ayudarte.

La duda brilló en los ojos del Emperador. Sus pupilas rehuyeron la mirada brillante de su mujer y, durante un instante, se posaron en mí. Solo dudó un segundo más antes de asentir bruscamente y apartarse de nosotras. Tras él, Sushun dejó escapar un bufido entre dientes.

Los murmullos se multiplicaron.

Con elegancia, la Emperatriz se sentó frente a las piezas rojas. El Rey Kung, al otro lado del tablero, le dedicó un asentimiento divertido.

Yo me coloqué tan cerca de ella, que la falda de mi *hanyu* rozaba el borde dorado de la suya, derramada por el suelo como la espuma del mar. A mi izquierda, también muy próximo, se encontraba Zhao. Sus manos estaban apoyadas en tensión sobre el cinto del que colgaba su arma.

*No te olvides de respirar, Cixi,* oí que me susurraba la Emperatriz en mi cabeza.

*Esto es una locura, Alteza Imperial,* repliqué mientras el Príncipe Haoran le murmuraba algo a su hermano mayor. Este asintió y colocó el índice sobre la pieza que iba a mover. Temblaba un poco.

*Está borracho,* añadió la Emperatriz, con confianza.

El Rey Kung tenía las mejillas sonrosadas y los ojos demasiado húmedos, pero no vaciló cuando empujó a uno de sus tigres en dirección al ejército de piezas rojas, que aguardaba.

Yo me estremecí.

Sí, estaba borracho, pero quizá no lo suficiente como para que pudiese vencerlo.

Lilan siempre había sido una jugadora paciente, pero mortífera. Su mirada melosa, sus sonrisas, no casaban con las últimas jugadas antes de que me derrotara.

A veces, cuando jugaba contra ella, creía que una parte de su mente era todo un secreto para mí.

El Rey Kung jugaba de forma similar. A su lado, y al de la Emperatriz, se acumulaban las piezas caídas, unas sobre otras. Alas de marfil se confundían con ojos de zafiro y colmillos de jade. Estaban muy igualados y la batalla estaba llegando a su parte final.

Los dos habían perdido sus aves fénix, pero todavía seguían invictos los dragones, un par de tigres y unas cuantas ratas. Garzas no quedaba ni una.

El ambiente se había vuelto irrespirable. Aunque al inicio de la partida los espectadores habían guardado una distancia de seguridad, a medida que los movimientos se iban sucediendo, se fueron acercando más y más. Hasta la Consorte Liling, a la que no le interesaba en absoluto el Wu, prestaba atención.

Por culpa de la aglomeración, mi cuerpo había quedado prácticamente pegado al de Zhao. Su aliento me abanicaba la oreja derecha. Hacía revolotear los mechones del cabello que había escapado de mi recogido, y me hacía cosquillas en el lóbulo. Podía sentir su tirantez, reflejo idéntico de la mía. Sus nudillos rozaban mi cadera.

Jamás me había costado tanto concentrarme durante una partida.

Ni una sola gota de licor de arroz se había deslizado por mi garganta, pero me sentía mareada.

¡*Cixi!* La voz impaciente de la Emperatriz me sobresaltó tanto, que hundí el hombro en el pecho de Zhao. *¿En qué piensas? Me cuesta que mi voz llegue hasta ti.*

*Lo... lo siento*, me apresuré a responder. Podía comunicarse conmigo, pero no sabía hasta dónde era capaz de llegar su Virtud. No podía permitir que se introdujera demasiado en mi cabeza, había demasiado que descubrir. *No estoy segura sobre el siguiente movimiento.*

Aquello no era del todo mentira. Tanto el Rey Kung como yo nos hallábamos en una situación vulnerable. Él estaba más arrinconado por mis ratas, pero tenía más piezas de valor, aunque estas estaban demasiado lejos de su ave fénix.

*Avanzad las dos ratas de los extremos*, pensé.

De esa forma, su pieza más valiosa estaría completamente rodeada por las más débiles. Y no tendría escapatoria. Solo tenía opción de avanzar y dejarse devorar por los roedores.

Al otro lado de la Emperatriz, escuché cómo el Emperador tragaba saliva. Estaba segura de que recordaba esa estrategia. Era la misma que había utilizado aquella vez, en el Pabellón de las Peonías.

La Emperatriz me obedeció y se inclinó hacia atrás, satisfecha.

—Os permitiré retiraros si es lo que deseáis —comentó, amable.

El Rey Kung sonrió y sacudió ligeramente la cabeza.

—Ha sido una gran estrategia, Alteza Imperial. Y, sin embargo...

Su mano voló hacia uno de sus tigres y apoyó la yema en el lomo labrado en marfil. La Emperatriz frunció el ceño y yo me tensé. Conté las casillas que separaban la pieza hasta la rata más próxima. Maldije. Volví a contar.

Malditos Dioses. Me había equivocado. No estaba a salvo. La pieza del tigre era la que más podía avanzar. Con un movimiento, tumbaría a la rata más cercana de la formación. Y, sin ella, no habría bastantes para tumbar al dragón.

El Rey Kung no tuvo piedad. Apartó la rata que había devorado su tigre. Yo intenté pensar en otra estrategia, pero ya no había forma de vencer. Él tenía figuras más poderosas y mi ejército de ratas no contaba con el número suficiente.

Sin poder hacer nada, observé cómo sus tigres devoraban sin dudar el dragón de la Emperatriz.

Varias exclamaciones hicieron eco por todo el salón cuando la muchedumbre comprendió que la partida había acabado.

La Emperatriz se había quedado paralizada.

—Habéis sido una gran oponente, Alteza Imperial. Esperaré con ansias vuestra revancha antes de mi regreso —la felicitó el Rey Kung, mientras se ponía en pie. Sus ojos volaron hacia el Emperador—. Si me lo permitís, me encantaría seguir disfrutando de la fiesta.

El aludido tardó quizás un instante más de lo necesario en sacudir la cabeza.

La música del *koto*, la flauta y el *ehru* volvió a restallar en mis oídos, aunque yo la sentí muy lejana. Me había convertido en una estatua de hielo.

Poco a poco, la concurrencia comenzó a dispersarse. Sin embargo, ni Zhao, ni la Emperatriz, ni yo nos movimos.

*Alteza Imperial...*, comencé.

—Ya no es necesaria tu presencia aquí —me interrumpió ella. No me miraba, todavía tenía la vista fija en las piezas de Wu—. El Eunuco Imperial Zhao cuidará de mí a partir de ahora.

Miré de soslayo al aludido y él negó ligeramente con la cabeza. Apreté los dientes, furiosa, pero sabía que no había nada que pudiera hacer o decir.

—Sí, Alteza Imperial —murmuré, mientras me reclinaba profundamente.

Estuve a punto de echar a andar, pero su voz me detuvo.

—Cixi.

Alcé la vista, esperanzada, pero ella todavía no me miraba. No obstante, su postura parecía menos enervada.

—No ha sido culpa tuya. He sido yo la que te he puesto en esta situación tan complicada.

Asentí, sin saber muy bien qué decir. Ella no añadió nada más, así que volví a inclinarme y retrocedí de espaldas hasta mezclarme con el gentío. Después, me volví y me apresuré a escapar de aquel claustrofóbico salón.

Solo cuando pisé la antesala anexa, donde se acumulaban decenas de jarras de bebida y fuentes de dulces para sustituir a las que ya estaban servidas, pude respirar hondo.

Me apoyé sobre una de las celosías y cerré los ojos.

No había podido hacer nada. No había ayudado a la Emperatriz, pero tampoco había conseguido acercarme a las otras concubinas. Lo más cerca que había estado de la Consorte Liling había sido durante la partida de Wu, y ni siquiera la había mirado durante más de dos segundos. Debía estar centrada en la partida. De la Dama Rong solo había visto su perfil, alejada junto a otras concubinas de rango medio.

Respiré hondo y abrí los ojos.

Me había adentrado en el Palacio Rojo con un propósito, pero después de varios meses no había averiguado nada. Por mucho que me escurriera por los distintos departamentos, por los recovecos de la Corte Interior, solo vería lo que me estaba permitido como sirviente.

La mirada del Rey Kung flotó en el centro de mi mente.

Si la Emperatriz hubiese tenido alguna pieza de más valor sobre el tablero, podría haber sobrevivido. Podría haber ganado. Porque, aunque las ratas podían vencer al dragón, necesitaba el respaldo de otra pieza poderosa... por si una de ellas caía.

Por si no eran suficientes.

Sacudí la cabeza y mis ojos tropezaron con una bandeja dorada, llena de pastelillos de jazmín. Quizá, podría hacer feliz a alguien aquella noche.

Con cuidado, tomé varios y los guardé en el fondo de mis largas mangas. La torre quedó desequilibrada, así que no tuve más remedio que mover algunos. Sin embargo, cuando estaba a punto de colocar el último, una sombra se movió a mi derecha y me sobresaltó.

Miré a la cara al Emperador Xianfeng durante demasiado tiempo antes de arrojarme al suelo y empezar a murmurar a toda prisa:

—Larga vida a su Ma...

Me callé cuando sentí cómo los pastelillos escapaban de mis anchas mangas y rodaban hasta chocar con el borde de sus botas bordadas.

Me atreví a atisbar más allá de su figura. Estaba solo. Tras su espalda se escondía el resplandor dorado mezclado con las voces y la música de la fiesta.

Aquí, en la oscuridad, nuestras túnicas casi parecían iguales.

Me pareció que arqueaba una ceja antes de inclinarse a recoger uno de los pastelillos del suelo.

—¿Estabas robando?

—Una criada del Departamento de Trabajo Duro no tiene muchas oportunidades de probar algo así —contesté. Mentir o alegar que estaba robando para otros no me salvaría.

—Podría hacer que te torturaran por esto —observó. Como no podía mirarlo a la cara, no sabía si estaba hablando en serio—. A los ladrones les cortan las manos.

—Esta criada podrá soportarlo —me obligué a decir, con una calma que no sentía en absoluto—. No será la primera vez que me castigan.

Él se envaró. Lo escuché tragar saliva con algo que casi me pareció incomodidad.

—Hay normas que hay que cumplir, aunque el mundo te considere un dios viviente —dijo, con la voz súbitamente ronca.

Apreté los labios. Las manos, todavía apoyadas sobre el suelo, se convirtieron en puños. Temblé un poco, pero me obligué a hablar. No podía seguir siendo una rata. No si quería descubrir qué le había ocurrido a Lilan.

No si quería venganza.

—Sé que vinisteis a verme aquella noche al Departamento de Castigo. Que ordenasteis que me alimentaran —dije. Alcé un instante los ojos, solo lo suficiente para zambullirme en los suyos y luego apartarlos con rapidez—. Si no hubiera sido por vos, Majestad, ahora estaría muerta.

Era mentira, por supuesto. Estaba viva porque mi Virtud me había impedido morir. Pero eso era algo que el Emperador desconocía.

—Debía haber acudido al Palacio del Sol Eterno para daros las gracias, pero... no quería molestaros —añadí, dejando que mi voz vacilara—. Perdonadme. Fui una desagradecida.

Escuché un susurro y alcé un poco la mirada. El Emperador se había adelantado hasta que el borde de su túnica dorada lamió la punta de mis dedos.

—Levántate —ordenó.

Yo lo hice, pero tuve que echarme hacia atrás para que ni una sola parte de mí ni de mi vestimenta lo rozara. Como consecuencia, perdí el equilibrio y manoteé, golpeando sin querer la bandeja llena de pastelillos de jazmín, que terminaron rodando por el suelo.

Antes de que pudiera seguir su camino, una mano se enredó en mi brazo y tiró con firmeza de mí.

De pronto, me encontré con mi pecho hundido en el esternón del Emperador y la nariz a un suspiro de su barbilla. Su mano seguía cerrada alrededor de mi brazo, apoyado en su costado cálido. Su aliento hizo revolotear un par de cabellos que se me habían escapado del recogido. Casi sentí el roce de sus labios en mi mejilla. A un suspiro de la boca. El perfume de ylang-ylang que lo empapaba me llenó la cabeza y me dejó paralizada durante un instante.

—Pero ¿qué te han hecho esos pobres pastelillos? —preguntó. Su voz sonó más ronca de lo habitual en mi oído.

No pude responder. Una extraña languidez se apoderó de mi cuerpo y yo me dejé arrastrar por ella. No traté de incorporarme ni él intentó enderezarme. Mi pecho rozó el suyo al inspirar. Las manos que me sujetaban de la cintura me apretaron.

Pero de pronto, me pareció atisbar una figura por detrás de su espalda y retrocedí abruptamente, pisoteando sin querer algunos de los pequeños bollos blancos.

—¿Majestad?

Se trataba de Zhao. Durante un instante, pareció confundido mientras desviaba la mirada del Emperador a mi expresión. Mi rostro se ruborizó con violencia.

Su ceño se frunció de golpe.

—La Emperatriz ordenó que te marcharas a tu departamento —dijo con frialdad.

Yo me recliné y miré de soslayo al Emperador, que me observó con atención durante unos segundos interminables antes de asentir, en silencio. Me postré y me despedí con las palabras protocolarias mientras, con cuidado, me apresuraba a guardar algunos de los pastelillos caídos en las mangas de mi *hanyu*.

Después, por si acaso, no volví a mirar atrás.

Me sentí como una demente que huía tras haber prendido el mundo en llamas.

El aire fresco de la noche me acarició cuando bajé los escalones de la entrada al palacio. El mal tiempo se había apaciguado y la luna brillaba serena, en mitad de un cielo en el que apenas se podían atisbar las estrellas.

Los alrededores del edificio estaban plagados de guardias imperiales, pero ninguno me detuvo cuando pasé junto a ellos, de camino a la residencia de la Emperatriz para devolver el *hanyu* y vestirme otra vez con mi ropa de criada.

Me pregunté si el Emperador me miraría de la misma forma en que lo había hecho cuando vistiera de nuevo de color negro. Si sus manos volverían a apresarme con aquella fuerza.

A pesar de que la noche estaba sumida en un silencio glorioso y los ruidos de la fiesta no llegaban hasta mí, una agitación inusitada me hizo fruncir el ceño cuando me acerqué a la residencia de la Emperatriz.

A los pies de la escalera había un carromato alargado tirado por dos eunucos. Me estremecí al ver sus túnicas de servidumbre blancas. Pertenecían al Departamento de la Muerte. Si estaban allí, solo podía significar una cosa.

Subí los peldaños de dos en dos, hasta llegar a la entrada. Ante ella, una criada cuyo nombre desconocía pero que me había cruzado durante mis partidas de Wu con la Emperatriz, estaba plantada allí, sujetándose las manos, nerviosa.

—¿Qué haces aquí? —me espetó—. ¿Por qué no te encuentras junto a su Alteza Imperial?

—No requiere ya mis servicios. Debo devolver el *hanyu* —añadí, haciendo un gesto hacia mi ropa vaporosa.

—Márchate. —Me hizo un gesto impaciente con la mano y se colocó en mitad del umbral, para que no pudiera pasar—. Regresa mañana. Ahora mismo estamos ocupados.

Yo no me moví.

—¿Qué ha ocurrido?

—Una criada ha muerto. Y tenemos que solucionar esto antes de que la Emperatriz regrese.

Parpadeé, sorprendida. Estuve a punto de hablar, pero entonces atisbé a lo lejos la figura de otros dos eunucos del Departamento de la Muerte. Portaban una camilla.

Nadie se había molestado en cubrir el cadáver que reposaba de mala forma sobre ella.

Mi cuerpo se movió solo y se acercó al de la criada que tenía a mi lado, como si buscara inconscientemente algo de tibieza, algo de soporte. Ella también se estremeció cuando el rostro de una joven, congelado en un rictus de dolor, pasó por nuestro lado. Sus ojos miraban hacia el cielo, completamente abiertos, y las manos se le habían convertido en dos garras crispadas. Me pareció ver algo en la manga gris perla de su túnica.

No sabía su nombre, pero la había visto más de una vez limpiando en el palacio. Siempre se había inclinado al verme.

Tras la camilla apareció Kana. Tenía el rostro arrasado por las lágrimas. Trató de detener a los eunucos del Departamento de la Muerte, pero la criada la sujetó a tiempo, apretándola contra su pecho.

—No puedes hacer nada —le siseó, aunque su voz estaba fragmentada por el dolor—. Contrólate, Kana.

—¡No es justo! —chilló ella—. Lin estaba bien. No se encontraba enferma... ¿¡cómo...!?

Me miró, desesperada, como si yo pudiera contestar a su pregunta. Pero no pude hacer otra cosa que observar cómo los eunucos dejaban el cadáver en el carromato.

Kana se derrumbó sobre los brazos de la otra criada. Esta se inclinó sobre ella, abrazándola, apartándole con cariño las lágrimas que brotaban sin cesar.

—Era mi única amiga —masculló, sin fuerzas—. Era... —La voz se le extinguió.

La otra criada, arrodillada a su lado, levantó la mirada para observarme. Una lágrima había resbalado también de sus ojos.

—Regresa mañana —me pidió antes de añadir con más suavidad—: Por favor.

Asentí y realicé una reverencia mientras la mujer intentaba arrastrar a Kana al interior del palacio.

Había un dicho en «la ciudad dentro de la ciudad» que decía que, cuando un alma inocente moría entre esos muros rojos, el Gran Dragón que vivía bajo ella lloraba y bramaba de pura tristeza.

Yo cerré los ojos y escuché.

Pero no oí nada.

**30**

Nuo y Tian devoraron los pastelillos de jazmín, pero yo fui incapaz de probar ninguno.

Ní siquiera regresé al palacio de la Emperatriz. Al día siguiente de la fiesta y de la muerte de aquella criada, apareció un eunuco que me indicó que llevara el *hanyu* al Departamento de Costura. Nada más.

Aunque la Emperatriz Cian no había vencido en la partida contra el Rey Kung, consiguió lo que tanto deseaba. La atención del Emperador. Por los rumores que escuché, él empezó a visitarla por las noches. Algunos decían que jugaban al Wu al inicio, pero que después, la partida terminaba siempre en el lecho de la Emperatriz.

Una pequeña parte de mí se sentía alegre por ella, pero otra era miserable. Yo era una criada, una mujer utilizada constantemente, pero había sido una estúpida al pensar que, acercándome a la Emperatriz, obtendría algo de poder. Que estar a su lado cambiaría algo mi situación, me ayudaría a descubrir algo nuevo sobre lo que le había ocurrido a Lilan. Pero me había equivocado por completo.

—Ellos son gatos y nosotros somos ratones con los que jugar antes de devorarnos —dijo un día Tian, cuando me descubrió cabizbaja—. Cuando se aburren, nos devuelven de una patada al agujero del que hemos salido.

El Rey Kung se quedaría en el Palacio Rojo varias semanas más. Y, aunque desde fuera, las relaciones entre ambos monarcas y los consejeros parecían apacibles, todo el mundo sabía que el Emperador vivía en tensión constante. Ni siquiera visitaba a la Consorte Liling. Tampoco a las otras concubinas.

Repartía el escaso tiempo que tenía libre en visitas breves a la Asistente Mei y, sobre todo, a la Emperatriz. Cuando algunas de las concubinas se enteraron de que la Emperatriz había recibido clases de Wu por parte de una criada del Departamento de Trabajo Duro y de que, por ese motivo, el Emperador había regresado a su dormitorio, comenzaron a convocarme. A muchas nunca las había visto, eran mujeres que no habían recibido ni siquiera un rango dentro del Harén.

No solicitaban mi presencia porque querían que les enseñase a jugar. No. Se aprendieron bien mi nombre y pedían que fuera yo la que les llevase los cubos llenos de leche para sus baños diarios. Cada vez que derramaba una gota, hacían que me arrodillara y extendiese las manos para que sus criadas pudieran pisotearlas con saña. Como no podían volcar su ira, su frustración, sobre la Emperatriz Cian, lo hacían sobre mí, la estúpida criada que le había enseñado una habilidad con la que engatusar de nuevo al Emperador.

En una ocasión, la Consorte Liling me encerró en uno de los patios traseros de su palacio y no me dejó salir hasta que no limpié todos los orinales que trajeron sus criadas. Estuve dos mañanas, una tarde y una noche completa. Y aunque me proporcionaron jabón, no me dieron ni un simple trapo. Tuve que hacerlo con mis manos. Vomité varias veces en un rincón.

Las únicas concubinas en todo el Harén que no requirieron mi presencia fueron la Asistente Mei, ascendida hacía poco a Dama Mei, que vivía para alardear de su embarazo, y la Dama Rong, a la que habían degradado hacía poco a Asistente Rong. A ella solo la observaba de lejos, rodeada siempre de un silencio hostil y de miradas esquivas.

No volví a encontrarme con el Emperador en ninguna sala en penumbra, repleta de pastelillos de jazmín.

Y la Emperatriz no me volvió a convocar.

El otoño alcanzó su cénit y las calles del Palacio Rojo se llenaron de hojas doradas que volaban desde los árboles caducos. Los eunucos y las criadas no dábamos abasto para limpiar aquella ciudad amurallada. Quedaban pocos días para que el Rey Kung abandonara la capital y regresara a su reino, por lo que la exigencia y el ritmo seguían siendo frenéticos.

Yo apenas era capaz de colocar un pie delante del otro. El sol estaba a punto de caer, pero yo llevaba despierta desde antes del amanecer. Aquel día ni siquiera había podido pensar en Lilan ni una sola vez. Solo imaginaba mi pequeño y estrecho jergón en el Departamento de Trabajo Duro, en lo que sentirían mi espalda, mis piernas y mis pies cuando finalmente me dejara caer sobre él. Ese pensamiento era el único que había llenado mi cabeza en las últimas semanas.

La Consorte Liling me había convocado a su palacio aquella mañana para que encendiera todos los braseros. Todavía no había llegado el invierno, el carbón ni siquiera se había acercado a ningún departamento, pero ella quería que todas las estancias de su inmenso palacio estuvieran caldeadas. Fue un trabajo agotador. Los fósforos que me proporcionó una de sus criadas estaban húmedos, se rompían, y cuando por fin lograban encenderse, devoraban la madera tan rápido, que me quemé los dedos varias veces. Como tardé más de lo que la Consorte Liling creyó necesario, ordenó a San que me golpeara las piernas con una vara de bambú.

Mientras el dolor me sacudía, me obligaba a permanecer de pie y a devolverle la mirada a la concubina. Moriría antes de suplicarle piedad.

Los golpes eran cada vez más frecuentes y exasperados. Sentía las piernas hinchadas y palpitantes, como si estuviesen siendo atravesadas por decenas de agujas. Ya estaba flaqueando y sentía una ligera náusea en la boca, que despertaba las ganas de vomitar.

*Solo un poco más*, me dije, intentando olvidar el intenso sufrimiento que comenzaba a hacerse insoportable. *Solo un poco más*. Quería tirarme al suelo y suplicar clemencia, pero mi cuerpo se mantenía tercamente rígido, sin moverse ni un ápice cuando era golpeado.

La mano de San quedó suspendida en el aire y bajó una última vez. Aquel último impacto fue el peor y no fui capaz de contener el grito estrangulado de dolor que escapó de mis labios. Sentía llamaradas comiéndose mis extremidades.

Necesitaba salir de allí en aquel preciso instante, iba a echarme a llorar de un momento a otro.

No lo soportaba más.

Sorprendentemente, la Consorte Liling me ofreció su mano cuando intenté incorporarme y mis piernas fallaron. Yo alcé la extremidad, todavía mareada por los golpes, y ella me sujetó de la muñeca y tiró de mí hacia arriba.

El dolor que me atravesó fue peor que el que me provocaron aquellos treinta latigazos. Los huesos, los músculos, se estremecieron. Casi parecían querer partirse en dos. Esa vez sí grité. Tanto, que sentí mi garganta desgarrarse.

—Oh —había susurrado la Consorte Liling, con una sonrisa de disculpa—. A veces me cuesta controlar mi Virtud.

Cuando por fin pude abandonar su palacio, lo hice a rastras.

Ahora, al recoger las malditas hojas secas, sentía los gemelos en llamas. Y la marca de aquellos dedos en mi muñeca comenzaba a exudar pus. Las manchas violáceas de mis piernas decorarían mi piel durante semanas, hasta que el hematoma desapareciera por completo. La herida de la muñeca, sin embargo, no desaparecería nunca... hasta que muriera de nuevo.

Nuo me observaba de soslayo, preocupada, y, cuando una de las Encargadas no miraba, Tian se acercaba para que me apoyara en ella.

La tarde se convirtió en una letanía eterna. Arrodillarse, recoger las hojas, incorporarse, arrojarlas al saco. Arrodillarse, recoger las hojas, arrojarlas al saco. Una y otra vez, una y otra vez. Sin descanso. Sin suspiros.

Hasta que, de pronto, empezó a llover.

Creí que con el aguacero la Encargada Lim nos ordenaría parar y regresar, pero éramos sirvientes del Departamento de Trabajo Duro, así que no nos detuvimos. Y, aunque las gotas frías refrescaron un poco mi cuerpo caliente, eso complicó todavía más la tarea. Ya no era arrodillarse y recoger las hojas. Ahora, me arrodillaba, clavaba las uñas en el suelo empedrado, tiraba de la hoja, esta se partía en dos y la otra mitad se quedaba pegada, resoplaba, lo intentaba de nuevo.

No supe cuánto tiempo pasó, pero de pronto, la vista se me empezó a emborronar. Mis rodillas temblaron cuando me arrodillé de nuevo. Me sentía entumecida. Era como si mi cuerpo ya no me perteneciera.

Una figura atravesó la calle a paso rápido. Vestida con una túnica de servidumbre azul, con el cabello recogido en la nuca con una aguja dorada. Supe quién era al instante, y no pude evitar preguntarme cuándo había aprendido a reconocer a Zhao con el simple ruido de sus pasos firmes y rápidos, con su postura siempre tensa y sus manos cerradas en puños.

Me obligué colocarme de rodillas cuando él se detuvo a solo un par de metros de mí. La última mirada que me había dirigido casi dos semanas atrás relumbró en mi mente con la fuerza de un relámpago y me obligué a mantener el rostro agachado, inexpresivo.

—Encargada. La servidumbre se marchará cuando terminen de limpiar esta calle. —Su voz sonó como un ladrido. Arisca, desagradable—. Con este tiempo, toda la Corte Interior está encerrada en sus palacios. Si alguno desea salir en sus palanquines, la presencia de los sirvientes enlentecerá el camino y hará que se mojen. Y eso es algo que ninguno desea, ¿verdad?

La Encargada Lim ni siquiera se dio el tiempo para pensarlo. Se reclinó de inmediato.

—Así se hará, Eunuco Imperial.

Él sacudió la cabeza por toda respuesta e hizo amago de volverse. Sin embargo, no se movió cuando sus ojos se cruzaron con los míos. Él no tenía intención de dedicarme ni un vistazo, ni yo quería observarlo a él, pero nuestras pupilas nos desobedecieron y se quedaron enredadas en las del otro.

Levanté un poco más la cabeza y, de pronto, el mareo latente se extendió por todo mi cuerpo. El golpe contra el suelo apenas lo sentí como una caricia.

Me pareció escuchar una exclamación ahogada no muy lejos de mí. Nuo, tal vez. Seguida de la furiosa voz de Tian, que gritaba:

—¡Ha recibido una paliza esta mañana, maldita sea! No debería estar aquí.

Me pareció oír que la Encargada Lim le ordenaba que se callara, pero no fui capaz de escucharlas con claridad. Cerré los ojos. A pesar del suelo empapado, me sentía tan cómoda como cuando me tumbaba junto a Lilan en la amplia cama de su dormitorio.

Pero entonces, esa súbita comodidad desapareció. Unas manos se deslizaron por mi espalda y mis piernas, y me alzaron con un fuerte impulso. Mi cabeza se balanceó, sin fuerza, y se apoyó en un pecho que me resultó extrañamente familiar, a pesar de que nunca me había apoyado en él.

Parpadeé y los ojos de Zhao se inclinaron sobre los míos. Casi parecían esperar a que dijera algo. Pero yo no tenía fuerzas para hablar.

Sus manos me apretaron todavía más contra él.

El mundo que me rodeaba se convirtió en un borrón gris y rojo cuando él echó a andar con rapidez. Mi conciencia se apagó y se despertó durante todo el camino al Departamento de Trabajo Duro.

Una vez allí, apenas fui consciente de lo que le dijo a otra de las Encargadas, que dormitaba en una vieja silla, a salvo de la lluvia, y que dio un fuerte respingo cuando lo vio atravesar las puertas conmigo.

Ella lo acompañó hasta la enorme sala donde dormía con treinta criadas más y le indicó mi jergón, arrinconado contra la pared.

—Una pomada de eucalipto. Ya —ordenó Zhao—. Y ropa seca.

La Encargada se marchó con tanta prisa, que ni siquiera le dedicó la reverencia reglamentaria.

Con una delicadeza que parecía imposible, Zhao me bajó con suavidad. Las piernas me fallaron durante un instante, y yo me sostuve agarrándome con fuerza a sus manos. Sin embargo, a pesar del dolor, a pesar del cansancio, el roce con su piel fue como tocar un rayo, y me aparté con cierta brusquedad.

Me dejé caer sobre el camastro y repté por él hasta quedar completamente tumbada, bocabajo, con los pies sobre la vieja colcha que nos habían dado ahora que el tiempo se había enfriado. El roce de los pantalones sobre mis piernas golpeadas me producía una molestia desgarradora. Hundí la boca en el colchón, ahogando un quejido. Estaba mojando las sábanas, pero me daba exactamente igual.

Contemplé de soslayo cómo Zhao se acercaba a mí. No podía verle la cara, únicamente parte de su tronco y su mano. Esta última, a tan solo dos pies de distancia de mi cuerpo.

En aquel preciso instante, la Encargada entró apresuradamente por la puerta. Llevaba una pequeña vasija de barro de la que sobresalía un líquido pastoso, de color grisáceo, que despedía un olor penetrante. Se lo entregó con manos temblonas al eunuco.

—Muy bien —asintió y señaló a la puerta abierta—. Ahora fuera.

La Encargada no rechistó. Realizó una reverencia rápida y abandonó el dormitorio sin mirar atrás, dejándonos completamente solos.

Que una criada estuviera junto a un hombre, sola, en una estancia como esta, estaba estrictamente prohibido. Podrían castigarnos a ambos. Pero... Zhao no era considerado como tal.

—Tienes que quitarte esa ropa empapada. Te enfermarás. —Su voz sonó más cercana, se había inclinado hacia mí.

Podría haberle dicho que no quería, que prefería esperar a Nuo o a Tian. Él habría dejado aquel frasco a un lado y se habría marchado. Pero no lo hice. La pequeña parte de mí que todavía seguía consciente no quería separar los labios. Así que me limité a asentir y me incorporé a medias de la cama.

Él me sostuvo por los brazos y me ayudó a ponerme en pie con una delicadeza que parecía impropia de aquel eunuco tan frío y áspero como el invierno que se acercaba. Ni siquiera intenté bajarme los pantalones que llevaba bajo la túnica de servidumbre. Simplemente me recosté sobre él.

Zhao respiró hondo. Sentí cómo su pecho subía y bajaba con demasiada profundidad, demasiada rapidez.

—¿Quieres que...?

—Por favor —alcancé a susurrar.

Su aliento me acarició la nuca, y por encima del dolor, noté una sensación más poderosa. El corazón pareció a punto de partirse en fragmentos cuando sentí el ligero roce de sus dedos al sujetar el pliegue de los pantalones que usaba bajo la túnica.

El pantalón comenzó a deslizarse por mi piel. Lentamente, con demasiada pausa. Notaba los pulmones tan rígidos, que apenas era capaz de respirar. La abrasión molesta de mis piernas, si es que realmente había llegado a existir, había desaparecido.

Apreté los puños, tensa y con la mente en blanco. Él se detuvo de pronto y me pareció escuchar cómo tragaba saliva con cierta dificultad. Mis piernas quedaron al aire. Durante un momento que me pareció eterno, tuve la sensación de que no soltaría nunca la tela, pero la dejó caer tras apartar la mano repentinamente, como si quemase.

Con los dedos rígidos, me aferré a su cuello. Con cuidado, me alzó y se inclinó para apartar la prenda mojada. Al incorporarse, agarró a nivel de mis tobillos el dobladillo de la túnica de servidumbre y la fue alzando poco a poco, poco a poco, poco a poco...

Me sentía afiebrada. El mundo que nos rodeaba se había llenado de una extraña neblina que me hacía recordar a los sueños. Ahora mismo, todo quedaba demasiado lejos, todo perdía relevancia.

Hasta Lilan.

En ese preciso momento, solo importábamos él y yo, en este dormitorio infecto, y sus manos, y la túnica que se alzaba. Levanté los brazos y Zhao pasó la tela por mi cabeza. No apartaba sus ojos de los míos. Ni siquiera cuando la arrojó a un rincón de la habitación.

Nos quedamos frente a frente. La ligera túnica que usaba como ropa interior era la única barrera que parecía quedar entre nosotros. Estaba tan húmeda por culpa de la lluvia, que se transparentaba.

Era difícil adivinar qué pasaba en ese instante por su cabeza. Su mirada era tan turbulenta como sentía la mía.

Llena de niebla, sed, confusión, fiebre y anhelo.

Jamás había experimentado nada así.

Jamás.

—Deberías tumbarte —murmuró Zhao. Su voz era pura lija. Aunque su tacto en mi piel fuera seda.

Recordé de pronto los golpes de aquella mañana, y el dolor lancinante regresó a mí, aunque mucho más amortiguado. Tragué saliva, sintiéndome de pronto torpe, y me apresuré a colocarme bocabajo.

Me sentía estúpida y torpe. No era Cixi. Solo era un cuerpo nervioso que parecía moverse por primera vez.

Me pareció escuchar cómo Zhao mascullaba una maldición al ver el mapa de flores violetas y negras que coloreaba la parte posterior de mis piernas y la marca de los dedos en mi muñeca. Sin embargo, no me preguntó quién había sido. Quizá lo sabía ya. Ese maldito eunuco parecía saberlo siempre todo.

Sin añadir nada más, tomó la vasija de barro con una mano, mientras con la otra untaba aquella sustancia pastosa por las serpientes rojizas que coloreaban mis piernas.

Me estremecí.

—No te muevas —murmuró él, apartándose durante un instante, malinterpretando mi escalofrío—. El dolor pasará pronto.

Ni tan siquiera asentí. Volví la cabeza y la hundí en la almohada. No podía creer que no escuchase los latidos de mi corazón. Parecían golpes de tambor haciendo eco por toda la habitación.

Terminó de extender la pomada por mi piel antes de lo que hubiese deseado.

—Deberás quedarte tumbada un rato, hasta que la piel absorba el ungüento por completo —dijo Zhao.

Giré la cabeza y él me lanzó una larga mirada indescifrable, acompañada de una mueca aún más ambigua de sus labios. Tras sacudir la cabeza con rigidez, hizo amago de volverse. De marcharse.

—Espera.

No supe por qué lo hice, pero alcé la mano y enredé los dedos en su muñeca, deteniéndolo. Él se quedó quieto y solo volvió la cabeza para mirarme. Varios mechones negros de su cabello habían escapado de la horquilla dorada y nublaban sus ojos.

Como había ocurrido antes, nos mantuvimos inmóviles, unidos por el simple tacto de la yema de los dedos.

Pero aquella vez duró más, mucho más.

Bajo mi mano, notaba su pulso latir desbocado.

Quería decir algo, lo que fuera, pero tenía los músculos tan paralizados, que el simple hecho de mover la lengua resultaba algo imposible.

De súbito, unos pasos hicieron eco en la estancia y, con brusquedad, se abrió la puerta del dormitorio. Tras ella, apareció Nuo.

Parpadeé.

Mi mano flotaba de pronto en el aire y Zhao se encontraba ya a más de dos metros de mí, envarado y con la cara arrugada en su expresión habitual.

Mi amiga se quedó paralizada en el umbral, balanceando la mirada de uno a otro. No le dio tiempo a preguntar nada. Zhao se acercó a ella y masculló a toda prisa antes de desaparecer:

—Cuida de ella.

# 31

Al día siguiente, la Encargada Lim apareció junto a mi camastro antes de que nadie despertara. Se arrodilló a mi lado y me sacudió con una delicadeza impropia en ella. Casi con lástima.

—Cixi, debes levantarte. La Consorte Liling requiere tu presencia —dijo.

Yo solté el aire muy lentamente mientras Nuo se removía a mi lado y abría los ojos. Cuando vio a la mujer inclinada hacia mí bufó.

—Basta. Necesita descansar —farfulló a la vez que se incorporaba—. Iré yo en su lugar.

La Encargada Lim negó con la cabeza antes siquiera de que yo llegase a separar los labios.

—Han dado su nombre. La quieren a ella, no a ti.

—¿Para maltratarla? —preguntó, alzando de pronto la voz.

La mujer frunció el ceño a la vez que yo levantaba el brazo y lo colocaba frente a mi amiga.

—Estoy bien —repuse.

Era una mentira a medias. A pesar de haber dormido toda la noche, seguía agotada, pero por lo menos, los golpes del día anterior ya no dolían tanto.

Recordar las manos de Zhao sobre mi piel logró que el sueño desapareciera de un bandazo de mi cuerpo. Me ayudó a ponerme en pie.

No me vestí con rapidez. Sabía que la Consorte Liling me castigaría si llegaba tarde, pero daba igual. Si fuera puntual, si mi Virtud pudiera trasladarme como el viento, sería igualmente castigada. Había algo que había aprendido en la Ciudad Roja: si no existían motivos para castigarte, aquellos que estaban por encima de ti solo necesitaban inventárselos.

Nuo me despidió con el cuerpo encogido en su jergón, y yo abandoné nuestro pabellón para adentrarme en el patio del departamento, inundado por la fría luz gris del cercano amanecer. El eunuco que había enviado la Consorte Liling esperaba impaciente junto a las puertas. Había alguien a su lado, pero no era la Encargada Lim, que había abandonado el dormitorio cuando yo había comenzado a vestirme.

Se trataba de Tian.

Su voz airada llegaba hasta mí.

—No es su criada personal, pertenece a este departamento. Puede convocar a cualquier otra —oí que decía.

—Lárgate —se limitó a ordenar el eunuco de la Consorte Liling—. Esto no te incumbe.

—Sí que lo hace, y a ti también. No eres más que un esclavo para ellos —escupió Tian, con rabia—. Hoy es ella, pero mañana podrías ser tú.

Me puse entre los dos y coloqué con suavidad una de mis manos en el hombro de Tian.

—Déjalo estar —le susurré.

—No, esto debe parar —replicó Tian, apartándose de mí con brusquedad—. Mírate, Cixi. Te cuesta caminar.

Era verdad. No sentía tanto dolor, pero la pierna izquierda me fallaba un poco cuando apoyaba el peso en ella y la marca de mi muñeca, roja y húmeda, me ardía.

—¿Va a ser necesario que llame a los guardias imperiales? —preguntó el eunuco de la Consorte con algo que parecía aburrimiento.

Tian no contestó, pero me aferró del brazo y se colocó delante de mí, con los dientes apretados.

Estuve a punto de separar los labios, pero entonces unos pasos hicieron eco en mitad del tenso silencio. Los tres volvimos la mirada. Por una de las calles se acercaba una criada. Pero no una criada de algún departamento. La reconocí al instante. Era la mujer que vi aquella noche en el palacio de la Emperatriz, la que me confesó la muerte de Lim. La que había sujetado a Kana mientras esta se deshacía en sollozos.

Vestía con una elaborada túnica de servidumbre de colores pardos, y el cuello y las mangas estaban forrados de pelo brillante y oscuro. Traía un paquete envuelto entre los brazos.

Sus ojos se clavaron en mí. Cuando llegó a las puertas del Departamento de Trabajo Duro, pasó por delante del eunuco de la Consorte Liling y de Tian, y se colocó a mi lado.

—La Emperatriz solicita tu presencia —me informó.

Asentí y me deshice del agarre de Tian, que se quedó quieta, confundida, todavía con los brazos ligeramente alzados. El otro eunuco, sin embargo, sí reaccionó.

—Debo llevar a esta criada ante la Consorte Liling —dijo—. Ella también la ha convocado.

La criada apenas le dedicó un vistazo cuando le contestó.

—Tendrá que esperar, entonces. —El eunuco estuvo a punto de replicar, pero la mujer se volvió hacia él y entrecerró los ojos—. Estoy segura de que la Consorte sabe que sus deseos, ante los de la Emperatriz, no valen más que cenizas.

El eunuco enrojeció, pero no pudo decir nada. Al fin y al cabo, el poder era lo único que valía entre aquellas paredes bermellones y, por mucho que la concubina fuera la favorita del Emperador, la Emperatriz Cian siempre estaría por encima de ella.

Sin añadir nada más, el sirviente nos dio la espalda y se marchó airado del Departamento de Trabajo Duro. Hasta que no desapareció tras una de esas esquinas pintadas de sangre, la criada no volvió a girarse en mi dirección.

—Ten —dijo, mientras me entregaba el paquete que sostenía en las manos. El papel de seda crujió cuando rozó las mías—. Lávate y vístete. Tómate tu tiempo. Te esperaré en la puerta del palacio. Mi nombre es Aya.

Ni siquiera me permitió responderle. Me dedicó una leve sonrisa y abandonó el Departamento de Trabajo Duro con rapidez.

Tian se volvió hacia mí, con el ceño fruncido.

—¿Qué está ocurriendo, Cixi?

Yo no contesté. Mi mente pensaba demasiado como para que yo pudiera trasladarlo a simples palabras.

El paquete contenía una elaborada túnica de servidumbre, con el cuello y las mangas revestidos con alguna clase de piel que no reconocí. También contenía un par de horquillas doradas con las que decoré mi larga trenza. En vez de llevarla suelta, rozando mi cadera, me la recogí en la zona baja de la cabeza.

Hice caso a la criada de la Emperatriz y me tomé mi tiempo. Sabía, de todas formas, que no me recibiría hasta que no terminase su reunión matutina con todas las concubinas del Harén. Desayuné sola, bajo la atenta mirada de alguna Encargada del departamento, y cuando por fin atravesé las puertas, la neblina de la mañana había abandonado por completo los muros del palacio.

Recorrí las calles principales y llegué con la respiración acelerada a las murallas que cercaban el Palacio de la Luna. No encontré nada diferente en él, nadie había puesto adornos funerarios por la muerte de la criada.

Cuando las almas no valían nada, la vida del palacio no se detenía.

Alguien me esperaba en las escaleras, pero no se trataba de la criada que había acudido antes al Departamento de Trabajo Duro.

—Aya está ocupada ahora —dijo Shui, con una sonrisa taimada—. Yo te acompañaré.

Le devolví la mirada, aunque había tantas palabras que se agolpaban en mi mente, que mi pie vaciló cuando subimos el primer escalón. Fui consciente de la mirada ávida que le obsequió a mi túnica.

—Es un regalo de la Emperatriz —mentí. Hundí mis pupilas en las suyas—. Quién sabe. Quizá pronto seremos compañeras, Shui. ¿No es maravilloso?

Su media sonrisa se acalambró, pero no me dio ninguna respuesta. Dejé que ella caminase delante de mí y me indicase el rumbo. La observé de soslayo. Su mente parecía ir a toda velocidad. Casi tanto como la mía.

El interior del palacio se sentía cálido. Tras el umbral, donde se abría el pasillo principal, había apostados varios braseros de carbón. El aire que flotaba era tibio y pesado, algo asfixiante. Con los días grises de otoño, hasta este palacio inmaculado parecía oscuro.

—Te esperan en el patio lateral —dijo Shui.

El plural no se me escapó. Solté el aire de golpe y me detuve junto a ella. Fingí sentirme extrañada.

—¿No me acompañas?

—Estoy muy ocupada, Cixi —replicó, antes de darse la vuelta.

No la dejé dar ni un paso.

—Hace frío en el exterior —dije—. Me gustaría que me trajeras un té de crisantemo caliente.

Ella se giró con violencia hacia mí. Sus mejillas se habían teñido de rabia.

—¿Quién te crees que eres? No puedes ordenarme nada, ¡nada! —siseó. Su mano azotó el aire muy cerca de mi rostro, pero yo no me moví—: A menos que la Emperatriz te invite, no puedes beber o comer en su presencia.

—Shui, dejemos de fingir, ¿de acuerdo? —suspiré, con una sonrisa plácida. Coloqué las manos sobre sus hombros y, bajo mis dedos, sentí cómo su cuerpo se tensaba—. Ambas sabemos que Cian me favorece. —Sus ojos se abrieron de par en par al oírme pronunciar el nombre de pila de la Emperatriz. Que un sirviente se atreviera a pronunciarlo sin permiso conllevaba la pena de muerte—. ¿Por qué si no me estuvo convocando durante tanto tiempo? ¿Por qué si no me llevó con ella a esa importante fiesta que se celebró en honor del Rey Kung?

—Lleva semanas sin requerir tu presencia —dijo, aunque sonó casi desesperada.

—Porque estaba ocupada con el Emperador —contesté, con una sonrisa traviesa—. Gracias a mí, volvió a atraer su atención. No lo olvides.

Al menos, esa parte era verdad. Y Shui lo sabía. Vi cómo vacilaba, cómo sus pupilas se dirigían a una y a otra esquina, mientras su lengua trataba de enhebrar alguna palabra. No se lo permití.

—Hoy me ha convocado para convertirme en su doncella personal. Conseguiré un gran poder a nivel doméstico. —Alcé una de mis manos y le di unas ligeras palmaditas en su mejilla helada—. Seamos buenas amigas, ¿de acuerdo? Y, por favor, tráeme ahora el té que te he pedido.

Le di la espalda antes de que pudiera responder. A paso rápido, me dirigí hacia la pequeña puerta que se abría a un lado del pasillo principal y que comunicaba con aquel pequeño jardín que había visitado tantas veces durante el fin del estío.

Mis pasos seguros se convirtieron en vacilantes cuando avisté a lo lejos varias figuras, sentadas bajo el merendero rodeado de matorrales en los que ya no quedaban flores. Mis ojos recorrieron sus rostros antes de clavarse en el borde de mi túnica.

No solo se encontraba allí la Emperatriz. Sentados, a ambos lados, se hallaban el Emperador y el Rey Kung. Y, tras ellos, la criada que había venido a buscarme aquella mañana al Departamento de Trabajo Duro, Aya, y Zhao.

No pude evitar que el recuerdo del día anterior, de sus dedos sobre mi piel, me cegara durante un instante.

Apreté los dientes. No esperaba encontrarlos allí.

Cuando mis pasos les hicieron alzar la cabeza y cortar de un tajo la conversación, me detuve y me postré ante todos. Pronuncié cuidadosamente sus títulos y esperé con la frente pegada en la madera hasta que la alegre voz del Emperador dijo:

—Álzate. Hace demasiado frío para permanecer en el suelo.

Lo obedecí de inmediato. Me coloqué bajo el techo a dos aguas del merendero, en una esquina, junto a la mesa y, a la vez, guardando una distancia prudencial. A mi derecha se encontraba Aya, la criada, y a la izquierda, Zhao. Sus ojos cayeron sobre mí, pero me obligué a no mirarlo.

En la mesa había un tablero de Wu con las piezas colocadas en posiciones estratégicas. Tragué saliva cuando reconocí la jugada. Era la última que había hecho durante aquella fiesta, la que me había condenado a perder contra el Rey Kung.

—Querida Cixi, nuestro invitado quería saber dónde había aprendido a jugar tan bien al Wu —dijo la Emperatriz, con una de sus sonrisas suaves. El cariño en su mirada parecía auténtico—. Así que pensé que debía presentarle a mi maestra.

El Rey Kung enarcó una ceja. A pesar de que mi túnica era de calidad, de que brillaba aun en ese día nublado, seguía siendo de servidumbre.

—No soy más que una simple criada —me apresuré a contestar, en voz baja.

—Venció a Zhao en una partida que yo había dado por perdida —intervino el Emperador, con una carcajada.

No giré la cabeza para ver la expresión del eunuco, pero lo noté asentir a mi espalda.

—¿Dónde aprendiste a jugar? —preguntó el Rey Kung, con genuino interés.

Dudé durante un instante.

—En la antigua familia a la que servía... me enseñó mi joven ama. Nunca la vi perder. —La voz se me quebró un poco, sin que pudiera evitarlo—. Y las veces en las que vencí, fue porque ella así lo decidió.

El Emperador entornó la mirada.

—No es muy habitual que un amo tenga una relación tan cercana con un criado —observó. No había censura en su tono, solo sorpresa—. Debías ser muy especial para ella.

Asentí, y mientras, de soslayo, vi cómo Shui atravesaba la puerta que comunicaba con el jardín. Llevaba una pequeña bandeja entre las manos.

—Lo era —masculló—. Jugar al Wu es una forma de honrar su memoria.

—Oh —musitó la Emperatriz, con el ceño fruncido—. Siento oír que murió.

—No murió —repliqué. Los pasos de Shui se acercaban—. *La asesinaron.*

Los labios de Aya se separaron con sorpresa. Sentí la tirantez de Zhao a mi espalda. Yo me obligué a respirar ante tantas miradas atónitas.

Justo en la mitad de ese silencio incómodo, apareció Shui. En la bandeja que sostenía con sus manos portaba una jarrita de porcelana y un pequeño cuenco en el que el té de crisantemo ya estaba vertido. El humo escapaba de su superficie ondulante.

—Aquí os traigo el té que habíais pedido, Cixi —dijo, usando un tono demasiado respetuoso, poco apropiado para dirigirse a una simple criada.

Depositó la bandeja con cierta brusquedad en la mesa.

Todos se removieron en sus asientos. Aya se giró violentamente hacia ella; no sabía si su expresión estaba más nublada por el escándalo o por la censura.

—¿Cómo te atreves...? —masculló, antes de arrojarse al suelo—. Perdonadme, Majestad, Alteza Imperial, Rey Kung. Esta criada inútil...

—Ella me lo ha pedido —la interrumpió Shui, tratando de contener una sonrisa. Estaba disfrutando del momento, creía que estaba firmando mi sentencia de muerte—. Quería que le sirviera té.

Un ramalazo de furia azotó la dulce mirada de la Emperatriz, pero, antes de que ella separara la lengua del paladar, yo ya me había arrojado al suelo, junto a Aya.

—Me parece que ha habido un malentendido —murmuré, tan encogida como pude—. Es cierto que le pedí té, pero no para mí, por supuesto. Sino para vos, Alteza Imperial. —Alcé lo suficiente la cabeza para mirar durante un instante el rostro de la Emperatriz—. Mientras venía hacia aquí, pensaba en el frío que hacía y, como sé cuánto adoráis el té de crisantemo, creí que quizás os gustaría tomarlo para calentar vuestro cuerpo. No sabía que encontraría aquí a Su Majestad y al Rey Kung. No deseaba menospreciarlos. Debería haber pedido un refrigerio para ellos también. Perdonad mi atrevimiento. Ha sido un gran error.

La expresión de la Emperatriz se relajó y sacudió con elegancia la cabeza.

—Eres muy observadora, Cixi. Levántate. —Yo la obedecí, con la mirada todavía gacha—. Tienes razón. Hace frío. Tomaré el té.

Miré de reojo a Shui en el instante en que la Emperatriz alargaba las manos para asir el pequeño cuenco.

Y lo supe.

Vi cómo sus pupilas se dilataban. Cómo su labio inferior comenzaba a temblar con violencia. Cómo la sangre huía de su rostro, de su cuello, de todo su cuerpo. Cómo las manos comenzaban a corcovear.

No se movió.

No se atrevió a hablar.

Sabía que, si lo hacía, estaba condenada.

Pero ya lo estaba, aunque ella no lo supiera.

## 32

—**E**sperad —dije, mientras me incorporaba con violencia. Con cierta brusquedad, le arrebaté el té y lo sujeté entre las manos. El Emperador se puso en pie, lívido de ira, mientras el Rey Kung me observaba con las cejas arqueadas. Casi parecía divertido.

—¿Cómo te atrev...?

Interrumpir al Emperador estaba penado, pero yo lo hice igualmente. La sangre rugía en mis oídos. Debía sentir miedo, dudas, pero era emoción lo que hacía temblar mi voz. Sonaba más aguda, más quebrada.

—Está envenenado.

Hubo un instante en que todos se quedaron paralizados. Shui dejó de respirar antes de que sus mejillas enrojecieran con violencia.

—¡Eso no es cierto! —gritó.

Me volví hacia ella, sin poder evitar que una sonrisa se derramara por mis labios.

—Ah, ¿no? Bébelo, entonces.

Sin ceremonia ninguna, extendí el cuenco hacia ella. El té onduló en su interior.

Shui arrugó la boca y desvió la mirada.

—No me atrevería a tocar algo destinado a la Emperatriz —musitó, con la voz de una buena criada, suave y dócil. No pestañeó cuando dijo—: El té no está envenenado.

Durante un momento, pensé que quizá yo estuviera equivocada, que tal vez Shui había sido más inteligente y no se había dejado llevar por la trampa. Pero había llegado demasiado lejos, y ahora no podía dar vuelta atrás.

—¿Lo juras? —preguntó el Emperador.

—Lo juro —contestó de inmediato ella.

Él asintió y tomó con delicadeza el cuenco de mis manos. Hizo amago de llevárselo a los labios, con esas pupilas negras clavadas en Shui. El rostro de esta no cambió, aunque sus manos, a ambos lados de su cuerpo, sufrieron un espasmo.

Me moví antes de que pudiera controlarlo. Le arrebaté el té y me lo bebí hasta la última gota. Escuché la exclamación ahogada de Zhao a mi espalda, pero no me detuve. Después, le arrebaté la tetera a Shui y vertí el líquido verdoso directamente en mi boca.

El calor me abrasó la lengua, pero no dejé de tragar hasta que la pequeña tetera quedó vacía. A continuación, la volví a colocar sobre la pequeña bandeja de plata con suavidad.

Respiré hondo. Las miradas me abrasaban tanto como el té había incendiado mi garganta. Pero yo solo miraba a Shui.

—Habrías matado al Emperador —siseé.

Ella apretó los labios, sin contestar, aunque un ligero brillo de triunfo empañó sus ojos. No lo sabía, pero la que había ganado había sido yo.

Durante un largo momento, solo se escuchó el piar de los pájaros y el rumor del agua que ondulaba, perezosa, a nuestro lado.

Shui se volvió hacia la Emperatriz con un resoplido de hastío e hizo una pequeña reverencia.

—Como veis, el té estaba libre de veneno. Si me disculpáis, ayudaré a preparar el almuerzo.

Hizo amago de marcharse, pero mi mano se movió rápida y la sujetó de la muñeca. Con fuerza.

—Suéltame —masculló.

Estuve a punto de responderle, pero entonces un súbito latigazo de dolor me estremeció. Yo me retorcí, pero Shui palideció visiblemente, como si hubiese sido ella la que lo hubiera experimentado.

No sabía qué clase de veneno había vertido en el té. Quizá me odiaba tanto que había usado uno lo suficientemente potente para arrastrarme a la muerte en apenas unos minutos. Quizás había usado uno más suave que necesitaba un efecto acumulativo, pero yo me había bebido todo en apenas unos instantes.

Hubiera lo que hubiera escondido en ese líquido verde, ya estaba empezando a funcionar.

Aya se puso en pie y Zhao dio un paso hacia mí, cuando otro espasmo me sacudió. Shui retrocedió y me hizo caer de rodillas al suelo. Yo seguí aferrada a su manga, con una sonrisa delirante clavada en mi boca.

El siguiente latigazo de dolor fue insoportable. Fue como si unas cuchillas me desollaran el estómago desde dentro, como si hicieran trizas mi interior. Boqueé y sentí un sabor salado en la lengua. Los dientes se me tiñeron de sangre.

—Cixi —oí que murmuraba la Emperatriz, desolada.

Las manos me fallaron y Shui consiguió zafarse de mí. Echó a correr, pero Zhao fue más veloz y le cortó el paso.

Aya gritó algo y empezó a palmearme la espalda, como si eso pudiera ayudarme en algo. Pero no había solución.

Iba a morir.

Lo sabía.

Gotas carmesíes resbalaron de mi boca al suelo. En contraste con el mármol blanco, parecieron rubíes perdidos.

Tras la niebla que empezaba a cubrir mi mirada, vi cómo el Emperador se dirigía hacia Shui y la aferraba del brazo. Ella gritó al instante, en un alarido de dolor que no había escuchado nunca.

De un empujón que pareció ligero, la arrojó al suelo, aunque la espalda de la joven, al golpear contra la celosía, la rompió. Entre parpadeos, me pareció ver un hueso roto asomando en el brazo que había aferrado el Emperador.

Luché por mantener el equilibrio. Me pareció escuchar cómo la Emperatriz comenzaba a sollozar en silencio. El Rey Kung no pronunciaba ni una sola palabra, aunque sus ojos no se despegaban de la figura imponente del Emperador, que se arrodilló junto a la doliente Shui.

—¿Hubieses permitido que tu Emperador, que tu Dios, tomase un té envenenado? —bramó, con una voz poderosa, que solo podía tener un hombre que había derrotado a un dragón.

—N-n… no… por favor… —jadeó ella, tan rota de dolor como yo—. Piedad.

Pero el Emperador no tenía ninguna. Se colocó sobre ella y golpeó con fuerza una de sus piernas. Se oyó un crujido terrible y esta quedó doblada en un ángulo imposible.

El aullido de Shui me estremeció más incluso que mi propio dolor.

Caí hacia atrás y, como aquella otra vez, sentí el pecho de Zhao reteniéndome. Sus brazos me rodearon, aunque el temblor que me sacudía era incontrolable. Su voz repitiendo mi nombre hizo eco en mis oídos.

A pesar del dolor, a pesar de mi vista nublada, de saber que apenas me quedaban unos minutos de vida, era incapaz de separar la vista del Emperador. Aya estaba encogida sobre sí misma y tenía las manos juntas. La Emperatriz mantenía el rostro girado hacia su jardín, una vista mucho más hermosa que la que regalaba el Emperador, a horcajadas de la criada, que pataleaba con la pierna sana y chillaba sin parar.

Su rostro no se inmutaba. Era una máscara de ira calma y mortífera.

El rostro del hombre más poderoso del mundo.

—No mires —me susurró Zhao, aunque yo era incapaz de cerrar los ojos.

El Emperador apoyó los dedos en el pecho de la criada y los hundió en él un poco. Los gritos de ella se volvieron frenéticos. Me pareció que, con la punta de sus dedos, sujetaba el borde de sus costillas.

—Tu cadáver alimentará al Gran Dragón que duerme bajo el palacio —susurró, con una voz letal.

El aullido de Shui se quebró cuando él hundió todavía más las manos en su cuerpo y, con un movimiento certero, violento, lo abrió en dos. Se produjo un crujido húmedo, que me recordó al amo Yehonala cuando partía las sandías en verano y le mostraba las mitades perfectas a su mujer y a Lilan.

No sé si fue el veneno o el terror lo que me mareó. Entre parpadeos, observé ese pecho abierto, esos órganos destrozados, mientras el Emperador se sacudía las manos y arrojaba el esternón de Shui a un lado. Ella todavía emitió un quejido antes de que su voz se apagara por completo.

El Emperador se incorporó y se dirigió a mí. Con un simple gesto, le indicó a Zhao que se apartara y él tomó su lugar. Uno de sus brazos se deslizó por mi espalda y el otro me aseguró contra su pecho.

Con un dedo, me apartó un mechón que había escapado de mi recogido y se había quedado pegado a mis labios. La sangre de Shui tiznó mi piel y la arcada que me sobrevino no tuvo nada que ver con el veneno que me estaba matando.

—Has arriesgado tu vida por mí. Por nosotros —añadió, mientras miraba durante un instante a la Emperatriz.

Cerré los ojos, porque así no tendría que ver la expresión de Zhao cuando mi mano se apoyó suavemente en la del Emperador.

El dolor era insoportable. El rostro atractivo del joven se disolvía entre la oscuridad. Sus ojos me observaban con dulzura, sus manos me sostenían con suavidad. Las mismas que habían partido a una mujer por la mitad.

Me perdía en el abismo.

—No... no me incineréis —logré jadear, con un hilo de voz—. Volveré.

El Emperador parpadeó, desconcertado. Y, antes de que la muerte me arrastrase con ella a una negrura cálida y liberadora, conseguí articular:

—Soy una Virtud.

CUARTA PARTE

# LA CONCUBINA

Inicios de invierno - Inicios de verano
Tercer y cuarto año de la Era Xianfeng

*La invencibilidad es una cuestión de defensa; la vulnerabilidad, una cuestión de ataque.*

*El arte de la guerra*, de Sun Tzu.

**33**

**P**ara renacer había que morir.

Y yo renací en un dormitorio que no era el mío.

Por suerte, no me encontraba en el Departamento de la Muerte, ni esperaba sobre una fría piedra a ser incinerada. La estancia era cálida. El sol se colaba por las celosías de las ventanas y brillaba de una forma sobrenatural. Demasiado blanca. Creaba un aura casi mágica en el lugar, vestido de blanco y plata.

—Cuando moriste, comenzó a nevar.

Giré mi cuerpo sobre un colchón grueso y cómodo, y me encontré a mi lado a Kana. Desde la muerte de Lin no la había visto, y parecía que había transcurrido toda una vida desde entonces. Ella misma parecía años mayor. Su expresión era extraña. Sus labios estaban estirados, pero no sabía si aquello era una mueca o una sonrisa. No había rastro de esa dulzura infantil de la primera vez que había hablado con ella.

—¿Cuánto tiempo he estado inconsciente? —pregunté.

—Todo el día de ayer y la noche —contestó—. Hoy apenas es mediodía.

Asentí, antes de mirar a mi alrededor.

—¿Dónde estoy? —pregunté finalmente, con los ojos clavados en la estufa de carbón que había descubierto en un rincón.

Una parte de mi cabeza me dijo que no podía estar en ningún departamento. Nadie en su sano juicio derrocharía una estufa de aquel tamaño para una sola habitación, para el bienestar de una criada.

—Es una de las habitaciones de invitados de las que dispone el Palacio de la Luna.

*El palacio de la Emperatriz*, susurró una voz en mi mente. Casi sonó como una risita nerviosa.

—Sé que tendré que darle muchas explicaciones —dije, en voz baja.

Kana apretó los labios.

—No solo a ella —contestó.

Alcé los ojos cuando se acercó a mí. Había algo tenso en su postura, como si esperase que, bajo la suave colcha que me cubría, se escondiesen tentáculos en vez de extremidades humanas.

—Sé que Shui te odiaba —murmuró—. La veía espiarte por los rincones. Cuando la Emperatriz te mencionaba, chirriaba los dientes. Temía que pudieses arrebatarle el puesto.

Suspiré y me incorporé en la cama. Las sábanas resbalaron hasta mi cadera. En vez de la túnica de servidumbre bordada, llevaba un camisón para dormir, de color celeste.

—Vamos a ser sinceras, entonces —contesté—. Shui odiaba a todo el mundo. Hacía la vida complicada a quien era capaz. Pisoteaba a todos los que podía para sobresalir. —Kana separó los labios, pero no le di tiempo de réplica—. Lin murió por su culpa.

Lo supe cuando vi el brillo plateado en los dedos de su cadáver. Los pastelillos de jazmín eran un manjar destinado solo a determinados estamentos. Shui debió conseguir algunos de la fiesta y decidió colocarlos en el vestidor en donde Kana me ayudó a arreglarme, pensando en que yo sucumbiría a ellos.

Cayeron al suelo, pero ¿qué más daba? ¿Cómo iba a resistirse ella, cuando lo que llegaba a la boca de los criados no era más que algo de arroz, algas y pescado? ¿Cuando los dulces eran tan atractivos como el jade y la plata?

—Cuando Shui me entregó los pastelillos de jazmín, me dijo que había sido Aya la que se los había dado… imagino para así tener a otra persona a quien culpar —masculló Kana, para sí—. Los guardé y los quise compartir con Lin para la cena. Sin embargo, tuve que hacer unas tareas de última hora y, cuando regresé, ella ya se había comido todos. Solo me dejó uno. Pero para entonces, Lin ya empezaba a encontrarse mal.

No tenía ni idea de qué veneno había usado ni cómo lo había introducido en el pequeño bollo dulce, pero no era la primera vez que lo hacía. En mi mente, todavía veía el estado en el que había quedado el matorral después de que Shui vertiese sobre él la bebida destinada a mí.

Ahora estaba muerta. El recuerdo que tenía de su pecho era como el de una granada abierta en dos.

¿Me arrepentía de aquello que había provocado?

*No.*

¿Eso me convertía en un monstruo?

*Quizá.*

Pero ya sabía que lo haría cuando decidí atravesar los muros pintados de sangre del Palacio Rojo.

—Shui hacía difícil la vida de muchas personas en este palacio, no solo la mía —suspiró Kana, con cierta pesadumbre.

—Pero ahora ya no está —me aventuré a decir.

—No. —Y esta vez, una pequeña sonrisa dobló sus labios—. Ya no está. Ella se inclinó y, durante un instante, presionó su mano sobre mi brazo.

—Gracias. No lo olvidaré —murmuró. Después, sin añadir nada más, se dio la vuelta y abandonó la habitación.

No tuve tiempo de preguntarme si debía incorporarme o permanecer en la cama, porque de pronto, sin previo aviso, el Jefe Wong entró en el dormitorio. Me dirigió una sonrisa luminosa y una leve inclinación de cabeza, pero yo no pude ver más que sus manos aferrando con crueldad mis brazos, arrastrándome al Departamento de Castigo.

—El Emperador —anunció.

Me arrojé al suelo en el instante en que el borde de su túnica dorada entraba en mi campo de visión. Sin embargo, apenas estuve sobre él, porque unas manos poderosas se apoyaron en mis brazos y me elevaron.

—No, no lo hagas. —La voz del Emperador Xianfeng sonó como un susurro junto a mi oído—. Permanece en pie.

Yo asentí y me quedé quieta, a pesar de que esas mismas manos habían partido un cuerpo humano en dos. El estremecimiento no lo pude contener y él lo sintió. Hubo algo íntimo en su contacto, en la forma en que sus dedos acariciaron distraídamente mis brazos.

—Siento que tuvieras que ver lo que le hice a esa criada —dijo, antes de retroceder un paso—. No debería haberme dejado llevar así. La Virtud del Emperador solo está destinada para ser usada para defender el Imperio, no para ser objeto de un arrebato.

—Vos *sois* el Imperio —contesté, con la mirada todavía gacha—. Sin vos, el Imperio no significa nada.

No supe qué expresión se adueñó de su rostro, pero sus dedos tocaron mi barbilla y me obligaron a elevarla. Esta vez me estremecí por una razón diferente, sorprendida por aquel súbito tacto.

—Sabías que había veneno en ese té. Y aun así lo bebiste por mí —murmuró.

También había bebido por la Emperatriz, pero él no la nombró.

Yo tampoco.

Sus ojos oscuros eran un imán imposible al que resistirse, así que me costó la ayuda de los dioses apartar la mirada y parecer arrepentida. No fingí cuando la voz escapó quebrada de mis labios.

—Debería estar arrodillada en el suelo y suplicar clemencia. O pedir que me castiguéis. Os he engañado. He engañado a todo el Imperio. —Cerré los ojos y dije con lentitud—: Soy una Virtud. Debería haber tomado el Té del Olvido y...

—Si lo hubieras hecho, yo no estaría vivo —me interrumpió él, con vehemencia.

Avanzó otro paso hacia mí, pero yo no pude retroceder más. La parte trasera de mis piernas golpeó la estructura de la cama. De pronto, fui consciente de que me encontraba a solas con él, con una cama deshecha a mis espaldas y con un ligero camisón solo sobre mi cuerpo. Mi cabello corría suelto y salvaje hasta mis caderas. La luz que se colaba por la ventana volvía la tela traslúcida y mi cuerpo demasiado real.

El Jefe Wong había desaparecido, pero yo ni siquiera había sido consciente de ello.

El Emperador también pareció darse cuenta de golpe, porque se removió nervioso, y tragó saliva. Me recordó a aquella mañana, cuando lo ayudé a vestirse. Durante el momento en que lo vi vacilar, incómodo, no me pareció un dios viviente. Solo un joven nervioso, algo mayor que yo.

No supe qué decir o qué hacer. El tiempo parecía haberse paralizado a nuestro alrededor.

—¿Puede una buena acción borrar una mala? —dijo de pronto una voz a nuestra espalda.

Los dos nos volvimos de inmediato.

Por la puerta del dormitorio acababa de entrar la Gran Madre. El Emperador realizó una reverencia y yo me arrojé al suelo mientras empezaba a murmurar:

—Esta humilde sirvienta...

—Basta, basta —me interrumpió ella, mientras agitaba la mano, perezosa—. Estoy cansada de tanta ceremonia. Ponte en pie, muchacha.

Era extraño que una mujer que apenas debía alcanzar la treintena me tratase así, como si yo fuese una niña y ella una anciana. Pero la obedecí y me incorporé. Alcé la vista solo lo suficiente como para ver de soslayo cómo me rodeaba y sus ojos me recorrían de arriba abajo, sin piedad.

—No sabía que vendrías aquí, madre —dijo el Emperador, con cautela.

—No era mi intención que lo supieras —repuso ella, con una sonrisa. Después, su mirada se clavó en mí—. Mis ojos ya te han visto antes. Estuviste en la recepción del Rey Kung, como dama de compañía de la Emperatriz. ¿Cómo te llamas?

—Cixi. Soy criada en el Departamento de Trabajo Duro —contesté. Y, como vi que esperaba algo más, añadí—: Me temo que no conozco mi apellido. Lo siento.

—Una huérfana. —No había crueldad en su tono, solo un fiel reflejo de la realidad—. ¿Cómo es posible que una criada de ese departamento termine acompañando a una Emperatriz a un festejo tan importante? —preguntó, en un susurro.

Dudé durante un instante.

—Jugaba al Wu con su Alteza Imperial de vez en cuando. Y, como fui criada en el borde del Imperio, muy cerca del Reino Ainu, y me relacioné con alguno de sus habitantes, pensó que quizá...

—¿Dónde vivías antes de ingresar en el Palacio Rojo? —me interrumpió ella.

—En la Aldea Gansu —contesté.

El nombre de aquel lugar brotó de mis labios sin pensar. Era el sitio en el que habría vivido Lilan si se hubiera prometido con aquel joven, si el Emperador Daoguang no hubiera muerto y si el Emperador Xianfeng no se hubiese fijado en ella.

La Gran Madre asintió. No tenía razón para dudar.

—Sabes que nos has colocado en una situación complicada, ¿verdad? —preguntó.

Tuve la decencia de parecer avergonzada. Por si acaso, no volví a levantar la vista.

—Madre, se sacrificó por mí —intervino el Emperador. Todavía estaba lo suficientemente cerca de mí como para rozarle la mejilla con los dedos—. Por Cian.

La Gran Madre suspiró y se dejó caer en un sillón apostado contra la pared. Sus ojos, a menor altura, se encontraron con los míos. Ella no parecía tan impresionada por lo que había hecho. Al fin y al cabo, yo conocía mi Virtud. Sí, había sufrido un gran dolor, había muerto, pero... tenía la certeza de que resucitaría.

¿Cuánto valía mi vida si sabía que no iba a morir? Esa misma pregunta debía estar rondando su mente.

—La Emperatriz se siente tan agradecida hacia ti que quiere convertirte en su dama de compañía —dijo, mientras reclinaba el rostro. Sus largas uñas refulgieron como las garras de un tigre—. Sushun, nuestro primer y más valioso consejero, se pregunta por qué tu cadáver no ha alimentado todavía al Gran Dragón. Y mi hijo...

Desvió la vista un instante hacia él y volvió a suspirar.

—Cixi, posees una Virtud muy valiosa. —Y, sin vacilar, añadió—: Hice que un sanador te examinara.

—¿Cuándo? —pregunté, estúpidamente.

Ella se limitó a arquear una ceja. Oh, maldita sea. Lo habían hecho mientras permanecía atrapada en la otra vida. Me abracé el cuerpo, sintiéndome de pronto profundamente incómoda.

—Aya estuvo presente durante todo el examen —añadió, como si eso pudiera hacerme sentir mejor—. Me reveló algunos puntos interesantes de tu naturaleza. Del poder de tu Virtud. Quizás, hasta desconocidos para ti misma.

Esperé en silencio a que continuara. El Emperador tampoco se movió. Escuchaba atentamente.

—Desde la creación del mismo Imperio, se ha llevado un registro de todas las Virtudes. Hay algunas que se suelen repetir a lo largo del tiempo: el control sobre algunos elementos, la invisibilidad... Una Virtud como la tuya, sin embargo, es más especial, más difícil de encontrar. Por lo que pudo averiguar el sanador, tú eres el segundo caso en toda la historia registrada cuyo poder consiste en no morir —dijo—. Eso no quiere decir que seas inmortal. Envejecerás con el paso de los años y llegará un momento en que finalmente mueras y no podrás volver a la vida. Puedes enfermar y fallecer debido a esas dolencias. Pero, si lo haces, volverás a abrir los ojos, abandonarás el mundo de los muertos, y tu cuerpo regresará como lo hacen los recién nacidos. Sin marcas. Sin máculas. Completamente sana.

Las pupilas del Emperador se agrandaron tanto que se tragaron el iris. Se volvió de nuevo hacia mí, mientras la voz de la Gran Madre seguía retumbando en la estancia.

—Pueden apuñalarte, quemarte viva, envenenarte. Pero, si no ha llegado tu hora, sea cual fuere, no morirás. Regresarás a la vida. Una y otra, y otra vez.

Ella calló y yo solté el aire que no sabía que estaba conteniendo.

—Si tu Virtud fuera cualquier otra, no dudaría en enviarte yo misma al Patio de los Gritos, pero... —Sacudió la cabeza con elegancia y las hermosas campanillas doradas que colgaban de su peinado tintinearon—. ¿Qué deseas hacer con ella, Xianfeng?

Él parecía haber tomado una decisión. Se volvió hacia mí, con el rostro de pronto rígido, la expresión seria.

—Arrodíllate.

Miré a unos y a otros, pero no encontré clemencia en ninguna de aquellas caras casi sagradas. Con el corazón a punto de romperme las costillas, lo obedecí y bajé la cabeza. Parecía un reo a la espera de su sentencia fatal.

—Yo, el Emperador Xianfeng, el hijo del Dios Sol, el Rey del Cielo y de la Tierra, el Padre de Todos, Aquel que Venció al Gran Dragón, te tomo a ti, Cixi, como concubina, y te otorgo el título de Dama.

Levanté la vista de golpe, a pesar de que él no me había dado permiso para ello. El Emperador me sonreía con una luz que no podía pertenecer a ningún mortal.

Yo estaba paralizada, incapaz de estirar siquiera los labios.

Me pareció que, a su izquierda, su madre soltaba una pequeña risita, como si se hubiera esperado aquellas palabras. Pero no pude mirarla. Solo tenía ojos para su hijo.

—Levántate ahora, Dama Cixi.

Él extendió su mano frente a mí. Una mano que había estado llena de sangre, de fragmentos de piel, de esquirlas de hueso, pero que ahora parecía limpia y suave. Y que me esperaba.

Y yo sabía que no lo haría eternamente.

Por primera vez, no agaché la cabeza ante el Emperador Xianfeng y mis dedos se entrelazaron con los suyos antes de ponerme en pie.

# 34

La mano del Emperador Xianfeng todavía sujetaba la mía cuando la puerta se abrió y la Emperatriz atravesó el umbral.

Sus pupilas solo se detuvieron un instante en nuestros dedos entrelazados antes de que yo me apartara y me apresurara a arrojarme al suelo.

—Esta humilde criada...

—*Basta*. —La voz del Emperador pareció hacer eco en la estancia—. No es así como debes dirigirte a ella.

La Emperatriz frunció el ceño, confundida, y me miró a la espera de alguna explicación, pero yo no separé los labios. Me puse en pie con lentitud e intenté imitar la elegante inclinación que había visto realizar en otras ocasiones a la Consorte Liling o a la Dama Mei. A pesar de que no veía el rostro de la Emperatriz, pude adivinar su estupor, su sorpresa, mientras yo pronunciaba con voz suave:

—Esta concubina del Emperador saluda a su Alteza Imperial.

La Emperatriz pestañeó con lentitud, algo pálida, y se volvió con lentitud hacia su marido.

—¿Concubina? —repitió con lentitud.

—Su Virtud es poderosa —intervino la Gran Madre, en mitad de un suspiro—. Y debe servir al Imperio.

—Por supuesto —contestó de inmediato la Emperatriz, aunque no parecía haber escuchado las palabras de su suegra. Sacudió la cabeza, como si pudiera apartar un poco de su estupor, y se volvió hacia mí. Con la delicadeza que siempre la caracterizaba, me tomó de los brazos y me obligó a alzarme, a colocarme a su altura—. Cuando oí que habías despertado, quise venir a obligarte a aceptar un puesto como mi dama de compañía, pero la Gran Madre tiene razón. Tenerte a mi lado de esa manera sería demasiado egoísta. —Me dedicó una mirada llena de cariño antes de separarse un paso de mí—. Ahora podremos servir al Imperio juntas.

Sus pupilas volaron hacia el Emperador, que nos observaba con las manos juntas sobre el regazo, risueño. De pronto, me di cuenta de a qué se refería, y no pude evitar que mis mejillas se tiñeran de rojo.

—Mientras preparan tu residencia podrás quedarte aquí, conmigo —continuó la Emperatriz—. Haré que dispongas de...

—La Dama Cixi permanecerá en mi palacio, como mi invitada, hasta que todos los preparativos lleguen a su fin —la interrumpió con calma la Gran Madre—. Dispongo de habitaciones de sobra, y así podré instruirla en un protocolo que desconoce por completo.

Nadie osó contradecirla, ni siquiera el propio Emperador. La sonrisa de la Emperatriz disminuyó un poco, pero inclinó la cabeza en gesto de sumisión.

La Gran Madre giró la cabeza para mirarme y sus ojos parecieron devorarme de un mordisco. No sabía qué sentirían los condenados a muerte cuando se encontrasen frente al Gran Dragón que habitaba el subsuelo de la Ciudad Roja, pero, en aquel momento, aquella mujer vestida de oro y escarlata me pareció más poderosa y peligrosa que cualquier fiera.

No me permitieron volver al Departamento de Trabajo Duro. La Gran Madre ordenó al Jefe Wong que me llevase al Palacio de la Sabiduría. Al parecer, allí ya estaba todo dispuesto para mi llegada.

No protesté. Sabía que no podía hacerlo. Así que me limité a sonreír y a murmurar palabras de agradecimiento antes de que el eunuco me pidiera que lo siguiera, con una amabilidad que no había tenido cuando me había arrastrado del brazo por las calles de «la ciudad dentro de la ciudad».

En las escaleras que comunicaban con los muros del palacio de la Emperatriz, me encontré con Zhao. Él frenó en seco al verme, pero yo continué caminando sin mirarlo siquiera.

Tragué saliva cuando seguí sintiendo sus ojos serios en mi nuca mucho después de que el Palacio de la Luna quedara oculto entre los muros bermellones.

Anhelaba hablar con él. Estar a solas en algún lugar, aunque fuera en un dormitorio infecto de algún departamento. Contarle toda la verdad.

Pero aquel no era el momento. Por eso seguí adelante y caminé junto al cuerpo grasiento del Jefe Wong.

El Palacio de la Sabiduría había sido cientos de años atrás la residencia del Emperador, antes de que se construyera la inmensa residencia dorada donde dormía y gobernaba el Emperador Xianfeng. Era un edificio inmenso, de madera oscura y tejados curvos del color de los helechos y el musgo. No había dorado ni plateado salpicando sus pinturas desgastadas. Había elegancia en sus formas, en sus arcos, pero también antigüedad.

El incienso que se respiraba entre sus paredes era intenso y fragante, y recordaba al olor de la pipa que fumaba el amo Yehonala. No sabía si Lilan había pisado alguna vez estos suelos, pero estaba segura de que, si había sido así, se habría sentido como en casa.

El Jefe Wong me dejó a cargo de una criada de mirada arrugada y boca desdentada. El Palacio Rojo estaba lleno de sirvientes jóvenes y hermosos. En la propia selección en la que había participado, habían descartado a varias jóvenes porque no resultaban lo suficientemente bonitas. Sin embargo, allá adentro, no había ni un solo sirviente que tuviese menos de cuarenta años. A la gran mayoría, la nieve le salpicaba el cabello.

Aparte de la reverencia de rigor, nadie me prestó atención cuando me crucé en sus caminos.

La criada anciana me condujo hasta una amplia y sobria habitación, y me indicó que tratarían de traerme *hanyus* adecuados a mi nueva posición. No esperó a que yo le contestara, se retiró de inmediato.

Las puertas del dormitorio no estaban cerradas, pero algo me dijo que no debía moverme de allí. Así que me dediqué a curiosear por los rincones, a abrir y cerrar cajones y armarios que estaban vacíos. No veía nada en realidad. En mi cabeza se mezclaban una y otra vez el rostro del Emperador y el de Zhao. Sus ojos se superponían sin cesar, sus labios se abrían y se cerraban a destiempo. Eran tan similares y distintos a la vez, que me volvía loca al recordar los pequeños detalles.

Sacudí la cabeza y me dejé caer sobre el mullido colchón de mi nueva cama.

*No puedo pensar en esto*, me dije. *No estoy aquí por ellos.*

Traté de evocar el rostro de Lilan y, por primera vez, la forma de su semblante se desdibujó un poco en mi memoria. Una aguijonada de pánico se clavó en mi pecho y luché por rememorarlo. Pero, antes de que lo consiguiera, una figura elegante atravesó el umbral de la estancia sin llamar.

Me puse en pie de inmediato, pero no llegué a reclinarme. La Gran Madre me lo impidió con un simple gesto de su cabeza.

—Espero que te sientas cómoda en tu nuevo dormitorio —dijo, con la mirada entornada.

—Estaré eternamente agradecida a su Alteza Imperial —contesté.

Ella dobló los labios en una mueca, como si estuviera decepcionada con mi respuesta. Caminó hasta reclinarse sobre uno de los sillones de madera que decoraban la estancia.

—Debo cuidar que se cumpla el protocolo en este enorme palacio, así que no tenía más remedio que traerte conmigo.

Fruncí el ceño, sin entender. La Gran Madre resopló y, durante un instante, pareció mucho más joven. Apenas una niña que disfrutaba de una broma privada.

—Querida, el Emperador buscaba una excusa para convertirte en concubina. ¿Qué? ¿Te sorprende? —Una sonrisa de suficiencia curvó sus suaves labios rojos como la sangre—. Como una buena madre, debo vigilar a mi hijo. Y conozco sus deseos y atracciones.

—Vos no sois su madre. —No pude evitar que las palabras escapasen de mí. Ella arqueó una ceja y su mirada me retó a soportar su peso. Yo me obligué a no parpadear—: Es... es imposible que lo seáis.

Ella meneó la cabeza con una mezcla de melancolía y pesadumbre.

—Dentro de la Ciudad Roja, todo cambia. Las madres dejan de serlo como castigo. Los niños mueren como reos culpables. La palabra del Emperador es ley sagrada. —Sus ojos oscuros volaron hacia la ventana cerrada; la brisa otoñal acariciaba el papel de arroz y lo hacía crujir—. Cuando me convertí en la madre de Xianfeng, él era un niño y yo era una concubina adolescente recién seleccionada para el Emperador Daoguang. Fue la suerte, o quizá los dioses, lo que hizo que nuestros caminos quedaran entrelazados.

Yo no separé los labios. No sabía qué podía contestar ante ello.

—Quizá Xianfeng no ha salido de mis entrañas, pero lo conozco bien —dijo, sin vacilar—. Fui consciente de cómo te miraba durante la recepción del Rey Kung. Y sé que conocía tu nombre —añadió, mientras arqueaba una de sus cejas negras como la tinta—. Los dioses vivientes no conocen los nombres de simples criados sin motivo.

Tragué saliva para refrescarme la garganta. De pronto, se había convertido en un desierto.

—Ya no soy una simple criada —mascullé.

La Gran Madre ladeó el rostro y la sonrisa que llenaba sus labios de cereza creció.

—En esto estamos de acuerdo, Dama Cixi.

Me sentía desnuda ante aquella mujer. Me sonreía, era amable, pero su maquillaje pesado, las joyas doradas de su cabello, sus grandes flores de porcelana, enturbiaban demasiado su expresión.

—Ahora que conozco tu Virtud, sé que por mucho que ordene que te decapiten, te quemen o te desmiembren, volverás a la vida. Pero tú no conoces la mía. Así que lo más justo debería ser un intercambio, ¿no crees?

—No me atrevería a...

—Desintegración —me interrumpió ella, con una pequeña sonrisa—. Fragmentación. Rotura. Puede tener mil nombres. A Daoguang le gustaba llamarla «caos». Solo tengo que poner un dedo encima de un enemigo para hacerlo estallar en miles de pedazos.

La Gran Madre no apartó la mirada de mí, y a mí me costó la vida soportar el peso de aquellos orbes terribles.

—Aunque estaba prohibido, Daoguang me hizo usar mi Virtud contra alguno de sus enemigos. Incluso contra alguna de sus concubinas más... *díscolas.* —Tensé todo mi cuerpo para evitar cualquier escalofrío—. Yo lo odiaba. A veces encontraba trozos de hueso o de órganos incluso en la raíz del pelo.

La Gran Madre se inclinó hacia mí; sus ojos tenían un brillo oscuro.

—Ahora que estamos en igualdad de condiciones, dime: ¿ese veneno estaba destinado a la Emperatriz y no a ti? ¿Esa joven quería matar a un miembro de la familia imperial y no a una simple criada por alguna clase de rencilla estúpida?

Me quedé durante un instante en blanco. Di las gracias por que las mangas de la túnica me quedaran algo largas y cubrieran mis puños temblorosos.

—Respóndeme, Dama Cixi. ¿Lo que ocurrió hace tres días fue realmente un acto de entrega al Imperio o un plan urdido para escalar posiciones?

El corazón golpeaba mis costillas sin piedad, pero logré que mi voz sonara serena y sincera cuando contesté:

—Bebería veneno cien veces más si así consigo salvar la vida del Emperador.

Había demasiada verdad en esa sentencia como para que la Gran Madre pudiera ver a través de ella.

¿Por qué había provocado a Shui realmente? ¿Qué buscaba en realidad? ¿Dejarla en evidencia, vengarme en nombre de Nuo por lo que le había hecho? ¿Crear algo de justicia en el asesinato de Lin? Sí, así había sido. Pero no solo aquellas habían sido las razones, aunque eran las que más me repetía a mí misma, quizá para no sentirme mal, o tal vez para apagar esa pequeña náusea persistente que no me abandonaba cada vez que recordaba el cuerpo abierto en dos de una mujer.

Sí, también había usado a Shui, su odio hacia mí, para que mi posición creciera en aquel maldito palacio. La partida de Wu contra el Rey Kung me había regalado una enseñanza muy valiosa: muchas ratas podían devorar al dragón. Pero si una sola caía, no habría suficientes para vencerlo. Necesitarían la ayuda de otra pieza más poderosa.

Por desgracia, una rata no podía transformarse en otro animal en una partida de Wu.

Yo, sí.

Yo podía ser más que una rata. Mucho más.

La Gran Madre me había confesado su Virtud, pero me pareció que su verdadero poder era introducirse en mi mente, como podía hacer la Emperatriz. Sus ojos no me observaban, me atravesaban.

—Está bien, Dama Cixi. Que así sea.

La mujer asintió y se separó de un suave impulso del sillón de madera. Se dirigió a la salida de la puerta con lentitud; la falda de su *hanyu* despertó un susurro contra las tablas del suelo. Sin mirarme, añadió:

—Los preparativos para el debut de una concubina suelen tardar semanas, pero tengo la sensación de que Xianfeng no se demorará tanto. —Se detuvo junto al arco de entrada y sus uñas arañaron la pared—. Espero que estés preparada para formar parte del Harén del Palacio Rojo. Por tu bien, lo deseo de corazón.

# 35

El invierno estaba a punto de comenzar, pero este no lograba penetrar en las gruesas paredes del Palacio de la Sabiduría. Los inmensos braseros combatían el frío que helaba las mañanas y hacía que viera desde mi ventana a los pobres sirvientes resbalar en el suelo una y otra vez.

Solo llevaba un par de días en aquella antigua residencia, pero las horas pesaban tanto como los días. No se me permitía abandonar esos muros de madera, ni siquiera para comunicarme con mis antiguos compañeros del Departamento de Trabajo Duro. Compartía las cenas con la Gran Madre y la acompañaba a rezar al menos un par de veces al día a un altar privado que se encontraba en el ala este del palacio. El resto del tiempo, lo pasaba sola.

La Emperatriz no pidió verme y, aunque podía convocar a Zhao, no lo hice. Mi fragmento más primitivo, más anhelante, ansiaba verlo, pero no sabía qué podría decirle cuando estuviese frente a él.

Por eso, cuando al tercer día atravesó el umbral de mi habitación y sus ojos se hundieron en los míos, me quedé paralizada.

Estaba mal visto que una criada se viera en secreto con hombres, o con mujeres, que perdiera su virginidad antes de un enlace oficial. Para una concubina, era un acto prohibido. Ni siquiera se permitía que estuvieran en un lugar apartado con un guardia, o con un criado, ni siquiera con un sanador. Siempre debía haber otra persona presente. Una concubina era *propiedad* del Emperador. Si se la mancillaba, se mancillaba una parte sagrada de él.

Pero Zhao era un eunuco. Ni siquiera se lo consideraba un peligro. A pesar de que, al verlo, el corazón se me revolviera y mi lengua se hiciera un nudo.

Por fortuna, Zhao sabía qué decirme. Me dedicó una reverencia corta y murmuró con frialdad:

—Este humilde sirviente saluda a la concubina del Emperador.

Lo miré, pero él no lo hizo. Siguió con sus ojos afilados clavados en la punta de sus botas. Tardé demasiado en darme cuenta del porqué.

—Le... levántate, por favor. —Me odié por sonar tan débil, tan insegura.

Él lo hizo y, entonces, me di cuenta de que traía una pesada caja de madera entre sus brazos. Ni siquiera me había molestado en apartar la vista de su rostro.

—El Emperador me ha pedido que trajera un presente de su parte a la Dama Cixi —dijo, mientras colocaba la caja en la pequeña mesa redonda en la que yo desayunaba. Con cierta brusquedad, la abrió y extrajo de ella un precioso tablero de Wu, con piezas construidas a partir de marfil y jade rojo. Cuando lo devolvió a su lugar, un par de piezas temblaron y cayeron—. Indicadme dónde queréis que os lo deje, y así podré retirarme y dejaros tranquila.

—Ahí está bien —contesté de inmediato.

Zhao sacudió la cabeza y volvió a inclinarse. Sus pies retrocedieron, pero yo fui más rápida. Me adelanté y cerré las pesadas puertas del dormitorio. El silencio nos envolvió y yo conseguí respirar con normalidad.

Me coloqué frente a él, pero Zhao permaneció con la vista gacha, como hacían todos los eunucos.

—¿Ahora ni siquiera me miras? —le espeté, incapaz de soportar aquel mutismo ni un instante más.

—Si la Dama Cixi desea que la mire, eso haré —contestó él, aunque permaneció con la cabeza reclinada.

Yo resoplé. Dejé que el enojo creciente devorara la inseguridad y la agitación. Di otro paso hacia él, rozando la distancia inapropiada.

—*Zhao* —musité.

Escuchar su nombre lo hizo erguirse con brusquedad. Su mirada, acalambrada, atravesó la mía. Yo me estremecí. El corazón rugió en mis oídos.

—No voy a disculparme por todo lo que ha ocurrido —dije, en voz baja, pero segura.

Una batalla comenzó a librarse en su rostro crispado, pero apenas duró unos pocos segundos. Sus manos se convirtieron en puños en el instante en que avanzó en mi dirección.

—Fuiste convocada por la Emperatriz porque yo se lo sugerí. Le hablé de cómo te trataban el resto de concubinas porque sabía que se sentiría culpable, que haría algo por cambiar tu situación. Así es Cian —dijo; las palabras escapaban de sus labios como flechazos—. Si no hubieses provocado todo aquello, ella te habría nombrado su doncella personal. Habrías acabado bajo su mando. *A salvo.*

Suspiré y negué con la cabeza.

—La servidumbre tiene una visión limitada de todo lo que ocurre en el Palacio Rojo. Y, si quiero descubrir lo que realmente le sucedió a Lilan, debo conseguir una visión completa. —No parpadeé cuando añadí—: Convertirme en concubina era la única opción que tenía.

Zhao alzó los ojos al techo y meneó la cabeza con exasperación antes de separarse bruscamente de mí. Cuando lo hizo, sentí como si yo misma perdiera un poco la estabilidad.

—La venganza no es el fin de nada, Cixi.

—Por fin me has llamado por mi nombre —murmuré, con una sonrisa amarga pendiendo de mis labios.

Él no me la devolvió. Se giró con violencia hacia mí y sus manos se anclaron en mis hombros, con fuerza, de una forma muy diferente a la que lo habían hecho aquel día, en el dormitorio del Departamento de Trabajo Duro. Inclinó su rostro sobre el mío.

—¿Qué ocurrirá si descubres al culpable de su muerte? —susurró.

—Haré justicia —repliqué, sin dudar.

—No hay justicia en «la ciudad dentro de la ciudad» —contestó Zhao, en un gesto casi de dolor—. Bajo este suelo, hay un Gran Dragón que devora cadáveres y condenados a muerte. ¿Qué justicia puede haber en un lugar así?

Ni siquiera dudé en mi respuesta.

—Entonces, mataré al asesino.

Zhao negó ligeramente con la cabeza. Sus dedos se suavizaron sobre mis hombros, pero no me soltó. Su pecho subía y bajaba a más velocidad de lo normal. Podía verlo. Estaba muy cerca de él.

—¿Y qué ocurrirá entonces? —Su ceño estaba ligeramente fruncido. Un fino mechón de cabello había escapado de su recogido y flotaba entre sus ojos. Un rayo negro que oscurecía todavía más su expresión—. Tú seguirás siendo una concubina hasta el día de tu muerte, seguirás atrapada aquí... postrada eternamente ante un hombre al que no amas.

Por la Diosa Luna, estaba tan tan cerca. Quería enroscarme aquel maldito mechón en los dedos, quería arrancar esa aguja dorada que sujetaba su cabello, quería atraerlo hacia mí de una forma que no había sentido nunca.

La voz que escapó de mí no era del todo mía. Procedía de esa parte que había muerto tras el asesinato de Lilan, de esa parte que había prometido convertirse en un monstruo si era necesario.

—¿Quién dice que no lo ame?

Sentí cómo los dedos de Zhao se convertían en alambres curvados, cómo su expresión se hacía pedazos. Se retiró con tanta violencia que yo me eché hacia atrás, como si me hubiese empujado.

Cuando volvió a mirarme, no sabía si era el dolor o la rabia el que había ganado la batalla.

—No os molestaré más, Dama Cixi. Que descanséis bien.

—Espera —dije. Él se detuvo al instante, aunque en esta ocasión no me devolvió la mirada—. Transmite al Emperador mi agradecimiento por su regalo. Y también dos peticiones —añadí, mientras mi voz sonaba cada vez más autoritaria, más carente de vida—: Necesitaré sirvientes. Me gustaría que dos criadas del Departamento de Trabajo Duro fueran colocadas bajo mi mando. Responden a los nombres de Nuo y Tian.

Zhao asintió, antes de entornar la mirada.

—¿Y la segunda petición?

—Sé que están buscando una residencia donde acomodarme dentro de la Corte Interior. —No vacilé cuando añadí—: Me gustaría que fuera el Palacio de las Flores.

La sorpresa azotó el rostro de Zhao, pero solo fue un segundo. Se cuadró y realizó una nueva reverencia antes de murmurar:

—Vuestro siervo transmitirá el mensaje.

No hubo palabras de despedida. Él me dio la espalda y abandonó el dormitorio con paso rápido, sin mirar ni una sola vez atrás.

Yo, sin embargo, permanecí mucho tiempo de pie, observando la puerta que había quedado entreabierta.

Ni siquiera le eché un segundo vistazo al tablero de Wu que el Emperador me había regalado antes de irme a dormir.

# 36

El día que abandoné el Palacio de la Sabiduría amaneció helado. No cabía duda de que el invierno había caído sobre toda la ciudad.

Yo sentía el frío en mis huesos, a pesar de la inmensa capa de piel de oso que me cubría de pies a cabeza. Si luchaba por controlar el temblor, no imaginaba cómo debían sentirse las pobres criadas que esperarían mi llegada en el Palacio de las Flores. Ellas solo llevaban sus túnicas de servidumbre.

La Gran Madre también había acudido a despedirme, aunque realmente no tenía por qué. Apareció cubierta de negro, con una inmensa tiara dorada sobre su cabello azabache. Esta resplandecía con toda la fuerza que le faltaba al sol escondido entre las nubes.

—Espero que la Diosa Luna guíe tu rumbo, Dama Cixi. Con calma y serenidad.

Unos cascos hicieron eco a lo lejos. Una ola de extrañeza sacudió a todos los presentes; algunas criadas intercambiaron una mirada, atónitas. Yo me incliné hacia delante cuando vi aparecer por la esquina de la calle un carruaje imperial, cubierto de flecos rojos, muy parecido al que usaban las novias el día de su boda.

La madre del Emperador suspiró.

—Lo necesitarás, porque creo que las aguas que vas a surcar van a ser turbulentas.

Mis ojos no se separaron de los dos caballos blancos que tiraban del carruaje. Realmente, las concubinas de rango medio como el mío ni siquiera iban en palanquines. Se limitaban a caminar por las calles del Palacio Rojo rodeadas por su séquito. Yo había esperado que fueran algunos de mis futuros sirvientes los que me recogieran y me condujeran hasta mi nueva residencia, pero no un carruaje.

Los únicos que viajaban en él por «la ciudad dentro de la ciudad» eran la familia imperial.

Tragué saliva cuando el vehículo se detuvo frente a las escaleras y un eunuco se apresuró a abrir la puerta.

Esto daría mucho que hablar en la Corte Interior.

Me volví hacia la Gran Madre y le dediqué una profunda reverencia mientras recitaba, con una calma que no sentía en absoluto:

—Muchas gracias por vuestros consejos. Daré mi cuerpo y mi alma por este Imperio.

Ella asintió, con una media sonrisa pendiendo de sus labios pintados con el color de la sangre. Casi parecía estar conteniendo una carcajada.

Un par de criadas se pusieron a mi lado y me ayudaron a bajar poco a poco los escalones resbaladizos. En el momento en que toqué el suelo, un eunuco me ofreció la mano para ayudarme a subir al carruaje.

—El Emperador deseaba que su viaje fuera lo más confortable posible —dijo, con la mirada gacha—. Espero que todo sea de su agrado, Dama Cixi.

—Lo es —contesté de inmediato, antes de dejar que mis dedos se apoyaran con suavidad en los suyos. Estaban helados—. Muchas gracias.

Un rubor ligero coloreó las mejillas del joven antes de que el interior cálido del vehículo me abrazara. Habían rociado perfume sobre los asientos mullidos. Jazmín, eucalipto y hortensias. Era tan dulce como intoxicante.

El chasquido de un látigo hizo eco en mis oídos y, al instante, el carruaje comenzó a moverse. El hedor y el calor sofocante del interior comenzaron a asfixiarme, así que no tuve más remedio que apartar las cortinillas de un tirón y asomar la cabeza para poder respirar hondo.

Sobre las ruedas traqueteantes, recorrí todas las calles que ya había pisado como criada. Desde aquel asiento tan confortable, el rojo que pintaba los muros se parecía al color de los pétalos de las rosas, y no al de la sangre. El suelo parecía recubierto de cristal, no de hielo.

No había muchas personas caminando por el Palacio Rojo, pero todos aquellos que se cruzaron en el camino del carruaje se detuvieron y realizaron la reverencia obligatoria. Murmuraron algunas palabras, pero yo no las escuché por el traqueteo de las ruedas.

Un largo rato después, el carruaje se detuvo frente a una puerta que yo había forzado hacía meses.

Bajé del carruaje sin esperar a que el eunuco que lo conducía me ayudara.

Mis ojos se clavaron en la placa dorada que había junto a las enormes puertas abiertas. Esta relucía, a pesar de que el sol estaba oculto. Muchas criadas se habrían dejado los nudillos para borrar toda la suciedad acumulada por el tiempo.

El Palacio de las Flores me recibió con el sonido de una fuente lejana y la reverencia exagerada del Jefe Wong. No pude evitar mirar a un lado y a otro, buscando a alguien que sabía que no vería.

Los labios gruesos como lombrices del eunuco se estiraron cuando posé los ojos sobre él.

—El Emperador me ha pedido que os acompañase hasta vuestro nuevo hogar.

Asentí con una sonrisa.

—Su Majestad es muy considerado. Y tú también, Jefe Wong —añadí, con un pestañeo.

Su mueca se profundizó y, con un movimiento exagerado, me invitó a que atravesara las puertas.

Yo respiré hondo antes de avanzar con el pie izquierdo. Me costaba no recordar que aquel eunuco me había arrastrado una vez por la Corte Interior, que era el mismo del que me había hablado una vez Tian, que acorralaba a criadas y a jóvenes eunucos, y abusaba de ellos de todas las formas posibles.

Pero sacudí la cabeza y me obligué a centrarme. *Ahora no, Cixi*, me dije. *Todavía, no.*

Traté de imaginar qué habría sentido Lilan la primera vez que pisó este lugar. Seguramente, estaría tan feliz que le costaría contener las lágrimas. O quizás, echaba demasiado de menos su hogar para sonreír siquiera.

Pero, sin duda, era un lugar hermoso.

El suave chapoteo de la fuente que había sido puesta en funcionamiento llenaba todo. Alguien había limpiado el estanque y había retirado los peces descompuestos para llenarlo de flores que pronto morirían por el invierno y de carpas naranjas, blancas y rojas. Habían pintado y lacado el puente curvo donde había conocido a Zhao varias lunas atrás.

No había flores, pero un verde profundo llenaba todo el patio delantero, y contrastaba con los mástiles rojos y los tejados curvos del palacio.

En las escaleras de entrada del edificio, unas seis criadas y tres eunucos me esperaban, de rodillas. Mis pupilas encontraron a Nuo y a Tian, una frente a la otra, con la mirada clavada en el suelo, al igual que el resto.

De pronto, todos exclamaron:

—¡Bienvenida, Dama Cixi!

Casi pude escuchar el sonido que produjeron sus frentes cuando tocaron el suelo a la vez.

—Alzaos, por favor —me apresuré a decir.

Todos me obedecieron con la perfección que se le exigía a un sirviente imperial y permanecieron a ambos lados de la escalera.

Acompañada del Jefe Wong, subí los peldaños y me detuve frente a las puertas abiertas del palacio. Los sirvientes todavía no se movían. Con un sobresalto, me di cuenta de que esperaban unas palabras por mi parte.

Apreté los labios y recé para que mi voz no me fallara.

—Gracias a todos por haber ayudado a preparar el palacio y darme una cálida bienvenida. —Tragué saliva y enfrié un poco el tono—: Ahora, volved todos a vuestras tareas. Excepto Nuo y Tian —añadí. Las dos se quedaron paralizadas mientras los demás se incorporaban y se ponían en movimiento—: Seguidme.

Sin esperarlas, pasé junto al Jefe Wong y me interné en el recibidor del Palacio de las Flores.

Nada más traspasar el umbral, encontré una pequeña sala anexa. Una estancia en la que había varios sillones sobre plataformas de madera, y cuya única y gran ventana comunicaba con el patio delantero. Jarrones de fina porcelana y lienzos en los que se mostraban flores y garzas alzando el vuelo salpicaban las paredes. Un brasero humeaba en el centro, calentando el lugar.

Estuve a punto de dejarme caer en uno de los sillones, pero entonces, mi mirada tropezó con una caja de madera cerrada que reposaba sobre un pequeño soporte, en mitad de la estancia. El sello imperial del dragón lacaba de dorado su superficie.

Durante un instante, me pregunté si se trataría de otro tablero de Wu.

—Adelantándome a la Dama Cixi, esta será vuestra renta cada luna —dijo de pronto el Jefe Wong. Me volví hacia él. El eunuco me dedicaba una sonrisa aceitosa, mientras Tian guardaba claramente las distancias. Casi parecía esconderse detrás del cuerpo espigado de Nuo—. Mientras mantengáis vuestra posición, la recibiréis puntualmente.

Casi se me escapó una carcajada amarga. El Emperador pagaba a sus concubinas. Qué ironía. O quizá no.

Carraspeé y traté de relajar mi expresión.

—Gracias por la información, Jefe Wong. Puedes retirarte.

El eunuco realizó una exagerada reverencia y se marchó tras desearme un próspero día.

Yo permanecí quieta un instante, estirada todo lo que me permitía mi espalda, hasta que la rechoncha figura del sirviente se perdió en el patio delantero. Solo entonces dejé caer los hombros con un suspiro y me apresuré a cerrar la puerta de aquella pequeña estancia.

Mis ojos buscaron los de Nuo y Tian, pero, cuando los encontraron, las dos hicieron amago de arrodillarse de nuevo ante mí.

—No, no, parad. —Me eché hacia delante y las sujeté de las muñecas—. Dejad este teatro.

—Ahora somos tus sirvientes —susurró Nuo.

—Esto no es un teatro, Dama Cixi —añadió Tian, con frialdad—. Así debemos comportarnos ante una concubina del Emperador.

Solté sus manos con suavidad y ladeé la cabeza cuando centré toda mi atención en Tian. Se había cruzado de brazos y su fino ceño afeaba en una mueca de ira su rostro, dorado por el sol. Ya no llevaba la túnica de servidumbre negra del Departamento de Trabajo Duro, sino una de color gris perla. Era más elegante, de mayor calidad, pero parecía incómoda con ella.

Una media sonrisa adornó mis labios.

—¿Ahora me odias por lo que soy?

Tian bajó la cabeza.

—Una humilde sirvienta como yo jamás se atrevería a...

—Tian —la interrumpí con calma—. Ahora solo estamos nosotras tres. Como cuando compartíamos mesa en el Departamento de Trabajo Duro. Eres libre para decir lo que quieras.

Nuo negó con la cabeza y colocó una mano en su hombro, pero ella se la sacudió con impaciencia y avanzó un paso hacia mí. Se quedó a una distancia que estaba prohibida entre ama y sierva. Había fuego y tormentas en sus pupilas.

—He oído lo que ocurrió ese día —susurró. Yo permanecí en silencio. Sabía que no había terminado de hablar—. Podrías haberlo permitido.

—¿Dejar que la Emperatriz muriera? —le pregunté, también en voz baja.

Nuo se llevó las manos a la boca, horrorizada. Tian ni siquiera parpadeó.

—Ella te utilizó. Y, cuando cumpliste tu cometido, te abandonó cuando más necesitabas su protección. ¿Y así se lo pagas? ¿Entregándole tu vida?

Terminó la frase agitada. Su aliento abofeteaba mi rostro.

—¿Qué habría cambiado entonces? —musité.

Tian frunció el ceño, pero no contestó.

—Si la Emperatriz hubiera muerto, tarde o temprano, otra concubina ocuparía su lugar. —Me incliné un poco más hacia ella—. Quizá la Consorte Liling. ¿Crees que mi decisión habría provocado algún cambio?

Nuo se adelantó para colocarse al lado de Tian. Ya no había temor en su expresión, solo estupefacción. Por fin me miró a los ojos cuando habló.

—¿Por qué decidiste entrar en el Palacio Rojo, Cixi?

Les di la espalda durante un momento para dejarme caer en uno de los mullidos sillones. Apoyé la barbilla entre los dedos y tomé aire.

—Os voy a contar una historia y, después de escucharla, tendréis que decidir si queréis quedaros junto a mí.

—¿Y si no es nuestro deseo? —preguntó Tian, con el ceño fruncido.

—Buscaré una excusa para que os ejecuten.

Les saqué la lengua, juguetona, como si aquello fuera una broma. Pero ¿lo era? Ahora tenía el poder para que no lo fuera. Ellas se miraron, como si también lo dudaran, pero, cuando volvieron a encararme, solo vi curiosidad resbalando de sus pupilas como lágrimas.

—Cuéntanos tu historia, Dama Cixi —dijo Tian. Nuo asintió a su lado—. Tus siervas escucharán.

Y eso hice.

Les conté todo desde el comienzo. Cómo me encontró Lilan en el río que divide la frontera del Imperio Jing con el Reino Ainu. Cómo me crie junto a ella en la mansión de los Yehonala en la Aldea Kong, entre montañas y bosques brumosos. Cómo me enseñó a leer, a escribir, a jugar al Wu. Cómo nuestra vida se truncó cuando murió el Emperador Daoguang. Les hablé sobre la caída en desgracia de su padre. Sobre la única solución que encontró Lilan para ayudarlo. Sobre su muerte. Sobre su asesinato. Sobre ese bebé muerto que había recibido mi nombre. Sobre las cartas terribles que ella me había enviado y yo había leído demasiado tarde. Sobre mi reencuentro con San cuando la vi después de años separadas. Sobre su traición. Sobre cómo había muerto y resucitado. Sobre los momentos a solas con el Emperador. Sobre las palabras de la Asistente Rong. Sobre las sospechas de la Consorte Liling. Sobre cómo, siendo una concubina, tendría una oportunidad de descubrir toda la verdad.

Sí. Les conté todo. Porque había aprendido que no podría hacerlo sola.

Hasta las ratas necesitan aliadas.

Solo hubo algo que guardé para mí. Un nombre que no pronuncié, a pesar de que, de una forma u otra, siempre rondaba mi mente.

No hablé del dueño de aquel rostro afilado. De unas cejas negras como la brea que siempre estaban fruncidas. De labios serios y ojos siempre pensativos. De unas manos que parecían ásperas pero que eran suaves al tacto.

Pero, sobre todo, no hablé de lo que ocurría dentro de mí cada vez que sus ojos se cruzaban con los míos.

Cuando dejé de hablar, sentía la garganta en llamas y tenía la mirada húmeda.

Nuo y Tian me observaban en silencio. No se habían movido durante toda la historia.

—Sé que solo quiero vengarme, que he alcanzado esta posición por egoísmo —añadí, con la voz un poco quebrada por tanto hablar—. He llegado hasta aquí porque quiero averiguar qué le ocurrió realmente esa noche a Lilan. Pero, si con el poder que ostento ahora puedo cambiar... *algo*, lo haré. Os lo prometo.

Me incliné hacia delante, con las manos entrecruzadas sobre mi regazo. Me obligué a permanecer tranquila, a estar segura. Por dentro no dejaba de temblar.

—¿Cuál es vuestra respuesta? —pregunté, cuando el instante en silencio se volvió eterno.

Tian fue la primera en moverse. Se inclinó hacia mí en una reverencia mucho más profunda de la que me correspondía. Su mano revoloteó cerca del corazón.

—Estoy a vuestro servicio, Dama Cixi. Para todo lo bueno y todo lo malo de este gran Imperio. —Su boca se retorció en una mueca juguetona—. Sobre todo, para esto último.

Asentí, aunque no pude sonreír por completo hasta que no posé los ojos sobre Nuo. Parecía perdida en sus pensamientos.

—¿Shui murió porque querías vengarte por lo que me hizo, o fue solo un medio para conseguir lo que deseabas? —murmuró.

Durante un instante, pensé en mentir. La necesitaba, la quería no como criada, sino como amiga. Ella me había cuidado. Me había ayudado. Yo no tenía ese corazón puro que ella se empeñaba en ocultar tras un muro de frialdad, pero al menos podía darle lo que menos abundaba en «la ciudad dentro de la ciudad». Confianza. *Verdad*.

—Ambas —respondí. Entorné la mirada cuando la vi tragar saliva con dificultad. Su piel se había vuelto de porcelana—. Pero si no hubiese sido por ti, también lo habría hecho. Tú no la condenaste. Lo hice yo.

Nuo asintió, aunque ni siquiera estaba segura de que me hubiese escuchado.

*Quédate conmigo, por favor*, quería rogarle. *Te necesito.*

Pero ahora era una concubina. Y las concubinas no suplicaban.

Nuo tardó una eternidad en tomar una decisión. Pero cuando lo hizo, levantó la barbilla de golpe y me miró a los ojos.

—Hay muchos monstruos dentro de la Ciudad Roja —dijo, con una pequeña sonrisa—. Espero ayudar a que no te conviertas en el peor.

Ella extendió la mano hacia mí y yo me incorporé de golpe para tomarla entre las mías. La impulsé hacia mí y la abracé con fuerza, mientras Tian soltaba un par de carcajadas y nos daba palmaditas en la espalda.

Sabía que aquella felicidad solo duraría un instante. Pero ahora, rodeada por sus brazos, cerré los ojos e hice todo lo posible para que se volviera eterna.

37

Ni Nuo ni Tian tenían la experiencia necesaria para ser mis damas de compañía, entre mi personal había criadas de más edad que ya habían servido a otras concubinas, pero yo les otorgué aquel título como voto de confianza. Les había abierto mi corazón, así que podía depositar sobre sus manos también los asuntos domésticos.

Lo primero que me preguntó Nuo era qué hacer con la asignación. Cuando abrí el pequeño baúl, encontré tanto oro que me quedé sin respiración. Jamás había visto tal cantidad de dinero en mi vida.

—Es demasiado —farfullé.

—Las concubinas llevan joyas, *hanyus* lujosos, tienen sus palacios decorados con obras de arte... —Nuo echó un vistazo a su alrededor—. Puede que el Emperador haga regalos, pero imagino que muchas de sus posesiones vienen de la renta que él les entrega y del propio dinero de sus familias.

Yo no tenía nada de eso. Era cierto que, mientras había residido junto a la Gran Madre en el Palacio de la Sabiduría, me habían entregado algunos *hanyus*, peinetas y joyas, pero quizá no fueran suficientes. Parte de mi trabajo como concubina era mantenerme hermosa para el Emperador. Necesitaría las mejores telas bordadas para que el Departamento de Costura hiciera mi ropa. Necesitaría perlas y pulseras de jade. Necesitaría cremas y esos terribles tónicos que tomaban la Emperatriz o la Consorte Liling.

Cuando me recordé inclinada sobre los pestilentes orinales, frotando, con la piel en carne viva, sacudí la cabeza.

—Guárdalo por ahora. Pensaré bien en cómo administrarlo —dije, tratando de borrar una náusea.

Nuo asintió y se marchó con el baúl entre las manos. Tian también había desaparecido junto a los tres eunucos que estaban a mi servicio.

Así que me quedé sola.

Decidí pasear por el Palacio de las Flores. Realmente, no era tan grande como para ser llamado así. Ni siquiera alcanzaba el tamaño de la mansión de los Yehonala, aunque sí era mayor que el palacio de la Dama Mei.

La residencia contaba con un gran dormitorio, un comedor, varios salones, un recibidor y una sala de estar amplia. Además, había un majestuoso servicio donde una enorme bañera de piedra negra parecía lista para llenarse de agua, flores y jabón. También tenía un vestidor en el que ya habían colocado los *hanyus*, la ropa interior y la de dormir que utilizaría a partir de ahora. No había rastro de las túnicas de servidumbre.

En un edificio anexo, más pequeño y descuidado, se encontraban las dependencias de los sirvientes.

Además del enorme patio delantero, el Palacio de las Flores contaba con un jardín trasero. No tan grande como el que poseía la residencia de la Emperatriz, pero sí lo suficientemente amplio como para albergar varios árboles frutales. Por desgracia, ahora estaban todos desnudos.

Paseé durante toda la mañana por el palacio, buscando algún recuerdo de Lilan. Pregunté a una criada si los lienzos que estaban colgados en las paredes pertenecían a la antigua dueña, pero no me supo contestar con seguridad.

Después de un copioso almuerzo, me dejé caer en la cama y cerré los ojos. Imaginé a Lilan a mi lado, maravillándose por el estanque del patio delantero, jugueteando con las carpas que pronto se helarían en su interior.

Esperé que las paredes me hablaran, que me devolvieran parte de su risa, pero no me llegó nada. Solo el eco del silencio.

No supe si me quedé dormida o no, pero de pronto, abrí los ojos y me encontré a Nuo inclinada sobre mí, con el ceño levemente fruncido.

—¿Qué ocurre? —pregunté.

—Es el Jefe Wong —dijo—. Está aquí.

Yo le devolví la mirada, ceñuda. Solo hacía unas horas que se había marchado. ¿Qué querría ahora?

—Y viene acompañado —añadió. Su expresión era difícil de desentrañar—. ¿Quieres que lo haga pasar?

Asentí, todavía adormilada. Me senté en la cama, entre las gruesas mantas y las colchas brillantes, rodeada de los doseles que colgaban, y levanté la vista en el momento en que el rechoncho eunuco atravesaba la puerta.

Él y diez criadas más. El dormitorio era amplio, pero apenas cabíamos todos.

Pestañeé, confundida, cuando todas las mujeres se colocaron frente a mí, con sus brazos extendidos.

En el exterior, anochecía; en la habitación no había ni una sola lámpara de aceite encendida, pero las telas, las joyas, todo lo que sostenían sus dedos blancos relucía con el dorado del sol y la intensidad de la sangre.

—¿Qué es todo esto, Jefe Wong? —pregunté.

Él me dedicó una de sus sonrisas deslumbrantes y babosas.

—Respondiendo a la Dama Cixi, tengo el placer de anunciaros que el Emperador os ha convocado durante esta noche. Hoy será vuestra Desfloración.

Me incliné hacia delante, como si no lo hubiera escuchado bien, aunque lo había entendido a la perfección.

Aquello no debía sorprenderme. Ahora era una concubina. Y las concubinas éramos las esposas de la noche. Cuencos vestidos de seda donde sostener al futuro heredero del Imperio. Pero... había sido veloz. Mucho. Aquella noche pensaba compartir la cena con Nuo y Tian, y hablar hasta tarde, aunque al día siguiente, temprano, tendría que acudir a presentar mis respetos a la Emperatriz.

—Felicidades, Dama Cixi —continuó el Jefe Wong, ignorando mi estupor—. Ahora debéis comenzar a arreglaros.

Resollé, y a mi cabeza regresó la imagen de aquella concubina vestida de negro y oro, que caminaba apoyada en un eunuco, atravesando toda «la ciudad dentro de la ciudad» para entregar su cuerpo por primera vez a un dios viviente.

Esa noche yo sería aquella mujer.

Me sumergieron por completo en la bañera negra que yo había acariciado esa mañana. Llenaron el agua de pétalos de rosas y aceites esenciales que dejaron mi piel fragrante y suave. Mi largo cabello negro brilló como la seda cuando las criadas acudieron para encender los candelabros y las lámparas de aceite.

Aunque me habían provisto de maquillaje y joyas, durante la Desfloración todo lo que debía utilizar debía ser nuevo y, por protocolo, no podría ser usado en el futuro por nadie. Una vez desflorada la concubina, la ropa y las joyas, incluso el perfume, se guardarían dentro de un baúl y se los consideraría tesoro nacional. Todo eso me contó una de las criadas que había enviado el Emperador para prepararme, mientras arreglaba mi cabello en un recogido elaborado a la altura de mi nuca. Aunque me adornó la cabeza con peinecillos, peinetas, flores y campanitas que repiqueteaban con el más mínimo movimiento, todo el peso del peinado estaba recogido en una única aguja de oro.

Repasaron mis cejas y, con un pincel negro, hicieron mis ojos más grandes y expresivos. Pintaron mis labios con el carmín más rojo que había visto jamás. Las mejillas me las sombrearon de un rosado intenso y, coronándolas, colocaron dos perlas blancas.

Cuando terminaron, después de tres interminables horas, ya notaba el cuello dolorido por el peso de todo lo que llevaba en la cabeza.

—Estáis preciosa, Alteza —dijeron las criadas, antes de retirarse.

Yo giré la vista hacia el espejo que reposaba en mi tocador y me quedé sin respiración. Yo había desaparecido. Aquellas mujeres se habían encargado de desdibujar el rostro de Cixi, para crear una obra de arte con vida.

—Por la Diosa Luna. —El suspiro de Nuo me hizo apartar bruscamente la mirada de mi reflejo—. Siempre me has parecido bonita, Cixi, pero ahora...

—Ahora parezco una concubina —la interrumpí.

—Deberías intentar sonreír un poco —intervino Tian, cerrando la puerta de mi dormitorio a su espalda. Nos habíamos quedado durante un instante las tres solas. A través de las paredes, podía escuchar el vaivén de las criadas—. He oído de los otros sirvientes que es la primera vez que llama con tanta celeridad a una concubina a su cama. Siempre suele esperar al menos un par de días.

No me atreví a morderme los labios, aunque me moría de ganas de hacerlo. No quería que los dientes se me mancharan de rojo. Ni siquiera pude cerrar las manos en un puño, tenía las uñas todavía húmedas de la laca brillante que habían usado en ellas.

Había vivido como criada. Había soportado aquellas terribles pruebas para entrar a formar parte del Palacio Rojo. Me habían azotado. Me habían golpeado. Había pasado frío y hambre. Había muerto. Dos veces. Pero, sin embargo, lo que estaba a punto de ocurrir me confundía tanto, que no era capaz de pensar con claridad.

El corazón me latía descontroladamente. Y yo me sentía como una estúpida. Era como si las emociones tuvieran manos y tirasen de mi corazón a un lado y a otro, estampándolo contra mis costillas, golpeándolo contra mi columna. Sentía demasiado. Lo que me llenaba era tan turbulento, que era imposible de separar y analizar. Como si un pintor hubiese mezclado demasiados colores y ahora solo quedase un matiz oscuro y desagradable.

—¿Estás bien? —me susurró Nuo, inclinándose en mi dirección.

Separé los labios, pero no llegué a contestar, porque la puerta volvió a abrirse. Ella retrocedió hasta guardar una distancia apropiada y otra sarta de criadas atravesó el umbral. Esta vez, entre sus manos llevaban capas y capas de ropa. No eran negras y doradas, como las que había visto puestas en aquella preciosa concubina hacía semanas. Eran rojas. Completamente rojas.

Tian hizo un ruidito con la garganta y se inclinó un instante sobre mí para susurrarme:

—El color de las novias.

No contesté, aunque la respiración se me atragantó un poco. Tian se retiró a una esquina, junto a Nuo, y observó cómo las criadas enviadas me desnudaban poco a poco, hasta dejarme sin una sola prenda cubriendo mi cuerpo tembloroso.

Cuando la primera criada se acercó con la primera capa, de un rojo tan oscuro como las paredes ensangrentadas del palacio, fruncí el ceño.

—La ropa interior... —empecé.

Ella esbozó una pequeña sonrisa y negó con la cabeza.

—Durante la Desfloración no es necesario, Alteza.

Asentí con un gesto helado, aunque sentí un calor abrasador que me devoraba las mejillas.

Poco a poco, en un proceso largo y farragoso, fueron colocando capa tras capa del *hanyu*. Rojo sobre rojo, sangre sobre carmín, rosas sobre las flores de la muerte. La última capa, la más gruesa y pesada, era la única que tenía una ligera filigrana dorada que conformaba con delicadeza los pétalos de varias orquídeas.

Lo más complicado fue anudar el cinturón grueso. A pesar de la experiencia que debían tener, las criadas necesitaron varios intentos para que la lazada quedara recta, justo bajo mi pecho. La apretaron tanto, que apenas podía respirar.

Moverme iba a ser complicado. No sabía cuántos kilos soportaba mi cuerpo.

—El calzado se colocará en el umbral del palacio, como dicta la tradición —dijo una de las criadas, antes de apartarse de mí—. Acompañadme. Es la hora.

Intercambié una mirada con Nuo y Tian. Ellas movieron los labios para decirme algo, pero yo no entendí sus palabras. Estremecida, me dejé guiar por la masa de criadas que me condujeron al umbral del Palacio de las Flores.

Allí, junto a uno zapatos lacados excepcionalmente altos, me esperaba alguien.

*No,* susurró una voz en mi cabeza. Estremecida, llorosa, rugiente. *No, tú no.*

Zhao pareció contar en silencio antes de levantar el rostro y mirarme. Pero, aunque su semblante permaneció inexpresivo, sus ojos lo delataron. Vi primero estupor, luego orgullo, y después, un dolor tan terrible e intenso, que tuve que girar el rostro.

Una llamarada azotó mis ojos mientras él se postraba ante mí, con las manos tan extendidas, que estuvo a punto de rozar mis pies helados.

—Este humilde eunuco saluda a la concubina del Emperador.

—Levántate, por favor —susurré.

Él lo hizo y, cuando volvió a erguirse, su expresión permaneció más calmada, aunque seguía viendo turbulencias en sus pupilas. Sin añadir nada más, extendió su mano hacia mí.

Temblaba.

—El eunuco la ayudará a calzarse, Alteza. —La voz de una de las criadas me llegó desde muy lejos.

Medio aturdida, entrelacé mis dedos con los suyos. A pesar del frío intenso que flotaba en aquella noche, su mano era cálida. Me sostuvo con suavidad, como si aquella no fuera la primera vez que estrecháramos nuestras manos, como si mi extremidad hubiese sido creada para estar eternamente enredada a la suya.

Las criadas me ayudaron a colocarme las inmensas plataformas, mientras Zhao apretaba su mano contra la mía, quizá con demasiada intensidad.

Después, con una suavidad de terciopelo, tiró ligeramente de mí y llevó mi mano hasta su hombro.

—Apoyaos en mí todo lo que necesitéis. —Su voz fue un susurro ronco contra mi oído—. No os dejaré caer.

—Lo sé —acerté a contestar, casi sin fuerzas.

Fue entonces cuando comenzó el lento camino hasta la alcoba del Emperador.

No fue fácil bajar la escalera que separaba el pórtico de la puerta de la muralla, tampoco atravesar el pequeño puente curvo del estanque. Sin embargo, a pesar del esfuerzo que suponía dar cada paso, de lo alta que me encontraba sobre aquellas plataformas de nácar, sabía que, aunque me tropezara, ni un solo centímetro de mi *hanyu* rozaría el suelo.

Las puertas del Palacio de las Flores estaban abiertas de par en par. Habían apagado los farolillos de mi calle, en la que cinco eunucos me esperaban portando faroles rojos, que resplandecían de una forma sobrenatural. Se suponía que el rojo que los envolvía debía recordar a una noche de bodas, a una alcoba de sábanas revueltas, a la pasión. Pero cuando todos volvieron los rostros en mi dirección y se arrodillaron, solo me parecieron espíritus vengativos o monstruos que habían cruzado de algún umbral prohibido.

Tomé aire y extendí el pie izquierdo.

Y, de pronto, en el momento en que mi calzado pisó las calles adoquinadas del Palacio Rojo, el primer copo de nieve cayó del cielo.

Alcé la mirada y sentí cómo varios de ellos se depositaban sobre mis pestañas.

No sabía si aquel era un signo de buena o mala suerte. El tiempo lo diría.

Uno de los eunucos que me esperaban dio un paso adelante y extendió un paraguas de papel. Era lo suficientemente grande para cubrirme a mí, pero no a él, ni por supuesto a Zhao.

—Dama Cixi —dijo uno de los eunucos. El cascabel que llevaba entre las manos sonó, hizo eco en mitad de la noche—. El Emperador os espera.

No pude evitar que mis dedos se cerraran sobre el hombro de Zhao. Él no movió la cabeza, pero me observó de soslayo.

—Tranquila —me susurró.

Yo respiré hondo y, por fin, comencé a andar hacia mi destino.

## 38

Pronto, el suelo se cubrió de una capa resplandeciente. Parecía cristal. Diamantes que se tornaban en rubíes cuando yo pasaba por encima de ellos. Debía ser una imagen impresionante, o, tal vez, estremecedora. Cuando había pasado junto a las puertas de los palacios de otras concubinas, las había visto entreabrirse y algunas caras asomarse entre las grietas creadas. Los murmullos hicieron eco en aquella noche helada. Se mezclaron con la música del cascabel, que un eunuco sacudía al ritmo de mis pasos.

Me obligué a no cruzar ninguna de aquellas miradas, aunque sabía que no eran amistosas. Cuando pasé frente a las puertas entreabiertas del palacio de la Gran Dama Liling, supe que eran las pupilas de San las que más me observaban.

Yo no podía dejar de pensar en Zhao. La nieve se había derretido sobre su pelo, y ahora, este parecía más negro que el propio cielo. El hombro donde se apoyaba mi mano estaba seco, pero el otro estaba empapado. Debía de sentirse helado, pero él ni siquiera vacilaba, ni siquiera se estremecía. Caminaba a mi par, ajustándose a mi ritmo lento.

Una parte de mí quería llegar cuanto antes al Palacio del Sol Eterno y terminar con esto, y otra no deseaba llegar nunca. Esa parte, más primitiva, más profunda, quería que él se detuviera de pronto, que me suplicara que olvidara mi venganza por Lilan, que me marchara con él y abandonara esas paredes escarlatas que tanto odiaba.

Pero Zhao no separó los labios y yo continué andando.

Y, tras lo que pareció una eternidad y un instante a la vez, vi la residencia del Emperador a lo lejos.

Atravesamos los imponentes muros, los segundos más altos después de toda la muralla roja que rodeaba el complejo. Tras estos, llegamos al inmenso patio donde una vez esperé junto a la familia Yehonala. Ahora era un espacio vacío, blanco y resplandeciente, donde los farolillos solo estaban encendidos para mí.

En el extremo, nacía la inmensa escalera que ascendía hasta el palacio. Frente a las puertas abiertas, vi a una figura también vestida de rojo.

El Emperador.

Mi mano se crispó sobre el hombro de Zhao, pero me obligué a seguir caminando. Ahora no podía dudar. Así que, a pesar de mis labios entumecidos, sonreí.

Enfilé cada peldaño con la barbilla ligeramente levantada, erguida, con más rapidez, como si estuviera muriendo por reunirme con él.

Me quedé sin respiración cuando por fin me detuve al final de la escalinata. Él también se había arreglado. Ni un solo cabello estaba fuera de lugar, y la túnica que vestía era del mismo rojo intenso que la mía.

Parecíamos dos novios el día de su noche de bodas.

De pronto, los dedos de Zhao se entrelazaron con los míos y, con la misma delicadeza de antes, separó mi mano de su hombro y la llevó hasta la mano extendida del Emperador. Cuando mis dedos tocaron los suyos, él sonrió y estos se cerraron sobre los míos, con un apretón firme.

—Este eunuco ha cumplido su misión —murmuró Zhao a mi espalda.

Escuché un crujido en mi interior cuando lo miré. Solo fue un instante, pero para mí duró casi una eternidad. Sus labios estaban doblados en la pequeña sonrisa que se esperaba de él, pero sus ojos... me miraba como si se estuviera despidiendo para siempre. La tristeza se había convertido en algo físico, algo palpable.

Todo mi cuerpo ardió de dolor cuando aparté por fin la vista. Ahora solo debía tener ojos para el Emperador.

Este, con suavidad, me empujó hacia el umbral de su palacio.

La residencia del Emperador era el centro del Imperio. Entre esas paredes se gobernaba, se juzgaba, se condenaba, pero también se amaba y se vivía. Era un edificio realmente grande, tan ornamentado que no sabía dónde posar la mirada. Había demasiado oro, demasiados dragones hambrientos, demasiado lujo. Debía ser un verdadero laberinto, pero ahora, habían cubierto muchas salas con gruesas cortinas rojas. Estas, solo dejaban un posible camino que se perdía en la lejanía del palacio y terminaba en el dormitorio del Emperador.

Sin soltar mi mano en ningún momento, él me llevó con suavidad por aquella larga galería revestida por terciopelo rojo. Colgaban amuletos de la suerte en los umbrales, que rezaban con letras doradas leyendas augurando fortuna para el amor y la fecundidad.

Tras cada estancia que dejábamos a nuestras espaldas, un par de eunucos dejaban caer una nueva cortina, hasta que, por fin, llegamos a una gran sala.

Había cientos de velas encendidas. En un extremo, se hallaban varias estanterías donde se guardaban códices. Frente a ellas, una mesa y un par de cojines mullidos donde sentarse cómodamente a leer. A un lado, con una partida medio empezada, había un tablero de Wu. En otro extremo, colocadas sobre una ornamentada percha, se encontraba la ropa que utilizaría el Emperador al día siguiente y su propia ropa de cama.

Tras la cama imperial, un lecho inmenso en el que podría caber medio Harén, la ventana estaba abierta de par en par. Por ella, caían los copos de nieve como flores de cerezo.

—Estamos solos —dijo de pronto el Emperador.

Me soltó la mano y yo me tambaleé sobre mi calzado alto. Como no sabía qué hacer, ni nadie me había instruido sobre ello, me apresuré a hacer una reverencia. Sin embargo, antes de que la barbilla me tocara el pecho, los dedos del Emperador se me enredaron en las mejillas.

—No, Cixi. No quiero que te inclines más.

Clavé la mirada en él, que sonrió con algo que parecía timidez.

—Cuando estemos solos, solo quiero ser Xianfeng para ti. Nada más. —Yo me quedé paralizada. Él dio un paso hacia mí. Solo un suspiro nos separaba—. Di mi nombre.

Pronunciar el nombre del Emperador estaba penado. Si alguien se atrevía a hacerlo, debía ser arrojado a las fauces del Gran Dragón que vivía bajo la Ciudad Roja.

—Xianfeng —murmuré olvidando todo lo demás.

Su sonrisa se pronunció y, en vez de recortar la escasa distancia que nos separaba, se echó hacia atrás. Sin soltarme, me llevó hasta la cama, que esperaba con los doseles blancos apartados a que yo cumpliera mi misión.

El lecho se hundió levemente bajo mi peso, y mis manos rozaron distraídamente la suave colcha que lo cubría. Revestido de seda pura, jamás había tocado nada tan suave. Xianfeng se sentó en el borde, cerca, pero no lo suficiente para ser intrusivo. Sabía que estaba nerviosa. ¿Cuántas veces había acompañado a las primeras veces de las jóvenes concubinas? Pero, en vez de inclinarse hacia mí, se echó hacia atrás, subió las piernas a la cama y me preguntó con gesto travieso:

—¿A cuántos muchachos has besado?

Me quedé durante un instante en blanco.

—¿Majestad?

—*Xianfeng* —me corrigió él, mientras me daba un ligero empujón con la punta de su pie—. No me mientas, Cixi. Lo sabré.

Apreté los labios. ¿Era aquello una especie de prueba? Cuando te entregabas por primera vez a un hombre, debías estar impoluta. No podías haber compartido cama con nadie. No podías besar a ningún otro antes que a él, al elegido. Pero esto último era imposible de comprobar. Una palabra contra otra, nada más.

—Contestaré cuando Su Majes... —Carraspeé y continué con una pequeña sonrisa—: Contestaré siempre que lo hagas tú primero.

La tensión se deslizó como un rayo por mi espalda, pero desapareció en el instante en el que él dejó escapar una larga carcajada.

—Bueno, Dama Cixi, entonces deberías ponerte cómoda y pedir té. Esta noche será larga... —Otra risa lo sacudió cuando fui yo la que le propinó un ligero puntapié—. He besado y he tenido que besar a muchas, pero a la primera que besé porque así lo deseaba fue a Cian.

Asentí, sorprendida. Jamás me habría imaginado que la Emperatriz hubiese roto una regla tan importante antes del matrimonio. Él se incorporó entonces y se acercó a uno de los candelabros que se encontraban junto al tablero de Wu. De un soplido, apagó todas las velas.

—Éramos unos niños. Estábamos siempre juntos. Así que fue inevitable, supongo. Siempre orbitábamos uno alrededor del otro. Como la luna y el sol —comentó. Su sonrisa temblequeó con nostalgia, aunque solo fue un instante. Siguió su camino y se dirigió a la estantería. Sopló nuevas velas, y la luz del dormitorio menguó—. Ahora es tu turno.

Doblé los labios en una mueca y aparté la vista, ligeramente incómoda.

—No recuerdo su nombre. Fue durante la última noche del año. Mis amos hicieron una gran fiesta y otras familias importantes de la zona fueron invitadas. Él era otro criado como yo. Ambos habíamos robado vino y bebimos. También éramos unos niños.

No sabía si era o no un recuerdo agradable. En aquella fiesta no había podido acompañar a Lilan y me había dejado llevar por el alcohol. Había sido la primera y la última vez que lo había probado. Como besar a alguien.

Xianfeng se detuvo junto a otro par de candelabros. Mientras yo hablaba, había ido apagando todas y cada una de las velas que llenaban de luz dorada la estancia. Con un nuevo soplido, apagó las llamas ondulantes y se dirigió con calma hacia el borde de la cama donde yo lo esperaba.

Junto a la cabecera apenas quedaban tres luces parpadeantes. Esas, sin embargo, no las tocó. Proyectaban la luz justa para que la habitación se llenase de sombras.

El Emperador se sentó a mi lado, tan cerca, que nuestras rodillas se rozaron.

—Ese beso... ¿te resultó placentero? —preguntó Xianfeng.

—En absoluto. No... no fue lo que esperaba —repliqué de inmediato—. Cuando terminó, fui al río y estuve lavándome la boca y la cara. Terminé con la piel en carne viva. Tenía catorce años y, desde entonces... —Mis ojos volvieron hasta los suyos, que de pronto se habían ensombrecido—. Nunca más.

Su postura relajada cambió cuando se inclinó hacia delante, hacia mí. Apoyó las rodillas sobre el colchón y colocó las manos a ambos lados de mis piernas apretadas. Con aquel cabello negro, con esos ojos tan inmensos, parecía una pantera a punto de devorarme.

Y yo, de pronto, me sentía dispuesta a ello.

—¿Me permitirías borrar ese recuerdo?

Hubo algo en su voz que me dejó paralizada. No respondí, pero fui incapaz de apartar la vista, a pesar de que el corazón daba mordiscos en mi pecho para escapar de él. Un hilo, como en las leyendas, unía su pupila a la mía.

—No me importa que haya sido uno o decenas. —Xianfeng se inclinó un poco más—. O cientos. —Ladeó el rostro y su mano recorrió la espalda de mi *hanyu*, arrancándome un largo escalofrío—. O miles. —Sus dedos se enroscaron en la aguja de oro que soportaba todo mi peinado y tiró de ella. Mi cabello cayó en una cascada turbulenta; las puntas acariciaron el lecho real.

Inspiraba su aliento dulce. El perfume de ylang-ylang que usaba me abrumaba.

—No sé si me estás halagando o calumniando —dije, intentando bromear, aunque mi voz brotó tan ronca como la suya.

La comisura derecha de su labio se alzó mientras su mano, lentamente, subía por mi melena hasta apoyarse en mi nuca. Era tan grande que la sostenía entera.

—Lo importante no es quién sea el primero, sino el *último* —susurró. Sus labios rozaron los míos, y a mí se me escapó un jadeo—. Prométemelo. Júrame que seré el último.

—Te lo juro —masculle. Mis ojos se perdieron en los suyos—. *Xianfeng*.

Su boca se posó sobre la mía, con delicadeza, como si no quisiera asustarme. Una ligera caricia, antes de separarse y mirarme con los ojos entrecerrados. De pronto, su mirada no era la de un águila o un felino, sino la de un reptil. Una serpiente... o un dragón. Aunque los reptiles tenían la sangre fría y yo sentía su piel ardiendo.

Me humedecí los labios y esta vez fui yo la que lo buscó. El juego suave de nuestras bocas al deslizarse una sobre la otra tensó un punto en mi interior y, cuando la lengua de Xianfeng se paseó entre la línea que unía mis labios, no dudé en separarlos para darle la bienvenida.

Un suave gemido escapó del Emperador cuando me pasó uno de sus brazos por la espalda y me apretó contra él. Sus manos eran suaves pero inmensas. Podría contener el mundo entero entre sus dedos. El beso se profundizó. Dejó de ser delicado. Un hambre atroz parecía consumirlo, y mi boca palpitante era el manjar perfecto que devorar.

Mis manos no sabían qué hacer. Estaban en todas partes y en ninguna. Pero, de pronto, mis dedos se encontraron con las lazadas de su túnica roja. Y, sin pensarlo, desabroché con habilidad las dos primeras.

Él sonrió sin dejar de besarme.

—Aquella mañana lo supe —susurró, entre jadeos y gruñidos—. Cuando me vestiste en el Palacio de la Larga Primavera. En ese momento, te deseé como nunca he deseado a nadie. Me estremecí solo de pensar en tus manos deshaciendo, en vez de anudando, esos estúpidos broches.

Me separé un instante para verme reflejada en sus pupilas dilatadas. Lo que yo había sentido por aquel entonces no era incomodidad. Era atracción. La misma que me había atacado cuando nos habíamos quedado solos en el banquete ofrecido al Rey Kung.

—Entonces, estaré encantada de ayudaros —dije, con la voz trémula, antes de tirar de las siguientes lazadas.

Su torso quedó al aire y mis dedos acariciaron su abdomen. Exquisito. Esculpido por el mejor de los maestros artesanos.

Una mirada predatoria flotaba en los ojos de Xianfeng.

No podía negarlo. Era hermoso. Terriblemente hermoso. Alcé la mano hasta sus hombros robustos, y después pasé las yemas de mis dedos por su clavícula, por su pecho, en un camino descendente. Oí cómo su respiración se volvía trabajosa, cómo tragaba saliva con cierta dificultad. Antes de que mi mano llegase a su pelvis, él me aferró por la muñeca y alzó el brazo por encima de mi cabeza.

Después, de un brusco empujón, me arrojó hacia atrás, sobre su cama. No consintió que bajase las manos. Y yo dejé de intentar escapar de él. Sabía que no podía hacer nada contra la fuerza de su Virtud.

Así que me dejé llevar por ese anhelo que me estaba consumiendo.

Tiró con una lentitud premeditada del grueso cinturón de mi *hanyu* y, al instante, las capas y capas de tela resbalaron sinuosamente por mis hombros y mis caderas, dejando mi cuerpo completamente desnudo frente a sus ojos incendiados.

El miedo pareció de pronto una emoción lejana. La anticipación de lo que ocurriría erizó mi piel y un ramalazo de poder me arqueó cuando escuché el gruñido placentero que escapó de la garganta de Xianfeng.

—Eres preciosa, Cixi —murmuró, antes de caer sobre mí.

Obviamente, no era la primera vez que estaba con una mujer, y eso, por encima de los estremecimientos y de los gemidos entrecortados que comenzaban a escapar sin permiso de mi boca, se notaba.

Hundió sus labios en mi cuello y sorbió mi piel como si quisiera beber de ella. Sin embargo, no se detuvo ahí. Su boca bajó por mi esternón y se detuvo en mi pecho. Me arqueé contra él cuando un súbito relámpago de algo que no supe concretar me atravesó. Sus labios permanecieron ahí, besando, lamiendo, mordiendo, pero sus manos siguieron bajando.

El dormitorio del Emperador se cubrió de una niebla espesa cuando uno de sus dedos resbaló hasta mi interior. Se me escapó una exclamación de sorpresa, y él, con una sonrisa, murmuró un «shhh» contra mi piel.

El placer se convirtió en una tortura casi dolorosa. Parecía que iba a estallar.

Pero todo empeoró cuando su boca siguió el camino de sus manos.

Mi mente se convirtió en un huracán de sensaciones que fui incapaz de separar.

Placer.

Dolor.

Ansiedad.

Anhelo.

Fiebre.

Fuego.

Más. Más. Más.

*MÁS.*

Xianfeng se alzó entre mis piernas cuando estaba a punto de estallar. Lo observé entre parpadeos, con el labio inferior inflamado de tanto hundir los dientes en él.

Con una sonrisa peligrosa, se arrastró sobre los codos y se colocó sobre mí. Algo duro y palpitante rozó la parte interna de mis muslos. Ni siquiera había sido consciente de cuándo se había deshecho de la ropa interior.

Su túnica, sin embargo, todavía caía sobre nosotros, cubriéndonos a medias.

Observé fascinada las gotas de sudor que resbalaban por sus sienes, por su cuello.

—¿Por qué me miras así? —preguntó, con la voz grave, tan temblorosa como mi propio cuerpo.

—Porque no eres lo que me imaginaba —murmuré.

Levanté la mano y la apoyé en su pecho, en su corazón, que latía con el mismo frenesí desesperado que el mío.

Comprendí, aturdida, que podía enamorarme de este hombre. De este dios viviente.

Parecía que sus ojos habían leído mi mente, porque una expresión dulce sepultó durante un momento el deseo oscuro que gritaban sus pupilas.

—Quiero ser distinto, Cixi. No quiero convertirme en mi padre, ni en mi abuelo. Quiero marcar una diferencia —confesó, girando el rostro con algo que pareció vergüenza.

Tomé su barbilla entre mis manos y me erguí para besarlo de nuevo. Mi cuerpo se arqueó involuntariamente y un gemido contenido escapó de mi garganta cuando nuestros vientres se rozaron.

—Ya lo eres —murmuré.

La dulzura volvió a quedar sepultada por aquella hambre voraz. Sus manos me sujetaron por las muñecas mientras yo dejaba caer las rodillas a los lados.

Sin dejar de mirarme, entró en mí lenta y profundamente, sin brusquedad, pero sin detenerse.

Un poderoso rayo de dolor me atravesó en el instante en que Xianfeng dejaba escapar un gemido diferente a todos los anteriores. Más profundo. Más vibrante. Más animal. De alguna forma hizo que la molestia que me había atravesado se amortiguara.

Mi cuerpo pareció deshacerse entre sus brazos. Y un gemido se me escapó cuando se incorporó apenas unos centímetros para mirarme.

Respiraba trabajosamente, sus mejillas ruborizadas ardían en contacto con las mías. Parecía hacer esfuerzos por controlarse. Su cadera deslizándose entre las mías hizo temblar hasta la médula de mis huesos.

—Prométeme que estarás siempre a mi lado —jadeó, mientras comenzaba a moverse con cuidado—. Prométeme que me ayudarás a convertirme en quien deseo ser.

—Te lo prometo —logré susurrar, cuando el dolor dio paso a algo más, a una sensación tan extraña como fascinante, que arrancó una melodía nueva de mi garganta—. *Te lo prometo.*

Fue lo último que pude pronunciar antes de que los ojos de Xianfeng me apresaran y me hicieran olvidar todo lo que no tenía que ver con sus besos, sus manos, su cuerpo, sus jadeos y mis gemidos.

# 39

Me hubiese gustado que fuera la mano de Xianfeng la que me despertara, mientras paseaba su índice por mi espalda, desnuda bajo las gruesas colchas.

Pero fueron los carraspeos continuos de Nuo.

—Temo que tu dama de compañía se quede sin voz si sigue insistiendo.

Me giré para observar al joven que tenía al lado. Me sonrió y se incorporó a medias. La colcha se resbaló y parte de su cuerpo quedó expuesto al aire tibio del dormitorio.

Habían encendido una estufa en el rincón cuando debíamos estar dormidos. El calor que flotaba, la sonrisa de Xianfeng y sus manos, tan cerca de las mías, me invitaban a no moverme, a seguir eternamente a su lado.

Pero el carraspeo de Nuo se había convertido en una tosecilla desagradable.

No pude evitar que un resoplido se me escapara de los labios.

—¿Qué ocurre? —pregunté, mientras una expresión burlona tironeaba de los labios del Xianfeng.

—Alteza, siento molestaros, pero hoy es el primer día en que presentaréis vuestros respetos a la Emperatriz. —La voz de Nuo me llevó apremiante tras los biombos—. No sería adecuado llegar tarde.

Suspiré y hundí la cabeza en la esponjosa almohada. Xianfeng aprovechó para colocarse sobre mí.

Ninguno de los dos nos habíamos molestado en vestirnos, y sentir su piel deslizarse sobre la mía me entrecortó la respiración. Dos dedos suaves me acariciaron la parte interna del muslo.

No pude evitar que se me escapara un jadeo ahogado.

—Si quieres, podría disculparte —aventuró, con un murmullo en mi oído—. Se me ocurren varias explicaciones muy convincentes.

Se inclinó sobre mí, pero, antes de que sus labios rozaran de nuevo los míos, me escurrí y rodé bajo él. Caí al suelo de medio lado, sin mucha elegancia, con una sábana bordada tapando a medias mi cuerpo.

—No me gustaría hacer esperar a la Emperatriz, Majestad —dije. Esta vez fui yo la que le sonrió con burla.

Xianfeng se irguió más sobre la cama. La colcha volvió a deslizarse por su cuerpo, hasta quedar anclada en sus caderas. Él sonreía seguro de sí mismo, mientras yo hacía todo lo posible para no recordar lo que había ocurrido aquella noche.

—Si realmente te marchas, exijo un último beso de despedida —dijo, mientras se inclinaba hacia delante. Sus ojos brillaban como el carbón de la estufa. Al rojo vivo.

En vez de acercarme a él, le dediqué una prolongada reverencia y contesté:

—Si tanto lo deseáis, deberéis convocarme de nuevo esta noche. —Me incliné un poco más y me incorporé de golpe—. Buenos días, Majestad. Esta humilde concubina se retira.

Apenas lo miré mientras me daba la vuelta y caminaba hacia el biombo, pero antes de que lo atravesara, sus carcajadas hicieron eco por toda la estancia. Yo no pude evitar que una pequeña sonrisa se me escapara también.

Tras un paisaje montañoso pintado en papel de arroz, vi la expresión ansiosa de Nuo. Sobre sus manos, llevaba una gruesa túnica que me pasó por los hombros en el instante en que llegué junto a ella.

—Dama Cixi —dijo, en voz baja, para que solo yo pudiera escucharla—. ¿Estáis...? —Bajó aún más la voz—. ¿Estás bien?

Sacudí la cabeza y miré por encima del hombro, aunque ese biombo ocultaba de mi vista el maravilloso cuerpo de Xianfeng y su sonrisa contagiosa.

—Sí —me sorprendí diciendo—. Estoy bien.

Xianfeng había pedido la noche anterior que se me preparara una sala anexa a su propio dormitorio para que me arreglara y desayunara con calma. No pudo acompañarme, él mismo llegaba tarde a su cita diaria con sus consejeros en la Corte Exterior.

Algunas de las propias criadas del Emperador acudieron para ayudar a Nuo a vestirme y peinarme. Sus manos diestras no tardaron en prepararme, así que dispuse al final de más tiempo del necesario para dirigirme a la residencia de la Emperatriz.

Por el camino al exterior, la servidumbre se detuvo a mi paso e inclinó la cabeza en mi dirección. Algunos consejeros, que llegaban tarde a la reunión matinal, también lo hicieron. Todos menos uno, el consejero del que más cerca había estado durante la recepción de bienvenida al Rey Kung. Sushun.

Mis ojos lo siguieron sin mi permiso, por lo que no vi venir la sombra que dobló la esquina con rapidez.

Me tropecé de lleno contra una figura más alta que yo y, aunque no llevaba ese calzado infernal de la otra noche, perdí el equilibrio. No obstante, unas manos rápidas me sujetaron de los hombros e impidieron mi caída.

—Lo siento mucho, Dama Cixi. Espero que os encontréis bien.

Alcé la mirada, sobresaltada. El Rey Kung estaba frente a mí, con los ojos todavía turbulentos por el sueño.

—Majestad —dije, mientras le dedicaba una pronunciada reverencia.

—Ahora que sois una concubina imperial, no deberíais inclinaros tanto. —Él cruzó los brazos y arqueó una ceja, con algo que parecía diversión—. Os habéis convertido en una figura importante dentro del Palacio Rojo.

—Solo soy una mera sierva del Emperador —contesté, todavía inclinada.

—Una sierva cuyo valor para el mundo dependerá del que te conceda él —comentó, con un suspiro escondido entre las palabras—. Así es la vida en la corte. Un día te lavas en el barro, y al siguiente, en el agua de rosas más perfumada. Lo maravilloso es que puedes volver a algo peor que el fango.

Yo lo miré, pestañeando, sin saber muy bien qué decir.

—Nunca he entendido la necesidad de tener un harén. Todos los reinos e imperios que han poseído uno tienen problemas. ¿A qué vienen esos deseos de tener dolores de cabeza? Como si los problemas de Estado no fueran suficientes... —Sacudió la cabeza antes de encararme de nuevo—. En cualquier caso, os deseo mucha suerte en vuestra andanza en la Corte Interior, Dama Cixi. Me habría gustado que os hubierais tomado la revancha, pero me marcharé dentro de unos días.

Mi leve sonrisa se acalambró.

—¿Revancha? Me temo, Majestad, que se equivoca. Nunca he tenido el placer de jugar contra vos.

Su sonrisa se pronunció y, después de mirar a un lado y a otro, se inclinó en mi dirección, a una distancia inapropiada. Sin embargo, a pesar de que Nuo se removió incómoda, yo no me aparté.

—Dama Cixi, soy el soberano de una nación potencialmente enemiga. Tengo espías en el Palacio Rojo y conozco todas las Virtudes de los que habitan estos muros. Incluida la vuestra. Incluida la de la Emperatriz Cian —añadió, antes de guiñarme un ojo y echarse hacia atrás—. Tratad de seguir viva entre estos muros ensangrentados y puede que me venzáis alguna vez en el futuro.

Yo permanecí tan paralizada por sus palabras, que se me olvidó devolverle la reverencia de despedida cuando él por fin se alejó de mí.

—¿Quién se cree que es? —farfulló Nuo, con disgusto, cuando nos pusimos de nuevo en movimiento.

Yo meneé la cabeza con una media sonrisa como respuesta.

Por fortuna, el Palacio de la Luna no se encontraba lejos de la residencia del Emperador, así que alcanzamos sus suelos perlados en apenas unos minutos. No había sido la primera, pero por suerte, tampoco la última.

Enfrenté esa estancia inmaculada que ya había pisado anteriormente como una dama de compañía con el aliento contenido. Pensaba que había estado asustada la noche anterior, cuando me había enfrentado a un dormitorio vestido de rojo, pero aquella blancura y las figuras que la adornaban me daban mucho más miedo.

Con Nuo a mi espalda, me adentré en el salón y recorrí el largo pasillo que llevaba hacia el trono de la Emperatriz Cian. Los ojos de mis ahora compañeras me siguieron. Atisbé de soslayo la mirada torva de la Asistente Rong y la curiosidad mal escondida de la Dama Mei, cuyo vientre ya empezaba a abultar bajo su *hanyu*. Por suerte o por desgracia, la Consorte Liling todavía no había llegado.

—Esta humilde concubina saluda a la Emperatriz —dije, con la mirada gacha, mientras me reclinaba.

—Levántate, levántate —dijo ella de inmediato—. Cixi... oh, no. *Dama* Cixi. Es un placer que estés entre nosotras. —Su sonrisa sincera brillaba tanto, que entibió un poco el frío que sentía por dentro.

—Vaya, pensé que no serías puntual —dijo entonces una voz a mi espalda.

Me giré con brusquedad. En el umbral, cubriendo la luz de la mañana que resplandecía más brillante que nunca por culpa de la fina capa de nieve que ocultaba el exterior, se encontraba la Consorte Liling, vestida con pieles y un majestuoso *hanyu* negro y rosado. A su espalda, la seguía San.

Me pareció que la Emperatriz dejaba escapar un suspiro de cansancio. Yo traté de mantener mi expresión intacta y me incliné en su dirección.

Ella echó a andar con una elegancia que yo no poseería jamás. Parecía un pavo real arrastrando su majestuosa cola. Llevaba tantas peinetas y colgantes en la cabeza, que no sabía cómo podía mantener el cuello erguido.

—Cuando fue mi Desfloración, tuve que quedarme en la cama hasta el mediodía —comentó, en voz lo suficientemente alta como para que la escuchara todo el palacio—. Su Majestad me dejó verdaderamente agotada.

Se colocó a mi derecha y realizó una reverencia distraída a la Emperatriz. Sus ojos volvieron a revolotear, perezosos, cerca de mí.

—Tu rostro está fresco y no pareces cansada. —Hizo un mohín triste—. Quizá deberías esforzarte más la próxima vez, Dama Cixi.

*Si la hay*, pareció añadir su mirada viperina. Yo separé los labios para contestar, pero la Emperatriz fue más rápida.

—Suficiente, Consorte Liling. Ocupa tu lugar. —Esta puso los ojos en blanco, pero la obedeció. Caminó hasta el asiento más cercano a ella, con San a su lado. En ningún momento me había mirado—. Dama Cixi, tu asiento es el que está junto al de la Asistente Rong.

Asentí y me apresuré a ocupar el lugar que habían dejado libre a la derecha de la aludida. Esta apenas me dedicó una seca inclinación, pero la Dama Mei, que estaba a mi otro lado, se inclinó hacia mí y sus manos, de uñas largas y pulidas, acariciaron las mías distraídamente.

—Que la Consorte Liling no te asuste demasiado —comentó, en voz baja y traviesa. Parecía haber olvidado por completo la forma en la que me había tratado por última vez, cuando yo era solo una criada a su servicio. Había deseado que me ejecutaran—. Solo está ofendida porque es la concubina que más veces ha estado en la cama del Emperador y, a pesar de ello, todavía no está encinta.

A mi lado, la Dama Rong hizo una mueca y masculló con frialdad:

—Deberías preocuparte más por ti que por ella.

—Eres tú la que debe preocuparse por ti misma, Rong —replicó la Dama Mei, airada—. ¿Cuánto hace que el Emperador no solicita tu presencia? Ya eres solo una Asistente. ¿Es que quieres convertirte en una concubina sin rango?

Observé de soslayo a la aludida, pero ni siquiera pareció molestarse por el comentario. Parecía soberanamente aburrida de estar allí.

A los pocos minutos, yo también me sentí así. Mi espalda recta se fue doblando y acabé recostada sobre el respaldo labrado, tratando de no bostezar. La voz dulce de la Emperatriz flotaba en la estancia como el humo de un té demasiado caliente, adormeciéndome. Apenas la escuché. Habló sobre esforzarnos cada vez que éramos convocadas en la cama del Emperador, de cómo cultivar nuestras habilidades femeninas y procurar mantener un clima de buenas hermanas.

Cuando terminó por fin la recepción, me puse de pie de inmediato. Se suponía que después de la reunión con la Emperatriz las concubinas debían regresar a sus palacios para bordar, practicar música o caligrafía, pero lo único que tenía en mi mente era la inmensa cama que ahora poseía. Quería derrumbarme en ella y no levantarme hasta el atardecer.

Me despedí de la Emperatriz y de las concubinas más cercanas, y me dirigí hacia la salida del Palacio de la Luna. Sin embargo, la voz afilada de la Consorte Liling me detuvo.

Nuo, a mi lado, intentó empujarme para que siguiera adelante, pero yo no tuve más remedio que detenerme y darme la vuelta para encarar ese rostro tan bello.

—Quería felicitarte personalmente, Dama Cixi, por el logro que has conseguido —dijo, con una sinceridad que naturalmente no creía—. No ha debido ser fácil ocultar tu Virtud durante tantos años, esquivar las leyes imperiales y, aun así, alcanzar este puesto. Estoy segura de que has orado mucho a la Diosa Luna.

—Por supuesto —dije, antes de apartarme.

Sin embargo, no pude ni dar un solo paso, porque la mano de la concubina se movió rápida y aferró mi muñeca. Me tensé, esperando sentir un dolor abrasador, pero no noté nada; solo su piel, suave en contraste con la mía.

Ella sonrió tras un instante.

—Es una lástima que no todos los habitantes del Palacio Rojo se sientan felices por tu admirable progreso. —Comenzó a acariciar el dorso de mi mano con su pulgar. La punta de su uña, afilada, la sentía como la garra de un tigre.

—Siento haber importunado a alguna concubina —repuse. Intenté apartarme, pero ella no me soltó.

Nuo, a mi espalda, se tensó. San seguía sin levantar el rostro. Como estábamos en el umbral, cubríamos la salida, por lo que algunas de nuestras compañeras se habían quedado a nuestra espalda, impacientes. Las más próximas, la Asistente Rong y la Dama Mei, ni siquiera fingían no escuchar.

—Oh, no me refiero a ninguna de ellas —replicó, con su sonrisa felina—. ¿No lo has oído? Al parecer, el Eunuco Imperial Zhao suplicó al Emperador que cambiara de opinión, que no te convirtiera en su concubina.

La sangre resbaló de mi rostro a mis bonitos zapatos. La Consorte Liling, que todavía aferraba mi muñeca entre sus dedos, debió presentir el temblor que no pude impedir.

—No sé qué le has podido hacer, pero debes tratar bien a los criados, Cixi. Si no lo haces, ellos podrían buscar venganza. Considéralo un consejo de hermana mayor.

Parpadeé y tragué saliva; de pronto, sentía piedras afiladas bajar por la garganta.

—Muchas gracias, Consorte Liling —me oí decir.

Prácticamente hui. Se me olvidó hacer una última reverencia. Tampoco miré atrás para ver a todas las concubinas agolpadas en las puertas del palacio. Agarré la muñeca de Nuo y abandoné la residencia de la Emperatriz con la prisa de una criada, y no con la elegancia que debían exhibir las mujeres del Emperador.

**40**

Solo quería encerrarme en mi dormitorio con mis pensamientos. Las palabras de la Consorte Liling se clavaban una y otra vez en mi cabeza, como afiladas agujas de bordar. Sin embargo, nada más traspasar los muros del Palacio de las Flores, la expresión de Tian me hizo olvidar todo.

—¿Qué ocurre?

Antes de que me contestase, la figura redonda del Jefe Wong apareció detrás de ella. Entre sus manos, llevaba un pergamino sin desplegar. Su sonrisa grasienta me provocó una náusea.

—Dama Cixi, estoy aquí para anunciar un edicto del Emperador.

Me quedé quieta en mi lugar, sin saber qué hacer, hasta que Tian se inclinó sobre mi oído y me susurró:

—Arrodíllate.

Obedecí de inmediato, mientras el eunuco desplegaba el pergamino con ceremonia y leía en voz lo suficientemente alta como para que todo el Palacio Rojo lo escuchara:

—¡El Emperador Xianfeng, el hijo del Dios Sol, el Rey del Cielo y de la Tierra, el Padre de Todos, Aquel que Venció al Gran Dragón, Su Majestad, proclama que la Dama Cixi reciba el nuevo título de Gran Dama Cixi! —Se inclinó tanto que me pregunté si no se rompería en dos—. Felicidades, Alteza.

Nuo y Tian volvieron la cabeza en mi dirección y pude percibir sus miradas sorprendidas atravesándome. Yo alcé la cabeza para observar al Jefe Wong, pero no fui capaz de separar los labios. Parecían cubiertos de escarcha.

—Tengo el honor de anunciar que este es el ascenso más rápido de una concubina desde que existen registros, Alteza —continuó él. Estaba tan eufórico que, durante un instante, me pregunté si había sido él y no yo quien había visitado la cama de Su Majestad—. Esta noche, además, el Emperador ha solicitado de nuevo su presencia. Como el eunuco Zhao está enfermo, seré yo quien os acompañe hasta el Palacio del Sol Eterno.

El Jefe Wong se inclinó e hizo amago de marcharse, pero mi voz lo detuvo:

—¿Enfermo?

Todavía tenía esa sonrisa aceitosa pendiendo de sus labios cuando se giró hacia mí.

—No es nada grave, Alteza. Se recuperará. —Volvió a dedicarme una reverencia y esta vez se marchó con su paso bamboleante.

Aún me sentía construida a base de nieve cuando Nuo y Tian se abalanzaron sobre mí.

—¿Qué hiciste en su cama, *Gran Dama Cixi*? —me preguntó esta última, incapaz de aguantar las carcajadas.

—¡Tian! —exclamó Nuo, mientras le propinaba un empujón. Después, se volvió hacia mí, con los ojos muy abiertos—. Enhorabuena, Cixi. Aunque no sé si esto es un milagro o una maldición.

Cerré los ojos y mis manos se convirtieron en dos puños convulsos.

En vez de contestarle, murmuré:

—Necesito que envíes una carta por mí.

Ahora sí que había comenzado todo de verdad.

Apenas fui capaz de comer en todo el día. Sentía como si una nube de avispas llenase mi cabeza. Los recuerdos de la noche anterior se mezclaban con las cartas de Lilan; las palabras de la Consorte Liling se unían a las del eunuco.

*Yo no he venido al Palacio Rojo para esto*, me dije, mientras enfrentaba mi reflejo maquillado, poco antes de que el Jefe Wong viniera a por mí. *Yo solo quería descubrir la verdad. Vengar a Lilan. Convertirme en un monstruo si hacía falta.*

Esos ojos empolvados en plata que me devolvían la mirada no pertenecían a ningún monstruo.

Esta vez, el camino hasta el Palacio del Sol Eterno no fue tan largo ni tedioso. Me acompañó el Jefe Wong junto a un par de eunucos más, además de Nuo y Tian. Pero esta vez, no sonaban cascabeles, los faroles no eran del color de la sangre y las puertas de los palacios de las otras concubinas no se abrieron a mi paso.

Xianfeng tampoco me esperó en el umbral de su residencia, y todos los adornos de fertilidad y cortinas encargadas habían desaparecido. Por lo que, al atravesar estancia tras estancia, me dio la sensación de estar adentrándome en un laberinto de oro, jade y marfil.

Me dejaron a las puertas del dormitorio de Xianfeng y se retiraron. Yo estuve a punto de abrir la puerta, pero entonces el sonido de una voz que no pertenecía al Emperador me detuvo.

—No podemos hacer otra cosa, Majestad. No dispondremos de una oportunidad similar.

Me acerqué otro paso más a la puerta. Reconocía esa voz grave y nerviosa, la del consejero Sushun.

—Llevamos en paz con el Reino Ainu más de cincuenta años, y no me gustaría que mi nombre quedara registrado en las historias como el Emperador que la rompió —replicó Xianfeng. Su tono estaba muy lejos de aquel matiz relajado y juguetón de la noche anterior.

—Disculpad a este servidor idiota. Quizás he hablado de más.

—No, no. Está bien. Es la opinión de todos los consejeros. Sin duda, la tendré en cuenta. —Escuché el gruñido del hombre al agacharse—. Puedes marcharte, Sushun. La Gran Dama Cixi debe estar a punto de llegar.

Hubo un silencio momentáneo, antes de que el hombre mascullara:

—¿*Gran Dama* Cixi?

Coloqué la mano sobre la hoja de madera, pero la forma en la que mi nombre y mi nuevo título fueron pronunciados me hizo detenerme en seco.

—Ese es su título, consejero Sushun. —La voz de Xianfeng se enfrió notablemente—. ¿Hay algún problema?

—No, Majestad, por supuesto que no —se apresuró a contestar el hombre—. Solo me preguntaba si…

No lo pensé. Empujé la puerta con todo mi cuerpo y la abrí de par en par, sobresaltando al Emperador y al consejero. Ambos se volvieron en redondo hacia mí. La expresión dura de los ojos de Xianfeng se dulcificó al encontrarse con los míos, pero la del consejero Sushun apenas cambió. El recelo y el desprecio eran tan palpables como falsa fue su reverencia cuando me coloqué frente a él.

—Saludos, Gran Dama Cixi. Felicidades por vuestro ascenso.

Ni siquiera esperó a que le devolviera el saludo, se volvió hacia Xianfeng con una pronunciada reverencia y se marchó, dejándonos solos.

En el momento en que el silencio nos envolvió, el Emperador se dejó caer sobre su asiento. Dudé durante un instante, pero acudí finalmente a su lado y me arrodillé, junto a la mesa en la que se encontraba el tablero de Wu.

Él, sin decir palabra, inclinó la cabeza y apoyó su mejilla contra mi hombro.

—Podría ser malvada y retaros a una partida —dije, mirándolo de soslayo—. Estoy segura de que ahora mismo os arrasaría, Majestad.

—Xianfeng —me corrigió con suavidad él—. Ahora mismo, Cixi, te dejaría hacer lo que quisieras conmigo. —Esbozó una media sonrisa, a pesar de que en sus ojos brillaba una mirada agotada.

—Tengo algunas ideas —contesté, pero me mordí los labios cuando él volvió a recostarse sobre mí. Dudé durante un instante antes de añadir—: Me gustaría saber cantar o bailar para ayudarte a olvidar eso que te está haciendo fruncir tanto el ceño, pero creo que te pondría de peor humor. No canto bien y suelo tropezar.

—No me gusta oír eso —replicó Xianfeng, con la burla empapando su voz—. Tal vez decida degradarte.

Mi sonrisa se acalambró un poco, pero me obligué a no vacilar cuando continué adelante.

—Sé que solo soy una concubina, pero siempre he sido una gran oyente. Era lo que me decía mi antigua ama. —Tragué saliva cuando, durante un instante, el rostro de Lilan me emborronó la vista—. Quizá pueda ayudarte.

Xianfeng arqueó las cejas y me observó con interés.

—Está prohibido comentar los problemas de Estado con las habitantes de la Corte Interior —dijo, antes de inclinarse hacia mí, tanto, que sus labios quedaron a un suspiro de los míos—. ¿Qué podrías ofrecerme tú que no pudieran obsequiarme mis cien consejeros?

—Realidad —contesté de inmediato—. Me temo que nunca has podido hablar sinceramente, cara a cara, con una antigua criada como yo.

—Podría traer a una y pedir que hablara con sinceridad —repuso Xianfeng.

—Podrías, pero jamás diría la verdad de lo que piensa. Su propia posición se lo impediría —contesté, sin apartarme ni un ápice, a pesar de que su aliento me hacía cosquillas en las pestañas—. He sido una criada, ahora una concubina, pero ahora, en la intimidad, solo soy Cixi y tú solo eres Xianfeng. Tengo una visión que no posee nadie de tu alrededor, no porque sea más sabia, sino porque es *distinta*.

Guardé silencio con el aliento contenido. Él pareció cavilar mis palabras durante un instante antes de incorporarse con brusquedad.

Me estremecí, esperando a que me echara de su dormitorio por mi osadía, pero él suspiró y, tras pasarse las manos por el cabello recogido, susurró:

—Mi consejo quiere que no deje marchar al Rey Kung.

Parpadeé, aturdida durante un momento.

—¿Quieren... *secuestrarlo*? —No encontré mejor forma de definirlo.

—*Retenerlo* es la palabra que utilizan —contestó Xianfeng, con un resoplido—. Mi madre piensa que sería un error terrible, pero todos mis consejeros creen es que una oportunidad única para controlar al Reino Ainu. Kung tiene una gran relación con su hermano menor, él no se atrevería a robarle el trono. No está casado, ni tampoco posee descendientes. Con él en nuestro poder, no se atreverían a rozar siquiera la frontera.

—¿Y eso es lo que piensas también?

El Emperador apartó la mirada y no me miró cuando dijo:

—Ellos no pueden tomar la decisión por mí, soy yo el que decide qué hacer. No quiero crear un conflicto, pero tampoco quiero arriesgarme a crear uno por no actuar. —Asentí, mientras recordaba el rostro el Rey Kung, su sonrisa franca. Me removí, algo incómoda—. Me siento como aquella maldita vez, cuando mi padre y Ahn... —Calló de pronto y negó con la cabeza.

Mi espalda se tensó de golpe al escuchar el verdadero nombre de Zhao. La sangre abrasó mis venas. Ansiaba preguntar más, pero en vez de eso, me levanté con lentitud y me coloqué a su lado.

Con calma, con toda la delicadeza que podía imprimir en mis dedos, alcé la mano y la apoyé en la nuca de Xianfeng. Tironeé de la aguja que sujetaba su cabello y acaricié sus sienes con las yemas de mis dedos. Él no se movió, aunque vi cómo sus hombros caían, se relajaban.

—Tomarás la mejor decisión para el Imperio —susurré.

—¿Porque soy el Emperador? —preguntó él, con cierto sarcasmo.

—No —repliqué, con firmeza—. Porque eres distinto, porque quieres marcar una diferencia, ¿recuerdas?

Xianfeng no contestó. Se quedó quieto durante un momento, como si meditara mis palabras, y, de pronto, su brazo se movió rápido como una víbora y se enroscó en mi muñeca. La alzó con cierta con brusquedad y me empujó hacia atrás, haciéndome trastabillar con el borde del *hanyu*. Escuché el sonido de la falda al rasgarse, pero apenas tuve tiempo de pensar en ello.

El golpe contra la pared me hizo soltar un gemido, pero Xianfeng lo engulló de un mordisco. Una de sus manos arrancó un par de horquillas que sujetaban mi cabello, mientras la otra tironeaba del lazo que cerraba mi *hanyu*. Su respiración sonaba como un huracán contra mi oído.

—Nunca se debe llamar dos noches seguidas a la misma concubina —me confesó, mientras la primera capa de tela me resbalaba por los hombros—. Las malas lenguas dicen que eso os hace sentir importantes, poderosas. Que mi predilección os hace cambiar.

Sus labios rozaron mi mandíbula y se hundieron en mi cuello, en la piel frágil sobre mi clavícula, en mi corazón.

—Júrame que tú no cambiarás, Cixi.

Yo cerré los ojos, mareada, mientras tiraba con fuerza de las solapas de su túnica. Sus jadeos, mis primeros gemidos, se mezclaron con la cadencia de esa vieja canción: *El amor cambia incluso cuando promete que nunca lo hará.*

—Te lo juro —susurré.

Con el *hanyu* colgando de mis codos temblorosos, Xianfeng me hizo dar la vuelta y me empujó contra la pared. Su boca devoró mis labios mientras su mano atrapaba mis muñecas y las alzaba por encima de mi cabeza. La otra descendió en un camino sinuoso hasta que el placer me emborronó la vista.

Cuando creí que iba a morir entre sus brazos, Xianfeng se apartó y colocó una mano sobre mi espalda. Me empujó hacia delante y la textura de la pared arañó mi mejilla.

Después, se colocó entre mis caderas y todo lo que le había preocupado hacía apenas unos instantes desapareció entre la percusión de sus embestidas y la melodía de nuestros jadeos al entrelazarse.

# 41

—La Corte Interior está revolucionada —fue lo primero que me dijo Tian cuando regresé al día siguiente al Palacio de las Flores.

Suspiré como respuesta. Si el día anterior en la recepción con la Emperatriz Cian había sido tedioso, aquella mañana había resultado insoportable. Nuo no había errado cuando había comentado si aquel favoritismo que mostraba Xianfeng por mí era una bendición o una maldición.

Cuando la recepción terminó, escapé y logré llegar a mi palacio sin que nadie me detuviera.

—Déjala respirar, Tian —la regañó Nuo.

Ella frunció el ceño, molesta, y fingió una reverencia antes de hacer amago de retirarse. No obstante, yo fui más rápida y la sujeté de la muñeca.

—No, espera. Necesito que hagas algo por mí.

Ella parpadeó, sorprendida, antes de contestar:

—Lo que necesites.

Me incliné sobre su oído y le murmuré unas palabras rápidas que Nuo solo pudo escuchar a medias. Cuando terminé, Tian se apartó de mí, algo extrañada, pero cabeceó en señal de comprensión y desapareció tras los muros del palacio.

—Cixi… —No dejé que la nota de advertencia en la voz de Nuo llegara más allá.

—Supongo que, ahora que soy Gran Dama, la asignación que el Emperador me otorga como su concubina habrá ascendido —dije, mientras cruzaba con lentitud el puente curvo. Ella asintió a mi lado—. Ven, vamos a mi dormitorio. Creo que ya sé qué hacer con todo ese dinero.

Mientras bebía a sorbos el tónico que me había preparado Nuo, le relaté lo que tenía en mente. Ella escuchó en silencio, con gesto grave. Nadie nos molestó.

Cuando la conversación terminó por fin y Nuo se apartó por mí, con los ojos brillantes de la emoción pero también de miedo, era pasado el mediodía y Tian acababa de regresar de la tarea que le había encargado.

—Cixi —anunció, cuando llegó hasta mí—. Ya sé dónde está.

Por suerte, el Jefe Wong no apareció de improviso para avisarme que el Emperador requeriría mis servicios aquella noche. Así que pude almorzar algo rápido y salir antes de que el sol comenzara a esconderse.

Ahora que nos encontrábamos en pleno invierno, la noche empapaba los muros del Palacio Rojo la mayor parte de la jornada. Aunque yo era libre de moverme por la Corte Interior, no sabía si sería bien considerado que alguien me viera fuera de mi palacio después de que el sol cayera.

Fue Tian la que me acompañó. Atravesamos «la ciudad dentro de la ciudad» por las calles más secundarias que usábamos cuando las dos formábamos parte de la servidumbre. Por suerte, no nos cruzamos con ningún sirviente. No había vuelto a nevar desde la noche de mi Desfloración, pero hacía demasiado frío como para aventurarse libremente al exterior.

Aunque llevaba meses viviendo en el Palacio Rojo, jamás había pisado aquella zona de la Corte Interior. La más alejada del Palacio del Sol Eterno y de la Corte Exterior, donde la naturaleza más salvaje se abría camino. Si no fuera por los muros rojo sangre que lograba avistar a lo lejos, parecería que me hallaba en mitad de un bosque.

—Si te inclinas un poco, en el extremo más oriental del Bosque de la Calma, podrás ver los tejados curvos del Mausoleo de los Cerezos.

Me detuve durante un instante para seguir sus indicaciones. Bajé la cabeza y entre las ramas desnudas y grises, vi a lo lejos un edificio inmenso, de piedra gris y techos curvos y rosados. Era el lugar donde enterraban a las concubinas más importantes de cada dinastía. Lo habían bautizado así porque muchos decían que las concubinas éramos como las flores de los cerezos. Hermosas pero efímeras.

Bajo esos techos de fresa se guardaban las cenizas de Lilan.

*Cuando todo termine, iré a verte,* le prometí.

Pero no era ese el lugar que le había pedido a Tian que averiguara.

—Definitivamente, debe ser alguien especial para el Emperador. A los eunucos de palacio no se les permite tener vivienda propia —comentó ella, mientras apartaba un par de matorrales de una patada—. Ni siquiera el Jefe Wong posee algo parecido.

Asentí en silencio y la seguí unos pasos más antes de que una pequeña construcción apareciera frente a nosotras, escondida tras las copas de unos árboles de hoja perenne. La madera con la que estaba edificada hacía que sus paredes se confundieran con los troncos nudosos, y el verdín que llenaba el tejado curvo se camuflaba tras las hojas oscuras.

—Aunque, por otro lado, ¿quién querría vivir tan cerca de los muertos? —suspiró Tian.

Me detuve junto a los primeros árboles y me volví hacia ella.

—Espera aquí, por favor. Y avísame si ves que alguien se acerca.

Ella asintió, aunque su ceño se cernió sobre sus ojos castaños.

—¿Estás segura de lo que estás haciendo, Cixi?

Tan solo le dediqué un atisbo de sonrisa y me adentré en aquel lugar desamparado, dejando los árboles oscuros a mi espalda.

La casa tenía las ventanas y la puerta cerradas, pero esta se deslizó con suavidad cuando apoyé mi mano en ella y la desplacé hacia un lado. El susurro hizo eco en mitad del silencio que reinaba en el interior.

—¿Quién es? —preguntó una voz, alerta—. ¿Eres tú, Xian?

Cerré a mi espalda y atravesé la modesta sala de estar para llegar al que parecía el único dormitorio con el que contaba la vivienda. En mitad de él, sobre una cama deshecha, con varias tazas vacías alrededor, un pergamino desplegado en las manos y el cabello semirrecogido en la nuca, se encontraba Zhao.

Solo la luz de un par de velas alumbraba la estancia.

Hizo amago de levantarse de golpe cuando me vio, pero yo di dos zancadas y lo sujeté de los hombros, empujándolo de nuevo hacia el calor de su lecho. Apenas lo cubría una túnica de dormir de color negro.

Tenía las mejillas encendidas y los ojos brillantes, y yo sentía las manos calientes ahí donde lo había tocado. Debía arder de fiebre.

—¿Qué haces aquí? —susurró.

Hubo algo en su voz que me hizo apartar la mirada de golpe. Casi le di la espalda y centré mi atención en el brasero medio apagado que había no muy lejos de él. Avivé los rescoldos con el atizador. Así él no podría ver cuánto me temblaban las manos.

—Había oído que estabas enfermo —comenté, tratando de mantener el tono neutro. Eché un vistazo a mi alrededor, aunque apenas pude ver nada que no fuera su rostro—. Vives muy apartado del mundo.

—Sí —contestó, con el ceño fruncido—. Es lo que suelen hacer aquellos que no desean visitas.

Mi cuerpo se mantuvo inmóvil, pero todo mi interior se estremeció. Una bofetada caliente acentuó el calor de mis mejillas.

—Solo quería traerte esto —repliqué, sin mirarlo, mientras extraía del bolsillo oculto de mi *hanyu* un pequeño paquete de hierbas—. Nuo sabe mucho sobre distintos remedios. Esto te ayudará con la fiebre.

Prácticamente se lo arrojé. Rebotó contra su pecho y cayó sobre sus piernas cubiertas. Zhao ni siquiera le dedicó un mísero vistazo.

—Márchate. No deberías estar aquí. —Quería parecer frío, pero hubo un matiz suplicante en su voz que me hizo levantar la mirada hacia él.

—Solo soy una concubina preocupada por un eunuco al que aprecia, nada más —contesté; la mentira supo amarga contra mis dientes.

Zhao echó la cabeza hacia atrás y dejó escapar una carcajada desolada. Al hacerlo, su cabello resbaló por sus hombros y dejó a la vista su largo cuello y la unión con su mandíbula. Un mechón húmedo se había pegado a la comisura de sus labios. Y yo sentí el deseo terrible de apartárselo.

—No hace falta fingir, *Gran Dama* Cixi —siseó, tras hundir sus pupilas en mí tan profundamente como un cuchillo—. Aquí solo estamos tú y yo.

—Sí, solo tú y yo —me oí repetir. La voz parecía ajena a mi garganta—. Así podrás contestarme con sinceridad a una pregunta.

Él entornó la mirada.

—Yo no te he mentido jamás —susurró, ronco.

Su voz me sacudió. Uní las manos con fuerza y me acerqué más a él, arrodillada entre el brasero y su cama. Me obligué a no apartar la vista cuando volví a hablar:

—Entonces, dime, ¿es verdad que le pediste al Emperador que no me hiciera concubina?

Sus ojos se abrieron, horrorizados. Se echó ligeramente hacia atrás, como si le hubiera gritado, aunque mi voz fue apenas un murmullo. A pesar de la fiebre que lo inundaba, su rostro palideció.

—Sí, así es —contestó, tras un instante eterno de silencio.

No tuve misericordia. Me incliné hacia delante, con el ceño sobre mis ojos como nubes de tormenta.

—¿Por qué? —Él hizo amago de girar la cabeza, pero yo alcé la mano y apoyé los dedos en su mandíbula, cerca de ese mechón que me torturaba no acariciar. Giré de nuevo su rostro para que su mirada no pudiera escapar de la mía—. ¿Por qué? —repetí.

Bajé la mano, pero nos quedamos cerca. Demasiado cerca. Yo esperé que él se apartara, pero no lo hizo.

—No finjas que no conoces el motivo. —Hablaba como si aquellas palabras dolieran. Como si pronunciar cada una fuera una cuchillada contra su pecho.

Separó los labios para decir algo más, pero entonces fui consciente de lo que ocurría, de lo que estábamos haciendo él y yo solos, en aquel lugar recóndito, rodeados de árboles y cenizas de antiguas amantes.

Hice amago de retirarme, pero él sujetó mi brazo con fuerza y me impidió moverme. El aliento se me entrecortó. El martilleo del corazón se transformó en un zumbido mareante. En sus pupilas, perdidas en las mías, vi un abismo al que estaba dispuesta a saltar.

Sus dedos treparon un poco hacia arriba y se entrelazaron en mi muñeca. Con un tirón seco, me acercó más a él. Caí hacia delante y me quedé a solo dos pulgadas de su propio pecho, con las rodillas sobre la cama tibia y sus piernas dobladas rozando las mías.

Olía a té, a madera y a fuego.

Olía a algo que anhelaba desde hacía mucho tiempo.

—¿Por qué no te marchas? —susurró, con sus labios a un aliento de los míos—. Márchate. Vete. Deberías hacerlo.

*Debía hacerlo.*

Pero a quién deseaba engañar. Había llegado a un punto de no retorno. Había acudido a verlo por un solo motivo.

Y ese motivo se encontraba en aquel instante frente a mí.

Me acerqué, temblando, con los ojos ardiendo, y apoyé la mano sobre su rostro. Él se recostó sobre ella mientras sus dedos trepaban con los míos y se entrelazaban entre sí.

No podía detenerme. Era como si unos hilos se hubiesen enredado en mi cuerpo y tirasen de mí sin compasión, sin darme la oportunidad de resistirme.

La agonía terminó cuando los labios de Zhao tocaron los míos. Su boca ardía, pero la mía contenía un incendio en su interior. Dejé caer los párpados, sin fuerzas, mientras una de sus manos acariciaba la mía y la otra soltaba mi muñeca y se deslizaba por mi espalda para apretarme más a él.

Su lengua acarició mi labio inferior con delicadeza, pidiendo permiso para entrar. Yo se lo concedí mientras la mano que tenía libre trepaba por su cuello y se enredaba en aquel cabello que tanto había deseado tocar.

Zhao inclinó la cabeza y profundizó el beso. Su pecho se encajó en el mío de tal forma, que parecimos dos piezas de porcelana rotas de un mismo jarrón destrozado hacía mucho tiempo. Sentía la piel tensa, me hormigueaba, mi alma deseaba rasgarla para poder escapar de mi maldito cuerpo.

Él debía sentir esa misma necesidad, porque volvió a tirar de mi cuerpo, pero esta vez perdí el equilibrio. Zhao me sostuvo con delicadeza, aunque terminé recostada sobre aquella cama que olía a él y contenía su calor. Sus brazos eran dos columnas a ambos lados de mi cabeza. Las puntas de su cabello negro rozaban mis mejillas encendidas. Su aliento, jadeante, se entrelazaba con el mío, que escapaba a bocanadas de mis labios hinchados.

La falda del *hanyu* se me había alzado con la caída, y ahora, parte de mis piernas asomaba tras las últimas capas de seda. Atrapadas entre las rodillas de Zhao, las notaba débiles, incapaces de sostenerme si decidía ponerme en pie.

Él se reclinó sobre mí con cuidado de no aplastarme, aunque yo quería que lo hiciera, que me hundiera en aquel colchón, que se pegara tanto a mí que no supiera dónde comenzaba él y dónde terminaba yo.

Su lengua se enredó con la mía, y yo me deshice bajo sus caricias. No era la primera vez que besaba a un hombre, tampoco era la primera que me hallaba apresada bajo un cuerpo. Pero aquello era diferente. A pesar de que no teníamos tiempo, de que nunca lo tendríamos para nosotros, Zhao me besaba sin prisa, como si me hablara en silencio. Con sus dedos me susurraba palabras que nunca me habían dicho, los latidos de su corazón cantaban una canción de amor solo para mí.

Cuando alcé la cabeza y lo miré, él me sonrió, y yo sentí cómo las lágrimas se agolpaban en mis ojos. Pasé los dedos por su boca, una y otra vez, una y otra vez. Quería que aquella dulzura se me quedara grabada no solo en la memoria, sino también en la piel. Era la sonrisa más hermosa que había visto nunca.

Y solo me la había dedicado a mí.

—¿Qué ocurre? —preguntó, con aquella expresión que apretaba mi corazón sin piedad.

—Tu pelo —contesté, mientras pasaba los dedos por sus largos mechones de color azabache—. Me gusta cómo te queda así.

A él se le escapó una pequeña carcajada y yo me sentí morir bajo sus risas. Con ternura, besó mi frente sudorosa y se dejó caer a mi lado sobre su cama, abrazándome con fuerza.

Apoyé la cabeza contra su pecho. Los latidos de su corazón sonaban erráticos, parecían tomar un pulso con los míos. Una parte de mí quería continuar, quería que la ropa cayera a un lado y las brasas del brasero se transformaran en cenizas frías, pero otra quería acurrucarse contra su cuerpo y dejarse envolver por su tibieza eterna.

Sus brazos eran hogar.

Sus labios, pegados a mi frente, seguridad.

Y sus manos, aferradas a las mías, eran la promesa de que nunca me dejarían caer.

Cerré los ojos y lo abracé con toda la fuerza que pude.

Y entonces supe que el mundo se había convertido en el lugar más hermoso y más peligroso.

Que, por él, podría dejar todo a un lado.

Incluso mi venganza.

# 42

El tiempo se transformó en algo borroso y ligero. No sé si dejé caer los párpados, intoxicada por el calor que emitían el brasero y el cuerpo de Zhao, pero de pronto susurró:

—No deberíamos dormir.

Asentí, tenía razón. No sabía cuánto tiempo había transcurrido. En el exterior, el sol estaba empezando a caer y había teñido los cielos de un naranja sanguino. Tian debía estar preguntándose qué diablos estaba haciendo. O quizá lo había adivinado, y por eso no me había llamado.

Me obligué a incorporarme, aunque separarme del cuerpo de Zhao fue como arrancar una venda de una herida abierta y seca. Un frío atroz me envolvió mientras me ponía en pie y estiraba las capas de mi *hanyu*.

Él me observaba con una expresión difícil de desentrañar.

—No es que desee que… te vayas —dijo. Me volví hacia él y me pareció que el sonrojo de sus mejillas no se debía solo a la fiebre. Casi parecía… *¿avergonzado?*—. Pero Xian va a traerme uno de sus regalos y no entenderá que estés aquí.

—¿Xian? —repetí, con el ceño fruncido.

Él carraspeó, incómodo, como si acabara de darse cuenta de que había dicho algo impropio.

—El Emperador Xianfeng —se corrigió. Dobló los labios en una mueca cuando vio mi expresión sorprendida—. Cuando se enteró de que había enfermado, insistió en venir a visitarme, a pesar de que le dije que se trataba solo de un resfriado. Siempre que me visita, me trae un obsequio.

A mi memoria regresó de pronto la noche de mi Desfloración. De la nieve que caía y de cómo se derretía sobre el cabello de Zhao, cómo las gotas heladas se deslizaban de su cuello al interior de su túnica.

—¿Qué clase de regalos? —pregunté, porque quería apartar de mí como fuese aquella pesada sensación de culpabilidad.

—Espadas. Casi siempre. —Hizo un gesto por encima de su cabeza y, de pronto, solté una exclamación ahogada.

Tras él, colgadas en las paredes, había decenas de espadas en sus fundas. Había de todas clases, cortas, largas, pesadas, de aspecto ligero. Algunas incluso debían ser extranjeras, con formas que no había visto nunca.

Zhao me había abducido tanto, que apenas había prestado atención a mi alrededor.

—Puedes tomarlas, no son peligrosas. —Me dijo, cuando me vio acercarme a una—. Ninguna tiene filo.

Fascinada, alargué las manos y saqué una de ellas del estante donde reposaba. Era la primera vez que tocaba una con mis propias manos. La extraje un poco de su vaina, lo suficiente como para ver mi rostro reflejado en ella.

—Pesa más de lo que creía —masculle.

—Mi padre decía que así debía ser siempre. —Me sobresalté al oírle tan cerca. Se había levantado silenciosamente y se había colocado a mi espalda—. Para que así pudieras entender mejor el valor de una muerte.

Tragué saliva y extraje un poco más la hoja de la vaina.

—¿Por qué ninguna tiene filo? —pregunté.

—Es una orden imperial. No puedo tocar ningún instrumento afilado que pueda causar heridas. Aquella vez, durante la recepción al Rey Kung, fue algo excepcional. —Cuando clavé mi mirada confusa en él, Zhao tomó con suavidad la espada de mis manos y la extrajo con un movimiento certero, diestro—. Lo ordenó el difunto Emperador Daoguang cuando ejecutó a mi padre y a mí me... —Cerró los ojos durante un instante y yo sentí que me estremecía a su misma vez—. Tenía miedo, supongo, a que me rebelara. Que traicionase a Xian e intentase acabar con él.

—Entonces, ¿por qué no hace más que regalarte espadas? —susurré, de pronto asqueada—. ¿No es una especie de broma cruel?

Zhao desvió la mirada de la espada a mí y, con un movimiento rápido, devolvió el arma a su estante.

—Mi padre era un Señor de la Guerra. Se suponía que yo seguiría sus pasos. Comencé a entrenarme desde que aprendí a caminar. Todo el mundo decía que yo tendría un gran futuro como cabeza del ejército imperial. —Esbozó una sonrisa triste que me desgarró por dentro—. Pero él traicionó al Emperador Daoguang, y acabó alimentando al Gran Dragón con su cadáver.

—Lo siento mucho —mascullé.

Zhao se volvió hacia mí, con una nota de luz en sus labios curvados.

—No deberías decirlo, se considera herejía. —Caminó de nuevo hacia la cama y se quedó junto al borde. Yo, esta vez, no lo seguí y permanecí a una distancia prudencial—. Hasta que me convirtieron en eunuco, viví rodeado de armas. Xian lo sabe, y sabe que, aunque no puedo esgrimirlas fuera de este lugar, practico con ellas todos los días al amanecer. Por eso, cuando se siente culpable, me regala una.

Apreté los labios, observando las vainas de soslayo.

—¿Y por qué se siente culpable esta vez? —acerté a murmurar.

Zhao meneó la cabeza, con una media sonrisa pendiendo de esos labios que había besado.

—Le dije que era una locura nombrarte concubina. Él cree que no me gustas, que te considero una simple criada vulgar con demasiada ambición. Por eso me ordenó que fuera yo quien te acompañara durante el ritual de Desfloración. Para castigarme por oponerme a sus deseos. Xianfeng es mi amigo, pero es el Emperador, y tiene el poder de hacer lo que quiera —añadió, con la mirada algo perdida—. Imagino que se sintió mal cuando se enteró de que la nevada que había caído me había enfermado. —Se encogió de hombros, como si estuviera disculpando a un niño—. Así es él.

Apreté los dientes. Que el nombre de Xianfeng flotara entre nosotros era incómodo. Por mucho que aquel lugar recóndito pareciera aislado, seguía perteneciendo al Palacio Rojo. Me obligaba a recordar que él era un eunuco al servicio del Emperador y yo una concubina que lo visitaba por las noches.

Su ceño se frunció, como si pudiera adivinar mis pensamientos, y dio un paso hacia mí, con las manos ligeramente extendidas. Yo lo imité, con los labios separados, pero de pronto, la puerta de la vivienda se abrió de par en par.

—¡Cixi! —Zhao dio una zancada hacia atrás cuando la voz de Tian llenó el dormitorio. El rostro de mi criada apareció agitado tras el biombo que separaba el dormitorio de la sala de estar. Apenas nos echó un vistazo a los dos—. Tenemos que irnos, se acercan...

El sonido de unas voces me envaró. Zhao me miró mientras el pánico atravesaba a Tian. Yo, sin embargo, respiré hondo y me apresuré a recoger el paquete de hierbas de la cama deshecha antes de que dos figuras más entraran en la vivienda.

El Emperador Xianfeng había acudido con la Emperatriz Cian. Ella iba con su brazo entrelazado con el de él. Sus capas doradas los hacían destacar aún más en aquel ambiente sobrio. Curiosamente, nadie del servicio los acompañaba.

Ninguno de los dos se molestó en esconder su sorpresa cuando nos vieron a los tres allí.

Yo traté de mantener la calma, mientras me inclinaba y dedicaba las palabras protocolarias de saludo. No estaba haciendo nada malo. No había salido de los límites de la Corte Interior. Estaba junto a un eunuco que, a ojos del mundo, no suponía ningún peligro para mí. Pero, además, estaba acompañada por una de mis criadas, la carabina perfecta. Todavía llevaba el cabello bien recogido y el *hanyu* no estaba tan arrugado. Hasta el rubor de mis mejillas había disminuido.

—Parece que la Gran Dama Cixi ha encontrado tu pequeño escondite, Ahn —observó el Emperador mientras se dejaba caer sobre la cama.

No se me escapó la forma en la que Zhao se estremeció cuando él pronunció su verdadero nombre.

—Me sentí culpable cuando escuché que había enfermado después de acompañarme bajo la nieve —intervine, con una pequeña sonrisa de disculpa.

La Emperatriz Cian frunció el ceño y se acercó con dos pasos rápidos a Zhao. Colocó su blanca mano sobre su frente, en un gesto tan fraternal que me sobresaltó. El eunuco ni siquiera se inmutó, como si fuera algo a lo que estuviera acostumbrado.

Una complicidad atípica flotaba en el aire. De no ser por las majestuosas ropas, de no ser por las joyas que adornaban sus cabellos, el Emperador y la Emperatriz parecerían dos jóvenes cualesquiera, preocupados por un viejo amigo.

—Xian, ¿por qué no ordenas traer a un par de criadas? —preguntó la Emperatriz, mientras se volvía hacia su marido—. Ahn está ardiendo.

—Estoy bien, no necesito servidumbre. Con la medicina que ha traído la Gran Dama Cixi, será suficiente. —replicó el aludido, con evidente turbación. Sus ojos me esquivaron—. Ahora que está presente, me gustaría disculparme, Majestad.

—Ahn —lo interrumpió Xianfeng, con aburrimiento—. Estamos entre amigos, sabes que puedes...

—Me equivoqué juzgando a la Gran Dama Cixi —lo interrumpió él.

Yo me sobresalté. No por sus palabras, sino porque se atrevía a cortar las palabras del Emperador. Pero Xianfeng no se molestó. Hablaba de verdad cuando decía que lo consideraba su amigo.

—Creo que habéis tomado una magnífica decisión al convertirla en vuestra concubina.

El Emperador se volvió durante un instante hacia mí y me dedicó una sonrisa cálida.

—Lo sé. —La Emperatriz, a su lado, asintió.

Yo me incliné como agradecimiento y le dediqué una mirada rápida a Tian, que captó mis intenciones. En silencio, retrocedió hasta la salida.

—Me retiraré ahora. Majestad, Alteza Imperial... —Mis ojos se clavaron durante un doloroso instante en los de Zhao—. Eunuco Imperial, espero que os recuperéis pronto.

Él asintió mientras yo me alejaba varios pasos.

—Cixi, no es necesario que te marches —dijo Xianfeng.

—No quiero molestar con mi presencia, Majestad —repuse, sin dejar de retroceder—. Buenas noches.

Hui antes de que él pudiera detenerme. No podía pasar ni un instante más en aquel dormitorio claustrofóbico, entre las miradas de Zhao y Xianfeng, frente a la Emperatriz, que podía leer mi mente si así lo deseaba.

En el exterior el frío me acuchilló, pero yo respiré hondo, agradecida. La noche estaba a punto de volverse cerrada y el camino de regreso apenas se avistaba entre los árboles.

Tian apareció a mi lado. Tenía el ceño fruncido.

—Cixi...

—Lo sé —masculló, antes de echar a andar con rapidez—. No hace falta que digas nada.

**43**

Aquel día el Emperador no me convocó a su dormitorio, pero, por lo que escuché, no convocó a ninguna concubina y terminó pasando la noche con la Emperatriz.

Pero a la noche siguiente, él mismo apareció de sorpresa en mi palacio. Me tomó con tanta urgencia que ni siquiera llegamos a desnudarnos.

Yo me derretí entre sus manos diestras. Cerré los ojos y me perdí en sus jadeos, que se mezclaban con los míos en una espiral que hacía eco por todo el dormitorio. Fue la primera vez que el placer me golpeó con tal impacto que me quedé durante un instante en blanco, pendiendo entre la vida y la muerte. En el centro de mi cabeza, tras mis párpados cerrados con fuerza, veía un rostro que no pertenecía al hombre que me abrazaba. Susurré su nombre para mis adentros, mientras él me miraba como aquella tarde, en su dormitorio.

Mis brazos temblaron mientras abrazaba con fuerza el cuerpo que se encontraba sobre mí.

—Te quiero —murmuré.

El pecho que se movía a la vez que el mío se apartó de pronto y yo abrí los ojos. El corazón gritó de dolor cuando no fueron los ojos de Zhao los que me devolvieron la mirada.

Xianfeng, sudoroso, con las pupilas dilatadas, me observaba sin decir palabra. Sabía que yo no debía haber sido la primera concubina en decirle algo así, pero debía haber sentido la verdad en mi voz, en mi tono desgarrado, en mi alma desnuda que había asomado entre las bocanadas aceleradas.

—No te avergüences —musitó cuando yo desvié la mirada—. No tienes idea de lo que significas para mí.

Con delicadeza, apartó una lágrima que había resbalado de mis ojos sin permiso.

—No sabes cuánto agradezco a la Diosa Luna por haberte puesto en mi camino. Contigo... me siento en calma. —Suspiró y acarició mi frente con su mejilla—. Como si hubiese regresado al pasado, a un tiempo en el que yo no era más que el Príncipe Xianfeng y era feliz, y me sentía verdaderamente querido y a salvo.

—Puedo imaginarlo —dije, con la mirada clavada en el techo—. Sé que en esos tiempos Su Majestad disfrutaba de la compañía de la Emperatriz y del Eunuco Imperial Zhao.

Él asintió, sonriendo con melancolía. Ni siquiera se molestó en corregirme por no haberlo llamado por su nombre.

—Por aquel entonces éramos solo Cian, Ahn y yo. Sin muchos problemas. Siempre inseparables. Haciendo travesuras. Volviendo locas a nuestras madres. —Se separó un instante para mirarme—. Ojalá hubiésemos coincidido entonces. Ojalá hubieses formado parte de nuestras vidas antes.

Lo abracé, ocultando el rostro en el hueco que existía entre su cuello y su clavícula.

—Me siento agradecida de hacerlo ahora —contesté, antes de añadir—: La otra tarde fui consciente de la unión que existe entre vosotros. Es como si un hilo invisible os conectara de una forma u otra.

—Sí —asintió él, con esa sonrisa soñadora—. Con ellos a mi lado siempre olvido todo. Soy muy feliz.

El rostro de Lilan flotó en mi mente y los dedos se tensaron sobre la espalda del Emperador.

—Tenéis mucha suerte de seguir unidos.

—Lo sé —contestó Xianfeng, con un suspiro—. Les confiaría mi vida.

Asentí y cerré los ojos. Al poco tiempo, la respiración acelerada del Emperador fue ralentizándose hasta transformarse en un leve murmullo rítmico, que llegaba a mi oído como las suaves olas del mar.

Parecía la calma que llegaba tras la tormenta.

O que la precedía.

Al día siguiente, me desperté temprano y compartí el desayuno con Xianfeng. Aunque él había dormido, lo vi nervioso y apenas tocó nada.

—¿Ocurre algo? —le pregunté.

Él pareció cavilar durante un instante.

—Si quieres, puedes alegar que hoy te encuentras enferma y no salir del palacio —dijo, serio—. Te doy mi permiso.

Asentí, algo confusa, pero no dije nada. Cuando él se marchó acompañado del Jefe Wong, Nuo se volvió hacia mí, interrogante.

—Prepara mi *hanyu* —le ordené.

Entre ella y Tian me vistieron y adornaron mi cabello con perlas y peinecillos de nácar y plata. Mi ropa, de un gris apagado, relució cuando salí. Había nevado la noche anterior y todo el suelo estaba cubierto de una suave película nívea.

Las paredes rojas destacaban más que nunca.

Aunque era temprano, me dirigí hacia el Palacio de la Luna para la recepción matinal. No obstante, de camino, me pareció escuchar el murmullo de un alboroto lejano.

Nuo, a mi lado, frunció el ceño cuando la sujeté del brazo y tiré de ella para cambiar de rumbo.

—Quiero saber qué ocurre —le dije, antes de echar a andar.

Solo tuvimos que atravesar varias calles para alcanzar el origen de los gritos. Provenía de uno de los palacios reservados a los invitados, muy cerca del borde que separaba la Corte Exterior de la Corte Interior. En las escaleras, con varios baúles a sus espaldas y rodeados por lo pocos soldados que los habían acompañado, se encontraban el Rey Kung y el Príncipe Haoran. Desparramados a su alrededor, varios criados observaban la escena con pánico.

Frente a ellos, una horda de la guardia imperial los cercaba. Y, encabezándolos, aunque sin ningún arma entre sus manos, estaba el consejero Sushun. A su lado, en un segundo plano, se encontraba Zhao. El rubor de la fiebre ya no coloreaba sus mejillas. Parecía distinto. Llevaba el cabello medio recogido a la altura de la coronilla.

Con una súbita punzada, recordé las palabras que había pronunciado aquella tarde.

*Tu pelo. Me gusta cómo te queda así.*

—¡Apartaos! —La voz iracunda del Príncipe Haoran me hizo regresar de golpe.

—Ya habéis oído la orden que ha dictado el Emperador —replicó el consejero, con una calma que solo podía proporcionar la experiencia—. El Rey

Kung permanecerá aquí, en Hunan, durante tiempo indefinido como un invitado especial.

El aludido esbozó una sonrisa fiera, que enseñó todos y cada uno de sus dientes.

—Siento decir que rechazo tal invitación.

Dio un paso adelante y la guardia imperial avanzó otro. Habían esgrimido sus espadas y sus extremos señalaban al monarca extranjero.

—Os lo suplico, Majestad. Retroceded —continuó el consejero Sushun, impertérrito—. No hagáis que esto sea más complicado.

—Acudí al Palacio Rojo siguiendo las indicaciones del Emperador Xianfeng en un ejercicio de confianza —contestó el Rey Kung, con los dientes apretados—. Fui un estúpido, debí escuchar a mi hermano pequeño. No se puede confiar en las palabras de los habitantes del Imperio Jing. Valen menos que la escoria.

El Rey Kung escupió al suelo y, con un gesto diestro, tomó una espada de unos de sus soldados. No poseía una Virtud, pero quedaba claro que había recibido un entrenamiento apropiado desde que era un niño.

—Tendréis que retenerme a la fuerza —siseó.

El consejero Sushun no pareció impresionado. Se limitó a sacudir la cabeza y los soldados imperiales se abalanzaron hacia el ridículo cerco que protegía al Rey Kung y al Príncipe Haoran.

—¡Basta!

Mi grito no los hizo frenar, pero sí mi cuerpo, cuando me coloqué entre los dos bandos, con los brazos alzados.

Los hombres se quedaron paralizados. Nuo me miró espeluznada, con las uñas enterradas en la boca.

Zhao dio un paso inconsciente hacia delante, pálido. Todo su cuerpo estaba en tensión. Pero no fue su voz la que llegó hasta mí.

—Dama Cixi —ladró el consejero Sushun. Parecía más molesto que preocupado por mi interrupción. Ni siquiera me había llamado por mi nuevo título—. Apartaos. Este no es un asunto de mujeres.

—Solo trato de impedir un derramamiento de sangre —repliqué.

—Que haya un derramamiento o no, no es algo que dependa de vos —contestó, con los labios arrugados en una mueca—. Marchaos.

Me mantuve quieta, con los brazos todavía extendidos. El frío se clavaba en mí como agujas.

—Lo haré cuando los soldados bajen sus armas —contesté, con una firmeza que no sentía.

Vi el gesto del Rey Kung demasiado tarde. Cuando giré la cabeza, la fila de guardias que lo protegía se había abierto y él había avanzado rápida y silenciosamente hasta colocarse a mi lado. Ahora, el filo helado de una espada se apoyaba en mi cuello.

Los ojos de Zhao se abrieron con horror. Avanzó con presteza y, con un movimiento ágil, le arrebató la espada al guardia imperial más próximo. Se colocó delante de todo el destacamento y alzó su arma. Su brazo no temblaba. Una fría calma iracunda empapaba su rostro como lo había hecho la nieve derretida noches atrás.

—¡Eunuco Imperial! —ladró el consejero Sushun.

Pero él no le prestó atención. Sus ojos estaban clavados en mí.

—Soltadla —ordenó.

Pero el Rey Kung no aflojó ni por un instante mi agarre. A su lado, el Príncipe Haoran se removió, nervioso, mientras no cesaba de balancear la mirada de unos a otros.

—¡Dejadnos marchar a los dos! —exigió—. Así evitaréis una muerte y un conflicto mayor.

El consejero Sushun permaneció en silencio, con las manos unidas en el regazo. Zhao dio otro paso hacia delante. El filo de su espada estaba a centímetros del soldado Ainu más próximo.

—Matarla no cambiará nada —dijo, con esa frialdad nívea que yo había recibido el día que nos conocimos—. Solo lograréis que el Emperador se enfade y vuestra estancia en el Palacio Rojo sea terriblemente penosa. No conseguiréis vuestro objetivo, Majestad. Mirad a vuestro alrededor —añadió, dando otro paso más—. Este es apenas un pequeño destacamento de guardias. Ahora mismo, estáis solo.

Sentí vacilar los brazos del Rey Kung y tragué saliva. Mi nuez rozó el metal afilado que estaba apoyado en mi piel.

—Haoran... —lo oí mascullar.

—No —replicó su hermano menor. Se giró con brusquedad en su dirección—. No permitiré que te quedes aquí.

Pero el Rey Kung parecía haber tomado una decisión. Sacudió la cabeza y, con gesto de derrota, dejó caer los brazos. Yo me liberé y alcancé la mano que Zhao me tendía, entre las armas alzadas.

—Soldados, escoltad al Príncipe Haoran y a su guardia personal hasta su carruaje. —La voz del consejero Sushun estalló a mi espalda—. Después, acompañadlo hasta la frontera.

—¡No! —exclamó el aludido.

Pero el Rey Kung negó con la cabeza y se limitó a observar con los ojos apagados cómo se llevaban prácticamente a rastras a su hermano menor. Sus soldados guardaron sus armas y lo acompañaron, seguidos muy de cerca por la guardia imperial.

—¡Habéis firmado la sentencia de muerte del Imperio Jing! —gritó el Príncipe Haoran, mientras desaparecía tras los muros de color sangre.

Sus palabras hicieron eco y sonaron como una amenaza ancestral. Pero el consejero Sushun se limitó a suspirar con hastío. Sus ojos de cuervo se hundieron en Zhao.

—Eunuco Imperial —dijo. Me separé de él, no me había dado cuenta de que todavía sostenía su mano. Aunque no eran nuestros dedos entrelazados lo que le había hecho fruncir el ceño—. Entregadme esa espada.

Zhao parpadeó, confuso, pero entonces se dio cuenta de sus nudillos blancos, cerrados en torno a la empuñadura del arma. Pareció despertar de un súbito sueño. Sacudió la cabeza y entregó la espada al consejero Sushun.

El Rey Kung, tras nosotros, dejó escapar una extraña carcajada. Yo lo miré, sin comprender cómo podía sonreír en una situación así.

—Disculpadme por lo ocurrido hace un momento, Gran Dama Cixi —me susurró—. No me gustaría que este detalle arruinara nuestra amistad.

¿Amistad?, quise preguntarle. Pero él no me dio la oportunidad. Nos dio la espalda y caminó con aparente tranquilidad hasta el umbral de su palacio. Sin mirar ni una sola vez atrás, desapareció en su tibia oscuridad.

Yo solté el aire de golpe y me llevé la mano al pecho. El corazón me martilleaba a un ritmo frenético.

—Dama Cixi. —La voz del consejero Sushun sonó como una bofetada. Me giré lentamente hacia él. Su mirada severa me atravesó—. La próxima vez que os encontréis en una situación así, deberéis actuar tal y como dicta vuestra posición y permanecer al margen.

Por el rabillo del ojo, vi cómo Nuo fruncía el ceño, molesta, y Zhao volvía a tensarse. Yo, sin embargo, bajé la mirada hasta mis pies e incliné la cabeza. Notaba las mejillas ardiendo.

El consejero Sushun pareció satisfecho. Me dedicó una última mirada y se volvió hacia Zhao.

—Apresúrate, Eunuco Imperial. Su Majestad nos espera.

# 44

El incidente con el Rey Kung se deslizó por toda la Corte como el alcohol por una garganta. Hasta el último criado se hizo eco de la historia. Y, si bien mi actuación le había parecido indecorosa al consejero Sushun, a Xianfeng lo incendió. Me convocó durante todo el mes siguiente a su dormitorio, aunque no todas las noches acabamos enredados entre las sábanas.

Hablamos hasta la madrugada, mientras yo le deshacía el prieto recogido y peinaba su largo cabello entre mis dedos. A veces, se quedaba dormido sobre mis rodillas mientras masajeaba su cuello, duro como el tronco de un árbol por culpa de tanta tensión acumulada.

Otras, cerraba los ojos y me imaginaba que era el cabello de Zhao el que tenía entre mis dedos.

Las recepciones con la Emperatriz continuaban siendo tediosas, pero, al menos, la Consorte Liling no se esforzaba tanto por molestarme. Era bien sabido por todas que yo era la nueva favorita de Su Majestad.

Los regalos llegaban cada mañana en baúles de madera, nácar y jade. Tiaras, peinecillos, horquillas, pulseras, pendientes. Solo utilizaba algunos, y siempre delante del Emperador. Al resto les daba un uso mejor.

A pesar de mi elevada asignación, de los obsequios que me entregaban al inicio de cada jornada, de las elaboradas telas que me proveían para conformar mi armario, trataba de vestir de forma sencilla. Adecuada para mi posición, pero sin nada más. Era consciente de que algunas de las concubinas de la Corte Interior cuchicheaban sobre ello y se preguntaban dónde escondía tantas riquezas. Hasta la Dama Mei me preguntó en alguna ocasión, mientras se acariciaba una barriga cada vez más abultada, cuando vio que me había vestido con un *hanyu* que había usado unos días atrás.

—Ojalá pueda contártelo algún día —le contesté, con una sonrisa que la desconcertó aún más.

La mañana que marcaba el inicio de la última luna del invierno, estaba hablando con una de mis criadas sobre su futuro, cuando las puertas del salón de visitas se abrieron con brusquedad y Tian apareció tras ellas. Tenía el rostro enrojecido por la rabia.

—Retírate, por favor —le pedí a la joven que se encontraba frente a mí—. Después volveremos a hablar.

Ella asintió con una educada reverencia y se apresuró a abandonar la estancia, mientras los jadeos furiosos de Tian hacían cada vez más eco.

—¿Qué ocurre? —le pregunté, mientras me llevaba a los labios el tónico que Nuo me había preparado aquella mañana.

—Esa escoria de Wong... —Tian se atragantó con sus propias palabras—. Ha estado a punto de hacerlo de nuevo. Era un eunuco recién llegado.

—¿Lo has detenido a tiempo? —susurré. La lengua me supo a vómito por el asco que me invadió de golpe.

—Por supuesto —contestó Tian, casi escandalizada por la pregunta—. El pobre joven estaba aterrorizado. Pero ¿sabes cómo reaccionó Wong cuando lo amenacé? Se rio. Soltó tantas carcajadas que acabó con esas asquerosas manos sujetándose la barriga. —Aparté la mirada, incómoda—. Se cree impune, Cixi. Piensa que puede abusar de quien elija sin castigo ninguno.

Ella cerró la boca de golpe y me miró, esperando a que yo dijera algo. Me quedé callada durante un instante, pensativa.

—¿Cómo se llama ese joven eunuco? —Pero, antes de que ella me contestase, le dije—: Tráelo aquí. Trabajará para este palacio.

Tian soltó un bufido entre dientes.

—Esa no es la solución correcta, y lo sabes. Acoger a todos los criados maltratados no soluciona el problema, solo lo esconde. —Su ceño se frunció y avanzó un paso hacia mí—. Sí, sé lo que estás haciendo desde que te convertiste en concubina. No puedes amparar eternamente a toda la servidumbre maltratada. Eso no cambia nada.

Me mordí los labios, incómoda.

—Solo trato de ayudar, Tian.

—¿Ayudar? —repitió ella, alzando la voz y los brazos—. ¿Cómo? ¿Trayéndolos a un palacio a *servir*? ¿Casándolas con alguien? ¿Como intentas hacer con esa criada que acaba de marcharse? No me mientas, Cixi.

Respiré hondo y me recliné sobre mi asiento. El respaldo labrado se clavó como garras en mi espalda.

—¿Y qué crees que debería hacer entonces?

—Tú vengaste a Nuo. A Kana. Hiciste justicia con Shui. —Los ojos de Tian relumbraron cuando pronunció aquel nombre.

—¿Es que quieres que todos acaben partidos en dos, con los órganos desparramados por el suelo? —susurré con lentitud.

—Wong, sí. No se merece otra cosa —dijo, sin vacilar—. ¿O es que el dolor de cualquiera vale más que el mío?

—Nuo no me pidió que hiciera nada por ella. Ni siquiera deseaba vengarse de Shui. Tampoco Kana —repliqué, antes de suspirar—. Tus palabras no valen menos. Sabes que te considero una amiga.

Tian dobló los labios en una mueca y apartó la vista.

—No, no lo sé. Últimamente no te conozco —resopló—. Te estás convirtiendo en una de *ellas*. Bebes incluso esos asquerosos tónicos de belleza —añadió, mientras observaba con desprecio la pequeña taza de porcelana que me llevaba a los labios.

—Tian, ahora cuidarme es una prioridad para mí —repliqué—. Soy una concubina del...

Mis palabras quedaron ahogadas por culpa de un portazo lejano. Callé de pronto y Tian se asomó a la puerta, pero tuvo que apartarse de inmediato para que Nuo no la arrollara.

—¡Cixi! ¡Cixi! —gritó. Jadeaba por la carrera—. Ha ocurrido algo terrible.

Me incorporé de golpe. Había cerrado las manos en dos puños convulsos.

La voz de Nuo brotó entrecortada cuando volvió a hablar:

—Se trata de la Dama Mei.

Nos habían convocado en su palacio. Limo, el mismo eunuco del que había sido brevemente compañera cuando había estado bajo el servicio de la Dama Mei, cuando todavía era una Asistente, fue el que me condujo a la sala de estar, donde ya estaban reunidas algunas concubinas, junto a la Emperatriz y la Gran Madre.

La Consorte Liling apenas me respondió con otra inclinación cuando me postré ante ellas. Sabía que se iba a encontrar aquí. Había visto a San en la entrada del palacio, donde se había quedado Nuo.

—¿Qué ha ocurrido? —pregunté.

Un grito desgarrador me sobresaltó. A la vez, todas volvimos la cabeza hacia la amplia galería que desembocaba en el dormitorio de la concubina. Se escuchaba el murmullo de los pasos de las criadas, corriendo arriba y abajo.

La Emperatriz me dedicó una mirada desolada.

—Mei ha empezado con dolores de parto.

—¿Qué? —Ocupé una de las sillas vacías y miré a mi alrededor, confusa, mientras contaba con los dedos—. Pero es demasiado pronto.

—Debía dar a luz a finales de la primavera —dijo la Asistente Rong, con aspecto ausente.

Mis ojos recorrieron los rostros adornados de todas las mujeres que allí se congregaban. Éramos casi diez. La única que me devolvió la mirada fue la Gran Madre.

—Si el bebé nace, morirá —murmuró—. Tan pequeño... no podrá sobrevivir.

Me estremecí. Había algo en su tono, en la forma triste pero dura de pronunciar esas palabras, que me hizo entender que no era la primera vez que vivía situaciones así. Y que sabía cómo acabaría.

—Los sanadores imperiales están con ella —intervino la Emperatriz. Tenía los nudillos blancos de apretar las manos con fuerza—. Están haciendo todo lo posible para detener el parto.

De pronto, las puertas volvieron a abrirse y todas nos giramos a la vez. El Emperador, precedido por el Jefe Wong, entró a paso veloz en el salón. Todas nos pusimos de pie y realizamos el saludo de rigor, aunque apenas nos prestó atención. Sus ojos enrojecidos pasaron de su madre, a la Emperatriz Cian, para detenerse finalmente en mí.

Parecía saber todo.

—Ahora solo podemos esperar —dijo la Gran Madre, antes de que él pudiera separar los labios.

Xianfeng asintió y se sentó en la silla que el Jefe Wong le acercó. Cuando se dejó caer sobre ella, agotado, una de sus manos buscó la de la Emperatriz y, con la otra, apretó la mía. Me dedicó un débil asentimiento.

No sé cuánto tiempo transcurrió. Tras la celosía de las ventanas, llegó el atardecer. Algunos sirvientes trajeron té y refrigerios, pero nadie tomó ni un solo bocado. Apenas hablamos. Lo único que se escuchaba eran las carreras apresuradas de las criadas que seguían las órdenes de los sanadores, que no abandonaban el dormitorio de la Dama Mei y sus gritos desgarrados de dolor.

Cuando el sol desapareció, aquellos gritos crecieron, hasta tal punto, que la Consorte Liling se cubrió discretamente los oídos. La Emperatriz Cian hacía todo lo posible por aguantar las lágrimas.

Yo no era capaz de sentir nada.

Era como si llevase todo un día bajo la nieve.

Helada por dentro y por fuera.

De pronto, cuando la noche se hizo cerrada, los gritos cesaron.

La Asistente Rong se puso en pie y yo la imité, con el aliento contenido.

Unos pasos menos ligeros se acercaron y, tras el umbral que comunicaba con la galería, apareció el sombrero alto de un sanador imperial. Él no dijo ni una palabra. Se arrojó al suelo con la frente apoyada en él y los brazos por encima de la cabeza.

—Lo siento mucho, Majestad —dijo, con la voz rota.

Las lágrimas escaparon por fin de la Emperatriz y el cuerpo de la Asistente Rong se desplomó sobre el asiento. La Gran Madre negó con la cabeza mientras un par de sollozos llenaban la estancia.

Me costó respirar. Miré de soslayo al Emperador, que se había quedado pálido. No solo debía estar devastado por lo ocurrido. Aunque era joven, todavía no había engendrado ni un solo heredero. Y ya hacía tres años desde su ascenso al trono.

—Como ha sido un nacimiento prematuro, el cuerpo de la Dama Mei no respondió bien al parto, y comenzó a sangrar profusamente. —El sanador alzó la cabeza para hacerla descender de nuevo—. Tuve que darle una medicación muy fuerte para cortar el sangrado. Me temo que... tendrá que guardar reposo durante algunas semanas. Será imposible para ella levantarse de la cama. Y... —El hombre calló, encogido sobre sí mismo.

Los ojos enfebrecidos de Xianfeng lo atravesaron.

—¡Habla! —le ordenó.

—Me temo que la Dama Mei no podrá quedarse embarazada en el futuro. La medicación que le dimos pudo salvar su vida, pero es fatal para el útero.

Los sollozos de algunas concubinas se transformaron en cuchicheos. La cara del Emperador se había transformado en una máscara de cera. Amarilla, sin expresión.

—Además...

347

—¡¿Qué más puede haber?! —bramó Xianfeng, poniéndose violentamente en pie. Dio un golpe contra el respaldo del asiento que había ocupado y este, al instante, quedó convertido en astillas.

Yo no pude evitar alejarme un paso de él. A mi mente había vuelto de pronto el recuerdo del cuerpo abierto de Shui.

—Me temo... —El sanador tuvo que tragar saliva antes de continuar—. Me temo que lo que le ha ocurrido a la Dama Mei no ha sido natural.

—¿Qué? —repitió la Emperatriz, con un jadeo atragantado. Se llevó las manos a la boca y negó con la cabeza.

La Gran Madre frunció el ceño y su mirada felina se deslizó por todas las presentes, incluyéndome también en su escrutinio.

—¿Por qué siempre se repiten los errores? —siseó, mientras se ponía en pie—. ¿Por qué siempre acabamos luchando unas contra otras?

La Consorte Liling separó los labios con estupor.

—Gran Madre, ¿estáis sugiriendo que la culpable de lo que le ha ocurrido a la Dama Mei está aquí? —murmuró.

Los ojos de Xianfeng relampagueaban. Yo di otro paso atrás, mientras algunas de las concubinas se encogían sobre sus sillas. Se les habían congelado las lágrimas en las mejillas.

Enfrentarle era como estar delante del Gran Dragón que vivía bajo nuestros pies.

Avanzó un paso hacia nosotros. Sin un atisbo de piedad en ese rostro atractivo. Pero, antes de que pudiera decir nada, unos súbitos gritos nos sobresaltaron.

—¡Dama Mei! ¡Dama Mei! ¡Por favor!

Giré la cabeza para ver cómo una figura delgada se acercaba dando traspiés por la galería. El aliento se me entrecortó de la impresión cuando la concubina entró en el salón, con el cabello suelto, enredado y bañado en sudor. Iba vestida con una túnica de dormir de color blanco, así que la sangre húmeda que empapaba su falda contrastaba a la luz de las velas. Sus brazos arropaban con fuerza un cuerpo diminuto, envuelto en una preciosa sábana bordada.

La Consorte Liling gritó y se levantó de golpe, mientras la Emperatriz giraba la cabeza, incapaz de mirar. La Asistente Rong hizo amago de abandonar la estancia, pero el Jefe Wong cortó su huida al colocarse delante de ella. El resto de las concubinas emitieron gemidos de horror.

—¿A dónde vais? —le preguntó.

—No... no puedo estar aquí. —Había verdad en su voz, parecía a punto de desmayarse.

Los ojos enloquecidos de la Dama Mei, rojos de fuego y lágrimas, nos fulminaron.

—¡¿Quién ha sido?! —bramó, con la voz desgarrada—. ¡Sé que habéis sido una de vosotras, zorras envidiosas! —Extendió el cuerpo que sostenía y la sábana que lo cubría resbaló.

Yo giré la cabeza a tiempo. Los ojos se me llenaron de lágrimas sin que pudiera evitarlo.

Xianfeng sí lo vio. Fui testigo de cómo la tinción amarillenta de su rostro se volvía grisácea. De pronto, no parecía un Emperador, solo un joven a punto de vomitar.

—¡Hablad, maldita sea! —chilló de nuevo la Dama Mei, sacudiendo el pequeño cadáver entre sus brazos. La piel de su cuerpo comenzó a resplandecer, una oleada de calor nos abofeteó—. Juro que voy a hacer arder a la culpable. ¡LA VOY A CONSUMIR HASTA QUE NO QUEDEN MÁS QUE SUS MISERABLES HUESOS!

Su boca despidió humo. Ella misma parecía a punto de explotar en llamas.

Miré al Emperador, pero él parecía demasiado paralizado como para reaccionar. Quien sí se movió fue la Gran Madre. De dos zancadas recortó la distancia que la separaba de la Dama Mei y, para sorpresa de todos, la abrazó. La piel de la concubina debía estar al rojo vivo, porque vi la mueca de dolor que hizo la mujer cuando sus manos se apoyaron en los brazos de la Dama Mei. Con delicadeza, volvió a cubrir el cuerpo expuesto.

—Basta —murmuró—. Tienes que descansar, Mei. Tienes que estar con tu hijo. Despedirte de él.

La piel de la concubina se apagó un poco. La fuerza pareció desaparecer de su cuerpo, porque se desplomó sobre la Gran Madre. Las piernas le temblaban tras la tela empapada de sangre.

—Esto tiene que parar —murmuró con un hilo de voz—. Primero fue la Consorte Lilan... —Un relámpago de dolor me arqueó la espalda al escuchar ese nombre—. Ahora he sido yo. ¿Quién será la próxima?

La Gran Madre se mordió los labios e hizo un gesto al sanador imperial, que seguía postrado en el suelo, y a las criadas que habían perseguido a la concubina hasta el salón.

—Acompañadla de vuelta al dormitorio —ordenó con suavidad—. Necesita descansar.

La Dama Mei no se resistió. Se dejó arrastrar mientras las lágrimas empezaban a empapar su rostro. En ningún momento soltó el pequeño bulto que sostenía entre los brazos.

Cuando se escuchó la puerta de su dormitorio cerrarse, Xianfeng se colocó junto a su madre, frente a todas nosotras. Cuando avanzó un paso, todo el Palacio Rojo tembló bajo su suela.

—¿Quién se ha atrevido a envenenarla? —Sus ojos feroces se pasearon ante todos esos rostros de aspecto inocente—. Quizá, si habla ahora, puede que no la arroje viva a las fauces del Gran Dragón.

Todas nos estremecimos, mientras las miradas volaban como flechas entre los *hanyus* lujosos.

—Si me permitís, Majestad...

Volví el rostro hacia la Consorte Liling, que había dado un ligero paso hacia delante, desafiando la ira del Emperador. Él le hizo un gesto seco para que continuara.

—Provengo de una familia en la que las mujeres han sido concubinas de Emperadores anteriores y Emperatrices. Me he criado rodeada de historias como estas —dijo—. Y siempre sucede lo mismo. Las concubinas agraviadas buscan atacar a las favorecidas para volver al lado de Su Majestad. —Batió sus largas pestañas en dos parpadeos lánguidos—. Tanto la Gran Dama Cixi como yo hemos sido favorecidas hace poco, por lo que no tendríamos motivos para atacar a la Dama Mei. En el Harén, las posiciones se han mantenido estables prácticamente desde que nos nombrasteis concubinas. La única degradada hasta este momento ha sido la Asistente Rong. —La aludida, atrapada entre el Jefe Wong y el resto de nosotras, se dio la vuelta con lentitud, pálida—. ¿Por qué tenéis tantas ganas de marcharos?

—Yo no he sido —replicó ella, con la voz temblorosa—. Pero esto... ver tanta sangre... no... no he podido evitar acordarme de lo que le ocurrió a la Consorte Lilan. Y no... no puedo soportar algo semejante de nuevo.

Parecía a punto de desplomarse.

—Sí, es curioso —continuó la Consorte Liling, ignorando el terror que desfiguraba el rostro de la otra concubina—. Que fueras tú también quien estuvo a su lado mientras moría.

—¡Eso no es cierto! —chilló ella. Sus palabras fueron como puñales.

Giró la cabeza y clavó una mirada amenazadora en el Emperador. Su expresión se ensombreció aún más.

—¿Has tenido algo que ver en esto, Rong? —susurró, con voz ronca.

—Jamás le haría daño a nadie —replicó ella, pálida y temblorosa, pero sin dudar—. No tenía una mala relación con la Dama Mei.

—Tampoco era buena —comentó otra concubina con el ceño fruncido.

La Asistente Rong se volvió hacia ella, con las cejas arqueadas y una media sonrisa pendiendo de sus labios tristes.

—¿Cuándo hemos tenido una relación saludable entre nosotras? Siempre nos hemos comportado como serpientes en un cesto demasiado estrecho. No tengo amigas aquí en el Harén, pero juro por mi Virtud que no le he hecho daño a la Dama Mei.

La Consorte Liling frunció los labios y dejó escapar un suspiro quejumbroso antes de volverse hacia el Emperador y la Gran Madre.

—La Asistente Rong siempre se ha encontrado aislada en la Corte Interior. Incluso la Emperatriz puede dar constancia de ello. —La aludida asintió tras un titubeo—. Odia el Palacio Rojo y odia todo lo que representa. Al causar semejante daño a la Dama Mei, no solo hiere a una concubina, también daña a la familia imperial, a un futuro heredero y a todo el Imperio Jing.

Se hizo un silencio sepulcral. Nadie se atrevió a hablar, a respirar incluso, hasta que una súbita carcajada escapó del cuerpo de la Asistente Rong. Se alargó demasiado tiempo. Parecía haber perdido la razón.

Cuando se calmó, hundió su mirada inteligente en la expresión decidida de la Consorte Liling.

—¿Cuánto tiempo llevas preparando ese discurso? —susurró.

—El mismo que llevas tú planeando todo esto —le replicó esta, sin parpadear—. Si querías detener este embarazo, deberías haberlo hecho antes, cuando el bebé...

—¡Suficiente! —exclamó la Gran Madre.

Giró la cabeza hacia el Emperador e intercambió una mirada silenciosa. Él asintió con gravedad antes de girarse hacia su eunuco.

—Jefe Wong —dijo, con voz afilada—. Escolta a la *concubina* Rong al Palacio Gris. Una guarnición de soldados vigilará las puertas día y noche. No entrará ni saldrá nadie hasta que todo lo ocurrido sea aclarado.

—Como ordene, Majestad —contestó él.

—Cuando termines, busca al Eunuco Imperial Zhao y dile que acuda a mis aposentos. Él se encargará de la investigación.

El Jefe Wong contestó con una reverencia y se volvió hacia la, ahora, concubina Rong. Una mujer sin rango en el Harén.

La aferró de ambos brazos. Aunque ella no se resistió, él la empujó hacia el exterior con brusquedad. Los observé, estremecida, sin poder evitar que la voz de Tian llenara mi mente y mis propios recuerdos regresaran con fuerza.

El Emperador Xianfeng dio un paso hacia nosotras. Vestidas de forma similar, con nuestros bonitos *hanyus* y nuestras horquillas, parecíamos un ejército aterrorizado frente a un monstruo de leyenda al que jamás podríamos vencer.

—Volved a vuestros palacios —ordenó—. Esta noche será muy larga.

# 45

Fue el propio Zhao quien acudió al Palacio de las Flores para el interrogatorio que había ordenado el Emperador.

Era de madrugada y, como Xianfeng había ordenado que los interrogatorios fueran privados, ni siquiera Nuo o Tian pudieron estar en la misma estancia.

Me permití sentarme muy cerca de él. Lo suficiente para reclinar un poco la cabeza y rozar mi mejilla con su hombro. Ahora que llevaba el cabello solo en parte recogido, sus mechones oscuros acariciaban mi barbilla.

Zhao me hizo varias preguntas, pero fue difícil concentrarme y responder con sus ojos clavados en mis labios.

Cuando el interrogatorio terminó, él hizo amago de levantarse. Pero yo alargué la mano y enredé los dedos en su muñeca. Su mirada se balanceó de la mano a mi rostro.

—Cixi... —murmuró.

—Solo un momento —le contesté.

Tiré de él con suavidad y él volvió a ocupar el asiento. Esta vez sí apoyé la mejilla en su hombro. Cerré los ojos, inspirando su olor. Él se deshizo de mi agarre con ternura, solo para entrelazar sus dedos con los míos y apoyar nuestras manos unidas sobre su regazo. Con un leve suspiro, también se reclinó sobre mí.

—¿Crees de verdad que esto lo ha hecho la Asistente Rong? —pregunté, tras unos momentos en silencio—. ¿Que tuvo algo que ver con lo que le ocurrió a Lilan?

—Llevo demasiados años en el Palacio Rojo para saber que nada es lo que parece, pero Rong siempre dio la impresión de sentir un afecto sincero por Lilan. Eran inseparables —reflexionó—. Es cierto que no es feliz entre estos muros, pero no la veo capaz de haberle causado tanto daño a la Dama Mei.

Asentí, en silencio, y me obligué a olvidarme de todo por unos instantes, antes de que Zhao tuviera que separarse de mí y marcharse para continuar los interrogatorios.

Aunque me cambié de ropa y me acosté, no pude cerrar los ojos. Lo ocurrido aquella noche volvía a mi memoria en forma de puñaladas sangrientas, y se confundía con lo que imaginaba que habría sido la última noche de Lilan.

Sangre, lloros, dolor, un pequeño cadáver entre los brazos.

A pesar de que todavía faltaban un par de horas para el amanecer, decidí levantarme y salir. Nuo y Tian todavía dormían, así que no las desperté. Me coloqué la capa más gruesa que encontré, me calcé unas botas forradas de piel y abandoné el palacio.

Ni un alma recorría las calles del Palacio Rojo. Había nevado un poco aquella madrugada, y ahora, la nieve crujía bajo las suelas de mi calzado. Hacía un frío atroz, el vaho escapaba de mi boca como humo, pero yo lo agradecía.

Sin darme cuenta, llegué al Pabellón de las Peonías, el lugar donde me había encontrado por primera vez con Xianfeng. Y con la concubina Rong. Me dejé llevar por mis pasos, que me hicieron atravesar el arco de entrada y pasear por los caminos blancos.

No quedaban flores, tampoco hojas sobre los árboles. Los troncos y las ramas se alzaban contra el cielo todavía oscuro como cuerpos enfermos y caquéxicos.

Entorné la mirada cuando el merendero apareció ante mí. Bajo sus techos curvados, vi una figura encorvada, sentada en un sencillo taburete e inclinada sobre la pequeña mesa.

*¿Xianfeng?*, pensé, confundida.

Avancé varios pasos, hasta que el sonido que producía la nieve bajo mi cuerpo hizo que la figura levantara la cabeza y se volviera hacia mí.

—Rey Kung —murmuré, sorprendida.

Le dediqué una reverencia apresurada y él me hizo un gesto para que me acercara.

—Qué madrugadora, Gran Dama Cixi —comentó, con una de sus medias sonrisas. Su mano estaba apoyada sobre la pieza de una rata en el tablero de Wu que reposaba sobre la pequeña mesilla.

—¿Qué hacéis aquí? —pregunté, extrañada, mirando a mi alrededor.

Sabía que, oficialmente, el Rey Kung era un invitado del Imperio, aunque en verdad no fuera más que un prisionero. Solía ir acompañado por guardias a todos lados. Ahora, sin embargo, no parecía haber ninguno cerca.

—Disfrutando de la soledad —dijo, antes de que su sonrisa se pronunciara—. Hasta ahora.

—Me retiraré, entonces —contesté de inmediato.

Él se echó a reír y se puso de pie.

—Solo bromeaba, Gran Dama Cixi. Vos siempre sois una visita agradable —comentó. Me pareció ver sinceridad en sus pupilas encendidas—. Aunque debo decir que a vuestro Emperador no le haría mucha gracia saber que estáis aquí, conmigo, *sola*.

No sabía si trataba de amilanarme o no, pero yo incliné la cabeza y le dediqué una pequeña sonrisa.

—Tengo suerte entonces de que no vaya a enterarse —contesté.

Él soltó otra carcajada y se recostó sobre la balaustrada de madera. Me observó durante un instante antes de que su ceño se frunciera.

—No habéis podido dormir, ¿cierto? He oído lo que ocurrió ayer.

—El Rey Kung tiene más oídos que yo en el Palacio Rojo —observé. Me apoyé en la baranda, a su lado, y crucé los brazos—. ¿Y vos por qué no podéis dormir?

—¿De verdad no lo sabéis? —Sus labios se torcieron en una mueca dolorosa—. Os tomaba por una mujer inteligente.

Me enseñó las muñecas, como si estuviesen atadas, aunque no había ninguna soga en torno a ellas. No pude evitar apartar la vista, incómoda.

—Siento que os encontréis en esta situación —murmuré, casi para mí misma—. Y siento que el Imperio Jing haya colocado a vuestro reino en una realidad tan complicada.

—No os esforcéis tanto en parecer sincera —replicó él, con una media sonrisa.

—No necesito que me creáis —contesté, separándome de la balaustrada con un impulso—. No conozco el Reino Ainu más allá de lo que podía ver desde el otro lado del río, pero sí conocí a algunos de sus habitantes cuando todavía vivía en mi aldea y había día de mercado. De ellos aprendió mi antigua ama a jugar al Wu. De no haber sido por ellos... —Miré a mi alrededor y suspiré—. No estaría hoy aquí.

El Rey Kung permaneció un instante en silencio, pensativo. Después, con un movimiento lento, se encaminó hacia el centro del merendero y recorrió el tablero con las yemas de sus dedos.

—El Wu no es un simple juego, ¿sabéis? Es pura estrategia. Cada partida es una guerra. —De un golpe, tumbó el dragón blanco—. Siempre he creído que quienes son maestros en él son grandes Señores de la Guerra.

Sus pupilas se encontraron con las mías y, tras ellas, vi muchas palabras que no tenían por qué decirse. Las entendí sin necesidad de que él las pronunciara.

Comprendí que era momento de retirarse. Di un par de pasos hacia atrás y le dediqué una profunda reverencia.

—Tengo que prepararme para la recepción con la Emperatriz —le dije.

Él asintió y se dejó caer sobre el asiento, frente a la partida sin empezar.

—Que tengáis un buen día, Gran Dama Cixi. Si algún día las pesadillas no os dejan dormir, ya sabéis dónde encontrarme. Siempre seréis bienvenida.

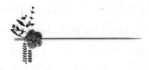

Al regresar al palacio, noté que la servidumbre había comenzado a despertar. Entre ellos, me pareció ver una cara desconocida en el momento en que me servían el desayuno.

—Es el nuevo eunuco —me informó Tian, cuando clavé los ojos en ese joven pequeño y nervioso—. Responde al nombre de Lienying.

El aludido se arrojó al suelo y clavó su frente en él, mientras empezaba a recitar todo agradecimiento posible. Adiviné al instante de quién se trataba, el pobre eunuco del que el Jefe Wong había tratado de abusar.

Yo misma lo ayudé a levantarse, haciéndolo sentir abrumado, y le dediqué la mejor sonrisa que pude. Era lo menos que podía hacer.

Aquella mañana, la recepción con la Emperatriz fue rápida. La Consorte Liling había enviado a San para anunciar que se encontraba enferma, así que su asiento vacío se unió a los que ya había.

No parpadeé ni una vez desde que la criada entró en la estancia, hasta que la abandonó. Pero en ningún momento levantó los ojos del suelo.

Cuando la recepción terminó, las concubinas se apresuraron a abandonar el Palacio de la Luna. Estuve a punto de seguir la senda de las demás, pero, tras dudar, me encaminé hacia la Emperatriz, que parecía derrumbada sobre su trono. Nuo me siguió como una sombra silenciosa.

Me recliné cuando me situé frente a ella.

—Álzate, Cixi. No hay necesidad de tanta ceremonia —dijo, con una sonrisa cansada—. Somos amigas, ¿no es cierto? —Asentí y acepté la mano que me tendía—. Ven, paseemos un poco. Necesito salir de aquí.

Yo la seguí hasta el inmenso patio interior del palacio, en el que había pasado muchas jornadas junto a ella, enseñándola a jugar al Wu. Sin embargo, no vi ningún tablero por allí.

La Emperatriz Cian caminó sobre los senderos nevados y se detuvo junto al estanque. Ya no había carpas en él; todas habían muerto por el inmenso frío.

—¿Cómo estáis, Alteza Imperial? —pregunté, al cabo de unos minutos en silencio.

—Desolada. No puedo imaginar qué debe sentir la Dama Mei en este momento —susurró. Tenía las manos cerradas en dos puños—. Nuestra misión en la Corte Interior es engendrar a un futuro heredero para el Imperio. Conseguirlo es el mayor honor que una Virtud puede recibir. Perderlo de esta forma tan cruel debe ser devastador. Yo… —Calló durante un momento y se estremeció—. Soy la responsable de la Corte Interior. Y estoy haciendo un trabajo nefasto.

—Eso no es verdad —repliqué.

Quizá pecara de ser demasiado dócil, de no imponerse ante las demás concubinas, pero recordaba cómo me había acogido en su palacio, cómo había estado a punto de convertirme en su dama de compañía. Se había acercado a la Dama Mei cuando solo era una Asistente, le había advertido de lo que podría ocurrirle. Sabía que estaba enamorada del Emperador, que daría su vida por ser ella quien le entregara un heredero y, sin embargo, había tratado de ayudar a la concubina. La expresión de horror que se había dibujado en su cara al ver a la Dama Mei sangrando era imposible de fingir.

—Si ninguna de nosotras engendra pronto a un heredero, la Corte Exterior empezará a ponerse nerviosa. Es cierto que Xianfeng no tiene hermanos vivos, pero sí varias hermanas casadas fuera del palacio. Puede que pronto tengan descendencia. —El fino ceño de la Emperatriz se frunció con preocupación—. Temo que los consejeros sean impacientes y busquen alternativas si Xianfeng no logra tener un hijo pronto.

—Y… ¿no podríamos intervenir de alguna forma? —pregunté, tras un titubeo.

Sus ojos se clavaron en mí con un deje de advertencia. Estaba prohibido que las concubinas se inmiscuyeran en asuntos de Estado, pero, aun así, me animé a continuar.

—Vuestra Virtud es muy poderosa. Si la utilizarais...

—Eso es herejía —me interrumpió la Emperatriz con brusquedad—. Nosotras somos vasijas para las Virtudes. Somos quienes las atesoran hasta que nuestros hijos las hereden. Nada más.

Asentí. No le recordé que ella misma había usado la suya hacía no mucho solo para ganar de nuevo el favor del Emperador, o que por todos era bien sabido que la Consorte Liling castigaba a sus sirvientes con su Virtud, provocándoles un dolor atroz.

—Pero creo que tienes razón en algo, Cixi. Creo que es el momento de intervenir —dijo la Emperatriz, tras unos instantes de tenso silencio. Sus ojos me buscaron, sin esa amenaza que había brillado antes en ellos—. Dime, ¿hay algo que ronde por tu mente?

Soporté su mirada sin pestañear. Mientras esas pupilas se zambullían en las mías, me pregunté si podía confiar realmente en ella. Tian me diría que no, pero Zhao asentiría sin dudar.

Tomé una decisión.

Separé los labios y comencé a hablar.

Cuando llegué al Palacio de las Flores, Tian me esperaba en las mismas puertas de la muralla, oscilando sobre las puntas de sus pies.

Antes de que pudiera preguntarle nada, me soltó a bocajarro:

—El Emperador está aquí junto al Eunuco Imperial Zhao.

Asentí y me apresuré a atravesar el umbral del edificio. Xianfeng me esperaba sentado en mi pequeño comedor, bebiendo té. A su espalda, se encontraba Zhao, con el gesto duro y frío y, en una esquina de la estancia, un aterrorizado Lienying, que parecía deseoso por que la alfombra sobre la que estaba lo engullera.

—Majestad... —Ni siquiera me dio tiempo a inclinarme. Él saltó de la silla y me tomó de las manos para erguirme de nuevo. Aunque parecía cansado, en la expresión de sus ojos solo vi cariño cuando se toparon con los míos.

Hice todo lo posible para no mirar a quien estaba tras él.

—Solo se trata de una visita rápida, Cixi.

—Su Majestad puede estar aquí el tiempo que desee —contesté, con una sonrisa.

—Lo sé —coincidió él. Sus nudillos me regalaron una caricia suave en la mejilla antes de apartarse de mi lado—. He venido con Ahn por una sola razón.

Mi expresión se acalambró. Durante un momento, creí que había averiguado lo que había ocurrido en el dormitorio de su mejor amigo, en aquel recóndito lugar, tan lejos de los ojos y oídos de la Corte Interior.

—Después de lo que ha sucedido con la Dama Mei, temo que algo pueda ocurrirte a ti —dijo, con cierto atropello—. Sé que... no soy discreto. Todos en el Palacio Rojo saben lo que siento por ti. Y... si te ocurriera algo, no... —Su mandíbula se tensó—. No me lo perdonaría. No lo soportaría.

Su susurro me estremeció. Cuando levanté la mirada, sus ojos me engulleron.

—Por eso he decidido colocar a Zhao aquí, en tu palacio, por un tiempo indefinido. —Sus palabras llegaron hasta mí, pero no fui capaz de reaccionar—. A él le confiaría mi vida, así que sé que puedo confiarle la tuya.

Mis ojos se movieron más allá de su figura, que se había vuelto borrosa, para quedarse quietos durante un instante en los del eunuco. Él me devolvió la mirada, aunque había demasiados sentimientos en ella como para que pudiera desentrañarla.

—No. —La voz brotó más violenta de lo que pretendía—. No es necesario. Acabo de contratar a otro eunuco para mi palacio, Lienying —dije, señalando con la barbilla al pobre joven encogido en un rincón—. No necesito tanta servidumbre.

A pesar de las ojeras que oscurecían su expresión, una sonrisa divertida le curvó los labios.

—Esta decisión ya está tomada, Cixi. —Avanzó un paso y alzó los brazos para estrecharme con fuerza contra su pecho. Se inclinó sobre mi oído—: Déjame protegerte.

Cerré los ojos e inspiré hondo antes de sacudir la cabeza.

Sentí cómo su sonrisa se extendía. Prolongó el abrazo unos instantes más y después se alejó con delicadeza. Sus ojos se dirigieron hacia el eunuco que se encontraba a sus espaldas.

—Cuida bien de ella, Zhao.

—Así será, Majestad.

El Emperador asintió, conforme con la situación y, tras prometerme que aquella noche me convocaría a su palacio, abandonó la estancia a pasos rápidos.

Zhao y yo nos quedamos allí, frente a frente, mirándonos a los ojos.

Durante demasiado tiempo.

# 46

Aquella madrugada desperté entre los brazos de Xianfeng. Al principio pensé que había sufrido alguna clase de pesadilla, pero cuando sus ojos se abrieron también y me miraron, comprendí que los gritos no estaban solo en mi cabeza.

Él saltó de la cama y se abalanzó sobre la gruesa túnica que había dejado sobre el suelo. Yo me arrebujé entre las mantas; el corazón martilleaba en mi pecho con la misma velocidad con la que se acercaban los pasos.

—¡Majestad! ¡Majestad!

Las puertas se abrieron de golpe y el cuerpo rollizo del Jefe Wong cayó al suelo tras dar un traspié. Su rostro se alzó rojo y sudoroso.

—¡Majestad, ha ocurrido una gran desgracia! —jadeó. Los ojos se le habían llenado de lágrimas.

—¡Habla de una maldita vez! —bramó Xianfeng. Su mano, al golpear un jarrón cercano, lo convirtió en esquirlas de porcelana.

—El palacio de la Dama Mei está… *está en llamas* —logró articular—. Ella aún se encuentra en el interior.

Xianfeng no pronunció palabra, pero se calzó a toda prisa y abandonó el dormitorio.

Yo me envolví en una de las mantas y me puse en pie. Descalza, atravesé la inmensa estancia hasta detenerme junto a una de las grandes ventanas. Clavé las uñas en el borde y tiré con brusquedad de ella, abriéndola de par en par.

El frío aire nocturno me golpeó sin piedad.

«La ciudad dentro de la ciudad» aguardaba bajo un cielo sin estrellas, por lo que las llamas que asomaban por encima de la muralla, a lo lejos, resplandecían con una fuerza sobrenatural. Casi parecía que el Gran

Dragón había escapado del subsuelo y estaba liberando toda su furia contra nosotros.

El Palacio de la Larga Primavera se había convertido en una bola de fuego. Sabía que no había salvación para él ni para los que moraban en su interior. Había demasiada madera, demasiadas telas, demasiado aceite en las lámparas, demasiado papel.

Una voz en mi mente, que sonaba muy lejana, me preguntó si a la Dama Mei le hubiesen permitido aprender a controlar su Virtud, a subyugar ese poder que latía en su interior, habría impedido que ese terrible incendio la consumiera.

Fui incapaz de dar una respuesta. No porque no la conociera, sino porque era demasiado doloroso pronunciarla.

Después de aquello, la investigación que Xianfeng había encargado a Zhao quedó suspendida. Al fin y al cabo, después de los interrogatorios, no se podía investigar mucho más. El palacio quedó reducido a astillas humeantes y a cenizas, y todos los que lo habitaban, a cadáveres calcinados.

Nadie pudo salvarse. Ni las criadas, ni los eunucos, ni la Dama Mei.

Su funeral se realizó en el Mausoleo de los Cerezos del Bosque de la Calma, en el mismo lugar donde Lilan y su hija Cixi habían sido incineradas. Ella no había ostentado un cargo elevado en el Harén, tampoco había llegado a ser nunca la favorita de Xianfeng, pero imaginaba que otorgarle tal honor a su cuerpo calcinado le proporcionaba cierto consuelo al Emperador.

Yo, mientras observaba arder lo poco que quedaba del ataúd de la concubina, me pregunté de qué servían los honores a los muertos. En vez de mirarla a ella, mis ojos estuvieron clavados todo el tiempo en la placa dorada que rezaba el nombre de Lilan, y tras el que se guardaban sus cenizas.

*Te prometí que no vendría a verte hasta que no descubriera toda la verdad,* pensé. *Hasta que no me cobrara mi venganza. Pero parece que te he fallado. De nuevo.*

La Emperatriz Cian, cerca de mí, fue testigo de cómo mis ojos se llenaban súbitamente de lágrimas. Ella misma se echó a llorar cuando buscó mis manos y las apretó con fuerza.

El sanador imperial había dicho que el fuego lo había creado la propia Dama Mei. Que la pena y la rabia la habían consumido por dentro y había descontrolado su Virtud mientras dormía.

A nadie le extrañó. Yo recordaba la forma en la que habían ardido los jarrones, las cortinas y los biombos aquella vez que había tenido que estar a su lado durante su noche junto al Emperador. Sus estallidos de rabia y la escasa calma que la caracterizaba la habían condenado, era lo que susurraban las criadas.

No había forma de saber quién había estado detrás del parto prematuro de la Dama Mei, pero la concubina Rong permaneció encerrada en el Palacio Gris por orden del Emperador.

Nadie hizo nada por ayudarla.

Nadie se interesó por ella.

El Palacio Rojo se había cobrado dos víctimas.

Después de aquello, parecía que el mundo llegaría a su fin. Después de algo tan terrible, ¿cómo podía continuar girando? ¿Cómo podía el Dios Sol iluminar el Imperio Jing cuando había tanta oscuridad en él?

Pero los días pasaron, y el frío del invierno fue disipándose, para dar pie a los primeros resquicios de la primavera y, con ellos, al inicio del nuevo año en la Era Xianfeng.

El final de cada año cambiaba. Lo dictaba la floración de los cerezos y lo que estos durasen con las ramas llenas de pétalos rosados y blancos.

A veces la celebración se extendía durante días y otras, durante apenas unas horas. A veces el Dios Sol era magnánimo y calmaba los vientos para que no arrancasen las flores de los árboles, pero en otras ocasiones, la Diosa Luna se enfurecía y destrozaba con sus tormentas y relámpagos los pobres cerezos.

Era la primera vez que viviría un fin de año en el Palacio Rojo y, pronto, los preparativos me absorbieron. En apenas unas semanas, el parto prematuro de la Dama Mei y su horrible muerte se convirtieron en un lejano suceso.

Me volqué en cuerpo y alma a la celebración, y ayudé todo lo que pude a la Emperatriz. De esa forma podía pasar mucho tiempo fuera del Palacio de las Flores. A veces, incluso, ocupaba la habitación de invitados en el Palacio de la Luna siempre y cuando el Emperador no requiriera mi compañía.

Estar lejos del Palacio de las Flores no me alejaba de Zhao, ya que él, por orden de Xianfeng, debía acompañarme a todos los lugares, pero sí nos impedía estar a solas. Cada vez que nos encontrábamos solos en una habitación, nuestros ojos se buscaban sin remedio, el cuerpo me dolía por tener que resistir mi instinto, mis deseos de correr hacia él. Obligarme a estar en movimiento, a alejarme de aquellas situaciones, era la mejor forma de mantener el control.

Ahora que debíamos guardar aún más las apariencias, ahora que estábamos tan cerca y, a la vez, tan lejos, aquellos besos y aquellas caricias no me parecían más que un sueño, el recuerdo de una vieja canción olvidada.

Cuando los sacerdotes predijeron por fin el día de la floración, la Emperatriz nos convocó a todas las concubinas a su palacio, a pesar de que ya habíamos acudido durante la recepción matutina.

—Será dentro de siete días —anunció la Emperatriz—. El festejo se iniciará por la noche y se prolongará hasta que el último pétalo de cerezo caiga. Sé que lo sabéis, pero os recuerdo que, durante esos días, no se permitirán las torturas en el Departamento de Castigo ni tampoco las amonestaciones, leves o graves, a la servidumbre. Es una época para agradecer y celebrar la vida, nada más —añadió, con un deje de advertencia—. Y espero que todas... —La voz se le enronqueció y se llevó a los labios el té que reposaba en el pequeño cuenco de porcelana. Dio un pequeño trago y continuó—: Espero que todas dejemos las viejas rencillas a un lado y...

La voz se le volvió a entrecortar, pero esta vez, por culpa de una súbita náusea que la hizo doblarse sobre sí misma.

—¡¿Majestad?!

Me puse en pie junto a otras concubinas, mientras Kana, que había sido ascendida recientemente a dama de compañía de la Emperatriz, se acercaba a ella con rapidez. Esta movió la mano arriba y abajo, e intentó sonreír, aunque sus labios estaban partidos en una expresión de asco.

—¿Necesitáis que os traiga más té? —le preguntó.

—¡No! —exclamó de inmediato la Emperatriz, llevándose la mano al estómago—. Si... vuelvo a probar ese té, vomitaré.

La Consorte Liling se puso en pie y se acercó a ella. Tenía los labios apretados y el ceño ligeramente fruncido.

—No parecéis tener buen aspecto, Alteza Imperial —observó—. Esta mañana os vi muy pálida, pero no quise decir nada para no molestaros.

—Sois muy amable. Es cierto, esta mañana no me encontraba bien —respondió la Emperatriz, todavía algo encogida sobre sí misma—. A decir verdad, llevo unos días algo mareada y apenas tengo deseos de comer.

Yo me erguí, alerta. Hubo un silencio denso y prolongado, en el que muchas miradas se cruzaron.

—Alteza Imperial. —La voz de su dama de compañía sonó un tanto desafinada—. ¿Debería llamar al sanador imperial?

—Me encuentro bien. ¿Por qué ibas a...? —Sus pupilas se dilataron de pronto al comprender—. Oh. *Oh.*

Las mejillas se le ruborizaron. Yo hice cuentas en la cabeza; sabía que el resto de concubinas también las hacían en silencio. La gran mayoría de las noches, Xianfeng había acudido a mi palacio o me había hecho llamar, pero en otras, había visitado el lecho de la Emperatriz Cian. En el último mes, solo había visitado en una ocasión a la Consorte Liling.

—Os ruego aplazar esta pequeña reunión para mañana. Siento haberos hecho venir hasta aquí para nada. —Sus labios se curvaron en una sonrisa de disculpa—. Podéis marcharos.

Ella misma se retiró antes de que lo hiciéramos nosotras. Había cuchicheos y sonrisas por igual a mi alrededor.

—Parece que vuestra fortuna no os acompaña, Gran Dama Cixi —comentó la voz de la Consorte Liling; se había situado sinuosamente a mi lado—. La Diosa Luna ha decidido bendecir a la Emperatriz antes que a vos, a pesar de que sois la que pasa más noches junto al Emperador.

Yo sonreí con placidez.

—Si realmente está embarazada, me siento muy feliz por ella —repliqué, sin parpadear. La Consorte me devolvió la sonrisa, aunque no había ninguna clase de alegría en ella.

Me despedí a toda prisa y regresé al Palacio de las Flores, con Tian a mi lado.

—Averigua qué dice el sanador imperial sobre lo que le ha ocurrido a la Emperatriz —le dije, cuando llegamos junto a las puertas abiertas—. Necesito que descubras si está realmente embarazada.

Tian frunció el ceño y se cruzó de brazos.

—¿Por qué? —me preguntó—. ¿Qué tiene que ver esto contigo?

Mis ojos huyeron de su mirada inquisitiva.

—Si no te sientes cómoda con tu tarea, se lo pediré a Lienying, el nuevo eunuco. Está desesperado por complacerme.

—Cixi, no bromees. Sabes que me encantan las habladurías y que se me da bien qué hacer con ellas —replicó algo molesta—. Serás la primera concubina de la Corte Interior en saber la verdad.

Me dedicó una sonrisa traviesa y regresó a las calles del Palacio Rojo a toda prisa. Cuando su túnica de servidumbre desapareció tras la esquina más próxima, atravesé el patio del palacio, saludando a las criadas que me crucé en él.

En el pórtico de entrada, Lienying me esperaba con gesto ansioso. Tenía una carta cerrada entre sus manos.

—Aquí tenéis lo que me pedisteis, Gran Dama Cixi —farfulló, con la barbilla en el pecho.

—Muchas gracias, pero levanta la cabeza —le dije, tirando un poco de su barbilla para que me mirara a los ojos—. Si miras siempre hacia abajo, te quedarás jorobado.

—Lo... lo siento —contestó él.

Había algo en ese joven eunuco que me despertaba ternura. Me recordaba de cierta manera a Lilan, a Kana. Parecía un alma demasiado pura como para estar encerrado entre unos muros pintados con sangre.

Le hice una señal y él se retiró con presteza, algo más erguido que antes.

Con la carta todavía entre las manos, me adentré en el vestíbulo del palacio. Allí, me esperaba Nuo. Con manos diestras, me ayudó a quitarme la túnica que cubría mi *hanyu* azulado.

—¿Dónde está Tian? —me preguntó, buscándola con la mirada.

—Está ocupada con algo que le he pedido —contesté. Alcé la carta que me había entregado Lienying para que pudiera verla—. Necesito que envíes esta carta a la Aldea Kong. Después te diré la dirección exacta. Por ahora, guárdala con el resto del correo.

Nuo vaciló, algo confusa, pero me hizo un rápido asentimiento y se perdió con paso rápido en la largura de la galería.

—¿A quién escribes tantas cartas? —dijo de pronto una voz, a mi lado.

Me volví con brusquedad y me encontré frente a los brazos cruzados de Zhao. Sonreí sin poder evitarlo. Los labios se me curvaban cada vez que veía su cabello suelto cayendo por sus hombros.

—¿Mi correspondencia tiene un interés especial para el Eunuco Imperial? —pregunté, arqueando una ceja.

—No sabía que fueras tan popular. Cada mañana, antes del amanecer, se envían muchas cartas.

Me encogí de hombros y caminé en dirección al pequeño salón de visitas. Él me siguió a pocos pasos de distancia.

—Tengo que comprar muchas telas para mis *hanyus*. Regatear un poco para conseguir las mejores joyas al menor precio. Preguntar a los boticarios qué tónico es el mejor para conservar mi belleza. —Miré a un lado y a otro, y, como no había nadie, pasé el índice por la mejilla de Zhao. Él se sobresaltó tanto que retrocedió—. Ah, y buscar un buen marido para mis criadas.

—*Marido* —repitió, poniendo los ojos en blanco—. He comprobado los registros de la servidumbre. Cambias demasiado de criadas. Casi tanto como la Consorte Liling.

—Pero no porque les haga daño —repliqué, con el ceño fruncido—. Sin mi ayuda, no pueden salir del Palacio Rojo. La recomendación de una concubina del Emperador las ayudará a conseguir una buena familia política.

Zhao suspiró.

—Debes mantener a la misma servidumbre durante un tiempo. Si no lo haces así, ¿cómo te serán leales?

Se me escapó una pequeña carcajada. Le di la espalda y me encaminé hacia el sillón que estaba próximo a la ventana, junto a la pequeña mesilla en la que me esperaba el tónico que me había preparado Nuo, como todos los días. Todavía humeaba.

—Creo que puedo saber con más exactitud que tú cómo ganarme a la servidumbre, ya que siempre he formado parte de ella —le dije, antes de llevarme el pequeño cuenco de porcelana a los labios.

Pero Zhao no había terminado.

—¿Por qué Kong? —susurró.

El tónico supo más amargo que de costumbre en mi lengua, pero me obligué a tragarlo antes de contestar.

—Sabes que viví allí antes de mudarme a la capital. Todavía estoy en contacto con algunos conocidos. —Dejé con cuidado el recipiente sobre la mesa, vacío—. Ahora que tengo el dinero suficiente, puedo ayudarlos.

—Sí, pero sé que le dijiste al Emperador que procedías de la Aldea Gansu. ¿Qué ocurrirá si descubre que estás enviando cartas a Kong?

—Gansu y Kong están muy cerca —repliqué—. ¿No podría vivir en Gansu y tener conocidos en Kong?

Zhao se quedó quieto en mitad del salón, con los brazos cruzados, mirándome. De pronto, de dos zancadas se acercó a mí y se arrodilló, con las piernas pegadas al borde de mi *hanyu*. Su pecho, a un suspiro de mis rodillas unidas.

—Cixi, no estás siendo sincera conmigo —dijo, en voz baja.

Apreté los labios, incómoda, y volví la cabeza, pero él apoyó el índice con suavidad en mi barbilla, y me obligó a encararlo. Yo me sumergí en su mirada negra. Me era imposible resistirme.

—Te conozco —masculló—. Sé que no me quieres aquí, a tu lado, pero...
Le aparté la mano con brusquedad.

—¿De qué estás hablando? —exclamé.

Su ceño se frunció aún más.

—Cuando Xianfeng te dijo que me trasladaría aquí, para protegerte, manifestaste claramente que no me querías a tu lado —dijo, a pesar de que esas palabras parecieron golpearlo como pedradas—. Quizá... —Tragó saliva y sus mejillas enrojecieron—. Quizá lo que ocurrió aquella tarde fue un error. Lo siento.

Pareció darse de cuenta de pronto de lo cerca que estaba de mí. Farfulló una disculpa entre dientes y se echó hacia atrás, pero yo fui más rápida. Mis dedos se hundieron en la piel de su muñeca. Su aliento chocó con el mío.

—Le dije a Xianfeng que no quería que vivieras aquí, en mi palacio, porque cada vez que te veo debo mantener esta maldita fachada —masculló—. Y, cada día que pasa, estoy más cerca de echarla a perder.

Él separó un poco los labios, pero no llegó a decir nada. Bajo mis dedos, su pulso latía firme y acelerado.

—Jamás me arrepentiré de lo que ocurrió.

Quería decirle mucho más. Quería confesarle que pensaba en él las noches que me acostaba sola en la cama, que me lo imaginaba descansando en su propio jergón, con el cabello desordenado y los labios entreabiertos. Quería contarle que cuando estaba acompañada, cerraba los ojos y me obligaba a imaginar que era su cuerpo el que tocaba. Que eran sus manos las que me acariciaban. Que eran sus labios los que me besaban. Que era su lengua la que se enredaba con la mía. Quería decirle que, cuando no lograba perderme tanto en mi imaginación y Xianfeng caía sobre mí, desplomado, sentía ganas de llorar. Quería confesarle que, cuando mi mente vencía y era su rostro el que veía sobre mí, a pesar de tener los ojos cerrados, la sensación que me empapaba era demoledora. Me arrastraba hacia la oscuridad para después elevarme hasta un lugar que debía estar prohibido para los mortales. Mi garganta se llenaba de gritos silenciosos de su nombre y mis pupilas de su rostro tenso, concentrado, reclinado sobre mí de la misma forma en la que lo había estado en su dormitorio.

—Cixi. —Él también parecía querer decir mucho más, pero solo pronunció mi nombre. Acercó su rostro al mío.

—Ahn —musité yo.

Su rostro cambió de rumbo. Su frente se apoyó en la mía, los mechones oscilaron a ambos lados de su rostro, a punto de rozar mis mejillas. Su respiración acarició mis labios.

—No pronuncies ese nombre. Xianfeng y Cian siguen llamándome así, pero Ahn murió hace mucho tiempo encima de una mesa de madera, empapada en sangre. —Me estremecí y mis manos crispadas aferraron sus brazos con fuerza—. Llámame Zhao. Para la mayoría ese nombre representa al eunuco hijo de un traidor, un medio hombre al que le está prohibido tocar nada afilado. Pero tú... pensaste en Zhao, el eunuco, y no en Ahn Hai cuando me besaste. En todo lo que soy... y en todo lo que no.

Sus labios se estiraron en una pequeña sonrisa y anclé mis dedos en ella.

—Está bien —musité.

—¿Está bien? —repitió él, algo confuso.

—No puedo confiar en Ahn Hai, el hijo de un poderoso Señor de la Guerra y el mejor amigo del Emperador. Pero sí puedo confiar en ti.

Me obligué a separarme de él para mirarlo a los ojos, a pesar de que aquello dolió más que cien latigazos. De pronto, unos pasos hicieron eco en el salón. Cuando me aparté de Zhao y él se puso en pie, era demasiado tarde. Tian ya se había percatado de lo cerca que estábamos el uno del otro.

Titubeó un momento antes de decir:

—He hecho lo que me pediste.

Zhao balanceó la mirada de ella a mí.

—Habla —le ordené.

—El sanador imperial no puede determinar con seguridad si la Emperatriz Cian está o no embarazada. Dice que, en una semana, podrá diagnosticarlo con seguridad. Sin embargo... —Zhao separó los labios, sorprendido, pero Tian continuó hablando—: La Emperatriz prefiere mantener la posible noticia en secreto para que no interfiera en los preparativos de la Fiesta de Fin de Año.

—Está bien. Puedes marcharte, Tian.

Ella asintió y, tras otra nueva reverencia, nos volvió a dejar solos. Zhao se volvió hacia mí, con el ceño fruncido, pero yo fui la primera en hablar.

—Te lo contaré todo.

# 47

L a celebración de fin de año tuvo lugar en el Pabellón Dorado. Se trataba de un enorme jardín situado en el ala este del Palacio Rojo. Apenas había pasado frente a sus arcos de entrada, quedaba muy apartado de las residencias principales y la mayor parte del tiempo estaba cerrado por orden imperial.

Era noche cerrada cuando atravesé el arco rojo que conducía hasta él. Tuve que quedarme en el umbral durante unos instantes, con los ojos abiertos de par en par por la impresión.

Parecía que me había adentrado en un sueño. Los criados se habían encargado de montar un banquete inmenso entre los cientos de cerezos que allí se desperdigaban, con sus flores blancas y rosadas abiertas de par en par. Bajo la luna y las estrellas, y por encima de todas las fogatas que habían repartido por el lugar, brillaban de forma incandescente, mágica. No corría el más leve atisbo de viento, así que parecía que la celebración se extendería durante mucho tiempo. La temperatura resultaba casi tibia, aquella noche parecía pertenecer a una primavera tardía, y no a su primer día.

A la izquierda de las mesas, habían situado una tarima donde varios músicos nos dieron la bienvenida con la melodía de las flautas, los *ehrus* y los *kotos*. En el otro extremo, varias bailarinas con *hanyus* de largas mangas se movían sinuosamente al compás de la música, arrancando exclamaciones de los que ya estaban allí congregados.

La celebración de Año Nuevo constituía un hito en el Palacio Rojo. Era de las pocas ocasiones en las que los miembros de la Corte Exterior y la Corte Interior se unían. Consejeros, Señores de la Guerra, soldados de rango elevado, administrativos… se mezclaban con la familia imperial y con las concubinas del Harén. No se repetiría otra ocasión igual hasta el Día de la Edad del Emperador del otoño siguiente, cuando los años de luto por el Emperador Mihan llegaran a su fin.

A Tian le había dejado que disfrutara del día de descanso, pero Zhao y Nuo me acompañaban, colocados a ambos lados de mi cuerpo, vestidos con sus mejores galas.

—Qué maravilla —suspiró ella.

—Eunuco Imperial Zhao —dije, mirándolo por encima del hombro—. Sonríe un poco. Debes disfrutar de la fiesta.

Él lanzó un pequeño gruñido por toda respuesta y echó a andar hacia el jardín iluminado.

El Emperador no había llegado todavía, pero sí la gran mayoría de los invitados. Vi a la Consorte Liling hablando con su padre, Sushun, a la Gran Madre sentada en su lugar, junto a los tronos que ocuparían el Emperador y la Emperatriz Cian, que asentía con una sonrisa a algo que le contaba un hombre que, a juzgar por el uniforme, debía pertenecer al ejército. Entrecerré los ojos para observarla mejor. No parecía nerviosa, tampoco decepcionada. Era la misma de siempre, con su mirada tierna y su sonrisa atenta.

Del Rey Kung no había ni rastro. Sabía que había sido invitado, pero él mismo me había dicho aquella mañana, cuando nos habíamos encontrado, como todos los días, que no pensaba acudir.

Todas las concubinas estábamos allí. Había decenas de mujeres vestidas con *hanyus* ornamentados y con las cabezas llenas de peinetas. A muchas no las conocía. El Harén del Emperador Xianfeng contaba con cerca de cincuenta Virtudes a su disposición, pero solo unas pocas alcanzaban un rango oficial dentro de él. Aunque vivían también en palacios, estos solían ser más humildes y los compartían con otras concubinas.

Permanecí un rato observándolas, era como estar frente a un hermoso cuadro de miles de colores y texturas. Incliné la cabeza y fruncí el ceño. No, vistas así de lejos, todas con las cabezas alzadas, con sus manos apoyadas en el cinturón, los peinados repletos de reflejos plateados y dorados, erguidas sobre sus calzados altos... parecían un ejército. De flores. Pero un ejército, con un uniforme y un poder incontenible.

—No hace falta que estés a mi lado como un perro guardián —le dije a Zhao—. Las asustarás.

Él me dedicó una pequeña inclinación a modo de asentimiento y guardó la distancia mientras yo me acercaba con Nuo a las concubinas más próximas.

Aunque no solía vestir de forma ostentosa, aquella noche me había esmerado en mi *hanyu* de color azul profundo, con cientos de estrellas bordadas en él, y en los adornos de mi cabello, todos regalos del Emperador. Yo no las conocía a todas, pero ellas a mí, sí.

En ese momento, era la concubina más famosa de todo el Harén.

Me dedicaron reverencias perfectas, aunque no todas las sonrisas fueron sinceras. Las saludé una a una, presentándome a pesar de que conocían mi nombre. Traté de grabarme a fuego todos sus rostros y sus nombres.

Llegué por fin hasta las últimas cuatro. Dos de ellas parecían nerviosas, mientras que otra había bebido ya tanto vino que su reverencia la hizo tambalearse y apoyarse en la última mujer que me observaba con gesto torvo. A esa última la reconocí. Solo la había visto una vez, escondida tras un muro, junto a Tian, con un cadáver decapitado a nuestras espaldas.

Es la joven que había visto durante su Desfloración.

Por desgracia, imaginaba que la noche con el Emperador no había sido agradable, porque no había logrado obtener ningún rango. Respondía al nombre de Bailu.

Las que hablaban muy juntas entre sí se llamaban Ziyi y Ru, mientras que la concubina que ya estaba ebria y hablaba en voz alta era Yin.

En ese momento, la voz del Jefe Wong hizo eco por todo el jardín:

—¡El Emperador Xianfeng ha llegado! ¡Larga vida a Su Majestad!

Una hermosa figura vestida de oro, que resplandecía tanto como el fuego que ardía en las hogueras, atravesó el umbral del Pabellón Dorado y sonrió a la prolongada reverencia que todos le dedicamos.

—¡Alzaos, amigos míos! —exclamó.

Xianfeng se encaminó sonriente para saludar a la Emperatriz y a la Gran Madre, que ya habían ocupado sus lugares en el banquete. Tomando esto como una señal, todos se dirigieron con prisa hacia los asientos libres.

Los únicos sitios reservados eran los que pertenecían a la familia imperial, así que quien quisiera ocupar un lugar cerca de ellos tenía que echar a correr sin mucha elegancia. La Consorte Liling fue rápida y se sentó en una de las primeras sillas.

—Sentémonos juntas —les propuse a las concubinas que me rodeaban, con una sonrisa.

Bailu arqueó una ceja, aunque echó a andar hacia las largas mesas de madera.

—¿Por qué una Gran Dama estaría interesada en compartir asiento con nosotras? —me preguntó.

Nuo apretó los labios, a punto de decir algo, pero la concubina Yin intervino con una risotada:

—Deberías darle las gracias. Quizás, a su lado, el Emperador volverá a fijarse en ti.

Bailu siseó como una serpiente.

—Hablas como si hubieses visitado su cama alguna vez.

Ella puso los ojos en blanco.

—No estoy tan desesperada como tú. Yo no necesito su atención.

—¡Yin! —le chistó Ziyi.

—Ten cuidado con lo que dices —añadió Ru, mirando a su alrededor con preocupación—. Aquí hay demasiados ojos y oídos.

—¿A quién le va a interesar lo que dice una concubina sin rango? —replicó la aludida, encogiéndose de hombros.

Nadie contestó, tal vez porque tenía razón. Las cinco ocupamos un lugar en una de las mesas, alejadas de los tronos dorados en los que destacaban el matrimonio imperial y la Gran Madre. Nuo se mantuvo a mi espalda, cerca del respaldo de mi silla. Era la única dama de compañía presente en aquel lado de la mesa. Las concubinas como ellas no tenían permitido traer una.

Zhao se había perdido entre la multitud, aunque estaba segura de que se encontraría en alguna esquina, observándome.

El banquete comenzó después de que todos brindáramos en honor del Emperador. El vino estaba caliente y dulce, y se deslizó por mi garganta como el agua por un gaznate sediento. Traté de contenerme, apenas había bebido alcohol en toda mi vida y no quería perder la cabeza. Pero el ambiente era mágico. Las melodías me arrancaban ganas de bailar, las mangas vaporosas de las bailarinas flotaban como mariposas, y los manjares que aparecían y desaparecían bajo mis ojos eran tan exquisitos que hasta la propia Yin se echó a llorar, arrancando las carcajadas de las demás.

Me sentí a gusto entre ellas. Aunque Yin estaba claramente borracha, Ru y Ziyi se dejaron llevar por el vino dulce y me relataron sus vidas en el Palacio Rojo. Era curioso, porque solo Bailu había sido convocada por Xianfeng una vez, aunque, por lo visto, él al final ni siquiera la había tocado. Bailu se había echado a llorar y el Jefe Wong había tenido que llevarla de vuelta.

Aunque Yin nunca había compartido lecho con nadie, me preguntó sin tapujos cómo eran mis experiencias con el Emperador. Yo le contesté en voz baja, lo mejor que pude, mientras Bailu se inclinaba sin pudor hacia mí, tratando de oír.

Los platos de comida fueron sucediéndose. El cinturón del *hanyu* comenzó a apretarme. La gran mayoría de los invitados estaban borrachos, incluido el propio Emperador, que profería unas risotadas que hacían eco por todo el Pabellón Dorado. La única que permaneció recta en su asiento, con una sonrisa contenida, observando todo, fue la Gran Madre.

Perdí la noción del tiempo, pero en un momento dado, trajeron los dulces. El vino de la comida fue sustituido por otro más ligero.

El Emperador se puso en pie, un tanto tambaleante, para anunciar un nuevo brindis. Todos lo imitamos. Algunos se cayeron al suelo, en un lío de túnicas y capas. Las carcajadas llegaron hasta el cielo estrellado.

—¡Me alegra comprobar que estáis disfrutando! —exclamó Xianfeng, con la voz un tanto aguda—. Antes he querido que alzáramos la copa por la vida y el año próximo que nos espera, pero esta vez, deseo brindar por el amor.

Se hizo un silencio momentáneo y muchas cabezas enjoyadas se volvieron hacia él.

Xianfeng se tomó su tiempo. Tenía las pupilas dilatadas, debía costarle ver bien entre tantos colores y fuego, pero sus ojos se pasearon sin pausa y sin prisa por muchos rostros hasta dar con el mío. En el momento en que lo hizo, se detuvo en seco, y su copa se inclinó en mi dirección.

Muchos volvieron los rostros para observarme. Yo sentí cómo se me entrecortaba el aliento.

—Por los últimos besos, por ese amor que jura que nunca cambiará.

*No lo hagas*, pensé, de pronto arrasada por el pánico. Sentía las pupilas de todas las concubinas clavadas en mí. De la Gran Madre. De la Consorte Liling. De la Emperatriz Cian.

—Por mi favorita.

Xianfeng me dedicó una última mirada y se bebió el contenido de su copa de un trago. Hubo un momento de estupor, en el que algunos murmullos se tropezaron con toses ahogadas, pero poco a poco, los comensales se llevaron la bebida a los labios.

La Emperatriz fue la última en beber. Sabía que aquel sería un trago amargo para ella. Sobre todo, ahora, con todo lo que estaba ocurriendo. Lo que quizá podría ocurrir.

Su mirada se cruzó durante un instante con la mía y, tras un titubeo, como si hubiese tomado una súbita decisión, alzó su copa.

Y de pronto, esta estalló en mil pedazos entre sus manos.

Ella cayó hacia atrás, dejando escapar un grito ahogado, mientras todos nos levantábamos abruptamente de los asientos. En el pilar de madera rojo que se encontraba a su espalda, estaba clavada la flecha que había destrozado su copa.

Giré la cabeza, deshaciendo el rumbo que había trazado la flecha, y mis ojos se encontraron con Zhao. Tenía un arco tenso entre sus manos, todavía alzado.

Ante todos, lo bajó solo un poco. En sus ojos brillaba una mirada decidida.

—¡AHN! —La voz del Emperador Xianfeng restalló como un trueno.

—¡Prendedlo! —oí que ordenaba la voz del consejero Sushun.

Los guardias que había desplegados allá donde las luces no lograban iluminar el pabellón, junto a los propios invitados que estaban armados, saltaron hacia él. En apenas un parpadeo, Zhao fue rodeado por una tormenta de espadas.

Sushun se levantó con tanta energía de su asiento, que la silla cayó hacia atrás. Su dedo señaló al eunuco.

—¡Sabía que algún día harías algo así! —exclamó, con un deje de victoria.

El Emperador Xianfeng se abrió camino entre la multitud, con la Gran Madre a su espalda. Todos se apartaron de esas manos que podían destrozar tanto de una sola caricia. Las armas se hicieron a un lado cuando pasó entre ellas y se situó frente a Zhao. Sus ojos ardían con la misma furia que lo había hecho el palacio de la Dama Mei.

—¡Explícate! —exigió.

Zhao ni siquiera vaciló ante su mirada monstruosa. Le ofreció el arco que había utilizado y se arrodilló ante él, con la mirada gacha.

—Disculpadme, Majestad —contestó, con calma, aunque con voz lo suficientemente alta como para que todos pudiéramos oírlo—. Solo trataba de impedir que la Emperatriz bebiera el vino que le habían servido. Está envenenado.

Un instante de estupor recorrió los rostros de todos los que allí se congregaban. Yo miré de soslayo a la Emperatriz y me levanté con lentitud de mi asiento.

—¿Qué estás haciendo, por la Diosa? —me chistó Bailu.

Yo le dediqué una media sonrisa antes de dirigirme al lugar donde estaba Zhao. Recorrí el pasillo que había creado el Emperador en su camino y lo sobrepasé a él y también a la Gran Madre, que permanecía silenciosa, para colocarme junto a Zhao.

No me arrodillé.

—Dice la verdad, Majestad —dije—. Teníamos la certeza de que la Emperatriz Cian podría ser envenenada.

—¿*Teníamos*? —repitió él, con los ojos entrecerrados, balanceando la mirada entre los dos.

—No era mi intención haberle disparado, pero cuando me comunicaron lo que sospechábamos, la Emperatriz estaba a punto de beber —añadió Zhao—. No tuve más remedio que robarle el arco a uno de los guardias y disparar.

—Esas son tonterías —replicó el consejero Sushun, que se había adelantado para colocarse junto al Emperador Xianfeng y frente a mí—. ¿Por qué iba nadie a atentar contra la vida de nuestra amada Emperatriz en una fiesta, con tantos ojos mirando?

El Emperador parecía estupefacto. Estuvo a punto de hablar, pero entonces una mano delgada, de largas y cuidadas uñas, se apoyó en su hombro. Tras él, apareció el rostro de la Emperatriz Cian.

—Precisamente, consejero Sushun, las fiestas son un gran momento para atacar. Los invitados están demasiado metidos en su papel, y la servidumbre, preocupada por que su trabajo se desarrolle sin trabas. —Sus ojos se clavaron en los míos y asintió—. Y, respondiendo a la otra parte de su pregunta, han intentado atentar contra mi vida porque hice correr el falso rumor de que podría estar embarazada.

Las pupilas de Xianfeng se dilataron de golpe.

—¿Qué? —murmuró.

La Emperatriz Cian miró a su alrededor y exclamó:

—¡Guardias! ¡Dispersad a la multitud! —Sus ojos estaban llenos de una fría calma. Hasta su voz sonó diferente—. La fiesta ha terminado por esta noche.

Los aludidos se miraron entre sí, algo confusos, y hasta que el Emperador no sacudió la cabeza, no se apresuraron a alejar a todos los que nos rodeaban. Sin embargo, cuando un par de ellos se acercaron a una figura vestida con un lujoso *hanyu*, la voz de la Emperatriz volvió a hacer eco en el Pabellón Dorado.

—Consorte Liling, por favor, no te vayas. Queremos disfrutar un poco más de tu compañía.

Me volví para ver cómo el rostro de la aludida palidecía abruptamente tras la gruesa capa de maquillaje. Se quedó durante un instante paralizada, pero cuando uno de los guardias que la cercaban dio un paso en su dirección, no tuvo más remedio que dar la vuelta y caminar hacia nosotros. Su expresión mostraba total indiferencia, aunque sus manos, sujetando el largo bajo de su *hanyu*, estaban demasiado apretadas.

La Gran Madre bajó los ojos hasta ella y dejó escapar un largo suspiro, antes de apartar la mirada.

—¿Qué ocurre? —preguntó el consejero Sushun, que todavía seguía junto al Emperador—. ¿Qué puede saber mi hija sobre lo que ha ocurrido?

Xianfeng pareció hacerse la misma pregunta. Miró a la Emperatriz y ella le devolvió la mirada. Presencié cómo se comunicaban sin palabras, cómo esa unión que tenían desde pequeños hablaba por sí sola.

Eché un vistazo por encima del hombro para mirar a Zhao.

—Busca a su dama de compañía —le susurré—. Responde al nombre de San.

Él asintió antes de ponerse en pie y escurrirse entre los cientos de cuerpos que se dirigían a la salida del pabellón.

Nadie le prestó atención. Todos tenían los ojos clavados en la Consorte Liling.

De pronto, en mitad de aquel silencio sepulcral, lleno de miradas que atravesaban como dardos, la brisa empezó a crecer. Agitó las ramas de los árboles y el primer pétalo de cerezo se desprendió.

# 48

—**D**e rodillas —ordenó Xianfeng. Su voz era tan fría como el súbito viento que se había levantado.

La Consorte Liling lo miró durante un largo tiempo, sin moverse. Entonces, con mucha lentitud, estiró con elegancia la falda del *hanyu* para no arrugarla y se postró sobre el suelo del Pabellón Dorado. Varios pétalos de cerezo se arremolinaron a su alrededor.

—¡No! —exclamó el consejero Sushun, comprendiendo de pronto—. No, no. Debe de tratarse de un error.

—No lo es —repliqué yo.

El hombre se volvió hacia mí, con el rostro convertido en una máscara negra de furia. Yo ni siquiera pestañeé.

—La Consorte Liling ha tratado de envenenar a la Emperatriz. Es algo que puede demostrarse con facilidad, todavía queda vino en la jarra de su Alteza Imperial. Solo habría que analizarlo.

Xianfeng miró a uno de los guardias que estaban a nuestro alrededor.

—Hazlo —ordenó—. Llévalo a uno de los sanadores imperiales. Que averigüen si hay algo inusual en él.

El soldado asintió con un gesto seco. Cuando se acercó a la mesa y tomó la pequeña jarra con sus propias manos, pude ver cómo una extraña languidez se extendía por el cuerpo de la Consorte Liling.

—Que el vino esté alterado no significa que mi hija sea culpable —replicó, consiguiendo que volviera a centrar mi atención en él.

—Esta no es la primera vez —dije, con un susurro.

El consejero Sushun avanzó hacia mí, su mano temblaba. Parecía deseoso de alzarla y abofetearme. Pero la Emperatriz se movió a su vez y se colocó delante de mí.

—Provocaste el parto prematuro de la Dama Mei —dijo, con las pupilas clavadas en el rostro marmóreo de la Consorte Liling—. Encontraste la coartada perfecta al acusar a la concubina Rong, que había sido degradada recientemente. Y, cuando comenzó la investigación, provocaste el incendio en el Palacio de la Larga Primavera. Ataste todos los cabos posibles.

—Pero no pudiste resistirte a la posibilidad de un nuevo embarazo que no fuera el tuyo —susurré.

La Emperatriz me miró y entre nosotras flotó una sonrisa cómplice.

—¿Es que pensabas matar a todos las concubinas que se quedaran embarazadas? —masculló—. ¿Deseabas privar al Imperio Jing de un heredero?

La Consorte Liling dobló los labios en una media sonrisa y alzó el rostro. Tenía los ojos húmedos, encendidos, pero ni una sola lágrima escapaba de ellos.

—¿Qué hubieseis preferido, Majestad? —pronunció con lentitud, con la vista hundida en Xianfeng—. ¿Un heredero con la Virtud del fuego, para que hiciese arder todo el Palacio Rojo?

—¡Liling! —aulló el consejero Sushun—. ¡Guarda silencio!

La Gran Madre negó con la cabeza y se llevó una mano a la sien, como si una punzada dolorosa la hubiese sacudido.

Xianfeng separó y cerró los labios varias veces, dio un par de vueltas en redondo. Se llevó las manos al cabello y clavó los dedos en su cabeza. Varios mechones escaparon de su recogido alto y cayeron sobre su mirada tortuosa.

El viento había empezado a bramar con fuerza, como si fuese un reflejo de lo que azotaba el corazón del Emperador. La falda del *hanyu* se pegó a mis piernas. La Emperatriz tuvo que sostenerse la tiara que coronaba su rostro.

Xianfeng se inclinó hacia la concubina. Tenía las manos unidas a su espalda. Con fuerza. Quizá para controlarse y no destrozar a la mujer como yo le había visto hacer hacía meses.

—¿Cuántas… cuántas veces lo has hecho? —Su voz se enronqueció de pronto.

Yo di un paso adelante y dejé escapar las palabras que me quemaban en la garganta.

—Tuviste… ¿tuviste algo que ver en lo que le ocurrió a la Consorte Lilan?

Mi corazón sangró al pronunciar aquella pregunta. Era una verdad latente que me había sacudido desde que le había expuesto mi plan a la Emperatriz, desde que había comenzado a sospechar de la Consorte Liling. No en vano, su nombre aparecía en las cartas que había leído demasiado tarde, rodeado siempre de un halo de miedo. Y San. Por la Diosa Luna, San. Ella había acompañado a Lilan desde que había sido aceptada en el Palacio Rojo y, tras su muerte, se había convertido en la dama de compañía de la por entonces Gran Dama Liling, una concubina de alto rango y que había sido favorita antes de la llegada de Lilan.

Apreté los dientes con tanta fuerza que los escuché crujir en el interior de mi boca. Me costó controlar mi respiración, que se agitaba en mi pecho con la fuerza de un huracán, con el mismo ímpetu del viento, que arrancaba sin piedad los pétalos de cerezo de los árboles.

La Consorte Liling soltó una súbita carcajada.

—¿Para qué contestar con la verdad? —Sacudió la cabeza y paseó sus preciosos ojos por todos nosotros—. Ya habéis emitido vuestro juicio. Y soy culpable.

El consejero Sushun soltó el aire con dificultad y apartó la vista, con la expresión partida por la pena.

Xianfeng se inclinó hacia ella con lentitud.

—¿Cómo... cómo has podido hacerme algo así? —susurró. La rabia y la desolación se mezclaban en su voz—. Siempre te traté bien. Te ofrecí decenas, cientos de regalos. Te convoqué muchas veces a mi dormitorio. Me preocupé por que fueras... feliz.

—¿*Feliz*? —repitió ella, mientras dejaba escapar una risa amarga—. Yo nunca he sido feliz aquí. Sí, durante un tiempo obtuve tu atención, pero cuando Lilan pisó el Palacio Rojo, te olvidaste de mí. Al morir ella, regresaste. Pensé que realmente sentías algo por mí... pero entonces, apareció tu nueva favorita. —Sus ojos se hundieron en mí con la precisión afilada de un puñal—. Y todo volvió a cambiar.

Meneó la cabeza y volvió a soltar una carcajada rota.

—¿Qué otra opción quedaba? Si no conseguía la mejor posición, si no me convertía en la próxima Gran Madre, acabaría como han terminado el resto de concubinas de los anteriores emperadores. Incineradas junto a ellas por su deseo, enterradas vivas junto a él, o abandonadas en lugares donde ya nadie se acuerda de ellas. El único nombre que permanece en la historia es el de la Gran Madre. Y la única forma de convertirme en una es engendrar al futuro Emperador. Solo trataba de asegurar mi vida. *Mi futuro.* —Sus pupilas se alzaron hasta la madre del Emperador, que permanecía algo encogida sobre sí misma—. Vos lo sabéis. Habéis recorrido mi mismo camino.

La Gran Madre sacudió la cabeza. Cuando le devolvió la mirada, no había censura en ella, solo una lástima devoradora.

—No sabes qué error has cometido, Liling —dijo.

La concubina se mordió los labios y apartó la vista con brusquedad. Una lágrima se deslizó por su rostro, creando un profundo surco en el maquillaje.

—¡Guardias! —exclamó Xianfeng—. Conducid a la Consorte Liling al Departamento de Castigo. Interrogadla. Torturadla si hace falta.

De soslayo, vi atravesar el umbral del Pabellón Dorado a las dos figuras que estaba esperando.

—Aguardad —intervine, antes de que los hombres pudieran tocar a la mujer—. Son los criados los que conocen todas las bondades y maldades de sus amos. No es solo a ella a quien debéis interrogar.

Me hice a un lado cuando apareció Zhao, arrastrando a San del brazo. Ella hacía todo lo posible por escapar de él, pero sus manos férreas no se aflojaban ni un ápice. Bajo los mechones de su flequillo, sus ojos se encontraron con los míos.

—Tú —siseó.

—¡Te dirigirás a la Gran Dama Cixi con respeto! —exclamó Xianfeng.

—¿Por qué? —replicó San, sin miedo—. Ella es solo una criada, al igual que yo.

No temía por su vida. Sabía que su sentencia ya estaba tomada, aunque ni siquiera habían empezado el interrogatorio. La Consorte Liling pertenecía a una familia importante, sus familiares podían suplicar por su vida, pero ella no tenía a nadie, igual que yo no lo había tenido.

Y a la única que verdaderamente había estado a su lado, Lilan, la había traicionado. La había matado.

Yo le devolví la mirada sin pestañear. Traté de imprimir en ella todo el odio, toda la rabia acumulada, todo el veneno. Las manos me temblaban con violencia, a pesar de que las tenía pegadas a los costados. Mis dedos deseaban enroscarse en la empuñadura del arma que guardaba el soldado más próximo a mí, extraerla de la vaina y hundirla en su pecho, en su cara, en su estómago. Una y otra vez, una y otra vez. Quería destrozar su cuerpo con mis propias manos, tal y como había hecho Xianfeng con Shui, quería arrancarle los intestinos y pisotear lo que quedase de esa falsa sonrisa que había traicionado a Lilan.

Ella leyó todo aquello en mis ojos. Y, sorprendentemente, sonrió.

—Piensas que has ganado, pero no sabes lo equivocada que estás. En «la ciudad dentro de la ciudad», no hay victoria posible. —Se volvió hacia el Emperador y añadió, con un deje burlón—: Confiáis mucho en vuestra favorita, Majestad. Casi parecéis un joven desesperado de amor.

Los guardias que estaban a nuestro alrededor desenvainaron sus espadas y la apuntaron con su extremo. Xianfeng ni siquiera se inmutó.

—¿Tantas ganas tienes de morir? —susurró.

San lo ignoró. Se volvió por completo hacia mí y me dedicó una de sus falsas sonrisas, la misma que compartía conmigo cuando me hacía tropezar en la mansión de los Yehonala y después me pedía disculpas por ello.

—¿Sabe Su Majestad por qué estás realmente aquí?

A mi lado, sentí cómo Zhao se tensaba imperceptiblemente. Yo me quedé paralizada, con la respiración contenida.

—¿Sabe Su Majestad que provienes de la Aldea Kong? —Xianfeng se aproximó un paso más a mí. Sus ojos se entornaron con peligro—. ¿Sabe Su Majestad que formabas parte de la servidumbre de los Yehonala?

No solo el consejero Sushun se volvió con brusquedad hacia mí. La Consorte Liling alzó el rostro con sorpresa, mientras la Emperatriz me obsequiaba con una mirada desorbitada. Xianfeng permaneció inmóvil, sin hablar, sin moverse, aunque las comisuras de sus labios temblaban.

—¿Sabe Su Majestad que eras la criada más querida de la Consorte Lilan? —San apoyó las manos en el suelo y se inclinó hacia delante. Una tormenta de pétalos de cerezo, empujada por el viento, nos envolvía como una terrible ventisca—. ¿Sabe Su Majestad que entraste en el Palacio Rojo solo por venganza?

—¡BASTA!

El gritó de Xianfeng sonó con una fuerza sobrenatural. El cuerpo de todos los presentes se inclinó hacia atrás, tratando de mantener la mayor distancia entre él y nosotros.

El Emperador tomó aire y, cuando lo soltó, pareció un dragón a punto de soltar una ardiente bocanada.

—Guardias, llevadla junto a la Consorte Liling al Departamento de Castigo. Mañana yo mismo las interrogaré.

Ni siquiera esperó a que los guardias cumplieran sus órdenes. Se volvió hacia mí y me señaló con un dedo afilado.

—Acompáñame. Hablaremos. —Echó un vistazo a su alrededor, casi amenazante—. A solas.

Esta vez no visité el dormitorio del Emperador Xianfeng. Lo acompañé desde el Pabellón Dorado hasta el propio umbral del Palacio del Sol Eterno; allí, les ordenó a los guardias y al Jefe Wong que esperaran fuera.

Llegamos a una amplia estancia y Xianfeng cerró la puerta en cuanto yo me adentré en ella. Miré a mi alrededor. Había inmensas estanterías de madera oscura que se alzaban desde el suelo hasta el techo. En los estantes se acumulaban códices y pergaminos, acompañados de libros sobre leyes. Una inmensa alfombra roja cubría el suelo. Había varios asientos por todo el lugar, pero el más impresionante era un sillón labrado que se encontraba tras un enorme escritorio, repleto de velas consumidas, tinteros, y varios pergaminos abiertos, en blanco.

Aquel era el despacho de Xianfeng.

Él se dirigió a uno de los estantes y, sin pronunciar palabra, revolvió con brusquedad entre los pergaminos que allí se almacenaban. De pronto, extrajo uno de ellos y lo extendió. Vi sus pupilas moverse arriba y abajo, mientras leía lo que había escrito en él. Cuando terminó, me lo tendió con cierta brusquedad.

Yo lo tomé y lo leí por encima. Era información. Sobre la familia Yehonala. Información sobre su origen y sus miembros, sobre los cargos ostentados en el pasado y en la actualidad. Había una pequeña nota al final, fechada con el día de la entronización del Emperador Xianfeng. En ella, se incluían los nombres de aquellos que acudirían al acto. Pasé de largo por los nombres de la señora Lei, por los amos Yehonala, por el nombre de Lilan, y me detuve en el último.

*El mío.*

Tragué saliva y bajé el pergamino mientras Xianfeng se daba la vuelta lentamente para encararme. Podría mentirle. Cixi era un nombre común en la población. Había conocido a varias jóvenes con mi nombre en Kong.

—Así que nos conocimos hace más tiempo del que creía —murmuró—. Tú eras la criada que acompañaba a Lilan.

Cerré los ojos y asentí con lentitud. Xianfeng dejó escapar el aire en un doloroso suspiro y se dirigió a su escritorio. Ocupó el asiento.

Cuando me enfrentó, no había ni rastro de esa expresión tibia, juguetona, casi de burla, que siempre brillaba en sus pupilas cuando me miraba.

Tampoco de ese deseo que lo consumía y que me infectaba cuando sus manos diestras me tocaban.

—¿Por qué entraste en el Palacio Rojo?

—Siempre creí que la muerte de Lilan no había sido natural. Ella misma temía por su propia vida, me lo confesó en una de sus cartas.

—¿Qué cartas? —preguntó Xianfeng, inclinándose hacia mí.

—Las quemé antes de abandonar la residencia de los Yehonala. Solo puedo daros mi palabra, Majestad —contesté.

Estábamos solos, pero no me atreví a llamarlo por su nombre. No me miraba como un hombre a una amante. Ahora mismo, él era el Emperador y yo una mera sirviente que había cometido un error.

—La palabra de una mentirosa. —Sus labios se torcieron en una mueca cruel.

Me obligué a no bajar la vista, aunque aquella mirada negra quemaba como un metal al rojo vivo.

—Es cierto que no he sido sincera. Que decidí formar parte de la servidumbre para descubrir la verdad y vengar a Lilan. Pero... —No pestañeé. No vacilé—. En estos muros encontré mucho más que a la culpable de su muerte: amistad. —En mi cabeza parpadearon los rostros de Nuo y Tian, rotos de la risa cuando estábamos juntas en el Departamento de Trabajo Duro. También la sonrisa calmada de la Emperatriz, en cómo su cuerpo se había movido esa noche para colocarse delante del mío, protegiéndome de forma inconsciente—. Y *amor*.

Un ligero resuello escapó de los labios de Xianfeng. Cruzó los brazos sobre el pecho y giró la cabeza. Yo me obligué a seguir hablando.

—No... no quería distracciones. No quería que nada ni nadie me apartara de mi camino, pero... no puedo controlar lo que siento. Lo que deseo. Por mucho que he intentado reprimirlo, he fallado.

Él me observó de soslayo. La verdad hacía temblar mi voz.

—Os prometí que no cambiaría —añadí, con un susurro—. Pero es imposible no hacerlo. Vos me habéis cambiado.

Xianfeng tragó saliva. Giró la cabeza para que no me diera cuenta, pero vi su nuez moverse arriba y abajo.

—En esas cartas que te escribía Lilan... ¿te hablaba de mí? —Asentí sin dudar—. ¿Qué decía?

—Estaba enamorada de vos, Majestad —contesté. Cerré los ojos y los apreté con fuerza, mientras añadía con un murmullo—: Tanto como lo estoy yo.

El Emperador no dijo nada. Cuando volví a separar los párpados, la expresión que enturbiaba su rostro era inexpugnable. No era capaz de imaginar lo que cruzaba por su mente.

—A partir de este momento, te relego de tu título y te degrado a Asistente Cixi. La cantidad que recibas cada luna será reducida debido a tu nuevo rango y parte de tu personal será retirado. —Habló sin mirarme, con las manos tensas sobre la superficie de la mesa—. Ese será mi castigo por tu falta de sinceridad.

Me postré ante él, con la frente acariciando el suelo alfombrado.

—Gracias por vuestra misericordia, Majestad.

Xianfeng ni siquiera me miró.

—Levántate y márchate. Hoy no quiero que me acompañes durante la noche.

Un estremecimiento me sacudió, pero me obligué a asentir. Me puse de pie y retrocedí hasta abandonar el despacho cerrando la puerta con suavidad a mi espalda.

Apenas di un par de pasos cuando mis ojos tropezaron con un *hanyu* dorado.

—Emperatriz Cian —mascullé, sorprendida de encontrármela allí, sola. Debía haberlo oído todo—. Disculpadme, yo…

Me apresuré a inclinarme ante ella, pero ella me sostuvo de los hombros y me obligó a erguirme.

—Te perdonará. Solo necesita tiempo —dijo, mientras apartaba con delicadeza una lágrima que se había quedado atrapada en mis pestañas. Sus labios se doblaron en una sonrisa—. A pesar de todo, logramos hacer justicia, ¿no es cierto? La Consorte Liling y su criada están en el Departamento de Castigo. He oído rumores de que el vino estaba efectivamente alterado. —Aferró mis manos entre las suyas—. Somos grandes compañeras. Unidas, nadie nos podrá hacer daño.

Intenté corresponder a su sonrisa, pero mis labios apenas acertaron a hacer una mueca.

—Siento haberos engañado —murmuré.

—Tranquila. Todas tenemos secretos que guardar —repuso ella, separándose por fin de mí—. Ahora descansa. Debes estar agotada.

Lo estaba. Después de todo lo que había ocurrido, de haber fingido durante todo este tiempo, apenas era capaz de mantenerme en pie y de caminar.

Dejé a la Emperatriz atravesando las puertas del despacho de Xianfeng y avancé penosamente hasta la salida. Allí, por suerte, me encontré con Nuo y Zhao.

—¡Cixi! —exclamó ella, cuando di un traspié hacia ellos.

Los brazos de Zhao fueron rápidos. Me envolvieron con seguridad e impidieron que cayera al suelo.

—Adelántate —le indicó a Nuo—. Que todo esté listo cuando lleguemos.

Ella asintió y echó prácticamente a correr por las calles ventosas del Palacio Rojo.

Zhao tomó impulso y me alzó del suelo. Mi cabeza se apoyó sobre su hombro. Mi nariz rozó su cuello. Tenía la piel tibia. Una de sus manos me cubría a medias la cara, para que aquella tormenta de pétalos de cerezo no me golpeara.

—Por fin ha terminado todo —murmuró, cerca de mi oído.

Yo asentí en el momento en que una fuerte corriente de aire entraba en el inmenso patio y recorría todos los rincones, produciendo un sonido sibilante, agudo. Casi parecía una carcajada.

Como si la Diosa Luna se estuviera riendo de nosotros.

# 49

E l viento me trajo los gritos.

Los músculos me crujieron de dolor cuando me obligué a incorporarme. Sentía agujas clavadas en mi frente y los ojos los notaba inflamados, adoloridos. Ayer me había quedado dormida llorando, con la colcha cubriendo mi cabeza para que nadie pudiera oírme.

Me puse en pie y me cubrí con una de mis capas de abrigo. Descalza, abandoné el dormitorio y me dirigí hacia la entrada del palacio.

Los bramidos llegaron con más claridad hasta mí.

—¡Exijo que salga! ¡Ahora mismo! —No había duda, aquella voz enfurecida pertenecía al consejero Sushun—. ¡Debe responder ante mí!

El viento frío me golpeó sin piedad cuando atravesé las puertas abiertas. Bajo un cielo despejado y gris por el amanecer, se encontraba la figura colérica del hombre, vestido con la túnica azul típica de los consejeros de la Corte Exterior.

Frente a él, formando un muro humano, estaba la mayoría de mis criadas. Arrodilladas, con los brazos extendidos. Entre ellas, vi a Tian y a Nuo. Muchas le suplicaban que se marchara, aunque él no parecía tener intención de hacerles caso. Lienying permanecía al pie de la escalera, erguido, pero pálido y aterrorizado. A su lado, Zhao era como un tigre a punto de abalanzarse sobre su víctima. Tenía las manos apoyadas en el cinturón, buscando un arma que no podía llevar.

—Sabéis muy bien que no podéis estar aquí, consejero Sushun —dijo, con voz helada—. Si no os marcháis, me veré obligado a llamar a la guardia imperial.

Él estuvo a punto de responder, pero entonces, sus ojos se cruzaron con los míos. Un dedo tembloroso se alzó y me señaló y, sin dudar, arremetió en mi dirección.

Nuo se interpuso en su camino y le sujetó de una pierna, pero él se deshizo de ella con una patada.

Un ramalazo de furia me atravesó. Zhao se abalanzó sobre él, pero yo fui más rápida. De un salto bajé las escaleras que separaban el atrio del patio del palacio y me coloqué frente a Nuo, a escasos centímetros del rostro enrojecido del consejero Sushun.

Alcé una mano, para que nadie se moviese.

Todos me obedecieron.

—Está prohibido que los miembros de la Corte Exterior paseen libremente por los territorios del Harén —dije, sin bajar la mirada hacia esas pupilas anegadas de veneno.

—¿Os estáis riendo de mí? —masculló él, acortando aún más la distancia.

Su aliento agrio me abofeteó, pero yo ni siquiera parpadeé. Había olido cosas mucho peores.

—Me temo que no os entiendo —contesté.

—Confesad. ¿Cómo lo habéis hecho? —Su voz se rompió en la última palabra.

Me quedé durante un instante paralizada, observando sus ojos vidriosos. Rezumaban ira, violencia... y algo más. Una tristeza desoladora.

Comprendí algo de golpe.

—¿Qué le ha ocurrido a la Consorte Liling? —susurré.

Sus dientes apretados asomaron tras sus labios finos y tensos; su pecho se hinchó. Los puños los sacudió muy cerca de mi cuerpo.

—No... no te atrevas a fingir. Sé que lo hiciste tú —siseó.

En ese momento, Zhao recortó la distancia con un par de zancadas y se colocó entre el consejero y yo.

—No os lo pediré de nuevo. Marchaos antes de que llame a la guardia imperial.

Sushun soltó un gruñido bajo, amenazador. Su mirada todavía se mantuvo hundida en la mía unos instantes más antes de que retrocediera con violencia, dando traspiés. Su índice no dejó de señalarme en ningún momento.

—No lo olvidaré, maldita zorra —me prometió—. Esto no quedará así.

Y, sin añadir nada más, me dio la espalda y abandonó el jardín helado con paso brusco.

—¿Estás bien? —me susurró Zhao, inclinándose junto a mí.

Asentí, distraída. Sabía que el consejero no juraba en vano. Al fin y al cabo, él había tenido que ver con la caída en desgracia de la familia Yehonala. Todavía recordaba cómo el amo Yehonala pronunciaba su nombre entre maldiciones, antes de que Lilan decidiese entrar a palacio.

Sacudí la cabeza y ayudé a incorporarse a Nuo, que seguía en el suelo, junto a mis pies.

—Descubre qué es lo que ha ocurrido —le pedí a Lienying. Se había acercado a mí, pero todavía permanecía pálido—. Y cuéntamelo cuanto antes.

Con la muerte de la Consorte Liling, se canceló la recepción matutina con la Emperatriz hasta que no se celebrase el funeral.

Las noticias volaron por todo el Palacio Rojo; Lienying apenas estuvo una hora fuera antes de regresar con toda la información.

—Al alba, se encontró a la Consorte Liling colgada en su propia celda.

El mundo se tambaleó un instante bajo mis pies. Si eso había sido así, significaba que Xianfeng no había tenido tiempo de llevar a cabo el interrogatorio que había prometido.

—¿Y su criada?

Lienying bajó la mirada.

—Ha decidido suicidarse también.

Mis dedos se tensaron sobre los reposabrazos. El recuerdo de la primera imagen de San en la mansión Yehonala, en Kong, me golpeó con la suficiente fuerza como para dejarme callada. Su mirada curiosa. Su media sonrisa. Su deseo por conseguir todo lo que estaba fuera de su alcance.

*¿Cómo hemos llegado a esto?*, pensé.

—No es raro que las criadas acompañen a las mujeres a las que sirven. A veces, su destino está ligado al de ellas —murmuró Nuo.

—La mayoría de las concubinas provienen de familias importantes. Han sido criadas entre caricias y abundancia; muchas prefieren quitarse la vida antes que enfrentarse a una tortura en el Departamento de Castigo o al destierro en el Palacio Gris —añadió Tian, con un resoplido—. Temen más el dolor que la muerte.

Cabeceé. El destino de San estuvo ligado al de la Consorte Liling en el instante en que vendió a Lilan, en el momento en que la traicionó. *¿Para qué?*, le pregunté, aunque ella ya no podía escucharme. *¿Por qué lo hiciste? ¿Qué ganaste traicionándola?*

Cerré los ojos y ella me devolvió la mirada desde el centro de mi mente.

*¿Y tú?*, me preguntó. *¿Has cambiado algo alcanzando tu venganza? ¿Qué sientes ahora que las asesinas de Lilan están muertas?*

Separé los párpados, porque me sentía incapaz de enfrentar su mirada en la oscuridad.

¿Era esta la venganza que deseaba? ¿Por qué no gritaba de alegría? ¿Por qué no sentía placer? ¿Por qué solo era el vacío lo que me golpeaba una y otra, y otra vez?

—Basta —dije entonces, levantándome con brusquedad del asiento.

Pero nadie estaba hablando.

—Retomemos la rutina —continué, echando a andar sin saber muy bien a dónde—. Hay muchas cosas que hacer.

Aquello era cierto. Poco después de las noticias de Lienying, llegó el Jefe Wong, que me anunció con su alegría insana que debía retirar varios regalos hechos por el Emperador en días anteriores; también me pidió que la mayoría de las criadas que me acompañaban fueran distribuidas entre las otras concubinas del Harén.

—Una concubina debe contar con una servidumbre adaptada a su rango —me explicó con amabilidad, con aquella sonrisa sinuosa que causaba escalofríos.

Yo asentí, pero cuando él se marchó, no fue fácil despedir a las criadas. Ninguna quería irse, pero con mi nuevo rango de Asistente, no podía tener más de dos criadas y dos eunucos.

—Todo irá bien —les prometí a todas aquellas que tuve que dejar marchar—. Lo juro.

Suspiré cuando despedí a la última joven y la vi desaparecer tras las puertas de mi palacio. Zhao estaba a mi lado, a la distancia que dictaba el protocolo. Pero como no había nadie en los alrededores, dejé caer mi cabeza sobre su hombro.

Sentí cómo él se estremecía y dudaba. Sus labios temblaron cerca de mi frente.

—Al menos, tú sigues aquí —murmuré.

La caricia de su boca sobre mi piel fue suave y efímera, como el roce de los copos de nieve que cayeron sobre mí el día de la Desfloración.

—Siempre —contestó, también con un susurro.

Me dejé caer un poco más sobre su cuerpo, y mis dedos bajaron por su brazo para encontrar su mano. Pero entonces, un par de figuras atravesaron las puertas abiertas del Palacio de las Flores.

Una criada y una concubina.

Nos alejamos de golpe.

—¿Qué hace la Asistente Rong aquí? —preguntó Zhao. Después de que encerrasen a la Consorte Liling, había oído que la habían liberado del Palacio Gris y habían restituido su rango.

Yo no contesté.

Me quedé en el atrio, junto a él, a la espera de que ambas mujeres atravesaran el pequeño puente curvo y llegasen hasta mí.

No supe desentrañar la expresión de la Asistente Rong. Estaba pálida y había adelgazado, por culpa, sin duda, del encierro al que la había condenado el Emperador. Su cuerpo se movía encogido por el miedo, pero había una decisión extraña en sus pupilas.

Cuando llegó al pie de las escaleras, me dedicó una profunda reverencia.

—No hace falta tanta ceremonia, Asistente Rong —le dije, con una media sonrisa—. Ambas estamos estancadas en el mismo escalón del Harén.

La concubina se incorporó, sin ninguna sorpresa reflejada en su mirada. Las noticias corrían rápido en «la ciudad dentro de la ciudad». Sin duda, la servidumbre eran los mejores espías que cualquiera podría poseer.

—¿Por qué no entramos? —le propuse, haciendo un gesto hacia el interior del Palacio de las Flores—. Aunque ha empezado la primavera, todavía hace frío. Pediré que nos preparen un té.

Ella asintió con un ligero movimiento de cabeza y me siguió en silencio. Zhao y su criada nos acompañaron a una distancia considerable y se quedaron en una esquina de la estancia.

A Tian, que curioseaba cerca, la envié a preparar algo de té. Rong no separó los labios hasta que ella regresó. E incluso cuando lo hizo, solo fue para soplar el líquido rosado que ondeaba en el pequeño cuenco de porcelana.

No conocía bien a la Asistente Rong, pero había algo extraño en su comportamiento. Fruncí el ceño y, con una mirada, les pedí a Tian y a Zhao que me dejasen a solas con ella. Curiosamente, cuando ellos dos abandonaron la estancia, su criada también lo hizo.

En el momento en que las puertas correderas se cerraron tras ellos, Rong levantó la mirada del té y clavó sus ojos en mí.

—Es extraño regresar aquí, al Palacio de las Flores —susurró, pensativa—. Casi espero escuchar la voz de Lilan llegar hasta mí.

Yo me quedé paralizada, con el té ardiendo entre mis dedos.

—Solíamos jugar al Wu allá, en ese rincón —añadió, con los ojos perdidos en una pequeña mesa esquinera sobre la que había un jarrón repleto de azaleas. De pronto, frunció el ceño y se fijó con más atención en donde se encontraba—. Es extraño. No veo ningún tablero de Wu aquí.

—El Emperador me ha regalado dos o tres. Después de bajar mi rango, no sé si me pedirá que se los devuelva —contesté, mientras me llevaba el recipiente a los labios—. No juego a menos que sea necesario. Me recuerda demasiado a ella.

—Lo entiendo —suspiró, con el ceño fruncido—. Antes me encantaba el Wu... ahora lo odio.

Asentí, mientras ella dejaba con delicadeza a un lado el té y se inclinaba en mi dirección. Su mirada vaciló antes de que sus labios levemente maquillados se movieran.

—Gracias por no acusarme —dijo—. Cuando la Dama Mei perdió a su bebé...

—No tenía motivos para hacerlo —la interrumpí, antes de encogerme de hombros.

—Tenías los de cualquier concubina. —Rong se mordió los labios y negó con la cabeza—. Por mi culpa, podrías haber muerto aquella vez. Cuando mentí y dije que me habías empujado. —Sus labios se torcieron en una mueca—. Te condenaron a cincuenta latigazos.

No le confesé que al final fueron treinta. De un trago, apuré el té y lo dejé en la mesa auxiliar que estaba a mi izquierda, tal vez con demasiada fuerza.

—¿Por qué has venido, Asistente Rong?

Ella se inclinó un poco más en mi dirección.

—He oído tu historia. Tu *verdadera* historia —añadió.

—Lo dudo —repliqué, con las cejas arqueadas.

—Fui incapaz de reconocerte aquella vez, cuando me hablaste después de la partida de Wu —continuó ella. Ni siquiera pareció haberme escuchado—. Nunca pronunció tu nombre, pero siempre hablaba de alguien que había dejado en su hogar. Al principio pensé que se trataba de un amante, o un antiguo prometido. Pero ahora supongo que todo cobra sentido —murmuró—. Cixi, ella te quería mucho. *Muchísimo.*

La garganta se me llenó de brasas. El calor ascendió por mi cara y se detuvo en mis ojos, haciéndolos arder.

—Lo sé —logré mascullar—. Yo también la quería más que a mi propia vida. Por eso estaba tan desesperada por averiguar qué había ocurrido. Por vengarme de la responsable. Ahora... —Cerré los ojos y respiré hondo—. Ahora se ha hecho justicia. Todo está arreglado.

Escuché el susurro de las telas a mi derecha y, cuando abrí los ojos, la encontré frente a mí, arrodillada sobre el suelo alfombrado.

—¿Qué estás haciendo? —murmuré.

—Por eso estoy aquí. Es lo menos que podía hacer —contestó. La voz brotó ronca de sus labios—. La Consorte Liling ha cometido muchas atrocidades desde que entró en el Palacio Rojo como concubina. No solo causó el parto prematuro de la Dama Mei; sé de buena mano que ha comprado criados y ha intervenido todo lo posible para que otras concubinas a las que el Emperador visitaba no se quedasen embarazadas. Pero no fue ella la que estuvo detrás del asesinato de Lilan y su hija.

Me incorporé tan súbitamente, que ella cayó hacia atrás. Se quedó apoyada sobre sus codos; el pecho subía y bajaba, agitadamente.

—¿Qué? —espeté—. San, la criada...

—Era una noche tormentosa. La peor que he visto nunca. Parecía que la Diosa Luna estuviese realmente furiosa por lo que estaba a punto de ocurrir. —Rong se echó hacia delante, pero se quedó arrodillada en el suelo, con la falda del *hanyu* a su alrededor mal puesta, como los pétalos rotos de una flor—. Estaba jugando al Wu junto a Lilan cuando comenzó a tener contracciones. Al principio solo eran molestias y ella decidió no avisar. Sabía que, al ser el primer parto, podía alargarse durante muchas horas. Sin embargo, este pareció progresar pronto y, al cabo de un rato, estaba inclinada sobre la cama, resoplando y sudorosa. Le supliqué a mi criada que fuera a buscar al sanador imperial y ella obedeció de inmediato. Era extraño. Después de la cena, la mayoría de la servidumbre había desaparecido, aunque Lilan, por su rango, poseía mucha. Habíamos estado tan entretenidas, que ni siquiera nos habíamos dado cuenta de la falta.

—Alguien les ordenó que abandonaran el palacio —masculé, espeluznada.

Rong cabeceó antes de seguir.

—El tiempo pasaba, la tormenta empeoraba en el exterior y mi criada no volvía. Lilan empezó a sangrar y San se ofreció en ir en busca de ayuda.

—*San* —repetí, con los dientes apretados.

—Debí haber ido yo. Si hubiera sabido... —Las manos de la Asistente Rong se convirtieron en dos puños blancos—. El tiempo corrió. Lilan tenía ganas de empujar y no podía controlarlo. Yo estaba desesperada, no sabía qué hacer. Quería buscar ayuda, pero no quería dejarla sola. Pero entonces, apareció San. —Su mirada se oscureció con el recuerdo—. Traía unas hierbas. Nos informó que la Emperatriz había enfermado y que los sanadores imperiales estaban ocupados con ella. El Emperador también se encontraba a su lado. Sin embargo, dijo que uno de ellos le había prescrito una medicina que ayudaría a Lilan durante el parto. Apenas nos dio tiempo a preguntar nada. Corrió a prepararla.

Asentí. El corazón latía en mis oídos como los truenos de aquella noche habrían resonado en el Palacio de las Flores. Si cerraba los ojos, podía imaginarme la desesperación de Rong; el dolor de Lilan, doblada por culpa de las contracciones; el nerviosismo de San, con las manos trémulas por lo que estaba a punto de hacer.

—Era un veneno —murmuré, al cabo de un denso silencio.

—No sé qué era. Pero, apenas unos minutos después de que lo bebiera, empezó a sangrar. A sangrar y a sangrar. Cixi, fue... no quiero recordarlo. Le ordené a gritos a San que avisara al Emperador, a un sanador imperial, a quien fuera. Y ella volvió a marcharse corriendo. No volví a verla hasta que todo acabó. —Rong negó con la cabeza, terriblemente pálida—. Ayudé a Lilan a tumbarse. Le aparté el *hanyu*. La cabeza del bebé empezaba a asomar. Y entonces, apareció la Gran Madre.

Me quedé paralizada durante un instante.

—¿La Gran Madre? —boqueé.

¿Qué tenía que ver ella con lo que le había ocurrido a Lilan? Las uñas se me clavaron en los reposabrazos, las costillas me crujieron cuando los pulmones se me hincharon de ira.

—Me echó del dormitorio. No la acompañaba ningún sanador imperial, solo varias criadas.

Me estaba mareando. Me sujeté al asiento, mientras el palacio daba vueltas delirantes a mi alrededor.

—Escuchamos algunos gritos y después... silencio. El bebé apenas dejó escapar un ligero sollozo antes de que callara también. Una de las criadas no nos dejó entrar. Pero, cuando estaba a punto de apartarla a golpes, salió la Gran Madre y nos comunicó que Lilan y su hija habían muerto. —Rong apartó la cara, incapaz de mantener mi mirada vidriosa—. «Cixi» había sido la última palabra que había pronunciado Lilan, y creyó que ese era el nombre que le había puesto a su hija muerta. Ahora, después de todo lo que sé, no estoy tan segura.

Las lágrimas calientes corrieron por mis mejillas como ríos. Me recordé durante aquella noche, sin dormir apenas, leyendo las decenas de cartas que me había enviado, una y otra vez, mientras ella moría en su palacio, susurrando mi nombre por última vez.

—¿Fue...? —La voz se me entrecortó—. ¿Fue la Gran Madre?

—Todo se vendió como una desgraciada complicación del parto. Pero, cuando la tormenta cedió a la mañana siguiente, apareció mi criada. Muerta, con el cuello roto. Un mal resbalón por culpa de la lluvia y la falta de visibilidad, dijeron los guardias imperiales. Ella debió ver algo. Por eso la asesinaron. —Rong sacudió la cabeza mientras yo me dejaba caer de nuevo en el asiento, sin fuerzas—. Después del funeral, el Jefe Wong acudió al Palacio de las Flores para comunicar a la servidumbre sus nuevos destinos. Yo estaba allí, y le sugerí que San podía quedarse conmigo. Sabía que Lilan le tenía mucho afecto y que querría un buen futuro para ella. Pero entonces, ella se negó. Fue extraño —añadió Rong, con el ceño fruncido—. Tengo buena fama entre los criados. No soy una concubina exigente y me esfuerzo por su bienestar. Mantenerse a mi lado podría salvarla de caer en las manos de concubinas más caprichosas y egoístas, como Mei, o de mujeres crueles como Liling.

—Pero ella sabía que iba a caer en buenas manos —aventuré, siguiendo el hilo de sus pensamientos—. En las *mejores* manos.

El filo de una idea me arañó por dentro, pero sacudí la cabeza, ignorándolo.

*No, imposible*, me dije. *No, no.*

—Se horrorizó cuando se enteró de que serviría a Liling. Estaba desesperada —continuó Rong, ahora con los ojos fijos en mí. Durante un instante fugaz, recordé las marcas de sus antebrazos y sus muñecas, pero no sentí ni un ligero ramalazo de lástima—. Pero no pudo hacer nada por evitarlo. Era una orden de la responsable del Harén.

*La responsable del Harén*, la propia voz de San pareció reírse en el interior de mi cabeza. *¿Sorprendida?*

—Apenas un mes después, volví a ver a San. Había adelgazado. Parecía infeliz. Y, durante la primera recepción en la que sirvió como dama de compañía de la Gran Dama Liling, no dejó de mirar una y otra vez a la Emperatriz.

Un súbito calambre me arqueó.

—No. —Esta vez hablé en voz alta.

—Se encontraba tan distraída, que incluso se derramó encima un poco de té. Cuando la recepción terminó, hizo todo lo posible para acercarse en privado a la Emperatriz. Yo la seguí —continuó Rong. Casi no le quedaba aliento—. La escuché suplicarle que la ayudara, que la apartara de la Gran Dama Liling. Le recordó que habían hecho un trato. Sin embargo, cuando la Emperatriz Cian hizo amago de despacharla, San insinuó lo que podría ocurrir si se atrevía a hablar. Entonces, la expresión de la Emperatriz cambió y le comentó a San que debía tener cuidado cuando lloviera. Últimamente... *las criadas resbalaban.*

Rong guardó silencio entonces y me miró, esperando mi reacción. Sin embargo, eran tantas las emociones que me llenaban, que todo pesaba. Mis manos, mis piernas, hasta mi lengua. Apenas logré articular:

—¿Por qué has guardado silencio hasta ahora?

Ella no dijo nada, solo extendió la mano. Yo, automáticamente, la tomé, y de pronto, me vi arrastrada hacia una visión vívida, en la que veía a la Asistente Rong tumbada sobre una mesa de madera, con los brazos y las piernas atadas.

Sobre ella, dos hombres la despedazaban poco a poco, miembro a miembro, con meticulosidad. Ella gritaba, vomitaba, escupía y se ahogaba en la propia sangre burbujeante que escapaba de su boca entreabierta mientras tiraban de su intestino como si se tratase de una soga. Intenté apartar la mano, pero los dedos de Rong siguieron aferrados a los míos y la visión cambió. Vi a la concubina con las extremidades y la cabeza atadas a cinco caballos que echaron a correr en cuatro direcciones distintas. Un crujido extraño, antinatural, hizo eco en mis oídos, y sentí cómo mi conciencia flaqueaba cuando vi la columna vertebral asomar en un tronco humano sin cabeza, cubierto con un precioso *hanyu* salpicado ahora de sangre.

Esta vez tiré con más fuerza y la mano de Rong me abandonó. Regresé de nuevo a mi pequeño salón de invitados. Me había caído al suelo, de rodillas, y tenía las palmas de las manos apoyadas en la alfombra.

Rong estaba frente a mí, pálida.

—La Emperatriz me descubrió escuchando. Y se dirigió a mí. No me dijo nada. Solo me hizo una caricia distraída mientras pasaba por mi lado, y me hizo ver todo eso. Todo lo que me haría si yo decidía hablar. Si yo decidía contar toda la verdad. —De pronto, un par de lágrimas escaparon de sus ojos—. Fui una cobarde, Cixi, lo sé. Pero has visto por ti misma mi Virtud. Solo soy capaz de transmitir recuerdos. Ese es mi poder. No puedo hacer nada más. Mi familia, respecto a la suya, no es nada. Yo misma no soy nadie ante ella. Solo soy una concubina de bajo rango y ella es la esposa del Emperador.

Yo la miré, muda. Era incapaz de hablar.

—Lo siento —jadeó, antes de que los sollozos la ahogaran. Se cubrió el rostro con las manos y empezó a temblar—. Lo siento, lo siento. Perdóname.

No sabía si se lo decía a Lilan o si me lo decía a mí.

Pero yo no podía contestarle. Ahora mismo, ni siquiera la veía.

*Somos grandes amigas,* la voz de Cian hizo eco en mi cabeza. Sonó suave, dulce, como el repiqueteo que producían las campanillas que adornaban mi peinado. *Unidas, nadie nos podrá hacer daño.*

La oscuridad me rodeaba.

Me abrazaba.

Me asfixiaba.

La ira.

*Todas tenemos secretos que guardar.*

La violencia.

# 50

Gritaba.

Gritaba por dentro, y mis aullidos nublaban todo lo demás. No fui capaz de escuchar las palabras que brotaron de los labios de la Asistente Rong. Apenas pude prestar atención al ceño fruncido de Zhao, cuando abandoné el salón y pasé intempestivamente por su lado. No podía ver más que las puertas abiertas, que me indicaban el camino por el que ir.

Fui consciente de que Nuo y Tian me llamaron por mi nombre, pero sus voces sonaban demasiado lejos como para que yo pudiera hacerles caso.

Había empezado a llover, la mañana estaba fría, a pesar de que ya había despuntado la primavera. Pero yo no sentí nada cuando salí al exterior sin una capa sobre mi *hanyu*, sin una sombrilla bajo la que esconderme del agua.

Atravesé el precioso jardín y salí a las calles de muros rojos de «la ciudad dentro de la ciudad». Habían comenzado a formarse charcos y, pronto, el borde de mi ropa quedó oscurecida por la humedad.

Pero yo no sentía frío. El odio lo llenaba todo. Y no daba cabida a nada más.

Avancé a toda velocidad. Solo me encontré con un par de criados, que se quedaron clavados al verme pasar por su lado, empapada y con la mirada despidiendo fuego. Recorrí gran parte de la Corte Interior en apenas unos minutos. Iba tan deprisa que me resbalé y caí al suelo. La falda del *hanyu* se me rasgó, pero yo me puse en pie y continué andando, cojeando ligeramente.

Unos instantes después, bajo la lluvia gris, vi aparecer el tejado del Palacio de la Luna.

Una sonrisa horrible se extendió por mis labios, pero, antes de que diera el siguiente paso, unas manos se aferraron a mi brazo izquierdo y tiraron bruscamente de mí, deteniéndome en seco.

Había una figura resollando delante de mí. Tenía las mejillas ruborizadas por la carrera y los mechones de su cabello negro pegados a su cara, cerca de sus labios.

Parpadeé. Tardé un momento en reconocer quién era.

—Zhao —murmuré.

—Gritaba tu nombre —dijo, casi enfadado.

—No... no te he oído —masculle. Mis ojos volvieron a hundirse en aquellos tejados blancos, que parecían reírse de mí con su maldita pureza—. Tengo que ir.

—¿A dónde? —preguntó él, mientras me rodeaba con lentitud. Se colocó frente a mí, creando un muro entre mi cuerpo y aquellos tejados blancos—. ¿A cobrar tu venganza?

Un relámpago de furia me estremeció. Si hubiese sido la Dama Mei, habría prendido fuego a todo el Palacio Rojo.

—No sabes lo que...

—Lo sé —me interrumpió él—. La Asistente Rong me lo confesó cuando tú saliste huyendo del Palacio de las Flores.

—Entonces, entiendes lo que deseo hacer —contesté, con la voz rota.

—Sí, lo entiendo —dijo Zhao, antes de añadir—: Por eso no puedo permitir que vayas.

Di un paso atrás al instante, como si su cercanía me quemara.

—Apártate —siseé.

—No.

Él negó con la cabeza y recortó la distancia que yo acababa de ampliar. Sus pupilas no vacilaron ante mi mirada rabiosa.

—Es la Emperatriz.

Mis ojos se estrecharon. Tenía los dedos crispados, curvados, casi convertidos en garras.

—Me da igual que haya sido tu amiga de la infancia, que la quisieras. Es una mentirosa. Una asesina. *Un monstruo* —siseé. El veneno que florecía en mis palabras era incontrolable.

—Lo sé —asintió, él, pero yo apenas lo oí—. Ahora lo sé.

—Si la intentas proteger, yo...

—No es a ella a quien quiero proteger —murmuró Zhao.

Mi voz se extinguió en el fondo de la garganta y me odié por ello. Él avanzó un paso más, recortando el espacio que nos separaba hasta convertirlo en algo casi íntimo. Con suavidad, pero con firmeza, envolvió mis brazos rígidos con sus manos.

Con aquella ligera caricia, fui un poco más consciente del frío que nos rodeaba, del vaho que escapaba de mis labios entreabiertos, de la lluvia que caía por mi cara como lágrimas.

—Sé que puedes conseguir lo que te propongas, por eso temo lo que ocurriría si consigues tu objetivo —dijo, en voz baja.

—Ya he muerto muchas veces —repliqué—. No me da miedo morir una más.

—Hay muchas cosas peores que la muerte —susurró Zhao—. Yo lo sé muy bien.

Bajó un poco la cabeza, observando su propio cuerpo, y no pude evitar estremecerme al percatarme de a qué se refería. Pero el recuerdo de Lilan llenó de golpe mi mente y la rabia volvió a deslizarse por mis venas con la fuerza de la sangre.

Me alejé de él dos pasos y lo encaré.

—Necesito hacerlo. Por *ella* —dije. Mi voz sonó fuerte, segura—. Es el motivo por el que estoy aquí, en este maldito palacio.

La expresión de Zhao se rompió un poco, como si lo hubiera golpeado. Su ceño volvió a fruncirse y se inclinó hacia delante, sin separar un instante su mirada de la mía.

—¿Y te has preguntado alguna vez si esto es lo que Lilan querría?

Separé los labios, pero no dije nada. Intenté pensar en algo, desesperada, pero antes de que fuera capaz de hallar una respuesta sincera entre toda la rabia, la decepción y la violencia que me llenaban por dentro, unos pasos se sobrepusieron al rumor de la lluvia, y nos hizo volvernos en redondo.

Eran dos guardias imperiales. Caminaban con sus lanzas ligeramente inclinadas hacia delante.

Por el rabillo del ojo, vi cómo, casi inconscientemente, Zhao daba un paso atrás, y parte de su cuerpo mojado cubría el mío.

—Asistente Cixi —dijo uno de ellos, haciendo una ligera inclinación—. Debéis acompañarnos.

Zhao y yo intercambiamos una mirada silenciosa. ¿Había caído de bruces en una trampa? ¿Y si Rong se había dejado llevar por el miedo y le había confesado a la Emperatriz lo que me había contado?

—Sin compañía —añadió el otro guardia, con los ojos fijos en Zhao.

Él hizo amago de protestar, pero yo levanté una mano y negué con la cabeza. Daba igual que Rong hubiese confesado o no, daba igual que la Emperatriz fuese consciente de mis intenciones, no tenían nada contra mí. No escondía nada peligroso bajo las telas caras de mi ropa. Ni siquiera había pensado en qué arma utilizaría para asesinar a Cian.

Quizá, si nadie me hubiera detenido, la habría asesinado con lo primero que hubiesen encontrado mis manos al entrar en el Palacio de la Luna.

Asentí y sorteé el cuerpo de Zhao para acercarme a los dos guardias imperiales que me esperaban. Al pasar junto a él, nuestros nudillos se rozaron.

Me obligué a no mirar atrás, a pesar de que sentí sus ojos clavados en mí hasta que doblamos la esquina.

Contuve la respiración cuando nos acercamos al Palacio de la Luna. Y cuando pasamos de largo.

—¿Quién solicita mi presencia? —pregunté, de pronto confusa—. ¿El... Emperador?

Ellos ni siquiera giraron la cabeza para contestarme.

—La Gran Madre.

No supe si fue culpa del alivio o del terror el escalofrío que me recorrió la columna vertebral.

Cuando volví a encontrarme frente al Palacio de la Sabiduría, después de meses, recordé cómo había sido mi llegada a él. Una concubina todavía virgen, deseada en todos los sentidos por el Emperador, que se creía con el poder de llevar a cabo una venganza.

Ahora, tiempo después, la Cixi que volvía a atravesar sus puertas no era más que una joven venida a menos, para la que la justicia estaba más lejos que nunca.

En las puertas grandes de entrada, abiertas de par en par, me esperaba una de las criadas. No recordaba su nombre, pero sí me sonaba su rostro de los días y las noches que había pasado allí. Cuando sus ojos se posaron sobre mí, soltó una exclamación de horror.

—¿Cómo os atrevéis a traerla así? —exclamó, echando un vistazo fulminante a los dos guardias. Estos se limitaron a mirarse con incomodidad—. Pasad, pasad, Asistente Cixi. Estáis empapada.

No pude evitar que una lágrima escapara de mis ojos cuando las manos arrugadas de la mujer se apoyaron sobre mi ropa mojada, en un gesto reconfortante.

—Estos hombres... no tienen modales —chistó, por lo bajo—. No lloréis, no lloréis. La Gran Madre esperará a que estéis seca y cambiada.

Si en el Palacio de la Luna, con su color perlado y sus suelos de mármol, siempre relucientes, me hacía sentir incómoda, aquel edificio, más antiguo, más lúgubre, de madera negra, que crujía con cada pisada, me hacía sentir cómoda. Me dejé llevar por la criada a una habitación anexa, donde me ofreció un *hanyu* seco y me recompuso el peinado.

Como me había prometido, la Gran Madre, que no tenía por qué esperar a nadie gracias a su posición, aguardaba por mí en su opulento comedor. Estaba sentada frente una mesa redonda cubierta de manjares y, cuando sus ojos se cruzaron con los míos, se incorporó.

—Toma asiento, Cixi.

Yo realicé el saludo protocolario y la obedecí. Sus ojos, maquillados con tonos oscuros, solo se separaron de mí para dedicarle una mirada rápida a la criada que me había llevado hasta allí. En un suspiro, esta desapareció y nos quedamos solas.

Durante un instante, recordé lo que me había contado la Asistente Rong. Mis ojos se clavaron en la pequeña taza de porcelana, llena de té de jazmín.

—No es veneno. —La voz de la Gran Madre me hizo levantar la mirada de golpe. Me miraba con una media sonrisa, imposible de descifrar.

—Jamás me atrevería a...

—Estamos solas, Cixi. No es necesaria tanta ceremonia —dijo, sin pestañear. Se inclinó para alzar mi taza de porcelana y le dio un largo trago. Después, la dejó junto a mis manos—. Te he llamado para que no cometieras una locura.

Mis manos temblaron.

—Me temo que no sé a qué os referís —murmuré.

Ella suspiró y negó con la cabeza antes de empezar a servirse de las delicadas bandejas sembradas por toda la mesa. Hasta que no tuvo su plato lleno, no volvió a hablar.

—No puedo permitir que asesines a Cian —susurró.

Mis manos, que se habían colocado sobre los palillos, se cerraron de pronto con furia y los aferraron como si se tratase de puñales. Observé a la Gran Madre, que me devolvió la mirada sin parpadear. Supe de golpe que mentir o tratar de hacerle creer otra cosa sería una pérdida de tiempo y de saliva.

—¿Quién os lo ha contado? —pregunté, con la voz súbitamente ronca.

—La Asistente Rong hizo bien en avisarme —replicó ella, mientras se llevaba a los labios un bocado empapado en miel—. No la culpes, Cixi. Habría sido un gran error.

—¿Y el asesinato de Lilan? —masculló; las palabras arañaban mi garganta como piedras—. ¿Aquello no fue un error?

La Gran Madre apartó la mirada con un suspiro triste.

—Hablé con ella. Le dije que estaba ascendiendo demasiado rápido en el Harén, que aquello podría atraer mucho dolor y sufrimiento. Pero no me escuchó. Ninguna concubina lo ha hecho nunca, en realidad —añadió, con una sonrisa amarga curvando sus labios rojos—. Tengo la esperanza de que tú sí lo hagas.

—La Emperatriz asesinó a la persona que más quería en este mundo —repliqué. Mi voz temblaba, como todo mi cuerpo. Era tal el dolor y la rabia que sentía, que me costaba articular las palabras. Parecía que mi lengua solo quería moverse para gritar.

Su sonrisa se pronunció, aunque sus ojos se llenaron de lágrimas.

—El palacio es más peligroso que un campo de batalla. Es algo que, tarde o temprano, aprendes —susurró—. Puedo entender tu dolor. Sé lo que se siente. Yo también… he perdido más de lo que estoy dispuesta a admitir.

La desafié con la mirada, con los dedos tensos en torno a los palillos.

—Sí, imagino que no os habéis convertido en la Gran Madre solo por arrodillaros entre las piernas del difunto Emperador y sonreír al resto de las concubinas.

A ella se le escapó una carcajada amarga. Al hacerlo, una lágrima resbaló por su mejilla. Ella se la limpió con delicadeza.

—No tienes ni idea de lo que he llegado a hacer —susurró. Su voz sibilante me provocó un hondo escalofrío—. Pero, cuando fui nombrada Gran Madre, me prometí a mí misma que haría todo lo posible por evitar más muertes, más sufrimiento. Daría mi vida para mantener el Harén en paz.

Los labios se me doblaron en una sonrisa horrible.

—Eso es bastante hipócrita, Alteza Imperial.

—Traté de salvar la vida de Lilan, te lo prometo. Pero, cuando llegué, ya era demasiado tarde —continuó. Ni siquiera sabía si me había escuchado, así que aparté la vista, molesta, hasta que su voz llegó de nuevo a mis oídos—. Pero no para su hija.

Los labios se me separaron con un jadeo atragantado.

—¿Qué? —Me incliné hacia delante con tanta violencia, que mis codos chocaron con un plato vacío. Cayó al suelo, haciéndose añicos—. ¿Está…?

—Viva. Sana. Y a salvo —asintió, con una sonrisa que parecía sincera—. No me preguntes dónde está, porque no te lo diré. Solo te puedo confirmar que tiene tu nombre y que crecerá feliz y querida, lejos de Hunan y del Palacio Rojo.

Me eché hacia atrás, con la mano apretada contra el pecho. Traté de respirar con normalidad, aunque los pulmones amenazaban con explotar.

—Si sobrevivía, no solo su vida correría peligro. Se convertiría en una princesa, y su destino sería casarse con algún extranjero, por el bien del Imperio Jing. Estaba segura de que la Consorte Lilan no hubiese querido eso para ella, igual que yo no lo quise para mis hijos. —Sus grandes ojos me sondearon, casi con un atisbo de burla—. Sé que estás al corriente de que Xianfeng no es mi hijo biológico. El Emperador Daoguang me hizo adoptarlo cuando su propia madre, otra concubina, murió de pronto. Oficialmente, los dos hijos y la hija que tuve en el lapso de los seis años mientras estuve sirviendo al anterior Emperador están muertos. La verdad es que crecen lejos de aquí, con familiares de confianza.

La miré, incrédula. No sabía cómo podía comer con esa calma, mientras me confesaba todo aquello. Yo tenía el estómago cerrado.

—¿Ellos saben...?

—¿Que soy su madre? No. Los que cuidan de ellos tienen la orden expresa de no revelar nunca la verdad. —Desvió la vista con brusquedad cuando vio mi expresión—. Sí, sé que es terrible. Pero si quieres vencer, tienes que hacer grandes sacrificios.

—¿Y mi sacrificio será dejar vivir a la Emperatriz? —susurré.

La Gran Madre no me contestó al instante. Se inclinó sobre la mesa y colocó su mano, repleta de anillos, sobre la mía.

—No te conviene iniciar una guerra con Cian. La conozco, créeme. Es una mujer muy peligrosa, y daría su vida por atraer la atención de Xianfeng. Lo ama de la manera más oscura posible. Es... infectante, como una enfermedad. Liling atacaba a todas las concubinas que temía que pudiesen quedar embarazadas. Cian, a las que mi hijo adoraba. Puede soportar que otra mujer que no sea ella dé a luz un hijo de Xianfeng... son los sentimientos lo que teme. Es lo que no desea compartir. Por eso asesinó a Lilan. El Emperador no solo deseaba a tu joven ama... sentía algo más por ella. —Suspiró—. No te obligué a permanecer en mi palacio antes de que te convirtieras en concubina solo porque dudaba de que Xianfeng fuera capaz de no bajarse los pantalones. Tu ascenso no tenía precedentes y sabía que Cian debía estar furiosa. El Emperador nunca se ha molestado en ocultar lo que desea. Y, en ese momento, te deseaba con una urgencia descontrolada.

—Bueno —contesté, mientras me encogía de hombros—. Ahora no tiene por qué preocuparse. El Emperador no me llamará durante una temporada... ni siquiera sé si volverá a hacerlo.

La Gran Madre sacudió la cabeza con una sonrisa.

—No soy mucho mayor que tú, pero conozco bien a los hombres. Y he visto cómo te mira Xianfeng. Ahora está furioso, es cierto, pero si juegas con él tan bien como juegas al Wu, conseguirás atraer de nuevo su atención. ¿Y sabes por qué? —Yo negué con la cabeza. Sus uñas, afiladas, se hundieron levemente en la piel de mi muñeca, sobre mi pulso, que latía fuerte y errático—. Porque solo hay algo que puede desear más que nada el Emperador. El amor. Porque el amor es caprichoso, es despiadado, viene y va, y no siempre pertenece a alguien. Es lo único que no puede poseer él desde su posición. Solo lo disfruta si alguien se lo entrega. Y ahí está el interés. *El deseo. La necesidad.* —El filo nacarado se hundió un poco más en mi piel, dejando marcas de medias lunas—. Haz que te anhele. Vuélvele loco. Esa será tu mayor venganza contra Cian.

Se retiró bruscamente, y ese fulgor oscuro y rabioso que había estallado en sus pupilas se apagó como si alguien hubiese soplado sobre la llama de una vela. Se retocó con delicadeza un mechón que había escapado de su recogido.

Me quedé paralizada, con las marcas de sus uñas clavadas en mi muñeca.

—Ahora, disfrutemos del almuerzo, Asistente Cixi. Deberías probar el pato con hierbas, está delicioso.

# 51

Regresé después del almuerzo con el estómago vacío. Apenas había sido capaz de probar bocado, mientras que la Gran Madre había devorado la mayoría de los platos.

Sentía la cabeza en llamas. La sonrisa dulce de Cian se mezclaba con los ojos de Lilan y la voz insidiosa de San.

No sabía cómo la Gran Madre se atrevía a pedirme piedad. Cuando un jarrón de porcelana se rompe, solo quedan fragmentos afilados.

Sin embargo, al dejar atrás el Palacio de la Sabiduría, me percaté de algo.

Que no pudiese matar a Cian no significaba que no pudiera destruirla. Como había dicho Zhao antes de que los guardias imperiales viniesen a por mí, había muchas cosas peores que la muerte.

Y yo pensaba encontrarlas.

Doblé la esquina de la calle y enfilé una de las principales. Por suerte, había dejado de llover y el frío había dado paso a una ligera tibieza reconfortante. Los colores dorados del atardecer comenzaban a salpicar un cielo en el que todavía quedaban nubes.

Me quedé quieta, observándolo. Y, cuando bajé la mirada, me encontré a una figura de brazos cruzados apoyada en la pared pintada de sangre. Zhao me miró durante un instante y después apartó la vista hasta el cielo. Me pareció que cerraba los ojos un instante y murmuraba unas palabras, como si estuviera recitando una plegaria, o dando las gracias por algo.

Me acerqué a él, pero ninguno pronunció ni una sola palabra. Ahora que el cielo estaba tranquilo, los sirvientes habían vuelto a salir a las calles. Me hizo un gesto y su mano se enredó en mi muñeca. Con suavidad y firmeza tiró de mí, y me arrastró hacia el Pabellón de las Peonías, ahora embarrado, sin flores todavía, y sin un alma que pudiera observarnos.

Cuando estuvimos lo suficientemente lejos de los muros, comencé a hablar. Y le conté todo. Todos los detalles que me había proporcionado la Asistente Rong, las palabras de la Gran Madre. Sabía que no había sido solo una simple petición, que se trataba de una orden que tendría terribles consecuencias si no la cumplía.

Zhao se detuvo en un punto donde la espesura era mayor. Estábamos lejos del merendero donde una vez yo había movido una de sus piezas de Wu. No llovía, pero de las hojas de los árboles caían gotas de agua, en un susurro calmo y sinuoso.

—Debes tener cuidado con ella —me advirtió, en voz baja—. Es poderosa. Procede de una familia importante, que ha dado al Imperio varias emperatrices y concubinas de alto rango. Es incluso admirada por la gran mayoría de los consejeros del Emperador. Y conseguir algo así, en el Imperio Jing, es extraordinario. Sé que tiene más poder en el Palacio Rojo del que muestra.

Asentí y dejé escapar el aire con mucha lentitud de mis pulmones. Ahora que las llamas de mi ira se habían convertido en rescoldos, sentí el frescor que nos envolvía, y me estremecí.

Zhao dio un paso adelante y colocó sus manos sobre mis hombros. Sus pulgares, a un suspiro de mi cuello.

—No lo sabía, Cixi —susurró—. Te lo juro.

—Lo sé —respondí.

Entonces, me fijé más en él, en la palidez que se había extendido por su rostro, en su ceño fruncido, en la tensión de su mandíbula. Zhao sacudió la cabeza y volvió a hablar.

—Cian lleva enamorada de Xianfeng toda su vida. Cuando éramos niños, los tres estábamos juntos, pero yo era consciente de cómo lo miraba, de cómo se preocupaba por estar siempre a su lado. Él también la quería... la quiere —se corrigió, tras una vacilación—. Pero no de la forma que necesita ella. Y eso es algo que Cian en el fondo ha sabido siempre. Cuando Xianfeng tuvo edad de prometerse, le supliqué que no la eligiera a ella, que no cometiera aquella locura. Por aquel entonces, él todavía era un príncipe y yo me estaba formando como militar —recordó, con la nostalgia y la amargura escondidas entre las sílabas—. Sabía que, si se casaba con él, Cian no sería feliz. Incluso aunque no llegara a ser Emperador. Conozco a Xianfeng, y sabía que tendría todas las concubinas que pudiera. Y, por mucho que esta sea la norma, Cian no podría aceptarlo. Sin embargo... —Sus manos me

407

regalaron una caricia tibia antes de continuar—. Nunca pensé que podría convertirse en... —Apretó los dientes y calló.

Yo no lo obligué a continuar. Sabía que aquello también le dolía.

—A veces siento que sigo atrapado en el pasado. A veces creo que Xianfeng también lo piensa, pero ambos estamos muy equivocados. Ni él, ni Cian ni yo somos los mismos. Nos atan los lazos de lo que fuimos, de lo que significamos unos para los otros, pero esos lazos se rompieron hace mucho y, a medida que pasa el tiempo, me empeño más en unir unos extremos que están demasiado deshilachados. —Alzó la mirada hacia el cielo, que volvía a estar cubierto de pronto—. No... no quiero aceptar que todo ha cambiado. Que ellos han cambiado. —Sus ojos bajaron hasta los míos—. Y yo también.

Mis labios se curvaron en una sonrisa inconsciente.

—*El amor cambia, cuando promete que nunca lo hará* —recité, con voz temblorosa.

Él vaciló y alzó la mano hasta mi mejilla. Las yemas de sus dedos recorrieron mi pómulo, y se quedaron allí, apoyadas.

—Hay cosas que no quiero que cambien jamás —susurró—. Hay cosas que veo, que me gustaría que fueran eternas.

Recliné el rostro contra la palma de su mano, sin dejar de mirarlo.

—¿Y qué ves cuando me miras? —pregunté.

Él ni siquiera necesitó pensarlo.

—Cambios. —Su mano se deslizó por mi rostro, mi cuello, y bajó por mi espalda hasta anclarse en mi cintura. La tensión me agarrotó. Me dejó sin respiración. Sus dedos se crisparon—. *Futuro.*

Supe que estaba perdida cuando su mirada negra bajó hasta mi boca.

Fui yo la que recorté la distancia y lo besé con los labios entreabiertos, como si hubiera olvidado qué decir a continuación. Fue apenas una caricia. Noté la tensión de su cuerpo, a centímetros del mío, sentí el ligero temblor de sus manos posadas en mí, acompañando el de mi propio ser. Había sido solo un roce, pero me tuve que apartar para recuperar el aliento.

Pero Zhao no me lo permitió.

Sus manos se alzaron de pronto y se hundieron en mi cabello, firmes y delicadas, deshaciendo a medias el recogido que me había tenido que volver a hacer la criada de la Gran Madre. Me empujó hacia atrás y mi espalda impactó contra el árbol más próximo. Las ramas se sacudieron sobre nuestras cabezas.

Mi boca se abrió cuando sentí la lengua de Zhao deslizarse por mis labios. El beso fue lento y deliberado, profundo y extraordinario.

Nos convertimos en una maraña de brazos y piernas. Él me apretaba contra su cuerpo, yo clavaba los dedos y las manos en su espalda, tiraba de él hacia mí. Pero no era suficiente. Aquello estaba muy lejos de serlo.

Los labios entreabiertos de Zhao se resbalaron por la comisura de mi boca, por mi mandíbula, hasta quedar enterrados en mi cuello. Solté un jadeo entrecortado de sorpresa cuando sus dientes rozaron mi piel en llamas y su cadera se frotó contra la mía.

—*Cixi* —masculló él.

Su voz entrecortada, su pulso errático bajo las palmas de mis manos, hicieron que me temblaran las rodillas. Como si se percatara de mi extraña debilidad, él se inclinó todavía más hacia mí y, de manera inconsciente o intencionada, mis piernas acabaron envolviendo las suyas.

Respirar resultaba cada vez más difícil. El nudo que sentía en mi vientre amenazaba con partirme por dentro.

Había algo torpe en nuestros balanceos, algo desesperado, casi doloroso. No me consideraba una amante experimentada, pero había visitado muchas veces la cama de Xianfeng en los últimos meses. Me había tocado de todas las formas posibles, tal y como yo lo había tocado a él. Pero aquellas caricias desesperadas, su boca que lamía el pulso de mi cuello, sus resuellos contra mis oídos, sus dedos clavados en mi cintura, me estaban haciendo delirar.

—Zhao —jadeé.

Nuestros cuerpos eran dos fragmentos de porcelana rota que encajaban sin mostrar marca alguna. Yo tenía los dedos perdidos en su pelo, cuyos mechones sueltos caían sobre sus pupilas dilatadas, oscureciéndolas todavía más. El fuego, el anhelo que vi en ellas, me hizo soltar un ligero gemido. Mientras uno de sus brazos me sujetaba con fuerza, su mano libre se deslizó por la curva arqueada de mi espalda, presionó mi cadera, y bajó todavía más. Alcé un poco la pierna, y él, delicadamente, apartó la falda vaporosa del *hanyu*. Hacía frío, pero yo solo sentí la mano ardiendo de Zhao cerrarse en torno a mi muslo, acariciar su zona más interna.

Deseaba cerrar los párpados y dejarme llevar, pero otra parte de mí me obligó a no apartar la mirada de las mejillas ruborizadas de Zhao, de sus labios inflamados, de sus ojos consumidos por el anhelo.

Mis manos acariciaron su nuca y rodearon el cuello alzado de su túnica de servidumbre. Los dedos se me enredaron en la primera lazada y, de un ligero tirón, la deshice.

La túnica solo se abrió un poco, pero de pronto, el cuerpo de Zhao se tensó de una forma diferente, más violenta, más dolorosa, y sus dedos envolvieron mis muñecas. Alzó mis brazos, alejándolos de su cuerpo y de esos lazos que quería deshacer.

—No —musitó, en un jadeo completamente distinto a los que habían escapado de sus labios entreabiertos—. No... no puedo... no podemos...

Luché contra sus brazos, pero él no me soltó. Un malestar agudo me atravesó, y todo el frío de la tarde cayó sobre mí como una bofetada de hielo.

El espacio que ahora nos separaba no era nada y a la vez, lo era todo.

Una súbita humedad aclaró la mirada de Zhao, y yo sentí que el alma se me partía por dentro cuando una lágrima solitaria se deslizó por su cara, hasta morir en sus labios apretados.

—Te deseo —masculló—. Te deseo tanto que me duele —susurró, y soltó una de mis manos solo para apretarla contra su pecho, contra su corazón—. Pero... jamás podré darte lo que... lo que esperas. Nunca podré complacerte.

Negué con violencia. Sabía a lo que se refería. Intenté avanzar, pero él mantuvo la distancia solo con su mirada.

—Zhao, yo no...

Pero él no me escuchó.

—Sé que te habrán contado rumores sobre mí. No hace falta que te esfuerces en negarlo. Muchos hablan de mí a las espaldas, lo sé. Sobre mi familia. Sobre lo que les hicieron. Sobre mi castigo. —Se separó un paso de mí y se llevó un puño convulso al vientre. No lloraba, pero sus ojos brillaban como dos cristales—. Hay quien dice que fue un corte parcial, pero no lo fue, Cixi. Soy un eunuco. Un eunuco completo. Quizá mi voz, mi propio cuerpo... sean diferentes a los de los demás eunucos porque me lo hicieron cuando era casi un adulto. Pero no puedes olvidar lo que soy.

Negué de nuevo. Una y otra vez, una y otra vez, mientras me acercaba a él, suplicante, con los brazos extendidos, casi desesperada. Pero Zhao extendió toda la distancia que yo recorté.

—Estoy mutilado, Cixi. —Cerró los ojos, con el dolor cerrándole los ojos—. Si... si me vieras...

Un calor muy diferente me llenó el rostro cuando mis lágrimas comenzaron a caer por él.

—Pues muéstramelo.

Zhao se quedó inmóvil y, por un instante, nos miramos fijamente. Yo bajé las pupilas hacia aquel único lazo deshecho, y deseé poseer la Virtud de mover objetos a mi voluntad, de desatar aquella segunda lazada.

Pero los cordeles solo se estremecieron cuando él se dio la vuelta intempestivamente y echó a andar por el Pabellón de las Peonías, pisando el barro que se había formado por la lluvia. Sin importarle que le manchara las botas ni la ropa.

A mí también me tuvo sin cuidado cuando resbalé por el tronco húmedo y acabé acuclillada sobre el suelo, abrazándome a mí misma.

*Malditos Dioses*, gemí por dentro. *Malditos, malditos Dioses.*

**52**

No sé cuánto tiempo permanecí allí sentada, pero cuando me animé a levantarme y a regresar al Palacio de las Flores, la tarde estaba llegando a su final.

Frente a los muros del edificio encontré a Nuo, mirando a un lado y a otro, ansiosa. Corrió hacia mí cuando me vio girar la esquina.

—¡Malditos Dioses, Cixi! ¡Me estaba volviendo loca! —exclamó—. ¿De... de dónde vienes? ¿Qué ha ocurrido? —Miró por encima de mi hombro, y su ceño se frunció—. ¿Dónde está Zhao? Creí que había salido a buscarte.

Unas garras afiladas me arañaron por dentro. Así que ni siquiera había vuelto al palacio.

—Se marchó —me limité a decir.

Nuo se mordió los labios y sus ojos me recorrieron entera, desde mi peinado medio deshecho a la parte baja de mi *hanyu*, manchada de un barro que se había secado.

—Tenemos que darnos prisa. Bañarte y arreglarte —masculló, casi para sí misma.

—¿Qué? —pregunté, confundida.

—El Jefe Wong estuvo aquí hace horas. Le hice creer que estabas dormida, me costó mucho que no entrara en tu dormitorio. —Tragó saliva y vaciló, antes de decir—: El Emperador te ha convocado esta noche.

Cerré los ojos durante un instante, sintiendo de pronto cómo la gelidez que me invadía se afilaba aún más, convertía mi sangre en hielo. Cuando hablé, lo hice con la voz de un cadáver helado.

—Entonces, debo prepararme.

Me dejé llevar por las manos de Nuo. Ella, junto a Tian, me sumergieron en una bañera que me estaba esperando, frotaron mi cuerpo con aceite de jazmín y recogieron mi cabello en un arreglo repleto de peinecillos y flores blancas. Me vestí con un *hanyu* oscuro y pintaron mis labios del color de la sangre. Para cuando estuve lista, Zhao seguía sin aparecer.

Lienying fue el que me acompañó hasta las puertas del Palacio del Sol Eterno. Mientras subía con lentitud las largas escaleras, sentí cómo se estremecía. Cuando alcé la vista, no me encontré a Xianfeng esperándome, sino al Jefe Wong con su horrenda sonrisa.

—Asistente Cixi, habéis tardado mucho. El Emperador os espera desde hace demasiado —comentó, sin dejar de estirar los labios—. Quizá debáis castigar a vuestro joven eunuco por no caminar lo suficientemente rápido.

Lienying parecía a punto de vomitar.

Mi mano, todavía aferrada a su hombro, se cerró en un puño. No obstante, me obligué a sonreír, a pesar de que el recuerdo de la voz de Tian, relatando todo lo que había hecho ese eunuco, sonó más fuerte que nunca en mis oídos.

—Me temo que la culpa ha sido mía. Me disculparé ante Su Majestad —expliqué, con un pestañeo—. ¿Me acompañáis, Jefe Wong? No quiero hacer esperar más al Emperador.

Él asintió y se dio la vuelta, no sin antes dedicar una última mirada a Lienying. Yo no me moví hasta que el joven no nos dio la espalda y prácticamente echó a correr hacia el Palacio de las Flores.

Cuando llegamos al dormitorio de Xianfeng, quedó claro que se encontraba de muy mal humor. Estaba sentado junto a una pequeña mesa, con una jarra de licor y un solo vaso.

—Por fin —dijo, alzando unos ojos ligeramente enrojecidos en mi dirección—. Pensé que no te molestarías en venir.

Yo me esforcé en dedicarle una sonrisa llena de dulzura y me arrodillé a su lado, mientras el Jefe Wong se retiraba y nos dejaba a solas.

—Si me llamáis, yo acudiré. *Siempre* —añadí, inclinándome hacia él.

Aquello pareció aplacarlo un poco, porque un atisbo de sonrisa curvó sus labios. Sin embargo, apenas duró, porque apartó la vista y volvió a llevarse el vaso a los labios.

No dijo nada más.

—¿Os encontráis bien, Majestad? —pregunté. No estaba muy segura si podía tutearlo en ese instante. Era el primer encuentro que teníamos después de que él me hubiese degradado a Asistente.

—Creo que eres lo suficientemente observadora para averiguarlo —respondió, con un resoplido.

El dulzor del alcohol llegó hasta mí. Con un suspiro, acerqué mis manos a las suyas y le aparté con delicadeza el vaso vacío. Deliberadamente, dejé que las yemas de mis dedos rozaran sus nudillos.

Él clavó por fin la mirada en mí.

—El alcohol no hará que vuestros problemas desaparezcan —comenté, con suavidad.

—*Nada* hará que desaparezcan —me corrigió Xianfeng, con los dientes apretados—. ¿Sabes qué día es mañana? —Ni siquiera esperó a que contestara—. El aniversario de la muerte de mi padre.

Me estremecí durante un instante y recordé de pronto aquella mañana soleada y calurosa, en la que estaba junto a la familia Yehonala siendo testigo de la coronación del nuevo Emperador.

Aquel día, los destinos de Xianfeng, de Lilan, de Zhao y el mío se entrecruzaron. Si hubiese sabido lo que ocurriría después...

—Se cumplen tres años, por lo que debo ir a honrarlo frente al Dios Sol en el Templo de la Bruma. Así lo manda la tradición. —Su voz me hizo volver a la realidad—. *Honrarlo* —repitió, masticando la palabra como si fuera comida podrida—. Marcará el fin del luto oficial. Las celebraciones individuales podrán volver a celebrarse sin censura alguna.

Lo observé con más atención y guardé silencio. Ni siquiera necesitaba preguntarle, el alcohol tiraba de su lengua lo suficiente.

—Mi padre fue un gran Emperador, pero a veces sueño con él y me despierto gritando. —Sacudió la cabeza y se pasó las manos por su cabello largo—. Y no son pesadillas. Solo son recuerdos.

—Supongo que debió ser muy duro tratar de estar a la altura, de cumplir con sus expectativas —susurré.

Él clavó bruscamente la mirada en mí; tenía las pupilas completamente dilatadas.

—¿Duro? No tienes ni idea de lo que me hizo pasar, de lo que me obligó a hacer. Él quería el mejor sucesor, el heredero más fuerte, y no solo por su Virtud. —Con un ligero apretón, convirtió la jarra de porcelana en esquirlas. Las gotas ambarinas resbalaron por sus dedos—. Éramos tres varones, pero solo quedé yo. ¿No te preguntas por qué?

Después de lo que había presenciado en el Harén, me lo imaginaba, pero no respondí.

—Cuando... cuando el padre de Ahn traicionó a mi padre, él me dio a elegir. Me dijo que podría salvar su vida, pero entonces no me nombraría heredero. Sin embargo, si yo decidía un castigo...

Apreté los dientes porque la bilis comenzó a subirme por la garganta. Las manos, apoyadas con delicadeza en la falda de mi *hanyu*, se convirtieron en dos garras convulsas. Todo el cuerpo se me erizó, mientras mis ojos dejaban de ver a ese joven dios borracho, para ver a Zhao, encogido sobre sí mismo, con las manos cerca del vientre.

—¿Fuiste tú quien decidió convertirlo en un eunuco? —susurré, sin poder contenerme.

—Mi padre quería darme una lección, quería enseñarme que los emperadores, en muchas ocasiones, deben tomar decisiones difíciles —dijo, sin reparar siquiera en mi tono horrorizado—. Y yo la tomé. Era mi amigo. Mi *mejor* amigo. Mi hermano. Tomé la decisión más difícil.

*Mentiroso*, siseó mi mente. *Tomaste la decisión más sencilla para ti.*

—¿Qué hizo el padre de Zhao? —logré preguntar. Mi voz sonó gutural, notaba la garganta en carne viva—. ¿Por qué lo ejecutó el Emperador Daoguang?

—Quería iniciar una revolución —masculló él—. Destronar a mi padre.

—¿Para erigirse él como soberano?

—Para colocar a alguien más apto para gobernar —contestó Xianfeng, con una risa, como si aquello fuera una broma de mal gusto—. Como si un solo hombre pudiera derrocar a un Imperio perpetuado por dioses vivientes.

Guardé silencio, sin saber qué responder. Él me miró de soslayo y lanzó un resoplido de hastío.

—Márchate. Ni siquiera sé por qué te he llamado —graznó—. Nunca podrás entenderme.

Yo me incorporé, obediente, y me dirigí con pasos lentos hacia la puerta. Sabía que Xianfeng me estaba mirando. Podía sentir el ardor de sus pupilas quemándome la nuca. Cuando llegué junto a las puertas correderas me detuve.

La voz de la Gran Madre hizo eco en mi cabeza.

*Solo hay algo que puede desear más que nada el Emperador. El amor.* Cerré los ojos durante un momento. En el aire cargado de la estancia, la fragancia dulce del alcohol destacaba. *Solo lo disfruta si alguien se lo entrega. Y ahí está el interés. El deseo. La necesidad.*

Me giré con brusquedad. Aparté de un manotazo todas las dudas y recorrí el camino que acababa de trazar a zancadas, con decisión, mientras las pupilas de Xianfeng se agrandaban más y más. Separó los labios para preguntar, pero yo no le di oportunidad.

Mi boca fue más rápida, mis labios absorbieron los suyos y dejé que la lengua acariciara la suya. Me estremecí cuando le escuché soltar un gemido entrecortado por la sorpresa y el placer.

Apoyé con tanta fuerza mi cuerpo sobre el suyo, que lo hice caer hacia atrás. Me quedé a horcajadas sobre él. Xianfeng estaba medio incorporado, con la espalda clavada en el borde de la mesa sobre la que estaban esparcidos los restos de la jarra vacía. Debía estar tremendamente incómodo, pero yo no le daba tiempo de pensar. Mi boca atacaba la suya con ferocidad, bebía con anhelo, mientras él apenas acertaba a responder.

Deslicé los labios por su mandíbula, mientras Xianfeng echaba la cabeza hacia atrás y dejaba escapar un jadeo tembloroso. Besé el pulso acelerado y, cuando llegué a la base de su cuello, me aparté con la misma brusquedad con la que me había acercado.

Lo miré. Y él me miró con la mirada hambrienta, los labios húmedos y las mejillas abrasadas por el rubor.

*Haz que te anhele.*

*Vuélvelo loco.*

—Que tengáis un buen viaje, Majestad —susurré, antes de marcharme, antes de que tuviera tiempo de suplicarme más.

# 53

Al día siguiente, todas las concubinas, los consejeros y gran parte de la servidumbre tuvimos que acudir al patio del Palacio del Sol Eterno para despedir al Emperador.

Lo normal era que yo aguardara junto a la Emperatriz y a la Gran Madre para desearle buen viaje, pero ya no era favorita, así que tuve que esperar junto al resto de concubinas, con una sonrisa dulce en los labios y las manos fuertemente apretadas sobre el regazo.

Aquella mañana me había despertado especialmente temprano para que Nuo y Tian pudieran esmerarse con mi maquillaje y mi peinado. De todas formas, apenas había podido dormir. Zhao no había regresado desde lo que había ocurrido ayer.

De lejos, vi cómo la Gran Madre se despedía con unas palabras que no llegué a oír, mientras las manos de la Emperatriz Cian no sabían qué hacer para permanecer cerca de su marido. Él parecía distraído y cansado.

Cuando el carruaje se acercó, vi cómo se apeaba y miraba a su alrededor, como si estuviera buscando a alguien. Yo di un pequeño paso atrás, ocultándome tras el ostentoso peinado de una de las concubinas.

Sabía que me estaba buscando y que quería encontrarme, pero no le iba a proporcionar tal placer. Quería que se enojara consigo mismo, que se arrepintiera de haberme degradado de aquella manera. Quería que me echara terriblemente de menos.

Permanecí oculta hasta que escuché el sonido del látigo y el traqueteo de las ruedas del carruaje. El vehículo pasó como un borrón rojo por delante de mí. Cuando desapareció tras los muros ensangrentados, la multitud comenzó a dispersarse.

Yo hice amago de imitarlos, pero entonces una mano delicada tiró de la manga de mi *hanyu* y me detuvo.

Me giré.

Era la Emperatriz Cian.

Mi cuerpo reaccionó como si hubiera tocado una llama. Era la primera vez que me encontraba tan cerca de ella, después de conocer toda la verdad. Después de saber lo que le había hecho a Lilan.

Y a San. Y a la Consorte Liling. Porque no cabía duda de que había sido ella la responsable de sus muertes.

—Cixi —me dijo, ignorando mi rigidez—. Sé que hoy no tendremos recepción, pero me gustaría que me acompañaras a...

—No —la interrumpí.

Ella parpadeó y su sonrisa vaciló. Parecía confusa. Estaba segura de que se estaba preguntando si me había oído bien.

Por encima del hombro, pude ver a lo lejos a la Gran Madre observándonos. El consejero Sushun estaba a su lado, le hablaba, pero ella no parecía prestarle atención. Me pareció ver cómo negaba imperceptiblemente con la cabeza.

Yo aparté la vista con brusquedad y la hundí con la misma violencia con la que lo harían mis manos si sostuvieran un puñal.

—Sé lo que le hiciste a Lilan —le susurré, con una sonrisa, al oído. Estaba tan cerca, que pude ver cómo su piel se erizaba—. Sé que mataste a San para que no hablara. Y, de paso, decidiste deshacerte también de Liling.

Me aparté y me regalé un instante para observar con deleite su expresión rota. La tinción amarillenta que destacaba sobre su maquillaje. La rigidez casi dolorida que se apoderó de su cuerpo.

—Haré que me supliques tu muerte —continué, entre sonrisas, como si le estuviera contando un secreto delicioso—. Porque pienso convertir tu vida en un verdadero infierno.

Me separé otro paso más de ella y le dediqué una prolongada reverencia, sin apartar mis ojos de los suyos. Después, le di la espalda y me alejé de ella con lentitud, sin mirar ni una sola vez atrás.

Junto a Tian y Nuo, que habían permanecido con el resto de la servidumbre, regresé al Palacio de las Flores. Por culpa de la despedida al Emperador, habían retrasado sus deberes, así que pronto me quedé sola, frente a la puerta cerrada de mi dormitorio.

Cuando la abrí, me encontré a Zhao en el interior, junto a mi cama. Tenía profundas manchas oscuras bajo sus ojos. Como yo, no parecía haber dormido muy bien.

—Cixi —me dijo, dando un paso en mi dirección—. Perdóname. No debería haberme ido así, no...

Yo me abalancé sobre él con tanta fuerza, que caímos sobre la cama, uno encima del otro. Mis brazos lo envolvieron y comenzaron a temblar. A mi cabeza regresaron las palabras de un Xianfeng borracho.

—Te quiero —susurré. Con rabia. Con deseo. Con fuerza. Con dolor.

Él me hizo separarme y me observó con intensidad, como si quisiera buscar en mi expresión algo que demostrara que mis palabras no eran de verdad. Pero no encontró nada más que el amor brutal y desgarrador que podría destruir palacios y arrasar imperios.

Sus labios temblaron y una pequeña sonrisa los curvó antes de que me atrajera hacia él y su boca encontrara la mía. Yo me deshice bajo las caricias de sus labios.

Me besó como si aquello no estuviera prohibido, como si tuviésemos derecho a ese tiempo, como si él no fuese un eunuco al que su mejor amigo había traicionado, como si yo no fuese una concubina que vendiese su cuerpo y su alma a su Emperador.

Como si aquello fuera a tener un final feliz.

Xianfeng estaría fuera media luna. Su viaje pareció arrastrar el mal tiempo, porque desde que se marchó, la primavera se abrió paso por fin en «la ciudad dentro de la ciudad». Las flores comenzaron a abrirse y el calor obligó a desempolvar *hanyus* más ligeros y a encargar nueva ropa fresca al Departamento de Costura.

Los días transcurrieron con una extraña placidez. Incluso disfrutaba en cierta manera de las recepciones con la Emperatriz. Debido a mi posición (o a petición de la propia Cian), me habían relegado a las posiciones más alejadas, pero yo permanecía sonriente todo el tiempo que duraba aquel teatro, con las pupilas clavadas en ella, que nunca me devolvía la mirada.

Como la Dama Mei y la Consorte Liling habían muerto, el Emperador había ascendido a varias concubinas para engrosar la zona más alta del Harén. Entre ellas se encontraban Bailu, ahora Dama Bailu, y Yin, Ziyi y Ru, las concubinas que conocí durante la noche de Fin de Año. Todas se habían convertido en Asistentes como yo. Rong, en un alarde de generosidad por parte de Xianfeng, había sido ascendida de nuevo a Dama Rong.

Me permití disfrutar de su compañía. Después de las recepciones, caminábamos juntas o tomábamos el té en algunos de los merenderos de los innumerables pabellones que se escondían entre los muros rojos.

Bailu era la única que no nos acompañaba. Ahora que era la concubina de más rango del Harén (junto a la Dama Rong), permanecía al lado de Cian, colmándola de halagos y sonrisas.

—Estará a salvo mientras el Emperador no esté interesado en ella —me murmuró una mañana Rong, mientras veíamos cómo las dos mujeres se internaban en el palacio.

Yo asentí, sin apartar la mirada de la espalda estrecha de Cian, pero no llegué a contestar.

Por las mañanas me levantaba muy temprano. Todavía sin vestir, envuelta en una capa, me quedaba sentada sobre los escalones del patio trasero y veía a Zhao practicar. Entre sus manos no llevaba más que una rama desnuda, pero cuando la agitaba, cuando la alzaba y se movía junto a ella, me parecía tan letal como una espada. Había veces, incluso, que le pedía que me enseñara algún movimiento. Me instruyó en cómo defenderme, cómo apartar una espada de mí si alguien me atacaba, pero la mayoría de las veces acabábamos enredados y apretados contra el muro, suspirando entre besos. Después, solía jugar varias partidas de Wu con el Rey Kung, a pesar de que Nuo me había advertido de que aquello no era buena idea. Tian estaba también a nuestro lado, en silencio. Pero yo no las escuchaba. Y todas las mañanas me reunía con él. Así había sido desde que me lo había encontrado por casualidad en el Pabellón de las Peonías, meses atrás.

—Harás enfadar al Emperador —me insinuó Nuo en una ocasión.

—¿No es un invitado del Palacio Rojo? Siempre que lo veo, me acompaña una carabina —había contestado, mientras me encogía de hombros—. Charlamos, tomamos té y jugamos al Wu, nada más. No estoy tratando de ayudarlo a escapar.

—¡Cixi! —Ella abrió los ojos de par en par, horrorizada, mientras Tian se sobresaltaba—. No vuelvas a decir eso, ni siquiera en broma. Júramelo.

—Por supuesto —repliqué, aunque aparté a conciencia la mirada.

Nuo no insistió, aunque mi respuesta no pareció tranquilizarla en absoluto. En el fondo, le hacía perder la paciencia. A menudo, me echaba miradas censoras cuando Zhao y yo estábamos demasiado cerca, cuando le decía con ligereza que saldríamos a dar un paseo por el Bosque de la Calma, y acabábamos siempre contra un árbol, sudorosos, ruborizados, con la ropa arrugada.

Todavía no había conseguido deshacer ni una sola de las lazadas de su túnica, y él todavía no se había atrevido a hacer que mi *hanyu* descendiera más allá de mis hombros, pero cada vez que me besaba, cada vez que nos tocábamos, yo sentía que las barreras caían una a una, y que pronto no quedarían más muros que destruir.

—Deberíais controlaros —me siseó Nuo, después de que Zhao abandonara la estancia para enviar algunas de las cartas que mandaba regularmente a la Aldea Kong—. A este paso, el Emperador...

—No está en el Palacio Rojo —replicó Tian, antes de que yo pudiera responderle—. Déjala respirar.

Nuo bufó y dijo, antes de marcharse también:

—No puede. Es una concubina.

Yo suspiré cuando las puertas correderas se cerraron con brusquedad a su espalda. Tian se quedó durante un instante en silencio, dubitativa, antes de acercarse más a mí.

—Lo siento, Cixi —murmuró, haciendo que volviera la mirada hacia ella—. No es justo para ti. No es justo que tengas que...

—Nuo tiene razón —la interrumpí, con otro suspiro—. Soy una concubina, y eso es algo que no debería olvidar jamás. Pero ahora que no está *él*... —No fui capaz de pronunciar el nombre del Emperador—. Quiero aprovechar el tiempo. Todo el que tenga.

Ella asintió y se mordió los labios, pensativa, antes de inclinarse en mi dirección.

—No sé si sabes que, pasado mañana, es el Día de la Edad de Zhao —comentó.

Yo abrí los ojos de par en par.

—Ese es el día antes de la llegada del Emperador —dije, al darme cuenta—. Podríamos organizar una pequeña cena para él. —La miré durante un instante y añadí—: En la que estemos todos.

Tian parpadeó, sorprendida.

—No es adecuado que los sirvientes...

—Me da igual —repliqué. Coloqué la mano sobre su hombro y se lo apreté con suavidad—. Es la única forma que tengo para daros las gracias.

Tian enrojeció y apartó la vista, incómoda.

—No tienes que darnos las gracias. Solo hacemos nuestro trabajo.

—No —contesté, antes de apartar mi mano de ella—. Aunque no lo creas, siempre hay opción. *Siempre*.

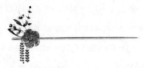

Nunca había organizado una cena, y mucho menos en secreto, así que me dejé arrastrar por el entusiasmo e intenté preparar una velada íntima y, a la vez, espléndida. Solo tenía un par de días hasta que regresara Xianfeng y todo volviera a la normalidad, y pensaba aprovecharlos.

Fue extraño sentir tanta alegría contenida. Vivir un atisbo de lo que sería mi vida si fuera una joven de buena familia, solo preocupada por hacer feliz a la persona a la que amaba. Fue divertido hacer creer a Zhao que iba a organizar una reunión nocturna con algunas concubinas.

Yo misma ayudé a adornar las mesas que habíamos repartido por toda la sala de estar, como había hecho antiguamente, cuando servía a los Yehonala. Cuando todo estuvo preparado, llamé a Nuo, a Tian, a Lienying y a Zhao, al que había enviado a realizar un recado rápido.

Él fue el último que apareció. Y cuando vio la mesa preparada, miró a los demás, nervioso y desconcertado. En el exterior, el anochecer había devorado la tarde, y una ligera brisa traía el aroma de las flores, que se colaba por las ventanas abiertas.

—Esta noche celebramos tu Día de la Edad —anuncié, con una sonrisa.

Me acerqué a él, que todavía llevaba entre sus manos el *hanyu* que le había mandado recoger del Departamento de Costura, y prácticamente lo arrastré hasta la mesa que compartiría con él, Lienying, Tian y Nuo.

Me mordí los labios cuando vi cómo sus mejillas enrojecieron. Casi dio un traspié cuando lo coloqué a mi lado.

—Yo... yo no... —Pero yo lo interrumpí antes de que llegara a decir nada más.

—Esta noche, nadie servirá a nadie. —Nuo y Tian se miraron entre sí, con una sonrisa, mientras el pobre Lienying hacía esfuerzos por no salivar.

Tomé asiento y, al instante, todos me imitaron. Sin embargo, nadie se atrevió a tocar la comida ni a servirse bebida. Por suerte, Tian no tenía tantos remilgos, y se echó generosamente una ración de pato lacado con hierbas.

—Delicioso —aseveró, cuando se metió en la boca más de lo que podía tragar.

El ambiente se relajó con sus palabras. Tomé la pequeña jarra de porcelana y serví un poco de vino en los vasos de mis compañeros de mesa. Al pobre Lienying le temblaron un poco las manos cuando me acercó el vaso.

—No bebas demasiado —le advirtió Zhao.

—Déjalo respirar —replicó Tian, dándole un ligero empujón—. Además, está delicioso. Has escogido un gran vino, Nuo.

Mi amiga se encogió de hombros, pero sus mejillas se ruborizaron de satisfacción.

Dejé que Zhao me sirviera y me llevé el vaso a los labios. El vino era fuerte, pero estaba especiado y era dulce; se sentía como una miel densa envolviendo mi lengua. Y mis sentidos.

—No sé si esto es una gran idea —me susurró Zhao, cuando las conversaciones comenzaron a alzarse, a rodearnos—. O una idea terrible.

Me bebí de un trago el contenido de mi vaso y me serví yo misma el segundo. Le dediqué una sonrisa burlona que él trató de no devolver, aunque falló estrepitosamente.

—¿Por qué lo dices? —pregunté con inocencia.

Él se inclinó un poco hacia mí. Y el calor que desprendía su cuerpo, o la tibieza que me había regalado el propio vino, se me subió a la cabeza y me nubló la mirada.

—Porque el alcohol nos vuelve demasiado honestos. —Su voz se enronqueció. Sus ojos se oscurecieron—. Nos hace sucumbir ante lo que más deseamos.

Yo me incliné también hacia él. Unas manos invisibles se habían encajado en mi pecho y tiraban sin piedad hacia el suyo.

—¿Y qué deseas tú? —murmuré.

Su mirada bajó hasta mis labios y permaneció allí durante demasiado tiempo. El aire se quedó atrapado en mis pulmones.

—Vais a matar al pobre Lienying —la voz de Nuo me llegó desde muy lejos—. Creo que va a estallar en llamas de un momento a otro.

Se me escapó una súbita carcajada y me volví hacia el joven eunuco. Estaba casi del tono violeta de los bordados de su túnica de servidumbre.

Zhao también rio a mi lado y aquel sonido me pareció la canción más bella creada. Por debajo de la mesa, bajo la tela de mi *hanyu*, con disimulo, busqué su mano y él entrelazó sus dedos con los míos.

Ninguno de los dos los apartó.

El tiempo transcurrió como en un sueño. La comida me supo más sabrosa que nunca. Las llamas doradas de las velas y las lámparas de aceite me parecieron tan brillantes como soles. Las carcajadas, más musicales. El aceite, más dulce.

Mis movimientos se volvieron poco a poco lentos, perezosos. Sentía un sueño pegajoso y maravilloso, quería dejarme arrastrar por él.

Estuve a punto de cerrar los ojos, pero entonces me di cuenta de que Lienying se había derrumbado sobre sus platos, arriba de la mesa, y ahora roncaba con fuerza.

Moví la cabeza y el mundo dio una delirante vuelta a mi alrededor. No era tan tarde, todavía no era noche cerrada, y tampoco habíamos bebido tanto vino.

Una sorda sensación de alerta me aguijoneó.

—Ocurre algo —acerté a decir.

Tenía la lengua pegada al paladar, me costaba mucho moverla. Pesaba como el acero, sabía a metal.

Me giré hacia Zhao, pero la fuerza del movimiento me hizo caer sobre él. Sus manos, torpes, me tocaron los hombros, subieron hasta mi cara. Su mirada estaba perdida.

—Veneno —masculló.

Estuve a punto de derrumbarme cuando giré de nuevo la cabeza. Tian y Nuo trataban de mantenerse erguidas, pero sus troncos oscilaban de un lado a otro. Tian intentó levantarse, pero su codo cedió y terminó dándose con el borde de la mesa en la frente.

No volvió a ponerse en pie.

—¡T-t... ti...! —Nuo la sacudió sin fuerzas.

Zhao tiró de la manga de mi *hanyu*. Apretaba los dientes. Luchaba contra el sopor del veneno que cada vez se extendía más y más por nuestro cuerpo.

—Tenemos que... salir de aquí —balbució.

Yo traté de asentir, aunque no sé si lo conseguí. Caí hacia delante y, como una serpiente, me arrastré por el suelo a duras penas. Mi palacio no dejaba de balancearse. Mi cabeza no dejaba de girar. Tuve que cerrar los ojos un momento para no vomitar.

—Cixi. —Hubo algo en la voz de Zhao que logró hacerme reaccionar.

Seguí el rumbo de su mirada, que se había quedado fija en la entrada del comedor. En ella, vestidas con túnicas oscuras y los rostros cubiertos, había varias figuras. Todas iban armadas.

*Malditos Dioses*, pensé, cuando sus ojos, la única parte visible de su cuerpo, se cruzaron con los míos.

No sabía quiénes eran, parecían avanzar envueltas en la niebla que invadía todo. Pero las figuras eran robustas, esbeltas, y había algo en su forma de sujetar las armas que afirmaba que eran soldados del ejército, o guardias imperiales.

—Huye.

Levanté la mirada a duras penas y vi cómo Zhao se colocaba frente a mí, de rodillas. Se apoyó con brazos temblorosos en la mesa y logró incorporarse. No había nada afilado a mano, así que su mano izquierda sujetó uno de los palillos. La otra la mantuvo alzada, en una posición de guardia perfecta.

Respiraba fatigosamente. Gotas de sudor corrían por su expresión confusa.

—No... —balbucí. No quería que le hicieran daño—. Zhao, no...

Pero él estaba decidido a no escucharme. La primera de las figuras vestidas de negro hizo amago de apartarlo con fastidio, como si Zhao fuera un insecto molesto, por lo que no se esperó la esquiva que realizó. Antes de que pudiera reaccionar, Zhao hundió la palma en su pecho, desestabilizándole, y le clavó el palillo en el interior del ojo.

El hombre lanzó un aullido y retrocedió, con las manos ancladas en las mejillas.

Una leve caricia de victoria me rozó antes de que otras dos figuras vestidas de negro cayeran sobre él y lo arrojaran al suelo. Uno de ellos desenvainó una larga espada y la alzó.

Quise arrojarme sobre Zhao, pero mi cuerpo se negó a obedecerme.

—¡Quieto! —ordenó una voz—. Es importante para el Emperador. No podemos matarlo.

Hubo un gruñido generalizado como respuesta. Entre parpadeos, vi cómo la figura que se encontraba junto a Zhao volvía a envainar la espada. Pero no se apartó. En su lugar, cayó sobre él con una lluvia de golpes y patadas.

Los gritos ahogados de Zhao reverberaron hasta en mis huesos.

—¡N-n... no! —logré chillar. Me encogí sobre mí misma, casi podía sentir su dolor—. ¡Parad! ¡Det... deteneos!

Otras dos figuras se volvieron hacia mí. Una tercera, la que antes había hablado, se acuclilló para quedar a mi altura.

Traté de buscar algo de reconocimiento en esos iris marrones, pero no encontré nada que me ayudara a ubicarlo.

—Llevárosla —ordenó, antes de apartarse con brusquedad—. Ya sabéis qué hacer con ella.

No hubo respuesta. Simplemente, dos pares de brazos cayeron sobre mí y me alzaron sin esfuerzo. Traté de debatirme, de morder, de gritar, pero el veneno se había adentrado hasta mi propia médula y me había convertido en una marioneta sin voluntad.

Lo único que sí pude hacer fue llorar.

Las lágrimas cayeron sin cesar de mis ojos mientras me alejaban de Zhao, de su rostro ensangrentado, su cuerpo encogido y sus gritos, del Palacio de las Flores y de cualquier oportunidad de salvación.

# 54

L a noche era demasiado hermosa para lo que estaba ocurriendo. La luna llena brillaba en el cielo e iluminaba las flores que habían empezado a abrirse.

Fui consciente a medias de cómo los dos hombres me arrastraban por las calles secundarias de «la ciudad dentro de la ciudad». Las puntas de mis zapatos al rozar el suelo dejaban escapar un susurro sordo e interminable.

Iban a asesinarme, de aquello no había duda. Hasta mi cerebro nublado por el veneno comprendía esa verdad. Imaginaba que me sacarían del Palacio Rojo a escondidas, así que me sorprendí cuando cambiaron el rumbo y se alejaron de las murallas para acercarse al edificio mayor de todo el complejo.

El Palacio del Sol Eterno. La residencia del Emperador.

No me llevaron por las escaleras principales. En vez de ello, tiraron de mí hacia una pequeña puerta anexa, prácticamente escondida entre dos robustas columnas de madera que imitaban a dos dragones enroscándose. Me sonaba aquel lugar, sabía que lo había visitado alguna vez, pero el sopor me impidió ver más allá.

Dieron dos golpes secos y la puerta se abrió de golpe, mostrando una boca rectangular y negra, que nos engulló.

Un súbito hedor a humedad y descomposición me abofeteó. Me pareció ver apliques en las paredes para las antorchas, pero no había ninguna luz encendida. De todas formas, los que me llevaban parecían saber bien a dónde dirigirse.

Atravesamos varios pasillos de piedra hasta desembocar en una sala circular, en la que sí había varias lámparas de aceite encendidas. En el mismo centro de la sala, un enorme agujero se abría a un abismo infinito, donde la luz no alcanzaba a ver el final. De él escapaba un aire helado, putrefacto, que agitaba los mechones sueltos del recogido del consejero Sushun.

A su orden, los dos hombres me dejaron caer al suelo, en el borde de aquel horrible agujero.

Me golpeé la frente y el dolor súbito logró aclararme la conciencia durante un momento. Clavé las palmas en el borde del abismo y me alcé a medias, para poder mirar el rostro serio del consejero Sushun.

—Tú —logré articular.

—¿Es que esperabas a alguien más, Asistente Cixi? —preguntó él, arqueando una ceja—. ¿Tantos enemigos te has labrado?

Miré a mi alrededor, esperando encontrar el *hanyu* pálido de la Emperatriz Cian, pero no había nadie más. Solo el consejero, los dos hombres enmascarados, y yo.

—Te dije que tus acciones tendrían consecuencias —dijo, dando un paso en mi dirección.

Hablaba con calma, con seguridad. Sabía que nadie lo detendría, que lo que estaba a punto de ocurrir era inevitable.

No me molesté en desmentir su juicio. Como había dicho la Consorte Liling en una ocasión, él ya lo había decidido. No serviría de nada que tratase de defenderme y hacerle entender que quien había estado tras la muerte de su hija era la Emperatriz Cian, y no yo.

—El Emperador... montará en cólera... cuando descubra lo que me has hecho —masculló, tratando de que mis palabras sonaran claras, a pesar del terrible letargo.

Él soltó una risa baja, seca.

—¿Descubrirlo? Él no está aquí y muchos de los guardias imperiales me son fieles. No tiene forma de descubrirlo.

—No... ¿no conocéis mi Virtud? —dije, mientras mis brazos cedían y volvía a quedar tumbada en el suelo, sin fuerzas, con el mundo dando vueltas a mi alrededor—. Podéis matarme, pero volveré a la vida. Una, y otra, y otra vez.

Una lenta sonrisa se derramó por sus labios delgados. Mi cuerpo se sacudió con un estremecimiento que no pude controlar.

—Asistente Cixi, ¿no te has dado cuenta de dónde estás?

Miré a mi alrededor, más allá del inmenso agujero sobre el que me encontraba. Sobre las paredes grises había delgadas filigranas doradas, que se retorcían y se entrelazaban para formar figuras sin rasgos que eran devoradas por una bestia inmensa, que llegaba del suelo al techo, de cuerpo extenso y sinuoso, largos bigotes y fauces inmensas.

Ahogué un grito y clavé la mirada en esa oscuridad que abría sus brazos para mí.

Nunca había estado en este lugar, pero Tian me había hablado una vez de él. Una noche, muchos meses atrás, con un cadáver decapitado a nuestras espaldas.

Estaba sobre la entrada al subsuelo, el lugar donde se escondía el Gran Dragón.

—No —masculló—. No, no, no...

Intenté retroceder, pero los hombres enmascarados que se encontraban detrás de mí lo impidieron. La carcajada de Sushun me desolló los oídos.

—Puedes revivir cuantas veces quieras, concubina, pero volverás a morir, en un ciclo infinito. Calcinada. Devorada. Desmembrada. Como le plazca al Gran Dragón —dijo, sin dejar de sonreír—. No podrás escapar. Esta es la única entrada y la única salida.

No contesté. No sabía qué podía decir. Por muy horrible que fuera, Sushun tenía razón. No tenía escapatoria ninguna. Apreté los dientes, obligándome a no derramar las lágrimas de terror que se agolparon de golpe tras mis ojos.

El consejero me miró durante un instante más, antes de hacer un gesto brusco con la mano.

—Tiradla de una vez. No quiero perder más el tiempo con esto.

Las figuras que se encontraban a mi espalda se agacharon para recogerme, pero yo me revolví y me hice un ovillo. Con los abrazos, me aferré con fuerza a las piernas de uno, mientras mis propios tobillos se enredaron en las piernas del otro.

Luché contra la debilidad que me provocaba el veneno y me aferré desesperada a las extremidades, mientras ellos conseguían librarse parcialmente de mí. Encogí la cabeza cuando un par de patadas me golpearon el costado, pero yo no cejé en mi empeño; mis brazos se apretaron con más fuerza incluso. Hundí las uñas y clavé los dientes, atravesando tela y piel. No me aparté cuando escuché el grito, ni tampoco cuando sentí la sangre empapando mis encías.

El súbito dolor que le provoqué al enmascarado lo hizo trastabillar hacia ese inmenso agujero, que estaba cada vez más cerca. Por el rabillo del ojo, vi una sombra de sorpresa cruzar el rostro de Sushun.

Sí, quizá mi destino fuera morir una y otra vez en el subsuelo de «la ciudad dentro de la ciudad», pero no lo haría sola.

Estábamos tan próximos al precipicio que el hombre al que mordía retrocedió solo medio centímetro y su talón perdió estabilidad al pender sobre el abismo. Vi cómo agitaba los brazos sin control, tratando de recuperar el equilibrio.

Pero no lo consiguió.

Cayó en la oscuridad, arrastrándome con él, mientras mis piernas enredadas en las extremidades de su otro compañero lo condenaban también.

Sus gritos hicieron un eco terrible. Se mezclaron con un rugido que debió proceder del Gran Dragón, que nos esperaba, o del propio aire que gritaba contra mis oídos.

Fue una caída larga. Muy larga. Hasta que nuestros cuerpos impactaron contra un suelo polvoriento, con el crujido de decenas de huesos fragmentados.

Yo misma oí el sonido de mi cuello al romperse antes de morir.

Regresar de la muerte siempre era como despertar de un sueño largo y profundo. Así que me desperecé y una manta raída resbaló por mis hombros.

De pronto, *recordé*. Solté un grito estrangulado y me puse en pie con tanta rapidez, que me mareé. Trastabillé hacia atrás, hasta que mi espalda golpeó contra una pared de piedra, fría y rugosa.

Jadeando, miré a mi alrededor. Me encontraba en lo que parecía una sala de piedra, sin ventanas, en la que había encendidas varias antorchas, colocadas de forma precaria en las paredes. También había una pequeña mesa, sobre la que humeaba una tetera. Había una sola taza y un solo taburete. Algo más alejado, estaba el jergón delgado sobre el que había recuperado la conciencia.

Parpadeé varias veces, confundida.

—Oh, me alegra que ya hayas despertado —dijo una voz cascada a mi espalda.

Me volví en redondo, inquieta. Esperé encontrarme frente a la figura bestial del Gran Dragón, pero quien apareció por un pasillo lateral fue un anciano encorvado, sin cabello, y tan pálido como la luna. Vestía con poco más que harapos.

Hubiera retrocedido de no haber tenido la espalda pegada en la pared.

—¿Quién...? ¿Quién...? —El veneno había desaparecido por completo de mi cuerpo, pero era incapaz de enhebrar una sola palabra.

No entendía nada. ¿Estaba realmente en el subsuelo? ¿El vino envenenado me había hecho alucinar con Sushun y los hombres que habían atacado el Palacio de las Flores?

—Calma, calma. —El anciano se detuvo a una distancia prudencial de mí y elevó las manos. Su voz sonaba extraña, disonante, rasposa, como si hiciera mucho que no la utilizaba—. Estás a salvo, joven. Eres... una concubina, ¿no es así?

Asentí con renuencia y él esbozó una sonrisa.

—Me llamo Long —dijo.

—Yo... yo soy Cixi —acerté a pronunciar. Miré a mi alrededor, todavía desconfiada—. ¿Sois... sois el cuidador del Gran Dragón?

Aquella era una pregunta estúpida. Lo sabía. Aquel anciano esmirriado y casi sin dientes no podía ser el guardián de una bestia celestial.

Una sonrisa divertida curvó sus labios delgados.

—Podría decirse que sí. —Dejó escapar una carcajada extraña y avanzó hasta colocarse a mi lado. Era un hombre diminuto; aunque estaba erguido, apenas alcanzaba la altura de mis ojos—. No sois la primera concubina que arrojan aquí, pero sí la primera que sobrevive. O, mejor dicho, que vuelve a la vida —se corrigió, con un guiño—. Tenéis una Virtud muy interesante.

—¿Quién sois? —susurré.

—Ya os lo he dicho. Mi nombre es...

—Quiero decir qué hacéis aquí. ¿Por qué...? —Me llevé las manos a la cabeza y cerré los ojos durante un instante.

Cuando los abrí, me topé con su sonrisa desdentada.

—Acompañadme, concubina Cixi.

El anciano me dio la espalda y se dirigió hacia el pasillo por el que había aparecido. Yo lo seguí de cerca mientras observaba a mi alrededor. No se oía nada, aparte de nuestros pies haciendo eco en los túneles oscuros. Sabía que debía dar las gracias por estar a salvo, pero había algo en mi interior que zumbaba y se agitaba, algo que me siseaba que aquello no estaba bien.

Tras recorrer varias salas pequeñas, idénticas a la que había abandonado, llegamos a otra mucho más grande. Casi parecía un templo, aunque no había ninguna estatua del Dios Sol o la Diosa Luna. Lo que sí había en un extremo era una montaña de cenizas de la que asomaban varios huesos. Parecían humanos. Junto a ella, pude atisbar la figura de dos cadáveres que esperaban ser incinerados. Estaban cubiertos por arpillera, pero reconocí el uniforme que asomaba bajo ella. Eran los dos hombres que habían caído junto a mí por el inmenso abismo.

En el otro, ocupando gran parte del espacio, reposaba el mayor esqueleto que había visto nunca. Era inmenso, a pesar de que parecía replegado sobre sí mismo. El cráneo era alargado y terminaba en unas fauces cerradas, en las que se veían decenas de dientes todavía afilados, más grandes que mi propio cuerpo. En las inmensas cuencas vacías podía acurrucarme. La columna estaba enrollada sobre sí misma, y en ella los huesos de la cola y las cuatro patas se confundían. Algunas falanges, del tamaño de mis piernas, se habían desprendido. Los huesos de las alas, más frágiles, permanecían extendidos en el último movimiento que había realizado su dueño. Sus puntas alcanzaban las paredes de la estancia.

Noté cómo si, de nuevo, cayera por un abismo y mis huesos se partieran con un crujido.

—El Gran Dragón —murmuré. Me volví hacia el anciano, que me observaba con los brazos cruzados y una expresión siniestra—. Está muerto.

—Desde hace cientos de años —añadió él. Rodeó la inmensa cabeza y se recostó contra una de sus costillas curvadas.

Las manos se me convirtieron en dos puños temblorosos.

—No... no entiendo nada.

—Oh, claro que lo entendéis. Pero no os atrevéis a decirlo en voz alta.

Aparté la mirada del gigantesco cadáver. No podía mirarlo sin tener ganas de vomitar.

—¿Es... mentira? ¿*Todo es mentira*? —Negué con la cabeza, una, dos, tres veces. Tiré del cuello de mi *hanyu*, me costaba respirar.

—No lo era, por lo menos hace muchos años, cuando el último de los dragones todavía estaba vivo y el príncipe heredero se enfrentó a él con su Virtud —contestó el señor Long, antes de encogerse de hombros—. Pero lo que antes era una prueba de valor se convirtió en una de vergüenza. Ahora, los emperadores que eligen a sus herederos los hacen descender hasta aquí y observar el cadáver del último Gran Dragón. Es un secreto que solo pasa de Emperador a Emperador. Nadie más que ellos conoce la verdad. —Sus manos rugosas acariciaron una garra—. Confesarlo sería perder su legitimidad, el Imperio.

Asentí, con el cuerpo rígido por el desconcierto. Por eso Sushun me había arrojado a este lugar. De haber sabido la verdad, habría elegido otra forma de deshacerse de mí.

—Pero vos estáis aquí —murmuré, al cabo de un instante de silencio.

—No tengo más remedio. Alguien tiene que hacerse cargo de los cadáveres que arrojan desde el palacio. Yo me encargo de incinerarlos y de mantener la leyenda viva del Gran Dragón. Hay maquinaria repartida por las distintas salas del subsuelo, provoca que la tierra tiemble y ruja. —Suspiró y su mirada vagó por la inmensa sala de piedra—. Mi familia lleva encargándose de esta tarea desde que el Gran Dragón murió.

—Entonces... —Fruncí el ceño, todavía confusa—. Vuestra familia también lo sabe.

—No. Mi familia cree que desaparecí una mañana de invierno, hace ya cincuenta años —replicó el señor Long—. Se trata de... una tradición terrible. Un trabajo que pasa de padres a hijos. Mi padre también desapareció, al igual que también desaparecerá mi hijo cuando yo muera. El Emperador mantiene a mi familia cerca del Templo de la Bruma. Proporciona una generosa cantidad de oro cada año y se ocupa de que ninguno de nosotros salga del valle. Tiene a sus hombres repartidos por allí. Solo cuando nos necesita, nos trae hasta aquí. Cuando morimos, nos entierra en algún lugar fuera de las murallas del Palacio Rojo, y un descendiente ocupa nuestro lugar.

—Pero ¿por qué? —pregunté, horrorizada—. ¿Por qué vuestra familia?

—Uno de mis ancestros se enamoró de quien no debía —contestó el señor Long; sus ojos se quedaron durante demasiado tiempo quietos en la tela de mi lujoso *hanyu*—. El amor siempre ocasiona los castigos más terribles.

—¿Nunca nadie ha tratado de escapar de aquí?

—Una vez. Y mi familia fue casi aniquilada por ello. Todo lo que yo haga repercutirá en ellos. Si trato de escapar, si cuento la verdad, estoy seguro de que torturarán a mi mujer, matarán a mis hijos... o a mis nietos.

Sacudí la cabeza, tratando de apartar esas imágenes de mi cabeza.

—Pero vos me acabáis de contar toda la verdad.

El hombre asintió, con una sonrisa de lástima.

—Porque no vais a salir nunca de aquí.

Un silencio frío acompañó el final de sus palabras. Mi primer impulso fue negarlo, acercarme a él y sacudirlo. Estaba segura de que yo misma podría dejarlo inconsciente. Ese anciano no era rival para mí.

Pero respiré hondo y me obligué a pensar.

—Entonces, ¿no hay más salida posible que el enorme agujero por el que fui arrojada?

—Oh, por supuesto que no. Hay dos salidas más. Una conduce a las puertas del propio Salón del Trono. Otra, lejos de los muros del Palacio Rojo. ¿Cómo creéis que los emperadores han salvado siempre la vida en los asedios?

Tragué saliva y esta me ardió en la garganta como la bilis.

Sentía ganas de llorar, de gritar, de maldecir en voz alta, de arrojarme sobre ese jergón en el que me había despertado, cubrirme la cabeza con la manta andrajosa, y creer que todo aquello no era más que una horrible pesadilla.

Jamás, en toda mi vida, me había sentido tan terriblemente estúpida.

El señor Long me palmeó la espalda con suavidad.

—Sé que al principio duele —comentó, con su voz cascada—. Pero al final, os acostumbraréis.

Sí, lo sabía. Me acostumbraría, como me había acostumbrado a las órdenes cuando había formado parte del Departamento Doméstico, como me había acostumbrado a tener las manos en carne viva, a pasar frío y calor, cuando trabajaba bajo el yugo del Departamento de Trabajo Duro, como me había acostumbrado a morderme los labios y a soportar el dolor cuando las concubinas me maltrataban y buscaban cualquier excusa para castigarme.

Pero aquello era demasiado. No podía más. Sabía que podía acostumbrarme. Pero no quería hacerlo.

Me aparté del señor Long para encararlo.

—No queréis ayudarme a salir de aquí porque entonces vuestra familia sufriría las consecuencias —dije.

Él arqueó una ceja, pero asintió.

—Pero os equivocáis. Porque me ayudaréis a regresar a palacio.

El señor Long se rascó la calva y carraspeó, con cierta pesadumbre.

—Concubina Cixi, no lo entendéis. Si es necesario, os mataré con mis propias manos. Aunque tenga que hacerlo una y otra vez, por culpa de vuestra Virtud.

Se me escapó una pequeña sonrisa. No podía evitarlo. Me gustaba aquel anciano siniestro.

—No. No me mataréis. Porque os ofreceré algo que ni siquiera el propio Emperador os podrá dar.

—No podréis convencerme con dinero o propiedades, yo... —Lo interrumpí antes de que dijera nada más.

—No es nada tangible lo que os ofreceré, señor Long.

Supe que lo había convencido cuando una chispa de curiosidad iluminó sus ojillos rodeados de arrugas.

—¿Qué es lo que me vais a prometer entonces, concubina Cixi?

Yo sonreí y me incliné hacia él para susurrarle una sola palabra al oído.

# 55

El señor Long me dijo que había tardado tres días en despertarme, por lo que imaginaba que Xianfeng había regresado ya de su viaje, y que debía estar buscándome, desesperado. Estaba segura de que Sushun no había dado ni una sola pista sobre su implicación y que debía parecer tan consternado como todos.

Había pensado en utilizar la salida que llevaba fuera de los muros del Palacio Rojo, pero el señor Long me había animado para que usara la que se encontraba cercana al Salón del Trono.

—Será una llegada espectacular —me aseguró, con una sonrisita torcida.

Él mismo me acompañó hasta ella. El subsuelo era como «una ciudad bajo la ciudad», pero sus pasillos eran tan similares unos a otros, sus salones tan idénticos, que moverme sola por allí habría sido un auténtico suicidio. Aquel lugar era tan enorme, que podría esconder un ejército entero. Algunas de sus zonas estaban en penumbras y desembocaban en callejones sin salida, que hacían desorientarte todavía más. Sin embargo, el señor Long llevaba toda su vida correteando por aquellos pasillos de piedra, así que apenas tardamos en llegar al lugar indicado.

La salida que conducía al mismo corazón del Palacio del Sol Eterno no era distinta a cualquier galería. Estrecha, con pocas lámparas de aceite encendidas, y terminaba en una pared derrumbada.

Sin embargo, cuando el señor Long tanteó en la pared, se escuchó un ligero crujido, y una escalera de cuerda cayó desde arriba, acompañada de polvo y piedrecillas. Levanté la cabeza.

—Cuando lleguéis arriba, veréis un mecanismo que os comunicará con el exterior —dijo el anciano—. Yo estaré aquí, abajo. No me marcharé hasta que vos no lo hagáis.

Me volví un momento hacia él, antes de que mis manos aferraran los extremos de la escalera colgante.

—Gracias, señor Long —susurré.

Había demasiadas tinieblas como para que pudiera ver su rostro con claridad, pero tuve la sensación de que me sonreía. Tomé impulso y ascendí el primer peldaño.

—Tened cuidado, Cixi. —La voz del señor Long me llegó desde abajo y me dejó paralizada—. El camino que vais a recorrer es largo y sinuoso, y ningún hombre ha llegado nunca a su fin.

Sonreí para mí misma y continué ascendiendo.

—Suerte entonces que *solo sea* una mujer —contesté.

A pesar de que contaba con una escalera, la subida no era fácil. Había tenido que dejar atrás el calzado de concubina y la cuerda se clavaba en las plantas de mis pies. Se requería una fuerza que yo no tenía, así que, a los pocos metros, mis músculos quemaban y sentía el sudor cayendo por mi rostro y mi espalda.

Debía tener un aspecto horrible, pero no me importó. Por primera vez, no quería causar buena impresión.

Cuando llegué arriba, palpé el techo y encontré una pequeña palanca. Tras varios intentos, logré moverla y, al instante, un crujido llegó desde varios centímetros más arriba. Una pieza del techo de piedra se desplazó a un lado y un haz de luz me dejó ciega durante un instante.

Parpadeando, me apresuré a salir del agujero y miré a mi alrededor. Una falsa columna, que representaba a un dragón enroscado sobre sí mismo, había girado y se había desplazado hacia un lado. Con un crujido, esta volvió a moverse y tuve que apartarme para que el borde de la falda del *hanyu* no quedara atrapado.

Me quedé quieta durante un instante observando la columna, idéntica a otras que me rodeaban, antes de mirar con atención a mi alrededor. Como había dicho el señor Long, debía estar cerca del Salón del Trono. En un extremo del recibidor donde me hallaba, se abría una enorme dependencia que conducía a otros lugares del Palacio del Sol Eterno. Pero, a mi espalda, había dos grandes puertas de madera cerradas, custodiadas por sendos guardias imperiales que charlaban entre sí.

Sus voces habían ocultado el crujido silencioso de la columna móvil.

Con rapidez, deshice lo que quedaba de mi pobre recogido y agité mi largo cabello negro alrededor de toda mi cara. Notaba costras de sangre seca por las mejillas y la barbilla por el mordisco que le había propinado al enmascarado que me había arrojado al agujero del Gran Dragón. La cuerda me había herido las plantas de los pies y ahora, con cada paso que daba, una huella sangrienta quedaba marcada en los suelos blancos.

Sonreí. Y, sin dudarlo más, salí de detrás de la columna y me dirigí con paso seguro hacia las inmensas puertas cerradas de madera.

Mis pies descalzos apenas hicieron ruido, así que cuando los guardias imperiales volvieron la cabeza en mi dirección, mis manos se encontraban a un suspiro de estas.

—¿A... Asistente Cixi? —jadeó uno de ellos, más horrorizado que sorprendido.

Yo le dediqué una sonrisa que debió parecerle un espejismo y, con todas mis fuerzas, empujé aquellas puertas inmensas.

Sabía que interrumpir las reuniones del Emperador con sus consejeros estaba estrictamente prohibido, por eso disfruté de las exclamaciones ahogadas que llenaron la sala cuando mi figura maltrecha apareció entre las dos hojas de madera.

El Salón del Trono era una monstruosidad construida a base de ónice y oro. Una pendiente ascendente, que culminaba en un trono dorado que simulaba la cabeza gigantesca de un enorme dragón de fauces abiertas. El asiento estaba ubicado entre sus mandíbulas. Las alas de oro y azabache que nacían a cada lado de Xianfeng parecieron moverse cuando él se incorporó con brusquedad de su asiento al verme.

Había guardias a ambos lados del trono, con sus lanzas en alto, que se miraron entre sí, aturdidos, sin tener ni idea de qué hacer.

Un pasillo central, recubierto por una alfombra roja, partía la estancia en dos mitades perfectas. A ambos lados se encontraban decenas de consejeros, vestidos con túnicas azules, de telas lujosas. Sus caras fueron apenas un borrón cuando pasé entre ellos. Tras sus cuerpos, inmensas columnas, cuajadas de hombres y dioses en guerra, de dragones y aves fénix, me observaban con sus ojos bestiales.

—Cixi... —La voz de Xianfeng sonó débil, quebradiza.

Comenzó a caminar en mi dirección a la vez que yo echaba a correr hacia sus brazos, que se abrían para mí. Tropecé en el último momento y él se echó hacia delante para sostenerme antes de que cayera al suelo.

Una ola de murmullos nos envolvió como una manta tibia.

—Xian... —susurré, como si acabase de despertar de una terrible pesadilla.

No tenía buen aspecto. Sus mejillas estaban más marcadas y dos sombras habían nacido bajo su mirada intensa. Una certeza me sacudió. Había estado moviendo cielo y tierra para encontrarme. Sus brazos me envolvieron con tanta fuerza, que hasta me hicieron daño.

Él me miró de arriba abajo. Su ceño se frunció con rabia cuando vio la sangre seca en mi cara, las heridas de mis pies, la tela desgarrada de mi *hanyu*.

—¿Qué... qué te ha ocurrido? —Los murmullos continuaban, pero Xianfeng no les prestaba atención. Solo tenía ojos para mí. Sus labios se tensaron—. ¿Quién te ha hecho esto?

Yo no contesté. Entre la seguridad de sus brazos, volví la cabeza y busqué entre la multitud. No tuve que indagar mucho para dar con el rostro que deseaba encontrar.

Sushun me observaba con la piel salpicada por la bilis. Tenía la boca blanca y las pupilas dilatadas. Sus labios separados le daban un aspecto triste y patético.

Entre las manos del Emperador que me aferraban, le dediqué una sonrisa juguetona. Disfruté con su sobresalto, y entonces, dejé escapar un prolongado gemido y lo señalé con el dedo.

Xianfeng siguió el rumbo de mi índice y vio la expresión demudada de su consejero antes de que él apartase la mirada con brusquedad.

—¿Sushun? —Hubo una nota peligrosa en su voz.

—Majestad —replicó él. Trató de recomponer su expresión, pero sus mejillas pálidas lo delataban. Y el hecho de que no fuera capaz de mirarme.

—¿Habéis tenido algo que ver con la desaparición de la Asistente Cixi? —preguntó el Emperador. Se inclinó ligeramente hacia delante, sin que sus brazos se separaran de los míos ni un instante.

—Por supuesto que no —contestó él de inmediato. Ni siquiera pestañeó.

No pude evitar sentir un ramalazo de admiración. Hablaba con una seguridad aplastante. Me pregunté, en silencio, cuántas veces habría mentido, a cuántos habría engañado, para conseguir esa extraordinaria habilidad.

*Tu palabra contra la mía*, pensé, cuando nuestras pupilas se cruzaron durante un instante. *Que así sea.*

Xianfeng no apartó sus brazos de mí, pero lo sentí vacilar. Le dedicó un vistazo rápido al Jefe Wong, que asintió como respuesta.

—¡Se disuelve el Consejo! —gritó, con su voz chillona.

La ola de cuchicheos se alzó un poco antes de que los consejeros dieran un paso atrás y realizaran la reverencia protocolaria. Yo paseé la mirada por todos esos hombres, deteniéndola en aquellas canas grises, en aquellas barbas, en aquellas manos de uñas recortadas. Una ola de decepción me golpeó. ¿Eran esos hombres los que ayudaban al Emperador a gobernar el Imperio? ¿Qué harían si supieran la verdad sobre lo que se escondía bajo el Palacio Rojo?

Dejé escapar un suspiro tembloroso. No sabía si quería averiguar la respuesta.

—Que un par de criados lo vigilen —ordenó Xianfeng al Jefe Wong. Sus ojos se habían hundido en la espalda del consejero Sushun, que se alejaba a paso rápido de nosotros.

Sonreí para mí misma. Si había logrado sembrar la duda en el corazón del Emperador, quizá podría vencer.

—Cixi. —Su voz sonó con suavidad en mi oído. Giré la cabeza hacia él, con los ojos todavía vidriosos y el cuerpo encogido—. Ven. Descansarás en mi dormitorio.

Con facilidad, me alzó entre sus brazos y yo dejé caer la cabeza contra su pecho. Su corazón latía a toda velocidad junto a mi mejilla. Sus labios se posaban en el inicio de mi pelo. Sus manos me sostenían con la certeza de que jamás me dejarían ir.

Atravesamos las dependencias públicas del Palacio del Sol Eterno y, tras recorrer galerías interminables, llegamos a sus dependencias privadas. Varias criadas se encontraban en el dormitorio, pero él les ordenó marcharse con brusquedad.

Se acercó a su cama y, con mucho cuidado, me depositó en ella. Me encogí sobre la colcha mullida, tiznando de sangre los hilos dorados de la tela.

—Cixi... —murmuró él.

Cerré los ojos y me dejé llevar. El sollozo que se escapó de mí fue auténtico. Alto. Descontrolado. Y, aun así, no expresaba todo lo que sentía, todo lo que llevaba en mi interior.

Tanta mentira.

Tanta falsedad.

Tanto dolor.

Tanto miedo.

Él se quedó paralizado al verme y, cuando reaccionó, me apretó contra su pecho en un gesto posesivo, tembloroso.

—Lo siento, lo siento... —masculló, fiero, contra mi oído—. Siento de verdad que hayas tenido que pasar por esto. Si... si no te hubiese degradado, si no te hubiese descuidado, si no me hubiese marchado...

Yo no contesté. Seguí gimiendo, con la cara apretada contra él. Xianfeng se estremeció, como si cada sollozo fuera una bofetada.

—Cuando... cuando regresé y me comunicaron que habías desaparecido, creí que me volvería loco —confesó—. Yo... te necesito, Cixi. Cuando estuve en el Templo de la Bruma, me di cuenta. No dejaba de pensar en ti. En ese último beso de despedida. Nunca... —Negó con la cabeza y me apretó más contra él, mientras mi lloro se apagaba poco a poco—. Nunca me perdonaría si no hubieras vuelto. Habría hecho arder el mundo.

Jadeé y me aparté un instante de él para mirarlo a los ojos.

—He vuelto por ti —susurré. Los ojos de Xianfeng se tornaron vidriosos—. Solo por ti.

Esta vez me besó. Me tomó de los brazos y hundió su boca en la mía con tanta rabia, con tanta necesidad, que apenas logré respirar. Le dieron igual mi cabello sucio y desarreglado, las manchas de sangre, mi *hanyu* rasgado, mis manos llenas de polvo.

—A partir de ahora no habrá mentiras entre nosotros. Solo la verdad —susurró, entre beso y beso—. ¿Lo juras?

—Lo juro.

Xianfeng esbozó una sonrisa y volvió a atraerme hacia él. Una de sus manos se ancló a mi nuca y otra tanteó entre las rasgaduras de mi falda. Un escalofrío me recorrió cuando tiró de la parte superior del *hanyu* y abrió el cuello hasta que este quedó debajo de mis hombros. Sus labios sembraron un camino de besos y mordiscos hasta el borde de la tela. Con suavidad, pero con firmeza, me recostó contra su cama, mientras sus besos se hacían más pausados, pero más profundos.

Fijé la mirada en el techo cuando sus manos, diestras, me separaron las rodillas y bajaron con impaciencia mi ropa interior.

Sin duda, me había echado terriblemente de menos.

Pero, justo antes de que sus dedos ardientes llegasen a tocar mi piel helada, la puerta de su dormitorio se abrió de par en par, y una figura vestida de verde entró derrapando.

Sentí ganas de vomitar cuando la mirada brillante de Zhao se tropezó con la mía. Y, durante un instante, la ilusión brutal que vi en ella desapareció de golpe cuando vio a Xianfeng sobre mí y la seda enredada en mis tobillos.

En su rostro, todavía tenía marcados los golpes que le habían propinado aquella noche.

Me incorporé con violencia y prácticamente empujé al Emperador fuera de su propia cama. Me cubrí con la colcha, a pesar de que todavía seguía vestida, y aparté la vista, porque era incapaz de enfrentarme a Zhao.

—Lo siento, Majestad. Debí pedir permiso antes de entrar. —Su voz sonó como la primera vez que. la oí. Helada. Distante—. Solo he venido para comprobar lo que me habían comunicado: el regreso de la Asistente Cixi.

Xianfeng, ahora contra los pies de la cama, pareció confuso, pero sacudió la cabeza y su sonrisa habitual, segura y deslumbrante, regresó a sus labios.

—Está bien, Ahn. Aunque debes dirigirte a ella con el título adecuado. —Miré al Emperador, sorprendida—. *Consorte* Cixi.

Sabía que debía arrodillarme ante él, darle las gracias, pero era incapaz de moverme. Porque si lo hacía, vería de nuevo la expresión de Zhao, y no era capaz de soportarla.

—Me alegro de que os encontréis a salvo, Consorte Cixi —dijo Zhao, tras una pausa.

Yo asentí y, en vez de mirarlo a él, me volví hacia Xianfeng.

—Habría sido mucho peor de no haber estado el Eunuco Imperial Zhao a mi lado —le dije, con los ojos quietos en los suyos—. A pesar de haber sido envenenado, como yo, consiguió herir a uno de los atacantes en un ojo.

—¿Qué? —El Emperador frunció el ceño y se volvió hacia Zhao—. ¿Por qué no me lo dijiste durante el interrogatorio?

Esta vez sí observé de soslayo a Zhao. Él parecía de pronto tan estupefacto como el Emperador.

—No... no lo recordaba —susurró—. Apenas recordaba nada cuando desperté por la mañana, en el suelo del Palacio de las Flores. Solo era consciente de que tú... —Sus ojos se hundieron en los míos durante un momento. Carraspeó—. De que vos no estabais.

Hubo algo en la forma en que pronunció aquello que me rompió por dentro.

—Esto lo cambia todo —masculló el Emperador, para sí mismo—. Busca de inmediato al Jefe Wong, y ordénale que encuentre a un hombre herido en el ojo.

Zhao asintió y, antes de marcharse, me dedicó una rápida mirada.

Xianfeng se giró hacia mí, pero yo hablé antes de que se acercara de nuevo. Necesitaba tiempo antes de que volviera a tocarme.

—No... no recuerdo dónde me llevaron. Todo está demasiado borroso por culpa del veneno —murmuré, con la mirada hundida en la de él. Tenía que creerme. Como fuera—. Pero sí estoy segura de que vi al consejero Sushun. Él fue quien organizó todo. Lo vi aquella noche. Cree que yo estuve detrás de lo que le ocurrió a su hija.

Xianfeng chasqueó la lengua y soltó un largo resoplido antes de apartar la mirada. Sabía que aquello debía ser un gran problema para él, si era cierto. Sushun era su principal consejero y había sido su tutor desde que era un niño. Culparlo de algo así sacudiría hasta los cimientos del Palacio Rojo.

—Fuera quien fuese tuvo que tener a alguien dentro de tu palacio —murmuró—. Un colaborador.

—Un *traidor* —lo corregí, con un siseo.

Xianfeng asintió antes de continuar.

—Tenemos a una de tus criadas interna en el Departamento de Castigo. La hemos interrogado bajo tortura, pero jura no haber tenido nada que ver. —Meneó la cabeza, con fastidio, y se aproximó un poco a mí—. Pero fue la encargada del vino. Y pudimos comprobar que lo habían alterado con semillas de amapola.

*Nuo*, pensé, con una profunda punzada en el estómago. Pero sacudí la cabeza y aparté su imagen ensangrentada y retorcida, en una de esas celdas que yo también había ocupado.

Tragué saliva y me arrastré por el lecho, hacia él.

—Xian, el eunuco Zhao me protegió con su vida —murmuré.

—Ese es su trabajo, Cixi. *Todos* deberían morir por ti.

*¿Incluso tú?*, pensé. Sin embargo, contesté:

—Conozco la historia que os une, y sé el motivo por el que no se le permite tocar nada afilado, pero... —Trepé por él y me arrodillé sobre sus piernas. Su cuerpo se tensó al instante bajo el mío—. Si hubiese tenido una espada, o un simple cuchillo, nadie me habría sacado a rastras de mi palacio.

—Te creo. Lo veía practicar antes... antes de que su padre traicionara al mío. Estaba destinado a ser un Señor de la Guerra. El mejor de todos ellos —comentó. Prestaba más atención a mis manos, que ascendían por su pecho.

—Entiendo que nunca llegue a ostentar esa posición, pero... después de lo que ha ocurrido, quizá deberías pensar en muchas de aquellas cosas que te murmuraba Sushun al oído. Si realmente eran favorables para ti y para el Imperio... o para su propio beneficio.

Mis manos se quedaron quietas sobre su nuca. Con brusquedad, le arranqué la horquilla dorada que sujetaba su cabello y me envolví su melena negra en un puño. Tiré de él y le hice alzar la mirada. Un gruñido placentero escapó de sus labios y, durante un instante, me vi reflejada en sus pupilas, rodeada del castaño ardiente de sus iris.

En ese momento, me habría entregado el mundo si yo se lo hubiera pedido.

Estuve a punto de inclinarme para besarlo, pero de pronto Xianfeng giró la cabeza y mis labios solo rozaron su pómulo.

—Espera —masculló. Se removió debajo de mí, intranquilo—. Hemos prometido ser sinceros.

—Así es —contesté, con un susurro perezoso. Mi boca lo buscó de nuevo, pero él siguió con el rostro vuelto hacia otro lado.

—Debo confesarte una cosa. —Me miró a los ojos—. Algo que no sabe nadie más.

*Va a confesarme la verdad sobre el Gran Dragón*, pensé, irguiéndome. *Va a hablar del secreto mejor guardado durante cientos de años.*

Quizá Xianfeng no fuera un monarca diferente, pero podría llegar a serlo.

Un ramalazo de culpa me agitó desde lo más hondo. Hasta que separó los labios y dijo:

—Sé lo que le ocurrió a la Consorte Lilan.

La sangre se heló en mis venas.

—¿Qué? —murmuré.

—Desde el mismo principio. Sé que todo lo que ocurrió fue idea de Cian. Es... mi amiga desde que aprendimos a andar juntos, la conozco, y sé que a veces su amor por mí le... *nubla el juicio.*

Mi corazón gritó que me apartara de él. Su piel rozando la mía, mis piernas apoyadas a ambos lados de su regazo, mis manos sujetando su pelo, era como estar en contacto con un hierro candente que me quemaba poco a poco, que me dejaba una cicatriz que jamás, nunca, podría desaparecer.

A pesar de que me quedé paralizada, él debió ver algo en mi mirada, porque se apresuró a añadir:

—Pero la castigué, por supuesto. De la forma más severa que conozco.

*Lo dudo*, siseó una voz lejana en mi mente. *Porque todavía tiene los cuatro miembros pegados al tronco. Porque los intestinos no le cuelgan como las faldas de sus lujosos* hanyus.

—Estuvo bebiendo durante un año un tónico especial. Ella... creyó que la ayudaría a quedarse embarazada, pero lo que este consiguió fue el efecto contrario. Es estéril. Jamás podrá concebir ningún heredero para mí.

Lo observé, pestañeando, preguntándome cómo podía esbozar esa sonrisa tentativa mientras pronunciaba esas palabras.

—¿Ella lo sabe? —me oí decir, con voz distante.

—No, por supuesto que no. Ese era el secreto que te había guardado —dijo. Alzó una de sus manos y la apoyó en mi mejilla. Debió sentirla tan helada como me notaba yo por dentro—. Ahora, dime. ¿Hay algo que desees contarme?

Ni siquiera dudé.

—No.

Él sonrió y su mano se deslizó de mi cara a mi cuello, hasta quedarse posada sobre la parte de la espalda que se me había quedado al aire.

—Entonces, solo nos queda la verdad —sentenció.

—Sí —susurré, mientras me inclinaba sobre él—. Solo la verdad.

Lo devoré.

Lo devoré con mis labios, mi lengua y mis manos. Le hice el amor con una ferocidad que no cabía dentro de mí, que jamás había experimentado. Con cada violento balanceo, con cada beso jadeante, con cada grito estrangulado en el que pronunciaba mi nombre, yo repetía en mi cabeza, una y otra vez, una y otra vez.

*Solo la verdad.*

*Solo la verdad.*

*Solo la verdad.*

# 56

D urante tres días seguidos, no abandoné las dependencias de Xianfeng. No me permitía marcharme de su lado ni dejaba que nadie
penetrase en nuestra pequeña burbuja. Ni siquiera la Gran Madre,
que había solicitado verme. Solo conseguí encontrarme con Lienying en una
ocasión, en un momento en el que el Emperador había tenido que partir por
un asunto urgente.

El propio Xianfeng me interrogó. Yo le conté que todos mis recuerdos
estaban mezclados, que no había podido ver los rostros de los que me habían llevado ni el lugar donde me habían escondido. Solo tenía una vaga
idea. Ni siquiera sabía bien cómo había podido deshacerme de mis secues-
tradores y llegar al Salón del Trono, sucia y ensangrentada. Cuando el sanador imperial me examinó, le recomendó al Emperador no insistir sobre ello.
El trauma y el propio veneno que me habían administrado podrían haber
alterado mis recuerdos de aquellos tres días para siempre. El Emperador
obedeció y no volvió a cuestionarme.

Dormía junto a él, me bañaba con él, e incluso trabajé en asuntos de
Estado, a pesar de que era algo que estaba estrictamente prohibido. De esa
forma, me enteré de que tenía al Reino Ainu lamiendo de sus botas. Con su
soberano siendo un invitado eterno en el Palacio Rojo, sus súbditos no se
atrevían a nada más que a amenazas veladas y, por otro lado, a cumplir con
las exigencias de Xianfeng y el Consejo. Estaban tan desesperados por tener
de vuelta al Rey Kung, que estaban cerca de entregarle al Imperio parte de
las tierras fronterizas como muestra de buena voluntad.

—No debería contarte esto —comentó el tercer día, cuando me vio alzar
un pergamino de su escritorio para leerlo detenidamente.

Yo lo dejé caer de inmediato, como si estuviera en llamas.

—Si quieres, me marcharé —le dije.

—No, no. —Él negó con la cabeza, riendo, y se levantó para abrazarme—. Pero sé que los consejeros montarían en cólera si supieran que estás al tanto de todo esto. A muchos... —apretó los labios y calló, pero yo supe lo que quería decir.

—Creía que los asuntos de la Corte Interior no se hablaban en la Exterior —comenté, con las cejas arqueadas.

Él suspiró con cierto cansancio.

—Recuerda que la mayoría son unos viejos acomodados. No te conocen. A sus ojos... no eres como el resto de concubinas. —Negó con la cabeza y continuó—. La Gran Madre procede de una de las familias más importantes y antiguas del Imperio. De su familia han nacido príncipes y princesas, incluso emperadores y emperatrices. Fue la favorita de mi padre en gran parte, porque el Consejo así lo deseó.

Dejé escapar una carcajada suave y, esta vez, fui yo la que envolví la cintura con mis brazos.

—Entonces, Majestad, me parece que somos vos y yo contra el mundo.

—Me gusta cómo suena eso, Consorte Cixi. —Él sonrió con ternura y se inclinó para darme un pequeño beso en los labios. Permaneció un momento quieto, de pronto pensativo—. Una de las cosas que no le gustan de ti al Consejo es que, según ellos, pasas demasiado tiempo con el Rey Kung.

Me aparté de él para mirarlo a los ojos, sorprendida.

—No sabía que me tuvieran tan vigilada —comenté. La sonrisa permaneció en sus labios, pero no me pareció tan luminosa como antes—. Es cierto que paseo con él, y que a veces comparto té y partidas de Wu por las mañanas. De alguna forma... me recuerda a la aldea de la que procedo. A quien era yo antes de entrar en estos muros. No puedo evitarlo, creo que podría considerarlo un amigo si no fuera quien realmente es. Y creo que a ti te ocurre lo mismo, por mucho que tu posición te obligue a negarlo.

Xianfeng apretó los labios y suspiró.

—Tienes razón.

Dejó caer los brazos, pero yo no lo dejé apartarse de mí.

—Si te incomoda, puedo dejar de verlo.

La sonrisa regresó a sus labios, más inmensa que nunca. Volvió a estrecharme entre sus brazos.

—No, no. Confío en ti, Cixi —dijo, antes de añadir—: A él también le vendrá bien tener a un amigo entre estos muros.

Negué con la cabeza apretada contra su pecho, sonriendo.

—A veces eres demasiado compasivo para ser Emperador, Xian —susurré, mientras un rubor de orgullo y vergüenza teñía sus mejillas.

De pronto, la voz aguda del Jefe Wong acuchilló el ambiente tibio y dulce que nos envolvía.

—¿Qué ocurre? —preguntó Xianfeng, molesto, cuando el eunuco entró con paso presuroso en la estancia. Tenía el rostro pálido y empapado de sudor.

—Me... me temo que hemos resuelto el caso de lo que ocurrió con la Consorte Cixi. —Mi corazón dio un salto en mi pecho, pero me obligué a permanecer tranquila, a la espera—. Hemos encontrado escondido en la ciudad al hombre que fue herido en el ojo. Planeaba abandonarla en un par de días. También, a varios hombres muertos en las afueras de Hunan, junto a una pequeña cueva donde sospechamos que escondían a la Consorte Cixi.

Solté el aire despacio. El señor Long había cumplido su parte. Había arrastrado los cadáveres que no había llegado a incinerar hasta la segunda salida de la guarida del Gran Dragón, como me había prometido que haría.

Xianfeng asintió y lo animó a continuar. El Jefe Wong sorbió aire ruidosamente por la nariz.

—Los muertos eran miembros de la guardia imperial que estaban de permiso, según los registros, así como el hombre que perdió el ojo. Lo interrogamos fuera de los muros de palacio, como nos ordenó, y... me... me temo que las sospechas eran las correctas, Majestad. —Sentí cómo, a mi lado, Xianfeng contenía el aliento—. El guardia imperial que sigue vivo ha declarado bajo tortura que todo fue orquestado por el consejero Sushun.

Un ramalazo de placer me hizo erguirme y, durante un momento, me deleité con la expresión iracunda que atravesó el rostro de Xianfeng con la brutalidad y fugacidad de un rayo. Sin embargo, cuando se volvió hacia mí, encogí los hombros y bajé la cabeza.

—Lo siento, Majestad —murmuré.

—¿Cómo ha podido hacerme esto? —contestó él, casi para sí mismo—. ¿Cómo se ha atrevido a engañarme... *a mí*? ¿Cómo ha podido mentir y conspirar ante el Emperador? —Su voz se alzó.

El Jefe Wong dio un paso adelante.

—¿Deseáis que envíe a la guardia imperial? —preguntó, con un asomo de sonrisa, como siempre le ocurría ante la perspectiva de una próxima violencia.

—No. Quiero estar presente —replicó Xianfeng, con firmeza—. Llama al nuevo capitán de la guardia. ¿Dónde está Sushun ahora?

—Con la Emperatriz Cian —contestó el Jefe Wong.

Apreté los labios para controlar la sonrisa. Qué apropiado.

Xianfeng se giró hacia mí, con la mano estirada en mi dirección.

—¿Me acompañas, Consorte Cixi?

—Será un verdadero placer —contesté, antes de entrelazar mis dedos con los suyos.

El Jefe Wong se adelantó, además de un par de guardias que nos escoltaron durante todo el camino hasta las mismas puertas del palacio de la Emperatriz Cian. Junto a ellas, con un uniforme de color negro, protectores en los antebrazos y en los muslos, y una capa bordada en la que aparecía un dragón con las fauces abiertas, nos esperaba Zhao.

En la cintura, llevaba una larga espada envainada en la que apoyaba distraídamente la mano.

Sus ojos se cruzaron con los míos y una ola tibia me recorrió cuando me di cuenta de que no tenía el cabello atado como el resto de los soldados. Lo mantenía suelto, solo sujeto por los laterales para que no molestara su visión. Como a mí me gustaba.

—Creo que no te he presentado al nuevo capitán de la guardia, Ahn Hai —dijo el Emperador, mientras, tras él, Zhao inclinaba diligentemente la cabeza.

—Felicidades por el ascenso, capitán —dije, en voz baja.

—Supongo que tengo que agradecéroslo a vos —replicó Zhao, con una media sonrisa.

Xianfeng apretó un poco los labios y paseó su mirada de uno a otro antes de fijarla en las puertas abiertas del Palacio de la Luna. Le hizo un gesto impaciente a los dos guardias que nos seguían.

—Vamos —ordenó.

Enfiló hacia aquel interior blanco y demasiado luminoso, seguido por todos nosotros. En la entrada, Kana recortaba unas malas hierbas de uno de los arriates. Sus ojos se clavaron un instante en los míos antes de postrarse ante el Emperador.

Él le dirigió una mirada severa.

—¿Dónde está la Emperatriz? —preguntó Xianfeng.

—En... en el patio lateral, Majestad —contestó ella, sin levantar los ojos del suelo.

Respiré hondo. Qué curioso. El mismo lugar que había presenciado nuestro primer encuentro a solas. Si cerraba los ojos, todavía podía recordar su voz dulce preguntándome si podía enseñarle a jugar al Wu. Todo aquello había pasado hacía solo unos meses, pero parecía proceder de una vida pasada.

El Emperador asintió, brusco, y se encaminó hacia el lugar indicado. No tardamos en llegar. Atravesamos la pasarela techada y, a apenas unos metros, en el cenador que yo había ocupado muchas veces, vimos a la Emperatriz Cian y al consejero Sushun. Ambos estaban compartiendo una taza de té.

Nuestros pasos llamaron su atención.

—¿Xianfeng? —preguntó Cian, mientras se ponía en pie. Sushun, tras ella, nos dirigió una mirada ceñuda a Zhao y a mí, que avanzábamos juntos, detrás de la esbelta figura del Emperador—. ¿Qué... qué ocurre?

Xianfeng echó una mirada por encima del hombro a los dos guardias.

—Prendedlo.

Estos se movieron con rapidez. Nos rodearon a Zhao y a mí y quedaron frente a las expresiones confusas de la Emperatriz y el viejo consejero.

Sushun ahogó una maldición entre dientes.

—No sé qué mentiras ha podido contarte esa... zorra, esa serpiente —dijo, con los ojos clavados en mí—. Pero...

—Ella no ha dicho ni una sola palabra. No ha hecho falta. La propia investigación ha hablado por sí sola —lo interrumpió Xianfeng, con una voz férrea que no permitía réplica alguna. De pronto, las palabras se le quebraron—. ¿Cómo... cómo has podido?

Sushun tomó aire y lo soltó lentamente. De alguna manera, me recordó a la expresión de su propia hija, la Consorte Liling.

—Lo he hecho por vos, Majestad —murmuró—. Estoy tratando de salvaros.

—¿Salvarme? ¡Yo soy el Emperador! ¡Aquel que Venció al Gran Dragón! —gritó de pronto Xianfeng. Su puño se movió, violento, y golpeó la balaustrada de piedra. Esta, al instante, se resquebrajó por la fuerza de su Virtud, y varias piedras rodaron hasta el borde de mi *hanyu*—. ¡No necesito que nadie me salve!

Cian soltó una exclamación ahogada y retrocedió hasta colocarse junto a Sushun. Su mirada, siempre dulce y tierna, se incendió de rabia cuando se clavó en mí.

—¡No te precipites, Xianfeng! —dijo—. Conoces a Sushun desde que eras un niño. Siempre te ha sido fiel. No puedes acusarlo solo por las palabras de... —Sus ojos se cruzaron con los míos—. De una concubina.

Zhao dio un paso al frente. Sus dedos, cerrados con fuerza en torno a la empuñadura.

—Hemos llevado a cabo una investigación —dijo, con voz calmada, aunque firme—. No solo se ratificó que el vino estaba envenenado. Uno de los hombres que participaron en su captura, el mismo al que yo herí, estaba escondido en la ciudad y planeaba salir de ella a escondidas. Trabajaba bajo las órdenes del consejero Sushun. También hallamos dos cadáveres cerca del lugar donde sospechamos que pudieron esconder a la Consorte Cixi, antes de que ella lograra escapar.

—¿Y la criada? —preguntó la Emperatriz. Su expresión se había tensado al oír mi nuevo título—. Sé que una de sus criadas está en el Departamento de Castigo. La responsable de encargar el vino, por lo que he escuchado. A pesar de la tortura, ella sigue afirmando no saber nada.

De mis labios escapó un resuello divertido.

—No os preocupéis tanto, Alteza Imperial —comenté, disfrutando de cómo la burla de mi voz iba golpeando una y otra vez esa máscara de calma y ternura de su rostro inmaculado—. Yo misma me ocuparé de eso después.

Sushun dejó escapar un largo suspiro y meneó la cabeza.

—Sois un idiota, Majestad —masculló.

La boca de la Emperatriz se abrió con horror a la vez que los guardias alzaban sus lanzas y apuntaban con sus bordes afilados el cuello del consejero. Sushun, sin embargo, ni siquiera parpadeó.

Xianfeng no fue capaz de responder. Yo lo observé de soslayo. Posiblemente, era la primera vez en su vida que lo insultaban.

—Os comportáis como un crío enamorado, que hace lo que ella os ordene. Y ni siquiera os percatáis de ello. —Me dedicó una mirada despectiva, pero yo no aparté la vista—. Entró en el Palacio Rojo con motivos deshonestos y os hizo creer que le importabais. Después, logró deshacerse de mi hija Liling, la que podía ser su mayor competidora en el Harén. Os ha vuelto contra mí, contra vuestro mayor servidor en la Corte Exterior. Y os ha convencido para que pongáis un arma en la mano del hijo de un traidor y le deis una posición demasiado elevada para un deleznable eunuco.

Xianfeng dio un paso adelante. Todo su cuerpo estaba en tensión. Casi podía sentir el poder de su Virtud rezumando por los poros de su piel.

—Si le hubiera dado a Ahn el puesto que realmente merecía por su fidelidad durante todos estos años, no estarías en esta situación, Sushun, porque no habría permitido que ninguno de tus hombres se llevara a la Consorte Cixi —respondió, ronco—. Has escupido sin ver de dónde viene el viento, amigo mío.

Sushun alzó la cabeza y dejó escapar una carcajada amarga.

—¿No os dais cuenta, maldita sea? ¿Tanto os ciega su amor por ella? —La mano del consejero restalló como un látigo, y me señaló—. No podéis fiaros. Me han llegado rumores.

—No existen secretos entre la Consorte Cixi y yo —replicó el Emperador—. Ya no.

La Emperatriz se llevó la mano al estómago, como si algo la hubiera golpeado, mientras Sushun dejaba escapar otra risotada.

—Os está engañando, Majestad. Ella... y vuestro estimado amigo, el eunuco.

Hubo un momento de estupor silencioso. Hasta el pétalo de una flor que había sido arrancado por la brisa pareció quedarse paralizado en mitad de su efímero vuelo.

Yo sentí cómo mi piel se erizaba.

Xianfeng, con mucha lentitud, se volvió en nuestra dirección. Sus pupilas se deslizaron de mi expresión paralizada al rostro de Zhao, que había palidecido súbitamente.

Se echó a reír.

A reír de verdad. Con carcajadas fuertes que le hicieron llevarse las manos al estómago. Hasta la propia Emperatriz se sobresaltó por la violencia del sonido. Zhao y yo nos miramos por encima de su cabeza inclinada, pero no dijimos nada, no respiramos siquiera, hasta que el Emperador no se incorporó con lágrimas en los ojos.

—Debes estar verdaderamente desesperado, Sushun —dijo, cuando logró hablar entre resuellos—. Para tratar de convencerme con semejante estupidez.

Una parte de mí entendía a Xianfeng. Comprendía por qué todo aquello le resultaba tan ridículo. Él era un dios viviente, terriblemente apuesto y joven. El ser más poderoso del Imperio. Un hombre por el que las mujeres se dañaban y mataban. Un hombre que podía entregarme lo que quisiera. Un hombre que me había hecho gemir y estremecerme bajo él.

¿Cómo iba a cambiarlo por un... *eunuco*? Por un joven que procedía de una familia de traidores, que no poseía nada más que una cabaña junto a un mausoleo de concubinas olvidadas. Menos apuesto, menos poderoso, que jamás podría hacerme madre.

Alcé la cabeza y miré a Sushun, aunque no fue a él a quien me dirigí:

—Me parece que no sabéis qué es el amor.

El consejero hizo amago de replicar, pero Xianfeng alzó el brazo con brusquedad y los dos guardias imperiales avanzaron un paso y apoyaron el frío metal en la piel arrugada de Sushun.

—Basta ya. Llevadlo al Departamento de Castigo. Esperará su sentencia mientras duerme en una celda —ordenó.

Los guardias bajaron las armas y lo sujetaron de los brazos. Después, lo condujeron con rudeza por el corredor techado hacia el interior del Palacio de la Luna.

La Emperatriz Cian dejó escapar un suspiro tembloroso. Se había recostado contra la balaustrada, como si sus piernas estuvieran a punto de fallarle. Yo alcé la mirada y la paseé por esos tres amigos, que antes habían estado tan unidos y cuyos caminos ya no podían separarse más.

—Xian...

La Emperatriz extendió la mano para rozar la de su marido, pero él la apartó con brusquedad. Un ramalazo de desprecio convirtió sus facciones en piedra gris.

—Te lo advierto, Cian. No vuelvas a intentar nada —dijo.

La expresión de la Emperatriz se resquebrajó. La mano que tenía extendida empezó a temblar violentamente. Parecía a punto de derrumbarse.

—No, no sé de qué...

—Sí que lo sabes —la interrumpió Xianfeng, sin un atisbo de piedad—. Te quiero, Cian, pero si te atreves a tocarla...

Dejó que la frase se consumiera por sí sola, flotando en el aire. La Emperatriz soltó un sollozo entrecortado y se plegó sobre sí misma. Parecía a punto de perder el equilibrio, pero nadie le ofreció sustento.

Xianfeng le dio la espalda y se alejó de ella, y Zhao y yo lo seguimos sin dudar. Yo no miré atrás, pero supe que sus ojos dulces y tenebrosos vigilaban nuestras manos, que se movían al son de nuestros pasos, muy cerca una de la otra.

Cuando llegamos al exterior, encontramos un ligero tumulto. Varios criados y eunucos cuchicheaban mientras el consejero Sushun se alejaba, custodiado. El Jefe Wong hacía lo posible por apartarlos, sin mucho éxito.

Antes de que Xianfeng hablara, me adelanté.

—Si me lo permitís —dije, utilizando el tono adecuado ahora que estábamos rodeados por muchos—, me gustaría interrogar a mi criada en el Departamento de Castigo.

—Está bien —me concedió el Emperador. Sus ojos se desviaron un instante hacia Zhao, que esperaba en silencio a unos pasos de nosotros. Un tremor restalló en su mirada antes de añadir—: Capitán Zhao, acompáñala, y después, escóltala de vuelta al Palacio de las Flores.

Zhao se inclinó en señal de sumisión. No me miró, ni siquiera cuando Xianfeng me dijo:

—Esta noche no te pediré que me acompañes. Después de lo que ha ocurrido... —Su ceño se frunció—. Necesito pensar.

Traté de esbozar una sonrisa, aunque mis labios se atascaron en una mueca triste.

—Lo comprendo, Majestad.

Él asintió y, tras desviar otra vez la mirada hacia el nuevo capitán de la guardia, llamó al Jefe Wong y se alejó del Palacio de la Luna, mientras los criados y la servidumbre que se cruzaban en su camino se detenían para postrarse a sus pies.

Hasta que no desapareció tras la Puerta del Mundo Flotante, Zhao y yo no nos miramos.

—Cixi... —susurró él.

—Lo sé —musité.

Alargamos las manos, pero nuestros dedos no se rozaron.

Había demasiados ojos sobre nosotros.

# 57

Una concubina no podía abandonar la Corte Interior, pero como iba acompañada por el nuevo capitán de la guardia imperial, nadie nos detuvo cuando cruzamos la Puerta del Mundo Flotante.

Mi *hanyu*, las joyas que adornaban mi peinado, mis labios rojos como la sangre, llamaban la atención entre tantas túnicas de servidumbre que iban de aquí para allá.

El Departamento de Castigo albergaba muchos horrores. Cuando todavía formaba parte del Departamento de Trabajo Duro, había escuchado historias sobre espíritus, de criados a los que habían torturado para obtener información, y finalmente habían perecido a pesar de ser inocentes. Eso hacía que los alrededores soliesen estar desiertos. Así que, cuando por fin nos aproximamos a aquel edificio gris y terrorífico, Zhao y yo pudimos detenernos y mirarnos a los ojos. Asentimos a la vez. Él me tomó con suavidad del brazo y me arrastró hacia un rincón oscuro formado entre dos callejones, donde la luz primaveral no llegaba.

Nuestras máscaras cayeron al suelo como caía la ropa de dos amantes al llegar la madrugada.

—¿Estás bien? —murmuramos al unísono.

Quería alzar la mano y borrar con mis dedos las marcas violáceas que quedaban en su rostro. No me imaginaba las que ocultaba su ropa.

—Cuando… cuando desperté y no te vi a mi lado… —musitó, cerrando los ojos durante un momento, presa del dolor—. Cixi… yo interrogué al soldado al que herí en el ojo. Me dijo… me dijo que el plan consistía en llevarte a la guarida del Gran Dragón. Que te arrojarían al subsuelo para que él te devorara.

—Lo hicieron.

Zhao abrió los ojos de golpe. Un halo de confusión enturbiaba su mirada.

—Nadie puede enfrentarse al Gran Dragón y permanecer con vida —masculló.

Se me escapó una sonrisa burlona.

—Solo el Emperador. El elegido por el Dios Sol para guiar al Imperio Jing. Quizá, yo sea tan apta como él para llevar una tarea así. —Dejé escapar un resuello y todo atisbo de diversión desapareció de mi boca—. Zhao, no hay ningún Gran Dragón.

Sus labios se movieron articulando un «¿qué?», pero no escapó ni un solo sonido.

—Existió, es verdad. Pero de él no quedan más que huesos.

—Xianfeng me contó con detalle cómo lo derrotó. Cómo la bestia estuvo a punto de devorarlo —susurró. Su voz se rompió en la última palabra—. Cian tomaba dulces mientras él y yo compartíamos un té. Yo ni siquiera fui capaz de terminarme el mío.

Apoyé la mano en su hombro y él se estremeció, como si una descarga lo hubiera sacudido.

—Se dice que los emperadores siempre eligen al heredero adecuado porque, desde hace cientos de años, estos nunca mueren a manos del Gran Dragón. Que siempre logran apaciguarlo o vencerlo, de una forma u otra. —Me recosté contra el muro pintado de sangre y alcé la mirada al cielo azul de primavera—. Puede que antiguamente fuera así, pero ahora no quedan más que mentiras. Mentiras, mentiras y más mentiras.

Zhao sacudió la cabeza, tratando de expulsar sin mucho éxito su aturdimiento.

—¿Cómo lograste salir? —preguntó, al cabo de unos segundos en silencio—. Solo he estado una vez frente a la entrada al subsuelo, y recuerdo un abismo enorme y gigantesco, sin ninguna escalera o cuerda por la que trepar. —Solté una carcajada amarga y arqueé las cejas. Él bufó—. ¿Hay más salidas?

—Dos más. Una muy cercana al Salón del Trono. Otra en las afueras de Hunan. —Al ver su cara de sorpresa, me apresuré a añadir—: Ese lugar... es inmenso, Zhao. Podría albergar a un ejército entero.

—¿Lograste explorarlo sin perderte?

—Un anciano lo vigila y lo guarda. Bajo coacción del Emperador, por supuesto —añadí, con una mueca—. El señor Long. Él se encarga de incinerar los cuerpos que arrojan por el abismo. Da igual que los tiren vivos o muertos. La caída es tan elevada, que el golpe contra el suelo siempre los mata.

Zhao apartó la mirada de mí y la alzó también hacia ese cielo azul que ignoraba lo podrido que se encontraba todo lo que estaba bajo él.

—No sé qué pensar de todo esto.

—Sí que lo sabes —repliqué, apoyando durante un segundo la cabeza en su hombro—. Pero no puedes decirlo en voz alta.

Él asintió, y desvió la vista del cielo cuando yo me separé del muro y me coloqué frente a él. Hubo algo en mi expresión que retorció la comisura de sus labios. Que lo hizo parecer menos perdido.

—¿Por qué estamos aquí, Consorte Cixi?

Yo clavé la mirada más allá, en aquel edificio grisáceo que me llamaba a gritos.

Las manos se me convirtieron en puños temblorosos.

—Porque necesito comprobar algo.

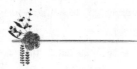

Tian parecía confusa cuando uno de los eunucos del Departamento de Castigo la trajo hasta mí.

Zhao y yo nos hallábamos en una pequeña sala de espera, frente al escrutinio incómodo de varios eunucos que no hacían más que mirarnos de soslayo.

—Te necesito aquí para hablar con ella —le expliqué, mientras apoyaba una mano tranquilizadora en su espalda.

Ella asintió, todavía algo pálida, y nos siguió cuando Zhao y yo atravesamos la puerta que nos habían indicado los eunucos. Tras ella, estaba la celda de interrogatorios donde se encontraba Nuo.

Era parecida a aquella en la que había estado yo después de los latigazos recibidos, un año atrás. La única diferencia era que había una silla en el centro, en la que me imaginaba que había sido interrogada, y no había barrotes, sino paredes sólidas. Para apagar un poco lo gritos, suponía.

En un rincón, había una figura acuclillada, vestida con una túnica de servidumbre que antes había sido de un precioso azul celeste, y que ahora tenía un tono gris oscuro. Estaba salpicada de sangre, heces y otros líquidos que no quise averiguar.

Tras un flequillo sucio y enredado, dos ojos me observaron. Parecían perdidos, agotados, pero una luz intensa brilló en ellos antes de que Nuo abriera la boca para gritar.

—¡Cixi!

Se abalanzó con tanta brusquedad hacia delante, que Tian lanzó un chillido y Zhao desenvainó la espada con un movimiento rápido. Nuo se detuvo al instante, arrodillada sobre el suelo sucio, jadeante.

—Creía... creía...

—¿Que no volverías a verme? —terminé por ella. Ladeé la cabeza y me acerqué unos pasos.

A Nuo le temblaron los labios por unos sollozos incipientes, pero logró sujetar las lágrimas tras los párpados.

—Yo... yo no he hecho nada —tartamudeó, antes de mirar hacia la puerta cerrada—. Ellos no dejan de preguntarme, pero yo les he contado todo lo que sé.

—El vino estaba envenenado, Nuo —intervino Tian, avanzando para colocarse a mi lado—. Y lo elegiste tú.

—¡Ese vino llevaba en la bodega desde que Cixi fue nombrada concubina! —gritó Nuo—. Yo... yo solo lo escogí. Podría haber elegido cualquier otro.

—Ese es precisamente el problema —susurré.

—¡Era el mejor! —exclamó ella, sacudiendo la cabeza—. Incluso cualquiera que no supiera nada, lo habría elegido. Siempre que entrábamos en la bodega comentábamos la fragancia que despedía esa jarra en particular. Era un vino destinado para una ocasión especial, y... —Vaciló, y sus ojos se alzaron levemente para encontrarse con la espada de Zhao—. Sé lo especial que es él para ti. Me pareció una buena idea utilizarlo en el Día de la Edad.

—Tú deseas lo mejor para mí, ¿no es así? —murmuré. Extendí la mano y aparté con delicadeza un par de mechones grasientos que colgaban frente a su mirada.

Una lágrima resbaló de sus ojos y quedó pendiendo en su barbilla.

—Cualquiera pudo haber entrado en el palacio para envenenar el vino. Las Asistentes no tienen mucha servidumbre, pero sí acuden criados de los departamentos o de otros palacios. A veces, incluso, la residencia se queda vacía —explicó con atropello, desesperada—. Eres mi amiga —susurró—. Mi mejor amiga.

Había verdad en sus palabras. Podía palparla. Pero sabía que en el Palacio Rojo había muy buenos mentirosos y estaba claro que Sushun había conseguido que alguien vertiera el veneno en el vino que se guardaba en la bodega.

Intercambié una mirada con Zhao y tomé una decisión.

—Está bien, Nuo —contesté, también con un murmullo—. Está bien. Confío en ti.

Tian me miró de soslayo mientras Nuo se erguía, con los ojos brillantes de lágrimas. Eché un vistazo por encima de mi hombro, pero Zhao ya había acudido a avisar a los guardias responsables.

—Soltadla —les indicó, cuando entraron en la celda.

Uno de ellos extrajo un manojo de llaves del bolsillo de su túnica de servidumbre y liberó las manos de mi amiga de los grilletes. Tuve que apartar la mirada cuando vi sus muñecas en carne viva.

—Vamos, Nuo. —La voz de Zhao sonó suave cuando se acuclilló frente a ella y tomó uno de sus brazos con delicadeza—. Es hora de volver a casa.

Con cuidado, se la colocó en la espalda y se incorporó, con ella en brazos. Nuo no fue capaz de emitir ni un solo sonido. Cerró los ojos y lloró silenciosamente.

Las lágrimas dibujaron cercos blancos en la máscara de sangre y suciedad que parcheaba su piel.

Yo los seguí a varios pasos de distancia, con Tian pegada a mis talones.

—Cixi —me dijo, tragando saliva—. No entiendo...

—Lo sé —la interrumpí—. Pero quiero darle otra oportunidad. Si tú hubieras sido ella, también te la habría dado.

Tian apretó los labios y asintió, en silencio. Su expresión era difícil de desentrañar.

—Vigílala de cerca —susurré—. Si ella ha sido quien me ha traicionado, volverá a hacerlo.

La respuesta de Tian pareció llegarme desde muy lejos.

—Espero que no te arrepientas de tu decisión.

La cabeza de Nuo se apoyaba sin fuerza sobre el hombro izquierdo de Zhao. Sus manos colgaban casi sin vida. Las marcas amoratadas que habían dejado los grilletes asomaban bajo las mangas harapientas.

—Yo también —murmuré—. Yo también.

# 58

Cinco días después, se llevó a cabo la decapitación del antiguo consejero Sushun, durante una mañana soleada de una primavera tardía. El Patio de los Gritos estaba abarrotado cuando llegué junto a Lienying. Nuo llevaba en cama desde que había salido del Departamento de Castigo y Zhao había abandonado definitivamente el Palacio de las Flores obligado por su nueva posición.

Cuando me vio acercarme, me dedicó la reverencia protocolaria y dijo, en tono frío:

—Acompañadme, Consorte Cixi. Estaréis junto a Su Majestad.

Yo asentí y lo seguí entre los *hanyus* bordados de las concubinas y las túnicas azules de los consejeros. Arranqué muchas miradas a mi paso, pero yo no aparté la vista en ningún momento del patíbulo, donde esperaba el prisionero vestido de gris.

Tras él, una larga fila de guardias imperiales con las lanzas en alto constituía un motivo perfecto por el cual no tratar de escapar.

Zhao me condujo hasta la primera fila, donde se habían ubicado el Emperador, la Emperatriz y la Gran Madre, que me dedicó una mirada silenciosa cuando me acerqué a ellos.

Cian también me buscó con sus ojos dulces y traicioneros, pero yo no le presté atención. Cuando realicé la reverencia de rigor, me coloqué junto a Xianfeng, que me dedicó una sonrisa fugaz antes de hundir la mirada en el que había sido su consejero.

La presencia de Zhao, cerca de mi espalda, me dio cierto sustento para mirar a los ojos a Sushun.

Los días que había padecido en el Departamento de Castigo habían pasado factura en él. Sabía que lo habían interrogado y que había terminado confesando sus intenciones hacia mí. Bajo tortura, por supuesto. Había declarado que me había arrojado a la guarida del Gran Dragón, pero nadie le creyó. Para entonces, sus torturadores creían que el dolor lo había vuelto loco. No solo porque era imposible que una concubina sobreviviera a una caída y a una bestia así, sino porque el señor Long llevó jirones del *hanyu* que yo había usado durante aquella noche y los arrojó cerca de una pequeña cueva, no muy alejada de la segunda salida del subsuelo. No hubo dudas cuando comprobaron que aquella tela pertenecía a mi falda desgarrada.

No sabía si el Emperador había hablado directamente con el señor Long, si tenía alguna duda después de lo que había confesado Sushun. Pero no había forma de que pudiera averiguar la verdad. Yo sabía que el anciano no me delataría.

—Puedes marcharte si lo deseas —me murmuró de pronto Xianfeng, inclinándose sobre mi oído. Volví a la realidad con un sobresalto—. Te lo permitiría. Esto será desagradable.

—No. Estoy bien —contesté, sin apartar la mirada de Sushun. Intenté escarbar en mi interior, pero no sentí ni un atisbo de arrepentimiento sobre lo que estaba a punto de ocurrir.

Los murmullos llenaban el Patio de los Gritos, pero todos se silenciaron cuando una figura alta y esbelta, vestida de negro, con la flor de la muerte bordada en el pecho y que portaba entre sus manos una espada casi tan ancha como mi tronco, subió al patíbulo.

Un verdugo.

Por supuesto. Sushun tendría una ejecución digna. Aquella no sería como la patética decapitación de la pobre criada a la que condenaron por haber escondido su Virtud. Apenas sufriría. No dejaría escapar barboteos ahogados en sangre cada vez que un guardia inútil intentara hundir la espada en el lugar indicado.

Otro de los consejeros del Emperador, un hombre anciano, de larga barba blanca, subió renqueando los escalones hasta el patíbulo y se colocó junto a Sushun. Llevaba entre sus manos un pergamino que desplegó frente a él.

Sus manos, llenas de manchas y arrugas, temblaban al sostenerlo.

—¡Recibid de rodillas la palabra de Su Majestad, Aquel que Venció al Gran Dragón! —exclamó, antes de observar a la multitud por encima del papel amarillento.

Al instante, todos nos postramos ante el patíbulo, excepto el Emperador y el consejero que sostenía el pergamino. A Sushun prácticamente tuvieron que obligarlo con el filo de la espada de un guardia cercano.

—Se os condena, consejero Sushun, a la muerte por decapitación por haber atentado contra la vida de la Consorte Cixi, y, por tanto, contra el Emperador y contra el Imperio —exclamó el anciano. No hubo ni un murmullo, aunque yo sentí cientos de ojos sobre mí.

Un par de guardias imperiales arrastraron a Sushun hasta el centro del patíbulo, frente al verdugo, que balanceaba su enorme espada arriba y abajo, tomando impulso.

El antiguo consejero miró a Xianfeng y gritó:

—¡Sois un maldito necio!

Una ola de gritos se alzó por todo el patio. El anciano que sostenía todavía el pergamino se giró hacia él, escandalizado.

—¡Guarda silencio! ¡No se te ha dado permiso para hablar!

Pero toda esa calma perdida que había poseído a Sushun había desaparecido para dejar paso a un fuego arrasador. Se echó hacia delante y los dos guardias imperiales tuvieron que sujetarlo de los brazos para que no saltara del cadalso.

—¡Vais a sacrificarme a mí, *a mí*, tu mayor y más leal servidor, por una *mujer*, por una zorra que se limita a calentaros! —chilló, totalmente descontrolado—. ¡Y por un eunuco traidor!

Agitó un dedo negro y ensangrentado y señaló a Zhao, que permanecía en silencio a mi espalda.

Los murmullos se convirtieron en exclamaciones ahogadas. Yo me quedé quieta, sin pestañear, mientras sentía cómo, a mi lado, Xianfeng se movía con cierta incomodidad. La Gran Madre carraspeó y, de soslayo, me pareció ver cómo una expresión fugaz de satisfacción atravesaba el rostro de la Emperatriz Cian.

Sushun no había terminado.

—¡Os ha hecho devolverle la espada al hijo de un traidor! ¡Vuestro padre estará retorciéndose junto al Dios Sol! ¡¿Qué podrá ser lo próximo?! —Se estaba quedando sin voz por culpa de aquellos bramidos—. ¿Entregar el Imperio Jing al Pueblo Ainu?

Hubo un fugaz intercambio de miradas entre el verdugo y Xianfeng. Este último, pálido, hizo un movimiento seco.

Sushun separó los labios para chillar de nuevo, pero el verdugo giró la espada, realizó un brusco movimiento de cintura que arrastró sus brazos y, de un tajo limpio y certero, separó la cabeza de Sushun de su cuerpo.

Un reguero de sangre brotó de su cuello cercenado y salpicó a los guardias imperiales que lo habían sostenido. Soltaron una exclamación de sorpresa y dejaron caer el cadáver sobre las tablas del cadalso, con un golpe sordo. La cabeza se quedó justo en el borde, de lado, enfrentando con unos ojos abiertos de par en par a la multitud y con la lengua asomando por un lateral de la boca.

El gentío retrocedió a trompicones y vi a algunas de las concubinas caer al suelo, inconscientes.

—Se ha acabado el espectáculo —ladró Xianfeng. Tenía el rostro tenso y, cuando su mirada se cruzó con la mía, mi pie retrocedió inconscientemente.

Parecía a punto de añadir algo más, pero entonces la chillona voz del Jefe Wong sobresalió por encima de las exclamaciones y los comentarios de los asistentes:

—¡Majestad! ¡Majestad!

Me volví para ver cómo su cuerpo grueso y sudoroso se colaba entre los uniformes de los consejeros y los hermosos *hanyus* de las concubinas. Cuando llegó frente al Emperador, se arrojó al suelo y escondió la cabeza entre los brazos.

—¿Qué ocurre? —preguntó Xianfeng, con el ceño fieramente fruncido.

El Jefe Wong no se atrevió a levantar la cabeza cuando habló.

—Majestad, no... no podemos encontrar al Rey Kung.

Un escalofrío me recorrió. Xianfeng se inclinó hacia el eunuco y lo sujetó del cuello de su túnica de servidumbre. Como si fuera un simple trapo, lo alzó por encima de su cabeza. El hombre se retorció en el aire, con las puntas de sus zapatos sacudiendo el suelo. Su cara roja comenzó a ponerse de color violeta.

Observé el cambio de color, plácida, y deseé que Xianfeng no lo dejara caer nunca.

—¿Qué es lo que quieres decir? —siseó. Agitó el brazo con brutalidad y el inmenso cuerpo del Jefe Wong se zarandeó como una bandera azotada por el viento—. ¡Habla claro!

Pero el eunuco no pudo hacerlo. Perdió el conocimiento y Xianfeng dejó caer al brazo, rabioso. Buscó con la mirada, pero Zhao ya se encontraba a su lado.

—Eres el capitán de la guardia imperial —dijo, con los dientes apretados—. Encuentra a Kung.

Zhao no perdió el tiempo con reverencias. Sacudió la cabeza e hizo un gesto a los guardias imperiales que estaban todavía ante el cadalso.

—Encerrad a todos los espectadores de la ejecución en el Palacio del Sol Eterno —ordenó, con esa voz helada que me recordaba a nuestro primer encuentro—. Que nadie salga o entre del Palacio Rojo. ¿Entendido?

Todos asintieron y se dirigieron a la muchedumbre, la azuzaron contra la salida del Patio de los Gritos, a pesar de los gritos de protesta que se alzaron.

Inconscientemente, mis ojos volvieron hacia la cabeza cercenada de Sushun, hacia su boca abierta en un grito que no había terminado.

Estuve a punto de sonreír.

—Cixi. —Me volví. Xianfeng, que hablaba con Zhao en furiosos murmullos, me dedicó un rápido vistazo por encima del hombro—. Vendrás conmigo.

La Gran Madre y la Emperatriz Cian caminaron detrás del Emperador. Yo no tuve más remedio que seguirlas.

Zhao se quedó un instante rezagado, mientras sus guardias se adelantaban. Sus nudillos rozaron los míos cuando pasé por su lado.

# 59

El Emperador se encerró junto a sus consejeros en el Salón del Trono. El único que entraba y salía de la gran sala era el Jefe Wong, que había recuperado la conciencia en el camino del Patio de los Gritos al Palacio del Sol Eterno.

La Gran Madre y la Emperatriz Cian habían preferido quedarse en las dependencias privadas de Xianfeng y, aunque él mismo me había invitado a acompañarlas, yo opté por esperar junto a los demás en uno de los salones del palacio.

Parecería como si nos encontrásemos en mitad de una celebración de no haber sido por la muralla de guardias que protegían todas las entradas y salidas. Era curioso que nos encerrasen allí, porque era el lugar donde se había celebrado la recepción en honor del Rey Kung.

Paseé entre todos los presentes, levantando algunas miradas veladas a mi paso. Yo las ignoré y enfilé mi camino hasta un pequeño grupo de concubinas, que susurraban entre ellas.

Cuando los adornos de mi peinado tintinearon, se hizo un súbito silencio.

La Dama Rong, que estaba en ese grupo, fue la primera en dedicarme la reverencia de rigor. Aunque yo fui más rápida y la sujeté antes de que llegara a inclinarse por completo.

—Ahora nadie nos presta atención, así que no hace falta tanto protocolo —comenté, mientras miraba a mi alrededor.

No había mentiras en mis palabras. La sala estaba llena y parecía que un muro invisible nos dividía a las concubinas del resto de funcionarios que trabajaban para la Corte Exterior, pero no tenían el rango suficiente como para acompañar a Su Majestad en el Salón del Trono. Nuestras asignaciones eran mayores, vivíamos en palacios mientras ellos ocupaban pequeñas residencias fuera del Palacio Rojo, estábamos cubiertas de joyas por las que ellos solo podrían suspirar, pero... eran hombres, y eso les daba el poder de observarnos por encima del hombro. O de mirar solo nuestros labios maquillados y nuestras cinturas estrechas, pero no *vernos* de verdad.

—Creíamos que estaríais con la Gran Madre y la Emperatriz, ahora que volvéis a ser la Favorita del Emperador —comentó la Dama Bailu, con los ojos entornados.

Rong me miró de soslayo, pero yo no respondí a su gesto. Sabía por qué Bailu estaba molesta. Por lo que había oído, cuando Xianfeng me había rebajado a Asistente, ella había sido la elegida para visitar el lecho del Emperador la gran mayoría de las noches.

—Yo no pertenezco a la familia imperial —repliqué, sin acritud—. Mi lugar pertenece aquí, entre vosotras.

Bailu apartó la vista, algo molesta, pero no añadió nada más. La Asistente Ying resopló entre dientes, sin ocultar su aburrimiento, y se dejó caer contra uno de los pilares de madera del salón.

—¿Cuánto tiempo más debemos estar aquí? —se quejó.

—Deberías callarte —le replicó la Asistente Ru, cuyo brazo estaba firmemente enlazado con el de la Asistente Ziyi—. En el Palacio del Sol Eterno estamos a salvo.

—¿A salvo? —Esta vez fue Bailu quien suspiró—. El Emperador nos retiene para que puedan buscar a ese maldito extranjero que ha escapado. Nada más.

—¿Y cómo estás tan segura? —susurró Ziyi, entornando sus preciosos ojos maquillados con sombras plateadas—. ¿Es que ese rey escurridizo te ha contado sus planes?

—No es a mí a quien han visto en su compañía en numerosas ocasiones —replicó Bailu, dedicándome una mirada fugaz.

—Estás haciendo una acusación muy grave —siseó la Dama Rong.

—Es cierto que el Rey Kung y yo mantenemos una buena relación. Disfruto jugando al Wu con él y charlando. No es algo que tratemos de ocultar —contesté, con calma—. Pero siempre estamos vigilados por los guardias imperiales y mis criadas o eunucos actúan como carabinas. Así que no os preocupéis por mí, Dama Bailu. Soy inocente en este asunto.

—¿Por qué no guardáis silencio? —exclamó de pronto la Asistente Ru, perdiendo los nervios—. No es fácil escuchar con vuestro parloteo.

—¿Escuchar? —Rong frunció el ceño—. Escuchar ¿qué?

Ru tomó aire y alzó durante un instante la vista hacia el techo, sin ocultar su exasperación.

—Mi Virtud se basa en los cinco sentidos —dijo. Todas nos quedamos paralizadas durante un instante—. Puedo ver, tocar, saborear, oler y *escuchar* de una forma... distinta a la de los demás.

La Dama Bailu dejó escapar una pequeña risita burlona.

—¿Y por qué el Emperador consideraría útil una Virtud como la tuya?

—Porque puedo, por ejemplo, saborear hasta el más sutil de los venenos. Una sola gota, y sabré si algo está envenenado o no. —Separé los labios, con sorpresa, mientras ella continuaba—. También puedo identificar voces y sonidos a más distancia de la que crees. Por eso pienso que hacemos bien al permanecer aquí, en el Palacio del Sol Eterno... hasta que la batalla no llegue a su fin.

—¿Batalla? —murmuré.

Ella asintió con gravedad.

—Creo que el Rey Kung ha estado a punto de atravesar los muros del Palacio Rojo. Y que ha tenido ayuda para ello, a juzgar por los gritos que he oído. —La Asistente Ru tragó saliva, pero por su expresión pareció que era un cristal afilado lo que bajaba por su garganta—. Ha habido heridos. Y muertos.

Esa última palabra resonó hasta en mis huesos. Si realmente había una batalla, Zhao se encontraba allí, inmerso en ella. Y, aunque lo había visto practicar en numerosas ocasiones, no pude evitar que un largo escalofrío me sacudiera sin piedad.

No creía en los dioses, pero uní las manos sobre mi regazo y cerré los ojos, y recé con todas mis fuerzas para que lo protegieran, para que estuviese a salvo. Si lo perdía a él, perdería todo. Quizá mi cuerpo no pudiera morir, pero mi alma no lograría regresar.

Estaba segura.

—¿Estás bien? —me susurró la Dama Rong.

—No —contesté.

Y acepté la mano que me ofreció. Quizás ella, en un futuro, también me traicionaría. Pero en ese momento necesitaba algún lugar en el que sostenerme para no caer en el abismo.

Las horas se sucedieron con una lentitud asfixiante. A pesar de que todavía estábamos en primavera, hacía calor, y el gran salón estaba abarrotado.

Cuando algunos de los funcionarios comenzaron a quejarse con mayor ahínco, un guardia imperial nos informó lo que nosotras ya sabíamos, que estaba teniendo lugar una batalla en el otro extremo del palacio, cerca de uno de los muros exteriores, y que debíamos esperar en esa estancia por nuestra seguridad. A partir de entonces, nadie más se quejó.

Algunos criados trajeron refrigerios, pero yo apenas probé nada. Si algo tocaba mis labios, terminaría vomitando.

Permanecí muy cerca de la Asistente Ru, atenta a su expresión concentrada y seria. Cada parpadeo, cada mueca de sus labios, hacía que mi corazón se estrellara contra mis costillas.

Y entonces, cuando la tarde empezaba a caer, vi cómo de pronto, su postura cambiaba. Estiró la espalda y dejó escapar lentamente el aire de sus pulmones.

—Ha terminado —susurró. Sus pupilas se deslizaron por todas nosotras, que la rodeábamos en un semicírculo perfecto.

Tuve que contenerme para no abalanzarme sobre ella.

—¿Lo han atrapado?

—Creo... creo que sí. —Arrugó la nariz y sacudió la cabeza—. Pero ha habido muchas bajas. Escucho menos corazones latiendo.

Su mirada ceñuda se clavó en mí. Si era capaz de oír algo así, a tanta distancia, entonces sabía que el mío había perdido el control. Sus pupilas me sondearon.

*¿A qué tienes tanto miedo, Consorte Cixi?*, parecieron preguntarme.

—Gracias a la Diosa —masculló la Dama Bailu—. Estoy deseando llegar a mi palacio y refrescarme.

No pasó demasiado tiempo desde las palabras de la Asistente Ru hasta que vimos al Jefe Wong atravesar por décima vez la sala y dirigirse al Salón del Trono. Los minutos que tardó en regresar fueron tan devastadores como años de hambruna.

—¡El Emperador ordena que las concubinas regresen a sus residencias de la Corte Interior! —exclamó con su voz potente y aguda—. ¡Los funcionarios deberán permanecer aquí para ser interrogados!

Una ola de voces descontentas se alzó hasta los ornamentados techos. Muchos de los hombres se abalanzaron sobre el Jefe Wong en busca de explicaciones, agitando sus puños en alto. Cubrieron la salida, pero yo me abrí paso entre ellos sin importar que sus cuerpos aplastaran el mío, sin molestarme por que sus manos rozasen los adornos de mi cabello y deshiciesen mi recogido.

Rong dijo algo a mi espalda que no llegué a escuchar. Contesté algo ininteligible entre dientes y abandoné por fin el gran salón dando traspiés. Sujeté la falda de mi *hanyu* por encima de los tobillos y eché a correr a lo largo de la galería. No era la única que lo hacía; pronto, me uní a varias criadas, eunucos y soldados imperiales, que se dirigían hacia la Corte Exterior.

Seguí la estela que marcaba la servidumbre del palacio. Mi ropa anaranjada contrastaba con el mar gris y pardusco de las túnicas de la servidumbre que me rodeaban. Por suerte, la curiosidad de lo que había ocurrido hacía volver los ojos de los que me rodeaban hacia delante, y no hacia mí, preguntándose qué diablos estaría haciendo la concubina favorita del Emperador.

Atravesé la Puerta del Mundo Flotante sin que nadie me detuviera. Los guardias que solían custodiarla no se encontraban allí.

Aunque la batalla, según la Asistente Ru, se había desarrollado en otro lugar, habían llevado a los heridos hasta las cercanías del Departamento de Enfermedad.

Cuando me detuve junto a la escalera principal, que conducía a aquel edificio de madera, grande y sin adornos, boqueando por la ansiedad y el cansancio, me enfrenté al panorama caótico que encaraban mis ojos. Manoteé, desesperada, dejándome caer sobre uno de los muros pintados de sangre del palacio.

Resultaba absurdo y ridículo; había conseguido mantenerme serena a lo largo de toda aquella tarde eterna y, sin embargo, mientras mis ojos enfebrecidos se deslizaban por aquel mar de armaduras melladas y uniformes ensangrentados, me sentía al borde del desmayo.

Avancé un par de pasos, intentando hacer caso de los gemidos de los heridos que yacían en suelo, retorciéndose. Las pobres cuidadoras y los sanadores del Departamento de Enfermedad no daban abasto.

Mis pupilas continuaron su examen exhaustivo, incontroladas, mientras mi boca murmuraba atropelladamente una oración silenciosa y mi cabeza rogaba a gritos que volviese a la Corte Interior, a mi palacio.

Encontré a Zhao antes de que pudiera hacer caso a la voz de mi cabeza.

Se hallaba postrado en una camilla, al lado de otros hombres inconscientes. Tenía el rostro ladeado hacia mí, con una venda inmensa, empapada de sangre, envolviéndole media cabeza y su ojo izquierdo. En la pechera de su uniforme, había manchas de sangre todavía húmedas.

Los bramidos y los gritos que me rodeaban se volvieron mudos de repente. Hasta los movimientos nerviosos de las personas que corrían a mi alrededor parecieron ralentizarse. Un instante detenido en el tiempo. Una auténtica eternidad. De pronto, no existía nada más que él. Él y la sangre que se deslizaba como lágrimas por su rostro.

Él y la palidez cadavérica de su rostro.

Él y sus ojos cerrados.

Él, él y él.

Alguien me golpeó con rudeza al pasar por mi lado y perdí pie. Me precipité hacia delante, sin ser capaz y sin querer recuperar el equilibrio. Habría caído de bruces de no haber sido por una mano que me sujetó del brazo y me obligó a enderezarme.

Volví la mirada y necesité más tiempo del necesario para percatarme de que se trataba de Lienying, mi eunuco.

—¿Consorte Cixi? ¿Os encontráis bien?

Asentí con la cabeza, pero él tuvo que hacer acopio de todas sus fuerzas para que no cayera derrumbada sobre el frío suelo.

—Vos no deberíais ver esto. Ni siquiera tendríais que estar aquí. Si alguien repara en vos... —Tiró de mí, obligándome a retroceder, a alejarme de Zhao—. Os acompañaré de vuelta al palacio.

Tuve fuerzas para mirar una vez por encima del hombro, aunque no pude hallar el rostro que estaba buscando. La multitud agolpada me impidió hacerlo.

—¿Están... muertos? —logré mascullar.

—Muchos sí. —Lienying frunció el ceño al contemplarme de soslayo.

Los labios me temblaron cuando volví a separarlos.

—Zhao...

Su mirada cambió. Y, supe, al instante, que había sido una estúpida al creer que podía esconder lo que sentía por Zhao del personal de mi palacio. En sus pupilas hubo un brillo de compasión antes de que él también mirara hacia atrás.

—Os prometo que regresaré y me enteraré bien de todo. Pero antes, os llevaré junto a Tian y a Nuo. —Me dedicó una expresión de disculpa y yo me dejé arrastrar por él, sin fuerzas—. No podéis abandonar la Corte Interior sin permiso.

Caminé hasta las puertas del Palacio de las Flores como si flotara en mitad de un sueño. O de una pesadilla. En vez de adentrarme en mi dormitorio, me dirigí hacia el cuarto que mis amigas compartían en el edificio anexo del servicio.

En la cama más cercana a la ventana, un cuerpo se giró para mirarme.

—¿Cixi? —Nuo frunció el ceño.

Me abalancé sobre ella. Caí sobre su regazo y hundí el rostro en la colcha que cubría sus piernas. Sus manos, todavía con marcas por culpa del interrogatorio que había sufrido, se posaron sobre mi cabeza y me acariciaron el cabello cuando empecé a llorar.

Había mucho que deseaba decirle. Y todo lo que se encerraba entre mis costillas amenazaba con astillarlas y abrirlas con violencia, como hicieron las manos de Xianfeng con el pecho de Shui.

Pero no podía decir «lo siento», no podía hablar de todo lo que deseaba.

Lo supe cuando crucé estos muros pintados de sangre.

Debía convertirme en un monstruo. Y los monstruos no tenían corazón.

No pedían perdón por sus errores.

Pero yo no podía dejar de llorar.

Nuo no dejó de acariciarme mientras susurraba:

—Lo sé, Cixi. Lo sé.

# 60

No encerraron al Rey Kung en el Departamento de Castigo, a pesar de lo que había causado con su intento de huida. Sin embargo, los guardias imperiales y los criados a los que había comprado y coaccionado para que lo ayudaran a salir fueron arrojados directamente a la guarida del Gran Dragón.

Días después de que la tormenta en la que se había convertido el Palacio Rojo amainara, decidí hacerle una visita. Nuo me acompañó, parcialmente recuperada de las heridas que le habían infligido en el Departamento de Castigo.

Algunas ocasiones en las que había coincidido con el Rey Kung, había estado vigilada por algunos guardias imperiales y los propios criados del rey, que el mismo Xianfeng había elegido a dedo para que estuvieran junto a él. En aquella ocasión ni siquiera se molestaron en disimular. Prácticamente nos cercaron a los dos en el pequeño salón de su palacio.

Yo los ignoré. Mis ojos solo deseaban devorar la sonrisa perezosa del Rey Kung.

—Os habéis comportado como un auténtico idiota —fue mi saludo.

—Asistente… oh, no. Lo olvidaba. *Consorte* Cixi. —Kung hizo revolotear sus dedos por encima del tablero de Wu, frente al que estaba. Estaba peinado, sin una sola herida o arañazo marcando su piel—. ¿No os animáis a una partida? Así podréis destrozarme. Al menos, de manera figurada.

No tenía ganas de sus bromas veladas. Me acerqué a él y apoyé las manos en la mesa, inclinándome más de lo que el decoro permitía.

—Han muerto muchos —siseé.

—Es lo que sucede en las batallas. Problemas secundarios de portar objetos afilados —repuso él con ligereza.

—Y el capitán Zhao ha perdido un ojo —añadí, con un susurro.

Su mano, que estaba a punto de tocar el dragón, se quedó inmóvil por un momento. Después, vaciló y eligió en su lugar la figura de una rata. Su mirada se elevó para encontrarse con la mía.

—Entiendo vuestro enfado, de verdad —dijo, también en voz baja—. Pero hay posiciones que entrañan riesgos. Estoy seguro de que él lo sabe y lo acepta, así que vos deberíais comprenderlo también.

Me aparté de golpe, soltando un bufido entre dientes. Era inútil tratar de hablar con él. Le di la espalda y me dirigí hacia la salida a paso rápido.

—Consorte. —Hubo algo en su voz que me hizo detenerme en seco—. Recordad la partida que libramos hace tiempo. —Eché un vistazo por encima del hombro y lo vi con una pieza revoloteando entre sus finos dedos—. Una rata no puede vencer sola al dragón.

Lo fulminé con la mirada.

—Yo no soy una rata —repliqué.

*Yo soy el dragón.*

Aquella misma tarde, Xianfeng no envió al Jefe Wong para convocarme.

En el momento en que el sol se escondió tras los tejados curvos de la «ciudad dentro de la ciudad» las nubes liberaron una lluvia de primavera que había estado conteniéndose durante todo el día. Yo, que miraba distraídamente por la ventana, tomé aquello por una señal.

—Tian —dije, cuando la vi atravesar de pronto la puerta de mi dormitorio—. ¿Dónde está Nuo?

—¿No la enviaste a buscar algo? —comentó, ceñuda.

—Oh, es cierto —musité, recordando de pronto. Le había pedido que entregara una carta a la Asistente Ru. No volvería hasta dentro de un buen rato.

—¿Necesitas algo? —me preguntó, antes de acercarse a mí.

La miré durante un momento, pensativa, y mis ojos volvieron a volar al otro lado de la ventana, donde la lluvia crecía y comenzaba a formar charcos en el suelo.

—Voy a visitar a Zhao —murmuré.

—¿Qué? —Parpadeó como si no me hubiera escuchado bien—. ¿A... ahora?

—Ahora —afirmé, mientras me dirigía hacia el pequeño edificio donde vivía la servidumbre.

Estaba vacío. Ahora volvía a disponer de más criadas y eunucos, pero todos estaban ocupados en sus tareas, siguiendo mis órdenes. Había mucho que hacer.

Tian me siguió, cada vez más confusa. Sus ojos parecieron a punto de abandonar sus órbitas cuando entré en el dormitorio que compartía con Nuo y me vio abrir la puerta de su armario. Los labios se le separaron cuando comencé a desanudarme la lazada del cinturón del *hanyu* a toda prisa.

—Desnúdate —le ordené.

Sus mejillas se convirtieron en amapolas.

—No... no entiendo...

Me volví hacia ella y corté sus palabras cuando le coloqué las manos sobre los hombros.

—Voy a utilizar una de las túnicas de servidumbre de Nuo y tú te pondrás mi *hanyu*.

El rubor de su rostro se convirtió en un blanco cadavérico.

—Cixi, si alguien... si alguien descubriese a una criada vestida con el traje de una concubina... —Agitó la cabeza con horror—. Podrían decapitarme.

—Nadie vendrá —le aseguré. La seda del *hanyu* resbaló por mi cuerpo y me quedé en ropa interior. Me puse los pantalones y la túnica de servidumbre de color verde que había elegido—. La hora de que me convoquen ha pasado, diluvia y, después de lo que ha ocurrido con el Rey Kung, no hay muchos que se animen a vagabundear por ahí si no es realmente necesario.

—¿Y lo es? —Tian se inclinó con un suspiro para recoger el montón de seda que había quedado a mis pies—. Sea lo que fuere aquello que vas a hacer, ¿vale la pena?

Ni siquiera lo dudé.

—Por supuesto que sí.

Encontré las calles despejadas. Avisté a algún guardia imperial patrullando a lo lejos, pero ninguno me vio. Mis pisadas no sonaban. El ruido de la lluvia lo ahogaba todo.

Cuando llegué al Bosque de la Calma, era noche cerrada.

Allí no había faroles encendidos, pero dos luces iluminaban dos caminos muy distintos. A un lado, la sombra de cientos de velas ardiendo del Mausoleo de los Cerezos me indicaba el camino correcto, el que debía seguir. Podía acudir allí, arrodillarme en el altar y honrar con mis oraciones a la Diosa y a las decenas de concubinas cuyas cenizas yacían allí.

Pero no fue ese el rumbo que escogí. Giré el rostro y me encaminé hacia la luz más alejada, más débil, que casi colindaba con los muros exteriores del Palacio Rojo. Una esperanza efímera, un roce de libertad, demasiado cerca, pero, aun así, demasiado lejos para alcanzarla.

Zhao había permanecido durante cuatro días en el Departamento de Enfermedad, guardando reposo. El día anterior había regresado a su hogar. Lienying había averiguado que una criada cuidaba de él durante la mañana, pero que, al anochecer, lo dejaba solo.

Esperaba que la lluvia no hubiese retrasado su marcha.

Desde aquella tarde en la Corte Exterior, cuando lo había hallado entre los heridos y los muertos, con aquella venda ensangrentada cubriendo su rostro, no lo había vuelto a ver.

Dejé el paraguas de papel a un lado de la entrada y, con suavidad, empujé la puerta. Esta apenas provocó un susurro, pero alertó a quien habitaba en su interior.

—¿Qué haces aquí?

Mis labios se doblaron en una sonrisa al escuchar aquellas palabras. Un recuerdo dulce me atravesó y regresé al pasado, cuando él solo era un eunuco y yo una criada que se había atrevido a entrar en un palacio clausurado.

Me volví con lentitud y descubrí a Zhao sentado junto a la única mesa que contenía su pequeño hogar. Vestía con una túnica de servidumbre parda y blanca, mucho más vieja y raída que la que llevaba yo. Sostenía una taza medio vacía entre las manos. La criada que lo asistía debía haberle preparado un té antes de marcharse.

Las manos me temblaron cuando miré la venda que le cubría medio rostro y ocultaba su ojo izquierdo. Bajo uno de los fragmentos blancos de la tela, asomaba el borde de la herida, que comenzaba a cicatrizar.

Avancé deprisa y me arrodillé a su lado. Tenía tanto que decir, que las palabras se agolparon en mi garganta, se enredaron en mis cuerdas vocales, en mi lengua.

—Querría haber acudido mucho antes —logré articular.

—Si querías saber cómo estaba, deberías haber enviado a Nuo o a Lien-ying. No deberías haber salido de tu palacio —musitó, antes de observarme de soslayo—. Y menos vestida así.

Sus palabras no me dolieron. Sabía que su frialdad era fingida, porque su cuerpo se inclinaba inconscientemente hacia el mío, tanto como mi pecho tiraba hacia el suyo.

Alcé una mano, vacilante, y con las yemas de los dedos rocé el vendaje limpio.

—¿Te duele?

Él negó con la cabeza, pero hubo algo en el movimiento que me reveló que mentía.

—Esto no debería haber pasado —murmuré.

—Al menos, ha servido para labrarme cierta reputación entre mis hombres. —Zhao soltó una carcajada amarga. Su cabello, medio recogido, resbaló de sus hombros y cayó hacia atrás—. Cuando el Emperador deci-dió nombrarme capitán gracias a tu recomendación... hubo muchos co-mentarios susurrados a mis espaldas. Pocos estaban de acuerdo con que un eunuco lograra una posición relevante entre guerreros. Es curioso, ahora que me falta otra parte de mi cuerpo, me obedecen sin rechistar, asienten ante mis órdenes y no me llaman «medio hombre» cuando paso junto a ellos.

Un ramalazo de rabia me hizo apretar los dientes. Me incliné hacia él, colocando mi rostro a la altura del suyo.

—Todo han sido mentiras desde que entré en el Palacio Rojo. Mentiras, mentiras y más mentiras. Y tú has sido lo más honesto y verdadero que he encontrado —dije con lentitud, para que aquellas palabras le quedaran mar-cadas a fuego—. El único *hombre* que no me ha hecho sentirme sucia y utili-zada.

Zhao giró el rostro para que no pudiera ver su expresión. Los segundos pasaron, pero él no contestó.

Cerré los ojos con dolor y me puse en pie. Estaba a punto de marcharme cuando una única palabra llegó hasta mí:

Ronca. Profunda. Salvaje.

—Quédate.

Mi piel se erizó. Algo en el aire vibró.

*Cambió.*

Me giré con lentitud hacia él mientras Zhao también se ponía en pie para encararme. La tensión apresó mis pulmones sin compasión.

Un jadeo se me escapó cuando avanzó un paso hacia mí.

Sentí su boca sobre la mía antes incluso de que llegara a rozarla. Separé los labios antes de que su lengua me pidiera permiso para entrar. Estaba sedienta y solo él podía colmar mi sed.

Entrelacé los brazos por detrás de su cuello mientras sus manos se perdían en mi cabello, que se soltaba poco a poco del recogido con cada caricia. No había espacio entre nuestros cuerpos. Sentía el borde de sus costillas clavadas en mi pecho. Él inspiraba mi aliento cuando yo lo dejaba escapar. Sus largas pestañas acariciaban las mías. Éramos dos fragmentos de porcelana rota que encajaban como si nunca los hubiesen destrozado.

Zhao me besaba con pausa, tan profundamente que temía que me arrancaría el alma con sus labios hinchados. Cada roce de su boca, cada ligero mordisco, cada caricia de su lengua, no eran suficientes.

Su mirada se cernió sobre la mía cuando lo empujé hacia atrás. Se dejó llevar y una ligera sonrisa escapó de él cuando su espalda golpeó contra la pared más cercana. Apenas fue un espejismo, porque sus pupilas ardieron y ese fuego oscuro se extendió hasta las mías.

El cuello de su túnica se había abierto, y el fuego que ardía en las lámparas de aceite se reflejaba en el sudor que mojaba su piel. Cerré los ojos, porque la punzada de deseo que me atravesó fue dolorosa.

Quería clavar los dedos en el borde de la prenda y quería arrancársela. Quería besar todo su cuerpo, todas sus cicatrices, quería hacerle comprender que, para mí, él nunca estaría incompleto.

Pero recordaba las veces anteriores.

Recordaba cómo Zhao se había apartado de mí, avergonzado, furioso.

Y aquella vez, no podría soportar que se apartara.

El sonido de su respiración me hizo separar de nuevo los párpados. Se había acercado a mí y había posado sus manos sobre mis hombros. Sus ojos negros me taladraban. Hacían que mi cuerpo se volviera pesado y torpe. Que mi mente se llenara de algodón.

Sin parpadear, inclinado hacia mí, sus dedos reptaron por el cuello de mi túnica y, con delicadeza, tiraron de la primera lazada.

Mi cuerpo se estremeció, a pesar de que su piel ni siquiera había tocado la mía. No había sido un descuido. La negrura de su mirada me absorbió mientras sus dedos deshacían otro lazo y tiraban de la tela, dejando uno de mis hombros al aire.

Era fácil desvestir a una concubina ataviada con un *hanyu*. El lazo que sujetaba la falda opulenta y la delicada camisa cruzada estaba atado bajo el pecho. Un solo tirón y el vestido se abría por completo.

Las túnicas de servidumbre no eran así. Estaban repletas de lazadas que llegaban desde el cuello hasta la cadera. Pero Zhao se tomó su tiempo. Sin que sus ojos abandonaran los míos, sus manos fueron bajando poco a poco, poco a poco, deshaciendo las ataduras, hasta que la prenda quedó suelta, pendiendo de mis hombros temblorosos.

Envolvió mi cintura con sus manos y se inclinó para posar sus labios en el borde de la tela. Solo tuvo que tocarla para que esta resbalara y quedara a mis pies.

Sus pupilas se pasearon con exquisito cuidado por mi piel erizada, por la tela blanca que me cubría el pecho, por la cintura de mis pantalones, de los que estaba deseando deshacerme. Por su mirada, me los habría arrancado.

Volví a empujarlo contra la pared a la vez que mis dientes chocaban con su labio inferior. Noté una sacudida violenta en el vientre cuando un gemido ronco se escapó de su boca. A pesar de que me consideraba una mujer paciente, no podía esperar más.

Lo besé con frenesí, empujé mi cadera contra la suya, mientras nuestras manos se encontraban por el camino de nuestra exploración. Mis dedos se anclaban en su cuello, en su pelo, en su espalda. Su boca había hallado un lugar perfecto entre mi hombro y mi cuello, y hacía que las rodillas me fallaran cada vez que dejaba una nueva marca sobre mi piel.

Mis manos sujetaron el cuello de su túnica, pero, en vez de abrírsela, como realmente deseaba, lo hice girar y lo empujé hacia la cama. Él cayó sobre la colcha, con los codos flexionados y las piernas separadas. La pequeña sonrisa que curvó sus labios hizo que el aire que nos separaba ardiera.

Me coloqué sobre él y lo miré desde arriba. Mis rodillas a ambos lados de sus muslos. Ambos jadeábamos, el rumor que nos envolvía podía ser la lluvia que tronaba en el exterior o el latido frenético de nuestros corazones. La luz era tenue, pero suficiente para darme cuenta de que Zhao me observaba con la pupila dilatada de su ojo sano. Estaba tan perdida en su mirada, que cuando sus manos se anclaron en mi cintura, dejé escapar un gemido de sorpresa.

Tortuosamente, sus dedos descendieron por la curva de la espalda y se detuvieron en la cintura de mis pantalones.

—¿A quién pertenece esta prenda? —Hubo algo en ese susurro que me hizo arquearme contra él.

—Nuo —fue lo único que pude pronunciar.

—Envíale disculpas de mi parte.

Y, de un solo tirón, destrozó la seda con sus dedos. A pesar de que hacía un calor sofocante, sentí con absoluta claridad cómo el aire acariciaba nuevas zonas de mi cuerpo. Ahora, solo me cubrían los restos del pantalón y la delgada ropa interior, que apenas tapaba parte de mis caderas y de mi pecho.

Él seguía todavía completamente vestido. Y cada costura de su túnica de servidumbre me rozaba, era una tortura. Me quedé inmóvil, sin pestañear, sin respirar.

Si él quería detenerse, era el momento.

Pero Zhao no se detuvo. Con las manos asentadas en mi cadera, se irguió de pronto y me besó. La caricia de su pecho contra el mío me hizo acercarme más a él. Busqué más, pero Zhao se giró con habilidad, haciendo que mi cuerpo siguiera la curva, y me colocó bajo él, sobre la colcha de una cama que comenzaba a deshacerse.

Ahora eran sus muslos los que cercaban mis piernas.

No hubo sonrisa en sus labios. Su mirada no se alejó de la mía cuando sus dedos se anclaron en el cuello de su túnica y deshicieron la primera lazada.

No se detuvo ahí. Lazo a lazo, la prenda se fue abriendo.

No podía respirar. El anhelo me saturaba.

Zhao se estaba desnudando para mí. Todos los muros, todas las barreras que había levantado, se derrumbaron sin descanso, con el susurro sordo que produjo la prenda hasta que se deslizó por sus hombros anchos y cayó al suelo.

Al principio, ninguno de los dos nos movimos. Yo me quedé atrapada ante la visión de su cuerpo, desde la curva dura de su pecho hasta su abdomen en tensión. Nubes moradas empañaban la claridad de su piel, regalos de la batalla, pero no pudieron detener mis manos, que se apoyaron en él, deseosas de tocarlo.

Zhao cerró los ojos y se estremeció. Y, cuando abrió los ojos, toda la paciencia, toda esa laxitud, desapareció.

Se me escapó un gemido ahogado cuando su cuerpo sepultó al mío. Sus manos encontraron con rapidez la poca ropa que todavía me cubría y la apartaron con ímpetu. Sus manos calientes resbalaron por mi piel, empapada de sudor.

Sus movimientos eran urgentes, algo torpes, pero de alguna forma, me hacían jadear de un modo que Xianfeng nunca había conseguido, ni siquiera cuando estaba a punto de ser arrasada por el placer.

Me besó hondamente antes de que sus labios se deslizaran por mi mandíbula, por la curva de mi cuello, por mi hombro, hasta llegar a mi pecho.

—Zhao —masculló, cuando lo atrapó con los dientes.

Me estremecí bajo él, mientras sus labios me acariciaban y me mordían. Mientras su rodilla se desplazaba, quizás inconscientemente, entre mis dos piernas. Mientras la habitación en la que nos encontrábamos se empezaba a convertir en una visión borrosa.

Cada roce de sus dedos era una tortura.

Una dulce agonía.

Tenía las manos hundidas en su pelo, pero no podía mantenerlas más allí.

Me quemaban.

Necesitaban explorar.

Mis dedos recorrieron su espalda ancha, maravillándose de la curva de los huesos y de sus músculos, recreándose en lentas caricias. Bajo las yemas de los dedos, notaba la piel de Zhao erizada. Decidí descender aún más y, cuando mis uñas tocaron la cintura de sus pantalones, no me permití dudar.

Tiré ligeramente hacia abajo.

Su cuerpo se curvó en un arco tenso. La mano que me aferraba el pecho apretó con algo más de fuerza. A ambos se nos escapó un resuello ahogado.

Bajé la prenda un poco más. La curva de sus nalgas asomó por el borde.

El corazón me iba a estallar.

—Cixi. —Su voz explotó en mi oído ronca, suplicante, casi dolorida.

Se separó para mirarme. Hubo un destello de temor en su pupila, pero también algo más.

Expectación.

Necesidad.

No tiré más de la prenda, pero mis manos se internaron bajo ella. El resuello que dejó escapar azotó el cabello que velaba su mirada. Lo tomé como una invitación a continuar.

Con la punta de sus dedos, recorrí la curva firme de su piel y bajé por el lateral de su muslo, hasta ascender de nuevo y llegar a los límites de su vientre. Zhao apretó los párpados con fuerza y giró la cabeza.

—Continúa —jadeó sin fuerzas.

Su cuerpo convulsionó cuando mi mano descendió un poco más. La piel, sensible, suave, cambió de pronto, y las yemas de mis dedos rozaron una zona más áspera, más dura, más insensible.

La cicatriz. La terrible cicatriz.

No me detuve ahí. Pasé por encima de ella, como si fuera un trozo más de su cuerpo, y mis dedos se detuvieron de pronto cuando encontraron de nuevo piel sana. Suave. Contraída.

Zhao masculló algo que no entendí y se contrajo todavía más.

Sabía identificar el placer ajeno. Era una concubina, al fin y al cabo. Pero en vez de sentir una orgullosa satisfacción cada vez que lograba que Xianfeng suspirase mi nombre, una onda de deseo me hizo gemir, como si aquello que estuviese sintiendo Zhao también me estuviera recorriendo a mí.

Volví a acariciar aquella zona y el cuerpo de Zhao dio una violenta sacudida, arrastrando al mío con él.

No pude soportarlo más. Sin dejar de tocarlo, alcé la mirada y lo busqué con los labios. Él parpadeó, como perdido en un sueño, y respondió con ansia a mi boca. La mano que tenía entre nosotros me temblaba. No sabía quién devoraba a quién.

—Espera —susurró. Sus dedos se cerraron en torno a mi muñeca, con suavidad, pero con firmeza—. Ven aquí.

Su concentración me dejaba sin respiración. Me levantó el brazo y lo colocó a un lado de mi pecho, que subía y bajaba muy rápido. Sus dedos se entrelazaron con los míos.

Y su dedo corazón comenzó a descender.

El camino que recorrió fue un viaje eterno. Bajó de mi barbilla hasta mi cuello, trepó por mi pecho y recorrió mi estómago tenso, y enlenteció su ritmo cuando alcanzó mi vientre. Me mordí el labio con fuerza, intentando controlar en vano los sonidos que escapaban de mi boca.

Prácticamente resbaló en mi interior. Una ola de placer me azotó y me hizo golpear el lecho con la mano que tenía libre. Notaba a un nivel casi doloroso la caricia de los cabellos de Zhao rozando mi pecho, la fuerza con la que sus dedos se aferraban a mi muñeca, hasta el aire que existía entre nuestros cuerpos, que ejercía una presión demoledora sobre mí.

Volvió a hundirse en mí, con mayor lentitud, mientras su pulgar comenzaba a trazar círculos perezosos. Zhao no parpadeaba, no respiraba, toda su atención estaba centrada en mí. Yo dejé escapar un quejido de impotencia y mis caderas se elevaron sin mi permiso.

Mi boca lo buscó, desesperada, y mi lengua se aferró a la suya como si fuera un risco al que sujetarse. Sus jadeos se solapaban con mis gemidos. Con mis gritos contenidos. Nos apretamos sin control, desesperados, mientras la tensión que crecía en mi interior amenazaba con desbordarse, con arrastrarme con ella.

Pronunció mi nombre como un quejido cuando lo aferré por la parte baja de la espalda y lo acerqué todavía más a mí, si era posible. Su mano, atrapada entre nuestros vientres, era un hierro candente que no dejaba de moverse.

Su boca se separó de la mía y, cuando quise reaccionar, sus labios ya se habían posado en la parte interna de mi muslo. La caricia de su aliento entre mis piernas me hizo pender al borde del abismo.

—No. Ven. —Mis manos bajaron, a tientas, y lograron sujetarlo por las mejillas. Lo obligué a erguirse, a colocarse de nuevo sobre mí—. Por favor.

Entendió lo que quería. Se colocó de nuevo a horcajadas sobre mí, con una mano entre nosotros y otra sujetando mi nuca, acercando su rostro al mío, apoyando su frente en la mía.

Y, cuando volvió a tocarme, supe que ya no habría vuelta atrás.

Mi nombre en sus labios fue lo que desencadenó todo. Una vibración intensa, un calor devastador, un placer mortal estalló en el centro de mi cuerpo y desdibujó todo mi alrededor. Y no quedó nada más que él.

Cuando aquello ocurría en el dormitorio imperial, solía cerrar los ojos e imaginar que era Zhao quien estaba sobre mí, para que la realidad no me destrozara.

Pero en aquella ocasión, no dejé caer los párpados.

Mientras mi cuerpo se estremecía con las últimas sacudidas, mientras su mirada me penetraba de una forma en la que su cuerpo no podía, él acercó sus labios a los míos y yo le entregué mi alma.

**61**

Nos quedamos adormilados, con la colcha cubriendo nuestros cuerpos desnudos. Yo permanecí apoyada sobre su pecho mientras él me abrazaba, con los labios apretados contra mi frente. No se separó ni siquiera cuando comenzamos a hablar.

—No quiero marcharme —susurré.

—No lo hagas —contestó él. Su ojo se dirigió hacia la ventana; tras ella, la lluvia seguía cayendo con fuerza. Parecía que nunca iba a amainar—. Todavía quedan horas para que amanezca.

Se me escapó una pequeña carcajada y me coloqué sobre él para encararlo.

—¿Estás insinuando algo? —pregunté.

Él se cubrió la cara con la mano en un gesto adorable y miró hacia otro lado. Sus mejillas se volvieron del rojo de las cerezas. No pude controlar mi impulso y lo besé suavemente en los labios.

—¿Era…? —empecé a preguntar cuando me separé, pero me detuve de pronto, insegura.

Zhao se colocó una mano tras la nuca y me miró con los labios torcidos en una mueca divertida.

—¿Quieres saber si antes he estado con otras personas?

Asentí, y esta vez fui yo la que aparté la mirada con vergüenza.

—Antes de que me convirtieran en eunuco, sí. Algunas veces. Desde entonces… —Apretó un poco los labios.

Él no me preguntó nada. No hacía falta. Había un registro que enumeraba todas las veces que había compartido lecho con Xianfeng. Pero ninguna de aquellas ocasiones había sido como aquel encuentro. Jamás me había sentido tan unida, tan completa, tan deseada.

Si había algo que había aprendido, era que el amor no se hacía solo con embestidas.

—Entonces, eso significa que tienes mucho margen de mejora —comenté, con un dejo burlón.

Zhao se echó de pronto a reír y me abrazó con más fuerza.

—¿No habéis quedado satisfecha, Consorte Cixi? —preguntó a mi oído, enronqueciendo el tono de su voz.

Le devolví la mirada y, cuando él me atrajo hacia sus labios, supe que aquello no sería un simple beso.

La noche transcurrió entre caricias, jadeos y gemidos estrangulados. Entre nombres ahogados y placeres mortales.

La jarra de té que se había quedado fría terminó en el suelo, hecha añicos. La pared cubierta de armas sin filo acabó medio desnuda cuando Zhao me acorraló contra ella. Sus pantalones y su ropa interior terminaron hechos un guiñapo en el suelo, mezclados con la mía. Y juntos, conseguimos que Zhao alcanzase un placer que había creído perdido para siempre.

Antes del amanecer, cuando la lluvia por fin amainó, tuve que marcharme, para que la criada que le habían asignado no nos encontrase juntos. Me alejé perdida en una nube, con el cuerpo todavía tembloroso.

La servidumbre del Palacio Rojo ya se había despertado, pero pude esquivarlos con cierta facilidad hasta llegar por fin a mi residencia. Escuché el trasiego de los pies de mis criados, pero no me crucé con ninguno. No sabía si Tian todavía descansaría en mi dormitorio, haciéndose pasar por mí, así que me dejé caer en el diván que tenía en mi salón principal y mis ojos cayeron al instante.

Sonreía cuando el sueño vino a por mí.

Aquel diluvio puso fin a los días de la primavera. El estío llegó sin avisar, con una fuerza inusitada. El Departamento de Costura no dio abasto con el cambio de armario de todas las almas que vivían en la Corte Interior. Pero, aparte de las pobres costureras, los habitantes de «la ciudad dentro de la ciudad» permanecieron en relativa calma. Incluso después de lo que había ocurrido con el intento de huida del Rey Kung.

Aunque los asuntos de Estado se quedaban entre las cuatro paredes del Salón del Trono, hubo rumores sobre las tensas conversaciones que se estaban manteniendo con el Reino Ainu. Incluso, un enviado del Príncipe Haoran llegó a la capital con la intención de negociar cara a cara con el Emperador. Pero, aunque lo dejaron entrar en el Palacio Rojo, no estuvo más de medio día antes de marcharse, pálido y sudoroso, sin haber conseguido nada.

Yo me crucé con él, cuando acudí al Palacio del Sol Eterno para almorzar con el Emperador.

El Reino Ainu no volvió a enviar a más emisarios.

Zhao regresó a pleno rendimiento como capitán de la guardia días después de nuestro encuentro. Cambió su vendaje por un parche azul, a juego con su uniforme. Apenas podía visitarme, pero durante algunos de mis paseos o cuando acudía a rendir mis saludos matutinos a la Emperatriz, lo veía rodeado por sus hombres. Era cierto lo que me había dicho. Había un brillo especial en los ojos de los guardias imperiales que lo seguían. Respeto. Admiración. No todos pensaban así, por supuesto; Xianfeng me lo había confesado durante una noche, antes de que me arrastrara a las sábanas para acabar con su malhumor.

—Creen que se rebelará. Que me traicionará —comentaba con hastío.

—¿Y tú qué piensas? —le preguntaba yo, mientras masajeaba sus hombros tensos.

—Esos ancianos se equivocan con sus especulaciones. Nunca se atrevería. No solo porque soy importante para él, sino porque sabe muy bien las consecuencias a las que se enfrentaría. —No había ni un asomo de duda en su voz—. Además, los consejeros olvidan algo muy importante: es un simple eunuco.

No solo regresaron mis noches junto al Emperador. Xianfeng muchas veces pedía que lo acompañara a su propio despacho y que preparara la tinta para su pluma. Yo molía pacientemente, a su lado, mientras él leía los larguísimos informes y yo les echaba un vistazo de vez en cuando. Cuando lo que leía no le agradaba, solía discutirlo en voz alta conmigo. A veces, incluso, tomaba en cuenta mi opinión.

Me escuchaba.

Por lo que me susurraba Tian, no visitaba ya nunca a la Emperatriz. Ni siquiera durante el día. Así que yo me permitía saludarla cada mañana con una amplia sonrisa, disfrutando de su frustración.

Durante el tiempo en que Xianfeng no me requería, buscaba la compañía de otras concubinas. Descubrí que todas las palabras que Lilan había escrito alguna vez sobre Rong en sus cartas eran ciertas. Era una amiga maravillosa, seria y fría, pero terriblemente inteligente y leal. Hacía años que el Emperador no la invitaba a su cama. Por lo que me había confesado, se había esforzado en no complacerlo en absoluto. Su respeto y su amor no se los profesaba a él, sino a su dama de compañía. Una vez las había encontrado medio escondidas en el Pabellón de las Peonías, enredadas en los brazos una de la otra. Y, aunque ellas también me vieron, ninguna de las tres hicimos comentario alguno.

Yo no era la única que mantenía un romance prohibido. La Asistente Ziyi y la Asistente Ru vivían prácticamente juntas. Más de una vez había visto lágrimas en sus ojos cuando alguna había sido escogida para acompañar a Xianfeng en las escasas ocasiones en las que no solicitaba mi presencia.

Disfrutaba mucho de su compañía, así como de la Asistente Yin, con sus comentarios fuera de tono y sus carcajadas, que siempre sonaban frescas y demasiado elevadas. Incluso me gustaba pasar tiempo junto a la Dama Bailu, que era una maestra en poner los ojos en blanco y en soltar comentarios desagradables.

También pasaba tiempo junto a la Gran Madre. Cuando la encontraba paseando siempre me pedía que la acompañase. En broma, comentaba que así podría tenerme bien vigilada. No podía evitar sentir admiración por esa mujer. En todo lo que había conseguido a pesar de su juventud. Me hubiese gustado tenerla como compañera en el Harén. Si no hubiese sido mujer, si hubiera nacido varón, habría sido un magnífico Emperador.

Al único al que había dejado de visitar era al Rey Kung. Ahora, solo me lo cruzaba ocasionalmente. Y, aunque él hacía todo lo posible por buscarme con la mirada, yo mantenía la barbilla en alto y seguía mirando hacia delante.

A Zhao era el único al que apenas veía. Su rango como capitán de la guardia lo mantenía ocupado. Aunque, a veces, conseguía traerlo hasta mi palacio y compartir algo de té con él. No habíamos vuelto a estar a solas como aquella noche de hacía semanas, pero, aunque me muriera de deseo, no me podía arriesgar a escapar de nuevo hasta el Bosque de la Calma. Por eso, disfrutaba de aquellos pequeños momentos en los que hablábamos simplemente como amigos, mientras nuestras manos se encontraban debajo del mantel.

Aquella tarde, en la que compartía unos dulces con él, Nuo hacía de carabina. Se mantenía en segundo plano, con los ojos puestos en ninguna parte, como si no nos estuviera escuchando. Normalmente, era Tian la que más me acompañaba. Pero desde que habíamos sido envenenados en la fiesta del Día de la Edad de Zhao, era ella la que solía estar a mi lado, en vez de Nuo.

Sabía que debía controlarme, pero mis dedos reptaron por mis rodillas y rozaron las suyas. Los dedos de Zhao se cerraron con fuerza sobre los míos, mientras sus ojos me decían todo aquello que sus labios no le permitían.

Nos quedamos durante un instante en silencio, tan perdidos uno en la mirada del otro que cuando escuchamos los pasos acercándose, ya era demasiado tarde.

De soslayo, vi la figura redondeada del Jefe Wong entrar en el salón y, tras él, la hermosa túnica dorada de Xianfeng.

Zhao y yo nos separamos con tanta rapidez que la mesa tembló. Una gota de sudor helado me recorrió la espalda mientras me apresuraba a inclinarme.

El Emperador se quedó quieto, parpadeando con sorpresa, mientras sus pupilas se balanceaban entre su capitán de la guardia y yo. El Jefe Wong, por suerte, ni siquiera nos prestó atención, parecía ocupado en buscar a Lienying. No lo encontraría, por supuesto, solía enviarlo a hacer recados por las tardes, y de esa forma evitaba que se cruzara con el maldito eunuco cada vez que venía a anunciarme que pasaría la noche con Xianfeng.

—Ahn —masculló este. Su ceño se frunció un poco—. No esperaba encontrarte aquí.

—He sido yo quien ha molestado al capitán Zhao —me apresuré a intervenir, con una sonrisa impoluta—. Quería que me diera su opinión sobre un asunto.

Xianfeng, todavía ceñudo, pasó entre nosotros y ocupó el asiento que antes había ocupado su amigo. Este no tuvo más remedio que desplazarse a un lado.

Una extraña tirantez flotaba en el aire.

—¿Y de qué se trata? —preguntó el Emperador, girando todo su cuerpo hacia mí.

—Se acerca mi Día de la Edad —dije sin vacilar. No mentía, hablábamos sobre ello antes de que nuestras manos se entrelazaran y las palabras se disolvieran en nuestras lenguas—. Me gustaría organizar una cena para todas las concubinas.

Xianfeng apretó los labios.

—No sabía que fueras un experto en celebraciones, Ahn —comentó con sarcasmo.

El aludido ni siquiera pestañeó.

—La Consorte Cixi pedía mi opinión sobre si sería buena idea realizar algo así, después del incidente que ocurrió durante la última cena de celebración. Yo le he contestado que no me parecía razonable.

No me molesté en ocultar el bufido que escapó de mi boca.

—Nunca he tenido un Día de la Edad —solté con los brazos cruzados—. Ahora que el período de luto por el antiguo Emperador Daoguang había llegado a su fin, creí que podría celebrarlo.

La expresión de Xianfeng se suavizó.

—Me parece que eres un tanto exagerado, Ahn. Lo que ocurrió estuvo orquestado por Sushun, y ahora su cadáver yace convertido en cenizas o en huesos triturados en el estómago del Gran Dragón.

Tuve que hacer un esfuerzo para que mi expresión no flaqueara. Sabía que el Emperador estaba tratando de favorecerme. Asentí con entusiasmo.

—¿Lo permitiréis entonces, Majestad? —pregunté, con ojos brillantes.

A él se le escapó una carcajada. De alguna forma, parecía feliz de que Zhao estuviera en mi contra. Se inclinó sobre la mesa y aferró mi mano entre las suyas. La misma que antes había acariciado su mejor amigo por debajo del mantel.

—Tendrás la celebración que desees —me aseguró, con una sonrisa, antes de erguirse. Sus ojos cálidos se enfriaron un poco cuando se toparon con la mirada de Zhao—. Ahn, ahora que eres capitán de la guardia, harías bien en recordar que no puedes entrar sin un motivo especial en la Corte Interior. Tu lugar ya no está aquí.

Esas palabras fueron como un súbito latigazo. Mi expresión se resquebrajó, e hice todo lo posible para no responder a la mirada de pánico que me dedicó Nuo, desde el rincón de la estancia.

*Lo considera una amenaza*, pensé. A pesar de todo lo que había dicho de él, de la seguridad que parecía transmitir... era una fachada. Sentí una punzada de miedo cuando me di cuenta de que, quizá, las insinuaciones de Sushun sobre Zhao y sobre mí habían calado en él más de lo que creía.

El aludido, sin embargo, permaneció imperturbable. Se limitó a sacudir la cabeza y a realizar una pronunciada reverencia como un buen soldado.

—Disculpad, Majestad. No volverá a ocurrir.

Xianfeng asintió con lentitud, pero no le quitó los ojos de encima hasta que no abandonó el salón con paso marcial. Después, prácticamente se abalanzó sobre mí. Me aferró de las muñecas y las colocó por encima de mi cabeza, y me colocó entre su cuerpo y la pared.

Me besó con rabia, con furia.

Marcando su territorio.

Él no dijo nada al Jefe Wong; yo tampoco pude separar los labios para pedirle a Nuo que nos dejaran solos. Los dos agacharon la cabeza y se apresuraron a cerrar la puerta tras ellos mientras el Emperador tiraba de la lazada de mi *hanyu* con violencia.

# 62

L a noche en la que se celebró mi Día de la Edad no había luna en el cielo, y las estrellas se parecían a las perlas bordadas en el magnífico *hanyu* que Xianfeng me había regalado por aquel día tan especial.

Había insistido en que utilizara uno de sus salones para banquetes del Palacio del Sol Eterno, pero yo conseguí convencerlo de que la cena se llevase a cabo en mi hogar.

Éramos unas cincuenta, por lo que Nuo y Tian junto a otras de mis criadas tuvieron que abrir todas las puertas correderas para que pudieran disponer todas las mesas.

Como apenas cabíamos, solicité a los criados las acompañaran hasta las puertas del palacio y que luego acudiesen a recogerlas cuando la celebración terminara. También les pedí que no trajeran ningún regalo. Todas aceptaron, intrigadas.

Además del *hanyu*, Xianfeng me había regalado decenas de peinetas y horquillas con las que decoré mi cabello. Eran tantas, que parecía que llevaba sobre mi cabellera negra una de las tiaras que solo podían portar la Emperatriz o la Gran Madre.

Zhao me regaló una de sus nuevas dagas, que por fin tenían filo. En su empuñadura, había esculpido un dragón. Cuando lo vi, no pude evitar sonreír.

Las primeras invitadas llegaron al caer la noche. Todas, ataviadas con sus mejores galas, aunque ninguna pudo competir con mi *hanyu* del color de la medianoche.

—No te lo puedes comer, Bailu —comentó la Asistente Ying, observando de reojo a la otra concubina—. Así que deja de mirarlo.

Muchas estallaron en carcajadas mientras que ella enrojecía y apartaba la vista con brusquedad.

—Si tanto te gusta, te lo prestaré cuando lo necesites —le dije, para apaciguar los ánimos.

—Quizá para el Día de la Edad del Emperador. He oído que dará un gran banquete —contestó Bailu de inmediato.

Ying resopló y meneó la cabeza.

—¿Ya piensas en eso? —preguntó, con hastío—. Será en otoño. ¿Cómo puedes preocuparte ahora por lo que te vas a poner?

Bailu elevó la barbilla y fue a ocupar uno de los asientos más cercanos al mío, situado justo en el centro de la mesa principal.

—Yo pienso en mi futuro —replicó mientras se alejaba.

Cuando estuvimos todas, les pedí que tomaran asiento. Hubo un cierto revuelo a la hora de elegir lugares, porque algunas de las mujeres que se encontraban en el nivel más bajo del Harén querían acercarse a mí.

Cuando la comida y la bebida estuvieron servidas, muchas de ellas miraron a su alrededor, buscando alguna clase de entretenimiento. Era usual que en celebraciones como aquella se contratara a músicos o bailarinas para amenizar la velada.

Pero yo no había concertado ningún entretenimiento. Ni lo quería ni lo necesitaba. Aunque alguna concubina parecía decepcionada por ello.

—He oído que el Emperador os ofreció salones de su propio palacio para vuestro Día de la Edad —comentó una de las concubinas que había conseguido un asiento cercano a mí y que no cesaba de mirar a un lado y a otro, como si buscase algo.

—No quería abusar de su hospitalidad —contesté mientras, a mi lado, la Dama Rong se esforzaba por no poner los ojos en blanco—. Realmente, no conozco con certeza el día que nací. Sé que fue a principios de estío, pero no más. —Aquello era cierto. Cuando Lilan me había encontrado, estábamos a principio de otoño y yo tenía varios meses. Aquel día de verano podía haber sido el día que yo había nacido hacía veinte años, igual que cualquier otro—. Aun así, me pareció una buena excusa para que todas nos pudiéramos reunir.

—¿Por eso no querías regalos? —preguntó la Asistente Ziyi, con curiosidad.

Se me escapó una pequeña sonrisa.

—Yo nunca he dicho que no los quisiera. Simplemente, no deseaba que fuerais vosotras quienes los eligierais.

Hubo un silencio confuso y momentáneo, en el que se intercambiaron algunas miradas nerviosas. Solo se escuchó el sonido de los platos al ser retirados por mis criados. El vino, que había sido revisado por los propios catadores del Emperador, apenas quedaba en las jarras.

—Es cierto que deseo un regalo por mi Día de la Edad —reconocí, con lentitud. Paseé mi mirada una a una por todas aquellas caras maquilladas que me observaban con cierto recelo—. Me gustaría que me mostrarais cuál es vuestra Virtud.

La confusión se convirtió en estupor. Una ola de cuchicheos se alzó, recordándome al zumbido que producen las abejas cuando danzan alrededor de una flor jugosa.

—¿Por qué queréis saberlo? —preguntó la Asistente Ying. Por una vez, una sonrisa no doblaba los labios.

—Nuestra Virtud no es algo que podamos usar así como así —intervino Bailu—. Debemos resguardarla hasta entregarla al heredero de Su Majestad.

—Si es que alguien lo engendra —añadió la Dama Rong, con frialdad. Sus ojos atravesaron a la concubina—. ¿Qué es lo que temes, Dama Bailu? Todas conocemos la Virtud de la Consorte Cixi, es algo que se difundió en su momento por la Corte Interior, es justo que ella conozca las nuestras.

—Eso lo decís porque está claro que ella sabe qué es lo que sois capaces de hacer —intervino una voz airada desde el fondo de la sala.

—Basta, no hace falta discutir —dije, mientras me ponía en pie para que todas pudieran verme—. Quien no desee mostrármela está en su derecho, por supuesto. Solo quería compartir un momento de intimidad con vosotras. Las Virtudes forman parte de nosotras, muestran una parte de nuestro corazón. Vivimos juntas y nos llamamos «hermanas», pero no nos molestamos en conocernos. Creía que, con este pequeño regalo, todas podríamos sentirnos más unidas.

Quizá porque Ying no encajaba en el protocolo que inundaba el Palacio Rojo, o quizá porque estaba ebria, fue la primera que se puso en pie y se colocó frente a mí, tras una exagerada reverencia. Después, me sonrió.

—Lanzadme vuestra copa —dijo.

Me sentí durante un instante confusa, mientras los murmullos volvían a alzarse. Pero, como Ying ni siquiera parpadeaba, me encogí de hombros y arrojé mi copa contra ella.

Se rompió en mil pedazos antes siquiera de tocar su piel. Yo di un respingo, sorprendida, mientras ella hacía una floritura con las manos, como si fuera la actriz de alguna compañía teatral.

—Barreras —dijo, cuando volvió a su asiento—. No sé exactamente cómo lo hago, pero soy capaz de levantar escudos para que nada me toque.

—Separé los labios, impresionada, antes de que ella se volviera hacia la Asistente Ziyi, sentada a su derecha—. Es tu turno.

Dirigí los labios hacia ella, pero esta suspiró.

—No puedo usar mi Virtud aquí, Consorte Cixi.

—Sí —corroboró Ru, haciendo una mueca—. Después de esta cena, sería... desagradable.

Fruncí el ceño, todavía confusa. Ziyi se removió un poco sobre el asiento, incómoda, mientras muchas concubinas clavaban su atención en ella.

—Puedo enfermar a los demás si lo deseo. Con un simple roce de mis manos —susurró, con la vista clavada en su plato vacío—. Creedme, no querríais tener vuestros bonitos suelos empapados de vómito.

Estuve a punto de contestar, pero entonces sentí un cosquilleo en la mano. Miré hacia abajo, extrañada, y me di cuenta de que había cerrado la mano con demasiada fuerza en torno a los palillos, a pesar de que había terminado de cenar. Intenté soltarlos, pero mis dedos no respondieron a la orden. En vez de ello, mi brazo se alzó con brusquedad y apoyé la punta de madera sobre mi cuello, sobre el pulso rápido de mi yugular. Traté de bajar la mano, pero esta no se movió.

—Como veo que estáis tan interesadas en las Virtudes... esta es la mía, Consorte Cixi. —La voz de Bailu sonó burlona y fatigada. Intenté girar la cabeza para mirarla, pero mi cuello no me respondió—. Puedo controlar el cuerpo de una persona... durante un corto período de tiempo.

De pronto, recuperé el uso de mi mano y bajé los palillos con tanta violencia, que chocaron con el vaso de la Dama Rong y lo arrojé al suelo sin querer.

Nuo y Tian, que se encontraban a mis espaldas vigilando el desarrollo de la cena, se apresuraron a recoger los restos.

En esa ocasión, sí pude mirar a la concubina.

—No preguntéis si no sois capaz de soportar la respuesta —canturreó.

—Oh, no solo la soporto. —Esbocé una sonrisa tan amplia, que Bailu se echó un poco hacia atrás—. *Me encanta.*

Ella me la devolvió, pero entonces, el súbito sonido de una puerta al abrirse y cerrarse con brusquedad le hizo girar la cabeza a ella y a todas las presentes. Me incliné hacia un lado, intrigada, y, por el corredor, atisbé a ver una figura vestida de plata, acercándose con zancadas elegantes.

Los cuchicheos se apagaron y se hizo un silencio sepulcral.

La Emperatriz Cian entró en el salón con la mirada llena de relámpagos. Kana y Aya, sus dos damas de compañía, apenas eran capaces de seguirle el paso. Hicimos amago de realizar el saludo protocolario, pero su voz se alzó antes de que ninguna moviera ni un músculo.

—¡¿CÓMO TE ATREVES?! —gritó. La cólera había fulminado cualquier rastro de ternura en su voz. Después, echó una mirada a su alrededor—: ¿Cómo... cómo os atrevéis?

Yo respiré hondo, tratando de que mi voz sonara en calma, a pesar de que el corazón rugía en mis oídos.

—Me temo que ninguna de nosotras sabe a qué os estáis refiriendo, Alteza Imperial —dije mientras me ponía en pie con lentitud.

Ella entrecerró los ojos y se fijó mejor en mí. En la tela brillante de mi *hanyu*, con cientos de perlas bordadas en ella. En los adornos de mi cabello, más numerosos incluso que los suyos, de un valor incalculable. La Emperatriz sabía muy bien que aquello no lo había podido pagar la asignación de una concubina, aunque esta fuera una Consorte.

—Celebrar un Día de la Edad sin avisar a la cabeza del Harén podría tomarse como un agravio, Consorte Cixi. Sabía de esta cena desde hace días, pero tenía la esperanza de que me enviarías una invitación como señal de respeto —dijo, con los dientes apretados—. Debo ser informada de todas las celebraciones que se lleven a cabo en la Corte Interior.

—No quería molestaros —repuse, sin borrar la sonrisa—. Estaba segura de que teníais mejores cosas que hacer.

Nuo carraspeó a mi espalda, en una clara señal de advertencia.

La Emperatriz Cian avanzó solo un paso, pero, cuando lo hizo, todo el Palacio de las Flores pareció sacudirse bajo su calzado.

—No me convirtáis en vuestra enemiga, Consorte —advirtió.

Se me escapó una carcajada mientras el resto de concubinas incrustaban una mirada en mí, horrorizadas.

—*Tú misma* decidiste convertirte en mi enemiga cuando asesinaste a la Consorte Lilan —repliqué.

Un coro de exclamaciones ahogadas se alzó. Las sillas se arrastraron y algunos palillos repiquetearon contra el suelo. Yo no aparté la mirada de Cian para ver las expresiones de mis compañeras. Disfruté al ver cómo el rostro de la mujer palidecía.

—Estás haciendo una acusación muy grave —siseó la Emperatriz—. Deberías retirarla de inmediato.

—¿Por qué? —pregunté. Me incliné por encima de la mesa, sin quitarle los ojos de encima—. ¿Hablarás con el Emperador? ¿Me harás lo mismo que le hiciste a Lilan o a la Consorte Liling? Adelante. No te tengo miedo.

El rostro de la Emperatriz Cian cambió. No quedó nada de esa dulzura que empapaba sus rasgos. El ceño fieramente fruncido. Sus párpados medio caídos. Los dientes asomando por encima de su labio inferior. La mandíbula en tensión. Era la viva imagen de la locura.

*Pues deberías.* Su voz sonó dentro de mi cabeza en un siseo terrorífico. *No sabes lo que soy capaz de hacer.*

No le contesté. Mantuve mis ojos en los suyos, sin pestañear. Cian me sostuvo la mirada un instante más antes de apartarla y echar un vistazo a su alrededor.

—Os arrepentiréis de haberme faltado el respeto de esta manera. —Alzó el índice y señaló con él a todas las mujeres que la rodeaban—. No lo olvidaré.

Me dio la espalda con brusquedad y se alejó a paso rápido, ignorando las reverencias que se hicieron a su paso. Sin embargo, antes de desaparecer en el corredor, me dedicó una última mirada por encima del hombro.

*Saluda de mi parte a Zhao,* me susurró.

Aquellas palabras me asustaron más que su amenaza explícita. El terror me agarrotó el cuerpo y me quedé paralizada durante unos momentos, incapaz de tomar asiento.

Las concubinas, a mi alrededor, estallaron.

—Malditos Dioses, no debí venir —oí quejarse a Bailu. Su voz sonó muy lejana, a pesar de que estaba prácticamente a mi lado.

Algunas concubinas la secundaron. Incluso alguna de las que se encontraban más al fondo se levantó con una disculpa y abandonó el Palacio de las Flores a toda prisa.

—Cixi. —El tacto de la mano de Rong me hizo regresar al presente—. ¿Qué es lo que te ha dicho?

Tomé aire y logré tragar saliva con dificultad.

—Nada que pueda solucionar ahora mismo —contesté. Me aclaré la garganta para llamar la atención de todas. Poco a poco, los susurros se fueron apagando y logré atraer todas aquellas miradas maquilladas—. Os quiero dejar algo claro: ninguna de vosotras ha hecho nada malo. Solo habéis aceptado mi invitación para cenar, nada más. Ninguna sabía que no la había extendido a la Emperatriz. Así que me haré responsable de cualquier castigo que decida imponeros.

La Dama Bailu estuvo a punto de replicar, pero la Asistente Ying se adelantó:

—¿Es cierto lo que has dicho? ¿Ella fue la responsable de la muerte de la Consorte Lilan y de la Consorte Liling?

—Sí —contestó una voz a mi izquierda. Giré la cabeza para observar la expresión espantada de la Asistente Ru—. He podido oír el latido de su corazón. De su respiración. Cómo se ha acelerado. Ha tragado saliva varias veces para refrescar su garganta. Sé *escuchar* los sonidos de la culpabilidad.

—¿Y el Emperador lo sabe? —murmuró Rong.

Su voz pareció hacer eco en todo el palacio.

Solo dudé un instante antes de responder con un seco asentimiento.

Esta vez no hubo murmullos, solo un silencio opresor, que parecía apretarnos desde todas las direcciones. Tras sus *hanyus* lujosos, bajo sus cabezas enjoyadas, se hallaban terriblemente indefensas.

—Continuemos con la celebración —exclamé entonces, sobresaltándolas a todas—. Nuo, Tian. Por favor, servid el té que acompañará el postre.

Mis amigas hicieron una pequeña reverencia antes de dirigirse hacia la cocina.

—¿Cómo puedes hablar así? —masculló la Dama Bailu, llevándose las manos a las sienes en un gesto de dolor—. Ahora mismo, solo tengo ganas de marcharme de este horrible lugar.

Sonreí y coloqué una de mis manos sobre su hombro. Lo apreté en un gesto reconfortante.

—La noche no ha hecho más que empezar —le dije, aunque me dirigía a todas—. Disfrutémosla.

Al principio hubo dudas en los ojos de todas mis compañeras, pero el olor fragante del té que llegó a través de las puertas abiertas y la visión de los maravillosos dulces que había encargado lograron devolver las palabras y las sonrisas a aquellos bellos rostros asustados.

Me permitieron conocer todas las Virtudes, y me quedé tan impresionada que pensé que la mía no era más que un poder ridículo. Todas ellas, si quisieran, podrían derrotar a un ejército imperial sin mancharse de sangre sus preciosos *hanyus*.

Lástima que solo fuéramos concubinas.

No hubo música ni baile, como la Dama Bailu esperaba, pero hablamos mucho. Las conversaciones se enredaron unas con otras y nos hicieron perder la noción del tiempo. Cuando las primeras concubinas decidieron marcharse, encontraron a sus pobres criados dormidos en las escaleras de entrada del palacio, cansados de esperar.

Cuando finalmente me acosté, faltaba poco para que amaneciera. Rong, Bailu, Ru y Ziyi habían sido las últimas en marcharse. Agotadas, pero con la mirada brillante, a pesar de que, desde el postre, no volvieron a tomar alcohol.

Caí sobre la cama y me dormí al instante. Apenas me pareció que habían pasado unos segundos antes de que la voz de Nuo se enredase en mis oídos y me llamase.

—La recepción matutina de la Emperatriz —dijo—. Llegarás tarde.

Asentí y logré incorporarme. Mi habitación dio una violenta vuelta a mi alrededor, y caí mareada sobre el suelo, de rodillas. Fui vagamente consciente de que Nuo se colocaba a mi lado.

—¿Estás bien?

Traté de hablar, pero la voz se me perdió en algún lugar de mi garganta.

No podía hablar. Y me costaba respirar. Mucho. De pronto, cada bocanada de aire era pura agonía.

Me llevé la mano al pecho y alcé la mirada hacia Nuo. Pude ver el espanto reflejado en sus pupilas. Sentía cómo mi cara ardía. Cómo, poco a poco, mi piel se amorataba por la falta de aire.

La voz suave de la Emperatriz Cian llenó mi cabeza, que empezaba a perderse en la oscuridad.

*Os arrepentiréis de haberme faltado el respeto de esta manera.* Su boca se dobló en esa sonrisa dulce que tantas veces me había dedicado. *No lo olvidaré.*

Golpeé el puño contra el suelo mientras me retorcía, mientras Nuo gritaba en busca de ayuda.

Pero ya era tarde.

*¡Maldita seas!*, rugí en mi cabeza, antes de morir con los ojos abiertos sobre el suelo de mi dormitorio.

# 63

Una mano aferraba con fuerza la mía. Cálida y grande, me envolvía por completo. Con sus dedos entrelazados, me prometía que nunca jamás me haría caer.

*¿Zhao?*, susurró una voz dentro de mi cabeza.

Fue una suerte que no lo pronunciara en voz alta, porque cuando por fin logré abrir los ojos, el rostro que se inclinó sobre el mío fue el del Emperador del Imperio Jing.

—Xian —musité, sin fuerzas.

—Gracias a los Dioses —murmuró él, llevándose mis nudillos a sus labios—. Conozco cuál es tu Virtud, pero jamás me acostumbraré a ella. Siempre creo que... que...

—¿No despertaré? —logré articular, con voz ronca—. Respirad, Majestad. Sé que todavía no ha llegado mi hora.

Él asintió, con una sonrisa débil, y volvió a besarme esa mano que aferraba con tanta fuerza. Debía haberme acompañado durante mucho tiempo. Su cabello estaba descuidado y tenía la parte superior de su túnica abierta. Hacía calor, a pesar de que por la ventana se colaba la brisa fresca de las primeras horas de la mañana. Parecía que mientras yo estaba muerta, el estío había llegado con fuerza al Palacio Rojo.

Volví a clavar la mirada en él.

—¿Qué ha ocurrido? —Xianfeng tragó saliva y giró el rostro. Un escalofrío me recorrió y me incorporé a duras penas. Mis brazos temblaron cuando apoyé parte de mi peso en ellos—. Lo prometimos, ¿recuerdas? No más mentiras entre nosotros. Solo la verdad.

Sus ojos volvieron a los míos.

—Solo la verdad —repitió él, asintiendo. Sus manos apretaron la mía con más fuerza—. He perdido a la mitad de mi Harén.

Me quedé durante un instante paralizada, con los labios separados y la mirada desorbitada. Buceé en su expresión, buscando algo que afirmara que lo había escuchado mal, que me había equivocado. Pero solo había dolor en su voz cuando continuó:

—Esta vez no se trató de un simple sedante.

Comprendí lo que quería decir. Mis manos volaron hasta mi boca y mis uñas se clavaron en la piel, dejando marcas de medias lunas por todo mi rostro.

No podía ser.

Otra vez no.

—¿El… el vino…? —No logré terminar la frase.

—La comida y la bebida estaban intactas —dijo él—. Pero habían sumergido los palillos en una mezcla especial. Al entrar en contacto con la saliva… se desencadenó todo.

Negué con la cabeza una y otra vez. No comprendía nada, pero tampoco podía pensar. Cerré los ojos y a mi mente regresaron todas aquellas bocas delicadamente maquilladas, cerrándose en torno a los palillos y saboreando el festín que había encargado y que los catadores imperiales se habían ocupado de analizar.

—Nombres —murmuré—. ¿Quiénes han…? —Apreté los párpados un momento y tomé una brusca bocanada de aire. Notaba la mirada preocupada de Xianfeng sobre mí—. Por favor, dime que Rong continúa viva.

—Ha sobrevivido, aunque se encuentra en cama. Necesitará días para recuperarse por completo.

—¿Y las Asistentes Ru y Ziyi? ¿Y la Dama Bailu? —volví a preguntar—. ¿Cómo se encuentra Ying?

Ante ese último nombre, sus ojos vacilaron. Una presión devastadora se instaló en mi estómago. No podía ser. Intenté mantenerme en calma, pero las imágenes de sus bromas, de sus sonrisas, de aquella última floritura mientras me saludaba como si fuese una artista, me cegó. Las lágrimas escaparon de mis ojos sin permiso.

Me llevé las manos a la cara y las hundí en ellas.

—¿Quién… más? —pregunté, entre sollozos convulsos.

Poco a poco, Xianfeng fue recitando un total de veintiocho nombres.

Habían sido un total de cincuenta las invitadas al Día de mi Edad. Eso significaba que veintiuna concubinas habían sobrevivido a mi cena, sin contarme a mí.

Por encima de la tristeza, una sensación más poderosa, más ardiente, se sobrepuso. Pude sentir las llamas en mis ojos cuando miré a Xianfeng.

—¿Quién ha sido? —siseé.

Sabía quién era la responsable. Por supuesto que lo sabía, pero quería que él lo dijera en voz alta. Que lo admitiera de una vez por todas.

Xianfeng tardó demasiado en contestar.

—Ahn se está encargando de los interrogatorios. Aunque... todas las supervivientes que han podido hablar recuerdan las palabras de Cian —musitó, apesadumbrado.

Otra lágrima se derramó por mis ojos. Dejé que corriera libre y pendiera de mi barbilla temblorosa.

—Debí haberme tragado mi orgullo. Debí haberla invitado —mascullé, aunque la rabia me aguijoneaba por dentro—. Si... si hubiese sabido que...

Me dejé llevar por todo lo que devastaba mi interior. Me abracé las rodillas contra el pecho y gemí y sollocé, sintiéndome patética e inútil, miserable. Los hombros se sacudieron con violencia y de mi garganta escapó en forma de gemidos un dolor que no había liberado desde aquella mañana en la que Zhao nos había comunicado la muerte de Lilan.

De pronto, escuché un susurro a mi izquierda. Cuando giré la cabeza y parpadeé con mis ojos hinchados, vi que Xianfeng se había puesto en pie. Una expresión dura marcaba su rostro.

—No es culpa tuya —sentenció—. He sido sumamente indulgente, pero esto ha llegado demasiado lejos.

Hizo amago de marcharse, pero yo atrapé su brazo a tiempo. Me obligué a levantarme, pero mis rodillas cedieron y Xianfeng tuvo que sostenerme para que no cayera al suelo.

—Voy contigo —susurré.

—Deberías descansar —contestó él, pasando sus nudillos por mi mejilla pálida.

—No, quiero acompañarte. —Deslicé la mano por su brazo y abracé sus dedos con los míos—. Sé que lo que vas a hacer no es fácil para ti. Y quiero estar a tu lado.

La sorpresa se reflejó en su mirada durante un momento antes de que sus labios se doblaran en una sonrisa dulce.

—Tú y yo contra el mundo —murmuró.

—Tú y yo contra el mundo —sentencié.

Todos mis criados habían sido encerrados en las celdas del Departamento de Castigo, a la espera de un interrogatorio ahora que yo por fin había despertado. Aunque estaba claro quién había estado detrás de lo que había ocurrido, habían tenido que contar con la ayuda de mi servidumbre. Pedí a Xianfeng dejarlo para más tarde, aunque yo tenía mis propias sospechas. Al fin y al cabo, Nuo, Tian y Lienying habían sido los encargados de colocar la mesa.

Me desplacé en el palanquín de Xianfeng, con él a mi lado. No me soltó la mano en ningún momento y, cuando el vehículo se detuvo frente al Palacio de la Luna, me ayudó a bajar de él.

El Emperador había dado instrucciones antes de que abandonáramos mi residencia, así que, frente a las inmensas puertas abiertas, un pelotón de guardias imperiales, junto a Zhao, nos aguardaban. Pero no era el único. Junto al Jefe Wong, al pie de la escalera, vestida de negro y dorado, se encontraba la Gran Madre.

—¿Qué haces aquí? —preguntó Xianfeng, con el ceño fruncido.

—Querido, sé todo lo que ocurre entre estos muros. —Sus ojos se posaron durante un instante en los míos—. *Todo.*

Y, sin añadir nada más, comenzó a subir las escaleras de entrada.

No fue su mirada la única que se detuvo en mí. Zhao logró dedicarme un vistazo fugaz mientras el Emperador se apresuraba a seguir a su madre. Al pasar por su lado, su índice acarició el dorso de mi mano.

El Palacio de la Luna estaba extrañamente vacío. No vimos a ningún sirviente por sus pasillos. Ni siquiera cuando llegamos al salón donde se llevaban a cabo las recepciones matutinas, ahora vacío dado que ninguna de las concubinas que habían sobrevivido se hallaba en condiciones de acudir.

Curiosamente, la Emperatriz Cian sí estaba en su trono, perfectamente vestida con un *hanyu* blanco, maquillada, y con más adornos en su recogido de los que había visto nunca. Parecía que nos estaba esperando. Tras ella, Kana y Aya aguardaban con el rostro inexpresivo y las manos unidas sobre el regazo. Apenas hubo un brillo de conocimiento cuando nuestras miradas se encontraron.

No se levantó para realizar la reverencia protocolaria a la Gran Madre y a su marido. Pero nadie dobló las rodillas ante ella tampoco.

—¿Habéis venido a leer mi sentencia? —Sus pupilas se clavaron en las mías como puñales—. Cixi, me alegra verte recuperada. Aunque no puedo decir que eso me suponga ninguna sorpresa.

Xianfeng dio un paso adelante.

—Te dirigirás a ella con el título adecuado —siseó.

—¡Yo soy la Emperatriz! —gritó de pronto ella, dejando salir esa violencia que sabía guardar muy bien dentro de sus costillas—. ¡Seré yo quien decida cómo dirigirme a mis súbditos!

Su mirada vidriosa se paseó por el destacamento de guardias que se desplegaba a nuestras espaldas. Los extremos de las lanzas refulgían entre tanta blancura.

—¿Es que pensáis ejecutarme aquí mismo? —susurró, antes de observar el cuerpo tenso de Xianfeng—. ¿O es que planeas matarme con tus propias manos?

—Nadie va a morir —replicó la Gran Madre, con su voz profunda—. Pero debes entender que tus acciones, Cian, han llegado demasiado lejos.

A ella se le escapó una carcajada amarga y se recostó sobre su trono.

—¿Mis acciones? —repitió, con suavidad—. Yo solo lucho desde mi posición por este Imperio, por Xianfeng, por ser un ejemplo para todo el Harén.

—¿Por eso te deshaces de las concubinas? —murmuré, sin poder contenerme.

Los ojos ponzoñosos de la Emperatriz se hundieron en mí sin piedad. Toda la gentileza, toda la amabilidad, había desaparecido. No quedaba nada de esa joven a la que una vez había considerado una amiga.

—Yo no las he matado —siseó.

—¿No? —pregunté, ladeando la cabeza—. ¿Tampoco acabasteis entonces con la vida de la Consorte Lilan, cuando se convirtió en la favorita del Emperador? ¿O con la Consorte Liling?

—Cian —intervino de pronto Zhao. Su voz sonó ronca por el dolor—: No lo hagas más complicado.

Ella soltó un largo bufido antes de ponerse en pie con brusquedad.

—¿CÓMO NO PODÉIS DAROS CUENTA? —gritó, antes de sacudir el índice frente a mí—. ¡Os está manipulando!

—Hablas como Sushun —siseó el Emperador, con el ceño fruncido.

—Quizá porque él tenía razón sobre esta maldita criada —replicó Cian. Sus pupilas se clavaron en Zhao, y después en mí—. Sobre *todo*.

Un escalofrío me recorrió, y el temblor hizo repiquetear los adornos de mi cabello. Una lenta sonrisa se derramó por la delicada boca de la Emperatriz.

—Y lo demostraré.

Le hizo un gesto a Aya y masculló algo en su oído. Esta sacudió la cabeza, pasó a nuestro lado, y desapareció por las puertas abiertas del salón.

Respiré hondo, mientras mi corazón se aceleraba. Mi cuerpo se quería inclinar hacia Zhao, pero era consciente de que había demasiados ojos sobre nosotros. Un paso en falso y todo se descubriría.

Se produjo un silencio incómodo que nadie se atrevió a romper. Xianfeng parecía visiblemente incómodo mientras la Gran Madre, recta como un árbol, aguardaba con paciencia, como si supiera cómo terminaría todo.

La criada apenas tardó en regresar. Y lo hizo acompañada por tres figuras vestidas con túnicas de servidumbre.

Mis labios se separaron cuando vi a Nuo, a Tian y a Lienying adentrarse con paso vacilante en el salón. Una mano apretó mi corazón sin piedad, mientras, a mi izquierda, los nudillos de Zhao crujían sobre la empuñadura de su espada envainada.

Cuando llegaron hasta nosotros, realizaron el saludo protocolario y se colocaron a un lado de la Emperatriz.

Un hilo de sudor helado corrió entre mis omóplatos.

—Estos son las dos criadas y el eunuco más cercanos a la Consorte Cixi —informó Cian, aunque era algo que toda la Corte Interior sabía—. ¿Quién de vosotros impregnó los palillos con veneno?

Clavé una mirada vidriosa en ellos. Pero ninguno me la devolvió.

Tian ni siquiera vaciló cuando dio un paso al frente.

—Yo fui la encargada —contestó, en un tono impávido que nunca había escuchado en ella—. Se trataba de un veneno creado a partir de anapelo azul, en una cantidad mínima que no producía la muerte inmediata. Nuo se encargó de sintetizarlo. Es una gran creadora de tónicos y elixires —añadió, mirando hacia su compañera, que ni siquiera parpadeó ante su mención.

—¿Fue la Consorte Cixi la que te dio orden de hacerlo? —preguntó la Emperatriz. Casi le costaba controlar la curvatura de sus labios.

—Sí.

—Tian, eso no es cierto... —farfullé, dando un paso adelante. Ella me miró por encima del hombro, pero no me respondió—. Había amigas entre las afectadas. Yo... yo no hubiese deseado jamás la muerte de la Asistente Ying. Le tenía mucho afecto.

Tian pestañeó, imperturbable. Nada ni nadie rompió el silencio que precedió a sus palabras.

—Es cierto que no sé por qué algunas concubinas han sobrevivido y otras no, pero juro por mi vida que fue ella la que preparó la farsa.

Negué con la cabeza. Sentía todos los ojos quietos sobre mí.

—¿Por qué iba a hacer algo así? —murmuré.

—Porque esa sería tu manera perfecta de vengarte por lo que le ocurrió a la Consorte Lilan —respondió Cian, mientras se incorporaba con lentitud de su trono—. Incriminándome por un crimen atroz.

—Entonces, ¿lo admites? —la desafié, tratando de alejar, desesperada, la atención de mí—. ¿Vas a decir en voz alta que fuiste la responsable de su asesinato?

Ella tomó aire, con cierto hartazgo, y comenzó a pasearse de un lado a otro, con la elegancia que la caracterizaba.

—Yo no he hecho nada comparado con lo que has hecho tú. —Se detuvo y me fulminó con la mirada—. *Zorra adúltera.*

La Gran Madre dio un paso adelante, mientras un hondo escalofrío me sacudía con violencia. *Lo sabe*, susurró una voz aterrorizada en mi cabeza. *Lo sabe.*

—Deberías controlar tus palabras, Cian —le recomendó.

A la aludida se le escapó una carcajada y se llevó una de sus manos para cubrirse la boca.

—¿Debería hacerlo? Está bien. Controlaré mis palabras —dijo, sonriendo con una de esas muecas suyas que conocía tan bien—. Xian, me temo que deberías haber escuchado más a tus consejeros. Tu favorita no solo visita tu lecho por las noches. —Sus ojos ascendieron hasta Zhao—. ¿Verdad, querido Ahn?

# 64

Tian dio otro paso adelante, y yo tuve deseos de arrojarme contra ella y golpearle la cabeza contra aquel suelo blanco hasta que sus huesos se rompieran y acabara empapado en sangre. El rugido de la cólera que ardía en mi interior casi me impidió escuchar con claridad sus palabras.

—Es verdad. He sido testigo de la cercanía que existe entre el capitán Zhao y la Consorte Cixi desde hace meses —dijo. Parecía haberse memorizado muy bien esas palabras—. Los he visto a través de las ventanas. E incluso, la otra noche, me obligó a utilizar su ropa para poder hacerse pasar por mí y visitar al capitán en su propio hogar. No regresó hasta el amanecer.

Zhao se arrojó al suelo, de rodillas.

—Jamás me atrevería —susurró.

Xianfeng se había quedado súbitamente pálido, aunque flores rojas de cólera le salpicaban las mejillas.

Sus manos, poderosas, se habían cerrado en dos puños convulsos.

Dudaba. Podía verlo en su mirada.

Una sola palabra equivocada, y estaría condenada.

No era la primera vez que había escuchado aquella acusación. Otras bocas la habían pronunciado.

Pero entonces, la Gran Madre habló.

—Hay tres sirvientes. ¿Por qué solo habla una? —Sus ojos severos se posaron sobre Lienying, que bajó el rostro de inmediato, con los hombros encogidos—. ¿Son ciertas las palabras de tu compañera?

Él tragó saliva antes de contestar.

—Es verdad que fue ella la que mojó todos los palillos en el veneno, pero este no fue sintetizado por Nuo ni fue la Consorte Cixi quien dio la orden.

Tian se sobresaltó y su cuello se giró hacia el eunuco con la brusquedad de un latigazo.

—¿Qué estás diciendo, maldita sea? —exclamó.

—Es cierto que sé elaborar tónicos, mis padres poseían una botica en la que estuve trabajando hasta que un accidente la hizo arder —añadió Nuo. Parecía tranquila, pero yo la conocía bien, y era capaz de detectar el temblor subyacente en su tono—. Pero jamás he elaborado ninguna clase de veneno. Nunca he pedido que me suministrasen anapelo azul. Está todo en los registros. Se puede comprobar.

—¡Los registros pueden alterarse! —exclamó Tian, golpeando el aire con sus brazos—. Ya lo hemos hecho en otras ocasiones.

—Ah, ¿sí? —preguntó la Gran Madre, enarcando una ceja.

Tian apretó los labios y apartó la mirada, sin ser capaz de esconder su enfado. La Emperatriz también se había quedado lívida.

—Joven, ¿quién proporcionó el veneno entonces? —La Gran Madre no separaba sus pupilas de Lienying, mientras él se esforzaba por no temblar.

—Alteza Imperial, ni siquiera sabíamos que era veneno. Fue Tian la que lo recibió y la que lo administró.

—¡Mentiroso! —chilló ella. Se volvió y lo empujó con la suficiente rudeza como para arrojarlo al suelo—. ¿Cómo puedes decir algo... algo así? ¡Después de lo que hice por ti! No eres inocente, Lienying, a ti también te pagaron. —La mirada ponzoñosa de Tian se hundió en Nuo—. Como a ti. Los tres estábamos unidos en esto.

Zhao se irguió bruscamente del suelo y giró la cabeza hacia uno de los guardias que estaban a su espalda.

—Registra sus dormitorios. Busca cualquier objeto de valor o cualquier moneda que esté fuera de lugar —ordenó.

El hombre asintió y abandonó a toda velocidad el lugar.

—¿Quién te pagó, Tian? —le pregunté con lentitud, dando un paso en su dirección.

El odio escapaba de sus ojos como lágrimas cuando me miró. Imaginé que, en aquel momento, la voz de la Emperatriz retumbaba con gritos en su mente, ordenándole que se callara, pero ya era demasiado tarde. Había hablado de más.

Xianfeng se inclinó hacia delante, como un león a punto de saltar sobre su presa. Sus ojos se entrecerraron.

—¿Quién te pagó, criada? —repitió. Su voz palpitaba por la cólera que lo invadía.

Tian apretó los labios y los dientes, pero no respondió.

Cian también permaneció en silencio. Pero Kana, la criada que se encontraba a su espalda, sí se movió.

El suave susurro de su túnica de servidumbre nos hizo levantar la mirada a todos.

—Fui yo. —Clavé una mirada desorbitada en aquella joven que siempre había parecido tan frágil. Rodeó el trono de la Emperatriz y se arrodilló frente a la Gran Madre y al Emperador—. Bajo las órdenes de la Emperatriz Cian. —Giró un instante la mirada para observar a la aludida, que se había apoyado en el reposabrazos de su trono para no derrumbarse. Una palidez cadavérica la había invadido—. Siento traicionaros, Alteza Imperial, pero no podría perdonarme a mí misma después de todo lo que ha ocurrido.

Pero Cian no la miraba a ella, me miraba a mí.

—¿Cómo... cómo lo has hecho? —susurró. Toda la cólera había desaparecido de su voz. Solo quedaba desconcierto.

—Me temo que no sé a qué os referís —contesté, en voz baja.

—Los has comprado —masculló, casi para sí misma—. A todos.

Esbocé una media sonrisa a la vez que todos los presentes se giraban para observarme.

—Me temo que mi asignación no es tan elevada como para sobornar con riquezas a tantas personas, Alteza Imperial. —Me encogí ligeramente de hombros y le devolví la mirada a Xianfeng—. La verdad siempre es más sencilla.

Kana no había terminado. Con la frente clavada en el suelo blanco, siguió hablando:

—Es cierto que nunca supe qué fue lo que entregué a la criada de la Consorte Cixi. Nunca me he atrevido a preguntar, nunca me he atrevido a fisgonear. Pero sí es verdad que he sido la responsable de pagar a esa joven. —Su brazo se alzó seguro para señalar a Tian.

—¿Cuándo se enteró la Emperatriz de la celebración por el Día de la Edad de la Consorte Cixi? —le preguntó la Gran Madre, con el ceño fruncido.

—Días antes —contestó Kana, sin dudar—. Montó en cólera cuando se enteró. Jamás la había visto... tan fuera de sí.

La ira ahogaba a Cian. Podía verlo en sus ojos desorbitados, en su rostro enrojecido, en las venas que se marcaban en su cuello, en sus delicadas manos, abiertas como anzuelos. Parecía deseosa de saltar sobre su propia sirvienta y destrozarla a golpes.

Pero, en ese momento, el guardia imperial al que había enviado Zhao apareció corriendo. Entre sus brazos, llevaba una bolsa de arpillera que debía de pesar. Sin añadir palabra, la arrojó a los pies del Emperador. De esta, cayeron monedas de oro, plata y joyas, muchas joyas. Tantas como las que yo guardaba como concubina Consorte.

Xianfeng se inclinó y, despacio, muy despacio, apartó las monedas hasta dar con varias horquillas de oro y jade, que alzó con cuidado.

—Recuerdo estas joyas —murmuró, con los ojos hundidos en la Emperatriz—. Yo mismo te las regalé.

Ella abrió la boca y la cerró, pero no pudo articular ni una sola palabra.

—Todavía hay varios guardias registrando, pero hasta ahora, no se ha encontrado nada sospechoso entre las pertenencias de estos dos criados —dijo el guardia, señalando a los silenciosos Nuo y Lienying.

Tian no lo soportó más y se arrojó contra ellos, pero el mismo guardia que había rebuscado entre sus pertenencias, se incorporó y la sujetó antes de que fuera capaz de dar un paso más.

Yo me acerqué a las riquezas repartidas por todo el suelo y me arrodillé para acariciarlas. Fruncí el ceño.

—Hay demasiado —murmuré—. O llevas meses aceptando sobornos, o... —La voz se me quebró por un momento—. O alguien más te pagó.

Zhao pronunció el nombre en el que todos estábamos pensando.

—*Sushun.*

Tian se revolvió entre los brazos del guardia, pero este no aflojó su agarre. Soltó una carcajada amarga.

—¿Crees que yo lo ayudé a que te secuestraran? —me preguntó, casi divertida—. ¿Cómo iba a ser tan estúpida como para envenenarme a mí misma?

Yo entorné la mirada y me incliné hacia ella.

—¿Por qué no? Sabías perfectamente que no iba a matarte. Era un riesgo más que asumible.

Su expresión se crispó. Quería replicarme, decir algo hiriente, pero no podía. Sabía que llevaba razón.

Solté las monedas que había tocado y estas tintinearon al resbalar unas sobre otras. Casi sonaron como un suspiro de despedida.

—Suficiente.

La voz de Xianfeng sonó como un latigazo. Violenta. Letal. La mirada que posó sobre la Emperatriz Cian fue demoledora. Y triste. La miró como si estuviera observando un cadáver viviente.

Para él, esa niña que había sido su amiga, esa joven con la que se había comprometido, esa mujer con la que había compartido tantas noches y días, había desaparecido. Había muerto. Todos esos recuerdos del pasado, que yo sabía que eran tan importantes para él, ya no valían nada.

Había traspasado todas las fronteras posibles.

—No voy a pedir tu ejecución, Cian —dijo, con lentitud—. Pero me ocuparé de que nunca vuelvas a salir de los muros del Palacio Gris.

Ella extendió un brazo tembloroso hacia él. No separó los labios, todo lo que le estaba diciendo se lo decía a su mente, en una conversación que solo podían compartir ellos dos. No sabía qué gritaba, o qué suplicaba, pero no parecía hacer mella en Xianfeng. Su expresión decidida no cambió, mientras la de Cian caía poco a poco en la más completa devastación.

Desesperada, giró la cabeza para mirar a la Gran Madre. También le susurró a ella en el interior de su mente, pero la mujer alzó una mano y negó con pesadumbre.

—No puedo ayudarte más, Cian —dijo, con un desconsuelo que parecía verdadero—. Te has equivocado demasiado como para dar marcha atrás.

Xianfeng asintió y se giró para echar un vistazo a Nuo y a Lienying.

—Capitán Zhao —lo llamó, frío—. Mantenlos vigilados hasta que el registro de sus dependencias termine.

El aludido asintió mientras ellos me miraban de soslayo. Yo no sentí temor por su seguridad. Sabía bien que no tenían nada que esconder.

Después, el Emperador observó a las dos criadas que quedaban. Una, todavía postrada en el suelo; la otra, debatiéndose entre los brazos de un guardia imperial.

—Hay que tener mucho valor para hacer lo correcto —dijo, con la mirada puesta en Kana, que se irguió por fin—. Ya que la Emperatriz va a pasar mucho tiempo en el Palacio Gris, no necesitará servidumbre. A partir de ahora, trabajarás para la Consorte Cixi, ¿de acuerdo?

—Muchas gracias, Majestad —susurró ella, inclinándose de nuevo para esconder una sonrisa que era demasiado enorme para no ser extraña.

—En cuanto a ti. —Los ojos de Xianfeng relampaguearon cuando se clavaron en Tian—. Hoy mismo te decapitarán en el Patio de los Gritos. No quiero que tus sucios pies vuelvan a pisar el suelo del Palacio Rojo.

Tian abrió la boca con horror y se debatió con más fuerza. Y, aunque logró desasirse del guardia que la sujetaba, no pudo hacer nada cuando otros dos cayeron sobre ella y la arrastraron lejos de nosotros.

No dejó de gritar en ningún momento.

Yo todavía la miraba, cuando Xianfeng se volvió hacia mí y me ofreció su mano.

—Vamos —me ordenó—. No quiero volver a hablar de lo que ha ocurrido hoy aquí, ¿entendido?

Yo respondí con la reverencia más pronunciada que me permitió mi espalda.

Juntos, abandonamos aquel salón que había visitado tantas veces siendo criada, y después como concubina, dejando a la Emperatriz Cian de rodillas junto a su trono, con el rostro cubierto de lágrimas.

Su voz, sin embargo, me alcanzó.

*Xianfeng volverá a mí. Siempre vuelve.*

Lo creía de verdad. Había esperanza en su voz.

*Y me perdonará cuando le entregue un heredero varón.*

Bajé la cabeza para que nadie pudiera ver la calculada sonrisa que esbozaban mis labios.

*Cian, él siempre supo lo de Lilan,* le contesté.

*Mientes. Hasta ahora, él...*

La sentí vacilar en el interior de mi cabeza.

*Si lo hubiese sabido, me habría castigado. Habría...*

*Ya lo hizo,* la interrumpí.

Me permití paladear ese segundo de silencio.

*Nunca podrás engendrar un heredero, Cian. Jamás.*

Ella no llegó a contestarme, pero sus gritos nos siguieron acompañando cuando atravesamos las puertas del Palacio de la Luna.

Lienying se enteró de que la hora de la ejecución de Tian estaba fijada para el anochecer. Cuando el sol se escondiera por detrás de los muros ensangrentados de «la ciudad dentro de la ciudad», ella moriría.

Sería una decapitación similar a la que ya había visto, cuando estaba en el Departamento de Trabajo Duro. Nadie iría a verla. Ni siquiera un verdugo se encargaría.

Sin embargo, yo me arreglé para acudir.

—No es necesario que me acompañéis —les dije a Nuo y a Lienying, que me observaron pálidos cuando me dirigía hacia la salida de mi palacio.

Los guardias imperiales los habían liberado cuando terminaron de revisar sus pertenencias y poner patas arriba sus dormitorios. Como ya sabía, no habían encontrado nada.

—Pero... —Nuo tragó saliva. El deber tiraba de su lengua, aunque en el fondo no desease pisar el Patio de los Gritos.

—Ya has hecho más que suficiente —contesté, en un intento por tranquilizarla—. Además, Zhao estará allí.

Lienying frunció el ceño, pero no dijo nada. Sabía que no era buena idea que me vieran junto a él, sobre todo después de las palabras que había pronunciado Cian aquella misma mañana. Las paredes del Palacio Rojo parecían hechas de papel, y los rumores y bisbiseos corrían rápido.

Había ganado aquella partida, era cierto, pero sabía que las dudas habían comenzado a corroer el corazón del Xianfeng.

Y la incertidumbre siempre era peligrosa.

Pero, aunque yo deseaba presenciar la ejecución, comprendía que ellos no. Y no pensaba exigírselo.

Ya les había pedido demasiado.

Me marché antes de que pudieran detenerme y me dirigí al Patio de los Gritos cuando al sol apenas le quedaba un suspiro para ocultarse. Bajo el arco curvado de entrada, me encontré a Zhao.

No había nadie cerca, pero me detuve a una distancia prudencial. Él me dedicó una reverencia pronunciada. Tenía el ceño fruncido.

—Ella ya está aquí.

Yo cabeceé y me adentré en el patio. Sobre el patíbulo, Tian estaba de rodillas, vestida con la misma túnica de servidumbre que había llevado aquella misma mañana. Tenía los ojos enrojecidos de tanto llorar y le habían atado las manos a la espalda. Se había ordenado que la decapitación fuera tras la caída del sol, así que los guardias que charlaban a su espalda estaban haciendo tiempo.

Sus pupilas se hundieron en nosotros cuando nos acercamos.

—¿Has venido a verme morir? —preguntó, con una sonrisa horrible.

—Quería hablar contigo una última vez —contesté, con calma.

—No pienso decir nada para hacer que tu culpa desaparezca, Cixi. —Tian escupió a mis pies y se ganó una mirada de los guardias que esperaban tras ella.

—Supe desde el principio que me habías vendido a Sushun —le dije, sin pestañear—. Cuando te llevé junto a mí, a la celda de Nuo, pensé que tu corazón se ablandaría. Que confesarías la verdad después de ver la tortura injusta a la que habían sometido a tu amiga.

—¿Amiga? —Tian dobló la boca en una mueca—. En este lugar no existe la amistad.

—Ella y Lienying llevan vigilándote desde hace meses. —Solté el aire con dificultad—. Me rompiste el corazón, Tian. Pero, si me hubieses dicho la verdad, si me hubieses avisado de lo que ocurriría, tanto con Sushun como con la Emperatriz Cian, te habría perdonado.

Tian soltó una carcajada tan alta, que unos pájaros que dormitaban en la rama de uno de los escasos árboles del patio echaron a volar de pronto. El aleteo de sus alas negras sonó como un presagio.

—Sabía que estabas enfadada conmigo —continué, avanzando un paso en su dirección—. Muy enfadada, en realidad, desde que me confesaste lo que ocurría con el Jefe Wong. Lo que les hacía a las criadas y a los eunucos más jóvenes. Pero te pedí paciencia.

—¿Paciencia? —Su expresión se afiló. Escupió aquella palabra como si se tratase de un insulto—. Con una palabra tuya, podrías haberlo castigado severamente. Podrías haber conseguido incluso que lo ejecutaran. Había pruebas. Eras y eres la favorita.

Estuve a punto de replicar, pero ella me interrumpió:

—¿Por qué sospechaste que me había aliado con Sushun? —No pudo esconder su curiosidad.

—Fuiste tú la que me diste la idea de la fiesta. Fuiste tú la que dejó a cargo de Nuo la elección del vino, porque sabías que ella no dudaría en elegir el mejor para nosotros.

Avancé un paso hacia ella, hasta quedarme a un palmo de distancia del patíbulo.

—Podrías haberte marchado —susurré—. Si no querías formar parte de mi vida, te habría dejado marchar. Sin cuestionarte. Sin pedir nada.

—Oh, por supuesto que sí. —Tian echó la cabeza hacia atrás y volvió a reír. El sol apenas asomaba ya sobre los muros—. ¿Me habrías dejado vivir con todo lo que sé?

Me obligué a no vacilar.

—Yo confiaba en ti, Tian.

—Hipócrita. ¡Mentirosa! —gritó de pronto, dejando escapar otra desagradable carcajada—. Eres amable con la servidumbre, haces regalos y buscas buenos matrimonios a las criadas. Y el dinero de tu asignación... —Resolló y sacudió la cabeza—. Parece que lo haces por nosotros, pero eso no es cierto. Puedes engañar a todos, pero no a mí. Todo lo que haces es por ti. ¡Solo por ti! Y te dan igual las consecuencias que eso conlleve.

—Si querías un matrimonio y salir del palacio, podría haberte ayudado —comencé, antes de que ella me interrumpiera con otro chillido.

—¡No quiero casarme! ¡Quería justicia! ¡Y tú podías dármela, pero decidiste no hacerlo! —Respiraba agitadamente, su pecho subía y bajaba sin control—. Solo... solo te pedí una cosa. Una sola cosa. Y no me la concediste.

La sombra de un sollozo se aferró a mi pecho. La entendía. En mi fuero interno la entendía. Sabía por qué estaba tan furiosa. Pero había tomado una decisión y no podía echarme atrás. No *quería* echarme atrás.

—Te la habría concedido —repliqué con suavidad—. A su debido tiempo.

—El tiempo es algo muy diferente para los que son como tú. Los criados no tenemos el privilegio del tiempo. Pensaba que tú lo entenderías —susurró, antes de desviar la mirada de golpe y hundirla en Zhao—. Pero me equivoqué, por supuesto. Eres igual que él. Pudiste hacer tanto... pero elegiste no hacer *nada*. Y deseé castigarte.

No respondí. No había nada que pudiera decir.

—Estoy condenada —dijo, con un murmullo ronco. Hablaba con seguridad, pero sus manos temblaban violentamente—. Pero sé que es cuestión de tiempo que vosotros también lo estéis. Mi único dolor será no estar presente cuando os destripen uno junto al otro. Me perderé un espectáculo delicioso.

Zhao no respondió, pero se volvió y se dirigió hacia las escaleras que conducían al patíbulo. Los guardias que esperaban tras Tian le dedicaron una expresión confusa, pero él se limitó a negar con la cabeza. Yo no me moví. Era incapaz de apartar las pupilas de la mirada enloquecida de Tian.

—Sabes que esta historia no tendrá un final feliz, Cixi —siseó.

Hubo un último destello, y los rayos del sol se ocultaron tras los muros ensangrentados del Palacio Rojo. Los pasos de Zhao sonaban como golpes de tambor.

—Estás jugando con fuego, y ya sabes lo que ocurre cuando las concubinas juegan con él. Palacios enteros salen ardiendo. Y él... —Tian señaló hacia algún lugar a su espalda, pero no giró la cabeza para ver cómo Zhao desenvainaba su espada con un siseo mortal—. Él arderá contigo porque eres demasiado egoísta como para dejarlo libre.

El filo plateado fue apenas una caricia.

Ella ni siquiera pudo exhalar una última bocanada. Quizá fuera mejor así. Porque no se percató cuando la hoja afilada entró por la zona posterior de su cuello y su cabeza se separó limpiamente de su cuerpo.

Rodó hacia delante y, en vez de detenerse al borde del cadalso, avanzó un poco más, hasta caer por él, hasta el suelo polvoriento. Me pareció que sus ojos todavía parpadeaban, presos de la sorpresa.

Giró un poco sobre sí misma, hasta quedar frente al borde de mi *hanyu*.

Junto al cuerpo, Zhao resollaba. Su espada ni siquiera se había manchado de una sangre que ahora manaba de esa extraña flor sangrante en la que se había convertido el cuello de Tian.

Respiré hondo antes de inclinarme para tocar la cabeza. Coloqué las palmas de mis manos sobre sus mejillas, todavía tibias, y me incorporé hasta que esos ojos abiertos, pero muertos, se encontraron a la altura de los míos.

*¿Qué diría Lilan si te viera ahora?*, me preguntó una voz que se parecía mucho a la de Tian dentro de mi cabeza.

No contesté. No tenía una respuesta para esa pregunta.

—¿Consorte... Cixi? —Una voz conocida, distorsionada por los temblores, me hizo girar la cabeza.

Era el Jefe Wong. No sabía qué hacía allí, pero me observaba lívido. Sus pupilas se movían con nerviosismo de mi cara a la cabeza que sostenían mis manos. Era la primera vez que percibía ese pavor en él. Y eso, de una forma u otra, me hizo esbozar una sonrisa.

Con cuidado, me acerqué al patíbulo y coloqué la cabeza de Tian junto a su cuerpo cercenado, como si fueran dos hermosos jarrones de porcelana que exponer. Dos trofeos de caza que había logrado.

—Con... Consorte Cixi... —Tuve que girarme en redondo. El Jefe Wong se había aproximado para postrarse de rodillas ante mí. La sonrisa que ansiaba esbozar no se asomaba a sus labios—. He... venido para comunicaros un mensaje del Emperador.

—Hablad —le pedí, tranquila.

—Dado... dado que la Emperatriz ya no podrá cumplir con sus funciones, el Emperador os ha ascendido a Consorte Imperial, el máximo grado que una concubina puede obtener. A partir de mañana, seréis la máxima responsable del Harén.

—Oh —parpadeé, sorprendida, antes de hacer una reverencia profunda—. Enviadle mi más sincero agradecimiento al Emperador.

514

Él cabeceó. Sus ojos no se separaban de mis manos. Ni siquiera creía que me hubiese oído.

—Tam… también os anuncia que esta noche dormirá en vuestro palacio. Quizá… —Sus pupilas ascendieron tan rápido como bajaron—. Quizá queráis cambiaros de ropa.

Ladeé la cabeza, algo confusa, hasta que me di cuenta de que tenía toda la falda del *hanyu* empapada de sangre.

—Por supuesto, Jefe Wong —contesté, con una sonrisa que pareció asustarle todavía más—. Muchas gracias.

Él cabeceó, nervioso, y esperó a que yo lo siguiera. Tal vez, Xianfeng le había ordenado que me acompañara a mi propio palacio. O quizá, lo había enviado al Patio de los Gritos porque sabía que yo acudiría a la ejecución.

Y Zhao también.

Por si acaso, apenas lo miré cuando me despedí.

Al abandonar el patio, vi en una esquina a dos sirvientas del Departamento de Trabajo Duro. Dos criadas, ambas vestidas con túnicas de servidumbre negras, con las flores de la muerte enhebradas en sus bajos.

Un ligero suspiro huyó de mis labios al recordar aquella vez junto a Tian. En su media sonrisa, que siempre escondía algo, en sus ojos redondos y llenos de vida, en su pequeña nariz arrugada.

Pero después, el recuerdo se extinguió, y yo no volví a mirar atrás.

# 65

Aquella noche, tuve que susurrarle muchas veces a Xianfeng lo que sentía por él, mientras me hacía el amor con más dureza de lo habitual.

Entre jadeos, me suplicó que dijera que era suya. Y yo lo hice, una y otra vez, entre gemidos, hasta que él se derrumbó sobre mi espalda, respirando agitadamente. Pero, aunque acabó exhausto y lo llené de besos y caricias, no durmió bien a mi lado, y cuando abandonó el Palacio de las Flores, una arruga fruncía su entrecejo.

Yo lo observé alejarse junto al Jefe Wong, con la mano apoyada en el pecho.

—¿Qué ocurre, Cixi? —me preguntó Nuo, acercándose por detrás.

Apoyé durante un instante mi mejilla en su hombro y cerré los ojos.

—No sé —susurré—. Tengo la sensación de que todo está a punto de cambiar.

Era la cabeza del Harén. Ahora, las concubinas debían aparecer en mi palacio cada mañana y presentar sus respetos; sin embargo, como la gran mayoría todavía estaba convaleciente por lo ocurrido durante la celebración que ofrecí, no preparé el salón para visitas.

Pero, sorprendentemente, dos figuras ataviadas con *hanyus* acudieron escoltadas por sus damas de compañía.

Rong y Bailu.

—Deberíais estar descansando —les dije, cuando las vi atravesar el umbral.

—No podía quedarme de brazos cruzados, aburrida, en mi precioso palacio, en vez de presentar mi felicitación a la Consorte Imperial —comentó Bailu, no sin cierta sorna—. ¿Sabéis que ese título solo se otorga a una concubina cuando no existe la figura de la Emperatriz? Es como si se la diera por muerta —añadió, arrugando la nariz.

—Si fuera cualquier otra persona, la habrían ejecutado —replicó Rong, con el ceño fruncido—. Pero hacer algo así sería demasiado escandaloso. Significaría que el Emperador habría elegido mal a su esposa, significaría que se habría equivocado. Y los dioses vivientes no cometen errores.

—Sí —asintió Bailu, con un bufido—. Mejor encerrarla y fingir que no existe.

Estaba a punto de pedirles que me acompañaran al interior, cuando el sonido de unos pasos ligeros me hizo hundir mi atención en las puertas abiertas. Entre ellas, vi correr a una decena de guardias imperiales.

—¿Qué ocurre? —pregunté en voz alta.

No esperé a que nadie me contestara. Bajé los escalones y atravesé el pequeño puente curvo que cruzaba por encima del estanque lleno de nenúfares en flor. Cuando llegué a la calle, el destacamento ya había doblado la esquina más próxima.

Sin embargo, apenas pasaron unos instantes antes de que otros hombres uniformados avanzaran por delante de mí. Tenían tanta prisa que ni siquiera se detuvieron para dedicarme el saludo obligatorio.

—Esperad —exclamé. Uno de los guardias se detuvo en seco y se volvió para mirarme—. ¿Qué ocurre?

—El Rey Kung. Ha desaparecido.

—¿Qué? —Se sobresaltó Bailu, que se había acercado junto con Rong—. ¿Otra vez?

—Llevaba días sin salir al exterior. El sanador que lo visitó hace una semana dijo que había enfermado levemente, así que las puertas de su residencia permanecieron cerradas desde entonces.

—No lo entiendo —intervino Rong—. Estaba vigilado por guardias imperiales mañana y noche.

—Sí. Ellos tampoco abandonaron el palacio. —El hombre asintió, pálido, antes de añadir—: Esta mañana los han encontrado muertos a la gran mayoría. Sus cadáveres ya estaban empezando a descomponerse.

El guardia murmuró una disculpa y siguió a sus compañeros, mientras las concubinas, a mi lado, comenzaban a cuchichear.

En mi cabeza se dibujó la sonrisa ladeada del Rey Kung. Lo vi frente a su tablero de Wu, jugueteando con las piezas, como si dudara sobre qué hacer, a pesar de saber perfectamente cómo derrotar a su oponente.

—Ha sido inteligente —me llegó la voz de Rong—. Escapar poco después de un intento de huida. No tendría mucho sentido, así que nadie se lo esperaría. Es *muy* inteligente.

—O está loco —replicó Bailu, con los ojos en blanco—. Puede intentar lo que quiera una y otra vez, pero siempre lo encontrarán. Nadie puede escapar del Palacio Rojo. *Nadie.*

Pero el Rey Kung no apareció. De hecho, por los rumores que me llegaron al final de la jornada, debía haber abandonado la capital días antes.

La Corte Exterior se revolucionó. Los consejeros estaban tan furiosos como asustados; temían lo que podía ocurrir ahora que el Rey Kung había dejado de ser un *invitado especial* en el Palacio Rojo.

Xianfeng fue el que más se descontroló. Destrozó con sus propias manos a un joven eunuco que solo trató de servirle té, y rompió el cuello de los guardias que acudieron a informarle que, definitivamente, el Rey Kung había abandonado la capital.

Yo temía por Zhao. No podía dormir por las noches. Sabía que Xianfeng lo culpaba. Era el capitán de la guardia al fin y al cabo, el responsable de la seguridad dentro del Palacio Rojo. Un error así solo podía pagarse con un castigo proporcional.

Durante aquellos días me preocupé de no cruzarme con él, de no mencionarlo cuando el Emperador me llamaba a su alcoba. No quería que recordara siquiera su existencia, aunque estaba segura de que las malas lenguas de su Consejo mencionaban su nombre día tras día.

Zhao no me visitó ni yo lo visité a él. Permanecía despierta, mirando por la ventana, mientras las noches se hacían más cálidas y la esperanza de encontrar a Kung se disolvía como un suspiro en el aire.

Hasta que la fe se convirtió en cenizas con un recado que transfirió un mensajero a caballo, dos semanas después de la inexplicable desaparición.

El Reino Ainu nos había declarado la guerra.

QUINTA PARTE

# EL ARTE DE LA GUERRA

Estío – Otoño
Cuarto año de la Era Xianfeng

El arte de la guerra se
basa en el engaño.

El arte de la guerra, de Sun Tzu.

# 66

La carta reposaba sobre el escritorio de caoba de Xianfeng, pero no me atrevía a mirarla. Mis ojos estaban clavados en él, en su cabello revuelto, en el cuello abierto de su túnica, en su andar brusco.

Me había convocado a su dormitorio, pero no para que durmiera junto a él.

—Te ofrece asilo —dijo, entre dientes—. ¡Asilo! Como si creyera que su maldito reino, pequeño, sin Virtudes, sin un ejército como el mío, pudiese destruir *mi Imperio*.

Si estaba tan seguro, no entendía por qué estaba tan nervioso. Pero mantuve la boca cerrada y esperé.

—Parece que, a pesar de todo, el Rey Kung te considera su amiga —dijo, y una mirada amenazadora me atravesó.

—Mi simpatía por él desapareció en el momento en que intentó escapar la primera vez —contesté sin dudar.

Sabía que no existía nada malo en mi conducta. Era cierto que, desde aquel último encuentro, no había vuelto a visitarlo, ni siquiera a mostrar interés por él. Y sabía que aquello volvía locos a los consejeros de Xianfeng, que estaban deseosos por buscar un culpable. Sobre todo si se trataba de una mujer. Así todo era más fácil.

Pero, como mi conducta para con él había sido desde entonces íntegra, tuvieron que buscar otra figura sobre la que arrojar piedras.

—¿Qué quieres que le conteste, entonces? —me preguntó, con cierta agresividad.

—Aunque el Palacio Rojo se encuentre en llamas y yo esté a punto de ser consumida, nunca te abandonaría —susurré. Me acerqué a él y pasé mis manos por sus hombros. Bajo mis dedos, la rigidez pareció deshacerse un poco—. ¿Por qué me preguntas algo así, Xianfeng? Ya sabes que mi lealtad siempre estará con el Imperio Jing.

Aparté la mirada, como si me sintiera dolida.

—Tú y yo contra el mundo. Es lo que te prometí. Aunque ese mundo esté devastado por la guerra —murmuré.

Xianfeng dejó caer los brazos y, con suavidad, me atrajo hacia él. Me estrechó contra su pecho y suspiró.

—Lo siento. Jamás... jamás dudaría de ti —masculló, contra mi cabello—. Pero estos días están siendo muy complicados en la Corte Exterior. Los consejeros necesitan explicaciones, pero yo no puedo dárselas. Me piden responsables, y se los he entregado.

Me estremecí. Eso era cierto. Habían ejecutado al destacamento que había estado de guardia el día que se sospechaba que había tenido lugar la desaparición del Rey Kung. Hasta había mandado asesinar al pobre sanador que había acudido a visitar al rey, cuando había comunicado encontrarse enfermo. Lo mismo había sucedido con todos los criados que habían estado a su servicio en la residencia donde se hospedaba.

Había corrido tanta sangre, que el aire olía a metal y a miedo.

—Y hay un nombre que no paran de repetir —dijo de pronto, mientras se separaba de mí.

Traté de mantener mi expresión neutra, mientras miles de agujas se me clavaban en el corazón. Asentí, esperando que continuara.

—El capitán Zhao es el responsable de la seguridad. No entienden por qué he castigado a sus hombres, pero no a él. —Sus ojos no se alejaban de los míos. Sabía que estaba midiendo mi reacción.

Hacía semanas que no se refería a él como «Ahn», o incluso como «Zhao». Parecía que, con el encierro de la Emperatriz Cian, aquel vínculo tierno que lo enlazaba a sus antiguos amigos había quedado destruido.

—¿Qué crees que debería hacer? —me preguntó, inclinándose sobre mí con interés.

Rogué a los dioses por que mi voz no vacilara.

—Creo que perder a un hombre más sería catastrófico. Y el capitán Zhao, a pesar de haber cometido un grave error, ha demostrado ser más que competente. Los guardias lo respetan, aunque sé que los consejeros no. —Respiré hondo para calmar mi corazón, que latía errático e inseguro—. Fueron ellos los que te recomendaron secuestrar al Rey Kung y mantenerlo aquí. Esta es una de las consecuencias de sus acciones. También deberían asumir sus responsabilidades.

Xianfeng no separó su mirada de la mía y tardó en contestar un minuto entero que me supo a un año de hambre y sed.

—Puede que tengas razón, o quizá no. Tengo dudas sobre él —murmuró.

Seguía observándome. Y yo tuve que hacer acopio de toda mi fuerza de voluntad para no retorcerme las manos o gritar. Malditos Dioses, había adorado a Zhao. Alguna vez lo había llamado «hermano». Pero ahora, para él valía lo mismo que cualquier otro hombre a su servicio. Nada.

Había sido una idiota. Debería haber previsto lo que podría pasar. Había permitido que el consejero Sushun, Tian y la Emperatriz Cian hablaran, que lo hicieran dudar, y ahora esa semilla no hacía más que crecer y crecer. Desde los últimos días, a un ritmo alarmante.

—Aunque ni siquiera sé lo que ocurrirá con él cuando el Reino Ainu nos ataque.

—¿A qué te refieres? —pregunté, sin ser capaz de contenerme.

Él se encogió de hombros y apartó por fin la vista. Y yo pude volver a respirar.

—Perdió un ojo. Y, aunque sea un buen guerrero, eso le supondrá graves problemas en batalla. No puede calcular bien las distancias. —Torció los labios en una mueca pensativa—. Si lucha, posiblemente morirá.

Volvió a mirarme y tuve que tragarme el miedo atroz que me atacó de un doloroso mordisco. Lo sentí bajar frío por mi garganta, arañándome las paredes, haciéndome sangrar sin piedad.

—Puede que deba enviarlo a la frontera, a Kong, tu antiguo hogar —comentó, mientras dejaba escapar un pequeño suspiro—. En el momento en que el Pueblo Ainu ataque, habrá bajas, y tendré que sustituir a los hombres que estén apostados allí.

Me pensé mucho tiempo la pregunta que rondaba por mi mente antes de expresarla en voz alta.

—¿No sufrirás si lo pierdes? Una vez me dijiste que era tu mejor amigo.

Xianfeng apretó los dientes y sacudió la cabeza.

—Mi padre me dijo un día que los emperadores no podían tener amigos, solo aliados. En aquel momento no lo entendí, pero ahora... Cian, antes de ser mi esposa, era mi amiga. Nos criamos juntos. Y, sin embargo... me ha dañado de todas las formas posibles. —Me miró a los ojos—. Lo único que necesito son súbditos leales.

—Y los tienes. Cada habitante del Palacio Rojo daría su vida por ti —contesté, mientras me acercaba para tomarle de las manos—. Algunos, incluso, han comenzado con los preparativos de tu Día de la Edad.

Xianfeng suspiró y rehuyó mis caricias. Se dejó caer sobre el borde de su inmensa cama, pero no me invitó a unirme a él.

—Los consejeros creen que sería mejor posponer la celebración —dijo en voz baja.

Parpadeé, sorprendida. Y no pude evitar fruncir el ceño.

—¿Por qué?

—Creen que en período de guerra es recomendable mantener un perfil... austero.

Me miró, esperando mi reacción. No tuvo que aguardar mucho, porque no pude contenerme.

—No los entiendo. ¿No confían en el ejército del Imperio? En todas las ocasiones que nos hemos enfrentado a ellos hemos vencido. *Siempre* —recalqué, recordando las historias que narraba el amo Yehonala—. Esos consejeros son... —Sellé de pronto los labios. Sabía que me había extralimitado.

Pero Xianfeng se inclinó hacia mí con interés. Por primera vez desde hacía días, me pareció ver algo más que derrotismo, hastío y desconfianza ardiendo en sus pupilas.

—Tienes mi permiso para hablar libremente.

—El consejero Sushun no era de los más ancianos, pero, aun así, tenía edad para haberse retirado hacía años. Me fijé en ellos durante la celebración de Fin de Año, y en aquella ocasión, en el Salón del Trono. El más joven debía tener la edad de tu padre al morir, Xianfeng.

El Emperador arqueó una de sus cejas.

—Continúa.

Yo tomé aire y reorganicé las palabras que bailaban por mi mente. Sabía que estaba tocando un tema delicado, pero ahora que me había dado la oportunidad, debía hablar. Quizá, nunca volvería a tener una ocasión como aquella.

—Lo que quiero decir es que estás rodeado de ancianos supersticiosos, incapaces de abandonar sus puestos de autoridad. Ancianos que te obligan a aceptar sus opiniones, a... parecerte a ellos, al fin y al cabo. A convertirte en un hombre frágil y temeroso.

—¿Estás insinuando que soy débil? —preguntó él. Una pequeña sonrisa curvaba sus labios, pero era consciente del tono de advertencia que rodeaba aquellas palabras.

—No. Eres el Emperador. Derrotaste con tus propias manos al Gran Dragón y sobreviviste —contesté, sin dudar—. Pero creo que debes tomar tus propias decisiones y no dejarte influenciar por sanguijuelas viejas que se aferran al poder y, después, no aceptan las consecuencias.

*¿No lo ves, maldita sea?*, quería gritarle. *Tú no estabas de acuerdo con retener a Kung. Fueron ellos los que insistieron. Y ahora que las consecuencias de sus deseos han caído sobre todo el Imperio, quieren que todas las cabezas rueden... menos las suyas.*

El Emperador me observó durante un largo rato, sondeándome con aquellos ojos que parecían capaces de devorar reinos enteros. Pero yo me mantuve desafiante ante ellos, sin apartar la vista.

Con un movimiento fluido, Xianfeng se incorporó y caminó hacia mí.

Yo retrocedí hasta que mi espalda tocó la pared y él se cernió sobre mí. Alzó el índice y lo colocó sobre mi barbilla. Con un solo roce, si quisiera, podría partirme el cuello con su Virtud. Pero, en vez de eso, se inclinó para darme un beso hondo y hambriento, que me dejó sin respiración.

Su boca se separó de la mía con la misma brusquedad que la había atacado y, con los dientes, tiró del extremo del cinturón que mantenía cerrado el *hanyu*.

—Algún día serás mi Emperatriz —susurró, extasiado, mientras la ropa caía.

—No creo que tus consejeros estén muy de acuerdo —contesté, con la voz ahogada, cuando sus manos frías prácticamente me arrancaron la ropa interior.

Me quedé desnuda ante él, a excepción de los altos zapatos lacados y las decenas de peinetas, flores de porcelana y horquillas que me cubrían el cabello como si fuera una corona.

Xianfeng me clavó las manos en la piel y yo solté un gemido casi doloroso.

—Esta vez te protegeré —dijo, y su voz ronca sonó como una promesa inmortal. Tiró con violencia de sus pantalones hacia abajo y me empujó de nuevo contra la pared—. No permitiré que nada ni nadie te aleje de mí. *Te necesito.*

La primera embestida me dejó la mente en blanco. Aunque con la segunda, una voz lejana, femenina, más madura, más sabia, llenó todo.

*Solo hay algo que puede desear más que nada el Emperador. El amor. Porque el amor es caprichoso, es despiadado, viene y va, y no siempre pertenece a alguien. Es lo único que no puede poseer él. Solo lo disfruta si alguien se lo entrega. Y ahí está el interés. El deseo. La necesidad.*

Abracé con fuerza a Xianfeng y apoyé la mejilla en su hombro, mientras los dos nos perdíamos en un vaivén de caderas.

*Haz que te anhele. Vuélvele loco.*

*Esa será tu mayor venganza contra Cian.*

El Emperador se derrumbó sobre mí tan pronto que me quedé desconcertada. Sin embargo, él pareció sentirse pleno, porque una enorme sonrisa se extendía por su rostro sudoroso. Cuando me miró, yo le devolví la sonrisa, a pesar de que estaba muy lejos de sentirme satisfecha.

Y no era así como se suponía que debía sentirme. Me había cobrado mi venganza. Había derrotado de la peor forma posible a quien había asesinado a Lilan. Sabía incluso que, si se lo pedía en el momento y de la forma adecuados, Xianfeng haría algo para que la propia Cian muriera.

Quizá sentía aquello no porque mi venganza no fuera suficiente, sino porque ahora, lo que me esperaba después de ella, era mucho peor.

**67**

Se iniciaron los preparativos para el Día de la Edad del Emperador. Como iban a ser los primeros después del período de luto obligatorio por la muerte del Emperador Daoguang, se preveía que se convertirían en unos festejos mayores que incluso los de Fin de Año, y que se extenderían durante varios días. Por lo que me había contado Xianfeng, iban a llevarse a cabo grandes banquetes, bailes y funciones de teatro que durarían varias jornadas.

Aunque aquella fue la decisión del Emperador, el descontento flotó como una persistente nube de insectos por todo el Palacio Rojo. Nadie hablaba en voz alta, pero los murmullos acerca de la locura que era realizar algo así en momentos de guerra se había extendido incluso entre los criados. Por lo que había contado Zhao en las escasas ocasiones en las que coincidíamos, los propios guardias no comprendían aquel sinsentido. Les obligaban a realizar horas extra de vigilancia por la amenaza del Reino Ainu y, también, a custodiar los regalos que empezaron a llegar de todo el Imperio.

Al parecer, un par de los consejeros de Su Majestad habían sido más insistentes en expresar su rechazo y, curiosamente, habían aparecido muertos en sus propias mansiones víctimas de una extraña y súbita enfermedad que nadie se atrevió a investigar.

A pesar de la declaración de guerra formal del Rey Kung, no hubo movimientos extraños en Kong ni en las aldeas más próximas a la frontera. Habían enviado a la gran mayoría de los Señores de la Guerra allí, junto a sus hombres, y a los que quedaban los habían repartido por los demás límites del Imperio, por si algún otro reino sentía la tentación de traicionarnos y unirse a Kung. Por lo que se oía, tampoco estaba ninguno muy de acuerdo con las órdenes recibidas, pero obedecieron.

A veces me dormía pensando en mi antiguo hogar, en cuánto lo echaba de menos. Cuando mejor dormía era cuando soñaba que paseaba de nuevo entre aquellos bosques brumosos, visitaba el mercado, subía hasta lo alto de la colina y mojaba los pies en el río donde Lilan me había encontrado.

Quizá, si la guerra acababa pronto, podría pedirle a Xianfeng viajar hasta allí.

Aunque el Emperador me convocaba prácticamente todas las noches, durante el día tenía bastante libertad, ya que él estaba enredado con los problemas relacionados con la guerra. Así que, después de la reunión que mantenía cada mañana con las concubinas, tenía mucho tiempo libre.

Uno de los cambios que había llevado a cabo en cuanto todas se recuperaron, después del envenenamiento de la cena, fue trasladar las reuniones al Pabellón de las Peonías. Aunque nos hallábamos en pleno estío, por la mañana el frescor era todavía tolerable y, en aquel inmenso jardín, había espacio para todas, incluso para aquellas que ni siquiera tenían Virtudes.

Si había algo que había sacado en claro era que debíamos mantenernos unidas. No podíamos volver a intentar matarnos entre nosotras. Ya teníamos suficiente con sobrevivir dentro del Palacio Rojo.

Después de una de aquellas reuniones, decidí dar un paseo junto a las Asistentes Ru y Ziyi. Al parecer, una criada del Departamento Doméstico las había sorprendido en una situación un tanto... comprometedora, y temían las consecuencias. Traicionar al Emperador de aquella manera conllevaría, cuanto menos, la muerte.

—Os prometo que no dirá nada —las tranquilicé. Ru estaba al borde de las lágrimas—. Pero quizá deberíais manteneros alejadas durante un tiempo. Al menos... hasta que logre solucionar el asunto.

Ziyi asintió, aunque sus rasgos se contrajeron en una mueca de dolor.

—Lo sabemos, Cixi. Pero... no sabes cuánto nos cuesta —suspiró—. Debemos estar tanto tiempo guardando las apariencias que, cuando por fin encontramos un instante para estar a solas... —Meneó la cabeza mientras intercambiaba una mirada con Ru—. No sabes lo que es estar tan cerca y, a la vez tan lejos, de alguien a quien amas.

Fue como si un puñal me atravesara el corazón. El rostro de Zhao, serio, concentrado, flotó en mi mente. Y sus labios acercándose a los míos.

—No —susurré—. Supongo que no lo sé.

Caminamos durante unos momentos más en silencio, recorriendo con tranquilidad las calles de la Corte Interior. A nuestro alrededor, pasaban sin cesar desde criadas a eunucos, que se detenían para dedicarnos el saludo protocolario. Yo apenas les prestaba atención, ahora que el rostro de Zhao había vuelto a mis pensamientos. Era mi lucha diaria. Mantener su imagen lejos de mí, pero no siempre vencía.

Hacía demasiados días de la última vez que lo había visto. Casi un mes desde que nuestras manos se habían estrechado en una caricia escondida. Me dolía recordar cuánto hacía de la última vez que me había besado.

Estaba tan perdida en aquellos ojos grandes y reflexivos que me observaban desde el interior de mi mente, que no fui consciente de cómo la Asistente Ru se detenía de pronto, con el entrecejo fruncido.

Su mano se apoyó en mi muñeca, pero fue demasiado tarde.

Un resplandor plateado me deslumbró durante un instante y, cuando giré la cabeza, un dolor atroz, punzante, me atravesó la mejilla izquierda. Retrocedí, tambaleándome, mientras una miríada de rubíes salpicaba el suelo y mi ropa.

Me llevé las manos al rostro, ahogando un grito de dolor, mientras, entre parpadeos, veía cómo la Asistente Ru echaba a correr, profiriendo gritos. Ziyi se volvió para colocar una de sus blancas manos sobre alguien que ni siquiera había visto a mi lado.

Mis ojos, entrecerrados por el dolor, se cruzaron con los suyos.

—¡Muerte a la usurpadora!

Un eunuco. Su rostro me sonaba ligeramente, como muchos de los eunucos con los que me cruzaba diariamente en el Palacio Rojo. En su mano todavía llevaba un cuchillo de los que usaban en la cocina, pequeño pero afilado, empapado con mi sangre.

Debía haber pasado por mi lado, como tantos sirvientes aquella mañana, pero no le había prestado atención.

Ahora, con el dedo de la Asistente Ziyi sobre la piel de su cuello, estaba doblado sobre sí mismo; su piel, cubierta por un matiz verdoso. Vomitaba como no había visto a nadie en mi vida. Apenas tenía tiempo de tomar aire antes de que otra violenta arcada le sobreviniera.

El cuchillo ensangrentado resbaló de sus manos cuando tuvo que sujetarse el estómago.

—No huirás a ningún lado, desgraciado —siseó Ziyi. Se volvió hacia mí y, de pronto, abrió los ojos con horror—. Por la Diosa. Tu rostro.

Alcé los dedos temblorosos y me rocé la piel abierta. Una violenta sacudida de dolor me estremeció después de que acariciara los bordes gruesos, separados y sangrantes. Sin necesidad de un espejo, supe que aquella herida necesitaría muchos puntos y tiempo para sanar, que dejaría una cicatriz horrible.

La Asistente Ziyi permaneció junto a mí hasta que Ru regresó acompañada de varios guardias imperiales. Dos de ellos se llevaron a rastras al eunuco, mientras que los otros dos me acompañaron, junto a las concubinas, de regreso al Palacio de las Flores.

Allí, Nuo soltó un gemido al verme y Lienying palideció abruptamente.

—¿Tan terrible es? —pregunté, con una media sonrisa que se convirtió en una mueca.

Mientras Nuo me limpiaba la herida en mi dormitorio, les exigí que me acercaran un espejo. Pero, aunque al principio se negaron, no tuvieron más remedio que obedecerme.

A pesar de que la sangre ya no goteaba de mi barbilla, el cuchillo se había adentrado sin piedad en mi carne y había abierto toda mi mejilla izquierda. Tras los bordes inflamados, podía ver con escalofriante claridad la ligera capa de grasa, los músculos faciales contraerse dolorosamente.

Nuo estaba terminando de limpiar la incisión, cuando Zhao apareció intempestivamente por las puertas abiertas. Mi amiga se hizo a un lado con disimulo mientras él se arrojaba prácticamente a mis pies. Su mano buscó mi mejilla sana.

—¿Estás bien? —me susurró, a menos distancia de la que debería.

—Bueno, al menos no he perdido el ojo —contesté, con una pequeña sonrisa que me hizo estremecer de dolor.

Zhao se echó hacia atrás, aunque su mano siguió apoyada en mi piel.

—Qué cruel eres, Consorte Imperial Cixi.

Estuve a punto de contestar, pero entonces, las Asistentes Ziyi y Ru entraron con prisa en la habitación, seguidas de un sanador imperial. La herida de mi rostro atrajo las miradas lo suficiente como para que no se percataran de la caricia que Zhao me regaló antes de separarse de mí.

—Que los Dioses me ayuden —masculló el hombre, cuando dejó su maletín de madera en el suelo, junto a mí—. Dejadme que os examine la herida, Consorte Imperial.

Yo asentí y giré la cabeza para que sus ojillos nerviosos pudieran recorrer el valle que habían labrado en mi cara con un solo estacazo. A cada instante que pasaba, su expresión se oscurecía más y más.

—Tendré que coser la herida —me informó, al cabo de unos instantes—. Y debéis cumplir puntualmente con los ungüentos que os recetaré para que os ayude a la cicatrización.

Yo asentí y me dejé caer en la cama, mientras el sanador se volvía para rebuscar algo en su maletín. Extrajo un pequeño frasco de cristal y me lo acercó a los labios.

—Bebed esto. Os ayudará con el dolor.

Ni siquiera me lo pensé. Descorché el pequeño recipiente y bebí el contenido de un trago. La amargura me atacó sin piedad, pero tras ella, quedó un regusto dulce y cálido. Al instante, comencé a sentirme más ligera.

El sanador se inclinó para extraer sus materiales de sutura, pero antes de que llegase a rozar el borde de mi piel, una nueva figura entró intempestivamente en el dormitorio, seguida de otra más, jadeante, que casi no podía seguirle el paso.

—¡¿Qué ha pasado?! —tronó Xianfeng, antes de que el Jefe Wong pudiera anunciarlo.

Todos se quedaron congelados en mitad de la reverencia. Los ojos del Emperador se movieron frenéticamente de mi rostro mutilado a Zhao, una y otra vez.

—Un eunuco me atacó —contesté, en aquel silencio sepulcral. Sentía la lengua pastosa—. Me llamó «usurpadora», así que imagino que ha actuado de parte de la Emperatriz Cian, o bien influido por ella.

Todavía quedaban algunos siervos leales a la Emperatriz, aunque sus fechorías habían corrido por el Palacio Rojo como la sangre por un campo de batalla.

La mirada de Xianfeng relampagueó mientras sus labios pronunciaban una maldición.

—Tú. —Con el dedo, señaló al sanador imperial. Este se puso tan nervioso, que el material de sutura estuvo a punto de caer al suelo—. ¿Podrás arreglarlo?

—Puedo suturar la herida, Majestad —contestó, con cautela—. Pero no quedará como antes. La puñalada ha sido profunda. Puede haber afectado a tendones y nervios que no puedo reparar naturalmente. Quizá... si alguna concubina tuviese la Virtud adecuada, podría...

—¡Qué blasfemia! —lo interrumpió Xianfeng. La rabia hacía que se marcaran las venas de su piel, que resaltaban por encima del cuello dorado de su túnica como serpientes—. ¡Salid inmediatamente! ¡FUERA!

Yo permanecí en la cama, mientras todos acataban la orden a toda prisa. Fui consciente de la mirada de preocupación de Nuo, y de los susurros que intercambiaron Ru y Ziyi, pero permanecí tumbada en la cama, mirando el techo cuajado de nubes celestiales y dragones. Hasta que Xianfeng añadió:

—Tú no, capitán Zhao. —Hubo algo en su voz que me hizo girar la cabeza con brusquedad—. Quédate aquí.

Había visto muchas veces enfadado al Emperador. Xianfeng era amistoso, amable incluso con quién lo deseaba, pero su carácter era tan explosivo como su fuerza brutal. Y en aquella ocasión la ira lo gobernaba. A él le gustaban los objetos hermosos. Y yo ya no lo sería. Y eso lo indignaba. Pero... había algo más. Podía percibirlo en su postura, en la falsa suavidad de aquellas últimas palabras.

Zhao le obedeció. Cerró la puerta de mi dormitorio y se volvió hacia él. Cada uno de nosotros formaba el vértice de un triángulo perfecto. La misma distancia que nos acercaba era la que nos separaba.

Hasta que Xianfeng la rompió, dando un paso hacia aquel al que una vez había llamado «hermano».

—¿Cómo has podido permitir que sucediera? —preguntó, con los dientes apretados.

Hubo un prolongado silencio. Yo me incorporé, pero nada más. Sabía que no era buena idea que hablara.

Esa vez no.

—No tenía constancia de que la Consorte Imperial Cixi necesitaba protección especial —replicó Zhao, sin bajar la mirada en ningún momento—. Si hubiese sabido que...

—¡Ese es tu maldito trabajo! —lo interrumpió el Emperador, con un rugido—. ¡Eres el capitán de la guardia! Tu responsabilidad es la seguridad de todos los que vivimos dentro del Palacio Rojo.

Zhao ni siquiera parpadeó.

—Por lo que le ha contado a mis hombres la Asistente Ru, el ataque fue demasiado rápido como para evitarlo. Aunque dos de mis guardias hubiesen estado allí, habría sido difícil reaccionar a tiempo —contestó, con una calma que me pareció sobrenatural—. Es cierto que la Asistente Ru percibió algo e intentó apartar a la Consorte Imperial, pero ella posee una Virtud. Sus sentidos no son como los nuestros. Si entre nuestros guardias estuviesen permitidas las Virtudes, quizá tendríamos más armas para detener esta clase de ataques desafortunados.

Los dientes inferiores asomaron por encima del labio de Xianfeng. Y, por un instante, pareció un tigre a punto de devorar a su presa.

—¿Estáis insinuando algo, capitán Zhao?

Esta vez, el aludido bajó la cabeza e hincó la rodilla en el suelo.

—Nunca me atrevería, Majestad.

El Emperador no apartó la vista de él durante unos segundos que parecieron eternos. Y, cuando por fin la retiró, me pareció que algo dentro de él se había roto para siempre.

—Lárgate —siseó.

Zhao sacudió la cabeza y desapareció tras las puertas, que cerró con suavidad. Xianfeng permaneció un minuto más en silencio, observándolas, antes de acercarse a mí y sentarse en el borde de mi cama.

Me aferró las manos con fuerza.

—Pídemelo —susurró, inclinándose sobre mí. Sus pupilas hicieron todo lo posible para no encontrarse con aquella grieta sangrante que partía mi expresión en dos—. Pídemelo y lo haré.

Suspiré y negué. Entendía lo que me estaba diciendo, pero daba igual que aquel ataque hubiese sido planeado por la Emperatriz o que aquel eunuco me hubiese agredido indignado por la posición que había adquirido.

Sabía que, algún día, aquella batalla absurda entre nosotras llegaría a su fin.

Pero no sería hoy.

Xianfeng dejó escapar el aire por sus labios entreabiertos.

—Haré justicia —me prometió. Sus manos me apretaron tan fuerte, que sentí los huesos de mis dedos crujir.

Yo asentí, con una pequeña sonrisa que me hizo estremecer de dolor.

No contesté.

Llevaba el tiempo suficiente en el Palacio Rojo para saber a qué tipo de justicia se refería.

# 68

Bajo tortura, el eunuco confesó que aquel ataque había sido por iniciativa propia. Yo le creí. Llevaba toda su vida bajo las órdenes de la Emperatriz Cian, por eso me sonaba su rostro; debía habérmelo cruzado varias veces, cuando había visitado el Palacio de la Luna.

No obstante, el Emperador decidió castigar a su mujer. No la mató, pero por lo que oí, redujo las raciones de comida hasta lo mínimo para subsistir en el Palacio Gris.

Aquello no calmó su furia. Al ver que mi herida no sanaba con la suficiente rapidez, ordenó ejecutar al sanador que Ru y Ziyi habían traído a mi palacio y lo sustituyó con otro. El pobre anciano me explicó entre lágrimas que él no podía hacer nada. A veces, la piel se endurecía demasiado y quedaban marcas donde antes había heridas.

Yo nunca recuperaría mi rostro. A menos, por supuesto, que muriera. Fallecer siempre borraba todas las viejas marcas. Pero Xianfeng había puesto demasiada protección a mi alrededor como para que aquello ocurriera.

Y yo no pensaba suicidarme para borrar una cicatriz.

—No sería para tanto, ¿verdad? —comentó un día Bailu tras la recepción matutina, mientras compartía con ella y con Rong un té—. Ya has muerto otras veces.

—¿Por qué eres tan estúpida? —suspiró Rong.

—Yo preferiría morir y no perder el favor del Emperador —replicó ella, encogiéndose de hombros—. Puede que seas ahora la Consorte Imperial, Cixi, pero todas conocemos lo suficientemente bien al Emperador para saber cuánto valora las cosas bonitas.

—Cixi es mucho más que «algo bonito» —bufó Rong.

—Eso ya lo sé. —Bailu sopló el té con delicadeza—. Pero por mucho que intente demostrar lo contario, al Emperador ese detalle le da igual.

Xianfeng no me llamó durante la semana en la que los puntos estuvieron frescos en mi herida. Lienying averiguó que no había llevado a ninguna concubina a su cama. Pero, cuando estos cayeron, continuó sin llamarme.

Y en esta ocasión, sí visitó el lecho de otras concubinas.

Cuando, casi veinte días después, apareció el Jefe Wong en la puerta de mi palacio, indicándome que aquella noche debería acudir a los dormitorios del Emperador, decidí vestirme con mi mejor *hanyu*, de forma que sus ojos se clavaran más en mi ropa que en mi cara.

Sin embargo, cuando llegué allí, lo vi vestido con su túnica de día y, aunque sus labios besaron los míos, hubo algo en el gesto que me hizo sentir insegura.

—Te he llamado para que me ayudes con los banquetes que se celebrarán en la Corte Interior el Día de mi Edad. Como responsable del Harén, deberás encargarte de la decoración y del emplazamiento. La Gran Madre elegirá el tipo de comida que...

—Oh —lo interrumpí. No fingí no estar decepcionada.

Sus ojos, que había mantenido concentrados en el pergamino que sostenían sus manos, se alzaron. Parecía sorprendido por la interrupción.

Tragué saliva y di un paso adelante. Mis manos revolotearon cerca del cinturón del hermoso *hanyu*.

No podía perder la atracción de Xianfeng.

No ahora.

—Pensé que me habías llamado por otro motivo... —susurré.

Su mirada azotó la mía con la fuerza de un látigo. Había visitado tantas veces las noches de Xianfeng durante el último año, que sabía qué cadencia usar en mi voz para excitarlo, o cómo tocarlo para que se retorciera debajo de mí.

—¿De veras? —Inclinó la cabeza con interés y dejó los pergaminos a un lado—. ¿En qué habíais pensado, Consorte Imperial Cixi?

Su mirada, al bajar, se encontró con la herida que comenzaba a cicatrizar, y se apartó. Pero yo había pensado en algo. Con movimientos calculados, extraje del bolsillo de mi *hanyu* un largo pañuelo de seda de color negro.

—Si me lo permitís, Majestad... —Me acerqué y me coloqué tras él—. Os lo mostraré.

Tras una vacilación, me permitió que anudara el pañuelo en su nuca. Y, cuando mis manos se posaron en el borde del cuello de su túnica y tiré de él, olvidó por completo la organización del Día de su Edad y mi terrible herida.

Aquella noche temblaron las paredes de «la ciudad dentro de la ciudad». Logré que Xianfeng liberara toda la rabia, todas las dudas.

Le hice el amor como si fuera Zhao, como si sus manos fueran las de él. Con sus ojos cubiertos, no pudo ver cómo yo apretaba los míos con fuerza, imaginando sin descanso aquel otro rostro que ansiaba tocar y besar.

Cuando por fin nos derrumbamos, agotados, quedaba poco para el amanecer.

Sin embargo, en aquella ocasión Xianfeng no durmió abrazado a mí. Cuando aparté por fin el pañuelo de sus ojos y vislumbró de nuevo aquella marca que dividía en dos mi cara, me dio un beso ligero en la raíz del pelo y se dio la vuelta.

Sin embargo, cuando ya pensé que se había quedado dormido, susurró:

—He estado pensando sobre Zhao. —El aliento se me entrecortó antes de que hablase de nuevo—. Tienes razón sobre él. A pesar de todo… no puedo prescindir de él.

El alivio inmenso que me sacudió fue más placentero que lo que había sentido en toda aquella larga noche.

—Habéis tomado una buena decisión, Majestad —contesté.

Hundí la cara en la almohada para que él, aunque se volviera, no pudiera ver mi sonrisa.

Por la mañana no pudimos desayunar juntos. Los asuntos de guerra requerían su presencia desde muy temprano, así que cuando Xianfeng se marchó, yo todavía seguía entre las sábanas.

—Parecéis muy feliz, Consorte Imperial Cixi —dijo el Jefe Wong, cuando me acompañó hasta la salida del Palacio del Sol Eterno.

—Lo soy —contesté, con una sonrisa que tiró de la cicatriz.

Me pareció que una sombra de duda cruzaba su rostro, pero fue tan veloz, que pensé que solo se trataba de un simple guiño. Correspondí con un cabeceo cuando él se despidió de mí con una profunda reverencia.

Al borde del patio donde, la familia Yehonala y yo habíamos visto por primera vez a Xianfeng, me aguardaba Nuo. Sonreía, pero una pequeña arruga florecía entre sus dos finas cejas.

—¿Qué ocurre? —susurré.

—Es Zhao —murmuró—. Me ha pedido que te buscara. Parece urgente.

Sin miramientos, me sostuve el borde del *hanyu* y eché a correr hacia el Palacio de las Flores. Nuo me siguió muy cerca, mientras los criados frente a los que nos cruzábamos apenas tenían tiempo de dedicarme las reverencias adecuadas.

A pesar de que todavía era temprano y el calor no había caído sobre el Palacio Rojo, llegué empapada en sudor al Palacio de las Flores.

Me quedé paralizada en la puerta. Frente a mí, observando el estanque, estaba Zhao vestido con su uniforme de capitán de la guardia. La imagen me impactó. Me recordó a aquel día en el que nos encontramos por primera vez en la antigua residencia de Lilan. Aunque, en aquella ocasión, era yo la que estaba paralizada sobre el puente curvo.

Parecía el principio de algo.

—¿Qué haces aquí? —Esta vez fui yo quien pronunció esas palabras.

O un final.

Algo que vi en sus ojos, cuando se volvió y me miró, fue lo que me lo confirmó.

Nos encerramos en un pequeño salón privado que apenas utilizaba. Estaba alejado del jardín delantero y del patio, y daba al norte, por lo que era más húmedo y frío. También tenía más intimidad, aunque no tanta como mi dormitorio, así que no estaría tan mal visto que nos descubriesen allí.

Aun así, le pedí a Lienying que vigilase la puerta de entrada al palacio y que Nuo esperase tras la puerta cerrada de la estancia. Me fiaba del resto de mi servidumbre, que era más numerosa que nunca tras ser ascendida a Consorte Imperial, pero no quería ojos sobre nosotros.

—¿Por qué has venido? —pregunté, cuando me giré para encararlo—. ¿Has visto algo, o es que...? —Callé cuando mis ojos chocaron con los suyos. No parecía estar prestando atención a mis palabras—. ¿Qué es lo que ocurre, Zhao?

No contestó. Se limitó a encararme, con los labios torcidos en una mueca tensa y los ojos ardiendo. Entornó la mirada y, sin añadir palabra, se acercó a mí en dos rápidas zancadas. No tuve tiempo para preguntar de nuevo. Sus manos se aferraron a mis brazos y me empujaron hacia atrás. Habría tropezado de no haber sido por la fuerza con la que me sujetaba. Casi sentí los pies separarse del suelo.

Mi espalda se estrelló contra la pared más cercana. Un jarrón de porcelana que reposaba sobre una repisa cercana repiqueteó con peligro.

Intenté decir algo, aunque lo olvidé en el instante en que Zhao hundió su boca en la mía, entreabriendo los labios, besándome como nunca lo había hecho.

Se llevó mi aliento con ese beso, mientras su lengua se adentraba una y otra vez, sin descanso, apretándose contra mí, abrazándome con una necesidad a la que no había podido entregarse desde hacía demasiado. Me besaba con un anhelo insano, desesperado, con las manos sujetas a mi nuca, acariciándola con una mezcla de rudeza y dulzura solo propias en él.

Apenas logré responder, su boca parecía en mitad de una batalla contra la mía.

Cuando por fin se separó de mí, lo hizo con ímpetu, retrocediendo un par de pasos. Jadeaba profundamente, con las mejillas enrojecidas y los labios inflamados.

Me observó con consternación un momento antes de acercarse de nuevo a mí. Me tensé, aún sin resuello y con las manos temblando. Me traía sin cuidado que alguien nos viera.

Que llamáramos la atención.

Después de tanto tiempo sin él, no podía pensar en nada más.

No obstante, no volvió a abalanzarse sobre mí. Entornó la mirada, rozando mi cara con las yemas de los dedos mientras volvía a unir su boca con la mía, en un beso distinto, extraño a todos los demás. Suave, dulce, entregado.

Jamás había pensado que unos labios pudiesen acariciar de aquella manera.

La imagen de él en el puente. La forma en la que me había mirado. Y ese beso.

Parecía una maldita despedida.

—No, basta —jadeé de golpe, apartándome con dureza de él—. Habla.

Zhao no separó sus pupilas de las mías cuando entreabrió los labios por fin.

—El Emperador me ha citado para que comparta una cena con él —dijo. No hablé, ni siquiera respiré. Sabía que no había terminado—: Sé que va a asesinarme, Cixi.

El frío me atacó sin piedad. Sentí que el interior de mi cuerpo se llenaba de escarcha a pesar de que habíamos alcanzado la mitad del estío. Todos mis músculos, todos mis huesos, crujieron de dolor cuando di un solo paso adelante.

—No —susurré.

—Tú tienes tus fuentes y yo tengo las mías —contestó Zhao, con cierta crudeza—. No hay duda. Solo estarán él y el Jefe Wong.

—Pero... pero... —Me llevé las manos a la cabeza. Hundí las uñas en mis sienes—. Hace... hace solo unas horas me dijo que no podía prescindir de ti. Creí que...

—Xianfeng sabe lo que siento por ti —me interrumpió Zhao—. A pesar de que ahora somos muy diferentes a lo que éramos... me conoce. Y cree que soy una amenaza. Lo que ha ocurrido últimamente es la excusa perfecta para no sentirse culpable por lo que planea hacer.

No podía hablar.

No podía pensar.

No podía sentir.

Estaba tan perdida como cuando leí todas aquellas cartas que había guardado de Lilan. De pronto, estaba en un nuevo punto de partida. Y aquello era peor que el final.

—Te ridiculizó —murmuré. No sabía qué decía, las palabras escapaban de mis labios sin mucho sentido—. Cuando Sushun, Tian o la Emperatriz insinuaron lo que había entre nosotros... se rio ante la perspectiva de que algo así ocurriera.

Una sonrisa amarga se extendió por los labios de Zhao.

—Creo que sabes tan bien como yo lo buen actor que puede ser. Si se hubiera dedicado al teatro, habría arrastrado multitudes.

Dejó escapar una pequeña carcajada, pero yo lo miré con los ojos desorbitados, horrorizada ante su broma.

Las palabras del Emperador, que habían sonado tan apasionadas y honestas entre las sábanas, ahora sonaban a insultos en mis oídos. *Solo la verdad*, me había prometido.

Y yo había sido tan estúpida de creerle.

Cerré los ojos y me obligué a centrarme.

—¿Cuándo? —murmuré.

—Esta noche.

Me costó tragarme el súbito deseo de llorar. Si tenía tiempo para sollozar como una idiota, lo tenía también para pensar y buscar una solución.

—Cómo.

—Cixi... —suspiró Zhao.

—*Cómo* —insistí, con los dientes apretados.

—El Emperador no manchará sus propias manos, así que no creo que use su Virtud. Quizá finja un ataque fortuito, como el que sufriste tú, o...

—Veneno —terminé yo por él. *Cómo no*, añadió una voz perversa en mi cabeza.

Zhao asintió y se cruzó de brazos. Trataba de mantenerse sereno, pero una palidez cadavérica se extendía poco a poco.

—En cualquier caso, no hay forma de que pueda escapar de esto, Cixi.

—Por supuesto que sí —repliqué yo, con ira.

Tuve deseos de golpearlo. Alcé las manos, pero él me sostuvo las muñecas con delicadeza y me acercó a su pecho.

Sus dedos me apartaron con una ternura infinita una lágrima que escapó de mis ojos.

—Cixi, cuando emprendimos este camino, sabíamos cuál podía ser el final. Y lo aceptamos —susurró, con la frente rozando la mía.

—¡No, no lo acepto! —bramé, aunque no me aparté de él.

Necesitaba tenerlo cerca, inspirar su aroma, escuchar su corazón.

—No estés triste —murmuró, a mi oído—. No me arrepiento de ninguna de las decisiones que he tomado desde que te conocí. —Sus labios rozaron mi frente—. No tengo miedo a la muerte, Cixi. Así que déjame disfrutar del tiempo que me queda junto a ti.

No me dejó replicarle. Sus dedos se deslizaron por mi mandíbula y tiraron de mi barbilla hacia arriba. Y me besó. Sus labios bailaron con los míos una danza lenta, profunda y eterna, que sabía a la sal de las lágrimas, de las suyas o las mías, no estaba segura.

Todos los besos fueron últimos besos.

Todos los abrazos fueron los finales.

Todas las caricias fueron una canción de despedida.

El tiempo se paralizó entre aquellas cuatro paredes, mientras en el exterior transcurría con demasiada prisa.

Parecía que había pasado solo un momento, o una eternidad, cuando alguien llamó discretamente a la puerta.

—Siento molestaros. —Era Nuo—. Pero Lienying ha escuchado que los guardias están buscando a Zhao.

Sus brazos me abandonaron y un frío mortal me atacó sin piedad. No me moví. Permanecí allí, envuelta en las sombras de aquella pequeña habitación que se había convertido en nuestro refugio momentáneo.

Él no me pidió que lo siguiera. Tampoco miró atrás. Desapareció por la galería con paso marcial y su capa azul medianoche ondeando a cada paso.

Pero, cuando el sonido de sus botas se esfumó, un dolor visceral me atravesó y eché a correr, rogando que no fuera demasiado tarde. Pasé como una exhalación junto a Nuo y, más adelante, frente a Lienying, al que estuve a punto de arrollar. Alcancé la puerta del Palacio de las Flores cuando él se encontraba a mitad del puente curvo del estanque.

—¡Zhao! —exclamé.

Las puertas exteriores estaban abiertas de par en par. Mi grito debía haberse escuchado en toda la Corte Interior.

Pero daba igual.

Ya todo daba igual.

Él se detuvo y volvió sobre sus pasos, sin separar su mirada de la mía.

—Te quie...

Su abrazo violento ahogó mis palabras.

—Te esperaré —susurró en mi oído—. En este mundo o en el siguiente. En la Tierra o en el Cielo de los Dioses. Pero te esperaré. Estaremos juntos. Y seremos libres.

Y esta vez, se separó de mí y no volvió a mirar atrás.

Se marchó, devorado por el sol del mediodía.

# 69

Había sufrido desde que había atravesado aquellos muros pintados de sangre. Me habían insultado, me habían maltratado, me habían humillado, me habían azotado.

Me habían asesinado.

Varias veces.

Pero aquello no fue nada comparado con la agonía que sufrí durante el transcurrir de las horas de aquel día. Cada segundo enfermizo que me separaba de la noche era una larga y dolorosa enfermedad que no tenía cura.

Recé a la Diosa Luna, al Dios Sol, para que Xianfeng cambiara de opinión. Para que cancelara aquella locura y me llamara a su dormitorio. Pero no lo hizo. Aquella tarde, el Jefe Wong no apareció para anunciarme que había sido convocada.

Y cayó la noche. Demasiado hermosa como para que alguien como Zhao fuera a ser asesinado. Con los ojos llenos de lágrimas, observé cómo Lienying cerraba las puertas del Palacio de las Flores. Hasta entonces, Nuo permaneció a mi lado en todo momento, como si temiera que perdiera la razón y corriera hasta la residencia del Emperador para suplicar piedad o cometer alguna locura.

Pero, cuando estas por fin se cerraron con un profundo crujido, pude sentir cómo respiraba tranquila.

—Todavía puedo impedirlo —murmuré.

Sus manos envolvieron mi brazo y tiraron de él para que me pudiera recostar contra ella.

—No. No puedes ni debes, Cixi. Sé... sé cuánto lo quieres —dijo, mientras una sonrisa triste se extendía por sus labios—. Pero has sufrido mucho para llegar hasta aquí, has sacrificado tanto... Si te atreves a pisar la residencia del Emperador lo perderás todo. *Todo*.

Lo sabía, por supuesto que lo sabía. Había habido pocas veces en las que las concubinas a lo largo de la historia se habían atrevido a tener relaciones con otras personas que no fueran el Emperador, y habían tenido finales terribles. Era cierto que Xianfeng no podría matarme, pero sabía que tenía buena imaginación y, que, si se lo proponía, podría hacerme sufrir de forma inimaginable.

Con el castigo a la Emperatriz Cian lo había puesto más que de manifiesto.

—Entonces, quédate conmigo esta noche —murmuré.

Sabía que no podría dormir, pero no podía estar sola. Así que, después de una cena que quedó sin tocar, nos tumbamos las dos en la cama de mi dormitorio. Esta era lo suficientemente grande como para que ambas abriésemos los brazos y no nos tocásemos, pero Nuo permaneció cerca de mí, en contacto, reconfortándome con su cercanía y con su voz.

No dejó de hablar. Yo apenas le respondía, pero ella habló durante horas de su infancia, de la botica que regentaban sus padres antes de que aquel incendio se llevase todo, de todo lo que le había enseñado su madre, de las tristes historias de sus hermanas, que habían acabado siendo prostitutas en el Distrito del Placer de Hunan, o habían perecido ante una concubina cruel... Unía las frases y enlazaba recuerdos con maestría, y logró mantener mi mente ocupada de lo que estaría ocurriendo en el otro extremo de la Corte Interior. Pero llegó un momento en que la voz de Nuo enronqueció, se detuvo, y cayó inmediatamente dormida.

Era ya de madrugada.

Y Zhao podía estar muerto.

Cerré los ojos, pero no dormí ni un solo instante en lo que restó de la noche.

A la mañana siguiente, Nuo me encontró con los ojos inflamados y el rostro pálido. Prácticamente, fue ella la que me llevó los palillos a la boca, porque yo me negaba a comer. Lo único que pude ingerir sin que una arcada me sobreviniera fue algo de té.

También tuvo que esmerarse en mi recogido y mi maquillaje. Me llenó el cabello de campanillas doradas, flores de porcelana y peinecillos repletos de perlas, pero ni vestida con todas las riquezas del Imperio podía sentirme hermosa.

Las concubinas, ya todas recuperadas del ataque de Cian, acudieron a la recepción como cada mañana, esta vez en mi palacio, aunque apenas logré prestarles atención. Debíamos hablar del Día de la Edad del Emperador, de los preparativos que se estaban llevando a cabo, de los regalos que entregaría cada una, pero yo me recosté en mi asiento y las dejé hablar. Solo me limité a asentir de vez en cuando, mientras sus miradas, ceñudas y preocupadas, volaban hasta mí.

Desde mi lugar, podía ver la figura de Lienying, en la entrada del palacio. Siempre permanecía allí mientras duraban aquellas reuniones, para que ningún sirviente perdido se atreviera a pasar y las interrumpiera sin permiso.

De pronto, me pareció que su cuerpo se tensaba. Que se inclinaba hacia delante y hacía gestos con el brazo. Quizá solo estaba proporcionando indicaciones a alguien. Pero hubo algo en la tensión de sus movimientos que me hizo saltar de mi asiento y precipitarme hacia delante.

—Se suspende la recepción —dije, con la voz entrecortada, mientras pasaba entre las concubinas dando traspiés.

Cuando alcancé la entrada del palacio, Lienying ya no se encontraba allí. Había atravesado el jardín delantero y el puente curvo y, junto a las puertas abiertas que llevaban a las calles del Palacio Rojo, hablaba con el Jefe Wong.

Notaron mi presencia, porque ambos giraron la cabeza y me miraron.

El mundo se detuvo para mí en ese instante.

Supe por qué había acudido el Jefe Wong.

Lo leí en su expresión incómoda, en la mirada joven y seria de Lienying.

Y en su asentimiento.

Fue apenas un leve aleteo de su barbilla, pero el gesto que yo necesitaba para comprenderlo.

No sé cómo mantuve la cordura. Simplemente, mi cuerpo se movió; deshice el camino recorrido hacía apenas unos momentos, pasé junto a las concubinas, que seguían sentadas, hablando con murmullos confusos, y caminé hacia mi dormitorio, con Nuo hablándome, aunque yo no era capaz de escucharla.

No era capaz de oír a nadie.

Cuando llegué a mi estancia, cerré la puerta a mi espalda.

Me tumbé sobre la cama.

Hundí el rostro en la almohada.

Y comencé a gritar.

El funeral de Zhao se celebró en la intimidad del pequeño templo dedicado al Dios Sol que había en la Corte Exterior, al que solían acudir los criados que allí vivían. Por lo visto, el lugar se llenó tanto de guardias como de eunucos y criadas; el sacerdote tuvo que echarlos a todos, cuando prendió fuego al ataúd cerrado.

—Éramos tantos que lo empujábamos hacia las llamas —me dijo Nuo, que había estado presente.

El Emperador no acudió a despedirse de su antiguo mejor amigo. Aquel al que alguna vez había llamado «hermano».

A mí no me estaba permitido salir de la Corte Interior, así que, por supuesto, estaba prohibido que acudiese a la incineración del cadáver de un capitán de la guardia que no tenía relación conmigo.

Así que, en vez de despedirme de él, acudí al Bosque de la Calma y me dirigí al Mausoleo de los Cerezos, donde guardaban las cenizas de Lilan junto a las de otras concubinas.

—Ayúdame, por favor —le supliqué, mientras las lágrimas no dejaban de surcar mis mejillas—. Ayúdame.

Pero Lilan no respondió a mis plegarias. Lo único que vi de ella fue su nombre grabado en una placa dorada, bajo una urna de porcelana que contenía sus restos.

La urna que guardaría el cuerpo de Zhao sería menos lujosa, y la porcelana no estaría decorada con bellos paisajes y flores. No sabía qué nombre marcarían en su placa. ¿Ahn o Zhao? ¿Llevaría su apellido?

Daba lo mismo. Él ya no estaba.

Me había abandonado.

Y tras su marcha solo había quedado un vacío desolador.

A los tres días de su asesinato, Xianfeng me convocó. Reconocí que tuvo valor de mirarme a los ojos y de preguntarme si sabía lo que le había ocurrido a su viejo amigo. Yo dejé de ser Cixi, para convertirme en la Consorte Imperial perfecta, y comenté con pena cuánto sentía su pérdida. Él también afirmó sentirlo, sobre todo, después de haber perdonado todos sus fallos.

No apartó sus ojos de los míos mientras pronunciaba esas palabras.

La historia que corrió por el Palacio Rojo decía que Zhao llevaba años padeciendo de las complicaciones derivadas de su castración. No era algo raro, al fin y al cabo. En muchas ocasiones, los eunucos morían jóvenes por problemas de riñón que, más tarde, afectaban al corazón.

Y Zhao había sido uno de esos casos.

Después de cenar junto a él y de dejarme vencer en una partida de Wu, acabamos entre las sábanas. Esta vez, no cubrí sus ojos con seda y, como parecía que la visión de mi cicatriz lo incomodaba, me hizo colocarme de espaldas a él.

Pero, por primera vez, no pareció complacido cuando terminó.

No volvió a llamarme a partir de aquella noche.

Cuando llegué al Palacio de las Flores, me encontré a Nuo furiosa, a punto de quemar una nota garabateada en un pergamino. Reñía a unas criadas muy jóvenes por no haberse deshecho antes de ella.

Sin embargo, antes de que las llamas tocaran el papel, logré arrebatárselo.

La nota procedía de Cian. Reconocí sus trazos elegantes, a pesar de que daba la sensación de haber sido escrita en un ataque de locura.

La leí tres veces antes de arrojarla yo misma a las llamas.

*Asesina.*
*Tú tienes la culpa de que hayan matado a Ahn.*

**70**

El tiempo me arrastró.

La herida de mi cara no terminó de cicatrizar bien. Como había comentado aquel pobre sanador al que Xianfeng había ordenador ejecutar, el cuchillo había llegado muy hondo en mi piel y había tocado estructuras importantes. Ahora, la parte derecha de mi cara estaba ligeramente contraída. La mejilla se marcaba más y tenía la comisura alzada, como si mi boca estuviera mostrando permanentemente una mueca burlona.

Los días pasaron. El calor del estío creció, y luego comenzó a refrescar.

Bailu, Ru y Ziyi, junto a otras concubinas, fueron ascendidas. Yo no perdí mi puesto, pero Xianfeng no me visitó ni tampoco requirió mi presencia durante lo que quedó de estación. No sabía si me echaba de menos, o si echaba de menos a la antigua Cixi, siempre sonriente, servicial y sin una fea cicatriz cruzándole media cara.

Eso preocupó a Nuo y a Lienying. E incluso a la Gran Madre. Una tarde, después de dar una vuelta solitaria por el Bosque de la Calma, al que últimamente visitaba mucho, la encontré esperándome en mi propio palacio, tomando té.

Al verme, se levantó y, sin mediar palabra, me abofeteó. Después, me abrazó con fuerza y me murmuró que sentía mucho la muerte de Zhao. Yo no reaccioné. Desde que él se había ido, había perdido mi fragmento más vulnerable.

Ni siquiera me sorprendió que estuviera al tanto de la relación que nos unía.

—No puedes vivir de luto eternamente —me dijo, mientras me acariciaba la cicatriz—. Tienes que vivir. Mereces ser feliz.

Pero yo no respondí a sus palabras. Ella terminó marchándose, ligeramente malhumorada.

—Espero que sepas lo que estás haciendo.

Mucho tiempo después de que abandonara el Palacio de las Flores, le respondí:

—Lo sé.

Me llegó la noticia de que se produjeron algunos ataques en la frontera. Pero, por suerte, la Aldea Kong seguía estando indemne. Aunque nadie sabía cuánto tiempo pasaría hasta que el Reino Ainu tratara de atravesar los límites. Los Señores de la Guerra se estaban empezando a impacientar.

Parecía la calma que precedía a la tempestad. Algunos comenzaron a tildar a aquella guerra como «el conflicto en espera». Porque eso era lo que parecía. Uno de los dos bandos esperaba a que ocurriera algo para actuar por fin.

El estío terminó y, con el inicio del otoño, llegaron las hojas doradas y el Día de la Edad del Emperador.

El Palacio Rojo se vistió de lujo. Los criados y eunucos del Departamento de Trabajo Duro no durmieron durante días para terminar la decoración a tiempo. Lo mismo ocurrió con las criadas del Departamento de Costura. Todos querían llevar sus mejores galas para cuando el primer día de aquella semana de festejos llegase.

Habría música, danza, teatro, banquetes, regalos exóticos. Todo para celebrar un año más de vida del poderoso Xianfeng.

Una semana antes del día, una criada me trajo envuelto en papel de seda el *hanyu* más hermoso que había visto jamás. Era dorado, el color del Emperador y de la Emperatriz. Las flores y los dragones decoraban el pecho y las mangas, con resplandores sanguinolentos y de color esmeralda.

Aquel era un regalo de parte de Xianfeng. Me lo había mandado hacer meses atrás, cuando Zhao todavía vivía y yo no tenía marcada mi cara con una cicatriz.

Cuando lo vi, tomé una decisión y se la comuniqué a Nuo.

Ella se horrorizó, pero no tuvo más remedio que seguir mis órdenes. Sabía que, si no me proporcionaba lo que le pedía, otro lo haría. Lo que le había solicitado era fácil de conseguir en el Palacio Rojo. Corría por sus calles con la misma fluidez que la sangre por las venas.

—¿Será rápido? —pregunté mientras miraba el té envenenado que sostenía entre las manos. Olía maravillosamente bien. A flores.

—Rápido e indoloro —contestó ella—. Al menos… todo lo que puede ser morir.

Asentí y, sin pensarlo de nuevo, me llevé la taza a los labios y me bebí el contenido de un trago.

Aquella sería la quinta vez que moriría en «la ciudad dentro de la ciudad».

Y *la última*.

# 71

Cuando me desperté y me miré en el espejo, Cixi ya no estaba. Solo quedaba la Consorte Imperial.

La concubina bella e inteligente que se había atrevido a atravesar los muros sangrientos de «la ciudad dentro de la ciudad», y había pasado de ser una criada despreciada a la favorita del Emperador.

La Gran Madre había tenido razón. Después de todo lo que había ocurrido, debía sobrevivir. Pero, para eso, debía arrancarme el corazón. Ya no quedaba nada de esa joven que había adorado a Lilan.

Porque sí, Lilan Yehonala había sido una gran mujer, pero también había sido una idiota.

Nuo me ayudó a vestirme junto a otras criadas. El *hanyu* que Xianfeng había ordenado confeccionar para mí era deslumbrante, digno de una emperatriz. Me dejó sin respiración, a pesar de que no era la primera vez que lo veía. Una lástima que Cian no pudiera contemplarlo. Verme vestida de dorado imperial la habría vuelto loca.

Mi maquillaje no fue sencillo ni suave. Les pedí que cubrieran mis párpados de un ocre oscuro, y mis labios los delinearon del color más rojo que pudieron encontrar. Las mejillas las perfilaron de un rosado intenso y espolvorearon motas brillantes sobre ellas. Cuando el sol cayera sobre mi rostro relumbraría como las perlas.

Pedí que el peinado fuera muy elaborado, más incluso que aquel que llevé durante la Desfloración, con la diferencia de que no quería que se moviera ni un solo cabello. Así, mi cuello blanco y esbelto sobresaldría por encima de la tela dorada. Entrelazados con los mechones azabaches, Nuo insertó peinecillos, peinetas, flores con pétalos de piedras preciosas, e innumerables y largas horquillas.

Yo misma me coloqué la última. Una orquídea de color sangre, tan perfecta, que parecía real.

Una de las criadas que me ayudó a vestirme me sugirió llevar alguna de las tiaras que Xianfeng me había regalado, pero yo prefería los adornos. No necesitaba una corona para parecer una emperatriz.

De pronto, el sonido de la porcelana al romperse me hizo girar la cabeza con brusquedad. Por la puerta entreabierta, vi a Lienying mascullar una disculpa mientras se apresuraba a recoger los restos de uno de los cientos de jarrones que decoraban mi palacio.

—Está nervioso —me susurró Nuo, siguiendo mi mirada—. Nunca se ha sentido cómodo con los grandes eventos.

Yo no respondí. De alguna manera, no pude separar la mirada de aquellos fragmentos afilados que ahora yacían regados por el suelo.

Un ligero estremecimiento me hizo apretar los labios.

Parecía un mal augurio.

Las celebraciones por el Día de la Edad del Emperador Xianfeng comenzarían con un gran banquete en el Pabellón de las Orquídeas. Era el jardín de mayor tamaño de todo el Palacio Rojo, a pesar de que no había tantos invitados como habría habido de no haber sido por la guerra contra el Reino Ainu.

Aun así, debíamos alcanzar los dos centenares. En su mayoría, altos cargos de la Corte Exterior, los consejeros y sus esposas, y todo el Harén. Solo había un Señor de la Guerra, en representación de todos los que se encontraban en las fronteras, aguardando, aunque había muchos guardias imperiales repartidos por todo el lugar. Una muralla dentro de otras murallas, que rodeaban la zona del banquete, vigilando. Algún hombre debía haber sustituido a Zhao como capitán, pero mis ojos hicieron todo lo posible por ignorar cualquier uniforme azul.

No podía pensar en él ahora.

Una Consorte Imperial no dedicaría ni un pensamiento a un simple capitán de la guardia.

A pesar de que había comenzado a arreglarme temprano, llegué deliberadamente tarde. Cuando alcancé las puertas del pabellón, la mayoría ya había ocupado sus asientos en las largas mesas repartidas por todo el jardín.

Me sentí satisfecha cuando vi el espectáculo desde lejos. El jardín estaba asombrosamente bello, con aquellas hojas doradas y rojas colgando de las ramas. La suave brisa que corría, fresca, sin ser fría, arrancaba una música susurrante de ellas que se mezclaba con la ligera melodía de las flautas, el *koto* y el *ehru* de los músicos que tocaban a un lado. En el centro, había una tarima en la que danzaban sin descanso las mejores bailarinas que habían traído de todos los rincones del Imperio. Y, más allá de las mesas, podía atisbar un escenario construido entre los árboles, donde al atardecer se realizaría una función de teatro.

A lo largo de los riachuelos que cruzaban el pabellón, habían colocado cientos de farolillos dorados. Cuando la luz comenzase a caer, los criados los encenderían. Parecería que las estrellas habían caído del cielo.

Con la elegancia que había aprendido en los años que llevaba en «la ciudad dentro de la ciudad», enfilé el camino que habían creado artificialmente con piedrecillas, guijarros y flores, y caminé directamente hacia aquellas cabezas que habían comenzado a volverse.

Nunca había sido tan bella como Lilan o la Consorte Liling, ni siquiera mis rasgos tenían la dulzura romántica de los de Cian, pero sabía que era atractiva. Y en aquella ocasión, había hecho todo lo posible para marcar cada uno de mis hermosos rasgos, para esconder los que no eran tan agradables.

Estaba tan bella como podía serlo.

Y parecía que había dado resultado, porque cuando pasé frente a uno de los consejeros, sus ojos se clavaron en mí sin decoro y abrió la boca de par en par.

—Este humilde servidor saluda a la Consorte Imperial —murmuró, demasiado tarde, porque yo ya me alejaba de él.

Era una diosa viviente. Hasta Nuo y Lienying, a mi espalda, parecían azorados ante tanta atención. Yo devolvía sonrisas e inclinaciones de cabeza, pero solo había un rostro que quería que se volviera hacia mí. Solo deseaba que unos ojos me miraran.

El banquete no empezaba hasta que el Emperador tomaba asiento. Y, en ese momento, Xianfeng todavía se mantenía de pie, magníficamente vestido, junto a su trono. No había ninguno a su derecha, porque la Emperatriz seguía castigada en su residencia. Sin embargo, el asiento que se encontraba a su izquierda estaba ligeramente más ornamentado que los demás. El lugar que debía ocupar su favorita.

Nadie había colocado un asiento para la Gran Madre. Nuo me había informado de que había amanecido claramente indispuesta, y de que no saldría del palacio en toda la jornada.

Bailu revoloteaba cerca del Emperador, intercambiando algunas palabras con coquetería.

Sin embargo, cuando sus pupilas se encontraron con las mías por casualidad, apartó las manos, como si la madera del asiento estuviera en llamas.

—Esta concubina saluda a la Consorte Imperial Cixi —articuló, mientras me dedicaba una prolongada reverencia.

No fue la única. Todas mis compañeras, mis hermanas, se inclinaron a mi paso. De soslayo, pude ver la sonrisa de orgullo en los labios de Rong.

Aquella expectación atrajo la del Emperador.

Pareció confuso ante el cambio de atención de la Gran Dama Bailu, pero, cuando me encaró, pareció olvidarse completamente de ella.

Estaba todavía lejos, pero podía jurar que sus pupilas se dilataron. Se pasó la lengua por los labios y tragó saliva. Varias veces.

Sorteó la mesa y se acercó a mí, con una de sus manos extendidas. Yo la acepté con una sonrisa.

Sus ojos se clavaron en mi mejilla derecha, suave y rosada, sin una ligera mácula. Una pregunta flotaba en ellos. Yo asentí, también en silencio.

—No... no deberías haber... —Xianfeng calló. Se había quedado sin palabras.

—Ya lo hice una vez, y te dije que lo haría las veces que hiciera falta. Moriré por ti y por este Imperio, siempre que sea necesario. —Esbocé una pequeña sonrisa mientras sus ojos se humedecían un poco—. Quería volver a ser hermosa para ti.

Él me acercó y pasó los nudillos por mi rostro.

—Siempre lo has sido, Cixi —murmuró en mi oído.

Yo no le dije que aquello no era cierto. Que era consciente de que aquella herida lo había incomodado, pero sabía que no era el momento. Quizá podríamos hablar de ello más adelante, o quizá no.

Aquel era el Día de su Edad. Y yo quería que fuera maravilloso.

Xianfeng me llevó de la mano hasta la cabeza del banquete. Era consciente de que todos los ojos estaban sobre nosotros, así que no me sorprendió la exclamación ahogada que algunos soltaron cuando el propio Emperador cambió el orden de las sillas y me colocó a su derecha, como su Emperatriz.

Yo no dudé cuando ocupé mi lugar. Porque lo era. Me lo había ganado.

Pero, asombrosamente, por una vez, nadie pareció en desacuerdo con ello. Xianfeng me dedicó una última sonrisa antes de sentarse. En el momento en que lo hizo, todos se apresuraron a buscar su sitio.

El Jefe Wong, que se encargaría de servir personalmente al Emperador como en todos los festejos oficiales, dio un paso al frente y se aclaró la garganta para que todos pudieran escucharlo.

—¡Da comienzo el primer banquete que se celebra en honor al Emperador Xianfeng, el hijo del Dios Sol, el Rey del Cielo y de la Tierra, el Padre de Todos, Aquel que Venció al Dragón! —Tomó aire y su voz resonó en todos los rincones del Pabellón de las Peonías—: ¡Larga vida a Su Majestad!

—¡Larga vida a Su Majestad! —respondimos todos.

Los platos comenzaron a desfilar frente a nosotros. En celebraciones tan importantes como aquella, podían llegar a servir más de cien diferentes, aunque era imposible probarlos todos. Yo traté de elegir los más exquisitos y de servir yo misma a Xianfeng, mientras él hacía lo mismo.

Los dos estábamos bien atendidos. En general, eran los criados del Departamento Doméstico los que debían encargarse de que nuestros platos nunca estuvieran vacíos y, nuestras copas, llenas, pero había tantos invitados, que hacían falta que nuestra propia servidumbre fuera la que nos atendiese. En mi caso, Nuo se encargaría de la comida, mientras que Lienying lo haría de la bebida.

De vez en cuando, sus manos se interponían entre Xianfeng y yo, y nos hacían separarnos unos pocos instantes.

La voz del Emperador no podía sonar más dulce cuando se dirigía a mí, ni sus ojos podían contener tanto amor. Era extraño, pero lo había echado de menos. Había echado de menos a aquel joven que se había estremecido la primera vez que mis manos trataron de vestirlo, tras pasar una noche con la difunta Dama Mei. O el que se había limitado a reír cuando me había visto robando pastelillos de jazmín.

Suspiré, mientras lo veía echar la cabeza hacia atrás y reírse de uno de mis comentarios.

Quizá, todavía podía ser feliz.

Quizá, solo teníamos que recordar aquellos primeros instantes, en los que él vacilaba y mi corazón latía con mayor rapidez de la necesaria.

La velada fue un sueño. Parecía imposible que, en aquellos momentos, el Imperio estuviera sumergido en una guerra contra el Reino Ainu.

El Palacio Rojo era cruel. Todos sus muros se pintaban con sangre. Pero también albergaba lugares tan fantásticos como aquel pabellón, como los jardines y el Bosque de la Calma, como los impresionantes palacios que poblaban la Corte Interior. Era el lugar que escondía mis lágrimas más amargas y mis momentos más felices.

Esbocé una media sonrisa y paseé la mirada por las bailarinas, por los músicos, por las copas doradas de los árboles, que brillaban como el ocre bruñido.

No sabía cómo se podía amar y odiar tanto a un lugar.

—¿En qué estás pensando? —susurró de pronto la voz de Xianfeng en mi oído.

Giré la cabeza y rocé deliberadamente la punta de mi nariz con su mejilla.

—En esta noche —contesté, con otro murmullo.

Sus ojos se incendiaron y sus mejillas se cubrieron de un apetitoso rojo intenso. La respuesta fue una lenta caricia en mis manos, por debajo de la mesa.

A medida que los platos fueron cambiando, las voces que nos rodeaban comenzaron a subir de volumen. Las nuestras, también, por culpa del alcohol. Antes de las decenas de platos que compondrían el postre, la ebriedad había inundado a todos los allí presentes, incluso a los sirvientes que se encargaban de servir la comida y la bebida.

El pobre Lienying, ya de por sí incómodo por estar al lado del Jefe Wong, trastabillaba de vez en cuando.

Dados los últimos acontecimientos y la facilidad con la que se podía envenenar cualquier cosa, tanto la bebida como la comida habían sido examinadas previamente mediante un extenso grupo de catadores. Además de ello, los sirvientes tenían la obligación de probar antes todo lo que colocaban sobre el plato de sus amos, así como de beber de la jarra que servían.

Esa sensación de seguridad era, quizá, lo que nos impedía parar de comer y beber. Incluso al único Señor de la Guerra que allí se encontraba lo veía achispado, riéndose a mandíbula batiente de un pobre consejero que se había quedado medio inconsciente con la cara apoyada en su plato.

Entre los postres, hubo pastelillos de jazmín. Verlos, me hizo recordar la sonrisa de Kana, la boca abierta de Tian mientras los devoraba de dos en dos, en el Departamento de Trabajo Duro. Por primera vez en mucho tiempo, alargué la mano y tomé uno.

El sabor me hizo soltar un suspiro poco elegante.

—Saben mejor cuando no son robados, ¿verdad? —me preguntó Xianfeng, con una sonrisa burlona.

Yo le di una ligera patada bajo la mesa que lo hizo reír.

El Jefe Wong y Lienying se acercaron para servir el té. Este último, ligeramente inclinado hacia un lado. No supe si era porque estaba un poco borracho o porque trataba de alargar todo el espacio que existía entre el otro eunuco y él. No obstante, no tuvo más remedio que soportar el roce de sus manos cuando el Jefe Wong le pasó la jarra con la que había servido al Emperador.

Aunque no hacía frío, el ambiente, con la caída de la tarde, no era tan tibio, y el té cayendo por mi garganta fue como recibir una caricia en mi interior.

—Nunca he tomado un té tan sabroso —comentó Xianfeng, saboreando hasta la última gota. Agitó la taza para que el Jefe Wong le sirviera más. Yo lo imité—. Pediré que lo sirvan en otras ocasiones.

Asentí mientras el eunuco se acercaba a mí. El Jefe Wong ya estaba sirviendo una segunda vez al Emperador. Levanté mi taza de porcelana, pero el té nunca llegó a salpicar el interior.

Fruncí el ceño y giré un poco la cabeza. Lo suficiente para ver a Lienying. Una expresión extraña flotaba en su mirada, normalmente limpia, clara.

Ahora estaba llena de sombras.

—¿Lienying? —susurré, preocupada.

Él no respondió. Se acercó con dos largas zancadas. No a mí, sino al Jefe Wong, que ya hacía amago de retirarse después de servir al Emperador.

Una de sus manos se dirigió al bolsillo de su túnica.

Reconocí la daga que Zhao me había regalado por el Día de la Edad hacía meses. La llevaba sujeta con fuerza entre sus dedos, sin la vaina de protección. El borde afilado brilló con un resplandor mortal.

—No miréis, Consorte Imperial —murmuró.

Antes de que yo pudiera tomar la siguiente bocanada de aire, Lienying colocó la daga sobre el cuello grueso del Jefe Wong y la hundió con un movimiento seco, violento, hasta la empuñadura.

# 72

La sangre del Jefe Wong salpicó el pastelillo de jazmín y las mejillas del Emperador.

El eunuco dejó escapar un gemido por los labios entreabiertos, pero las risas, las conversaciones, la música, lo ahogaron. Lienying le arrancó la daga y el hombre cayó, sujetándose la garganta. Ya desplomado, se retorció. Sus talones al golpear con el suelo parecían ir al ritmo de la música.

Xianfeng giró la cabeza, aturdido, y se sobresaltó tanto que la taza con su té se hizo trizas al caer.

Yo era incapaz de moverme. De parpadear. Mis pupilas estaban clavadas en Lienying, en cómo se colocaba encima del Jefe Wong y alzaba el arma para hundirla en su cara una, y otra, y otra, y otra vez.

Había tanta ira, tanta determinación en aquellos brazos jóvenes y delgados, que ese rostro rollizo que tan bien había conocido se convirtió en cuestión de segundos en piel desgarrada, dientes rotos, cuencas sin ojos y huesos que asomaban entre los agujeros sangrantes.

Alguien a mi espalda gritó por fin y eso hizo reaccionar a Xianfeng. Se abalanzó hacia delante y movió el brazo con rapidez, aunque no con la suficiente, porque Lienying se echó hacia atrás y lo evitó. De haberlo tocado, rozado incluso, estaría tan muerto como el hombre al que acababa de asesinar.

—¡GUARDIAS! —bramó.

Giré la cabeza para ver cómo las lanzas se acercaban por encima de las cabezas de los horrorizados comensales, pero Lienying fue más veloz y echó a correr, con la daga todavía firmemente sujeta en sus manos.

Los guardias lo persiguieron, mientras lo ocurrido se extendía entre los comensales. Los cuchicheos se convirtieron en gritos y las sillas fueron cayendo al suelo mientras uno a uno se iban levantando.

—¡Malditos Dioses, que se lo lleven! —tronó Xianfeng.

El Jefe Wong había dejado de moverse y yacía como un cerdo destripado en el suelo, sobre un denso charco de sangre. El Emperador parecía más molesto que apenado, mientras observaba cómo un par de eunucos se acercaban a retirar el cadáver y otras dos criadas corrían a limpiar el suelo.

Aquellas manchas tardarían horas en salir.

Lo sabía bien.

De pronto, me di cuenta de que, entre las criadas que se afanaban por limpiar aquel desastre, no se encontraba Nuo. Fruncí el ceño y miré a mi alrededor. Su figura alta había desaparecido.

—Ocurre algo —mascullé, aunque el Emperador no me escuchó. Estaba gritando algo al nuevo grupo de guardias que se había acercado.

Cuando terminó de hablar, se dejó caer en el asiento, malhumorado. La sangre del Jefe Wong se extendía tras su asiento como una sombra.

—¿Por qué tu eunuco ha atacado al mío de esa manera, Cixi? —exclamó, furioso.

Todavía estaba pensando en la desaparición de Nuo cuando me oí decir:

—El Jefe Wong abusaba de las criadas y los eunucos más jóvenes. Supongo que Lienying no soportaba estar junto a él después de todo lo que le había hecho.

Xianfeng me miró durante un instante, aunque no pareció sorprendido. Sus labios se doblaron en una mueca hastiada y, con un gesto brusco, indicó a los comensales que regresaran a sus sitios. Sin embargo, cuando todos habían vuelto a ocupar su lugar, ignorando al pequeño grupo de criadas que se afanaban por borrar la sangre del suelo, un guardia, vestido con el mismo uniforme azul con el quien había visto a Zhao por última vez, se acercó al Emperador.

Su expresión era sombría.

—Majestad, estamos teniendo problemas en la muralla sur. La están atacando.

Xianfeng ni siquiera se inmutó.

—¿Y para qué me molestas? Ya sabes qué hacer con ellos —resopló.

No era extraño que los habitantes de Hunan protestaran o iniciaran ataques esporádicos contra el Palacio Rojo. Solía suceder desde hacía mucho, en los Días de la Edad de los emperadores, como denuncia a los inmensos gastos que se perdían en la celebración y que podrían servir para alimentar a la capital durante al menos un par de años.

Pero el nuevo capitán no se movió.

—Portan una bandera del Reino Ainu, Majestad.

Un calambre de miedo atravesó el rostro de Xianfeng, pero desapareció tan rápido como había aparecido en su rostro.

—Cómo se atreven... —Jadeó de la rabia y tomó la copa de vino en una de sus manos. Solo necesitó rozarla para reducirla a esquirlas de cristal—. Llévate a los guardias que necesites y deshazte de ellos. Como sea.

El capitán asintió con un gesto seco y se alejó a pasos rápidos de la mesa, arrastrando las miradas de los comensales. Xianfeng resopló. La celebración continuaba. Los músicos tocaban mientras las bailarinas seguían con sus movimientos sinuosos, pero ya nadie les prestaba atención.

—Siento que esto haya ocurrido en el Día de tu Edad —le susurré.

Él asintió, aunque no sabía si realmente me había escuchado. Yo volví a mirar a mi alrededor, buscando a Nuo, pero de nuevo, no la vi en ninguna parte. Tragué saliva, nerviosa. Ella nunca me había dejado sola así, sin explicación alguna.

—Ocurre algo —volví a musitar.

Esta vez, el Emperador sí me escuchó. Giró la cabeza hacia mí, con gesto interrogativo.

—Nuo. Mi dama de compañía —expliqué, aunque él sabía quién era—. Ha desaparecido.

—¿Desaparecido? —Xianfeng frunció el ceño—. ¿En mitad de un banquete, sin ninguna explicación?

Asentí, en silencio. Su expresión hastiada se transformó en otra más sombría.

—¿Estaba aquí cuando tu eunuco atacó al Jefe Wong?

Fruncí el ceño, tratando de recordar.

—Creo que no. —A decir verdad, la última vez que la había visto había sido cuando me había servido el pastelillo de jazmín, y aquello había sido por lo menos un par de minutos antes de que todo ocurriera.

El entrecejo de Xianfeng se hundió todavía más.

—Ocurre algo —masculló, repitiendo mis palabras.

De pronto, su espalda se envaró y miró un instante por encima del hombro a los dos criados que se encontraban a nuestra espalda y habían sustituido al Jefe Wong y a Lienying para servirnos.

—Majestad... —musité.

No llegué a decir nada más, porque entonces él me sujetó por la muñeca y tiró con brusquedad de mí. El hombro me ardió y solté un alarido de dolor. Caí al suelo, en un lío de telas doradas, mientras, por el rabillo del ojo, veía a uno de los criados trastabillar, con una espada corta entre sus manos.

Xianfeng acababa de salvarme la vida.

Los gritos se alzaron mientras las sillas caían al suelo. Los músicos dejaron de tocar y las bailarinas huyeron despavoridas. Pero las exclamaciones no fueron nada comparado con los bramidos que dejaron escapar los consejeros cuando Xianfeng sujetó la cara entre sus manos del criado que acababa de atacarme y la hizo explotar con un ligero apretón.

Una lluvia de carne, sangre, grasa y hueso salpicó su túnica y la comida que todavía quedaba en los platos, y estuvo a punto de hacerme vomitar. Xianfeng se sacudió la tela con asco, mientras sus ojos observaban el arma que acababa de caer al suelo.

—Esta espada... —Resoplaba como un león rabioso. Dio un puñetazo a la mesa, y esta se rompió bajo su fuerza en varios fragmentos de madera, porcelana y cristal—. Es de origen Ainu.

—¿Qué? —musité.

El caos había comenzado a extenderse por todos los comensales. Las concubinas se habían acercado entre ellas, con los hombros encogidos y temblando con violencia. Lo mismo ocurría con los consejeros y otros administrativos. De pronto, no parecían sentirse tan a salvo a pesar de su elevado estatus. Las telas caras no eran escudo para el metal afilado.

El único Señor de la Guerra que había sido invitado al banquete se abrió paso entre los cuerpos que lo estorbaban y llegó ante nosotros.

—Debéis resguardaros, Majestad —dijo, con gravedad. Sus ojos ni siquiera se detuvieron en mí, que seguía en el suelo, sujetando mi brazo dolorido—. Han sido dos ataques consecutivos, ambos por parte de la servidumbre...

Noté que mi mirada se volvía borrosa cuando vi cómo el hombre seguía hablando y su mano se dirigía hacia el cinto que colgaba de su cadera. Con suavidad, sus manos empuñaron su espada.

Xianfeng también se había percatado de su gesto.

—¿Qué estáis haciendo? —siseó.

El Señor de la Guerra sacudió la cabeza, estupefacto, y miró hacia abajo, hacia sus dedos que se habían cerrado con fuerza en la empuñadura y extraían con lentitud la hoja de la vaina.

—No... no... soy yo... —jadeó. Sus labios temblaron y sus pupilas se dilataron con horror.

Xianfeng retrocedió.

—¡Soltad inmediatamente el arma! —ordenó.

Pero el Señor de la Guerra no lo obedeció. En vez de ello, se abalanzó contra él con el brazo estirado. Fue un movimiento torpe, no era propio de un soldado bien entrenado como él. Pero, aun así, la hoja logró arañar el costado de Xianfeng antes de que lograra hacerse a un lado.

—¡Guardias! —chilló el Emperador.

Yo me incorporé de un salto y busqué entre la multitud. Entre los consejeros que habían comenzado a retroceder y algunos criados, vi a la Dama Bailu, vestida con su *hanyu* rosa intenso. De pie, algo pálida, con los ojos fijos en el Señor de la Guerra.

Los guardias corrieron hacia donde se encontraba el Emperador al mismo tiempo en que yo me escurría entre ellos. Esquivé a un par de consejeros y, tomando impulso, derribé a Bailu de un fuerte empellón.

Ella soltó un chillido agudo y ambas caímos al suelo, convertidas en una nube de sedas y oro. No pude preguntarle qué estaba haciendo. De soslayo, me pareció ver a Ziyi, la dulce y preciosa Ziyi, caer sobre mí con las manos extendidas.

Sabía lo que ocurriría si aquella piel me tocaba.

Rodé hacia atrás y me incorporé, mareada por el frenesí. Muchos de los invitados habían comenzado a correr hacia la salida del pabellón. Algunas concubinas también, pero la mayoría estaban entre las mesas, tensas y alertas. A pesar de sus *hanyus* de seda, parecían bestias a punto de atacar.

—Si no quieres participar... —La voz de Bailu sonó más cruel que nunca—. Será mejor que te marches de aquí.

Me señaló con su índice enjoyado, y yo no lo pensé cuando me incorporé dando bandazos y regresé junto a Xianfeng.

Mientras corría hacia él, vi cómo el Señor de la Guerra dejaba caer la espada que Bailu le había obligado a usar con su Virtud. Los guardias imperiales lo rodeaban. Vi cómo la boca del Emperador se movía dictando una orden que mis oídos no podían escuchar, pero sí entender.

—No, ¡no! —grité.

Pero fue demasiado tarde. Los guardias cayeron con sus lanzas sobre el Señor de la Guerra, desarmado, y lo atravesaron de parte a parte. La sangre del soldado se mezcló con la oscurecida del Jefe Wong y con la del otro criado cuya vida había destrozado Xianfeng con sus propias manos.

Llegué junto a él jadeando y horrorizada.

—No controlaba su cuerpo —balbucí, entre aliento y aliento—. La Dama Bailu...

Los labios de Xianfeng se separaron por la sorpresa al comprender. Él conocía todas las Virtudes de sus concubinas. Sabía perfectamente lo que eran capaces de hacer. Sabía que por sus delicados huesos y tras sus rostros maquillados se escondían poderes mortales que podían destrozar al mejor de los soldados de su ejército.

Me coloqué junto a Xianfeng. Temblaba.

Los mismos guardias que habían acabado con el Señor de la Guerra se ubicaron frente a nosotros, creando una exigua muralla que nos separaba de todos los demás.

Miré de soslayo al Emperador. Observé cómo su rostro palidecía, cómo sus pupilas se dilataban al comprender.

Yo respiré hondo y me obligué a enfrentar a las figuras que cada vez eran más numerosas. Concubinas, sobre todo, pero también eunucos y criadas, vestidos con distintos tonos en sus túnicas. Algunos procedían del Departamento de Trabajo Duro, otros del Departamento Doméstico. Otras muchas eran damas de compañía.

Siervos.

Una figura vestida de verde esmeralda, con la cabeza plagada de flores blancas, se adelantó y se colocó frente a los guardias, a apenas un par de metros. Entre sus manos, llevaba una espada que debía haberle robado a algún guardia.

La Gran Dama Rong.

Ella ni siquiera me miró cuando me habló.

—Espero que disfrutéis de vuestro regalo, Majestad.

Alzó un brazo y nos señaló.

Fruncí el ceño, confusa. No, no nos señalaba a nosotros. Señalaba a los guardias imperiales.

A un guardia, en concreto.

Apenas oí la maldición que pronunció Xianfeng cuando el Rey Kung dio un paso atrás, vestido con el uniforme de la guardia imperial.

# 73

El Rey Kung no llegó a realizar ninguna reverencia, porque uno de los guardias que tenía a su lado se volvió en su dirección e intentó atravesarlo con su espada.

Él, sin embargo, dio un giro sobre sí mismo y lo esquivó. Otros guardias se movieron, pero no para atacarlo.

Con la mirada vidriosa, Xianfeng observó cómo la mitad de su guardia se posicionaba junto a él, las concubinas y la servidumbre.

—¡Traidores...! ¡TRAIDORES! —rugió—. ¿Cómo os atrevéis a...?

—Relajaos, Majestad —lo interrumpió la Gran Dama Bailu, con su lengua bífida. Xianfeng dio un respingo. Estaba segura de que era la primera vez que alguien le hablaba de aquella manera—. Empezáis a repetiros.

—Te separaré la cabeza de tu asqueroso cuerpo con mis propias manos —rugió él, como respuesta.

La concubina no pareció impresionada. Enarcó una ceja y se contoneó sinuosamente, mientras una lenta sonrisa se derramaba por sus labios rojos.

—Eso si conseguís tocarme —susurró.

El Rey Kung soltó una larga carcajada. El sonido sonó tan desagradable como un grito en aquel contexto. A nuestra espalda, dos cadáveres se desangraban, y tras la de ellos, podía ver la lucha de los invitados al intentar huir por las puertas del pabellón. Algo extraño ocurría allá también, porque nadie salía. Ni entraba.

—Ya os lo dije durante aquella cena, Xianfeng —comentó, cuando dejó de reír—. Un harén puede acarrear muchos dolores de cabeza.

—Cixi.

La Gran Dama Rong dio un paso adelante. Extendió la mano que no sostenía la espada en mi dirección.

—Ven con nosotras —susurró.

De soslayo, vi cómo la piel de Xianfeng se erizaba. Yo no me moví. Ni siquiera era capaz de respirar.

—Nuo también está de nuestro lado —añadió la Asistente Ru, asomándose entre el resto de concubinas y criados.

—Sí, Consorte Imperial Cixi. Estáis invitada a uniros a esta pequeña rebelión. —El Rey Kung dio un paso adelante, ignorando las lanzas de los guardias imperiales que me protegían—. No seáis tímida. Echo mucho de menos nuestras partidas de Wu.

El latido de mi corazón se había convertido en un murmullo errático. Miré a unos y a otros, sintiéndome mareada, asfixiada. Ahora, Xianfeng y yo nos encontrábamos en clara minoría, a pesar de los guardias que darían sus vidas por nosotros.

No sabía cuántos apoyaban a Kung, pero si había decidido mostrar su rostro, era porque debía tener a muchos infiltrados que lo apoyaban. Si no, aquel hubiese sido un ataque suicida.

Miré de nuevo más allá de las concubinas. En las puertas del pabellón, me pareció ver los cuerpos de varios consejeros en el suelo.

Pero había tomado una decisión días atrás, cuando había ingerido el veneno que Nuo me había preparado.

Di un paso atrás para mirar a Xianfeng a los ojos. Me incliné para recoger una espada corta que estaba tirada, cerca de él. Sus manos, a ambos lados de su cuerpo, se tensaron cuando me vieron acercarme.

—Lilan te sería fiel. No te abandonaría —susurré.

Su cuerpo se relajó al instante y una ligera mota de esperanza pareció brillar en su mirada turbulenta.

Frente a todos esos ojos que me observaban, enredé mis dedos con los suyos.

—Tú y yo contra el mundo —murmuré, para que solo Xianfeng pudiera escucharme.

El Rey Kung dejó escapar un largo bufido mientras Rong sacudía la cabeza y retrocedía. Los guardias traidores ocuparon su lugar.

Las lanzas brillaron bajo el sol del atardecer.

—Siento mucho vuestra decisión —comentó el Rey Kung, mientras desenvainaba su espada—. Espero que sepáis lo que estáis haciendo.

Le enseñé los dientes. Estaba empezando a cansarme de que todos me dijeran lo mismo. Mis dedos se tensaron en torno a la empuñadura de la espada corta y di las gracias a Zhao por sus breves clases de esgrima.

Xianfeng no recogió ni pidió ningún arma. Con sus manos, era más que suficiente.

No sé quién fue el primero en moverse de los dos bandos. Solo sé que, de pronto, vi un resplandor plateado cerca de mi abdomen y yo moví el arma que sostenía. El sonido del metal estalló en mitad del silencio como un grito, y entonces, todo se convirtió en un caos.

Los guardias cayeron unos sobre otros. El Rey Kung se abalanzó contra Xianfeng, sin miedo, pero otro guardia se cruzó en su camino y detuvo su acometida con un impacto seco de su cuerpo.

Las concubinas no tenían ninguna noción de combate, pero muchas poseían Virtudes poderosas. El Emperador y yo tuvimos que separarnos cuando el suelo tembló con violencia y una grieta gigantesca se formó entre nosotros.

Caí al suelo y rodé. Entre las faldas de los *hanyus*, pude ver una concubina a lo lejos, arrodillada sobre el terreno, con las palmas apoyadas en él. De pronto, un súbito frío alcanzó mis extremidades. Con las pupilas dilatadas, vi cómo una capa de hielo comenzaba a cubrir mis zapatos lacados.

Solté un grito y logré ponerme en pie antes de echar a correr.

Malditos Dioses, conocía todas las Virtudes de aquellas mujeres. Les había pedido que me las mostraran el Día de mi Edad, y todas lo habían hecho, a regañadientes y no. Era cierto que, si me mataban, yo volvería a vivir. Pero mi poder no podía hacer nada contra ellas.

Ahora, mi Virtud no valía nada.

De pronto, algo me agarró de los brazos y me aplastó contra el suelo. Intenté mirar a mi alrededor, pero unas manos me sujetaban la cabeza con fuerza. Sin embargo, no había nadie sobre mí. Con un gemido de dolor, recordé que una de las concubinas sin rango tenía la Virtud de hacerse invisible.

—Apártate de mí —gruñí.

Podía desaparecer ante mis ojos, pero no tenía por qué ser más fuerte o rápida que yo. Con la caída, la espada estaba fuera de mi alcance, así que tomé impulso y alcé la cabeza con violencia. Mi nuca se estrelló contra algo duro que emitió un aullido.

El golpe me mareó, pero logré desembarazarme de la figura femenina que apareció de golpe sobre mí. Entre sus manos, hilos de sangre caían de su nariz.

La miré mientras me incorporaba, recuperaba la espada corta y echaba a correr hacia Xianfeng.

Una jarra rota de porcelana voló hasta mí. Me agaché a tiempo y se estrelló contra algún lugar. No muy lejos de mí, pude ver cómo otra concubina alzaba los brazos y hacía bailar objetos a su alrededor, desde sillas a copas rotas y alguna que otra arma que debía haber robado de los guardias.

Varias tazas quebradas me golpearon y arañaron mis mejillas, pero logré esquivar los proyectiles de mayor tamaño. Xianfeng, que se había deshecho de los guardias enemigos, y que ahora yacían como granadas abiertas a sus pies, alzó una de las mesas del banquete y la arrojó contra la concubina, que la esquivó por poco.

Sorteé al Rey Kung, que se defendía de dos guardias imperiales con la misma fluidez con la que había visto moverse a Zhao. Supe que se libraría de ellos tarde o temprano.

—¡Xianfeng! —exclamé, a punto de alcanzarlo por fin.

De pronto, la figura de una concubina apareció entre nosotros. Ella nos miró a ambos durante un instante. La recordaba, había visto cómo me había mostrado orgullosa su Virtud en el Día de mi Edad. Podía atravesar grandes distancias en un parpadeo. Aparecer y desaparecer.

Las pupilas se me dilataron cuando vi el puñal que llevaba entre las manos. Separé los labios cuando lo alzó.

No fue lo suficientemente rápida. Xianfeng cerró la mano en un puño y la hundió en su estómago. Ella ni siquiera tuvo tiempo de gritar. Salió propulsada hacia atrás y rodó varias veces por el terreno, hasta que su cuerpo quedó completamente inerte, con los brazos y las piernas en una posición extraña. Muerta.

No pude evitar quedarme paralizada, observándola.

Solo el grito de advertencia de Xianfeng me hizo reaccionar. Giré la cabeza para ver al Rey Kung. Esta vez no sonreía y, del extremo de su espada caían gotas de sangre que iban dejando un camino oscuro en el suelo.

Yo había recuperado mi espada corta, pero no era tan estúpida como para hacerle frente. Retrocedí mientras él alzaba su propia arma y la bajaba con un tajo rápido. A mi espalda, escuché al Emperador gritar mi nombre.

Una de las mangas de mi *hanyu* se rasgó en dos. Yo apreté los dientes; sabía que, si Kung hubiese querido matarme, lo habría hecho.

—No es hora de jugar —siseé.

Casi me pareció que él me dedicaba un pequeño asentimiento.

Mi espalda chocó con el cuerpo de Xianfeng. Él me sujetó del brazo y me arrastró tras de sí. Jadeaba y tenía las manos empapadas en sangre. Dejó huellas rojas por todo mi *hanyu* cuando me empujó hacia atrás.

—Vamos —me instó.

Echamos a correr hacia la salida del pabellón. El Rey Kung y los criados hicieron amago de cortarnos el paso, pero parte de los guardias imperiales que todavía seguían con nosotros se dividieron en dos grupos. Uno los detuvo y otro nos rodeó.

De camino, se deshicieron de un par de criados que se abalanzaron contra nosotros con armas que debían haber robado de algún lugar.

Las concubinas no se acercaron para volver a atacarnos. Permanecieron quietas y unidas, entre aquel caos de cuerpos y mesas caídas, envueltas en sus magníficos *hanyus*. Sentí sus ojos sobre mí hasta que giré la cabeza y alcanzamos la muralla del pabellón.

Bajo el arco de salida se acumulaban varios cuerpos. Todos pertenecían a altos cargos y a consejeros del Emperador.

Él pasó por encima de ellos, sin mirarlos.

—Busca al destacamento que envié a la muralla este —le ordenó a uno de los guardias—. ¡Diles que se reúnan conmigo lo antes posible en la Puerta del Mundo Flotante!

El hombre ni siquiera asintió. Se dio la vuelta y echó a correr a toda velocidad.

—Vamos —me dijo Xianfeng, mientras me tomaba de la mano—. Estarán allí cuando lleguemos.

Echamos a andar con rapidez, precedidos y resguardados por los cuatro guardias que quedaban a nuestro lado.

Miré a un lado y a otro, insegura. Apenas se oía nada. Era como si todos los habitantes de «la ciudad dentro de la ciudad» se hubiesen esfumado.

No había criadas, ni eunucos ni guardias recorriendo las calles rojas.

De vez en cuando, escuchábamos algunos pasos acelerados y nos deteníamos, alertas. Pero nadie se interpuso en nuestro camino. Nadie más nos atacó.

Pero no me sentía a salvo. Era como si miles de ojos invisibles estuviesen clavados en nosotros.

—El Rey Kung... —musité, incapaz de contenerme más. Hubo una fiera advertencia en las pupilas de Xianfeng cuando él se giró para mirarme, pero yo continué hablando—. Nunca llegó a abandonar el Palacio Rojo, ¿verdad?

La ira había teñido su rostro de un amarillo intenso. El Emperador se limitó a hacer un seco asentimiento. Miré una vez a mi alrededor, sin ver a nadie.

—¿Quién ha podido hacer todo esto? —susurré.

Xianfeng me dedicó una mirada rápida y tragó saliva.

—Un traidor. Un bastardo —contestó, antes de añadir, con rabia—: Alguien que tiene el suficiente poder para controlar el Palacio Rojo.

—¿Cian? —pregunté, mientras doblábamos una esquina a toda velocidad.

—Eso es imposible —contestó Xianfeng sin dudar—. Está aislada en el Palacio Gris. No tiene criados que le sirvan y su familia, fuera de la Corte, no goza de mucha popularidad después de que se extendiera por la capital el rumor de lo que hizo. Ninguna familia noble se hubiese atrevido a apoyarla a hacer algo así.

Asentí, pensativa. Cruzamos corriendo otra calle. Oímos voces susurradas, pero no nos detuvimos. Por encima de los muros más cercanos, ya podía ver los altos postes de la Puerta del Mundo Flotante. Los pececillos anaranjados que nadaban en la inmensa cubeta parecían indicarnos el camino a seguir.

—Todos los Señores de la Guerra están en la frontera —murmuró de pronto Xianfeng. Había seguido el hilo de mis pensamientos—: El único que había venido está ahora muerto en el Pabellón de las Peonías. Ellos, junto a los consejeros, son los únicos que podrían provocar una rebelión a esta escala.

Yo me detuve de pronto. Al girar otra esquina, un inmenso palacio había quedado a la vista. Curiosamente, y a pesar de que el sol no se había ocultado todavía, mantenía sus puertas firmemente cerradas.

El Palacio de la Sabiduría.

Mi voz sonó muy lejana incluso en mis oídos.

—¿Por qué no ha asistido la Gran Madre al banquete, Xianfeng?

# 74

El silencio fue la única respuesta, aunque los ojos del Emperador volaban por los tejados curvos del edificio, como si buscase algo. Estaba pensando, lo sabía. Estaba observando aquella semilla que yo acababa de plantar en su mente, estaba valorando si valía la pena que creciera y lo destrozara por dentro.

Porque tenía sentido. Maldita sea, por supuesto que tenía sentido.

La Gran Madre era una mujer que procedía de una gran familia, el propio Xianfeng me lo había confirmado. Había sido una de las últimas concubinas en entrar a formar parte del Harén del Emperador Daoguang y, sin embargo, no solo se había convertido pronto en su favorita, sino que se había encargado de la crianza del futuro heredero cuando su madre biológica murió.

O la asesinaron.

Después de todo lo que sabía y había visto, no podía saber si la muerte de la madre de Xianfeng había sido natural. Siempre se había mantenido en segundo plano. Estaba agotada de las luchas de poder de las concubinas. Siempre había tratado de intervenir entre las sombras. Pero quizá se había cansado de actuar tras ellas.

—Vamos. —Fui consciente del dolor que golpeó a Xianfeng cuando apartó la vista de las puertas cerradas del palacio—. Sigamos adelante.

Alcanzamos la Puerta del Mundo Flotante entre jadeos. Como toda la Corte Interior, los alrededores se encontraban desiertos. Ni siquiera los guardias que siempre estaban a ambos lados, controlando quién entraba o salía, se hallaban allí. De su guardia permanente, solo quedaba un charco de sangre que podía pertenecer a cualquiera.

—¿Qué hacemos? —murmuré.

—Esperar. —Xianfeng me apretó la mano que sostenía.

Acababa de pronunciar esa palabra cuando escuchamos pasos. Muchos pasos.

Los cuatro guardias que quedaban formaron una hilera frente a nosotros mientras el Emperador y yo retrocedíamos.

La punta de una espada asomó tras el muro del palacio de la Gran Madre y, tras ella, apareció un destacamento entero de guardias imperiales. Con un alivio que vació mis pulmones acalambrados, descubrí que el hombre que los dirigía era el nuevo capitán de la guardia, el que había sustituido a Zhao tras su muerte.

Estaba pálido, pero, al contrario que nosotros, su uniforme estaba intacto. Ni una gota de sangre lo mojaba.

—Majestad —dijo, arrodillándose frente a él. No había tiempo para saludos protocolarios—. Me temo que el ataque que se produjo en las murallas fue una farsa preparada con antelación.

—Querían separar a la guardia —coincidió Xianfeng, con el ceño fruncido.

El capitán asintió y echó un vistazo por encima de su hombro antes de continuar.

—Me temo que se trata de algo más. Nos... nos han encerrado.

Xianfeng se inclinó bruscamente hacia él. Sus ojos estaban desmesuradamente abiertos.

—¿Qué? —Esa palabra contenía más de mil maldiciones.

—Han... han cerrado las puertas —explicó el hombre a toda prisa, con los ojos clavados en el suelo—. Han fundido el hierro para que sea imposible abrirlas manualmente. No solo ha desaparecido la servidumbre encargada... Si queremos salir del Palacio Rojo, tendremos que derribarlas.

—Pues lo haremos —replicó Xianfeng—. *Lo haré*.

Un ruidito escapó del capitán. Cuando miré su rostro blanco, empapado de sudor helado, casi logró que mi lástima por él devorara mis propias emociones.

—El... el problema es que nos estarán esperando.

Los nudillos de Xianfeng crujieron en mitad del tenso silencio.

—Explícate —exigió.

Yo sabía que, de no necesitarlo desesperadamente, ya habría acabado con ese pobre hombre con sus propias manos.

—Mi... miles de civiles rodean el palacio.

—Es lógico —replicó Xianfeng, con hastío—. En el Día de la Edad del Emperador, suelen...

—Están armados. Y su actitud es claramente hostil —lo interrumpió el soldado.

El Emperador pareció confundido durante un momento, pero no se detuvo a pensar qué significaba todo aquello. En por qué un grupo tan enorme de habitantes se uniría.

—Pues los destrozaremos. ¡Nos abriremos paso! ¿Es que no tienes hombres, maldita sea? —rugió, señalándolo con el índice.

—Ma... Majestad... —El pobre capitán parecía a punto de echarse a llorar—. He... he perdido a más de la mitad de mis hombres. Ahora mismo, apenas somos más de cien. Muchos fueron enviados como refuerzo a la frontera, a la espera de los ataques del Reino Ainu, y... y otros... han desaparecido. Me temo que se han unido al Rey Kung. —Miró a su alrededor y sus hombros se encogieron un poco—. Temo que estén escondidos en algún lugar, observándonos.

Xianfeng perdió la paciencia. Soltó mi mano y rodeó al capitán con furia, antes de atravesar la Puerta del Mundo Flotante. A su espalda, todos los guardias imperiales esperaban en un silencio marcial.

—Si no eres capaz de comandar a tus hombres, lo haré yo. No necesitamos más guardias, me tenéis a mí. ¿Has olvidado lo que soy capaz de hacer? ¿Eh? —El capitán se sobresaltó—. ¡¿EH?!

Xianfeng golpeó con todas sus fuerzas uno de los mástiles de la Puerta del Mundo Flotante. Esta se sacudió y, los pececillos anaranjados que nadaban apresados se movieron de un lado a otro, aterrados.

Cuando bajó el brazo, la forma de su puño quedó marcada en la madera.

De pronto, Xianfeng palideció.

Entorné la mirada y me acerqué a él. Puse con suavidad una de mis manos sobre su hombro. No quería que se asustara y me golpeara. Podía matarme de una bofetada.

—Majestad —dije—. ¿Os encontráis bien?

Él se apartó de mí, sacudiendo la cabeza. De pronto, toda la ira, toda su seguridad, había abandonado su cuerpo para no dejar más que unos rescoldos nerviosos. Sus pupilas vacilaron cuando miró más allá de la Corte Exterior.

—Conozco un mejor lugar para salir —murmuró, casi para sí mismo—. Seguidme.

Y, sin añadir nada más, se dio la vuelta y se alejó casi con prisa del camino que llevaría a las murallas exteriores de «la ciudad dentro de la ciudad». Yo caminé tras él, mientras el capitán se incorporaba por fin y ordenaba a gritos a sus guardias que nos protegieran.

Un círculo perfecto nos escudó mientras avanzamos por entre los muros rojos, silenciosos y desiertos.

De nuevo, no nos encontramos con nadie. Parecía que el Gran Dragón los había devorado a todos.

Un par de minutos después, adiviné a dónde nos dirigíamos.

El Palacio del Sol Eterno.

Su patio delantero, al estar desprovisto de soldados, criadas, eunucos y consejeros que corrían de un lado a otro, me pareció más inmenso que nunca. El camino hasta la entrada fue eterno.

Cuando llegamos a las inmensas puertas, abiertas de par en par, sin criados o guardias que las resguardasen, alguien dio la voz de alarma.

Me volví en redondo junto a Xianfeng, y no pude evitar que mi mano buscara la suya cuando, a lo lejos, vi aparecer decenas, cientos de figuras armadas. A pesar de la distancia, reconocí las túnicas de la servidumbre, los *hanyus* de las concubinas... hasta la torcida sonrisa del Rey Kung.

Xianfeng se dio la vuelta y no volvió a mirar atrás cuando me empujó hacia el interior de su palacio.

—Cerrad las puertas. Atrancadlas —ordenó, cuando pisó el vestíbulo.

—Pero, Majestad... —El capitán frunció el ceño—. Nos quedaremos aislados.

—Estúpido, jamás haría algo así —ladró Xianfeng. Estuvo a punto de destrozar una columna que se elevaba a su lado, pero se detuvo a tiempo. Se obligó a respirar hondo—. Conozco otra salida que nos llevará más allá de la ciudad.

El aliento se me entrecortó.

Sabía a qué salida se refería. La guarida del Gran Dragón, el subsuelo de la Ciudad Roja.

No me equivoqué cuando atravesamos las galerías y llegamos al vestíbulo del Salón del Trono. Mientras el capitán de la guardia y los hombres que nos habían seguido lo observaban claramente confusos, él toqueteó los ojos de una de las columnas de mármol, que mostraba a un dragón enroscado sobre sí mismo, con las fauces abiertas.

Uno de sus largos colmillos cedió y un fragmento del suelo se desplazó hacia un lado, mostrando una abertura lo suficientemente ancha como para que un hombre cupiera por ella. La reconocí al instante; meses antes había salido yo por ella.

Me acerqué mientras Xianfeng se asomaba al oscuro abismo. Su mano se apoyó en el primer asidero de la escalera que descendía durante muchos metros.

Pero, de pronto, se quedó paralizado.

Sus labios se separaron, pero no emitió ni un solo sonido.

Seguí su mirada, y entonces me pareció ver a lo lejos, quizás a mitad de camino del subsuelo, una llama. El fuego de una antorcha que alguien sostenía.

Xianfeng cayó hacia atrás, en una posición poco regia.

Yo me quedé inmóvil, en el borde de aquel abismo.

Al parecer, yo tampoco era la única que conocía ahora los secretos del subsuelo.

—No puede ser... —musitó Xianfeng, negando una y otra vez con la cabeza—. No puede...

Su voz se ahogó por unos gritos, que sonaron lejanos. Giré la cabeza con brusquedad hacia la última galería que acabábamos de atravesar. Varios guardias se acercaban corriendo. Y eso solo podía significar una cosa.

—Han logrado entrar en el palacio —susurró el capitán.

Aquellas palabras hicieron reaccionar al Emperador. Se incorporó con cierta torpeza y, sin molestarse en cerrar la puerta hacia el subsuelo, se acercó a un guardia y le arrancó la espada de su vaina. Después, se volvió hacia mí y me sujetó posesivamente de la muñeca. Sus ojos se dirigieron un instante hacia la espada corta que yo todavía sostenía.

—No te separes de ella —me dijo, mientras me empujaba hacia el Salón del Trono.

Trastabillé cuando pisé el interior, y estuve a punto de caerme de bruces cuando mi calzado alto se enredó con la inmensa alfombra que conducía desde la entrada hasta el mismo trono vacío.

El crujido bestial, que reverberó en todos los rincones de la inmensa estancia, me hizo girarme.

Xianfeng acababa de encerrarnos en el interior del Salón del Trono.

# 75

—¿Qué ocurre? —pregunté, acercándome a él.

Xianfeng me miró por encima del hombro, con las palmas de las manos apoyadas sobre las grandes puertas cerradas.

—¿A... a dónde conducía esa trampilla? —insistí.

Él cerró los ojos mientras soltaba el aire con lentitud. Después, se apartó de la puerta con un gesto brusco y caminó sobre la amplia alfombra roja.

—A la salida. La única salida que quedaba —murmuró.

Observé en silencio cómo se alejaba, cómo atravesaba aquella inmensa sala arrastrando la espada que le había quitado al guardia. La punta arañaba el hilo fino y abría una abertura en la tela.

No pude evitar sentirme decepcionada.

Aquel era el final.

Nuestro final, lo sabía. ¿No era el momento de ser honesto? Pero al parecer, eso no estaba en sus planes. Desde la distancia, vi cómo subía los peldaños y se derrumbaba en su inmenso trono de dragón.

El asiento era lo suficientemente ancho para que cupiéramos los dos, pero ni él me invitó a sentarme ni yo me atreví a hacerlo. Me arrodillé junto al borde de su túnica dorada y me apoyé sobre sus rodillas tras dejar la espada corta a un lado.

Él apretó mis manos entre las suyas.

—Tú y yo contra el mundo —susurró—. Como al final de las grandes leyendas.

Alcé la cabeza para mirarlo, aunque él no me veía. Tenía la vista hundida en esas puertas cerradas.

—¿Qué podemos hacer ahora? —pregunté, con un hilo de voz.

—Esperar. Confiar en los valientes guardias del Imperio Jing —contestó, mientras sus manos no dejaban de acariciar las mías—. Sé que lucharán hasta la muerte por mí.

Asentí y giré la cabeza para ver el otro extremo de la estancia.

—¿Y después? —pregunté, con voz queda. Aunque ninguno de los dos sabía si existiría un «después».

—Lo averiguaremos cuando esa puerta vuelva a abrirse —contestó Xianfeng.

En los altos techos cruzados por travesaños de madera, comenzaron a hacer eco los sonidos de batalla que se sucedían al otro lado de la puerta.

Gritos, alaridos, golpes, el frío entrechocar de los metales. Era imposible, porque yo no era la Asistente Ru, pero si cerraba los ojos, podía oír por encima del latir de mi corazón y de mi respiración superficial el sonido de la carne al rasgarse, la salpicadura fresca de la sangre al manchar los suelos, el crujido seco de los huesos al romperse.

Podía sentir la violencia de las vidas al apagarse.

Una a una.

Hasta que no quedó más que silencio.

Parecía que había pasado apenas un instante, o una eternidad. Pero cuando me incorporé de golpe y abandoné las manos de Xianfeng, sentí el cuerpo entumecido y frío.

—Cixi —me llamó él.

Avancé unos pasos más y me detuve en mitad de la estancia, con los ojos clavados en la salida. O en la entrada.

Un crujido.

Un susurro.

El quejido de las grandes bisagras al girar.

Las puertas se abrieron y, por la rendija que se formó, se derramó la luz bruñida de un sol agonizante. Un mar de cuerpos cubría el suelo que se hallaba tras ellas.

Parpadeé y di un paso adelante. Me cubrí la mirada con una mano trémula. No podía respirar. No podía escuchar a Xianfeng. Solo rezaba por que mi vista se aclarara. Porque pudiera ver en mitad de tanta luz.

Una figura apareció entre las dos hojas de madera. Vestida con una armadura; una capa oscura ondeaba tras ella, empujada por la brisa que se colaba por las galerías del palacio.

El sol agonizante se derramaba sobre él. Un resplandor de ocre dorado lo envolvía.

Parecía un dios viviente.

Un dios viviente con una espada empapada en sangre, con salpicaduras en la cara y el cabello suelto y mal recogido, como a mí me gustaba que lo llevara. Con un parche cubriendo su ojo izquierdo.

Con una pequeña sonrisa llenando sus labios.

Fue mi corazón el que pronunció su nombre. Las lágrimas se derramaron por mis mejillas, libres por fin.

Sinceras.

Sin máscaras.

Sin más mentiras.

Perdí los zapatos cuando eché a correr hacia él. El inmenso Salón del Trono me pareció eterno y conté demasiados pasos hasta que por fin lo alcancé.

Zhao arrojó la espada a un lado y abrió todo lo que pudo los brazos para recibirme.

Yo me lancé sobre él. Hubo tanto ímpetu en mi abrazo, que tuvo que retroceder para mantener el equilibrio. Pero no me soltó. Yo sabía que ya nunca lo haría.

Lo aferré con toda la fuerza de mi vida. Apoyé la mejilla en la pechera metálica que cubría su pecho, a pesar de las abolladuras y la sangre aún caliente que la tiznaba. Sus manos me acariciaban el pelo sin cesar. Sus brazos me envolvieron entera.

Y yo no dejaba de repetir su nombre, maravillada.

Zhao apoyó los labios en mi frente helada.

—Se acabó, Cixi —susurró, sin separar su boca de mi piel. Su voz, áspera y ronca debido a la emoción, me meció como una canción de cuna—. Todo ha terminado.

Una voz se alzó hasta nosotros, pero en mis oídos no fue más que ruido molesto. Giré solo la cabeza para observar a Xianfeng, en el otro extremo de la estancia, donde los últimos rayos del sol no podían alcanzarlo. Donde todo era oscuridad.

Una perezosa sonrisa se enroscó en mis labios.

—No. Todavía no.

# 76

Xianfeng se había incorporado y nos miraba a uno y a otro, fuera de sí, mientras su pecho subía y bajaba sin control. Pero no separaba los labios. No era capaz de pronunciar ni una sola palabra.

Escuché cómo Zhao hablaba con alguien a mi espalda. Lo esperé, con paciencia, sin apartar la vista del Emperador.

Sin aparentar vergüenza o arrepentimiento.

No los sentía, al fin y al cabo.

Tras unos momentos, oí el ronco crujido de las puertas al ser cerradas de nuevo. Aunque esta vez, en el Salón del Trono no nos quedamos solos Xianfeng y yo.

Zhao se colocó a mi lado y, con su media sonrisa, me ofreció su mano. Yo la tomé y, juntos, avanzamos hacia el Emperador.

La inmensa estancia se había quedado en penumbras. La claridad que ahora entraba por las ventanas era mínima. Mi *hanyu*, en mitad de aquellas tinieblas incipientes, parecía una llama débil en medio de la oscuridad.

Xianfeng también brillaba, pero de una forma distinta. Más enferma. Hasta su propia figura parecía pequeña en comparación con el monstruoso trono que tenía tras él. Su mirada dejó de moverse y se quedó fija en Zhao. Se inclinó un poco hacia delante, como si le doliera algo.

—¿Cómo es... posible? Te vi abandonar este mundo —siseó—. El ataúd ardió hasta las cenizas en tu funeral.

Yo me detuve, pero Zhao avanzó un paso más. No había satisfacción en su mirada, solo cautela, recelo y dolor, muchísimo dolor. Él también se reclinó un poco, como si su corazón le ardiera.

—Nunca me fui, en realidad —contestó, en voz baja.

—Ingeriste el vino —continuó Xianfeng. Su voz sonó ahogada. La confusión parecía asfixiarlo poco a poco—. Lo vi con mis propios ojos.

—Así es. —Zhao asintió—. Pero había tomado previamente un fuerte antídoto que la criada de Cixi, Nuo, me había preparado.

Los labios del Emperador se separaron.

—Era un antídoto general, no específico para el veneno que me preparaste. Aunque sobreviví, sufrí durante días. *Mucho.* —Recalcó, mientras yo me estremecía por sus palabras.

Recordé las noches en vela que había pasado, empapando la almohada con mis lágrimas, preguntándome si habría sobrevivido, si el preparado de Nuo habría funcionado, si lo volvería a ver alguna vez.

—El Jefe Wong estaba allí presente. Me juró que estabas muerto —dijo Xianfeng. La confusión se transformó poco a poco en aturdimiento. Yo sabía que, después, llegaría la ira—. Me confirmó más tarde, de madrugada, que un sanador imperial había ratificado tu muerte.

Di un paso adelante, mientras me aclaraba la garganta. Quería que mi voz sonase clara y serena, como me sentía.

—El Jefe Wong ha vivido hasta hoy porque sabía que, tarde o temprano, necesitaría su ayuda —dije—. Si no, hubiese conseguido que un ser tan abominable como él abandonase este mundo mucho antes. No sabes el placer que sentí cuando le entregué a Lienying el puñal. Cuando le dije que podía matarlo por fin.

—¿Coaccionaste a Wong? —Ahí estaba, la chispa de la rabia—. *¿Tú?*

Su desprecio fue como una caricia para mi cuerpo.

—No hizo falta. Fue sencillo comprar a alguien tan rastrero, que es capaz de abusar de los más débiles sin decoro alguno. Que se cree impune, cuando su propio señor ni siquiera pestañea cuando lo degüellan frente a él.

La voz se me endureció a medida que hablaba y avanzaba hacia él. Zhao me siguió con calma, resguardando mi espalda. Habló con tranquilidad, masticando muy bien las palabras para que llegasen sin traba ninguna a los oídos del Emperador:

—Él no sabía que su implicación ayudaba a un fin mayor, por supuesto —dijo—. Wong solo creía que estaba ayudando a salvar al amante de una concubina.

Las pupilas azabaches de Xianfeng me atravesaron, afiladas, ya que la espada que sostenía estaba demasiado lejos todavía de mi cuerpo.

—Dijiste que Lilan me sería fiel —dijo, en un murmullo ronco.

Yo ni siquiera pestañeé.

—Pero yo no soy Lilan Yehonala.

—Sushun tenía razón sobre ti. ¡Dioses, siempre la tuvo! Me engañaste para que me deshiciera de él. ¡Me colocaste en contra de todos mis consejeros, de Cian! —El Emperador se llevó las manos a la cabeza y se hundió las uñas en su cabello—. ¡Me aislaste!

—Sushun trató de deshacerse de mí aprovechando que habías abandonado el palacio. En eso no te engañé. Yo podría haber desaparecido para siempre —repliqué—. Él murió creyendo que yo había tenido algo que ver con la muerte de su hija Liling, pero yo ni siquiera me acerqué a ella esa noche. —Atajé, antes de encogerme de hombros—. Lo único que fue enteramente cierto fueron sus palabras sobre Zhao... y sobre mí. Sobre la relación que nos une.

Llegué hasta el inicio de los peldaños que conducían hasta el trono, pero no los pisé. Comencé a rodearlos con lentitud, como si fuera un pavo real contoneándose frente a alguien que se estaba tomando el placer de admirarlo.

—¡Cian...! —rugió Xianfeng, pero yo lo detuve con un movimiento hastiado de mi mano libre.

—Cian continúa encerrada y viva, si realmente te preocupa ahora. Algo que dudo seriamente —añadí, haciendo una mueca—. Tu Emperatriz es una mujer enferma de celos, que ha ido demasiado lejos en muchas ocasiones. Que no pestañeó al matar a una mujer embarazada. Aunque... no, ella no fue la responsable de que perdieras a la mitad de tu Harén.

Una sombra de confusión cruzó durante un instante la mirada iracunda de Xianfeng.

—Pero, entonces... —Sus pupilas se dilataron de golpe al comprender.

La pequeña sonrisa que adornaba mis labios desapareció de golpe.

—Fui yo quien las asesiné.

La voz me falló, era la primera vez que lo pronunciaba en voz alta, a pesar de que era algo que me había obligado a pensar muchas noches, mientras trataba de conciliar el sueño sin éxito. Había repetido sus nombres una y otra vez, mientras la oscuridad me rodeaba, mientras la sentía cada vez más parte de mí.

—Compraste a las criadas de Cian para que mintieran por ti —siseó Xianfeng—. ¿Qué le ofreciste tú que no podía darle su Emperatriz?

—Kana me fue fiel desde el momento en que Shui murió. Recibió algo a lo que nunca podría haber aspirado al ser solo una criada: justicia. Ni Cian ni nadie habría buscado una explicación para la súbita muerte de Lin. Yo sí lo hice —contesté.

—Utilizándome —siseó el Emperador.

Yo no pestañeé cuando le devolví la mirada.

—Utilizándote —asentí—. Respecto a Aya... ayudé económicamente a su hermana a pagar a un usurero que la amenazaba desde hacía meses. Con la asignación que me entregabas cada luna, claro. Me temo que no queda nada de ella. —El fuego carcomía la mirada de Xianfeng. Parecía que iba a estallar en llamas como dijeron que le ocurrió a la Dama Mei—. He hecho muy buen uso de esos valores. Al igual que de mi influencia. Es una lástima que no haya llegado a asomarme a las murallas del palacio. Toda esa multitud convocada estaba ahí por mí, porque yo se lo había pedido. Porque llevo ayudándolos a escondidas desde que me diste el título de «Dama Cixi». Es increíble lo que se puede conseguir con unas pocas cartas y dinero bien utilizado. —Me incliné hacia él y mis ojos lo devoraron—. Es increíble todo lo que podrías haber hecho con un buen uso de las riquezas.

A Xianfeng se le escapó una carcajada, aunque sonó débil y quebradiza cuando hizo eco en las altas paredes del Salón del Trono.

—¿Crees de verdad que te serán fieles? —preguntó, volviendo a reír—. ¿Crees que esas... *zorras*, que es lo que sois al final, *zorras mimadas*, van a seguir a tu lado? Cambiarán, igual que cambian de parecer siempre. Y te traicionarán, como siempre terminan traicionándose unas a otras.

—No lo harán —contesté, sin dudar—. En mi Día de la Edad, después de que la Emperatriz Cian se marchara y todas me mostraran sus Virtudes, les conté lo que me proponía. Lo que llevaba preparando tanto tiempo. Las concubinas siempre fueron la última puntada del tapiz.

Si cerraba los ojos, todavía podía recordar sus pupilas dilatadas, la palidez del miedo mezclada por la emoción, por la súbita esperanza. De cambios. La única que había permanecido impasible entre aquellos rostros había sido Ru. Ella había conocido aquel plan antes que nadie; con su Virtud, habría encontrado el veneno que yo había ordenado administrar. Resultó arriesgado, pero ella no dudó cuando decidió colaborar conmigo.

Para una concubina no había futuro. Y yo les estaba ofreciendo la posibilidad de uno.

Solo había que tener el coraje para intentarlo.

—Les pregunté si deseaban participar en esta rebelión, pero no todas dijeron que sí. Ying entre ellas —musité, tratando de controlar el calor de las lágrimas, que me subió a los ojos—. Cuando regresaron a sus palacios, sin saber que estaban envenenadas, hice que les repartieran el antídoto solo a aquellas que habían prometido apoyarme. El resto... tuvieron que morir. Aunque habían jurado mantener el secreto, no podía arriesgarme a que ninguna hablara. Por eso sé que ninguna me traicionará. Las que podían haberlo hecho... están ahora mismo encerradas en urnas y convertidas en cenizas.

Xianfeng abrió y cerró la boca varias veces, como si fuera un pobre pez fuera del agua que se afanaba por volver a respirar. Su atractivo rostro estaba cubierto de parches amarillos, pálidos y violetas, ira, aturdimiento, confusión. Demasiadas emociones para un corazón acostumbrado al placer y a la satisfacción.

—Eres un monstruo —jadeó.

Sentí cómo Zhao se tensaba detrás de mí, pero levanté una mano en el instante en que lo escuché desenvainar su espada. Él no derramaría más sangre. Ya se había manchado las manos demasiado.

—Puede que lo sea —coincidí, con calma—. He engañado. Me he aprovechado del que he necesitado. He permitido que muchos sufrieran solo porque necesitaba que otros monstruos aún peores que yo siguieran vivos. Y sí, he matado. Quizá no con mis propias manos, pero ahora mismo podría construir un templo para todos los cadáveres que tengo a mis espaldas.

Bajé la mirada hacia mis manos que, extrañamente, no temblaban.

—Cuando atravesé las puertas del Palacio Rojo tenía una misión clara: encontrar al asesino de Lilan y vengarme. —Volví a caminar de un lado a otro, pensativa. Casi hablaba conmigo misma—. Pero desde que presencié aquella ejecución junto a Tian... cuando vi cómo tus hombres mataban a esa pobre joven cuyo único pecado había sido alterar el color de unas flores con su Virtud... *cambié*. Me di cuenta de que vengar una muerte no era suficiente. Que debía hacer más. *Mucho más*. Tian estaba equivocada en muchas cosas, y no tuvo la paciencia suficiente para acompañarme hasta el final. Pero sus palabras se clavaron en mí cuando las pronunció: *Esto debe parar*. —Entorné la mirada y me detuve frente a Xianfeng—. Y eso quise hacer. Detenerlo. Y, si no podía, reducirlo a pedazos.

La comisura izquierda de sus labios se alzó con una mezcla de asco y burla.

—¿Eso es lo que pretendes? ¿Destruir el Palacio Rojo?

—No —contesté con tranquilidad. Y, esta vez, subí un peldaño de la escalera que me llevaba hasta el Emperador—. Destruirte *a ti*.

Xianfeng saltó hacia mí mientras mascullaba un ahogado «¡maldita zorra», pero la espada de Zhao se interpuso en el camino de su propia hoja y detuvo su filo a centímetros de mi mirada. Con un movimiento fluido, Zhao se desembarazó de él y Xianfeng perdió el equilibrio y cayó sentado de mala manera sobre su trono.

Pero esta vez, su furia no se dirigió a mí.

—¡¿ES QUE NO TE DAS CUENTA?! —gritó, con la voz desgañitada. Agitó la espada para señalarme con ella—. ¡Ella es la culpable de todo, de todas las malas decisiones que he tomado! ¡Nos separó, Ahn! ¡Me alejó de ti y de Cian, para manosearme a su antojo! ¡PARA CONTROLARME!

—Xianfeng, fuiste tú el que tomó la decisión de envenenarme —replicó Zhao, con esa calma fría que lo caracterizaba—. Igual que fuiste tú quien decidiste ser Emperador, a pesar de que eso significara que mutilaran al que considerabas tu hermano.

El Emperador se echó hacia atrás, como si Zhao le hubiese propinado una violenta bofetada. Hasta sus mejillas se colorearon de un intenso violeta.

Ascendí otro peldaño. La espada corta me pesaba en la mano.

—Tú eres el origen y el fin de todo, Xianfeng —susurré—. La noche de mi Desfloración, me dijiste que querías ser diferente a los soberanos anteriores, que querías que estuviese a tu lado, que te ayudara a marcar la diferencia. Pero me mentiste. —Negué con la cabeza y ascendí un escalón más. Ahora, si quisiera, él solo tenía que levantar su arma para ensartarme con ella. Pero el Emperador no se movió—. Eres la mentira viviente más grande de este palacio. Perpetúas la práctica cruel de la castración, solo porque tu maldita inseguridad y la de otros malditos altos cargos de la ciudad te impiden confiar en las mujeres y en los integrantes de tu propio sexo. No te has preocupado nunca del bienestar de tus siervos. Da igual que trabajen como esclavos, que se los ejecute sin juicio previo, que sufran castigos terribles sin motivo. Has continuado un Harén, un sistema cruel que nos obliga a las mujeres a enfrentarnos unas contra otras, cuyo mayor trofeo es sobrevivir. Cuyo futuro es seguir encerradas eternamente entre estas paredes sangrientas, acompañar a la tumba al Emperador que fallece, o vivir hasta nuestros últimos días como sacerdotisas en los templos. Nos has convertido en objetos hermosos que coleccionar y arrojar al Palacio Gris como despojos,

cuando dejan de interesarte. Has dejado que esas leyes crueles nos cubrieran los labios y de pies y manos. Que nos consumieran. Nos has prohibido
el uso de nuestras propias Virtudes, has decidido arrebatárnoslas o castigar
a quienes, según tú, no son dignas de poseerlas. —Entorné la mirada y
tomé aire, antes de añadir—: Y has participado en la mayor mentira de todo
el Imperio. Decidme, *Majestad*. ¿Cómo fuisteis capaz de derrotar al Gran
Dragón?

Pude ver cómo su mandíbula se tensaba, pero no respondió. No dijo
nada cuando yo volví a hablar.

—Los emperadores lleváis cientos de años engañando a vuestro pueblo. Haciéndole creer que sois seres divinos, dioses vivientes cuyas Virtudes son tan poderosas como para vencer a bestias ancestrales. Yo estuve
ahí —dije; mi voz se enronqueció al recordar los inmensos huesos, la pequeña figura del señor Long entre tanta oscuridad—. Sushun me arrojó a
la guarida del Gran Dragón porque creía en ella. El muy idiota era leal a
algo que ni siquiera existía.

—El lugar adonde dijiste que te llevaron… —musitó de pronto Xianfeng,
recordando—. Estaba cerca de una de las salidas del subsuelo del Palacio
Rojo.

—El señor Long se encargó de prepararlo todo. Ese pobre anciano estaba
harto de vivir en la oscuridad —repliqué con frialdad.

—Fue un gran anfitrión —añadió Zhao, con su media sonrisa—. Aunque me temo que Kung lo ponía un tanto nervioso con su parloteo.

Xianfeng me apuñaló con su mirada.

—Tú lo ayudaste a escapar. Tenías a la servidumbre comprada. Tenías
su colaboración. —Xianfeng escupió—. Esas malditas cartas a Kung… las
partidas de Wu… tantos encuentros…

—Los dos lo ayudamos —intervino Zhao—. En las dos ocasiones.

—Todo este… teatro, esta mentira, ha durado demasiado —susurré—.
Así que sí, Xianfeng. Ya basta.

Respiré hondo, apreté los dedos en torno a la empuñadura de la espada
corta y la alcé.

—*Ya basta.*

Sus ojos se posaron en los míos como tantas otras veces, pero todo el
deseo, toda la atracción, todo ese amor asfixiante e inseguro había desaparecido por completo.

—Creí que me amabas —murmuró.

Aquello me sorprendió, así que no pude evitar que una súbita carcajada escapara de mis labios. Mi risa sonó afilada, abrió cortes en la piel de Xianfeng que solo él y yo podíamos ver.

—Jamás podría amar a alguien frente al que me tengo que postrar —siseé.

La hoja de mi arma se deslizó sinuosamente por su espada. Una caricia mortal que cantó e hizo que Zhao subiera también los escalones hasta el trono.

Ahora fue Xianfeng quien rio, pero lo conocía demasiado bien como para no detectar el sufrimiento en él.

—No puedes matarme, Cixi. ¿Olvidas mi Virtud? —me preguntó, inclinándose hacia mí—. Si quisiera, podría romper de una caricia tu bonito cuello blanco.

—¿De veras? —Entorné la mirada—. Entonces, ¿por qué sostienes un arma?

El Emperador se tensó, pero no dejó caer la espada que sostenía.

—Golpeaste con mucha fuerza la Puerta del Mundo Flotante. Debías haberla reducido a astillas, pero solo dejaste una triste marca en ella —susurré, mientras una sonrisa enorme, devoradora, tiraba de mis labios para enseñar todos mis dientes—. Me alegra que disfrutaras con el Té del Olvido. No podíamos arriesgarnos a introducirlo en el Palacio Rojo sin las explicaciones pertinentes, así que fue terriblemente complicado de elaborar. Nuo pasó muchas noches en vela.

—¿Qué? —Xianfeng se estremeció, aunque era algo que debía sospechar desde hacía tiempo.

Sus dedos se tensaron sobre la empuñadura. Sus nudillos se pusieron blancos, pero el agarre no destrozó el arma, ni siquiera dobló el metal.

El Emperador Xianfeng ahora era solo un hombre más.

—Tú también bebiste de la misma jarra —siseó—. Te vi.

Asentí, con una sonrisa.

—Así es. Supongo que ya no poseo una Virtud atractiva que pueda interesar al Emperador —canturreé—. Ni que pueda transmitir a la descendencia.

La espada que sostenía Xianfeng tembló.

—Podrías haber sido la madre de mis hijos —murmuró—. Si te hubieras quedado embarazada…

La sonrisa de mis labios creció un poco más.

—Una concubina debe tomar tantos tónicos a lo largo del día… que, a veces, ni siquiera tiene muy claro qué es lo que ingiere. *O sí.* —Mi sonrisa desapareció de golpe, y pude ver cómo propinaba sin manos otra bofetada a la expresión rota del Emperador—. Tomé todos los remedios posibles para que ninguna criatura me uniera para siempre a ti. Nunca lo hubiese tenido, Xianfeng. No pensaba traer a un niño o a una niña a este mundo cruel que tú te has encargado de perpetuar.

Di otro paso adelante. Con las manos aferraba firmemente la empuñadura de la espada. Era una extensión más de mi cuerpo. Él volvió a reír, pero su carcajada sonó esta vez completamente rota. Sin fuerzas.

—Tú no eres un soldado —escupió, con los ojos fijos en mi arma.

—Y tú tampoco.

—Pero no puedes vencerme —replicó, de inmediato.

Ladeé la cabeza, mientras flexionaba las rodillas y me preparaba. Sabía que Zhao estaba justo detrás de mí. Que no consentiría que Xianfeng me hiciera daño. Él, al contrario de nosotros, sí era un gran soldado.

Pero no quería que interviniese.

Esta era mi venganza.

Este era el placer mortal que me faltaba vivir.

—¿Por qué no puedo vencerte? —susurré—. ¿Porque tú eres un *hombre*... y yo una *mujer*?

Ambos movimos nuestros brazos a la vez. A pesar de que el Té del Olvido le había arrebatado su Virtud, Xianfeng tenía más fuerza que yo. Sin embargo, yo conocía la técnica. La había practicado muchas veces junto a Zhao durante las mañanas en el Palacio de las Flores, aunque en muchas de aquellas ocasiones habíamos acabado con las espadas sin filo en el suelo, enredados entre besos y abrazos.

Lo desarmé, pero la fuerza de su ataque hizo que mis manos vacilaran. Las dos espadas atravesaron el aire y chocaron con el suelo, cayendo una sobre otra, demasiado lejos de nuestras manos.

Xianfeng se puso de pie.

Su pecho estaba a centímetros del mío.

—¿Y ahora qué, Consorte Imperial Cixi? ¿Vamos a arrojarnos uno contra otro, como unos salvajes? —susurró, bajando los labios hasta mi oído.

Pudo haber envuelto mi cuello con sus manos. O empujarme con violencia. O hacer algo, lo que fuera. Pero dudó. Lo vi vacilar. Y, durante un instante, pensé que, quizás, el Emperador Xianfeng me amaba. A su manera egoísta, insana, cruel. Pero me amaba de verdad.

Así debería haber terminado la historia.

Una dama enamorada del soberano. Una concubina seducida por su Emperador.

Pero esta no era una historia de amor.

Era una historia de venganza.

Y yo no era ninguna dama.

Era un *monstruo*.

Llevé mi mano a mi peinado y mis dedos se enroscaron en una de las largas horquillas afiladas que atravesaban mi cabello. La más exquisita. Dorada, con preciosas orquídeas de porcelana roja en su punta.

La extraje con suavidad y, con un movimiento seco, brusco, la clavé en el corazón de Xianfeng.

# 77

No fue la única que hundí en su pecho. Una a una, me fui extrayendo todas las horquillas que sujetaban mi cabello y las incrusté con una facilidad inexplicable en aquella carne que nunca había sido inmortal.

Por cada puñalada, pronunciaba un nombre. Por Lilan, por Lin, por la Asistente Mei, por esa joven que quiso cambiar el color de unas flores. Pero también por Shui, por la Consorte Liling, por San, por Tian. Por Cian.

Porque, al final, todos habíamos sido víctimas bajo su yugo. Bajo su sistema.

Solo me detuve cuando no quedó nada prendido en mi cabello y este cayó suelto por mis hombros y mi espalda, hasta rozar mi cadera.

Para entonces, el Emperador ya había dejado de respirar. De alguna manera, había intentado volver a su trono, pero las fuerzas lo habían abandonado antes. Ahora, su cadáver yacía medio postrado en las escaleras, y la espalda descansaba en el borde rojo del asiento.

Bajé las manos poco a poco y lo observé en silencio. Sus ojos habían quedado abiertos y parecían observarme con terror. Como si fuera un engendro.

O el Gran Dragón.

Me estremecí, y las manos ásperas de Zhao se posaron sobre mis hombros con delicadeza.

—¿Estás bien? —murmuró.

—Sí —contesté porque, aunque era extraño, era verdad—. Solo hace un poco de frío.

Él no respondió, pero se deshizo de su capa y me la colocó sobre los hombros, abrochándola a la altura de mi pecho. Su mano buscó la mía y me la apretó.

—¿Necesitas estar sola?

Lo miré y me sorprendí a mí misma asintiendo. Zhao se inclinó para darme un beso en los labios que no sería el último, y se alejó de mí. Cuando llegó al otro extremo del Salón del Trono, abrió las inmensas puertas y desapareció tras ellas, antes de volver a cerrarlas.

Durante un momento, el sonido de las conversaciones llegó hasta mí. Después, solo quedó el silencio.

Con lentitud, me di la vuelta y ascendí los peldaños que me llevaban hasta el trono. El cadáver del Emperador me molestaba, así que apoyé la punta del pie en su hombro y lo empujé hacia un lado.

Xianfeng cayó con un ruido sordo hacia delante, y quedó bocabajo, en una posición poco regia. Mis horquillas se hundieron más en su pecho.

Pasé las manos por el dragón labrado en el respaldo del trono y, sin pensarlo más, me senté en él.

No sabía qué esperaba, pero me sorprendió lo incómodo que era. Me removí, pensando en que, si yo hubiese sido Xianfeng, habría pedido un cojín grueso para no hacerme tanto daño en el trasero.

Apoyé la espalda sobre las fauces abiertas del dragón y cerré los ojos.

Y entonces, *ella* me habló.

—Has cumplido tu venganza.

Pestañeé. No sabía si era fruto del alivio, del estrés que llevaba sufriendo durante meses, o si era un atisbo de locura, pero vi a Lilan frente a mí, vestida con el exquisito *hanyu* que había usado durante la coronación de Xianfeng.

La veía con la misma nitidez con la que observaba el cadáver del Emperador.

No le contesté, temía que, si separaba los labios, la visión se disolvería. Lilan desaparecería de nuevo y no volvería nunca más.

—Dime, Cixi. ¿Ha valido la pena?

*¿Había valido la pena?*

Pensé en todo. En los eunucos y las criadas que sufrieron bajo los abusos del Jefe Wong, al que pude detener hacía mucho y, sin embargo, no lo hice. Recordé a Tian, su cabeza sangrante entre mis manos. Pensé en los días que Nuo pasó en el Departamento de Castigo, en la muerte de Ying y de las otras decenas de concubinas, a las que había asesinado solo porque no iban a serme fieles. En cómo había engañado a Xianfeng desde el propio inicio. En todos aquellos tónicos que me había preparado Nuo para no quedarme embarazada. En todos los que habían muerto durante el falso intento de huida del Rey Kung. En la visión de Zhao, que nunca volvería a ser la misma. En las concubinas, los criados y los guardias que habían decidido apoyarme en esta rebelión desesperada, y cuya sangre, ahora, mojaba las calles de «la ciudad dentro de la ciudad».

Respiré hondo y miré al recuerdo de Lilan a los ojos.

Una lágrima resbaló por mi mejilla.

Y no vacilé cuando respondí.

—Sí.

No le puedes pedir a la primavera que sea eterna ni al invierno que sea efímero.

Aquella era solo una batalla vencida. Nada más.

El Emperador podía estar muerto sobre los escalones que llevaban a su trono, podía no tener descendientes, pero aquello no significaba que todas las injusticias que empapaban aquellas tierras fuesen a desaparecer de golpe.

Los consejeros que no estaban muertos estaban encerrados. Los Señores de la Guerra se encontraban en la frontera, a la espera de una contienda que nunca se produciría. Todavía quedaban demasiadas piezas indemnes en el tablero de Wu para afirmar que habíamos ganado la partida.

Era consciente de todo ello. Pero no pude evitar que las mejillas se me enrojecieran de puro placer cuando atravesé las puertas del Palacio del Sol Eterno, y una oleada de vítores me envolvió con la misma calidez con la que lo había hecho la capa de Zhao.

Algunos rostros ni siquiera los había visto nunca, aunque ellos sí me conocían. Muchos de los guardias me eran fieles a través de Zhao. Cuando había sido capitán, les había confesado a sus hombres la verdad sobre el Gran Dragón y la gran mentira que los había atrapado toda su vida. Otros, criados y criadas a los que había destinado en secreto mi asignación como concubina. Con un dinero que podía haber comprado las telas más caras, las joyas más impresionantes, había logrado que el hambre no arrasara a sus familias durante los duros inviernos en los que el Emperador, sus consejeros y otros altos cargos no tenían de qué preocuparse. Habían sido sus padres, sus madres, sus hermanos y hermanas los que habían rodeado las murallas, con armas entre las manos, constituyendo un muro más al que Xianfeng no se pudo enfrentar.

No había olvidado las palabras que Kana me había dedicado una vez. «Los criados sufrimos tanto que solo necesitamos una muestra de bondad para entregar nuestras vidas sin pensar». Y eso había tratado de hacer. Con los matrimonios concertados, logré que muchas de las criadas que estaban atrapadas en el Palacio Rojo y que habían entrado solo por necesidad (como Nuo, como Tian, como tantas otras) escaparan y tuvieran la posibilidad de un futuro algo mejor, en el que no murieran a latigazos, o en una celda mugrienta del Departamento de Castigo.

Convencer a las concubinas no fue tan difícil. Sí, asesiné a las que decidieron ser fieles al Emperador y a las que tenían demasiado miedo para arriesgarse, pero cuando les propuse la posibilidad de un cambio, de ser libres, no lo dudaron. Y encontré en ellas más pasión y fidelidad que en muchos de los guardias.

—Hoy, el mundo te pertenece, querida Cixi —dijo de pronto una voz a mi izquierda.

Kung caminaba hacia mí, con el rostro ladeado y el brazo vendado. Pero parecía bien. Feliz.

—Por ahora, solo el Palacio Rojo —repuse, antes de inclinarme ante él.

Kung alargó el brazo sano y enroscó sus dedos en torno a mi muñeca. De un tirón, me acercó y me abrazó con fuerza. Me quedé lívida de la sorpresa mientras él estallaba en carcajadas.

El Rey Kung. Él había sido una de las piezas fundamentales. El dragón en el tablero de Wu. Cuando Xianfeng decidió retenerlo, supe que se convertiría en mi aliado. Aunque, más tarde, se convirtió en algo más. Tian se había equivocado cuando había dicho que la amistad no sobrevivía entre esas paredes bermellones. Prometí ayudarle si él prometía ayudarme a mí. Y él aceptó, encantado.

Fingí mandar cartas a Kong escritas de mi puño y letra, pero eran instrucciones dadas por él a los espías que mantenía en la frontera. De esa forma, pudo ordenar a pequeños grupos de soldados que se desplazaran hasta Hunan poco a poco, hasta conseguir reunir un batallón lo suficientemente grande para plantar cara a los guardias imperiales en los que Zhao decidió no confiar.

Nuestra mayor preocupación había sido buscar un lugar donde esconderlos a todos. Donde Kung pudiese aguardar junto a sus hombres hasta que el momento llegara.

Hasta que Sushun nos dio la solución perfecta al arrojarme a la guarida del Gran Dragón.

Como había pensado la primera vez que había pisado el subsuelo, era el sitio perfecto para esconder ejércitos.

—¿Cuánto tiempo podemos aguantar? —le pregunté.

Nos habíamos hecho con el control del Palacio Rojo, pero aquello no duraría demasiado.

—Hasta el amanecer. Quizás hasta el mediodía —contestó Kung, pensativo—. Después, nos marcharemos. Es el trato.

—Lo sé —dije, mientras miraba a los hombres que aguardaban tras él.

Me volví hacia Zhao, que hablaba en susurros con un par de guardias imperiales. Cuando nuestras miradas se cruzaron, les ordenó algo más y se acercó a mí.

—¿Dónde está? —le pregunté.

Él me entendió sin necesidad de que pronunciara su nombre.

—En su palacio, encerrada. Nuo y Lienying la están vigilando.

Asentí, mientras echaba un vistazo más allá de las murallas de la residencia del Emperador.

—Iré a hablar con ella —dije.

Zhao decidió acompañarme. Mientras atravesábamos el gigantesco patio delantero, me pareció que se removía, incómodo.

—¿Qué ocurre? —pregunté.

No había ojos censores sobre nosotros. Nadie nos diría ya nada. Así que enlacé mi mano con la suya y avancé con su cuerpo rozando el mío.

—Las concubinas —murmuró—. Un criado me ha dicho que han abandonado el Palacio Rojo. Bajaron por la escalera que comunica con el subsuelo y partieron de la capital por la salida que se encuentra más allá de las murallas. Creo que el señor Long también ha desaparecido.

Pensé en Ziyi y en Ru, en la expresión artera de Bailu, en la mirada inteligente de Rong, en todos aquellos rostros hermosos y sonreí.

—Cumplieron su parte. Si yo hubiera sido ellas, también me habría marchado —dije, mientras me encogía de hombros—. Espero que el señor Long se reúna pronto con su familia.

—Lo hará —asintió Zhao, con una sonrisa—. Gracias a ti.

No pude evitar que mis mejillas se sonrojaran.

—Hasta que no abriste las puertas del Salón del Trono, no sabía si habías sobrevivido al veneno. Creí... —el aliento se me entrecortó— que te había perdido.

Zhao se detuvo y me giró hacia él. Sus manos se apoyaron en mi cintura y me atrajo hacia él con suavidad. Su abrazo, sin embargo, no tuvo nada de delicado. Noté su corazón latir contra mis costillas.

—Nunca me perderás, Cixi. Estaré siempre a tu lado —susurró—. Hasta que tú lo decidas.

—Te quiero —contesté, porque no había otra cosa que pudiera decir.

Él sonrió contra mis labios y apoyó un instante su frente en la mía antes de separarse de mí. Nuestras manos, sin embargo, continuaron entrelazadas cuando alcé la mirada y observé a lo lejos el Palacio de la Sabiduría.

Habían abierto las puertas. Alguien debía haber avisado que todo había terminado, aunque no encontramos a ningún sirviente o guardia en los oscuros y penumbrosos jardines de entrada.

Unidos, atravesamos el vestíbulo. El palacio era inmenso, pero supe hacia dónde tenía que dirigirme cuando, al final de la galería principal, vi a Nuo y a Lienying custodiando las puertas de aquel comedor en el que varias veces me había reunido con la Gran Madre.

Al verme, ella echó a correr. Zhao soltó mis manos y yo pude corresponder su abrazo cuando mi amiga me apretó contra su pecho. Al separarse, sus ojos brillaban.

De la mano, nos acercamos a Lienying, que estuvo a punto de hacerme una de sus torpes reverencias. Yo lo detuve a tiempo y lo sostuve de la otra mano que tenía libre. Él no apartó la mirada, pero sus mejillas adquirieron el color de las amapolas.

—Muchas gracias por haber estado siempre a mi lado. Por apoyarme desde el principio —les dije con la voz rota—. Sin vosotros no podría haberlo conseguido.

Ellos asintieron y Nuo se limpió bruscamente una lágrima que había escapado por su mejilla.

—Está dentro, esperando —me informó—. La servidumbre está encerrada en la parte trasera del palacio, custodiada por hombres del Rey Kung, como ordenaste.

Asentí y me giré para enfrentar las puertas cerradas.

No me detuve a pensar. Simplemente, apoyé mis palmas en ellas y las abrí con brusquedad.

La Gran Madre se encontraba sentada junto a su pequeña mesa de té, bebiendo con calma. Iba vestida con el magnífico *hanyu* que debía haber elegido para la celebración en honor a Xianfeng. Toda la estancia estaba a oscuras, a excepción de un gran candelabro encendido que reposaba a su lado.

Escuchó mis pasos, oyó cómo la puerta se cerraba a mi espalda, pero se tomó su tiempo para apurar su taza y volverse hacia mí.

Su expresión era inescrutable.

Como la mía.

—Buenas noches, Xuan —susurré.

# 78

—¿**E**stá muerto? Aquella pregunta flotó en mitad de nosotras, y enlenteció el ritmo de mis pasos. Cuando llegué hasta ella, me di cuenta de que había otro asiento a su lado, y de que incluso me había preparado una taza de té.

Ocupé mi lugar junto a Xuan, la Gran Madre, la anterior favorita del Emperador Daoguang.

—Sí —contesté, cuando me llevé la taza a los labios.

Ella entornó la mirada y volvió a servirse de la pequeña tetera de porcelana que reposaba a su lado. Las pulseras de jade de sus manos tintinearon con el suave movimiento.

—¿Y has sido tú? —preguntó, cuando el borboteo del agua finalizó.

Asentí.

Xuan me observó de soslayo, deteniéndose en mi cabello suelto, en las salpicaduras de sangre, en mi maquillaje corrido.

—Lo siento —añadí.

Su relación siempre me había parecido extraña, pero sus vidas habían estado unidas desde que ella había entrado como concubina al Palacio Rojo, cuando la madre de Xianfeng había muerto y lo habían colocado bajo su cuidado.

—Gracias —contestó ella, tras una pausa—. A menos que esto que me ha servido tu criada sea Té del Olvido, sabes que puedo usar mi Virtud para destrozarte ahora mismo, ¿verdad?

—No es Té del Olvido —contesté. Permanecí en silencio un instante, antes de preguntar—: ¿Lo harías? ¿Me harías saltar en mil pedazos?

Ella pestañeó y centró su atención en la bebida ondulante.

—No. —Ni una sombra de vacilación tiñó su voz—. Para mí, Xianfeng había muerto hacía mucho. Era un buen niño cuando lo conocí. Traté de educarlo... todo lo bien que podía hacerlo una joven como yo, sin experiencia, que había sido criada a su vez por niñeras y eunucos, pero el Palacio Rojo... lo *devoró*. No lo disculpo, desde luego —se apresuró a añadir, con los labios apretados—, pero en el momento en que decidió luchar por su puesto de Príncipe Heredero, parte de su humanidad murió con él. Y, cuando ascendió finalmente al trono, perdió la parte que le quedaba. Su padre fue un gobernante cruel y egoísta, pero él, con los años, lo hubiese superado.

Me bebí el té de un trago y, cuando bajé la taza, me di cuenta de algo. Me incliné hacia ella.

—Sabías lo que iba a ocurrir, ¿verdad? —susurré.

Ella me miró. Aunque su maquillaje parecía perfecto, atisbé las sombras corridas bajo sus ojos. Había llorado.

—Sabía que algo iba a cambiar, y que tú serías la líder de ese cambio. Yo... —suspiró y sacudió la cabeza—. Tuve muchas oportunidades de detener esta rueda infernal que rige el Palacio Rojo, que rige todo el Imperio. Pero supongo que no fui tan valiente como tú para destrozarla. —Se reclinó hacia atrás y se cruzó de brazos—. Y ahora, ¿qué piensas hacer? ¿Ocupar el trono? ¿Arrasar con todas las familias nobles de la capital? —Ni un atisbo de miedo nubló su voz cuando añadió—: ¿Cuándo piensas ejecutarme?

—Soy responsable de suficientes muertes como para provocar más —contesté—. Los consejeros siguen vivos. Al menos, la mayoría. No saben qué ha ocurrido. Las concubinas son libres, por fin, así como toda la servidumbre que ha decidido abandonar estos malditos muros... —Clavé mi mirada en la suya—. Xuan, yo no quiero un trono. No deseo ser Emperatriz. Y, aunque lo desease..., sé que sería imposible mantenerlo. Los Señores de la Guerra volverán, las familias nobles pagarán un ejército de mercenarios y nos aplastarán. Por desgracia, no somos tantos, y el Rey Kung regresará pronto con sus hombres a su reino.

—Kung —repitió ella, arqueando las cejas—. No sé de qué me sorprende. —Frunció el ceño, pensativa—. Entonces, ¿quién ocupará el trono?

—*Tú*.

Su expresión calmada se resquebrajó como el maquillaje demasiado pesado en el rostro de una concubina.

Su pecho dejó de moverse mientras, a la luz de las velas, veía cómo sus pupilas se dilataban.

—¿Qué? —murmuró.

—Eres la mejor opción —dije—. Provienes de una familia que ha tenido muchas emperatrices y emperadores en su linaje, por lo que los nobles te apoyarán. Los consejeros siempre te han tenido en alta estima. Sé que eres benévola con los criados y que te preocupas por el pueblo. Y sé que siempre has odiado el sistema del Harén.

La Gran Madre volvió a respirar, aunque permaneció quieta, con los labios ligeramente separados.

—Pero este trono tiene unas condiciones —le advertí, antes de que pudiera recuperar la voz—. Perdonarás la vida a todos los que han participado en la rebelión y dirás que los muertos han sido los culpables de que tuviera lugar. Firmarás un acuerdo de paz con el Rey Kung. Abolirás esa estúpida regla de que los habitantes del Imperio Jing no pueden casarse con extranjeros. Prohibirás el uso del Té del Olvido y permitirás que las Virtudes pertenezcan a aquellos que nazcan con ellas. Abolirás la castración y prohibirás que un hombre pueda poseer más de una mujer. No habrá más harenes.

Xuan permaneció un momento en silencio. Cuando habló, por fin, su voz sonó desafinada, como si hiciese mucho que no la usaba:

—Esas son muchas exigencias. Y olvidas que solo soy una mujer. Aunque las familias y los consejeros me aprecien... buscarán a un hombre para que me sustituya.

—No si el propio Xianfeng ha decretado que debes ser tú quien lo suceda como regente si él muere sin haber tenido descendencia.

La Gran Madre frunció el ceño.

—Xianfeng nunca decretó nada parecido.

Suspiré y me volví para observar la ventana del salón. A través de ella, podía ver el cielo, completamente negro, repleto de estrellas.

—Tienes hasta el amanecer para redactarlo, entonces —contesté—. Y sellarlo.

—¿Y qué ocurre con Cian? ¿No quieres acabar con su vida?

—Xianfeng ya se ocupó de arrebatarle lo que más deseaba. De convertir su vida en un camino miserable. Haz con ella lo que te plazca.

Me puse de pie y me dirigí hacia las puertas, pero ella no me siguió.

—Todavía no he aceptado tu propuesta —dijo, a mi espalda.

Yo me giré y le dediqué una sonrisa por encima de mi hombro. Extendí mi brazo hacia ella.

—Lo sé. Por eso te voy a enseñar algo que te va a hacer cambiar de opinión. Sígueme. —La vi cavilar, así que me acerqué de nuevo a ella y la tomé del brazo para ponerla en pie. Clavé mis ojos en los suyos—. Hay algo que no sabes.

A ella se le escapó una pequeña carcajada.

—Yo lo sé todo —contestó.

—No —repliqué, sin corresponder a su sonrisa—. Todo, no.

La Gran Madre decidió seguirme. Cuando abandoné el salón junto a ella, solo Zhao me esperaba.

No intercambiamos ninguna palabra mientras la conducía hasta la entrada de la guarida del Gran Dragón, cerca del Salón del Trono. Su ceño se frunció al inclinarse ante la oscuridad, pero no dudó en seguirme cuando yo empecé a descender por la escalera de cuerda.

Abajo, varios guardias imperiales nos esperaban. Nos dejaron antorchas y nos guiaron a través de aquellas grandes galerías de piedra hasta donde descansaban los huesos del dragón.

No necesité hablar demasiado.

La Gran Madre permaneció frente al esqueleto, en silencio, casi una hora entera. Cuando se volvió por fin hacia mí, tenía el rostro arrasado por las lágrimas, pero una expresión fiera, decidida, en la mirada.

—Saluda a tu nueva soberana, Cixi.

Yo sonreí, antes de dedicarle la reverencia más perfecta y verdadera que había realizado nunca.

# 79

Alcanzamos la Aldea Kong al amanecer.

Hacía frío, a pesar de que todavía quedaban unas semanas para el invierno. La humedad de las montañas, que siempre cubría de verdín los tejados de madera, hacía que el helor me estremeciera.

Había pasado varios años alejada de aquellas tierras. Acostumbrada al ambiente seco de la capital, había olvidado el olor de la tierra mojada, del eucalipto, de los arroyos que cruzaban la aldea. El cielo estaba tapizado por un gris perla; el mismo color que tenía cuando abandoné Kong.

Parecía que el tiempo, sin embargo, se había detenido aquí. Los farolillos encarnados en las puertas de las casas, los puestos del mercado, donde seguían vendiendo habitantes del Reino Ainu, los niños correteando sobre el barro, los ancianos compartiendo partidas de Wu, los viejos templos dedicados a los dioses, medio derruidos, porque allí, el mundo estaba demasiado ocupado para perder su vida rezando.

La mano reconfortante de Zhao en mi espalda me hizo volverme hacia él. Llevaba el cabello suelto y sonreía tanto, que la comisura de sus labios estaba a punto de alcanzar la cicatriz que le había hecho perder el ojo.

—Quizá no parezca mucho —dije, vacilante—. Tú has crecido en Hunan, y esto...

—Ojalá pudieras verte ahora mismo —me interrumpió.

Yo apreté los labios y sentí un calor ardiente en la mirada. Asentí y volví a mirar a mi alrededor.

Zhao me ofreció su mano.

—¿Vamos?

Asentí y entrelacé mis dedos con los suyos antes de liderar la marcha.

El camino a la mansión de los Yehonala apenas había cambiado. Los árboles, quizás, habían crecido, y ahora sus ramas caídas creaban un denso techo vegetal hasta el final de la aldea, donde los muros de piedra asomaron.

El sendero era ancho, pero la vegetación le había ganado terreno. No había marcas de ruedas de carromatos, ni cascos de caballos. Las únicas pisadas en la tierra húmeda eran las nuestras.

—Hace mucho tiempo que no pasa nadie por aquí —observó Zhao.

No contesté. Las palabras se me habían enredado con las cuerdas vocales. Solo fui capaz de asentir.

Mi corazón comenzó a cantar una canción desesperada cuando alcanzamos por fin la muralla gris. La puerta de madera estaba cerrada, pero cedió cuando apoyé mi peso en ella.

El jardín de la mansión me recibió con el trino de los pájaros y el susurro de las hojas al ser mecidas por el viento. Los recuerdos me golpearon con tanta fuerza, que retrocedí y choqué con el cuerpo de Zhao, que aguardaba tras de mí.

El tiempo había cambiado el jardín. Estaba más descuidado, aunque, por otro lado, no parecía abandonado. El césped estaba alto y muchas malas hierbas habían devorado los caminos de piedra que llevaban a las distintas zonas de la mansión. Sin embargo, los arriates estaban limpios y decenas, cientos de orquídeas, estaban plantadas en ellos.

—¿Quién anda ahí?

Me envaré. Zhao se llevó la mano a la espada de su cinto, pero yo lo detuve. Reconocí esa voz. Despertó una zona apagada y olvidada de mi mente.

La puerta principal de la mansión se abrió con un chirrido y, tras ella, apareció una figura renqueante, vestida con una vieja túnica de servidumbre. El cabello, que había estado salpicado de canas, se había vuelto blanco, y usaba un bastón que nunca antes había necesitado. Nuevas arrugas cruzaban su rostro, pero tardé en reconocer a la señora Lei lo mismo que necesitó ella para reconocerme a mí.

Un instante.

—¿Cixi? —susurró.

Avanzó demasiado aprisa para sus piernas, y estuvo a punto de caer mientras yo corría y llegaba hasta ella. Cuando la abracé, la sentí más frágil, pero su olor era el mismo de antaño. A guisos cocinados a fuego lento, a hierbas medicinales y a jabón. Todo mezclado.

—Cixi, mi niña... —Me apartó, sin soltarme, y sus ojillos me recorrieron de arriba abajo—. Aunque ya no lo eres, me temo. ¿Qué haces aquí? ¿Cuándo...? —De pronto, se dio cuenta de la alta figura de Zhao, que se encontraba a un par de metros de distancia, con una sonrisa discreta en los labios. Su examen fue más exhaustivo—. Oh. *Oh*. Veo que vienes acompañada —masculló, abriendo desmesuradamente los ojos.

—Mi nombre es Zhao —se presentó él, inclinando la cabeza.

La señora Lei arqueó las cejas.

—Ya veo —comentó, como si no necesitara más información.

Sus ojos volvieron sobre mí y me apartaron con delicadeza un mechón que me nublaba la mirada.

—He... he regresado.

No sé por qué la voz brotó tan quebrada de mi garganta, tan adolorida. Como si acabase de despertar de un sueño muy largo. O de una pesadilla.

Ella asintió y tiró de mí hacia el interior de la mansión. Sin embargo, mis pies no se movieron.

—Los amos... —empecé.

Ella negó con la cabeza.

—Después de que nos abandonaras, todo fue a peor. El amo Yehonala fue expulsado de la Corte Exterior y dilapidó el dinero que le quedaba. Planeaban vender esta mansión para conseguir algo, pero murieron, enfermos, durante el terrible invierno de hace dos años.

El invierno en el que yo me había convertido en concubina.

—Yo regresé a Kong y me ofrecí a cuidar de la mansión, hasta que una nueva familia la comprara —explicó la señora Lei—. Pero nadie se acerca ya por aquí... después de lo que les ocurrió al ama Lilan y a sus padres, creen que trae mala suerte vivir bajo su techo.

Volvió a tirar de mi brazo y le hizo un gesto a Zhao para que nos siguiera. Esta vez, yo me dejé llevar.

—Prepararé té para todos —dijo alegremente la señora Lei.

Con ella a un lado y con Zhao a otro, entré en mi antiguo hogar. Y, en ese vestíbulo que tantas veces había pisado, me pareció ver a Lilan, con diecisiete años, esperándome con una sonrisa.

—Bienvenida a tu imperio, mi querida emperatriz.

# NOTA DE LA AUTORA

Como advierto al principio de la historia, *Placeres mortales* no refleja con fidelidad ninguna cultura en concreto, aunque sí que es cierto que me he inspirado en varias, congeladas en determinados momentos de su historia, para construir el Imperio Jing. No voy a citar todo lo que he tenido que leer, pero sí os puedo decir que estuve desde finales del 2020 a principios del 2021 documentándome para poder crear este *retelling* de fantasía histórica sobre la Emperatriz Cixi. A modo de anécdota, os contaré ciertos aspectos en los que me he inspirado para crear este mundo que me ha absorbido durante tantos meses y que me destroza tener que abandonar.

El *hanyu* es un traje tradicional que no existe. Para que os hagáis una idea, tiene la parte superior de un *hanfu* chino de los períodos tempranos de la Dinastía Ming, la falda abultada de un *hanbok* coreano y el *obi* de los kimonos japoneses. Específicamente, y haciendo alusión a esa lazada frontal que llevan las concubinas en esta historia, me baso en la forma en que anudaban el *obi* las *oiran*, las cortesanas japonesas que surgieron a principios del Período Edo, en Japón. Las túnicas de servidumbre, sin embargo, beben mucho del *ao dai* de Vietnam.

De las *oiran* tomé prestado también el *Oiran Dochu*, un desfile único que realizaban las cortesanas en los barrios de placer. Sus kimonos y los adornos que portaban eran tan pesados que, como Cixi, necesitaban apoyarse en alguien para poder caminar. En estos desfiles me inspiré para crear el ritual de la Desfloración.

No es difícil adivinar que la estructura del Palacio Rojo está basada en la de la Ciudad Prohibida. Pero aunque sus muros son tan rojos como los de «la ciudad dentro de la ciudad», no están pintados con sangre.

El Wu no es ningún juego que exista. Me basé en el *mahjong* y en el ajedrez para crearlo. Y, como adivinaréis, quise ponerle ese nombre por Wu Zetian, la mujer más poderosa en la historia de China.

La madre adoptiva de Xianfeng no se llama Xuan. Su nombre real fue: Xiaoquancheng, pero elegí este otro porque la reina Xuan fue la primera mujer en la historia de China que actuó como regente. Un pequeño guiño a ella.

El resto de los personajes que aparecen a lo largo de la novela beben de algunas personas que fueron relevantes en la vida de la Cixi real. Zhao, o Ahn, está basado en la figura de An Te Hai, que fue el eunuco favorito de la concubina. Las malas lenguas decían que era su amante. Lienying fue también un eunuco de gran confianza para ella.

Xianfeng fue uno de los últimos emperadores de la Dinastía Qing. Era solo unos pocos años mayor que Cixi. Su estado de salud siempre fue delicado, y cuando subió al trono, recibió un imperio agonizante. Murió a los treinta años.

La Emperatriz Cian fue una mujer muy querida y valorada tanto por los coetáneos como por los historiadores, aunque los rumores dicen que Cixi tuvo que ver en su muerte temprana.

Kung no era ningún soberano de un reino fronterizo, sino el primo del Emperador Xianfeng. Mantenían una buena relación con él y llegó a convertirse en un amigo cercano y un gran apoyo para Cixi durante una época. Con los años, sin embargo, el desenlace que tuvo su relación no fue muy satisfactorio (por decirlo de forma suave).

Sushun fue el ministro con más poder que sirvió al Emperador Xianfeng. Pero, cuando este murió, conspiró para hacerse con el trono. Cixi, entre otros, le tendió una trampa y no solo detuvo su intento de golpe de Estado, sino que logró que lo ejecutaran.

La Emperatriz Cixi no fue un alma cándida. Tampoco la Cixi de esta historia lo ha sido. Pisoteó, conspiró, traicionó y ordenó las muertes de muchos. Tal y como han hecho muchos soberanos a lo largo de la historia. Pero como siempre, el hecho de ser mujer ha conllevado un examen más crítico, más severo. No, Cixi no fue un ser de luz. Solo fue una mujer que, como muchas otras, barajó sus mejores cartas para poder sobrevivir.

Y vencer.

# AGRADECIMIENTOS

Menudo viaje. Sin duda, estos once meses de escritura han sido un regalo muy especial. Me despido de esta historia con lágrimas en los ojos y con la seguridad de que, algún día, volveré al Imperio Jing para recorrer sus caminos de nuevo.

Como siempre, debo dar las gracias en primer lugar a mi familia. A cómo sacrifican su propio tiempo para permitirme escribir. Sin ellos, esto no sería posible.

También quiero dar gracias especiales a compis escritores tan maravillosos como Victoria Álvarez y Manu Carbajo, que han estado siguiendo esta historia muy de cerca. Tampoco puedo olvidar esa increíble Experiencia Amabook, en la que escribí el capítulo 42 sentada en el suelo, rodeada del estupendo personal de Urano, compartiendo espacio con gente tan única como Irene Morales, Bruno Puelles, Carmen Romero Lorenzo y, de nuevo, Manu. Sus risas y sus conversaciones de fondo fueron la música que me acompañó mientras escribía. Ah, y mientras saboreaba mi primer *Pupkin Spice Latte*.

Quiero dar las gracias de forma especial a mi hermana Victoria, a Patri y a Virginia, por haber aceptado leer un primer borrador lleno de fallos e incoherencias. Perdonad el tocho, chicas. No sabéis cuánto me habéis ayudado.

Leo, gracias por seguir durante un libro más a mi lado. Por apoyarme y darme tanta libertad con mis historias. Nunca me cansaré de decirlo: soy muy afortunada. Este agradecimiento lo extiendo a todos aquellos que han ayudado a mejorar esta historia y cuyos nombres no aparecen impresos en las páginas. A los correctores, diseñadores y maquetadores. A todo el personal de márketing, a los comerciales que se encargan de colocar la novela. Entre todos hacemos este manuscrito un poco menos imperfecto. Y gracias, Luis, por esta portada. No podía representar mejor la historia de Cixi.

Ay, mi querida lectora, mi querido lector. Gracias por acompañarme. Por darle vida y corazón a este libro. Por poner rostro y voces a estos personajes que han llenado mis mañanas (y algunas de mis madrugadas) en estos once meses. Ojalá esta joven con nombre de flor, cuyo poder consistía en no morir, te acompañe durante mucho tiempo y te recuerde que las ratas pueden vencer a los dragones. No solo por su propio valor, sino porque a veces las ratas esconden monstruos y los dragones son solo mitos creados para mantenernos en silencio.